KB191017

내면일기

Journaux Intimes
: Raconter la vie

First published by Editions Gallimard, Paris

내면일기

소피 퓌자스 · 니콜라 말레 지음

이정순 옮김

11

l'horrible nouvelle m'accueille. J'entre dans le salon.
On me dit : „Il est mort". Peut on comprendre des paroles
pareilles ? Pierre est mort, lui que j'ai vu partir
bien portant ce matin, lui que je comptais serrer
dans mes bras le soir, je ne le reverrai que
mort et c'est fini à jamais. Je répète ton
nom encore et toujours „Pierre, Pierre, Pierre,
mon Pierre", hélas cela ne le fera pas
revenir, il est parti pour toujours ne me
laissant que la désolation et le désespoir.
Mon Pierre, je t'ai attendu des heures mortelles,
on m'a rapporté des objets trouvés sur toi,
ton stylographe, ton porte cartes, ton porte monnaie
tes clefs, ta montre, cette montre qui n'a pas
cessé de marcher quand ta pauvre tête
a reçu le choc terrible qui l'a écrasée.
C'est tout ce qui me reste de toi avec quelques
vieilles lettres et quelques papiers. C'est tout
ce que j'ai en échange de l'ami tendre
et aimé avec lequel je comptais passer
ma vie.
On me l'a apporté le soir. La première j'ai
embrassé dans la voiture ton visage si peu
changé. Puis on l'a transporté et déposé sur le
lit dans la chambre du bas. Et je t'ai em=

내면일기

발행일 2025년 4월 30일 초판 1쇄

지은이 | 소피 퓌자스 · 니콜라 말레
옮긴이 | 이정순
펴낸이 | 정무영, 정상준
펴낸곳 | ㈜을유문화사

창립일 | 1945년 12월 1일
주소 | 서울시 마포구 서교동 469-48
전화 | 02-733-8153
팩스 | 02-732-9154
홈페이지 | www.eulyoo.co.kr

ISBN 978-89-324-7550-9 03800

차례

2부 시선

1. 일상 예찬

2. 묘사와 비방

3. 역사적 사건

3부 여행

일러두기

1. 인명, 지명 등의 외래어 표기는 기본적으로 국립국어원의 외래어 표기법을 따랐으나, 일부 관례로 굳어진 표기는 예외로 두었다.
2. 책, 잡지, 신문 등은 『 』, 한 편의 시는 「 」, 영화나 그림 등은 〈 〉, 전시회는 《 》로 표기했다.
3. 일기 발췌문에서 [ ] 부분은 본서에 실리지 않은 일기 원본의 내용이거나 저자가 추가 설명한 것이다.
4. 본문의 굵은 글씨는 원서에서 이탤릭체나 대문자로 강조한 부분이다.
5. 국내 미출간된 외국 도서의 경우 원어를 병기했다.
6. 본문 하단의 각주는 옮긴이 주다.

들어가는 글

일기, 나의 아름다운 일기……

소피 퓌자스 Sophie Pujas

“많은 사람이 ‘우리는 콕토를 비판할 수도 있고 그에 대해 무슨 말이든지 할 수 있어. 하지만 그는 절대 답하지 않아’라고 말한다. 그들은 내 일기를 잊은 것이다”라고 시인은 썼다. 만일 일기가 후대에 남겨진 무기武器, 세월을 건너 답변하려는—무너지기 쉽고, 필시 승산은 없지만 너무나 감동적인—하나의 시도라면? 어쩌면 일기는 사랑이 찾아들게 한 사람, 마음을 사로잡은 사람, 우리가 상실한 사람, 상처를 준 그런 사람들에게 답변하는 것일지도 모른다. 또한 자신의 언행에 책임을 지고, 우리가 누구였는지를 그리고 인간의 삶에 널리 퍼져 있는 혼란의 흔적을 남기는 것이기도 하다. 일기의 매력은 매번 독특한 증언이자 유일하고 매번 사라져 버린 의식에 대한 탐구라는 점에 있다. 기본적으로 다른 영혼에게 열려 있는 이 창문보다 더 놀랍고 현기증 나는 것이 있을까? 일기에는 자서전의 특징이라 할 수 있는 경험의 사후적 의미를 찾으려는 욕망 없이, 경험이 여과되지 않은 채 적나라하게 드러난다. 자신을 드러내는 시도에서 심지어 루소보다 더 멀리 나아가는…….
마리 바시키르체프(186쪽 참조)는 자기 자신에게 이야기한다는 단순한 사실이 중대한 사건이라는 것을 잘 이해했다. 그녀는 시기상조일 수도 있지만(실제로 그녀는 갑작스레 일찍 사망한다) 일기의 사후 출간을 위해 쓴 서문에서 이렇게 적고 있다. “이 책이 **정확하고 절대적이며 엄정한** 진실이 아니라면 존재할 이유가 없다. 나는 시종 내 생각을 말할 뿐 아니라 내게 우스꽝스럽고 불리해 보일 수 있는 것을 숨길 생각을 단 한 순간도 한 적이 없었다. […] 어쩌면 **나 자신**이 **당신에게** 가치로서는 적을지 모르지만, 이를 **나**라고 생각하지 말고, 유년기부터 자신의 모든 감상을 이야기하는 한 인간으로 생각하시라.” 이는 사후 출간의 망령이 항상 질문하는 진정성의 규약임이 확실하다.

일기를 읽는 것은 매번 하나의 만남이다. 어떤 글은 환대와 예찬을 불러일으키지만, 또 다른 글은 격렬한 공포를 불러일으킨다. 이는 어쩌면 불가사의한 수수께끼일 수도 있으나 흑인 노예 제도 지지자인 토머스 티슬우드(203쪽 참조)부터 나치의 고위 관리인 하인리히 힘러까지 괴물들도 때때로 일기를 쓰기 때문이다.

이 책에 담긴 글들은 모두 한 존재가 시간—평범한 생활에서, 일상 업무에서, 사회생활에서 훔쳐 낸 시간—을 내어 자신의 이야기를 전한 특별한 순간을 보여 준다. 헨리 D. 소로는 1837년 10월 22일 『소로의 일기』 첫 페이지에 “혼자가 되기 위해 현재에서 벗어나는 것이 필요하다고 생각한다. 나는 도망친다”라고 썼다. “곳간 하나를 찾고 있다. 거미들을 방해해서도, 마룻바닥을 비질해서도, 골조를 수리해서도 안 된다.” 일기는 일시 정지, 괄호, 멈춤이다. 한 페이지에 던져진 몇 개의 단어로 자기 시간을 고립하는 것은 나날을 쓸어가 버리는 망각에 저항해 그것을 기록하면서 싸우는 것이다. 육필 원고의 면면은 중요하며 잉크의 색깔, 삭제하거나 정정하기 위해 그은 줄, 뜯긴 페이지들, 이런저런 수첩이나 노트의 선택, 분실하기 아주 쉬운 고정되지 않은 종잇장들의 사용 등 우리에게 여러 가지 정보를 제공한다. 즉, 순간의 마음 상태나 일기 쓰기에 부여된 중요성에 관한 정보는 그만큼 많다. 우리는 유령과 대화하고, 종이 위에서 떨거나 내달리는 손의 순간적 환영과 함께한다.

사람들은 어떤 추억을 기록하고 보존하려고 할까? 성격이 온화한 외제니 드 게랭(141쪽 참조)처럼 삶을 직조하고 풍미를 더하는 많은 사소한 것을 말할 수 있다. 장기적으로 볼 때 자기 성찰이라 할 수 있는 일기는 존재를 형성하는 데 이바지할 수 있다. 쥘 르나르가 일기에 썼듯이 “우리의 일기가 단지 수다 떠는 것이 되어서는 안 된다. […] 그것은 우리의 성격을 형성하고 끊임없이 개선하고 바로 세우는 데 도움이 되어야 한다.” 하지만 때때로 특별하거나 무시무시한 일들이 불청객으로 나타난다. 여행 또한 글을 쓰도록 자극한다. 개인적 위기뿐만 아니라 집단 위기도 마찬가지다. 혼란스러운 인간의 진실이 포착된 일기에는 **역사**가 녹아 있다. 빅토어 클렘페러(248쪽 참조)의 일기를 읽는 것은 하루하루 작동하는 독재를 경험하는 것과 같다. 마찬가지로 미하일 세바스티안의 글은 파시즘과 반유대주의의 사이렌 소리에 휩싸인 1930~1940년대 루마니아로, 산도르 마라이의 글은 전쟁 중인 부다페스트의 폭격 한복판으로 우리를 몰아넣는다. 마라이의 육필 원고는 폭격을 면했다.

이는 일기도 인간의 운명과 마찬가지로 굴곡진 운명에 처할 수 있기 때문이다. 일기는 보통 단 한 부만 존재하기에 취약하다. 어떤 가구의 비밀 서랍에서 발견된 알리스 드 라 뤼엘의 일기(34쪽 참조)나 고물상 진열대에서 힘들게 찾아낸 아니타 피토니의 일기(125쪽 참조)처럼 우연히 살아남는 일도 있다. 출판은 이 일기들을 파괴의 위협으로부터 구해 준다. 측근에 의한 출간일 경우에는 글을 삭제하여 자신들을 보호하려는 유혹이 크다. 존 치버(그는 아들에게 자기 일기를 생전에는 읽게 하고, 사후에는 세상에 내놓는 막중한 임무를 맡겼다)의 아들 벤저민 H. 치버는 “우리[그의 가족]가 거의 등장하지 않는 것을 보고 놀랐다. 어쩌면 우리 어머니만 빼고 말이다. 어머니는 아버지가 들이대는 탐조등에 따라 그같이 넘겨지고 싫어 하지 않았다"라고 말한다. 하지만 치버 가족은 그 구성원의 강한 자존심을 상하게 하면서(치버가 자신의 알코올 중독과 양성애를 숨기지 않은) 일기를 출간하기로 했다. 다른 상속자들은 양심의 가책에 별로 시달리지 않는다. 예를 들어 쥘 르나르의 부인은 그렇게 아름다운 그의 육필 일기를 간단히 없애 버렸다. 따라서 결론은 당신이 손에 들고 있는 책에 모든 것을 담는 것은 불가능하다는 것이다. 일부 원고는 복제하기에는 너무 쉽게 파손되거나 단순히 분실되어서 마음대로 사용할 수 없었다. 무엇보다 의외의 발견물이 끊임없이 쏟아져 나왔으므로, 그 다양성을 보여 주기 위한 선택이 필요했다. 우리는 다양성을 더 잘 포착하기 위해 익명의 일기와 유명한 일기, 그리고 예술가들의 일기를 나란히 소개하고자 했다. 그 경계에는 구멍이 많다. 앙리프레데리크 아미엘(152쪽 참조)처럼 일기를 쓴 것만으로 유명해져서 작품으로 바뀌기도 했다. 자기 자신에 대한 글이 예술품으로 격상된 것이다.

아니 에르노와의 대화(2020년 5월)

"나는 항상 '나의 일기 속 여성'에게 놀란다"

아니 에르노는 개인적 기억을 탐구함으로써 오늘날의 주요한 작품 중 하나를 창작했다. 그녀는 작품에 작품을 거듭하며 가장 내밀한 것과 맞섰다. 거기에는 비애감도, 자기 만족감도 없었다. 그녀는 부모님의 식료품점과 사회 계층을 뒤로하고 이를 뛰어넘은 것에 대한 양가감정을(『아니 에르노-이브토로 돌아가다』) 이야기하고, 아버지가 어머니를 죽이려 한 날(『부끄러움』), 자신의 임신중절 경험(『사건』), 사랑의 집착(『단순한 열정』), 자신이 태어나기 전에 죽어 뒤늦게 알게 된 언니의 그림자(『다른 딸』), 심지어 한 남자와 보낸 어색했던 첫 밤(『여자아이 기억』)에 대해 묘사했다. 각각의 작품은 개인적 시선으로 시대를 재조명하는 시도이기도 했다. 그런데 걸작들을 배출해 낸 '내밀함'의 거장 아니 에르노는 지난 반세기 동안 일기를 쓰는 사람이기도 했다. 그녀는 일기에서 작품까지 어떤 대화를 거쳤을까?

청소년기부터 일기를 써 왔는데, 어떤 특별한 계기가 있었나?

일기는 정확히 1957년 1월 26일 토요일에 처음 썼다. 그날 저녁, 이브토에서는 근사한 댄스파티가 열렸는데, 엄마의 법칙("너는 너무 어려")과 사회적 법칙(그땐 댄스파티용 드레스가 없으면 출입 금지였다)이 복합적으로 작용하여, 나는 그곳에 갈 수 없었다. 내가 혼자 좋아한 남자애가 거기 갈 거라고 확신했다. 꼭 동화나 노래 〈북쪽 다리 위에서Sur le pont du Nord〉의 내용 같았다. 나를 지역 농업학교의 댄스파티에 데려다줄 요정도, 남자 형제도 없었기에 엄마의 상점에서 클레르퐁텐 노트 한 권을 가져다가 첫 페이지 맨 위에 날짜를 써넣었다. 글쓰기는 사회와 사랑으로부터 버려진 것만 같은 격렬한 외로움을 치유해 줬다. 새 노트를 펼쳐 날짜를 쓰는 건 어떤 계획의 시작처럼 보일 수 있지만, 그때의 나는 앞으로 꾸준히 일기를 써야겠다고 다짐한 기억이 없다. 그냥 그게 다였다. 거기에 나의 기분, 읽은 책, 기대, 권태, 특히 권태를 아주 많이 쓰는 습관이 생겼다.

일기는 당신의 글쓰기 여정에서 어떤 역할을 했나? 일기를 쓰는 목적은 시간이 지나면서 진화했나?

일기는 스무 살 때부터 나의 욕망을 털어놓거나 글쓰기를 시도하는 곳이었다. 지금도 그렇다. 하지만 버지니아 울프와 달리 미래의 작품을 위해 연습하던 실험실 같은 공간은 아니었다. 그때 이미 오늘날처럼 처음과 끝이 있는, 선택된 형식인 독자적인 글과 일기를 구분했다. 먼저 열여섯 살부터 스물두 살, 즉 1957년 1월 26일부터 1962년 12월 31일까지 썼던 일기가 사라졌다고 말해야겠다. 보르도에서 결혼하기 위해 이브토의 집을 떠나면서 모든 편지와 일기를 다락에 두고 왔다. 1968년 여름 휴가차 잠시 들른 고향집에서 그 일기를 다시 읽고 싶다는 호기심이 생겼고, 당시 너무 바빠서 거의 쓰지 않았던 일기에 코멘트를 남겼다. 그리고 18개월 후, 아버지와 사별한 어머니가 나와 남편 그리고 두 아이와 함께 살기 위해 오셨다. 어머니는 고향집의 일부 가구들과 함께 다락에 있던 내 책과 학교 공책들도 가져오셨는데, 거기에 네다섯 권의 내 일기와 편지는 없었다. 책 상자를 열심히 뒤졌다가 실망한 기억이 난다. 어머니에게 그것들을 어떻게 하셨느냐고 묻진 않았다. 말없이 짐작하는 게 우리 사이의 규칙이다. 내 생각엔 어머니가 읽어 보시곤 다른 사람들, 특히 내 남편 눈에 '좋지 못한 생활'로 비칠 거라 판단하여 버리신 것 같다. 이러한 상실에도 내가 흔들리지 않았다는 것은 당시 내가 새로운 삶을 시작했다는 의미일 것이다. 지금으로서는 엄청난 상실이다. 일기는 어디에 쓰였든 다른 사람이 읽을 수도 있고 최악의 경우 파괴될 수도 있는 등 모든 종류의 위험에 취약하다. 시간이 흐르면 흐를수록 일기 권수는 늘어나고, 그럴수록 나는 당연히 그런 파괴가 두렵다. 유에스비USB에 저장한다 한들 안심되지 않는다. 그러니까 스물두 살까지의 일기는 공백이다. 그러나 일기는 기대, 걱정, 사랑의 감정, 행복, 절망, **일어나는 모든 일**과 나를 뒤흔든 모든 일을 털어놓았던 장소라는 것을 알고, 기억하고 있다. 나는 다른 누군가를 위해 쓰거나 사실을 보고하는 것이 아니라, 내가 느낀 것을 기록하고 앞으로도 계속 그럴 것이다. 신혼 초에 쓴 일기(아주 얇다)를 보면, 그 까닭이 적혀 있지도 않고 지금도 알 수 없는 일들, 원망, 다툼이 암시되어 있다. 육아, 치러야 할 여러 시험, 교직으로 너무나도 바빴던 시기에 일기는 분노와 소외감으로 지칠 때 **궁극의 구원책**이었다. 서른세 살에 처음으로 책을 쓰고 출간한 후에야 일기를 자주 쓸 수 있게 되었다. 여전히 좋지 않은 일이나 갈등을 썼지만, 이번에는 새로운 글을 시도하거나 이를 위해 시간을 내는 것의 어려움 등 글쓰기에 관한 것들이었다. 이는 나 자신을 격려하고 진정시키고, '글 쓰는 나'에 대해 언제나 불확실한 소신을 유지하는 방법이다. 이 역할은 지금까지 이어지고 있다. 이혼, 어머니의 알츠하이머병, 아이들의 독립 등 사십 대부터 나의 개인적 삶에 중요한 변화가 생기고 나서 일기를 쓰는 양과 빈도가 늘었다. 일기는 여행할 때 가져가고 독서를 기록하는 내 삶의 일종이다. 30년 전부터는 일기에 외부 세계와 정치가 점점 더 많은 자리를 차지한다. 그리고 시간에 대한 느낌도. 이제 일기의 목적은 삶을 기록하는 것이다. 물론 과거와 마찬가지로 여전히 비밀의 공간이다.

책을 출간한 작가가 되면서 일기 쓰기에 달라진 것이 있나?

적어도 15년 동안은 전혀 없었다. 내가 일기를 쓴다는 것을 알고 파스칼 키냐르가 도난이나 분실에 주의하라면서 나의 가벼운 태도를 꾸짖었을 때—나는 일기를 서가에 보관한다고 그에게 일러 줘야만 했다—비로소 일기가 출간될 수도 있으리라는 생각에 미쳤다. 당연히 **사후에나** 그럴 수 있겠지만. 내가 원하든 원하지 않든, 이를 깨닫고 나서는 일기에 대한 나의 시선이 바뀌었다고 생각한다. 완전히 대등하지는 않겠지만, 자료로서 나란히 혹은 그 아래에서 내 작품들의 일부가 되기 시작했다. 그러니 일기에 대한 비중을 더 크게 두는 것은 당연했다.

작가의 기억이나 사적인 일들을 기록하는 것과 시대를 포착하려는 시도에서 일기는 어떤 위치를 갖나?

역사학자가 고문서를, 심리학자나 사회학자가 연구 자료를 통해 그렇게 하듯이, 나는 일기를 몇몇 글쓰기에 사용했다. 정확히 말하자면 『단순한 열정』, 『사건』, 『집착』이 그렇게 탄생했다. 짧은 기간을 다룬 짤막한 글이지만, 일기에는 풍부한 기록이 담겼기 때문에 중요한 자료가 된다. 『여자아이 기억』을 쓸 때는 1958년에서 1960년 사이의 분실된 일기가 있었다면 좋았겠다고 생각했다. 그랬더라면 아마도 책을 다르게 썼을 것이라 확신한다.

『세월』을 쓸 때는 1980년에서 2007년 사이의 일기를 활용했다. 선거, 파업, 9·11 테러, 이라크 전쟁, 2005년의 프랑스 폭동 등의 사건보다는 당시 내가 느낀 감정을 참고했다. 나는 내가 깊이 느낀 것으로 글을 쓴다. 내 일기는 다름 아닌 바로 그것이다. 과거사에 대한 착각에 대비하기 위해 나는 일기를 참조한다. 그러니까 '내가 그와 같이 생각했고 판단했고 느꼈던 거야?' 하면서 말이다.

작가의 작품에서 탐구된 삶의 중대한 시기들은 일기에 쓸 거리가 많았을 때였나? 당시 일기에 글을 쓰지 않은 시기, 다루지 않은 주제로 인한 공백이 있나?

이미 『사건』 등 다른 작품 기간 동안 일기 소재의 풍요로움에 대해 조금 답변했다. 전반적으로 혼란이나 위기의 순간이 오면 항상 본능적으로 일기장을 꺼냈다. 공백기도 마찬가지다. 여행을 떠나거나 병원에 입원하거나 요양 중일 때 유일하게 가능한 것이 일기 쓰기였다. 일기를 쓴다고 해서 글쓰기에서 하루를 완전히 허비하는 것은 아니다. 35년 전부터 일기 속 공백이 점점 줄어들었고, 기록은 점점 늘어 갔다. 젊을 때는 성생활이나 부모, 사회적 환경을 언급하지 않았다. 암묵적 금기라고 여겼다. 지금도 아들들이나 그들의 파트너에 관해서는 그런 것 같다. 거의 언급하지 않는다.

삶의 특정 시기에 관해 쓸 때 해당 기간의 일기에서 어느 정도를 참고하나? 예를 들면 『단순한 열정』을 쓰기 위해, 나중에 『탐닉』이라는 제목으로 출간된 일기 부분을 어떻게 다시 읽었나?

나는 글을 시작할 때 절대 일기에서 출발하지 않는다. 먼저 하나의 형태, 즉 원형을 찾는다. 그것이 나를 이끌며, 그것을 토대로 일기를 사용한다. 『단순한 열정』을 쓰게 된 것도 내가 몇 개월간 한 남자에게 집착했는데, 그동안 그를 되찾기 위해서만 살았다는 그런 무력함에 대한 응답의 형태였다. 그래서 나는 그런 여성의 행태를 죄책감이나 낭만주의, 아이러니 없이 냉담하게 묘사했다. 거기서부터 일기를 바탕으로 그렸는데, 단순히 사실적 차원에서 『단순한 열정』과 『탐닉』을 비교해 보면, 기억에 많이 의존했음을 알 수 있다.

당신은 "『탐닉』에는 『단순한 열정』에 포함된 것과는 다른 '진실'이 하나 있다"라고 썼다. 맞는가?

그렇다. 일기의 진실이 빠져 나와 현재에 복종한다. 르네 샤르가 "(우리가 사용하는) 말은 우리보다 더 많은 것을 안다"라는 식의 말을 했던 것 같다. 이는 일기에도 똑같이 적용된다. 몇 년이 흐른 뒤에 일기를 다시 읽으면 스스로 시인하지 않았던 것이 드러난다. 나는 항상 '나의 일기 속 여성'에게 놀란다. 나의 글에서 그녀가 어떤 사람인지 유추할 수 있다고 생각하지 않는다. 어려운 말로 하자면, 일기에 특유한 서사적 정체성이 있다.

일기를 정식으로 출간할 계획이 있나?

있다, 사후에.

인터뷰가 진행되는 현재 프랑스와 세계의 일부 지역은 코로나19 바이러스로 인해 봉쇄된 상태다.

당신은 지금도 일기를 쓰고 있는데, 이러한 상황이 일기에 반영되는가? 더 일반적으로 말하면, 당신의 일기에서 세계의 상황을 읽을 수 있나?

이 기간 동안 거의 매일 일기를 썼다. 사건이 일어나는 때에 바로 사건 자체를 그 외부에서 포착하는 것이야말로 공정하고 1년 혹은 10년 후에 '**역사**를 되풀이'하지 않는 유일한 기회다. 하지만 출간하지는 않을 거다. 왜냐하면 그런 글은 다른 사람을 위해 쓰는 것이지, 내가 현실이라고 여기는 것을 진술하는 것이 아니기 때문이다. 나의 일기에는 점점 더 많은 세상이 존재한다. 이는 필시 나의 개인적 삶이 더욱 평온해졌기 때문이다.

독자로서 개인 일기에서 무엇을 찾나?

답하기 어려운 질문이다. 내게는 자기감정과 생각을 솔직하게 드러내고 어쩌면 자기 자신은 속일지 모르지만, 미래의 독자는 속이지 않으려는 사람이라고 느끼는 것이 중요하다(나는 생전에 출간된 일기엔 별 관심이 없다). 작가일 경우에는 **글쓰기** 혹은 일반적으로 예술에 바친 생애와 그 관계를 진정 찾고 있다.

좋아하는 일기가 있나?
일기를 쓰는 데 영향을 받은 작품이 있나?

카프카, 버지니아 울프, 카트린 포지, 캐서린 맨스필드, 체사레 파베세, 미셸 레리 등의 일기를 좋아한다. 그러나 내가 특정 작가의 일기에서 영향을 받았다고는 생각하지 않는다. 카프카를 제외하고는 이 일기들을 늦게 읽기 시작했는데, 서른다섯 살 이후부터였다. 그전에는 소설과 관련된 것이 아니라면 일기에 특별한 관심이 없었다. 지금은 거의 반대라 하겠다. 언젠가(너무 늦진 않게!) 시몬 드 보부아르의 일기를 읽을 수 있다면 좋겠다. 지금으로서는 『젊은 날의 노트*Cahiers de jeunesse*』와 『전쟁 일기*Journal de guerre*』밖에 읽을 것이 없다.

여성의 일기 쓰기에는 어떤 특수성이 있다고 보나?

일기는 그것을 쓰는 사람의 사회적·감정적·성적·지적 등등의 삶을 가장 가까이에서 담아낸다. 그러니 자신을 바라보는 시선 속에서, 일상·지인·부모·아이에 관한 관심 속에서 오늘날에도 여전히 작용하는 우리 사회의 남성과 여성의 차이점을 발견할 수밖에 없다. 검증이 필요하겠지만, 내 생각에 일기를 쓰는 남성은 자기 자신의 이미지를 부여하고 구축하고자 하는 경향이 있다. 일기를 쓰는 여성에게서는 거의 찾아보기 힘든 면인데, 이것이 성별 위계에서 여성의 위치를 보여 주는 일부다. 그러나 그 누구도 반박할 수 없는 특수성이 있다면, 그건 출간된 일기 중에서 여성의 것보다 남성의 것이 훨씬 많다는 사실이다! 출판 측면에서 보면, 그건 남성 장르다.

공유하고 싶은 일기의 좋아하는 구절이 있나?

"오늘은 1919년 5월 19일 아침 6시입니다. 나는 내 방에서 어머니를 생각합니다. 울고 싶습니다. 그러나 내 상념은 아름답고 명랑함으로 가득 차 있습니다. 나는 우리 집, 정원, 우리, 아이들을 떠올립니다. […] 내가 진정으로 원하는 것은 이 모든 것을 글로 쓸 시간뿐입니다—내 책을 쓸 시간 말입니다. 그 이후에는 죽어도 상관없습니다. 나는 오로지 글을 쓰기 위해 삽니다. 사랑스러운 세상(맙소사, 바깥세상은 얼마나 아름다운지요!)이 저기에 있습니다. 나는 세상에 몸을 담그고 몸을 식힙니다. 하지만 내게는 완수해야 할 의무가 있다는 느낌이 듭니다. 누군가가 내게 끝마쳐야 할 일을 지정해 주었습니다. 내가 완수하도록 내버려 두세요. 내가 할 수 있는 모든 아름다움을 담아 서두르지 않고 완수하도록 나를 내버려 두세요." 캐서린 맨스필드의 **일기**다.

자신을 위한, 자신에 관한 글쓰기, 세상에 혼자 있고 자기가 유일한 최고 결정권자인 작은 종이섬 창조하기, 이것이 바로 일기의 주요 소명이다. 일기는 자신감에 찬 것이든 불행한 것이든 사랑을 털어놓을 수 있는 절친한 벗이다. 거기에서 우리는 사별, 질병, 감금 같은 위기의 순간에 은신처를 발견한다. 그리고 거기에다 자기성찰을 하던 정신적 일기의 전통에 따라 반드시 멋지게만 그려지지는 않는 자화상을 그린다.

1부

내밀함

1. 사랑

“이 우유부단한 삶에 종지부를 찍어야만 한다”

뱅자맹 콩스탕 Benjamin Constant, 1767~1830

뱅자맹 콩스탕은 자기 이름값을 제대로 하지 못했다. 1804년에서 1816년 사이에 쓰인 그의 일기는 그의 부단한 망설임을 증명한다. 작가이자 정치사상가인 그는 사랑에서 선택하는 법을 모른다. “나란 인간은 얼마나 기이한 피조물인가! 나의 모든 감정은 참되지만 너무 많아서 서로를 불쾌하게 하고 때로는 모두 거짓으로 보이게도 할 것이다”라고 1805년 2월에 고백한다. 같은 해 7월에는 1794년부터 관계를 유지해 온 스탈 부인과 헤어져야 할지 아니면 둘의 결합을 공식화해야 할지를 두고 자문한다. 무엇보다 1807년 샤를로트 테르트르(출가 전 성은 폰 하르덴베르크)가 이혼한 후에는 특히 많이 생각한다. 그는 1808년 극비리에 그녀와 결혼한다. 그리고 1년 후에 그녀에게 이 소식을 스탈 부인에게 전해 달라고 부탁한다……. 1810년까지 완전히 헤어지지 않은 스탈 부인과 다시 관계를 맺기 전에……. 자화상이 언제나 자신을 기분 좋게 하는 것은 아니다. 콩스탕에게 일기는 비밀의 장소이고 완전한 진정성을 위한 **필수 불가결한** 요건이기 때문이다. “만일 내가 이야기하는 사람들이 이를 읽는다면 누구도 만족하지 않을 것이다. 하지만 자기 자신을 위해 쓴다면 어느 누구도 친구들에 대해 다르게 쓰지 않을 것이다. 일기를 시작하면서 내가 느끼는 점을 모두 쓰는 것을 원칙으로 삼았다.” 그는 세 권의 일기에 서로 다른 모습을 연속적으로 쓰게 된다. 1804년 1월부터 1805년 5월까지 쓴 첫 번째 것은 유일하게 실제로 전개된 가장 고전적인 텍스트를 제공한다. 이 시기에 친구인 탈마 부인의 죽음으로 뒤흔들린 그는 몇몇 강박관념 때문에 코드와 관련해 숫자를 사용하면서 메모를 약기하기로 한다. 그는 메모를 푸는 열쇠를 신경 써서 적어 놓았다. 1은 “신체적 주이상스”(여기에 아무런 흔적도 없다)를 의미한다. 2는 “너무나 자주 문제가 된 나의 영원한 관계(다시 말해 스탈 부인)를 끊으려는 욕망”이다. 3은 “추억이나 순간적인 어떤 매력으로 인해 그 관계로 회귀”하는 것이다. 12는 마담 뒤 테르트르에 대한 사랑이다……. 13은 “모든 것에 대한 불확실성!” 1811년에는 그리스 문자로 쓰였기 때문에 한층 더 암호화된 일기 하나가 뒤따른다—그리고 거기에 이번에는 결실을 보지 못한 쥘리에트 레카미에에 대한 새로운 열정이 모습을 드러낸다. 자신의 끝없는 사랑의 망설임으로부터 뱅자맹 콩스탕은 걸작 『아돌프』를 끌어낸다. 변화무쌍한 욕망에 허우적대는 한 남자의 이야기…….

1805.
juillet 13. 4. 3. 2. 3. 13. 12. 13.

+14. route de Coppet à Lausanne. écrit à M. Galattin. point de lettres de Mad. Dutertre. soirée chez Mde De nassau. 2. 4.

15. 4. diné chez Mde nassau. 8. adrianne. 2. 2. 3. 12 point de nouvelles, si pas 8, 7. soirée avec villars. repassé le passé.

+16. écrit à Mad. de Stael. 4. diné chez d'arlens. soirée avec Mde de nassau. 13 – 2. 7. 8. 13 sur tout.

+17. 4. pas mal. diné chez César. antoinette. joué. perdu. sottise 8. 8. 13. 7. revenu à 2. lettre de Mad. de Stael. 2.

+18. lettre à Garat. 4. diné chez Mde de nassau. adrianne. antoinette 8. 8. 15. 7. 7. 2. 2.

19. retour à Coppet. pendant la route, 2. 2. 7. 7. 7. arrivée. Le couteau Santelen. 3. 3. 2. 3. 2. 2.

20. 4. 2.

21. 4. 3. 2. 3. 13. course à Genève. 1.

+22. écrit à mon père. à Mad. Dutertre à Mad Lindsay. 12. faiblement.

23. 4. soirée à Genève. Godeau. idées sur la Chine.

24. 4. bien. 2. 3.

25. 4. peu. diné chez le Préfet. Montlosier. 3. 3. 2 – 13. 13 – 3. 2 ajourné.

26. 4. mal.

27. 4. bien. 12, absolument rejetté.

28. 4. bien. Gallois. 2. 2. seulement. 7. époque 7bre.

29. 2. 2. mal aux yeux. 4 peu.

30. 4. très peu. très mal aux yeux. 2. 7.

31. 4. presque point. mal aux yeux. 2. 2. 7. 7.

Aout 1. diné chez Mde Dulker. 2. 2. 7. 1.

1805.
Aout. lettre de Mad. Dutertre. 12 rejetté.

+2. perdu mon temps. lettre de mon père.

+3. perdu mon temps. 2. 2. lettre à Mde Gay.

4. 2. 2. 2. tout le jour. 7. 7.

5. 4. un peu. triste vie. 2. 2.

6. Gallois. 4. peu.

+7 course à Genève. ma santé mieux. lettre à mon père avec 2 lettres de change. à Doudou. à Leconte avec un certificat de vie. à Mad Dutertre. 12 absolument rejetté et déclaré tel. 2 affaibli. 3 peut être. 13.

+8. il y a aujourd'hui 11 ans que j'ai quitté Brunswic pour la dernière fois après 4 mois de solitude et de bonheur complet, malgré mille tracasseries domestiques, mais la solitude réparait tout. lettre de Mad. Huber. 4.

9. assez malade. 2. 2. 2. 7. 8. 2. couché à Genève. souffrance. mémoire de M. de la Turbie.

+10. matinée à Genève. Gallois. Prosper. Boissier. Ayraud. Duvau. retour à Coppet. 3. lettres de Fourcault, de Mde Charrière de Tuyll, de Chappuis.

+11. tristesse. godot. 2. 7. 4. tant bien que mal. écrit à Chappuis. à Dériché.

+12. écrit à Mde de Charrière à Mad. de nassau. 4. 3. 2.

13. 4. changé Caplan. 3. 7. 13.

14. 4 assez bien. 3. non sans regret.

15. 4. très bien. la solitude. mon Dieu la Solitude!

+16. lettre de mon père, de Mad. de nassau. 4 bien. 6.

17. 4 moins bien, mais pas mal. dispute sur la religion. Schlegel et moi du même avis. mystère de la nature. les autres ne le sentent pas.

13 – 4. 3. 2. 3. 13. 12. 13.

14 – 코페에서 로잔행 여정. 갈라탱 씨에게 편지 씀. 테르트르 부인에게서 편지가 전혀 없음. 나소 부인 집에서 저녁 파티. 2. 4.

15 – 4. 나소 부인 집에서 저녁 식사. 8. 아드리안. 2. 2. 3. 12. 전혀 소식 없음. 만일 8, 7이 없다면 빌라르와 저녁나절. 과거를 회상.

16 – 스탈 부인에게 편지 씀. 4. 아를랑 집에서 저녁 식사. 나소 부인과 저녁나절. 13-2. 7. 8. 13 모든 것에 관하여.

17 – 4. 나쁘지 않음. 세자르 집에서 저녁 식사. 앙투아네트. 도박에서 잃음. 어리석은 짓. 8. 8. 13. 7. 2.에 다시 옴. 스탈 부인의 편지받음. 2.

18 – 가라에게 편지 보냄. 4. 나소 부인 집에서 저녁 식사. 아드리안. 앙투아네트. 8. 8. 15. 7. 7. 2. 2.

19 – 코페로 돌아감. 여정 동안, 2. 2. 7. 7. 7. 르 쿠퇴 캉틀뢰 도착. 3. 3. 2. 3. 2. 2.

20 – 4. 2.

21 – 4. 3. 2. 3. 13. 제네바에서 경마. 1.

22 – 아버지에게, 테르트르 부인에게, 린제이 부인에게 편지 씀. 12. 약하게.

23 – 4. 제네바에서 저녁 시간. 고도Godeau. 중국에 관한 사상.

24 – 4. 좋음 2. 3.

25 – 4. 조금. 도지사 관저에서 저녁 식사. 몽로지에. 3. 3. 2-13. 13-3. 2 연기.

26 – 4. 나쁨.

27 – 4. 좋음. 12. 완전히 물리침.

28 – 4. 좋음. 갈루아. 2. 2. 확실하게 7. 9월 무렵.

29 – 2. 2. 눈이 아픔. 4. 조금.

30 – 4. 아주 조금. 눈이 매우 아픔. 2. 7.

31 – 4. 거의 아님. 눈이 아픔. 2. 2. 7. 7.

[…]

1807. affection à part. si je veux compter
Aoust. l'affection pour quelque chose, et
c'est tout dans la vie que n'aurai-
je pas à ajouter. le caractère le plus
sûr, l'attachement le plus éprouvé,
une bonté d'Ange. va donc pour 12.

×2. singulière soirée passée hier chez les
mystiques. M.de de Lasarraz est une
femme d'esprit sûrement: il y en a
beaucoup à avoir acquis sans
moyens extérieurs une telle puissance.
écrit à Vallon. journée inquiète
c'est long à traverser. conversation
avec M.de de Nassau et Rosalie. on
veut bien 2, mais on ne veut pas
12. au diable les juges et les jugemens.

+3. Il est impossible d'être plus mal-
adroit dans l'arrangement de les
projets que je ne le suis. à force d'ê-
tre frappé des difficultés du mo-
ment, je choisis toujours la plus
mauvaise route. je devois partir
de chez moi peu sans retourner
à Coppet. tout se seroit confondu,
et j'aurais pris 12, avec plus de
bruit, mais moins de blame. je
suis revenu me mettre au milieu
de ma famille qui ne me soutient
qu'à moitié et que je trompe dans
le fait, en laissant croire que je
ne pense pas à 12. j'ai mal
commencé la chose et je les
aliénerai comme les ayant trom-
pés, il ne passe pas pour l'allema-
gne. M.de de St. dira que c'est pour
épouser Charlotte, ils croiront
me rendre service le voyant, et
seront indignés quand la chose
se trouvera faite. Il faudrait être
franc: mais cela n'est aisé ni
pour mon caractère sauvage ni
pour la faiblesse qui me fait
craindre toutes discussions. médi-
tons ce qu'il y a de mieux à
faire dans cet embarras. lettre
de mon père. il est trop animé contre
M.de de St. ce n'est pas par les autres
qu'on peut se tirer de cette situation.
ils sont trop indifférens ou trop
amers. c'est en disparaissant [illegible]
beaucoup que j'en sortirai. lettre de
M.de de St. Hochet lui a rendu comp-
te de ma lettre dans sur l'amour
de Schlegel. elle est indignée de

1807 ce que j'ai confié. sa demarche bi-
Aoust. zarre. elle voudroit me faire souffrir
sans que j'osasse me plaindre.

+4. écrit à Charlotte. journée encor inutile.
course à Dorigny. Lausanne ennuieuse.
arrivée de M.de de St. conversation.
d'abord amère, puis tendre. il n'y a
qu'un moyen de m'en tirer, c'est de lui
mettre le marché à la main pour
le mariage. si je ne le fais pas, elle
donnera au monde le spectacle
d'un tel désespoir que j'en aurai tout
l'odieux. si je le fais, pourquoi ne
l'épouserions pas, sera une réponse
péremptoire.

5. Il faut en finir de cette vie incertaine, va-
gabonde, inquiète et découragée, dou-
loureuse comme sentiment, destructive
comme emploi de mes facultés, ruineu-
se comme fortune, avilissante comme
caractère. j'ai cinq partis entre les
quels je puis choisir. 1° rompre avec
M.de de St. purement et simplement.
2° lui proposer l'alternative de m'é-
pouser ou de rompre. 3° l'un ou
l'autre de ces partis étant pris, vivre
seul, garçon, indépendant, et tout
entier à l'étude. 4° me marier soit
à Antoinette, soit à une autre,
convenablement et honorablement.
5° 12. si je romps avec mad.de de St. pu-
rement et simplement, elle essayera
tous les moyens de désespoir pour me
retenir: elle me suivra jusqu'au bout
du monde: elle se complaira dans
des démonstrations de douleur. il
s'ensuivra inévitablement une brouil
lerie, et il faudra me défendre et
lui faire du mal, ce qui m'est affreux.
si je lui donne l'alternative de m'é-
pouser ou de rompre, il y aura des
scènes sans doute, mais je serai sur
un terrein ferme, et on ne pourra plus
m'accuser de vouloir briser un lien
de 13 ans, au risque de couter la
vie à une femme qui m'aime. sans
doute je me donne un double tort,
aux yeux du public, celui de vouloir
épouser une femme très riche, et de
n'avoir de tout temps eu que ce but,
aux yeux de ma famille celui de
vouloir épouser une femme qu'ils
n'aiment pas. —— interrompu tout
à l'examen. scène épouvantable
le soir et toute la nuit jusqu'à 5

1807년 8월 2일부터 5일까지

2. 신비주의자들 집에서 보낸 특이한 저녁 시간. 드랑갈리 부인, 분명 정신적인 여자. 외부의 도움 없이 그와 같은 위력을 쟁취한 여자가 많다. 발루아에게 편지 씀. 또 무용한 하루. 보내기에는 길다. 나소 부인과 로잘리와 대화. 사람들이 2.에 동의하지만 12.는 원하지 않는다. 판사들과 판결은 꺼져 버리길.

3. 계획을 세우는 데 나보다 더 서투를 수는 없다. 나는 순간의 어려움에 부딪혀 항상 가장 나쁜 길을 선택한다. 코페로 돌아가지 않은 채 아버지 집을 떠나야만 했다. 모든 게 뒤섞일 것이고, 나는 더 떠들썩하게, 그러나 덜 비난받으면서 12.를 끝낼 것이다. 나를 절반만 지지하고, 내가 12.를 생각하지 않는다고 그냥 믿게 내버려 두면서 실제로는 속이는 내 가족 한가운데 몸을 두러 돌아왔다. 나는 일을 잘못 시작했고, 내가 여기서 독일로 떠난다면 그들을 속인 것처럼 소외시키게 될 것이다. 스탈 부인은 그것이 샤를로트와 결혼하기 위해서라고 말할 거고, 그들은 그 사실을 부정하면서 나를 돕는다고 믿을 것이고, 일이 성사되면 분개할 것이다. 솔직해져야만 할 것이다. 그러나 나의 비사교적인 성격 때문에도, 모든 논쟁을 두려워하게 하는 나의 약함 때문에도 그것이 쉽지 않다. 이런 곤경 속에서 해야 할 최선의 것이 무엇인지 숙고해 보자. 아버지의 편지. 그는 스탈 부인에 대해 지나치게 분기탱천한다. 이런 상황에서 빠져나올 수 있는 것은 타인에 의해서가 아니다. 그들은 너무 무관심하거나 너무 신랄하다. 어느 날 내가 사라지면서 그것에서 빠져나오게 될 것이다. 스탈 부인의 편지. 오셰가 그녀에게 슐레겔의 도착에 관한 나의 15일 자 편지를 보고했다. 그녀는 내가 그녀의 이상한 거동을 토로한 데 대해 격분했다. 그녀는 내가 감히 불평할 수도 없게 내게 고통을 주고 싶어 한다.

4. 샤를로트에게 편지 씀. 다시 무용한 하루. 도리니Dorigny에서 경마. 권태로운 로잔. 스탈 부인의 도착. 우선 신랄했다가 그다음 다정한 대화. 난관을 벗어나는 유일한 방법은 그녀에게 결혼을 택일하게 하는 것이다. 만일 그렇게 하지 않으면 그녀는 내가 그 모든 추악함을 느낄 만큼 절망적인 광경을 세상에 제공할 것이다. 그렇다면 그녀와 결혼하는 것이 반론의 여지없는 답변일 것이다.

5. 불확실하고 방랑하며, 초조하고 의기소침하며, 감정처럼 고통스럽고, 내 지력의 사용처럼 파괴적이며, 재산처럼 파산을 초래하고, 성격처럼 비천하게 만드는 이런 삶을 끝장내야 한다. 나는 다섯 개의 해결책 가운데 선택할 수 있다. 1) 스탈 부인과 아무 조건 없이 관계 끊기. 2) 그녀에게 나와 결혼하거나 관계를 끊는 양자택일 제안하기. 3) 이런 해결책 중 하나가 취해지면 홀로, 소년으로, 독립적으로, 그리고 연구에 전념하면서 살기. 4) 앙투아네트 혹은 다른 여자와 이곳에서 결혼하기. 합당하게 그리고 떳떳하게. 5) 12. 만일 스탈 부인과 아무 조건 없이 관계를 끊는다면 그녀는 나를 붙들기 위해 절망적으로 모든 수단과 방법을 시도할 것이다. 즉, 세상 끝까지 나를 뒤쫓을 것이고 고통의 시위 속에서 만족해할 것이다. 불가피하게 일시적 불화가 뒤따를 것이어서 나 자신을 지키고 그녀에게 해를 입혀야만 할 것인데, 이것은 소름 끼치는 일이다. 만일 내가 그녀에게 나와 결혼하거나 관계를 끊거나 하는 양자택일을 하라고 한다면 필시 싸움이 일어날 것이지만, 나의 근거가 확실해서, 누구도 내가 나를 사랑하는 한 여자의 생명을 빼앗는 위험을 무릅쓰고 13년의 관계를 깨뜨리려 한다고 비난할 수 없을 것이다. 분명 나는 나 자신에게 이중의 잘못을 저지르고 있는데, 대중 눈에는 내가 매우 부유한 여자와 결혼하고자 하고 언제 어느 때나 오직 이 목표만 가지고 있었다는 잘못 하나, 그리고 내 가족의 눈에는 내가 그들이 좋아하지 않는 여자와 결혼한다는 잘못이다. 이 모든 검토 중단. 저녁 그리고 아침 5시까지 밤새도록 무시무시한 언쟁 표출. 그녀는 나보다 더 부드러웠다. 오직 나만 잘못했다. 이것처럼 나는 절대 난관을 벗어나지 못할 것이다.

“비상수단을 써야만 했어요”

아델 위고 Adèle Hugo, 1830~1915

아델 위고의 이야기는 막대한 허비虛費에 관한 이야기다. 똑똑하고, 그림과 피아노에 재능이 있었던 아름다운 빅토르 위고의 딸은 매력 그 자체였고, 남자들에게 인기가 많았다. 그녀의 일기는 나폴레옹 3세의 쿠데타로 추방당해 영국과 노르망디섬—저지섬 그다음 건지섬—에 유배된 그녀 아버지의 사생활 속으로 들어가게 해 준다. 그녀는 아버지를 둘러싼 지지자들 모임의 일상, 대화 그리고 심지어 작은 그룹을 고무하는 교령 원탁•에 대한 열정까지도 이야기한다. 그러나 아버지의 슬하에서 다분히 고독하고 그리 자유롭지 못한 삶은 사랑하는 여동생 레오폴딘의 익사에 대한 기억으로—그녀의 죽음은 위고를 끊임없이 괴롭힌다—어두워졌다. 이러한 분위기는 너무 무거워서 그녀는 심각한 우울증에 빠져 버린다. 빠져나갈 구멍이 있을까? 그녀는 1854년 위고 가족을 방문한 영국 육군 중위 앨버트 핀슨에게서 사랑을 발견했다고 믿는다. 그녀는 곧 자기의 구혼자들을 모두 잊어버린다. 때로 그녀는 일기에서 그에게 말을 건넨다. “나는 당신이 영국인, 왕정주의자, 금발, 육체, 과거, 태양이기 때문에 당신을 사랑해요. 나는 불의 신을 뜨겁게 데울 품성은 갖추지 못했으나 눈을 녹게 할 긍지는 갖췄어요”(1854년 10월). 그녀는 불타오르지만, 그는 재빨리 도망친다. 그녀는 가족에게 파리, 그다음 몰타섬에 간다고 믿게 하면서 그가 주둔하고 있는 캐나다의 핼리팩스로 쫓아가는 등 이성을 완전히 잃는다. 당시 그녀는 이렇게 적는다. “종이를 사러 혼자서 5분도 밖에 나갈 수 없을 정도로 노예가 된 한 소녀가 연인을 만나기 위해 바다 위를 걸어가고, 구세계에서 신세계로 가는 그런 믿을 수 없는 일을, 내가 그런 일을 할 것이다.” 캐나다에서 그녀는 부모에게 핀슨과 결혼했다—순전히 지어낸 이야기—고 편지로 알린다. 가족의 한 친구가 프랑스로 다시 데려오기 전까지 그녀는 캐나다에서 몇 년간이나 머물렀고 요양원에서 생을 마감한다. 다음 페이지의 일기에는 정신착란까지 간 불행한 그녀의 핀슨에 대한 정열의 흔적이 남아 있다. 그녀는 일기 읽는 것을 더 어렵게 만들기 위해 몇몇 단어의 철자 순서를 바꾸어 놓는다. 그리고 다시 한번 중위에게 말을 건네며 자살 위협까지 포함하여 군대에서 중위를 빼내기 위해 고안한 계략을 고백한다. 폐부를 찌르는 듯한 내면의 파멸로 회귀하는 아델의 이야기는 프랑수아 트뤼포 감독에게 영화 〈아델 H 이야기L'Histoire d'Adèle H〉를 만들도록 영감을 준다…….

• 식물교령술로 영적 교신을 할 때 사용하는 원탁

1854년 12월 28일

군대 앞에서 변명

친구여, 그 시기에는 군대에서 한사코 몸을 빼내야 했어요. 당신의 신체적 생명과 정신적 생명을 반드시 구해 내야만 했어요. 가능한 모든 구실을 사용하고, 그것을 무용하게 사용한 후에 비상수단을 써야만 했다는 것은 명백해요. 저에게는 제 죽음과 질투라는 두 가지 구실이 있었어요. 우선 첫 번째 것을 시도해 보았으나 성공하지 못했어요. 제 앞에 시간이 없을까 봐 두려워서, 그리고 갑자기 군대 규정이 생겨 군대 안에서 당신을 제거하고 제 계획을 어렵고 불가능하게 만들까 봐 두려워서 가장 확실하고 유일하게 실행 가능한 두 번째 수단을 당장 시도했지요. 당신에게 편지가 너무 늦게 도착하면 안 되겠기에, 미스 앨런에게 당신 주소를 아는 즉시 당신에게 편지를 보내 달라고 부탁했어요. 그리고 당신의 회신을 받기 전부터 그녀는 어머니가 자신을 별로 자유롭게 두지 않는 까닭에 당신이 회신하면 4, 5일이 지난 후에야 이를 전할 수 있었어요. 영국 정부의 명령으로 당신이 갑자기 군대에 갈 수 있는 상황에서 이는 매우 무모한 시간 낭비였어요. 그래서 이 편지가 떠난 거예요.

“나는 R을 사랑하지 않고 그도 나를 사랑하지 않아.
2주 후에는 더 이상 그것에 대해 생각하지 않을 거야”

주느비에브 브레통 Geneviève Brèton, 1849~1918

필리프 르죈이 『아가씨들의 자아*Le Moi des demoiselles*』에서 지적한 것처럼 소녀의 일기는 모든 방향으로 꽉 조인 환경에서 종종 자기주장의, 게다가 해방의 장소다. 주느비에브 브레통의 수첩 일지가 그 증거다. 출판인 루이 아셰트의 가까운 협력자의 딸인 그녀는 플레시로뱅송의 부르주아 지식인 계층에서 성장했다. 그녀는 열여덟 살에 평생 계속할 감동적인 일기를 쓰기 시작했다. 그녀는 그림을 그리고 승마를 하고 식물학을 공부하는 등 주변 환경에 맞춰 교육을 받았으며, 그 과정에서 먹고살기 위해 일해야 한다면 그녀가 배운 어떤 것도 도움이 되지 않았다는 것을 알아차렸다. 그녀의 관심사도 사랑 찾기를 위시하여 당시에 보통 소녀에게 기대하는 것들이었다. 그녀는 이탈리아에서 만난 앙리 르뇨와 한때 사랑을 찾아내는데, 그는 그곳에서 로마대상prix de Rome을 막 수상했다. 안타깝게도 이 순정적 사랑은 주느비에브의 부모가 마침내 결혼을 승낙한 지 며칠 만인 1871년 1월 19일, 프랑스-프러시아(보불) 전쟁에서 앙리가 스물여덟 살로 전사하면서 비극적으로 끝난다. 절망에 빠진 스물한 살 여성은 적십자 단체에 자원해 5월 전쟁이 끝날 때까지 참전한다. 그녀가 다른 남자, 홀아비인 건축가 알프레드 보두아예를 만나 결혼하기 전까지 10년이란 세월이 흐른다. “우리는 더 이상 젊지 않고 둘 다 고통을 받았다. 나는 그의 사랑을 믿고 내 사랑에 책임을 진다.” 다음의 일기에서는 르뇨에 대해 싹트기 시작한 감정에 질문하는 사랑의 초기 모습뿐 아니라 자신이 받은 교육을 영국 소녀들의 자유와 비교하며 그 교육에 의문을 품는 모습이 담겨 있다. 비극이 닥치기 훨씬 전인 평온한 순간…….

[1867년 11월 26일]

“움직이는 것은 자기 주변에 그 흔들림을 쉽게 전파하는데 정열적인 인간의 담론과 행동보다 더 많은 열정을 불러일으키는 것은 아무것도 없다.[”]
“그러한 약속의 부끄러운 결과를 생각하지 않은 채 대상을 사랑하고 우리가 만족해하는 기쁨에만 주시하는 것은 그 대상에 주의를 반만 기울이는 것이다. 따라서 만일 정열이 두뇌 속에 자신의 모든 느낌을 만들 시간을 남겨 둔다면 주의력이 너무 늦게 올 것이므로 일찍부터 잘 생각하는 게 필요하다. 왜냐하면 신체에 대한 정신의 힘을 고려하면서 정신의 힘이 제한적이고 협소하다는 것을 세밀하게 관찰하는 것이 필요하기 때문이다. 거기에 종종 아주 격렬하게 동요되어 정신은 더 이상 그 동요를 지배하지 못한다.[”]
 오늘 아침 보쉬에의 책에서 읽음.

[1867년 11월 29일]

나는 R을 사랑하지 않고 그도 나를 사랑하지 않아. 2주 후에는 더 이상 그것에 대해 생각하지 않을 거야. 도대체 우리는 무슨 게임을 하는 걸까, “우리가 여기서 누구를 속이는 거지.” 그는 부드럽고 다정해, 그게 다야, 그리고 나, 나는 조금 아프고 우리는 아침나절을 함께 아주 고요하고 부드럽게 보냈어……. 그는 그림을 그렸고 나, 나는 그 가까이에서 책을 읽었지……. 오! 아니 그것은 위험하지 않아—대체 젤[림]은 왜 무엇을 두려워하는 건지……. 나, 나는 아무것도 두렵지 않아…….

Ce qui est en mouvement répand aisément son agitation autour de soi et rien n'émeut plus les passions que les discours et les actions des hommes passionnés —

Ce n'est qu'être ~~attentif~~ à demi attentif à un objet que de n'y considérer que le plaisir dont on est flatté en l'aimant, sans songer aux suites fâcheuses d'un semblable engagement.

Il est donc nécessaire d'y bien penser, et d'y penser de bonne heure parce que si on laisse le temps à la passion de faire toute son impression dans le cerveau l'attention viendra trop tard.

Car, en considérant le pouvoir de l'âme sur le corps, il faut observer soigneusement que ses forces sont bornées et restreintes.

Il se fait souvent dans le cerveau des agitations si violentes que l'âme n'en est plus maîtresse —

Lu dans Bossuet ce matin

29 Novembre

Je n'aime pas K, il ne m'aime pas dans quinze jours je n'y penserai plus lui non plus quel peut prenons nous donc, qui trompe-t-on ici, il est tendre voilà tout, ~~c'est~~ et moi je suis un peu malade ~~[illegible]~~ + nous avons passé la matinée ensemble si calmement si doucement … il dessinait et moi je lisais près de lui ; oh! non cela n'est pas dangereux + pourquoi est-ce dangereux ? Mel a t'elle donc peur. Jamais je ne crains rien

~~pour~~ ~~j'agis mal~~ je ne raisonne pas
j'agis mal

En Angleterre il y a un mot ~~the~~ flirtation ce
mot n'existe [illegible] ~~[illegible]~~ ni dans ~~l'Education~~
la langue ni dans l'Education française c'est
la liberté [illegible] des jeunes filles un peu la cama-
raderie un peu la familiarité un peu la coq[uetterie]
et pourtant ~~rien~~ de tout cela il y a un peu de ~~voilà~~
cela il y a un très petit peu coquette
~~ce qu'il y a [illegible] ici~~ voilà ce qui rend tout ce
intéressant attrayant et voilà aussi ce qui rend
une situation quelquefois un peu délicate ~~pour~~ voyez
abuser de ce peut [illegible] mal
~~[illegible]~~

Maman ~~[illegible]~~ a une grande confiance en
moi elle se dit mes filles ne feront
pas folies seulement [illegible] ~~[illegible] qu'elles pensent~~
~~[illegible]~~ supprimer je fais ce que je veux ou je veux,
la coupe [illegible] je ne suis pas timide
jamais je n'aurais l'idée de cacher qq chose
à maman aussi sa confiance est absolue
et cette ~~absolue~~ confiance est ce qui fait
la [illegible] et la [illegible] des filles à l'anglaise

[1867년 11월 29일]

나는 [이치를 따져 생각하지] 않고 잘못 행동한다. 영국에는 **플러테이션flirtation**이라는 말이 있는데, 이는 프랑스어나 교육에도 존재하지 않는다. 그 말은 젊은 처녀들[에게는] 자유이고 조금은 우의, 조금은 친근함, 조금은 추종자들이란 의미다. 그리고 [하지만] 그 모든 것이 별것 아닌데 이곳에는 그것이 약간, 아주 약간 있다. 우리의 내면을 매력 있게 만들고, 또한 내 상황을 때때로 약간 미묘하게 만드는 게 바로 그것이다. 사람들은 그 말을 나쁘게 [해석하기] [위해] 남용했다. 엄마는 나를 매우 신뢰하고 "내 딸들은 오류를 범할 수 없어"라고 혼잣말하시는데, 다만 딸들이 고통스러워할 수 있다는 것을 잊어버리신다. 나는 내가 원하는 곳에서 원하는 것을 하고, 쿠페•가 나를 이끌고 다니고, 나는 수줍어하지 않으며 엄마에게 절대 무엇을 숨기려 하지 않을 거야. 그녀의 신뢰는 절대적이고 그런 신뢰가 영국식 소녀들의 올바름과 신의를 만든다.

• coupé. 뒤가 깎인 듯한 모양을 한 문짝이 둘인 자동차

“디안은 1년여 전에 죽은 것으로 보인다”

잔로프 Xanrof, 1867~1953

“지나간 시간도 사랑도 돌아오지 않는다”, 가끔 일기장을 뒤덮는 것만 빼고……. 작사·작곡가인 잔로프의 일기장은 어떤 당황스러움을 드러낸다. 그는 옛 정부情婦인 디안의 사망 소식을 접하고 아무런 충격 없이 놀란다. 그러나 어쨌든, 아마도 뒤흔들렸을지도 모르는 그는 그에 대해 숙고하기 위해 펜을 든다……. 잔로프는 레옹 푸르노의 필명으로, 라틴어 포르낙스fornax(“fourneau 화덕”)를 거꾸로 쓴 말장난이다. 그는 자신이 작사·작곡한 가요를 연주한 몽마르트르의 신화적 카바레 ‘르샤누아르Le Chat Noir’에서 풍자가요 작가로 유명해진다. 몇몇 그의 가요, 특히 〈삯마차〉는 이베트 길베르에 의해서도 다시 불렸다.

바로 오른쪽 일기의 첫 문장들이 보여 주듯이, 매춘 세계를 포함한 서민적인 파리는 이 풍자가요 작가의 관심을 끈다. 그는 일기에서 파리 생활과 함께 모두 과거의 것이 아닌 세월과 함께 진화하는 사랑들도 상기한다. 오늘날 독자는 그에 대해 충격을 받고 동요할 수 있다. 그는 디안과의 관계를 회상하면서 어느 날 그녀의 목을 조르려고 한 폭력을 아무런 망설임이나 죄책감 없이 이야기한다—그런 장면이 많은 사람에게 대수롭지 않게 보이는 어떤 한 세계에 대한 냉담한 증언이다. 일기가 전개됨에 따라 그는 자신을 기꺼이 무심한 호색가로 그린다. 환멸을 느낀 그는 다음과 같이 적는다. “어떨 때는 피로감, 권태, 무력감이 몰려온다. 예쁜 여자들이 수없이 많은데 한 여자를 사랑하는 게 무슨 소용이 있나? 재산이란 다른 수많은 것과 마찬가지로 절대로 큰 것이 아닌데, 그것을 갖는다는 게 무슨 소용 있나? […] 그 결과 나는 실용적이고 부드럽고 달콤한 인생을 꿈꾼다.”

하지만 그는 결국 자신에게 커다란 열정을 불러일으키는 정복한 한 여자 옆에서 “아주 부드러운 광기 그리고 끊임없는 흥분”을 이야기해 버리고 만다. 이 일기의 일부에는 속기술과 약호화된 글쓰기 덕분에 그의 비밀이 조심스럽게 감춰져 있다…….

[1891년] 11월

여자의 전형적이고 매력적인 한마디. 그녀는 의사한테 와서 […] 직업에 대해 하소연한다. “제가 일을 너무 많이 해서가 아녜요, 매일 두 시간만 일해요, 왜냐하면 아주 멋진 동네에서 창문을 통해 손님을 끄는데, 진열창이 너무 비싸기 때문이지요—하지만 그 두 시간에 열여섯 명의 고객을 상대해야 하기 때문에 대단히 피곤합니다. 그래서 제가 매우 신경질적이 되어 매번 무언가를 느끼게 되지요. 그것이 저를 녹초로 만듭니다. 만약 사람들이 이따금 입을 쉬지 않는다면 저는 이 직업을 벌써 내팽개쳤을 거예요!”

[1891년] 11월

G.가 오늘 루앙에서 돌아오는 길에 여러 점의 초상화 가운데 내 피아노 위에 있는 디안의 것을 보았다. 그가 "누군가요?"라고 말했다. 밖으로 나오시던 아버지가 "죽은 여자야"라고 말씀하셨다. 디안은 1년여 전에 죽은 것으로 보이는데, G.의 한 친구와 결혼했고……. 그 친구는 루앙에서 G.와 놀았다. 그녀에게는 두 아이가 있었다.

나는 그녀의 초상화 뒤쪽에서 "나의 사랑스러운 레옹 잔로프에게, 그의 사랑스러운 평생 아내가!"를 다시 읽었다. 그리고 내 마음에 질문을 던졌다.

이 소식의 효과는 기이하다. 나는 그에 대해 충격도 고통도 느끼지 않았다. 즉, 추억 하나가 사라지는 느낌, 서투른 하녀가 어느 구석에 늘 처박아 둔 여행 기념품인 하찮은 실내장식품

d'un an, paraît-il, mariée à un camarade
de [illegible] qui a joué avec lui à Rosier. Elle a-
vait deux petits enfants.
J'ai relu, derrière son portrait "A son petit
Léon Xanroff, sa petite femme pour la vie!"
et je me suis interrogé le cœur.
L'effet de cette nouvelle est bizarre. Je n'en ai
pas éprouvé de commotion ni de douleur;
un sentiment de disparition d'un souvenir,
quelque chose comme ce qui se passe quand
un bibelot, souvenir de voyage toujours relégué
en quelque coin, est cassé par une servante
maladroite; c'est un lien qui se brise avec une
époque de ma vie.
Et c'est pour elle que j'avais écrit
le Rosier et la Voleuse. Celle-ci, je m'en sou-
viens, je la lui avais passée un soir, au
Chat Noir, sous la table, en lui offrant
en même temps une rose cueillie dans mon
jardin. Elle buvait de la bière, et [illegible]
[illegible].
C'est une des femmes que j'ai le plus

하나를 깨뜨렸을 때 일어나는 것 같은 어떤 것. 그것은 내 인생의 한 시기와 함께 깨져 버리는 관계다. 그런데 나는 그녀를 위해 〈장미 나무〉와 〈사기꾼 여자〉[샹송]를 썼다. 나중 것, 내가 그것을 기억하는데, 그 노래를 어느 날 저녁 르샤누아르에서 탁자 밑으로 내 정원에서 꺾은 장미 한 송이와 함께 그녀에게 건넸다. 그녀는 맥주를 마시며 웃고 있었다.

그녀는 내가 매우 사랑한 여자 중 한 명이었고, 그녀의 죽음이 나에게 남긴 무심함 앞에서 놀랍게도 나는 나의 불안, 분노, 절망을 기억한다. 나는 우리가 침대에 있는 동안 그리고 […] 창문 아래에서 휘파람을 부르거나 심지어 초인종을 누르려고 하는 동안 그녀의 집에서 보낸 저녁 시간과 놀라지 않기 위해 취한 용의주도함과 가슴의 두근거림을 기억한다.

2

aimée et je me rappelle avec étonnement mes transes, et mes colères, et mes désespoirs, en présence de l'indifférence où me laisse sa mort.

Je me rappelle les soirées chez elle, et les précautions pour n'être pas surpris, et le battement de cœur tandis que nous étions au lit et que l'on venait siffler sous ses fenêtres, ou montait même sonner.

Et le dîner dans sa chambre qui sentait la verveine: un parfum que je ne puis sentir sans revoir notre premier soir d'amour, et cette jolie mise en scène qu'elle avait préparée pour me recevoir.

Et le matin où, dans un accès de rage jalouse je commençai à l'étrangler dans son lit, son regard en se sentant perdue.

Et plus tard, rue Nouvelle, les déjeuners intimes et les chansons au piano, et les soirées au lit. C'est à cette époque qu'elle était devenue splendide, vraiment. Et, bizarrerie humaine, c'est à cette époque que je cessai de l'aimer, sans douleur, la sentant trop fille et écœuré du rôle d'amant aux violettes.

C'est en décembre que je la quittai, en lui envoyant un déjeuner en argent. D'autres vont

그리고 우리 사랑의 첫날 저녁을 다시 떠올리지 않고서는 맡을 수 없는 마편초 향내가 나는 그녀의 방 안에서의 식사와, 그녀가 나를 맞이하기 위해 준비한 그 예쁜 미장센도 기억한다. 그리고 질투로 광분해 그녀의 침대에서 그녀의 목을 조르기 시작한 아침, 어찌할 바를 모르던 그녀의 시선도. 그리고 나중에 누벨 거리에서 친밀한 점심 식사와 피아노 반주에 맞춘 노래들, 침대에서 보낸 저녁나절들도.

그녀가 진정 눈부시게 아름다웠던 것은 그때였다. 그리고 인간의 기묘함, 다시 말해 그녀를 지나치게 여자로 느끼면서, 그리고 제비꽃 연인 역할이 역겨워 고통 없이 그녀를 사랑하기를 멈춘 것도 바로 그때였다. 10월에 그녀에게 점심 식사를 돈으로 보내면서 나는 그녀를 떠났다. […]

“나의 결혼 생활이 조만간 15년 차에 접어든다니, 자식도, 사랑도 없이!”

알리스 드 라 뤼엘 Alice de la Ruelle, 1866~1932

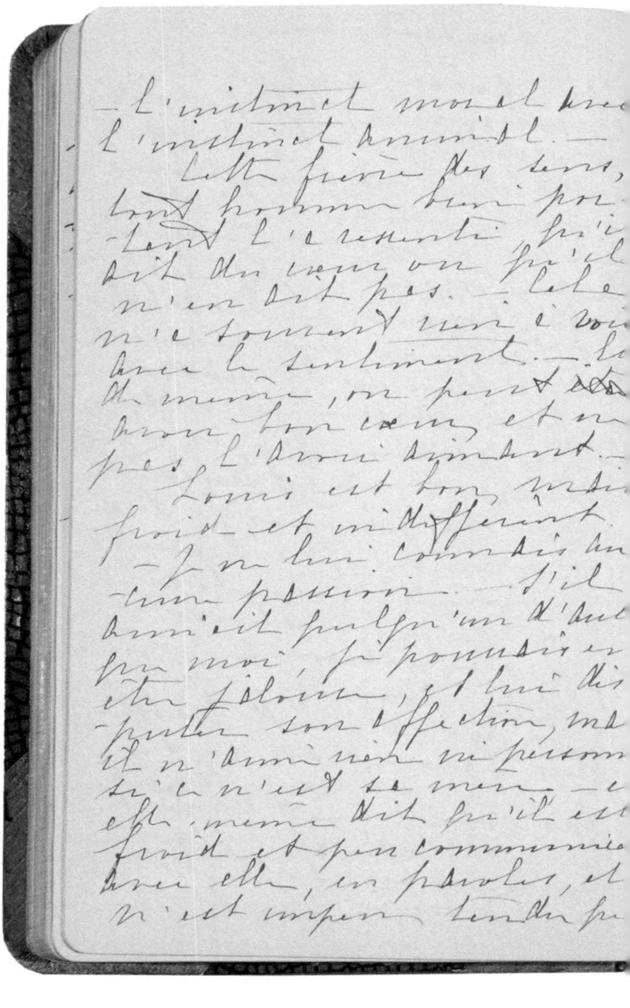

오랫동안 기적적으로 숨겨지고 보존된 탄식. 10년 간격으로 쓴 두 권의 노트로 구성된 알리스 드 라 뤼엘의 일기는 그녀가 세상을 떠난 지 20년 후, 어느 고급 가구상이 구입한 가구의 비밀 서랍에서 발견되었다. 가구상은 일기를 ‘자서전을 위한 협회’(346쪽 참조)에 유증했다. 그녀는 “추신”으로 자기 고백을 신경 써서 마무리했다. “내 육필 원고를 상속받을 사람들을 위하여. 이것은 내 삶의 이면이다. 즉, 타인이 필경 본의 아니게 내게 한 악행을 그들에게 되돌려주지 않기 위해 감추어야만 한다고 믿었던 것들”이라며 자기 생각을 밝힌다. “하지만 가슴 속에서 올라오는 비탄의 원천이 우리를 숨 막히게 하는 날들이 있다, 만일 우리가 그것을 한사코 밖으로 솟아 나오지 못하도록 한다면. 나는 이 일기장에 원통한 물결이 흐르도록 놔두었으니 아무에게도 그 물방울이 튀지 않기를 원하고, 내가 더는 살아 있지 않을 때 이 일기장을 읽을 수 있는 사람들은 그 비밀을 지키고 내밀하고 비밀스러운 성격을 존중해 주길 간청한다.” 나이가 더 든 연대장의 아내인 그녀는 사랑 없는 결혼에 숨 막혀 한다. 아이의 탄생을 보는 위안도 없다. 이 완전한 고독에도 불구하고 그녀는 뤼네빌(첫 번째 노트), 그다음 몽토방(두 번째 노트)에서의 주둔 생활을 재치 있게 묘사한다. 남편이 끈질기게 냉담한데도 그녀는 자기 지위를 보존하고 그에 맞게 처신한다. 유일한 탈출구인 “실패한 인생”에 대한 혼란을 표현하는 이 일기장과 함께…….

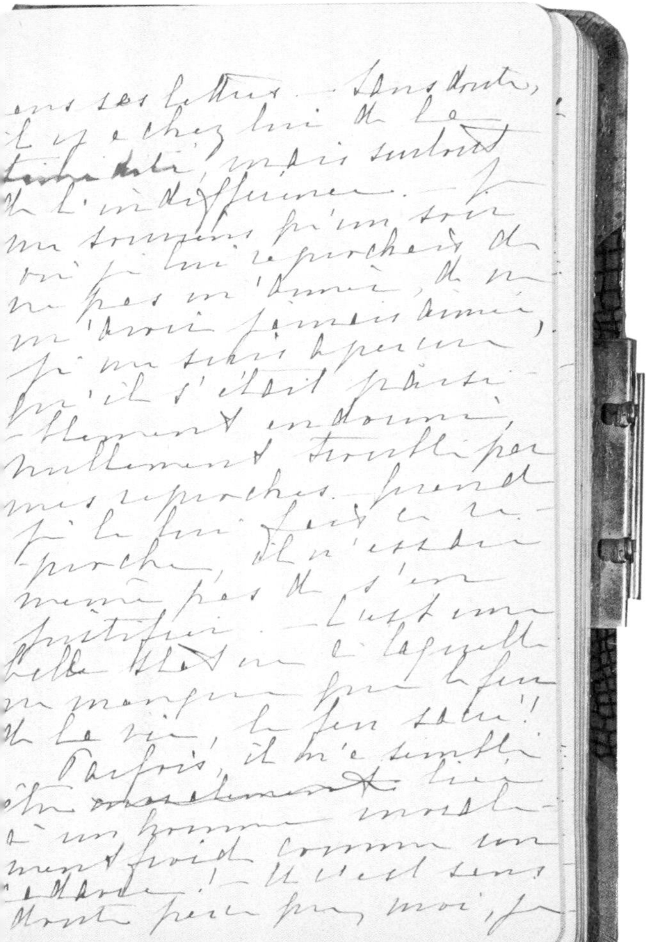

[1899~1901년]

[…] 루이는 선한 사람이지만 차갑고 무심하다—나는 그가 아무 열정도 없다는 것을 안다—만일 그가 나 아닌 다른 누구를 사랑한다면 그에 대해 질투할 것이고 그녀와 그의 애정을 다툴 것이나, 그는 자기 어머니ㅌ 외에 아무것도 그 누구도 사랑하지 않는다—그리고 그의 어머니조차 그가 냉정하고 말로는 그녀와 거의 마음을 터놓지 않으며 편지에서만 조금 다정할 뿐이라고 말한다—그에게는 확실히 수줍음이 있으나 무엇보다 무심함이 있다—내가 그에게 나를 사랑하지 않고 나를 한 번도 사랑한 적이 없다고 비난했던 어느 날 저녁, 그가 이에 대해 전혀 동요하지 않은 채 평온하게 잠들어 있는 모습을 보았다. 나의 그런 비난에 그는 변명하려는 시도조차 하지 않는다. 단지 생명의 열기, 신성한 열기만 없는 하나의 아름다운 조각상이다!

때때로 나는 정신적으로 시체처럼 차가운 한 남자에게 묶여 있는 것 같다!—내가 그를 사랑할 수 없었던 것은 틀림없이 나라는 사람이 열정적이어서 결혼한 지 14년이 지난 지금은 정말로 완전히 그의 아내가 아니기 때문일 것이다—내가 자식이 없는 것은 아마도 그 때문일지도 모른다. 열정적인 사랑을 위해 만들어진 나는 아내도 어머니도 될 수 없었다…….

……나에게 거부된 이 사랑으로 인해—그러므로 나는 실패한 인생을 인식하고 있다—나는 천상에나 있을 법한 순수하고 영원한 사랑에 나를 바치지 않는 한 내 운명을 채우지 못할 것이다!—결혼 생활이 조만간 15년 차에 접어든다니, 자식도, 사랑도 없이! "내 가슴은 대체 어떤 무덤이고, 어떤 고독인가!"—나는 나의 남편이 잘생기고, 매력적이며 대부분의 남자보다 더 낫다고 생각했고 아직도 그리 생각하는데, 어째서 그를 사랑할 수 없는가?—그것은 그가 나를 사랑하지 않기 때문이요, 그가 사랑이란 것을 하지 않기 때문이다. 아주 어릴 적, 수녀님이나 아주머니가 나를 다정하게 안아 주셨을 때 거의 기절할 뻔한 것을 기억하는 내가—그 달콤한 기쁨의 감동을 나의 사랑스러운 사촌 로베르가 다섯 살 때 그의 애정 때문에, 그리고 나중에는 내가 스무 살 때 앙투아네트의 애정에서 되찾았으며—지금도 아직 사랑이나 기도의 노래를 들으면서 기쁨의 실신과 황홀경에 빠져 그와 같이 감동하는 내가, 왜 남편에게는 무감각한지, 어떻게 그럴 수 있는지 모르겠다—그의 키스는 단 한 번도 나를 감동시킨 적이 없고, 가장 사소한 기쁨의 감각도 준 적이 없다—그것은 그가 대단히 냉정하기 때문이다!—그는 다정하게 대하려 할 때도 나를 놀리고 짓궂게 구는 것밖에 할 줄 모른다. 그는 연기를 하거나 나를 괴롭히려는 것 같다. 우리는 사랑을 이해하는 방식이 너무 다르다—그에게 사랑은 유치함이다—좀 전에도 그에게 이를 말했더니 그는 "그러면 당신에게는 엘레지(비가)로군!"이라고 답했다—아니, 사랑은 서정시이고 라마르틴, 뮈세, 빅토르 위고의 시구다—구노, 베토벤, 슈만, 마스네의 선율이다—그것은 삶의 지고한 강렬함이고, 영혼의 불이자 황홀경이며, 천상이다!

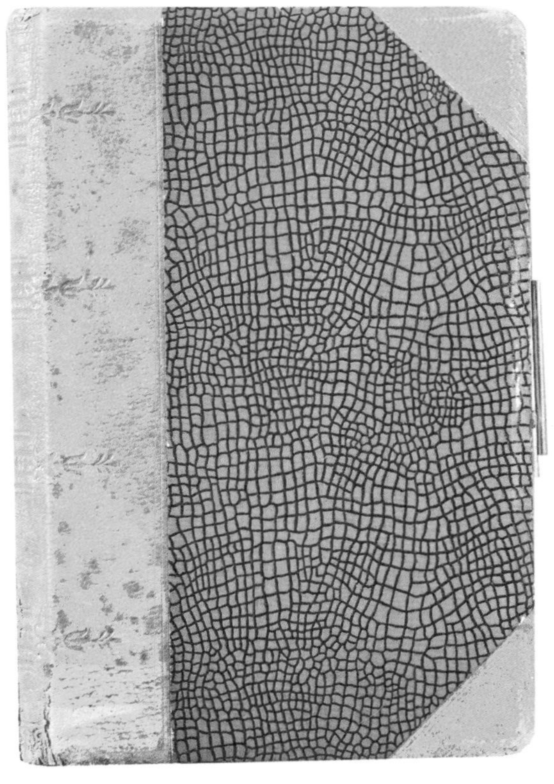

"성적으로 불행한 남자는 행복하다고 말할 수 없다"

쥘리앵 그린 Julien Green, 1900~1998

쥘리앵 그린의 일기는 아마도 그가 직접 광범위하게 잘라 낸 원고일 것이다. 왜냐하면 일기에서 그의 해결 불가능한 모순이 드러나기 때문이다. 백 년 인생 중에서 70년 동안 일기를 쓴 그는 생전에 그 전문을 출판할 수 없으리라는 것을 알고, 사후 출판 조건으로 사건 발생 50년 후에 출판할 것을 강력히 요구하였다. 그는 여러 내용을 삭제한 판본들을 출판하게 했다. 이는 열일곱 살에 가톨릭으로 개종하고 영성에 사로잡힌 작가의 위상을 확고히 했다.

하지만 출판된 페이지의 그늘 속에 숨겨진 대륙 하나 전체가 몸을 감추고 있었다. 쥘리앵 그린은 이 일기에다—동시대인에게는 침묵하는 것이 좋다고 판단한 문학계에 관한 의견 외에—자신의 성적 강박관념과 아주 많은 동성애 행각을 기록했다. 그의 동성애는 극단적 노골성으로 묘사되었다. 오랫동안 출판되지 않은 오른쪽 페이지를 보면, 공개적 관계를 맺고 그의 일기를 읽는 가공할 만한 특권을 지닌 삶의 동반자 로베르 드 생장을 약간 암시하면서 자신을 고통스럽게 하는 욕망을 이야기한다. 남겨야 할 까다로운 유산……. 하지만 그는 이를 불태워 버리고 싶은 유혹에 늘 저항했다. 1995년에는 이렇게 적고 있다. "1928년에서 1935년까지 쓴 일기의 몇몇 대목을 다시 읽음. 여기저기 우연히 펼친 부분을 보면 육체적 쾌락의 묘사가 일기의 90퍼센트를 차지한다는 것을 분명히 알 수 있다. 그때 상당히 큰 위험을 무릅쓴 회색 노트들을 없애 버리는 것은 큰 실수를 범하는 것이었을 테다. 왜냐하면 이는 많은 사람이 알지 못한 삶의 경험을 보여 주기 때문이다. 그것들은 언젠가 유익한 자료가 되거나 심지어 유용할 수도 있을 것이다." 로베르 라퐁 출판사에서 『일기*Journal*』 완본판의 첫 권이 2019년에 출판되었고, 그것은 장기 출판 작업의 시작이었다. 당시 밝혀진 일기의 1919~1934년 기간에는 정신적 작가와 지칠 줄 모르는 육체의 숭배자라는 양면성이 터져나오고 있었다. 마치 루브르 박물관의 보물들에 대한 욕망과 육체에 대한 조급증이 뒤섞이는 이곳처럼.

[1934년] 5월 7일 월요일

요즘 욕망 때문에 무척 고통스러웠다, 오늘 특히. 행복을 찾아서 파리를 배회했고, 그것을 위해 어떤 값이라도 치렀을 것이나 […] 스필레르. 그에게 편지했으나 소용없었다. 다음 주에 그러기를 희망하는데, 우리는 떠날 것이다. 만일 내가 그럴 수 있다면 부다페스트에 갈 것이다. 그러나 그곳은 너무 먼 곳이니 어느 도시의 도로 위에서? 어쨌든 여행에는 목적이 필요하기 때문이고 아니면 적어도 나는 그것을 전제한다. 이런 근심 때문에 오늘 공부를 제대로 못 했다. 쓸데없이 오래 산책한 나 자신을 원망했다. 그런 산책은 나를 피곤하게 하고 모욕한다. 두통이 꽤 심하다. 멋진 소년 한 명을 그림. […]

e battrai pas avec vous, mais votre pièce est
ni et je le dirai, je l'écrirai ! » clamait-il de sa
ix sèche et aigüe. Tout ce qu'il y avait dans la salle
gardait cette scène. Avec ses boucles rousses et son
rofil dur et long, Rostand ressemblait à un Florentin
u XVe siècle, un de ces Florentins qui conspuaient Sa=
narole. / Temps froid et pluvieux. Plusieurs fois chez
ith et à Montparnasse, mais pas un beau gars. / Lu
Bowers et fini, presque, le livre de Montague Somers
r le vampire. / A 7h. L dans mon bureau.

Lundi 7 mai. Beaucoup souffert de mes désirs ces jours-ci, aujourd'hui surtout. J'ai
erré dans Paris à la recherche du bonheur, je l'aurais
payé n'importe quel prix, mais les

. Je lui ai écrit, en vain. La semaine prochaine,
je l'espère, nous partirons. Si je le pourrai, j'irais à
Budapest, mais c'est si loin et sur la route de quelle
ville ? car il faut pourtant un but à un voyage, ou du
moins je le suppose. Ces soucis m'ont empêché d'étudier
aujourd'hui. Je m'en suis voulu de ces longues prome-
nades inutiles. Elles me fatiguent et m'humilient. J'ai
un mal de tête assez fort. Dessiné un superbe garçon aux

로베르는 일을 많이, 분명 너무 많이 한다. 그러나 나는 우리가 조만간 떠나기를 바란다. 아름답고 포근한 날씨.

내가 오늘처럼 박탈감에 시달린 게 어쩌면 6개월이 넘었는지도 모르겠다. 사실, 나는 이 나라에 살아서는 안 될 것이고, 젊은이들이 종종 매우 아름다운 오스트리아나 독일, 적어도 스위스에서 살아야 할 듯하다. 성적으로 불행한 남자는 행복하다고 말할 수 없기 때문이다.

7시 반에 보자.

... travaille beaucoup, trop sans doute, mais j'espère que nous allons bientôt partir. / Beau temps tiède. / Il y a peut-être six mois que je n'avais souffert de la privation comme aujourd'hui. Au fond je ne devrais pas vivre dans ce pays, mais sinon en Autriche ou en Allemagne, du moins en Suisse, où les garçons sont souvent magnifiques. Car un homme sexuellement malheureux ne peut pas se dire heureux. / A 7h. ½.

Mardi 8 mai 1934. Couru inutilement toute la journée. ... recevait une amie à déjeuner. J'en ai profité pour aller à Montparnasse. Pas déjeuné. Erré ça et là, suivant un garçon puis l'autre, mais trouvé personne de possible. Grande tristesse. Ce n'est pas que les ... possibles à trouver à Paris. Il y en ...

désir. Il me semble que de ce côté-là, je sais à peu près tout ce qu'il y a à savoir. Pris le thé avec Beppo chez Smith. Il me recommande Zürich. Un jour, je vivrai peut-être dans un pays où les beaux garçons ne sont ni rares, ni farouches, mais me sentir prisonnier dans une ville où tout est contraire à l'amour tel que je le conçois, cela, je ne le veux plus. / Au Louvre cet après-midi comme presque tous les jours. Le goût de l'étude,

[1934년] 5월 8일 화요일

온종일 쓸데없이 뛰어다님. 안이 여자 친구 한 명을 점심 식사에 초대했다. 나는 이를 몽파르나스에 갈 기회로 활용했다. 점심을 먹었다. 여기저기 배회함, 한 청년을, 그다음 다른 청년을 뒤쫓으면서. […]

이 방면에서는 내가 알아야 할 모든 것을 대략 다 아는 것 같다. 스미스 집에서 베포와 차를 마심. 그가 취리히를 추천한다. 언젠가 어쩌면 잘생긴 청년들이 드물지도, 유혹하기 어렵지도 않은 나라에서 살게 될지도 모르나 모든 것이 내가 생각하는 대로의 사랑과는 반대되는 도시에 갇힌 것처럼 느끼는 것, 그것, 나는 그것을 더는 참을 수 없다. 거의 매일 그렇듯이 오늘 오후에도 루브르에서 보냄. 공부에 대한 의욕, 지식에 대한 갈망이 아마도 나를 구원할 것이다. 나는 배우는 것에 결코 지치지 않는다. 강렬한 기쁨으로 '7미터' 방의 원시 종족과 대형 갤러리 아래서 천사들의 부엌과 카라바조의 그림들을 바라봄. 멋진 시간.

우리가 어디로 갈지 아직 모른다. 아마도 이탈리아, 아니면 스위스, 혹은 오스트리아로(젊은이들 때문에).

“그는 이후에 관해 이야기한다, 언제나 여기 있을 사람의 표정으로”

시몬 드 보부아르 Simone de Beauvoir, 1908~1986

“나는 나 자신이 되는 위대한 모험을 수락한다.” 1929년 7월에 시몬 드 보부아르가 적은 이 글귀로 1926년부터 1930년까지 쓴 『젊은 날의 노트*Cahiers de jeunesse*』의 궤적을 요약할 수 있다. 이는 “얌전한 소녀”가 지식, 만남, 지속적인 자기반성에 힘입어 보수적인 부르주아 가정에서 진정으로 해방되어 자기 길을 개척하는 순간이다. 왜냐하면 지베르 문구점에서 산 하드커버의 두꺼운 노트들은 그녀가 어떤 사람이 되고 싶은지 검토하고 선택할 기회를 제공하기 때문이다. 그녀의 양녀 실비 르 봉 드 보부아르는 “우리는 작품을 창조하는 작가가 아닌 작가를 창조 중인 작품과 마주한다”라고 요약했다. 이 시기는 철학 교수 자격시험에 합격한 눈부신 학업의 시기다. 또한 그녀의 삶에 매우 중요한 우정의 시기이기도 하다. ‘자자’라는 별명을 가진 보부아르의 유년기 여자 친구 이자벨(스무 살이 되자마자 비극적으로 세상을 떠났다), 모리스 메를로퐁티, 르네 마외(‘보부아르’와 비슷한 영어 단어 ‘비버Beaver’ 때문에 그녀에게 ‘카스토르’라는 별명을 붙여 준 장본인이다), 폴 니장, 그리고 빼놓을 수 없는 장폴 사르트르와 나눈 우정. 보부아르는 사르트르를 만난 1929년을, 그녀가 간직하는 두 얼굴인 “지적인 마드무아젤 드 보부아르와 열정적인 마드무아젤 드 보부아르 사이에서 오랫동안 망설인 이후 비로소 카스토르가 탄생한” 해라고 스스로 지칭한다. 사르트르가 그녀의 인생에 들어올 때, 보부아르는 이미 르네 마외와의 사랑에 가까운 우정과 사촌 자크 샤를 샹피뇔에 대한 젊은 플라토닉 사랑에 사로잡혀 있었다. 하지만 사르트르는 가벼운 사랑의 유희와 열렬한 토론으로 몇 주 만에 보부아르를 완전히 매혹한다. 43쪽 일기는 보부아르의 마음이 동요되던 초반을 보여 주며, 45쪽 일기는 두 사람의 관계가 시작되던 초반을 드러낸다. 둘은 반세기 동안 자유롭고 곧 신화적인 커플을 형성한다. 이 젊은 날의 노트에서 어린 시몬이 계속해서 좇았던 사랑은 그녀에게 매우 중요한 실존적 체험이었다. “사랑은 쾌락이나 유희와 다른 것이고, 휴식이나 긴장 완화 혹은 활력과도 다르다. 아주 중대한 부름이고 엄청난 열정이며 한결같은 존재에 대한 욕구이며, 당신이 여기 없을 때 파리를 정처 없이 미친 듯 걷게 만드는 것이다. 당신 안에 나의 자리를, 내 안에 당신의 자리를 느끼는 것이다.” 열정적이고 관능적이며 완전한 그녀이지만 행복을 경계한다. 비록 인습적인 커플이 아니었다 할지라도 커플이 규정하고 충족시키기에 충분한 여성이 된다는 것은 있을 수 없는 일이다. “이 사랑은 모든 것을 너무 많이 집어삼켰어, 너무나 많이! 나는 오로지 이 사랑 안에서만 살았고 나의 삶을 소홀히 했어!”라고 그녀는 자책한다. 생전에 출간되지 않은 시몬 드 보부아르의 일기는 그녀의 자전적 작품과 그녀가 자기 인생의 남자들 가운데 몇 명 즉, 장폴 사르트르뿐만 아니라 작가인 자크 로랑 보스트와 넬슨 올그런에게 건넨 종종 감탄할 만한 편지들을 함께 비교하면서 읽는 데 필요한 내면의 실험실과도 같은 역할을 한다.

au Châtelet — le grand duc est admirable, et sa femme à voir, supportable — Sartre chante, de cette voix grave qui m'émeut — Il m'a pris le bras boulevard St Michel et le serre bien fort — comme nous sommes bien ensemble —

Si bien que quand les autres nous quittent nous continuons à marcher, enlacés — nous nous asseyons sur un banc, place St Sulpice — je m'abrite de ses bras un moment tandis que je lui raconte des histoires métaphysiques.. Son regard plein d'amusement et de tendresse... je resterais ainsi des heures —

Il me dit d'un air ravissant cette chose: vous êtes une jeune fille tout à fait charmante! —

Mais je dors mal, troublée de ces choses —

Mardi 30 juillet

Troublée au matin, quand je vois le résultat à la cité. un mot impertinent.. je n'aime pas qu'on me touche.. lui déplaît comme un rappel à l'ordre qu'il était en effet — nous jouons sur la terrasse du boulevard Montsouris, mais je joue mal — je voudrais lui dire ma tendresse et me suis maladroite.. je suis dans le train, un peu malheureuse, bien qu'il soit très bon —

Nous déjeunons chez .. et calé chef de [illegible] — et lui racontant des histoires sur le Luxembourg, l'écoutant me parler de l'École, je redeviens [illegible] — Mais ensuite, errer autour de la Sorbonne ensemble — rencontrons les Nizan avec un et Politzer que j'ai déjà aperçu nous buvons au Dauphin (pour changer) et je me sens, sans savoir pourquoi, accablée — Au Balzar je reprends un peu vie en entendant Sartre soutenir qu'il n'est pas nécessaire de prendre parti pour le communisme. Politzer est intelligent, vivant, mais combien sérieux.. ce que Sartre ni le [illegible] ne sont —

A l'heure des résultats, grande chance d'être entre Sartre et Nizan, [illegible] aux [illegible] et [illegible] — d'être reçue à 2 points de différence de Sartre — et d'aller avec lui chez cette dame.. (madame Morel) qui me plaît énormément ainsi que Guille — je sens que je leur suis sympathique, et surtout je suis Sartre si bien chez lui ici.. je déborde de tendresse pour lui —

Je le lui dis d'ailleurs tandis que nous dînons nous allons [illegible] même [illegible] de [illegible] et que je suis si heureuse d'être avec lui — mais tout cela est trop déchirant, tout cela va finir, et j'ai malgré tout cette crainte sur le cœur — Il me l'explique tout bas, le dîner au bord de la Seine.. quelle douceur.. Il me parle de plus tard, avec l'air de quelqu'un qui sera toujours là — cette pente de mon amour comme presque un pis aller, mais qu'il appuie comme tel, car il restera trop honnête pour suivre une vie amoureuse hors de lui.. il dit ces choses au bord d'un jardin métaphysique où tournoie un chat blanc —

Puis ce [illegible] dans la rue sur le [illegible] dont nous nous [illegible] — une réponse: je vais [illegible] les responsabilités — son air [illegible] — [illegible] — Quel est cet homme? quelle est cette conduite? et.. ne m'a [illegible]-t-il pas de mes [illegible]? .. et la tête dans mes mains, la petite fille de souffrir puis cette tendresse

←
[1929년] 7월 30일 화요일

그를 만나러 시테•에 가는 날 아침, 마음이 좋지 않았다. "숨 막히는 건 싫어요." 조급한 이 한마디가 마치 경고처럼 그를 불쾌하게 만들었고, 사실 그랬다. 우리는 몽수리 대로의 테라스에서 게임을 했는데, 나는 잘하지 못했다. 그에게 애정을 표현하고 싶었으나 어색하게 느껴졌다. 택시를 탔을 때 그가 매우 친절했음에도 불구하고 나는 조금 불행했다.

우리는 셰프 앙드레의 음식점에서 점심을 먹었다. 나는 뤽상부르 공원에 관한 이야기를 들려주고, 고등사범학교에 관한 그의 이야기를 들으며 다시 매력적인 카스토르가 되었다. 그러나 그다음 소르본[대학교] 주변을 배회하면서 낙담했다. 니장 가족을 만났다. 그들과 이미 만난 적이 있는 폴리체르와 함께 크냥에서 (변화를 위해) 술을 마셨고, 나는 연유도 모른 채 슬픔을 느꼈다. 발자르 카페에서 공산주의에 찬성할 필요가 없다고 주장하는 사르트르의 말을 들으면서 다시 기력을 찾았다. 폴리체르는 똑똑하고 생기 있었으나 얼마나 근엄한지……. 사르트르도 라마도 그렇지 않다.

결과를 기다림. 부아뱅과 슈오브와 농담하며 사르트르와 니장 사이에 있는 것, 사르트르와 2점 차이로 합격한 것, 그리고 기유와 마찬가지로 내가 아주 좋아하는 '그 부인'(모렐 부인)의 집에 그와 함께 간다는 것은 무척이나 매혹적인 일이다. 나는 그들이 나에게 호의를 갖고 있다는 것을 느끼고, 특히 사르트르가 그곳에서 마음이 편하다는 것을 느낀다. 그에 대한 애정이 넘쳤다. 저녁을 먹지 않고 몽주가街에 있는 영화관으로 가는 동안 그에게 말했다. 그와 함께하는 것이 매우 행복하지만, 그 모든 것이 너무 달콤해서 모든 게 곧 끝날 것 같은 두려움이 있다고. 그의 팔을 잡고 라세페드 거리…… 센 강변의 벤치에 앉았는데, 얼마나 달콤하던지……. 그는 내게 이후에 대해, 언제나 여기에 있을 사람의 표정으로 이야기했다. 그가 나의 결혼에 관해 거의 부득이한 선택처럼 이야기했다. 하지만 그 자체로 인정했는데, 결혼 생활 밖에서 사랑의 삶을 살기에는 카스토르가 너무나 정숙하기 때문이라고……. 그는 이런 것들을 하얀 고양이가 맴도는 형이상학적인 정원 가장자리에서 말했다. 그런 다음 길에서 우리가 서로 포옹하는 방식에 관한 그의 성찰—"그것은 당신에게 맡길게요."라는 나의 답변—그의 화난 기색—영화관에서 나의 갑작스러운 비탄. 이 남자는 누구인가? 왜 그런 행동을 하는가? 그리고 "나를 판단하기 위해 내게서 뒤돌아서는 건 아닐까?" 양손에 머리를 파묻고 [그의 든든한 애정과 오래된 편견에 사로잡혀 괴로워하는 어린 소녀. "무슨 일이에요, 친애하는 카스토르?" 오! 부드러운 그 목소리, 오! 그처럼 영화를 즐기는 내 모습을 보는 그의 기쁨. 약간의 평온이 다시 찾아왔고, 발자르 카페에서 오믈렛을 먹는 동안, 슬퍼하는 카스토르를 위해 그토록 친절한 그를 그 어느 때보다도 더 사랑했다. 그가 나의 미래에 관해 이야기했다—내가 믿던 그 옛사랑과는 다른 가능성 쪽으로의 갑작스러운 탈주—결국 나는 살아갈 것이다. 그리고 우리는 거리낌 없이 애정을 표현하며 생제르맹 대로와 강둑을 따라 앵발리드까지 그리고 내 집까지 왔다. 그가 말했다. "오늘 저녁 당신이 한없이 좋았어요. 당신은 내가 알기로 이 세상에서 가장 다정하고, 가장 충실하며, 가장 깊이 있고, 가장 진솔하며, 가장 단순한 소녀예요……." 그가 재미있어하는 나의 그 급작스러운 "안녕" 인사와 함께 그와 헤어졌고, 나는 다시 동요되었으나 이미 받아들였다.]

→
1930년 6월 9일

그리고 그 이후부터 나는 내내 다시 열정적으로 행복했다. 도시 안에서, 루아르 강변에서, 몇 시간 동안이고 그와 함께 둘이서만 보낸 투르에서의 많은 일요일, 푸페트와 제제, '그 부인'과 기유하고만 보낸 파리에서의 휴가, 우리의 산책, 우리의 대화, 내 마음에 그토록 감미로웠던 그의 애정 표현, 내 몸에 그토록 소중했던 우리의 포옹과 함께. 사랑하는 그의 손 위로 떨어진 사랑의 눈물, 사랑해 마지않는 그의 얼굴에 쏟아부은 그렇게 많은 키스, 그렇게 많은 신뢰와 평온. 내 기대와 우리의 편지들과 함께,

• Cité internationale universitaire de Paris(파리 국제 기숙사촌)를 줄여 부르는 말. 당시 사르트르가 이곳의 한 기숙사에 유숙하고 있었다.

9 Juin 1930 —

Et depuis tout ce temps encore j'ai été heureuse, passionnément — et ces les dimanches à Tours, dans la ville et sur les bords de la Loire lui et moi ensemble seuls pendant des heures et des heures — avec les permissions de Paris, nos soirées seuls, Trompette et Gigi, cette dame et Quille — avec nos promenades, nos conversations, sa tendresse si douce à mon cœur, nos étreintes si chères à mon corps — et avec des larmes d'amour sur ses mains bien aimées, tant de baisers sur sa grande [illegible] tant de confiance, de paix — et avec nos attentes et nos lettres, avec l'impatience de nos revoirs — avec toutes les inquiétudes, les désirs, les désespoirs, les jalousies, les rancunes du corps : oh ! cortège de souffrances aimées, de souffrances toutes charmantes et [illegible] acceptées dans toute leur amertume et leur brûlure comme le signe de mon esclavage passionnément consenti —

Que je voudrais aujourd'hui une de ces passagères souffrances dont me délivre le moindre regard tendre ! — Comme en un certain jour de décembre, pour les mêmes raisons environ je suis sans défense, sans courage, accablée —

Il m'a reproché à Tours hier de vivre dans une trop entière dépendance de lui et son groupe. Je ne sais pourquoi j'ai si mal : si c'est d'avoir senti avec trop d'évidence combien l'amour qu'il a pour moi est peu de chose pour son bonheur, pour sa vie auprès de l'œuvre qu'il veut écrire, qu'il était si triste hier de ne pas réussir mais — si c'est de voir qu'il veut toujours me voir partir en [illegible], qu'il est bien vrai que je devrai le quitter — ou si c'est de me croire méprisée par lui parce que je l'aime trop, parce qu'il ne voudrait pas que je ne vive que pour aimer.

Mon amour il n'y a rien à dire contre vous — ce n'est pas contre vous que je me révolte — mais je suis lâche, lâche ! je sais trop que vous avez raison et comment il faudrait être, et comment autrefois je me promettais d'être. mais je ne peux pas, je ne peux pas !

J'accepte du bout des lèvres l'idée d'un départ. dans de brèves petites méditations parfois je la désire. mais dès que je l'envisage comme une certitude et très proche, il me semble plus facile de mourir. Pourtant je dois partir et non dans deux ans comme il dit mais en octobre 1931. après c'est trop tard, j'aurais trop l'habitude du bonheur —

Mais l'essentiel même n'est pas là. consentir pour [illegible] au malheur, chercher au désespoir d'autres visages, d'autres oublis, ce n'est pas ce qu'il voudrait pour moi — et il m'a dit que mon attitude ne me faisait en rien différente des femmes qui font la noce. C'est vrai — c'est vrai que c'est mon mépris de toute valeur qui me donne tant d'inconscience, de liberté et même de courage. mais c'est cela aussi qui me rend trop faible cette inconscience, ce courage qui n'est [illegible] oubli de demain. Et puis à côté de cette indifférence il y a toujours en moi un désir de faire et de trouver, et d'une œuvre à faire. Et je ne connais que l'approuver quand il me dit de lui donner la première place. Et j'aimerais tant, par dessus tout ! — Mais je n'ai pas de talent, je ne peux pas ! Je souffre.

우리의 재회를 고대하는 조급함과 함께, 육체의 모든 권태, 욕망, 절망, 질투, 원한과 함께. 오! 그것은 애정하는 고통, 그 씁쓸함과 비열함을 열렬히 동의한 구속의 징후라 여기며 쉽게 받아들였던 완전히 육체적인 고통의 행렬.

가장 사소하고 다정한 눈길이 나를 해방하는 그 일시적인 여러 고통 가운데 하나를 오늘 얼마나 원하는지 모른다! 12월의 어느 날에서처럼 똑같은 이유로 나는 무방비 상태로 용기 없이 짓눌려 있다. 어제 투르에서 그는 내가 그와 그의 그룹에 지나치게 완전히 의존적으로 살고 있다고 비난했다. 내가 왜 이렇게 아픈지 모르겠다. 그 이유가 만일 나에 대한 그의 사랑이 그의 행복과 삶에, 그가 쓰고자 하는 작품 곁에서 얼마나 사소한지를, 그리고 아직 성공하지 못한 데 대해 그가 어제 그렇게 슬펐다는 사실을 명백히 느꼈기 때문이라면—만일 그가 여전히 내가 미국으로 떠나길 원하고, 내가 그를 떠나야만 하는 게 사실이라는 걸 알았기 때문이라면—혹은 내가 그를 너무나 사랑하기 때문에, 내가 사랑만을 위해 사는 것을 그가 원하지 않기 때문에 내가 그보다 우월하다고 믿기 때문이라면. 내 사랑, 나는 당신에 반대할 어떤 말도 없어요. 내가 눈물을 흘리는 것은 당신에 반反하기 때문이 아니에요—그러나 나는 비겁하고, 비겁해요! 당신이 옳고, 내가 어떤 사람이어야 하는지, 원래의 나는 어떤 사람이었는지 너무나도 잘 알고 있어요. 하지만 나는 할 수 없어요. 할 수가 없어요!

나는 마지못해 떠나는 데 동의했다. 아주 짧고 작은 흥분 속에서 때때로 떠날 것을 욕망하긴 했지만, 막상 그것을 확실하고 임박한 것으로 고려하자마자 죽는 게 더 쉬워 보였다. 하지만 떠나야 하는데, 그가 말하듯 2년 후가 아니라 1931년 10월에 떠나야 한다. 그 이후는 너무 늦고 내가 행복에 너무 익숙해질 것이다.

그러나 핵심은 그게 아니다. 영웅 심리로 불행에 동의하는 것, 절망감으로 다른 모습, 다른 태만을 찾는 것은 나를 위해 그가 원하는 삶이 아닌데, 그는 나의 태도가 방탕한 생활을 하는 뭇 여인과 하등 다를 게 없다고 말했다. 그건 사실이다. 모든 가치를 경멸하는 나의 태도가 그토록 많은 태평함과 자유 그리고 심지어 용기마저 준다. 그러나 내일에 대한 자발적 망각인 그런 무사태평과 용기를 내게 너무 쉽게 돌려주는 것 또한 그것이라는 게 사실이다. 그리고 내 안에는 이러한 무관심 옆에 언제나 힘과 일, 그리고 써야 할 작품에 대한 욕망이 있었고, 그가 내게 그것들을 최우선으로 여기라고 말할 때 그에 동의할 수밖에 없다. 그리고 나는 무엇보다, 너무나 그러고 싶다! 그러나 나는 재능이 없고, 할 수가 없다! 고통스럽다.

“자연스럽게 그는 죽는다고 위협한다”

카트린 포지 Catherine Pozzi, 1882~1934

“내가 글을 써야 하는 이유는 단 하나뿐이다. 나 자신을 보호하는 것이다.” 카트린 포지는 1922년 9월 28일에 이렇게 썼다. 그녀의 말에 의하면, “파툼샤모fatum-chameau”(고약한 운명)에 맞서 자기 자신을 지키는 것이다. 20년 동안 쓴 그녀의 일기는 내면의 투쟁의 장이자 끊임없이 자기 삶의 주인이 되고자 노력하는 공간이다. 그녀가 완전히 지쳤고 결혼이 격렬한 이혼으로 끝났음에도 불구하고 말이다. 그녀를 끊임없이 죽을 뻔하게 만든 늑막염에도 불구하고. 1920년에 만난 폴 발레리와 결속시키는 불타오르고 때로는 파괴적인 사랑에도 불구하고. 발레리는 생물학을 열정적으로 연구하는 이 뛰어난 여성에게 매혹된다. 일기는 카트린 포지에게 정신이 육체보다 우선하는 그 정열의 고뇌를 되짚어 보게 한다. 행복감에 젖어 있는 시기(48쪽 참조)에 그녀는 발레리에게서 자신이 선택한 영혼의 단짝을 본다. “당신은 확실히 나의 가장 위대한 용기이고 개개의 삶이 갖지 못한 영웅적 행위의 순간입니다”라며 열광한다. 그러나 그는 그녀가 관계를 끊으려 할 때 “죽는다고 위협”(50쪽 참조)하거나, 그녀의 약체弱體를 하찮게 여기는 종종 실망스러운 기혼남이기도 하다. 또한 그녀의 글 한 편을 자기 것으로 도용하거나 그녀가 자신의 유언 집행인이 될 것을 강요하면서 연인의 지성을 사용하고 나아가 남용하는 것도 주저하지 않는다. 카트린 포지는 헌신—“나 자신을 그의 사상에 바쳤고, 나는 그것을 섬겨야 한다”—과 쉽사리 폭군적으로 변하는 연인을 향한 반항적 소스라침 사이에서 망설인다.

그녀는 8년간의 파란 많은 관계를 끝내고, 마침내 그를 떠난다. 단장의 슬픔처럼 체험된 결별. 짤막한 작품—자전적 단편 소설 「아녜스*Agnès*」, 그리고 여섯 편의 시—속에서 가혹하고 폐부를 찌르는 듯한 그녀의 일기가 타오른다. 그녀는 일기를 구성하는 서른여섯 권의 수첩(세 권의 작은 수첩과 제본되지 않은 열 권의 묶음)을 프랑스 국립도서관에 유언으로 증여했다. 사후 30년이 지난 다음에 출판할 수 있다고 분명히 밝히면서. 이는 자신의 말이 다른 영혼들에게 얼마나 큰 울림을 줄 수 있는지를 그녀가 모르고 있지 않았다는 확실한 증거다. 그녀는 지나가면서 경고한다. “내가 차갑게 식었을 때(“떠났을 때”, 당신은 여전히 타는 듯 뜨거울 것이다) 이 글을 읽는 사람들은 내가 그들을 위해 글을 쓰고 있었다는 것을 생각하라. 나는 고독으로 죽지 않기 위해 글을 쓴다.”

5

La veille du 1er Janvier

Ce furent deux semaines splendides que celles ci,
il faut les garder, délicieuses, dans la mémoire
que l'on ne visite qu'au printemps, qu'à l'automne

Qu'importe ! Vous m'avez appris mon amour,
amour. Vous avez fait que je connaisse
cette musique moi-même, qui chante du corps
à l'esprit, et tout le vrai de ce que je suis,
exprime.
Qu'importe ! Vous m'avez permis
d'être sincère.
Quoi de la vie, sans vous, m'eût demandé
cette tendresse — inconnue, enfermée —;
quelle heure aurait permis cette grâce, ce
courage?

[1921년] 1월 1일의 전야

이번 2주는 찬란한 날들이었다. 우리는 봄과 가을에나 찾아오는 기억 속에 이를 감미롭게 간직해야 한다.

상관없어요! 내 사랑, 당신은 내게 사랑을 가르쳐 주었어요. 당신은 육체에서 영혼까지 노래하는 그 음악을, 내가 가진 모든 진실을 표현하는 그 음악을 나 스스로 알게 해 주었어요.

상관없어요! 당신은 내가 솔직해지도록 해 주었어요.

당신이 없었다면, 삶의 무엇이 내게 그런—생소하고 유폐된—애정을 요구했을까요. 언제 이 축복과 이 용기를 허락했겠어요?

상관없어요, 용기 없는 사랑! […]

—어제는 노래를 부르면서 돌아왔다. 실제로 저녁 시간에 노래했고, 지나가는 사람들은 내가 예의 없다, 막돼먹었다고 생각했다.

당신은 모든 '노트'를 내게 줄 생각이라고 말했어요. 주는 것.

6

qu'importe, amour sans courage!

— Hier, je suis revenue en chantant. Vraiment, je chantais dans le soir, et les passants me pensaient mal élevée.
Vous aviez dit que vous songiez à me donner tous les "cahiers". Donner.
Rien de vos lettres ni de vos yeux ne m'avait appris, fait croire, ainsi, que je n'étais pas une femme, sinon l'extrême de vous.
Sécurité, que tu es bonne ; que tu es santé, pas élastique dans le vent. Vienne le mal, et que le sang, violent, par la grande blessure, ..
— ainsi dans le sang mourait, de qui je tiens tout —)
— nous serons contente cent fois, Karin qui ne t'es pas vendue pour rien, mais pour ta foi, ton esprit, ta nécessité.

Hier s'est endormi dans ce calme.
Aujourd'hui se réveille, sinistre, épuisé.
Question : d'un jour "néfaste", accablé de tristesse malgré la logique ou le temps qu'il fait, (il pleut, ailleurs), et qui sait devoir éprouver du malheur, avant d'avoir même commencé d'agir, —

당신의 편지나 당신 눈의 어느 것도 내가 당신의 극한이라는 사실 외에 여자가 아니라는 사실을 나에게 가르쳐 주거나 믿도록 하지 않았어요.

안전, 너는 얼마나 선하고, 얼마나 건강하며 바람 속에서 얼마나 유연한 발걸음인지. 불행이 오고, 커다란 상처로 인한 피, 폭력……(—이처럼 내 모든 것이 기인하는 핏속에서 사람이 죽어 가고 있었다—)

—우리는 두고두고 만족할 것이다, 카랭[가끔 그녀 스스로 부른 별명], 너는 사소한 일이 아닌 너의 신념, 너의 정신, 너의 필연성을 위해 너 자신을 팔았다.

어제는 고요 속에 잠들었다. 오늘은 침울하고 기진맥진한 채 잠에서 깬다.

문제는 불길한 어느 날, 논리나 날씨(게다가 비가 온다)에도 불구하고 슬픔에 짓눌려 행동하기도 전에 불행을 받아들여야 한다는 것을 안다는 것이다.

Lundi matin 12 Janvier.

Je lui ai renvoyé ses lettres ; je voulais en finir.
Il m'a écrit des cartes ouvertes.
Enfin j'ai lu, – et naturellement il menace
de mourir – c'est la même histoire que
l'an dernier –

Du papier et des paroles, du papier
et des paroles –

J'ai de nouveau cru –

j'ai télégraphié qu'il pouvait venir

– Mais il faut d'abord qu'il aille
conférer ailleurs –

Et, comme tout lui semble remis
en place, il m'admoneste, lettre avant d'hier,
afin que je ne pense plus à lui avec ma
tête mais avec mon coeur
J'ai répondu, un essai théologique
sur la Forme et l'Intellect –

[1923년 2월] 12일 월요일 아침

그에게 편지들을 돌려보냈다. 그와 끝내고 싶었기 때문에.

그는 봉투 없는 카드 몇 장에 글을 써 보냈다.

결국 나는 읽었고—자연스럽게 그는 죽는다고 위협한다—작년과 똑같은 이야기다.

종이와 몇 마디의 말, 종이와 몇 마디의 말.

나는 다시금 믿었다.

그가 올 수 있는지 전보를 쳤다—그러나 우선 그가 다른 곳에 상의하러 가는 게 필요하다. 그리고 모든 게 제자리로 돌아간 것처럼 보였는지 그는 사흘 전 보낸 편지에서 머리가 아닌 마음으로 자신을 생각하라고 호통쳤다.

나는 회신했다, 형태와 오성悟性에 관한 신학적 시론.

이 소설은 나…….

아메바처럼 무기력하게 살아가는 그는 내가

30

Ce roman m'em avec mon esprit
Il ne veut pas que je le regarde, parce
qu'il est amorphe comme amibe, pensant
au vivre.

Oh ——— que j'ai assez.
Qui m'en délivrera, de celui qui m'est le
moins tolérable au monde?
Qui éteindra son cerveau, qui m'entraîne,
ou fera claire son âme qui n'est pas?

Et ce matin, lettre, montrant que d'autres Dames
sont offertes, pour rien –
Mufle que vous êtes, je ne répondrai pas –
Les femmes sont touchantes, devant ce qu'elles
voient luire d'esprit.
Adam was made for God only, Eve, for
God in him, dit Milton – Raspoutine
même, s'il a l'air de refléter l'éternel,
ne les rebute pas. Viz: Karin....

정신을 가지고 자기를 바라보는 것을 원치 않는다.

오——— 이제 충분하다.

세상에서 내게 가장 덜 관용적인 남자에게서 누가 날 구해 줄 것인가? 누가 나를 끌고 가는 그의 뇌를 소멸시키거나 존재하지 않는 그의 영혼을 환하게 할 것인가?

그리고 오늘 아침, 별다른 이유도 없이 다른 부인들이 제의받았다는 것을 보여 주는 편지들.

당신은 몰상식하니, 나는 답변하지 않을 것이다.

여자들은 그들의 영혼이 빛나는 것 앞에서 감동한다. 밀턴은 "Adam was made for God only, Eve, for God in him"[아담은 오직 신을 위해 만들어졌고, 이브는 아담 안에 있는 신을 위해 만들어졌다]이라고 말한다. 영원을 비추는 것처럼 보인다면 라스푸틴조차 여자들에게 혐오감을 불러일으키지 않는다.

“최악의 일이 일어났다. 중부 유럽인처럼 생긴 키 크고 우울한, 나와 유일하게 맞는 꽤 거대한 이 남자”

실비아 플라스 Sylvia Plath, 1932~1963

한눈에 반하는 일은 드문데, 특히 전설이 될 운명인 경우는 더욱 그렇다. 그러나 실비아 플라스가 테드 휴스와 만난 직후에 쓴 일기에서 이러한 경험을 만날 수 있다. 스물세 살에 이미 몇 편의 시를 발표한 이 미국 여성은 영국 케임브리지대학교에서 문학을 공부하기 위해 2년의 장학금을 따냈다. 1956년 2월 25일 케임브리지의 시詩 문예지 『세인트 보톨프스 리뷰*St.Botolph's Review*』 창간 파티에 참석한 그녀는 젊은 미국인 남학생 리처드 사슨과의 관계에 지쳐, 그날 일기에 이렇게 썼다. “나는 커다란 바람으로 리처드를 날려 버릴 누군가를 너무나 꿈꾸고 있다. 나는 그렇게 불타오르는 사랑을 받을 자격이 있고, 함께 살아갈 수 있다고 생각한다. 만일 그가 말하고 걷고 일하고 정열을 가지고 자기 직업에서 성공할 수 있다면 아, 나는 얼마나 집을 정리하고, 한 남자의 꿈속에 힘을 불어넣고, 글을 쓰고 싶은지 모른다.” 그녀는 그날 저녁에 테드 휴스와 마주한다. “[그는 그녀에게] 유일하게 충분히 큰 사람(그녀의 키는 1미터 75센티미터, 그는 1미터 85센티미터다)”이었고, 그녀는 그의 시를 몇 편이나 알고 있다. 같은 문학적 야망에 이끌린 그들은 떠들썩한 사랑을 하고 결혼하여 두 아이를 갖는다. 그러나 이 “잘생기고 똑똑하며 멋진 남편”과의 행복이 깨져 버린다. 결별한 실비아 플라스는 서른 살에 가스를 이용해 자살하고, 휴스의 그늘에서 살았음이 틀림없는 아시아 베빌—휴스는 그녀와 바람을 피우면서 실비아를 떠났다—도 1969년 시인에게서 얻은 어린 딸을 살해하고 가스로 자살한 만큼 사람들은 곧 휴스를 파괴적인 냉혈한으로 묘사한다.

실비아 플라스의 일기는 우리를 확실히 이 비극적인 커플에게 가까이 다가가게 할 뿐만 아니라, 『벨 자』(자전적 소설)의 작가의 글쓰기 작업실로 들어갈 수 있도록 한다. 열여덟 살부터 쓰기 시작한 이 일기는 그녀의 걸작 중 하나로 꼽히며, 그녀의 삶에 테드 휴스가 나타나기 전부터 그녀가 자신을 뒤쫓던 악마들에 맞서 싸운 장소다(그녀는 스무 살에 자살 시도를 했었다). 그녀는 “나는 항상 과도한 연약함과 가벼운 편집증으로 고통받으리라 짐작한다”라며 그 비애감이 자기 것과 유사해 보이는 버지니아 울프의 일기(112쪽 참조)를 논평한다. 플라스는 삶(그리고 이상적인 가정에서의 자기 성취)에 대한 갈증과 글을 쓰고자 하는 욕구 사이에서 깨지기 쉬운 균형을 탐색한다. “내 삶에 대해 글을 쓰면서 그 삶에 질서와 형태 그리고 아름다움을 부여할 것이라는 생각으로 엉망진창인 내 삶을 정당화했다. 내 글이 출간되어 나에게 삶(그리고 또 명성)을 줄 것이라고 말하면서 내가 쓴 것을 정당화했다. 하지만 어딘가에서 시작해야 하니 삶에서부터 시작하자.” 플라스의 유언 집행자인 테드 휴스는 그녀의 일기(몇 단락을 줄인)를 출판하고, 『에어리엘』의 시를 포함한 몇몇 원고를 출판하기 위해 노력했다.

마지막 3년간의 수첩은 안타깝게도 사라졌다. 애절하고 숭고한 자화상에서 빠진 조각들이다.

February 26: Sunday

A small note after a large orgy. It is morning, gray, most sober, with cold white puritanical eyes; looking at me. Last night I got drunk, very very beautifully drunk, and now I am shot, after six hours of warm sleep like a baby, with Racine to read, and not even the energy to type; I am getting the dts. Or something.

Hamish came in cab, and there was a tedious time standing slanted against the bar in Miller's with some ugly gat-toothed squat grinning guy named Meeson trying to be devastatingly clever and making intense devastating remarks about nothing. Hamish pale, pink and light blue eyes. I drank steadily the goblets with the red-gold Whiskey Macs, one after the other, and by the time we left an hour later, I felt that strong, silted-up force that makes one move through air like swimming, with brave ease.

Falcon's Yard, and the syncopated strut of a piano upstairs, and oh it was very Bohemian, with boys in turtle-neck sweaters and girls being blue-eye-lidded or elegant in black. Derrek was there, with guitar, and Bert was looking shining and proud as if he had just delivered five babies, said something obvious about having drunk alot, and began talking about how Luke was satanic after we had run through the poetry in St. Botolph's and yelled about it: satanic Luke, very very drunk, with a stupid satanic smile on his pale face, dark sideburns and rumpled hair, black-and-white checked baggy pants and a loose swinging jacket, was doing that slow crazy english jive with a green-clad girl, quite black-haired and eyed and a good part pixie, and when they stopped dancing, Luke was chasing her around. Dan Huys being very pale, frightfully pale and freckled, and me at last saying my immortal line of introduction which has been with me ever since his clever precocious slanted review: "Is this the better or worse half?" and he looking incredibly young to even think hard yet. Than Minton, so small and dark one would have to sit down to talk to him, and Weissbort, small again and very curly. Ross, immaculate and dark. They were all dark.

By this time I had spilled one drink, partly into my mouth, partly over my hands and the floor, and the jazz was beginning to get under my skin, and I started dancing with Luke and knew I was very bad, having crossed the river and banged into the trees, yelling about the poems, and he only smiling with that far-off look of a cretin satan. He wrote those things, and he was slobbing around. Well, I was slobbing around, "blub, maundering" and I didn't even have the excuse of having written those things; I suppose if you can write sestinas which bam crash through lines and rules after having raped them to the purpose, then you can be satanic and smile like a cretin beelzebub.

Then the worst happened, that big, dark, hunky boy, the only one there huge enough for me, who had been hunching around over women, and whose name I had asked the minute I had come into the room, but no one told me, came over and was looking hard in my eyes and it was Ted Hughes. I started yelling again about his poems and quoting: "most dear unscratchable

February 26 (con) 18.

diamond" and he yelled back, colossal, in a voice that should have come from a Pole, "You like?" and asking me if I wanted brandy, and me yelling yes and backing into the next room past the smug shining blub face of dear Bert, looking as if he had delivered at least nine or ten babies, and bang the door was shut and he was sloshing brandy into a glass and I was sloshing it at the place where my mouth was when I last knew about it.

We shouted as if in a high wind, about the review, and he saying Dan knew I was beautiful, he wouldn't have written it about a cripple, and my yelling protest in which the words "sleep with the editor" occurred with startling frequency. And then it came to the fact that I was all there, wasn't I, and I stamped and screamed yes, and he had obligations in the next room, and he was working in London, earning ten pounds a week so he could later earn twelve pounds a week, and I was stamping and he was stamping on the floor, and then he kissed me bang smash on the mouth and ripped my hairband off, my lovely red hairband scarf which has weathered the sun and much love, and whose like I shall never again find, and my favorite silver earrings: hah, I shall keep, he barked. And when he kissed my neck I bit him long and hard on the cheek, and when we came out of the room, blood was running down his face. His poem "I did it, I." Such violence, and I can see how women lie down for artists. The one man in the room who was as big as his poems, huge, with hulk and dynamic chunks of words; his poems are strong and blasting like a high wind in steel girders. And I screamed in myself, thinking: oh, to give myself crashing, fighting, to you. The one man since I've lived who could blast Richard.

And now I sit here, demure and tired in brown, slightly sick at heart. I shall go on. I shall write a detailed descriptions of shock treatment, tight, blasting short descriptions with not one smudge of coy sentimentality, and when I get enough I shall send them to David Ross. There will be no hurry, because I am too desperately vengeful now. But I will pile them up. I thought about the shock treatment description last night: the deadly sleep of her madness, and the breakfast not coming, the little details, the flashback to the shock treatment that went wrong: electrocution brought in, and the inevitable going down the subterranean hall, waking to a new world, with no name, being born again, and not of woman.

I shall never see him again, and the thorny limitations of the day crowd in like the spikes on the gates at Queens last night: I could never sleep with him anyway, with all his friends here and his close relation to them, laughing, talking, I should be the world's whore, as well as Roget's strumpet. I shall never see him, he will never look for me. He said my name, Sylvia, and banged a black grinning look into my eyes, and I would like to try just this once, my force against his. But he will never come, and the blonde one, pure and smug and favored, looks, is it with projected pity and disgust at this drunken amorphic slut.

But Hamish was very kind and would have fought for me. It gave him a kind of glory to take me away from them, those fiends, and I am worth fighting for, I had been nice, to him, he said.

[1956년] 2월 26일 일요일

요란한 연회 뒤에 아주 짧은 한마디. 청교도의 희고 차가운 눈으로 나를 바라보는 음산하고 정말 간소한 아침이다. 어제저녁은 술을 질리도록 마셔서 완전히 멋진 만취 상태였고, 아기처럼 따뜻하게 여섯 시간 자고 난 지금은 읽어야 할 라신과 함께 납빛이 되어 타이핑할 힘조차 없다. 알코올 중독에 의한 섬망증인 것 같다. 아니면 다른 […] 빨간색과 금색의 스코틀랜드인으로 장식된 위스키 잔들을 하나하나 빠짐없이 비우고 한 시간 뒤에 떠났을 때 마치 용기 있고 여유 있게 수영하는 것처럼 공기 중에서 앞으로 나아가게 하는 그런 힘에 완전히 사로잡힌 것을 느꼈다. [파티에서 사람들은] 2층에서 싱커페이션을 구사하는 파반•을 [듣고 있었고], 터틀넥을 입은 소년들과 자기들 눈처럼 푸른색 눈꺼풀 화장을 하거나 검은 옷을 매우 우아하게 입은 소녀들은 정말 대단히 자유분방하였다. 그때 나는 술의 반을 입에, 반은 손과 바닥에 쏟았고, 재즈가 피부 속으로 스며들기 시작하면서 루크와 아주 서툴게 춤을 췄다. 내가 완전히 선을 넘어 시에 관한 것들을 외치는 동안 그는 먼 곳을 바라보는 듯한 표정으로 미소만 지을 뿐이었다. […] 이 시들을 쓴 사람이 그였고, 그는 이제 그것들에 과장된 애정을 보이는데 나 역시 그랬다. 그는 그 시들을 쓴 데 대한 해명조차 없이 "장광설과 감상적 태도"를 드러냈다. 만일 규칙과 시 · 운문의 행行을 효과적으로 위반하고 이를 요란스럽게 가로질러 6행 연구聯句 여섯과 3행 연구 하나로 된 정형시를 쓸 수 있다면 바알세불••처럼 미소 지을 권리가 있다고 본다. […]

그리고 최악의 일이 일어났다. 다른 여자들에게 몸을 기대며 시간을 보낸 그 남자의 이름을 내가 방에 들어오자마자 물어보았으나 아무도 말해 주지 않은, 중부 유럽인처럼 생긴 키 크고 우울한, 나와 유일하게 맞는 꽤 거대한 이 남자가, 웬걸, 내게 와서 내 눈을 직시했다. 테드 휴스였다. 나는 그의 시에 대해 목청껏 소리 지르고 "지울 수 없는 무척 비싼 다이아몬드"를 인용했다. 거구인 그가 한 폴란드 남자에게서 나올 것 같은 목소리로 소리 지르면서 답했다. "좋아하세요?" 그리고 나에게 브랜디를 좋아하는지 물었고 나는 그렇다고 답했다. 우리는 적어도 아홉이나 열 명의 아기를 낳은 것같이 굉장히 만족스러워하는 친애하는 베르의 밝고 행복한 얼굴을 지나쳐 옆방까지 뒷걸음질하며 갔다. 딸각, 문이 다시 닫혔고 그는 잔 속의 브랜디를 흔들었다. 내가 마지막으로 기억하는 것은 그것이 내 입에서 흘러내린 것이다.

우리는 잡지에 대해 태풍을 맞은 듯이 고함쳤고, 그는 댄이, 내가 예쁘다고 확신한다고 말했다. 그렇지 않으면 장애인 여자에 대해 그런 말을 절대 하지 않았을 것이고, 나의 항의의 고함에 "편집장과 동침하기"라는 문장이 걱정스러울 만큼 자주 반복되었다. 그러다가 내가 여기, 완전히 여기 있다고 말한 순간이 있었고, 나는 발을 구르고 고함을 지르면서 고집을 피웠고, 그는 옆방에서 이행해야 할 책무가 있었고, 런던에서 조만간 주당 12파운드를 벌기를 바라면서 10파운드를 벌고 있었다. 나는 계속 발을 굴렀고, 그도 역시 그랬다. 그러고 나서 딸각, 그가 입안 가득 키스했다. 그가 나의 목에다 키스했을 때 나는 그의 뺨을 오랫동안 격렬하게 깨물었다. 우리가 방에서 나왔을 때, 그의 얼굴이 피로 흥건히 젖어 있었다. 나는 속으로 소리쳤다. 오, 나는 격렬한 전투에서도 나를 당신에게 바칠 수 있어요. 리처드를 제거할 수 있을 내 평생의 단 한 사람. 나는 지쳐 나대지 않고, 밤색 옷을 입고, 마음이 약간 무거운 채 여기 앉아 있다. 나는 계속하겠다.

전기충격 요법의 상세한 이야기 한 편 쓰기, 소심한 감상주의의 가장 사소한 실책에 의해 짧은 묘사를 절대 날림으로 해치우지 않은 정리된 텍스트 하나 […] 전기충격 요법을 서술하는 것은 어제저녁에 생각났다. 즉, 그녀가 어떻게 자기 광기의 죽음 같은 잠에 잠기고, 오지 않는 아침 식사, 세부 묘사, 제대로 되지 않는 치료에 관한 회고, 감전사, 피할 수 없는 지하 복도로 내려가기, 이름 없이 여자가 아닌 사람으로 다시 태어나는 신세계에서 깨어남.

나는 그를 절대 다시 보지 않을 것이고, 이 만남의 곤란한 한계는 엊저녁 퀸즈 정문에 있는 창槍들처럼 촘촘하게 줄지어 드러난다. 어쨌든 나는 절대 그와 함께 거기 있는 그의 친구들과 밤을 보낼 수 없을 것이고, 그들은 웃고 이야기하는 데 모두 아주 친하다. […] 나는 그를 더는 만나지 않을 것이고, 그는 나를 보려 하지 않을 것이다. 그는 어둡고 비꼬는 표정으로 내 이름 실비아를 말했는데, 단 한 번만이라도 내 힘을 그의 힘에 견줘 볼 수 있으면 좋겠다. 그러나 그는 오지 않을 것이고, 어제 그의 총애를 받은 거드름 피우는 금발 여자가 술에 취하고 무기력하고 불결한 하녀였던 내게 연민인지 혐오인지 모를 시선을 던졌다. […]

• pavane. 16~17세기에 유행한 장중한 분위기의 춤곡
•• Baalzeboul. 기독교의 대표적 악마 중 하나

"몹시 어리둥절한 상황, 마흔보다 쉰아홉 살에 더 많은 사랑을 받다니!"

브누아트 그루 Benoîte Groult, 1920~2016

브누아트 그루의 『아일랜드의 일기*Journal d'Irlande*』는 기분을 돋우는 책이다. 1977년에서 2003년 사이에 작가가 케리Kerry에서 여름을 보내는 동안 쓴 짧은 글은 사후에 출간되었다. 케리는 이 페미니즘의 저명인사와 그녀의 남편인 작가 폴 기마르가 사랑에 빠진 지역이다. 그들은 "아일랜드는 언제나 우리를 깜짝 놀라게 할 것"이므로 그곳에 집 한 채를 샀다. 그리고 그곳에서 낚시질을 하곤 했는데, 낚시는 브누아트 그루가 정열적으로 묘사한 고도의 육체적 수련일 뿐만 아니라 그들에게 여러 진미 가운데 성게와 가재를 맛보는 큰 기쁨을 선사했다. "살아남으려면 젊거나 시인이거나 술꾼 아니면 사랑에 빠진 미치광이여야만 하는 늘 폭풍 전야에 있는" 한 나라를 회상할 때도 그녀에게는 같은 열정이 있었다. 이 아일랜드 시절에 그녀는 폴 기마르와 폭격기 조종사인 그녀의 미국인 연인 커트와 사랑을 공유했다. 1945년에 만났다가 1960년대에 재회한 젊은 시절의 사랑 하나. 그는 그녀를 만나러 아일랜드에 자주 왔다. 폴 기마르는 그 자리에 없었어도 이를 틀림없이 알고 있었다. 심지어 두 남자가 때때로 마주치기까지 했다. 브누아트 그루는 노년이 위협할 때 불쑥 나타난 이 관능적인 열정을 자유롭게 이야기한다. 사랑에 빠진 트리오가 늘 고뇌 없이 잘 지낸 것만은 아니다. 폴은 인정하고 싶지 않은 질투를 느끼고, 커트는 때로 그녀가 선택해 주기를 원했을 것이다. 브누아트 그루의 날카로운 눈은 두 남자를 너그럽게 대하지 않는다기보다 자기 자신에게 더 너그럽지 않았다.

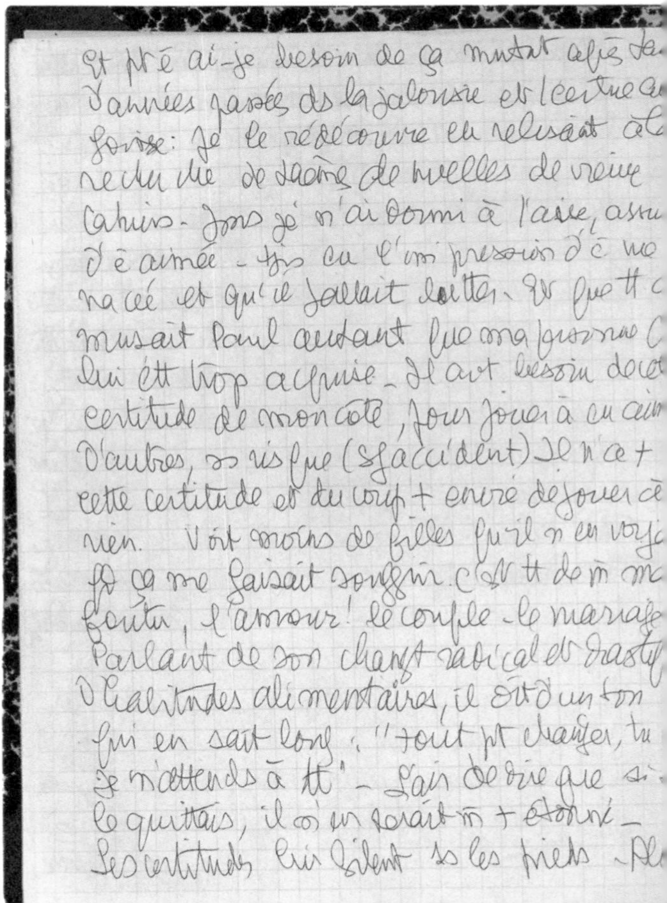

거기에는 늙는 것에 대한 강박관념이 완강하게 있었다. 그러나 놀라운 활력이 압도한다. 그녀는 커트를 잃을 것이라고 예견하면서 글을 쓴다. “아마도 내 마지막 연인일 것이다. 내 삶에서 일어날 법하지 않은 모든 일이 무로 돌아갈 것이다. 예순에 매일 ‘I adore you(당신을 사랑해요)’라는 말을 듣는 것은 있음 직하지 않다. 과거의 모든 연인보다 더 열정적이고 나를 이렇게까지 만족시키는 연인을 갖는다는 것은 일을 법한 일이 아니다. 나는 일반 상태로 돌아갈 것이다.”

[1979년 9월 1일]

[…] 폴과 항상 움직이는 모래 위에서 살았던 나는 이제 두 가지 확실성 사이에서 걸어가고 있다. 즉, P.의 사랑과 K.의 사랑. 첫 번째 사랑을 더 이상 마음껏 누릴 수 없다. 지나간 아름다운 날들은 절대 돌아올 리 없다. 두 번째 사랑을 가끔 누리지만, 그 사랑은 나를 가득 채워 주고 다른 날들을 환하게 비춘다. “몹시 어리둥절한 상황, 마흔보다 쉰아홉 살에 더 많은 사랑을 받다니! 더 예뻐져야 할 이유가 있다. […]

[1980 3월 7일]

나이를 먹을수록 내가 늙었다는 것을 덜 생각하게 된다. 내 말은 흰머리로 더 이상 아무도 속이지 않고, 특히 나 자신을 속여 나를 돋보이게 하지 않는다는 것이다. 하지만 두 번째 리프팅을 한다고 해도 특별한 행운, 나의 빛나는 시절은 손가락으로 꼽힌다. 그래서 뭐? 어느 날 아침, 늙은 채로 잠에서

★ Plus j'avance et moins j'arrive à m'imaginer 71
vieille. Je veux dire avec cheveux blancs et ne faisant +
illusion à personne, surtout pas à moi-même.
Pfft, mi avec un 2e lifting, une chance insigne, mes
années lumière se comptent sur les doigts de la main.
Alors quoi ? Un matin, je me réveillerai vieille ?
Résignée à ne + rien chercher, à vivre de ce que j'ai ?
À ne + compter sur mon énergie ? Et personne ne
me montre le chemin. Toutes mes amies, y compris Flo
sont + jeunes que moi. Parfois de bcp.
À quel pt est-ce l'amour de Kurt qui m'arrête encore
au bord du précipice ? Il m'a redonné le goût, l'envie
déraisonnable de l'amour. S'il disparaissait. Je
ne crois pas que, vivant, il cesse de m'aimer. Donc donc
s'il mourait, sans doute n'aurais-je pas le courage
de chercher qqn à aimer, en + de ma vie. Surtout avec
le sentiment que jms + on ne m'aimera comme ça. Un
amant, pt être. Mais j'ai tellement + avec K.

★ Michèle très heureuse de son escapade à Prague.
Toute alanguie de bonheur. Il s'est arrangé comme par
miracle. Bordan à l'aéroport. Ici, libre à son
hôtel. Des plaisirs débonnaires. Des restaurants

깨어날까? 더 이상 아무것도 찾지 않고 체념한 채 가진 것으로 살아가는 것을 받아들이는 여자? 그런데 아무도 나에게 길을 보여 주지 않는다. 플로를 포함한 나의 여자 친구들은 모두 나보다 젊다. 때로는 많이. 커트의 사랑이 벼랑 끝에 있는 나를 얼마나 멈추게 할까? 그는 사랑의 맛, 사리에 어긋나는 욕구를 내게 다시 주었다. 만일 그가 사라진다면—나는 그가 살아 있으면서 나를 사랑하는 것을 멈출 거라고 믿지 않는다—그러니까, 만일 그가 죽는다면 나는 분명 사랑할 누군가를 찾을 용기가 없을 것이다. 무엇보다 누군가가 나를 절대 그처럼 사랑하지 않으리라는 느낌과 함께. 어쩌면 정부情夫 한 명. 그러나 나는 커트와 훨씬 더 많은 것을 소유하고 있다. [⋯]

2. 애도와 삶의 위기

“그토록 두려워하던 소식이 방금 당도했다”

제르맨 코르뉘오 Germaine Cornuau, 1896~1993

‘봉 마르셰’, ‘그랑 마가쟁 뒤 루브르’, ‘사마리텐’ 같은 파리의 백화점에서 제공한 역서曆書와 다이어리는 흔히 1900년대 소녀들의 일기를 지원하는 역할을 했다. ‘자서전을 위한 협회’는 그 총서에 1913년, 1915년 그리고 1916년 매일 일상적으로 일기를 쓴 파리의 양갓집 출신 젊은 여성 제르맨 코르뉘오에게 귀속된 프랭탕 백화점의 다이어리 세 권을 보존하고 있다. 리슐리외가街에서 서점을 운영하던 고서적과 자필문서 서적상인 폴 코르뉘오의 딸인 그녀는 1913년 열일곱 살에 자신의 “순진함”이 끝났음을 알리는 제1차 세계 대전의 사건들과 마주하기 전, 벨 에포크의 마지막 시기에 대한 평범하고 즐거운 연대기를 우리에게 넘겨준다.

평시와 마찬가지로 전시에도 제르맨 코르뉘오는 자기 활동과 만남 그리고 가족생활의 세부 사항을 상세히 기록한다. 어머니와 성당(생로슈, 노트르담데빅투아르)에 함께 가고, 두 여동생과 남동생 한 명을 돌보며, 바느질 강의를 듣고, 백화점에 드나들고, 친구들을 만나며, 튈르리 공원이나 베르사유 궁전에서 산책한다. 결혼, 탄생, 사망, 기념일 등 모든 부르주아적이고 가톨릭적인 사회상이 펼쳐진다.

전쟁과 함께 제르맨은 1916년 베르됭 근처에서 사망한 “소중한 남동생” 지지처럼 젊은 지인들이 전선에서 죽는 것을 보고 한탄한다. “그토록 두려워하던 소식이 방금 당도했다. […] 신께서 지지의 희생을 수락하셨다. 그 애는 우리가 서로 약속한 장소인 하늘의 오른편 작은 구석에 첫 번째로 가 있을 것이다. […] 온 가족이 통곡한다.” 그녀는 독일에 포로로 잡혀 있는 오빠 피에르에게서 몇 개월 동안 아무 소식을 받지 못하고 있다. 그를 위해 몇 권의 책, 그 안에 특히 『젊은 베르테르의 슬픔』이 들어 있는 소포 상자를 준비한다.

파리의 폭격은 그녀를 떨게 하고 매료시킨다. 그녀는 1916년 2월 6일 체펠린 비행선이 투하한 폭탄으로 입은 피해를 확인하기 위해 메닐몽탕 구역에 간다. 그녀는 어김없이 호전적이고 종종 나이브한 발언을 한다. “독일 놈의 배 속에서 아주 잘 있었을 탄약통이 공중에서 폭파하는 소리를 들으면 분통이 터져 울 것 같았다”(1916년 8월 19일).

결국 제르맨 코르뉘오는 전쟁으로 인해 자신의 기대와 희망이 밀려나는 것을 목격한다.

아이들 앞에서 끊임없이 연민을 느끼는 그녀가 남편 한 명을 찾아내기 위해선 젊은이들이 참호에서 돌아올 때까지 인내해야만 한다. 그녀는 한 친구의 남편처럼 “늙고 냉정한” 사람이 아니라 그와 반대로 “따뜻하고 젊은” 남편을 소망한다. “젊은 엄마는 매력적인데, 그 많은 시간을 허비하는 게 얼마나 큰 불행인지.”

1916년 2월 6일 일요일

10시 미사. 루이즈는 거기 없었는데, 그녀의 약혼자가 일찍 오기 때문에 9시에 갔다. 니베르 부인은 싱싱하지 않았고, 그들은 상심하기 시작한다. 점심을 먹은 즉시 우리는 폭탄 피해를 보러 메닐몽탕에 가는데, 이는 정말 중요한 일이다. "적의 비행선이 투하한 폭탄으로 자기 침대에서 죽은" 가엾은 사람들, 장례식 편지처럼 독창적이다! 우리는 파누아이요가와 메닐몽탕가 84~86번지의 피해를 확인하는데, 이웃하는 모든 집에 유리창이 없다— 레바논가 바로 맞은편의 마로니트가와 엘리제-메닐몽탕가에도. J.와 마르셀도 그곳에 갈 예정이나 나중에 간다. 에밀이 주말에 바티뇰에 도착하니 얼마나 행복한지 모르겠다! 아름다운 날씨.

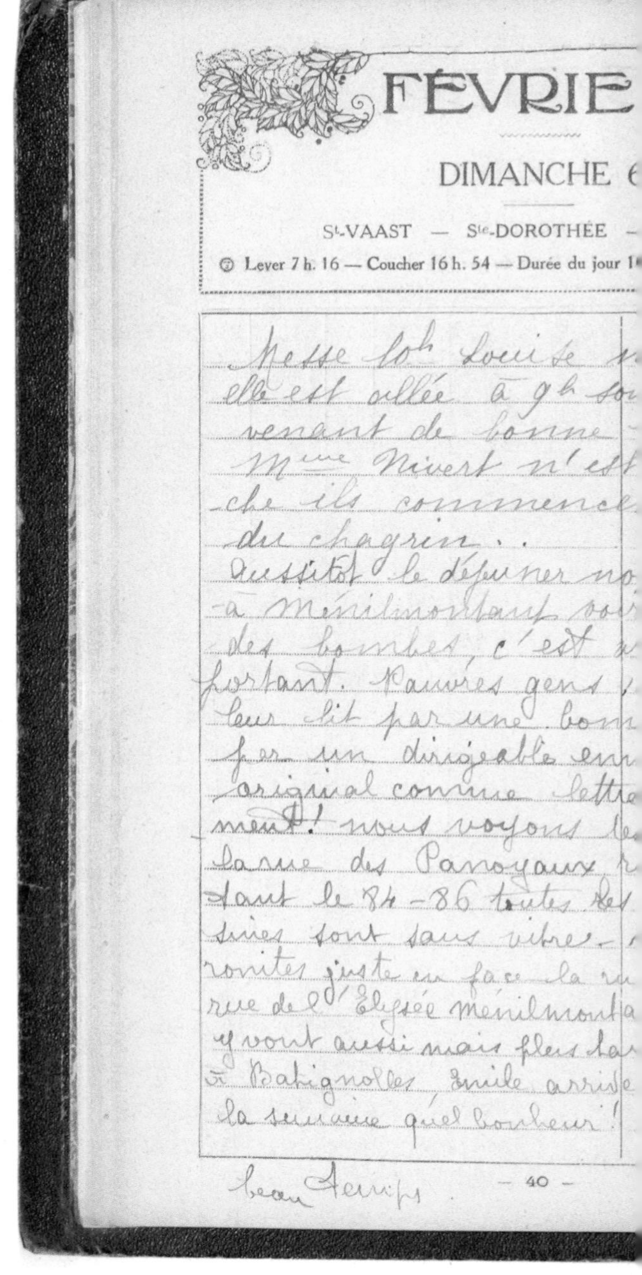

FÉVRIE

DIMANCHE 6

St-VAAST — Ste-DOROTHÉE —

Lever 7 h. 16 — Coucher 16 h. 54 — Durée du jour 1

Messe 10h Louise n
elle est allée à 9h so
venant de bonne
Mme Nivert n'est
che ils commence
du chagrin.
Aussitôt le déjeuner no
à Ménilmontant voi
des bombes, c'est
portant. Pauvres gens
leur lit par une bom
par un dirigeable en
original comme lettre
ment! nous voyons le
la rue des Panoyaux
tant le 84-86 toutes les
sines sont sans vitres.
ronites juste en face la ru
rue de l'Élysée Ménilmonta
y vont aussi mais plus ta
à Batignolles, Émile arrive
la semaine quel bonheur!
beau temps

— 40 —

FÉVRIER

LUNDI 7

St-ROMUALD — St-MAXIMIEN

Lever 7 h. 14 — Coucher 16 h. 56 — Durée du jour 10 h. 51 — N. L. — 38-328

ficher mais j'ai fini à
10 h 1/2 je trouve Louise à
la maison nous allons en-
semble voir sa corbeille qui
est jolie. ils passent cette
dernière journée ensemble
résultat ils sont encore plus
Cours de couture toqués l'
un de l'autre comme dit
Louisette : j'étais sure de ses
sentiments pour moi mais
je ne croyais pas que c'était
à ce point là.
Cours de couture avec Gigi
qui vient dîner les
Varin qui ne savent rien
heureusement qu'elles n'ont
pas vu les Méret qui ont ren-
contrés la cie hier matin !!!
les Bailly et Mado et Geneviève

Temps à ondées.

1916년 5월 9일 화요일

그토록 두려워하던 소식이 방금 당도했다. 엄마는 바티에게서 편지 한 통을 받으셨다. 신께서 지지의 희생을 수락하셨다. 그 애는 우리가 서로 약속한 장소인 하늘의 오른편 작은 구석에 첫 번째로 가 있을 것이다. 나의 신이시여 당신은 우리의 선을 위해 모든 것을 하십니다. 당신의 의지가 이루어지기를 기원합니다. 온 가족이 통곡한다. 가엾은 피에로. 엄마는 이곳에 없는 사촌 엘리즈 집에 가시려고 점심 식사 후에 룰루와 베르사유로 떠나신다. N. D. 데 빅투아르, 그다음 강의.

파레 부인의 집에 테레즈 수녀의 책 가져가기, 그녀는 엊저녁에 '9일 기도'를 시작했다. 5시 15분까지 성체 강복식, 토토와 함께 룰루의 강의, 그런 다음 저녁 식사하러 파시에 간다. 안타깝게도 우리는 그것이 별로 내키지 않는다. 우리가 첫 번째고, 그다음에 엄마, 아빠 그리고 자크가 도착한다. 부르 가족이 파리에 있었는데, 그들이 랑글루아 씨가 확대한 지지의 마지막 사진을 가져다주러 집에 6시 15분 전에 왔다. 가련한 내 편지는 미완성으로 남아 있을 것이다.

비 내리는 날씨.

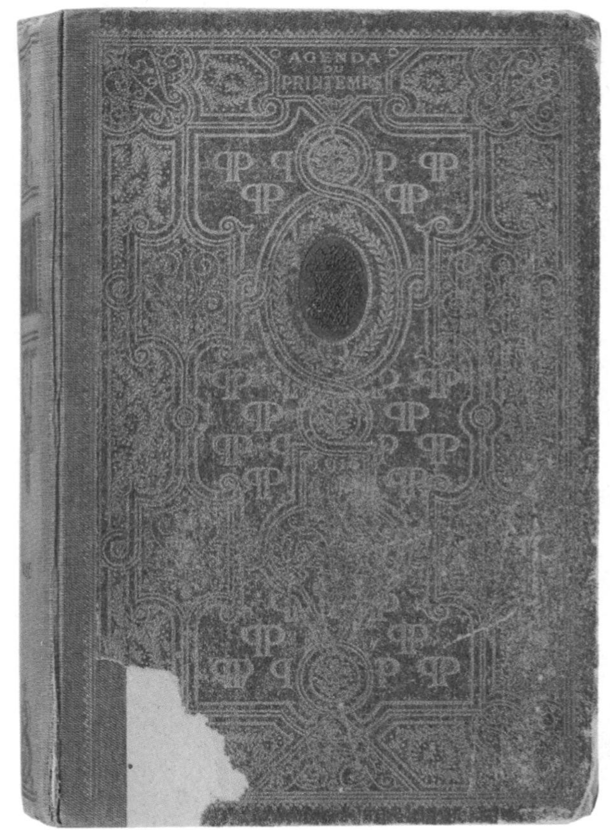

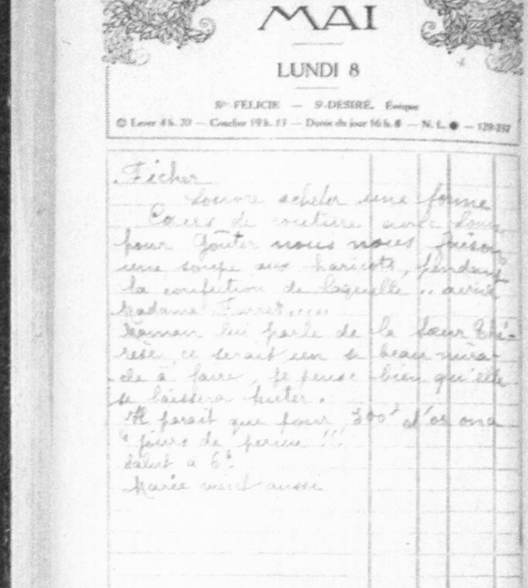

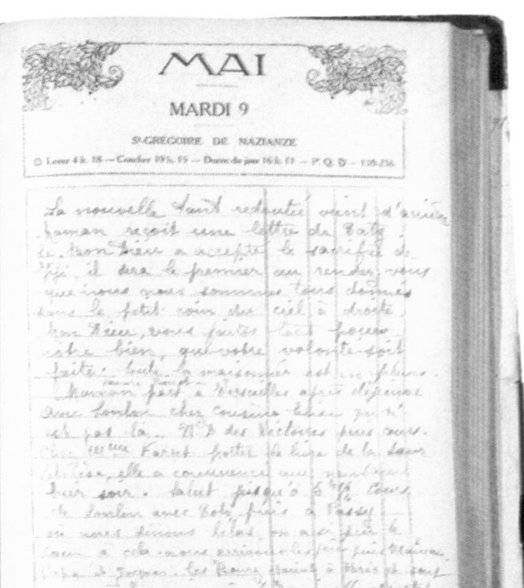

JUIN

NOTES

— 200 —

JUIN

RECETTES CULINAIRES

des Salons de Thé et Déjeuners du **Printemps**

Suprême de Volaille Princesse

Biscuit de Savoie

Aiguillettes de Caneton Montmorency

Pêches Melba

— 201 —

“그것은 내가 삶을 함께하려 한 다정하고 사랑하는 친구 대신 갖게 된 모든 것이다”

마리 퀴리 Marie Curie, 1867~1934

1906년 4월 19일. 물리학자 피에르 퀴리는 파리의 콩티 둑 대로변에서 마차에 부딪혔다. 마리 퀴리는 지적 분신이자 방사능에 관한 공동 연구로 노벨 물리학상을 공동 수상한 천재를 그렇게 빼앗긴다. 무엇보다도 1895년에 결혼한 남자, 1897년과 1904년에 태어난 두 딸 이렌과 에브의 아버지를 말이다. 당시 마리 퀴리는 서른세 살이었다. 갑작스럽고 불합리한 비극적 참사에 큰 충격을 받은 그녀는 1930년 4월 30일에 시작한 이 애도의 일기에서 그녀 인생의 사랑인 남편에게 말을 건넨다. 그녀는 마지막 추억들을 그러모아 참사가 일어나기 전 일상의 감미로움을 붙잡으려 한다. 딸의 상처 난 무릎을 어루만져 주거나 난로 앞에서 추위에 언 몸을 녹이는 피에르는 그녀가 망각에서 구해 내려고 애쓰는 애절한 이미지가 된다. 또한 그녀는 비극을 알게 된 순간으로 돌아간다. 운명이 마리 퀴리를 사정없이 내리친 것은 그때가 처음이 아니라서, 이 부분의 일기는 더욱더 참혹하다. 1867년 폴란드에서 태어난 그녀는 열 살도 안 되었을 때 여동생(티프스의 희생자)과 어머니(결핵으로 사망)를 잃었고, 파리에서 물리학을 공부하기 위해 고향을 떠났다. 피에르가 죽은 후에도 마리 퀴리는 빛나는 경력을 이어 갔다. 소르본대학교의 첫 번째 여교수인 그녀는 1911년에 두 번째 노벨상을 받았다. 이번에는 라듐과 폴로늄 발견으로 화학 분야에서 수상했다. 세계 대전 동안 그녀는 부상자들을 X선으로 촬영할 수 있는 이동 소부대들을 설립하고 정기적으로 전선에 직접 나갔다. 예전에 무릎을 다친 아이였던 이렌이 그녀의 탐구 활동을 보좌하는 조수가 되었다.

1906년 4월 30일

이곳에서 더는 보지 못할 소중한 피에르, 당신 없이 생활하리라는 생각은 하지 못한 이 실험실의 침묵 속에서 당신에게 이야기하고 싶어요. 먼저 우리가 함께한 마지막 날들을 기억하고자 해요.

나는 부활절 전 금요일에 생레미로 떠났어요. 4월 13일이었죠. 그것이 이렌에게도 좋을 거고, 거기서 유모 없이 에브를 돌보기가 더 쉬울 거로 생각했어요. 나의 기억으로는, 당신은 집에서 아침나절을 보냈고, 토요일 저녁에 우리와 함께하기로 약속했어요. 우리가 역으로 갈 때 당신은 실험실로 떠났고, 나는 당신이 안녕이란 인사를 하지 않아 당신을 나무랐어요. 다음 날 당신을 만날 것을 확신하지 못한 채 생레미에서 당신을 기다리고 있었지요. 이렌에게 자전거를 타고 가서 당신을 만나라고 했어요. 당신과 이렌 모두 도착했는데, 그 애가 넘어져 한쪽 무릎에 상처를 입어 울고 있었어요. 가엾은 아가, 너의 무릎은 거의 나았으나, 그것을 치료해 준 아버지는 더 이상 우리 곁에 안 계시는구나. 당신이 있어 행복했어요. 당신은 내가 당신을 위해 식당에 피워 놓은 불 앞에서 손을 녹이고 있었고, 에브가 당신처럼 불 앞에 다가가 손을 비비는 모습을 보고 웃었죠.

30 avril 1906

Cher Pierre que je ne reverrai plus ici, je veux te parler dans le silence de ce laboratoire, où je ne pensais pas avoir à vivre sans toi. Et d'abord je veux me souvenir des derniers jours que nous avons vécu ensemble.

Je suis partie à St. Remy vendredi avant Paques, c'était le 13. avril, je pensais que cela ferait du bien à Irène et qu'il serait plus facile d'y garder Eve sans sa nourrice. Tu as passé la matinée autant que je me souviens à la maison, et je t'ai fait promettre de nous rejoindre samedi soir. Tu es parti au laboratoire comme nous allions à la gare, et je t'ai reproché de ne pas me dire adieu. Le lendemain ~~après~~ je t'attendais à St. Remy sans être très sure de te voir. J'ai envoyé Irène à ta rencontre à bicyclette. Vous êtes arrivés tous deux, Irène en pleurs, parce qu'elle était tombée et qu'elle s'était blessé le genou. Pauvre enfant, ton genou est presque guéri, mais ton père qui l'a soigné, n'est plus avec nous. J'étais heureuse d'avoir Pierre là. Il se chauffait les mains devant le feu que j'avais allumé pour lui dans la salle à manger, et il riait de voir Eve approcher comme lui ses mains du feu pour les frotter

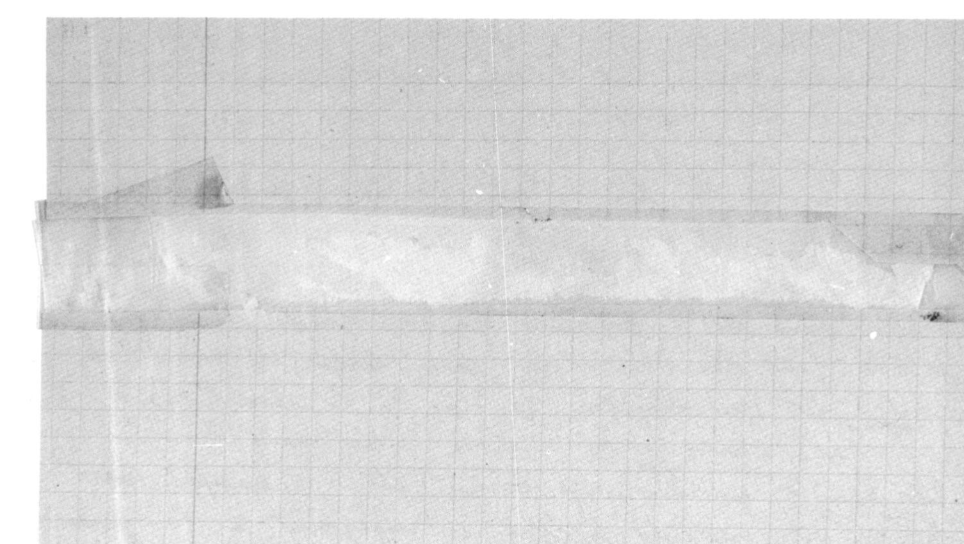

[1906년 4월 30일]

무시무시한 소식이 나를 맞이한다. 나는 거실로 들어간다. 누군가가 말한다. "그가 죽었어요." 그와 같은 소식을 사람들이 이해할 수 있을까? 피에르가 죽었다, 오늘 아침 건강하게 떠난 그가, 저녁에 두 팔에 안으려 했던 그가. 나는 죽은 그의 모습만을 다시 볼 것이다. 영원히 끝났다. 당신 이름을 몇 번이고 되풀이해 부른다, "피에르, 피에르, 피에르, 나의 피에르." 아아, 그를 다시 데려오지 못할 것이다. 그는 비탄과 절망만을 남겨 놓은 채 영원히 나를 떠나 버렸다. 나의 피에르, 죽음 같은 시간으로 당신을 기다렸다. 사람들이 당신 몸에서 발견한 물건들을 돌려주었다. 당신의 만년필, 당신의 카드 지갑, 당신의 돈 지갑, 당신의 열쇠들, 당신의 시계, 당신의 가엾은 머리가 끔찍한 충격을 받아 으스러졌을 때도 멈추지 않고 작동한 그 시계. 그것은 몇 통의 낡은 편지와 몇몇 서류와 함께 내게 남겨진 당신의 모든 것이다. 그것은 내가 삶을 함께하려 한 다정하고 사랑하는 친구 대신 갖게 된 모든 것이다.

저녁에 사람들이 그를 데려왔다.

나는 차 안에서 그다지 변하지 않은 당신의 얼굴에 먼저 키스했다. 그다음 사람들이 당신을 운반해 아래층 방 침대에 안치했다. […]

l'horrible nouvelle m'accueille. J'entre dans le salon. On me dit : „Il est mort". Peut-on comprendre des paroles pareilles? Pierre est mort, lui que j'ai vu partir bien portant ce matin, lui que je comptais serrer dans mes bras ~~dans~~ le soir, je ne le reverrai que mort et c'est fini à jamais. Je répète ton nom encore et toujours „Pierre, Pierre, Pierre, mon Pierre", hélas cela ne le fera pas venir, il est parti pour toujours ne me laissant que la désolation et le désespoir.

Mon Pierre, je t'ai attendu des heures mortelles, on m'a rapporté des objets trouvés sur toi, ton stylographe, ton porte cartes, ton porte monnaie tes clefs, ta montre, cette montre qui n'a pas cessé de marcher quand ta pauvre tête a reçu le choc terrible qui l'a écrasée. C'est tout ce qui me reste de toi avec quelques vieilles lettres et quelques papiers. C'est tout ce que j'ai en échange de l'ami tendre et aimé avec lequel je comptais passer ma vie.

On me l'a apporté le soir. La première j'ai embrassé dans la voiture ton visage si peu changé. Puis on t'a transporté et déposé sur le lit dans la chambre du bas. Et je t'ai em=

“미쳐 버리고 모든 것을 깨부수고 고함치는 것은 건강에 무척 좋을 것이다”

그리젤리디스 레알 Grisélidis Réal, 1929~2005

“그리젤리디스 레알, 작가이자 화가 그리고 매춘부.” 도시에 흔적을 남긴 인물들이 묻혀 있는 제네바 왕들의 묘지에 그리젤리디스 레알의 무덤이 있다. 그녀의 묘비는 그녀가 죽기 전 계획한 최후 도발이었다. 이는 제네바의 양갓집에서 헬레니즘 연구가인 아버지와 화랑을 운영하는 어머니 사이에서 태어난 그녀를 운명 짓지 않은 무훈武勳이다. 그러나 여덟 살 때 겪은 아버지의 죽음과 어머니의 냉정함은 그녀를 절제되지 않은 광적인 사랑을 추구하게 만든다. 나중에 그녀가 이야기한 것처럼. “당시에는 피임 수단들이 없었다. 열정적인 사랑, 매력적인 왕자, 내 인생의 남자를 찾아 헤맨 나머지 실수로 임신을 많이 했다. 여러 번의 낙태와 유산이 있었다. 나는 세 명의 다른 아버지로부터 네 명의 자녀를 두었다. […] 당신은 어떻게든 행복하기를 원하지만, 그것이 일반 상태에 있는 모든 사람에게처럼 제대로 되지 않는다는 것을 보면서 당신은 반항과 도전 속에서 다른 방식으로 행복해지려 한다.”

언제나 도전, 그녀는 제네바 정신병원에서 빼낸 미국인인 또 한 명의 연인 빌과 함께 1960년대 초에 아이들을 데리고 독일로 달아난다. 뮌헨에서 그들은 빈곤해지고 그녀는 매춘한다. 나중에 그녀가 자신의 지위를 “혁명적 창녀”라고 주장하고 1970년대 성 노동자 보호를 위한 투쟁의 주역이었을지라도 그녀에게 매춘을 부추긴 자는 빌이다. 그녀는 뮌헨에서 마리화나 밀매로 다시 감옥에 간다. 7개월의 투옥 기간(그녀는 1년 징역형을 선고받았으나 선행으로 일찍 나온다) 중에는 그림 기법을 연마한다. 그녀는 큰 지원자 중 한 명인 작가 모리스 샤파즈와 편지를 주고받거나 새 연인인 미국인 도널드 로드웰의 편지를 받기를 희망한다. 무엇보다 그녀는 일기를 쓴다. 냉소적인 동시에 폐부를 찌르는 듯한 생생한 필치로 투옥의 고통과 감옥 생활로부터 탈출하기 위한 술책들 그리고 불행을 함께하는 여성들의 연대를 이야기한다. 『나는 아직도 살아 있나?*Suis-je encore vivante?*』라는 제목으로 출판되는 이 강력한 일기장은 작가로서 그녀의 탄생을 알렸다. 이후 독일로 도주한 이야기인 『검정도 색깔이다』가 이어 출간되었다. 그녀에게 문학은 하나의 사적인 배출구다. “나는 사람들이 만든 그대로의 나를 토해 내기 위해 글을 쓰고, 사람들이 사랑했고 상처 입혔고 애무했고 소생시킨 그대로의 나를 영속시키기 위해 글을 쓴다.”

[1963년 5월 23일]

[…]
아아, 방금 이 모든 페이지를 썼다. 글을 쓰는 동안에는 마치 내가 더 이상 여기 없는 것 같았다. 그리고 지금, 다시 여기 이 같은 작은 테이블 앞에 앉아 있고, 내 오른편에는 병들고 추한 얼굴의 나를 여전히 비추는 것 같은 거울이 있다—테이블 위에는 같은 물건들, 같은 사진 몇 장(겨우 엄두를 내어 들여다보는 아이들의 사진, 그만큼 마음을 아프게 한다), 볼펜 몇 자루, 오렌지껍질로 만든 작은 재떨이, 로드웰의 편지(유일한 편지), 꽃, 그리고 벽걸이에 매달리거나 기댄 것 같은 그림들, 그리고

quand (?) je rentrerai. Je voudrais un jour que Maurice Chappaz, dont les cartes et la précieuse amitié m'ont tellement aidée, lise ces lignes pour qu'il se rende compte de la valeur et de l'effet de l'amitié dans une période comme celle-ci. C'est comme une sorte de résurrection dans cet état de mort.. Comme un enterré vivant, qui entend les coups de pioche encore lointains de ceux qui viennent le délivrer..

— Hélas, je viens d'écrire toutes ces pages et pendant que j'écrivais, c'est comme si je n'étais plus ici — Et maintenant, me voici à nouveau assise à cette même petite table, à ma droite le même miroir avec dedans ce visage malade et laid qui est moi — sur la table, ces mêmes objets, ces mêmes photos (celles des enfants que j'ose à peine voir tant cela fait mal) mes stylos à billes, un petit cendrier en écorce d'orange, la lettre (l'unique) de Rodwell, les fleurs, et pendues ou appuyées aux crochets sur le mur, ces mêmes images, et devant moi ce grand mur avec tout en haut cette fenêtre à barreaux, et le lit de fer, et derrière moi cette porte verrouillée. Et je suis là, j'étais là toute la journée, assise à cette même table sur ce banc dur, trop éloigné de la table, ou couchée sur le lit, et hier, et demain, et depuis trois mois, et pour combien de mois encore — Et je hais toutes ces choses, et je voudrais tout détruire, et hurler tout mon saoul, et tout briser, et hurler jusqu'à ce que je ne sache plus

꼭대기에 쇠창살 창문이 있는 내 앞의 저 커다란 벽, 그리고 쇠 침대, 그리고 그것 뒤에 빗장이 걸린 저 문. 그리고 내가 여기 있다. 나는 온종일 이 같은 테이블 앞에, 테이블에서 아주 멀리 떨어져 딱딱한 이 긴 의자 위에 앉거나 아니면 침대 위에 누워 있고, 어제 그리고 내일, 그리고 석 달 전부터, 또 아직 몇 달 동안이나 그렇게 있을 것이다. 나는 이 모든 것을 증오한다. 그리고 모든 것을 파괴하고 마음껏 소리 지르고 모든 것을 깨뜨리고 싶고, 내가 더 이상 어디 있는지, 미쳤다고 해도 죽었다고 해도 사람들이 나를 나가게 할는지, 나를 여기서 데리고 갈는지, 그리고 또 마침내 내가 다른 곳에 있게 될는지 더 이상 알지 못할 때까지 목 놓아 울부짖고 싶다. 미쳐 버리고 모든 것을 깨부수고 고함치고 두들기고, 심지어 무거운 열쇠들의 무구武具를 장식한 저 기계적 인간들까지 상처 입히는 것은 건강에 무척 좋을 것이다.

한번은 내가 더 이상 나를 자제할 수 없을까 봐,

XIX

où je suis, et qu'on me sorte, qu'on m'emmène d'ici, même folle, même morte, mais que je sois enfin ailleurs. Cela ferait tant de bien d'être folle, de tout casser et de crier, et de frapper, de blesser même ces êtres mécaniques à panoplies de lourdes clés.

J'ai peur qu'une fois je ne puisse plus me retenir et que tout cela se passe véritablement et que ce soit la fin de tout espoir. J'ai peur, en ce moment même, de regarder les objets, de les toucher, de savoir que je suis enfermée ici avec eux et avec moi et que je les hais, j'ai peur aussi de mes mains, de mes yeux et de mes dents, j'ai peur de ce qu'il y a dans ma tête — je ne veux pas y penser — je ne veux pas y faire attention, mais parfois ce sont les objets qui pensent, et leur langage insidieux, leurs ordres à peine dissimulés, leurs contacts, tout cela rouge, rouge, grignote quelque part dans mon cerveau une petite place où déjà quelques-unes de leurs idées se sont insinuées..

Mais je NE VEUX PAS ENCORE.

그리고 그 모든 일이 실제로 일어나서 모든 희망의 끝이 될까 봐 두려웠다. 나는 지금도 물건들을 바라보고, 그것들을 만지고, 여기에 그것들과 함께 갇혀 있고, 그것들을 증오한다는 것을 아는 게 두렵고, 내 손과 눈 그리고 이빨 또한 무섭고, 내 머릿속에 들어 있는 것도 무섭고—그것을 생각하고 싶지 않다—그것에 주의를 기울이고 싶지 않으나 때로는 생각하는 대상과 은밀히 진행하는 그것들의 언어, 간신히 숨겨진 그것들의 질서, 그것들의 접촉 그 모든 것이 나의 뇌 어딘가에서 작은 자리 한 개를 갉아먹고 물어뜯고 좀먹는다. 이미 그들의 생각 몇 개가 비집고 들어왔다. 그러나 나는 **아직 원하지 않아.**

비행기 한 대가 우리 위로 지나간다. 밤낮으로 끊임없이 비행기가 지나가는데, 비행장이 옆에 있다. 매번 그 끔찍하고 견딜 수 없는 소리가 등에 격렬한 고통을 일으키면 나는 몸을 떤다—그것이다, 그 소리로 그들은 끝내 우리의 신경을 죽이고 만다.

Un avion passe au-dessus de nous. Il passe sans cesse des avions, jour et nuit, l'aérodrome est à côté! Et chaque fois, ce bruit terrible, insupportable, me cause une douleur violente dans le dos et ensuite je tremble — C'est cela, avec leur bruit, ils achèvent de tuer nos nerfs — Et tout le jour, les ouvriers tapent, frappent, cassent des murs, scient, défoncent et plantent des clous. C'est pour cela que j'aime tant les dimanches, il y a moins de bruit. Tiens, encore un avion, mais moins proche. Le ciel est bleu intense, c'est à nouveau le soir. On entend des voix d'enfants qui jouent dans le jardin des maisons locatives en face. Encore des bruits d'avions, très lointains, qui raclent le ciel.

Enfermée, enfermée, enfermée..

Ce soir, l'angoisse me serre de plus près que d'habitude. Mais ce n'est pas ma faute. C'est la faute de cette cellule, de cette solitude, de ces objets. Tout est mort. Ou tout vit d'une vie inexplicable et sinistre qui n'est pas naturelle, dissimulée — une vie qui n'est pas la vraie..
RONALD, Leonor, BORIS. Arbres, soleil, rues!
LIBERTÉ!

그리고 온종일 노동자들은 벽을 두들기고 때리고 부수고 톱으로 자르고 뚫고 못을 박는다. 그래서 나는 일요일을 그토록 좋아한다. 소음이 적어서다. 이런, 또 비행기가, 그러나 덜 가까이 지나간다. 하늘은 짙은 푸른색이고 다시 저녁이다. 맞은편 임대 주택의 정원에서 놀고 있는 아이들의 목소리가 들린다. 다시 아주 멀리서 하늘을 긁어 대는 비행기들의 소리.

갇혀서, 갇혀서, 갇혀서…….

오늘 저녁은 보통 때보다 더 가까이서 불안이 나를 옥죈다. 그것은 내 잘못이 아니다. 그것은 독방의, 이 고독의, 이 물건들의 잘못이다. 모든 것이 죽었다. 아니면 모든 것이 자연스럽지 않고 숨겨지고 설명할 수 없고 침울한 하나의 삶으로 살고 있다—진짜가 아닌 삶…….

로널드[로드웰], 레오노르, **보리스**[그녀의 아이들 이름]. 나무, 태양, 거리.

자유.

"이곳에서 글을 쓰는 것은 불가능하다"

골리아르다 사피엔차 Goliarda Sapienza, 1924~1996

일기를 쓴다는 생각은 다른 사람의 제안이었다. 1976년, 이탈리아 소설가 골리아르다 사피엔차는 10년이라는 인생을 바친 대작 『기쁨의 예술*L'arte della gioia*』의 집필을 마쳤다. 그러나 출판사들의 거절은 쌓여 갔고 우울증이 그녀를 위협했다…….

반려자 안젤로 펠레그리노는 그녀에게 자기 생각을 적는 습관을 들일 수첩 하나를 선물했다. 그녀는 글을 쓰기 시작한 날에 "나는 안젤로가 준, 어리석은 짓을 쓰거나 쓰지 않을 수 있는 작은 수첩 하나를 가지고 있다"라며 즐거워했다. 몇 권이 뒤따르고, 여러 해에 걸쳐 40여 권의 수첩과 8천 쪽 가까이 되는 글이 쌓였다. 거기에는 중국행 시베리아 열차 여행이나 배우로서 연극공연 일주뿐만 아니라 자신의 내밀한 생각들이 기록되어 있다.

그녀는 안젤로(인생의 마지막 20년을 함께 보낸 스무여 살 연하)에 대한 때늦은 열정에 경탄했다. "사랑하는 남자, 나는 유일하게 너에게서만 내 얼굴이 매력 있는지, 내 발걸음이 가벼운지, 내가 미소 짓는지를 알 수 있다." 그러나 "자기 파괴의 시기", 호시탐탐 노리고 있는 우울함에 대해서도 적었다. 그녀는 아이가 없는 데 대한 은밀한 고통을 썼다. "나는 아이(거듭 밝히지만 생물학적)가 없을 것이다. 그것이 내 몸과 정신의 가장 깊은 고통이지만, 울고 싶지도 이 자연적 숙명이 내 안에 일으키는 악몽 같은 꿈들을 과장하고 싶지도 않다—드물게, 진실을 말하기 위해 그러나 가혹하고 명확한 주기성으로, 즉, 매달 말에, 계절이 바뀔 때마다, 그리고 불행히도 내가 일반 상태에 있으므로 우연히 마주치는 일이 있는 어린 사내애들과 계집애들을 볼 때 그렇다."

그녀는 무정부주의적 행위라고 간주되는 보석 절도 후에 체포되어 로마에서 레비비아 여성 감옥에 구금되었을 때인 1980년 10월에 아주 자연스럽게 자신의 소중한 수첩 가운데 하나로 향했다. 당시 감옥 세계가 자신에게 영감을 불러일으키는 성찰을 적으면서 그녀는 자신과 불행을 함께하는 여성들을 묘사했다. 좌파 지식인들(그녀의 아버지는 가난한 이들의 변호사고 어머니는 페미니스트 기자였다)의 딸로 독학한 골리아르다 사피엔차는 감옥으로 이어지는 사회적 결정론에 대한 강한 부당함을 재빠르게 감지했다. 전과 기록이 없었던 그녀는 신속하게 석방됐다. 이 경험은 그녀가 『레비비아 대학*L'Université de Rebibbia*』이라는 시사하는 바가 풍부한 제목의 책을 쓰는 데 영감을 준다.

[1980년 10월]

grave difetto. 29
La grande negra che fa
lo sciopero della fame
si chiama Lola e incinta
ha i capelli tutti dritti
esattamente come il Mosè
di Michelangelo — di cinque
mesi oggi deve essere al
suo undicesimo giorno.
Fa il digiuno per avere
il processo al più presto
Scrivere qui è impossibile
si potrebbe forse dopo
un assestamento di tre o 4
mesi: ~~le parole~~ tue questo
perchè ~~le~~ tutte le tue
parole vengono messe
in dubbio nella tua
intelligenza. Non credi
più che le parole usate
fuori ~~abbiano una~~
siano giuste. Il mondo
esterno ti sembra sognato
e qui in questa nuova
realtà parlano un
altro linguaggio che
non riesci ad afferrare e,
per adesso, di conseguenza
neanche ad esprimerti.
Non puoi vedere la tele-
visione. Tutto ti

[…] 단식 투쟁하는 키가 큰 흑인 여자는 이름이 롤라이고 임신한 지 5개월 되었다. 그녀는 정확히 미켈란젤로 그림의 모세처럼 머리를 쌓아 올렸다. 오늘은 그녀가 투쟁한 지 11일째인 것으로 보인다. 그녀는 될 수 있는 한 빨리 재판받기 위해 단식하고 있다.

이곳에서 글을 쓰는 것은 불가능하다. 아마도 서너 달간 자리를 잡은 후에나 그리할 수 있을 텐데, 너의 모든 말이 네 정신 속에서 다시 의문시되기 때문이다.

너는 밖에서 사용한 말들이 더 이상 정확하다고 믿지 않는다. 외부 세계는 너에게 꿈이었던 것 같고, 여기 이 새로운 현실에서 사람들은 네가 파악하지 못한 결과 현재로서는 네가 표현하는 데 이르지 못하는 또 하나의 언어로 말을 한다.

너는 텔레비전을 볼 수 없다. 모든 것이 [너에게 멀어 보이고 현실에 대해 아무것도 모르는 한 미친 연출가에 의해 만들어진 것처럼 보인다. […]

내가 여기서 마주쳤고 전에는 상상할 수 없었던 가장 끔찍한 일은, 감옥에서는 혼자 있을 수 없다는 것이다. […] 내가 상상한 대로 적어도 경험하지 않고 부분적으로라도 살아 보지 않고는 아무것도 쓸 수 없다. 불행히도 나의 탐구는 무의식 위에 형식화된 것인데, 감옥은 유일하게 살아 있는 형식이자 일차적 창조에 다가가는 유일한 것이기 때문에, 내가 여기에 있게 된 것은 잘된 일이다. 적어도 한 번은 이를 만날 필요가 있었다.]

“조금 나아졌다. 적어도 일요일보다는 낫다”

발레리 라르보 Valery Larbaud, 1881~1957

어려서부터 병약했던 발레리 라르보는 삶의 대부분의 시간을 질병과 싸우는 데 보냈다. 끊임없이 보호받은 유년기 동안 그는 다른 아이들과 함께 활력을 불어넣을 수 있는 여러 신체 활동에서 멀리 떨어져 있었다. 그의 일기 전집을 편집한 폴 모롱은 다음과 같이 썼다. “그는 몸에 귀를 기울이고 몸의 사소한 장애도 세심하게 관찰하도록 교육받았다.” 허약한 아이는 생티오르에서 관절 류머티즘 발작과 말라리아 후유증으로 고통받는 불안한 어른이 되었다.

재산가(비시생티오르 수원水源의 소유주)인 아버지 덕택에 그는 온천장에 자주 드나들면서 치료를 받았다. 멋쟁이이자 탐미주의자인 발레리는 여행을 즐겼고, ‘오리엔트 익스프레스’ 같은 대형 호화 여객선의 단골이었다. 그의 세계주의는 불규칙하게 쓰인 그의 일기에 영어와 프랑스어를 차례로 사용하도록 부추겼다. 1917년에는 스페인의 알리칸테에 있었다. 그러나 다른 데에서처럼 그곳에서도 쇠약한 건강은 그의 머리에서 떠나지 않았다.

그는 주저하지 않고 심장박동수를 세고 병원을 방문한 내용을 썼고, 그의 일기는 이러한 끊임없는 위기에서 피난처 역할을 했다. 당시 삼십 대였던 라르보는 침상의 나날과 병의 재발을 기록했다. 모든 소강상태는 삶과 영감의 도약처럼 체험되었다. 건강이 좋지 않았음에도 그는 시적이고 로마네스크하고 섬세한 작품(『페르미나 마르케스』, 『A.O. 버나부스*A.O. Barnabooth*』, 『그의 일기*Son journal intime*』)을 썼고, 제임스 조이스의 『율리시즈』의 번역을 감수하는 것을 막지 못했기 때문이다. 또한 그의 일기에는 여행과 문학에 대한 열정 그리고 젊은 여성의 아름다움에 대한 그의 기호가 담겨 있다.

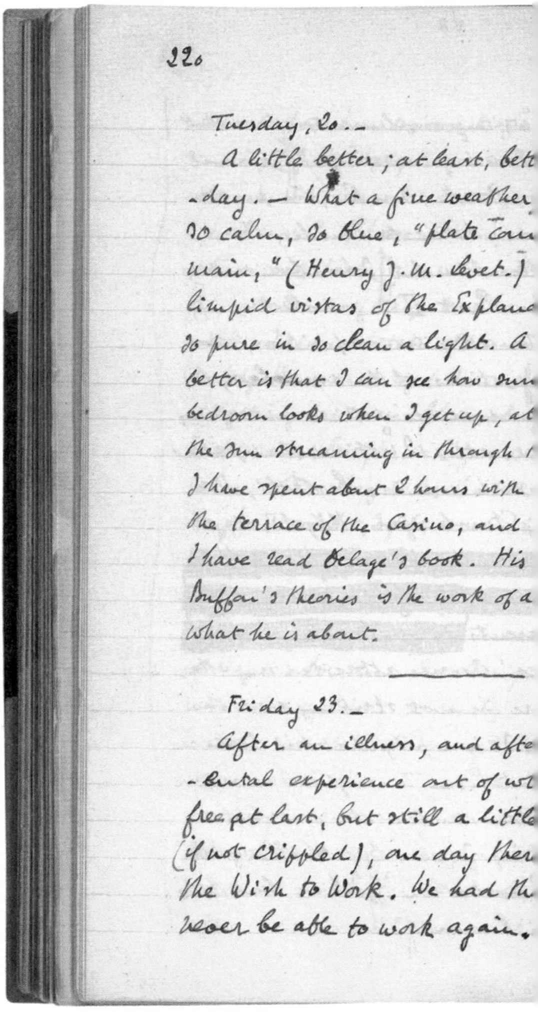

1935년, 안타깝게도 뇌졸중이 그를

221

the wish has come, it is here. We wake earlier, feeling just a little better, though very weak; but there is sun in our room, and we get up. We begin by re-arranging our writing-table. This is not the work of one day only. Another day, we change the old and rusty pens in our penholders (these were the pens we used then); another day we buy a few implements, such as: some sheets of blotting paper, a new pencil (of some good American make), india-rubber, etc. And at last comes the day when we take up work again. Then a great, sweet, innocent silence falls around us. We have found again our "raison de vivre". The world cannot, has no right to interfere with us; we do not care for what it does, or thinks, or says. We live in our work, and are in peace with ourselves, with our neighbours, with the town we live in. The hours we give to lounging, to the conversation of a few friends, we feel that we have earned them, that

쓰러뜨렸다. 그는 삶의 마지막 22년을
반신불수와 언어 장애로 꼼짝달싹하지 못한 채
안락의자에 갇혀 지냈다. 몸의 궁극적 배신은
절망적으로 말을 듣지 않는 것이다.

←
[1917년 11월] 20일 화요일

조금 나아졌다. 적어도 일요일보다는 낫다. 얼마나 찬란한 날씨인지, 그리고 바다는 너무나 고요하고 너무나 푸르며, "특별한 게 아무것도 없다"(앙리 J. M. 르베). 에스플라나다의 길고 투명한 전경……. 너무나도 깨끗한 빛 속에서 모든 것이 대단히 맑다. 건강 상태가 더 좋다는 신호, 8시 30분경에 잠자리에서 일어나면서 나는 내 방이 얼마나 양지바르고 밝고 미라도르•를 통과하는 햇빛으로 가득한지를 깨닫는다—카지노의 테라스에서 돈 라몬과 약 두 시간을 보냈고, 오후에는 들라주의 책을 읽었다. 뷔퐁의 이론에 대한 소개는 뷔퐁의 관심사를 잘 알고 있는 사람의 작품이다.

[1917년 11월] 23일 금요일

병을 앓고 난 뒤, 그리고 마침내 자유로워졌으나 아직은 약간 "피로한"(그렇지 않으면 불구가 된) 상태인 감정적 경험을 한 후에 **일하고자 하는 욕구**가 어느 날 문득 다시 찾아온다. 사람들은 내가 절대 다시 일할 수 없으리라 생각했었다. 그러나 결국 욕구가 돌아와 여기 있다. 아직 매우 약하긴 하지만 아주 조금 더 나아졌다고 느끼면서 더 일찍 잠에서 깨어난다. 방 안에는 햇빛이 들고 나는 자리에서 일어난다. 작업 테이블 위를 정리하는 것으로 시작한다. 단 하루의 작업이 아니다.

다른 날에는 펜대 때문에 무뎌진 낡은 펜을 교체한다(당시 사용한 펜들이다). 또 다른 날에는 약간의 용품을 산다. 압지(잉크를 흡수하는 종이), 새 연필(좋은 미국 상표의) 한 자루, 지우개 하나 등. 그리고 드디어 작업을 다시 시작하는 날이 온다. 그러면 커다란 침묵이 그 부드러움과 무구함으로 우리를 감싼다. 우리는 우리의 삶의 이유를 되찾는다. 세상은 우리를 괴롭힐 수도, 그럴 권리도 없다. 우리는 세상이 행하거나 생각하거나 말하는 것을 비웃는다. 우리는 우리의 일 속에서 살고 우리 자신과 우리의 이웃과 우리가 사는 도시와 평화롭게 지낸다. 몇몇 친구와 산책하고 대화하는 데 할애한 시간, 우리는 그것을 따냈고, 그것의 고요함, 평화, 여백을 받을 자격이 있다는 것을 안다.

이 모든 것은 대단히 피상적이다. 그러나 언젠가 그것으로부터 무언가를 끌어낼 수 있을지를 알기 위해서 여기에 적는다. 그것이 어제와 오늘 나를 몰두시켰다(일련의 생각에 관해 이야기하는 것이다). 있는 그대로—전속력으로, 너무 숙고하지 않은 채 썼다—일부는 프랑스어로, 일부는 스페인어로 생각하면서—그것은 아무 가치도 없고 내가 만들고자 하는 것의 그림자일 뿐이다. 기분이 나아졌으나 회복되지는 않았다. 들라주의 작품과 개론서 그리고 베샹, 하케, 에를스버그의 이론들에 대한 그의 비판을 읽고 있다(에를스버그는 대단히 흥미롭고 지적으로 자극을 준다. 그가 스칸디나비아계 미국인이라고 생각된다. 독일인들은 정말이지 지루하다). 그가 헤켈에 대해 말한 것을 읽을 것이다—어제 오후를 베날루아에서 돈 R.과 돈 H.와 보냈다—편지가 없다. 기막히게 좋은 날씨.

• mirador. 스페인식 가옥의 옥상에 있는 전망탑

222

we deserve their calm, their peace, their emptiness.

All this is very superficial; but I note it here, in order to see if, one day, I shall be able to do something with it. It occupied me (I mean these trains of thought) yesterday and to-day. As it is, — and I have written it at full speed, and with little reflection — thinking part of it in French and part in Spanish, — it is worthless, the mere shadow of what I intend it to be. I feel better; but not well. I have been reading Delage, his "résumés" and criticism of the theories of Béchamp, Haacke, Erlsberg (this one very interesting and suggestive, an American of Scandinavian parentage I suppose. The Germans are really dull,) and am about to read what he says of Hä"ckel. — Yesterday, spent the afternoon at Benalúa with Don R. and Don H. — No letters. Splendid weather. —

"'다시는 절대'라는 말은 불멸의 단어다"

롤랑 바르트 Roland Barthes, 1915~1980

롤랑 바르트의 일기는 어머니가 세상을 떠났을 때 그를 엄습한 붕괴와도 같은 슬픔의 일기다. 앙리에트 바르트는 결혼 전 성姓이 뱅제Binger였고, 롤랑(당시 한 살)의 아버지가 전사했을 때 스물세 살이었다. 떨어져서는 살 수 없을 만큼 서로 사랑한 어머니와 아들은 함께 살았고, 바르트는 아픈 앙리에트의 마지막 6개월을 내내 동행했다. 총 330장의 카드에서 첫 장을 어머니가 돌아가신 직후인 1977년 10월 26일에 작성했다. 그는 손수 네 쪽으로 자른 종이에 잉크나 연필로 글을 썼다. 매우 활발하게 활동하던 시기였지만, 애도 기간 동안에 그의 책상 위에는 항상 백지 카드가 놓여 있었다. 그는 파리와 위르트(바스크 지역에 위치)를 오가며 살았고, 모로코와 튀니지에서 체류하기도 했다. 기호학자인 그는 당시 콜레주 드 프랑스에서 강의하고, 특히 『밝은 방』을 집필했다. 이 책은 그의 주요 저서 중 하나로 사진에 집중되어 있지만, 자신을 끊임없이 괴롭히는 공허함을 표현하기 위한 구실이기도 했다. "사람들은 애도를 통해 점진적으로 고통을 서서히 지워 나간다고 말한다. 나는 그 말을 믿을 수 없었고 지금도 믿지 않는다. 나에게 **시간**은 상실의 감정을 제거(나는 울지 않는다)하는 게 전부다. 나머지는 모든 것이 부동인 채로 남아 있다." 그는 어머니의 사진을 보며 영감을 받은 이 책의 한 구절에서 이렇게 고백한다.

『애도 일기』는 이 같은 장기적 성찰의 여백에서 "그녀 없는 긴 일련의 시간"이 불러일으킨 생각들을 재빨리 포착한다. 이제 누구를 위해 살고 글을 쓸 것인가? "이 메모들에서 놀라운 점은 정신의 현전에 시달리는 황폐한 주체다"라고 바르트는 자신의 고통을 확실히 견뎌 내고 그것을 사고의 대상으로 삼아 말로 표현하려고 한다. 그는 감정을 절대 숨기지 않고, 애도 중인 자신을 임상적으로 정확하게 관찰한다. 그는 흐느낌과 불시에 아픔을 주는 추억들을 이야기한다. 세상 속 그의 자리마저 이 상실과 함께 흔들린다. "내 삶의 **이유**—누군가를 위해 두려워하는 **이유**—를 상실했으니 이제 내가 잃을 것은 무엇인가" 혹은 다음과 같이 반대로 확증된 사실도 있다. "많은 사람이 아직 나를 사랑한다, 그러나 이후 내 죽음은 그들 가운데 누구도 죽이지 않을 것이다." 그는 이 메모들로 무엇을 했을까? 1980년 2월 25일 밴에 치이는 사고로 인한 그의 죽음은 미해결된 질문을 남긴다. 『애도 일기』는 2009년에 출판된다. 특별한 예리함으로 탐구된 보편적 슬픔을 향해 열려 있는 창이다.

27 oct

— « Jamais plus, jamais plus ! »
— Et pourtant, contradiction : ce « jamais plus » n'est pas éternel puisque vous mourrez vous-même un jour.
« Jamais plus » est un mot d'immortel.

10 Nov

Frappé par la nature <u>abstraite</u> de l'absence ; et cependant, c'est brûlant, déchirant. D'où je comprends mieux l'<u>abstraction</u> : elle est absence et douleur, douleur de l'absence — peut être donc amour ?

29 oct

— Chose bizarre, sa voix que je connaissais si bien, dont on dit qu'elle est le grain même du souvenir (« la chère inflexion… »), je ne l'entends pas. Comme une surdité localisée…

17 Sept 78

Depuis la mort de mam. — malgré — ou à travers — effort acharné pour mettre en oeuvre un grand projet d'écriture, altération progressive de la confiance en moi — en ce que j'écris.

[1977년] 10월 27일

- "다시는 절대, 다시는 절대!"
- 하지만 모순이 있다. "다시는 절대"라는 말은 영원하지 않다는 것이다. 당신 자신도 언젠가 죽기 때문이다.
"다시는 절대"라는 말은 불멸의 단어다.

[1977년] 10월 29일

기이한 일, 기억의 낟알이라고 불리는 내가 그토록 잘 알던 그녀의 목소리("소중한 억양……")가 들리지 않는다. 마치 국지적 난청처럼…….

[1977년] 11월 10일

부재의 <u>추상적 성격</u>에 충격을 받음. 그렇기는 하지만 그것은 뜨겁고 가슴을 찢는 듯하다. 그래서 나는 <u>추상적 관념</u>을 더 잘 이해한다. 즉, 그녀는 부재고 고통이다. 부재의 고통—그러니 어쩌면 사랑일까?

[19]78년 9월 17일

어머니가 돌아가신 이후부터. 커다란 글쓰기 계획을 실현하기 위한 치열한 노력에도 불구하고—혹은 노력을 통해—나에 대한, 내가 쓰는 것에 대한 신뢰의 점진적 변질.

“나는 질겁한 사람의 얼굴을 하고 있다. 커다랗게 뜬 두 눈, 덥수룩한 머리”

장피에르 기야르 Jean-Pierre Guillard, 1960~

화가 장피에르 기야르는 1998년 잔인한 폭행의 희생자가 되었다. 술에 취한 그는 아무것도 기억하지 못했지만, 미각과 후각을 잃었다는 사실은 끔찍했다. 자신에게 무슨 일이 일어나고 있는지 이해하고, 자신을 잃지 않으며 능력을 되찾기 위해서는 투사鬪士의 만화경 같은 노정이 뒤따랐다. 일기는 1년이 넘도록 그의 동반자이자 증인이 되어 주었다. 그는 일기에다 좌절감과 욕망, 우울과 희망을 적고 자기의 정신 상태를 보여 주는 그림들을 나란히 그렸다. ‘후각상실증’과 ‘실인증’은 최근 코로나19 바이러스에 의해 대중화된 용어지만, 당시에는 거의 알려지지 않았다. “공감을 기대할 수 없다. 나의 세세한 현실은 공유될 수 없다.” 지옥은 타인이다. “그것은 너의 다른 감각을 발달시킬 거야!”라고 사람들이 내뱉었다. 이에 그는 이렇게 답했다. “절대 안 그래, 내게는 귀가 더 없어!” 이비인후과 의사, 신경과 의사와 다른 전문가들은 그를 위해 할 수 있는 일이 아무것도 없었다. “방사선 촬영을 한 뒤에 라리부아지에르를 떠났다. 두개골 외상성 상해. 공기는 차갑고 고요하다. 거리를 걷는 동안 흐릿하고 지속적으로 당황스러운 인상만이 가득해 멈추어 설 수 없을 것 같은 비현실적인 느낌을 받았다. 기억 상실, 장기 부재, 여행 혹은 오래 끄는 병.” 미각과 후각의 상실은 사실 일화적인 것과는 거리가 멀었다. 현실과의 접촉 상실이고 일상이 불합리해지는 것이었기 때문이다. 저자는 더 이상 먹는 즐거움을 느끼지 못하고 성욕도 급락했다. 예전에 대단한 ‘코’이자 대‘식가’였다는 사실도 이해할 수 없게 되었다.

les yeux dans l'ensemble de bonne humeur
il est 19h30
je suis calme je m'aperçois dans un coin du
miroir - j'ai la tête de quelqu'un
d'effaré - les yeux écarquillés, hirsute

je puis agir

le métro
je suis un chien

모든 요리가 우울하고, 그의 입은 "낡은 석탄 난로의 차가운 관管이 되어 버렸다." 그리하여 자신의 그림에서 풍기는 냄새를 더 이상 맡지 못하는 화가는 너무 친숙해 흔히 잊어버리고 마는 잃어버린 냄새 목록도 작성했다. "고서", "새로 빤 세탁물", "차고 냄새", "잉크", "장거리 버스", "그라브 화이트와인", "나의 물에 젖은 개", "페페의 작업실과 그의 챙 달린 모자 안쪽". 그러나 14개월간 코와의 사투 끝에 1999년 5월 30일 뉴욕에서 기적이 일어났다. "메트로폴리탄 미술관의 화장실 탈취제의 인공적인 딸기 향"이 아이러니하게도 그의 후각을 처음으로 되찾아 준 것이다. 장피에르 기야르가 감각—많은 부분—을 회복하는 데는 5년이 더 걸렸다.

"나는 항상 음미했고, 탐닉했고, 맛있는 것들만 잘 먹었다. 항상 미식가였던 나는 탐욕스럽고 과도하게 먹었다." 사람들이 샴페인 치료법을 제안했지만, 열 잔을 마셔도 아무런 효과가 없었다. 향신료의 맛은 더 이상 느껴지지 않았다.

←
[1999년]

나는 실내에 앉아 있다. 빛은 부드럽다. 이상한 거울 효과로 인해 의욕이 없다. 하찮은 과일 하나. 나는 맛도 모르고 식욕도 없다.

자기를 음산하게 죽은 것처럼 또는 투명하게 느끼는 것이 아니다. 향정신성 의약품이 집단적 리듬에 맞춰 우리를 피상적으로 만들 수 있듯이 동시 진행 상태에 있다고 느끼는 것도 아니다.

다만 전염되지 않는다. 장소, 빛, 사람들은 더 이상 아무런 자극도 주지 않는다. 그들이 내 관심을 끌지 못한다는 것이 아니라 나에게 영향을 끼치지 않는다는 말이다.

내가 확실히 느끼지 못하기 때문에 행동할 수 있다는 것을 믿기 힘들다.

내가 여기 있든 저기 있든, 이 여자 또는 저 여자에게 지렁이처럼 벌거벗은 채 있거나 북극곰처럼 분장하고 있어도 나를 변화시키지 않는다.
전반적으로 기분 좋은 사람들

19시 30분, 거울 한구석에서 평온해진 나를 본다. 질겁한 사람처럼 보인다. 커다랗게 뜬 두 눈, 덥수룩한 머리.

지하철.
나는 개다.

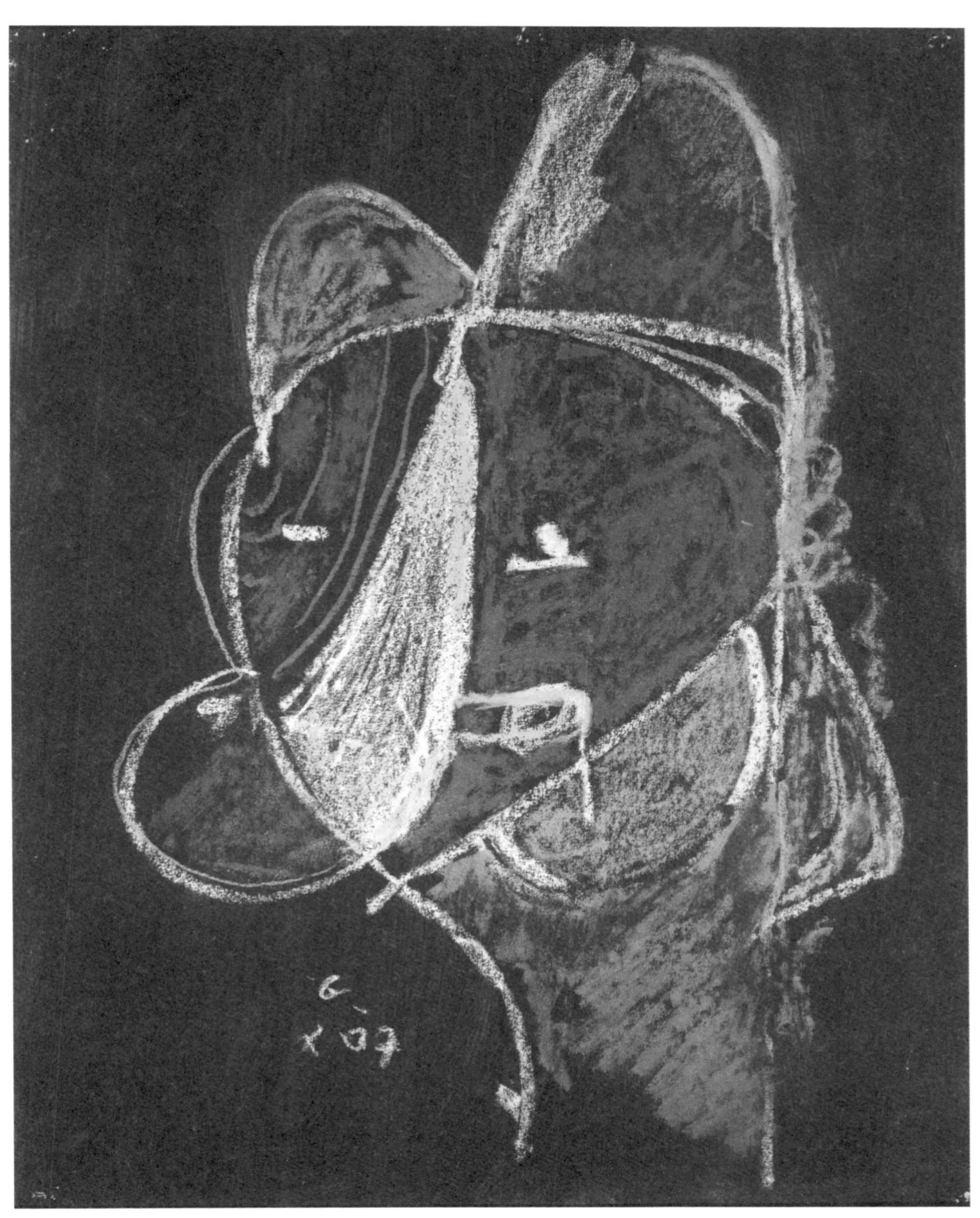

3. 고독과 자기성찰

"나는 온통 푸르른 숲 한가운데 있는 죽은 나무 같다"

모리스 드 게랭 Maurice de Guérin, 1810~1839

모리스 드 게랭과 『녹색 노트*Cahier vert*』라는 제목으로 출간되고 '취급 주의'와 '멜랑콜리'라는 직인이 찍힌 그의 일기장보다 낭만주의 정신을 더욱 잘 상징하기는 어렵다. 모리스 드 게랭은 타른주의 앙디야크에 있는 샤토 뒤 카일라에서 태어나 유년기를 보냈다. 그곳에서 자기 작품에 물을 대줄 자연에 대한 취미와 고독한 명상을 길어 올렸다. 아홉 살에 어머니를 여읜 그는 겨우 다섯 살 손위인 누이 외제니(141쪽 참조)에게서 거의 어머니와 같은 모습을 발견했다. 뛰어난 학생이었던 그는 신학교에 지망할 생각이었으나, 파리에서 몇 년 동안 사교계 생활을 하기 위해 이러한 소명과 결별했다. 그리고 특히 바르베 도르비이와 가까운 친구가 됐다. 라마르틴과 동시대인인 모리스 드 게랭은 일기에다 선뜻 자기의 어두운 기분, 시적인 세대에게 소중한 "세기의 질병"을 고백했다. 1834년 4월 20일에 썼듯이 그는 일기장에서 거의 이상적인 친구를 보기까지 했다. "오 나의 노트, 너는 나에게 종이 더미, 무감각하고 생명이 없는 무엇이 아니다. 아니, 너는 살아 있고, 영혼, 지성, 사랑, 선함, 연민, 인내심, 동정심 그리고 순수하고 한결같은 호의를 지니고 있다. 너는 내게 인간들 가운데서 찾아내지 못한 것이고, 허약하고 병약한 한 영혼에 관심을 두는 다정하고 헌신적인 그런 존재다. […] 나에게는 연민의 사랑이 필요하다." 게다가 그는 진정한 친구들이 일기를 읽도록 하는 데 주저하지 않는데, 그중 바르베 도르비이는 그런 "풍경과 나날의 느낌을 적은 노트"에 쉽게 빠져들었다.

병든 그는 결혼한 지 얼마 안 돼 카일라로 돌아오고, 그곳에서 불과 스물아홉의 짧은 생을 마감했다.

결국 사후에 출판된 그의 시 작품, 특히 『켄타우로스*Le Centaure*』는 사실상 산문시의 선조격 중 하나다. 그의 책들은 특히 레미 드 구르몽, 조르주 상드(148쪽 참조) 혹은 마르그리트 유르스나르만큼이나 다양한 정신의 감탄을 불러일으킨다.

→
[1833년 4월] 23일

초목이 잠에서 깨어나는 것은 놀라울 만치 느리다. 나는 자연에 대해 거의 심사가 나는데, 자연은 우리에게 인내심을 잃게 하는 데서 기쁨을 느끼는 것 같다. 낙엽송, 자작나무, 우리 정원에 있는 라일락 두 그루, 장미 그리고 산사나무 울타리는 겨우 약간의 푸름을 띠고 있다. 나머지 모든 것은 자기 형제들보다 더 화사해 연못 가장자리에 있는 식물 재배지의 검은색 더미로 미묘한 변화를 주기 시작하는 몇 그루의 너도밤나무를 제외하고 거무칙칙하며 거의 겨울처럼 잠을 자고 있다. 그뿐만 아니라 모든 새가 도착했다. 종달새는 밤낮으로 노래하고, 태양은 기막히게 빛나고, 날개 달린 곤충들은 윙윙거리며 어지럽게 맴돌고 있다. 내 집을 제외하고는 사방이 생명과 기쁨에 가득 차 있다. 어떤 기이한 대비 때문인지 모르겠는데, 며칠 전부터 나는 별로 고통받지 않은 겨울날보다 살아가기가 더 힘들다. 나는 온통 푸르른 숲 한가운데 있는 죽은 나무 같다.

18

et accompli de tout point ; la moindre tache
noire sur le ciel en gâte tout le firmament. C'est
pas de ces bonheurs-là dans ce monde, et le plus
la folie ; mais il paraît que c'est une condition d'être aussi mal partagé
en illusions qu'en réalités. fiat, fiat !

23 Le réveil de la végétation est prodigieusement lent. j'ai pr
de l'humeur contre la nature qui semble prendre plaisir à nous faire
perdre patience. Les mélèzes, les bouleaux, deux ~~lilas~~ pieds de lilas
que nous avons au jardin, et les cerisiers et les haies d'aubépine parais
à peine quelques verdures, tout le reste est sombre et dort presque
comme en hiver, sauf quelques hêtres qui, plus printaniers que leurs
frères commencent à se marquer sur la masse noire ~~de~~ des plantations
qui borde l'étang au-delà, tous les oiseaux sont arrivés, les rossignols
chantent nuit et jour, le soleil luit à merveille, les insectes ailés
bourdonnent et tourbillonnent ; c'est partout de la vie et de la joie
excepté chez moi. Je ne sais par quel bizarre contraste j'ai plus de
mal à vivre depuis quelques jours que dans les jours d'hiver où cepe
je n'étais pas peu en peine. Je me fais l'effet d'un arbre mort au
milieu d'un bois tout verdoyant.

24 Achevé de lire la Physiologie végétale, par Candolle, 3 vo
le 1er traite de la nutrition, le 2e de la reproduction, le 3e
l'influence des agens extérieurs. Malgré la chimie qui est pour
beaucoup dans cet ouvrage, surtout dans le 1er vol., et dont je
n'entends pas un mot, j'ai pris un vif plaisir à cette lecture. U
monde tout nouveau s'est ouvert devant moi, un peu vague, il est
et dans ce que j'y ai fait plus d'un demi pas ; mais quoi qu'il en soi
ce n'est pas un petit bonheur que de s'ouvrir une nouvelle perspe
dans la contemplation de ce monde et de soupçonner quelque ch
de la vie et de la beauté de la nature. Un nombre infini de
détails m'ont échappé, mais l'impression qui me reste est précieuse.
a redoublé mon attrait pour l'observation des choses naturelles et m'
fait pencher vers une source inépuisable de consolations et de plaisirs.
que ... bonheur doit être dans le ciel
de l'énergie vitale de notre globe si menu, nous délecte si
. D'un autre côté les peines et l'angoisse augmentent : on s
tous les jours la tête contre des phénomènes qu'on ne comp
... vulgaires, et c'est d'autant plus cruel. Mais il fa
... en vue de l'avenir et accoutumer son âme à savo
pas.

... de plaisir. La nature est fraîche, rayonnante ; la te
... avec volupté l'eau qui lui apporte la vie. On dira
... des oiseaux s'est aussi rafraîchi à cette pluie : leu

19

est plus pur, plus vif, plus éclatant et vibre à merveille dans
devenus ~~plus [illegible]~~ extrêmement sonore et retentissant. Les rossignols
bouvreuils, les merles, les grives, les loriots, les pinsons, les roitelets, tout
cela chante et se réjouit. Une oie qui crie comme une trompette
ajoute au charme par le contraste. Les arbres immobiles semblent
écouter tous ces bruits. D'innombrables pommiers fleuris paraissent au
loin comme des boules de neige; les cerisiers aussi tout blancs se dressent
en pyramides ou s'étalent en éventails de fleurs.

Les oiseaux semblent viser parfois à ces effets d'orchestre où
tous les instruments se confondent en une masse d'harmonie.

Si l'on pouvait s'identifier au printemps, forcer cette pensée
~~au~~ point de croire aspirer en soi toute la vie, tout l'amour
qui fermentent dans la nature! de sentir à la fois fleur, verdure, oiseau,
chant, fraîcheur, élasticité, volupté, sérénité! que serait-ce de moi?
il y a des moments où, à force de se concentrer dans cette idée
et de regarder fixement la nature, on croit éprouver quelque chose
comme cela.

Mai

Dieu, que c'est triste. Du vent, de la pluie et du froid. Ce 1er mai
me fait l'effet d'un ~~jour~~ de noce devenu jour de convoi. Hier au soir
c'était la lune, les étoiles, un azur, une limpidité, une clarté à vous
mettre aux anges. Aujourd'hui je n'ai vu autre chose que les ondées
courant dans l'air les unes sur les autres par grandes colonnes qu'un vent
fou chasse à outrance devant lui. Je n'ai entendu autre chose que
ce même vent gémissant tout autour de moi avec ces gémissements
lamentables et sinistres qu'il prend ou apprend je ne sais où; on dirait
d'un souffle de malheur, de calamité, de toutes les afflictions que
je suppose flotter dans notre atmosphère, ébranlant nos demeures et
~~[illegible] aux fenêtres~~ et venant chanter à toutes nos fenêtres
ses lugubres prophéties. Ce vent, quel qu'il soit en même temps
qu'il agitait si tristement mon âme, ~~[illegible]~~ sa puissance
mystérieuse, ébranlait au dehors la nature matéri
et peut-être aussi par quelque chose de plus
savons toute l'étendue des rapports et des
eux? J'ai vu ce vent, à travers mes vit
les arbres, les [illegible]. Il s'abattait parfois
telle impétuosité qu'il les bouleversait comme
voir la forêt toute entière pirouetter et
comme un immense tourbillon. Les quat

“나는 신께 더 많이 도와 달라고 부탁한다”

쇠렌 키르케고르 Søren Kierkegaard, 1813~1855

살아남은 것에 놀란 그는 일기장에 위의 글을 고백했다. 쇠렌 키르케고르는 자신이 서른넷을 넘기지 못할 것이라 확신했다. 덴마크 철학자의 이런 기묘한 확신은 어디서 왔을까? 그의 어머니, 세 명의 누이 그리고 두 명의 남자 형제가 그 나이에 이르기 전에 생명을 잃었다. 쇠렌은 날짜 없는 일기 한 페이지에 매우 수수께끼 같은 설명을 한다. 즉, 그는 아버지가 신으로부터 가족 전원이 징벌을 받을 만한 죄를 저질렀다고 생각했다. 아버지는 그 죄를 알고 충격받았다고 죽기 얼마 전에 그에게 말했고, 그는 그에 관해 침묵을 지켰다. “바로 그때 모든 현상에 대해 새롭고 절대적인 무오류의 해석을 갑자기 강요하는 대지진이 일어났다. […] 내 아버지 안에서 우리 모두보다 더 오래 살아남아야만 하는 불행한 사람, 모든 희망의 무덤 위에 꽂힌 십자가를 보았을 때 나는 내 주위에 죽음의 침묵이 퍼져 나가는 것을 느꼈다. 죄 하나가 모든 가족을 짓눌렀음이 틀림없고, 신의 징벌이 가족에게 느닷없이 달려들었음이 분명했다. […]” 대단히 암시적인 이 “대지진”은 글로써 많이 논의되었다. 사실상 아버지의 죄는 이중적인 듯하다. 곧 그가 청소년이었을 때 신에 거역해 큰소리로 말한(91쪽 참조) 저주와 요란스러운 성적인 과거……. 반면 확실한 것은 종교가 무엇보다도 고통과 죄의식의 유사어인 엄격한 기독교 신자인 아버지가 키르케고르의 젊은 시절에 가한 중압감이다(그는 “얘야, 오 미친 짓! 나는 우울증에 걸린 늙은이의 의복을 받았다”라고 썼다). 키르케고르 삶의 또 다른 중대한 수수께끼는 국가 고문의 딸 레진 올센과의 연애 관계의 종말이다. 약혼한 지 1년 후, 키르케고르는 그녀를 사랑하기를 절대 멈추지 않았다고 강하게 단언하면서 뚜렷한 이유 없이 파혼한다. 이 이별은 그의 작품에 어른거리고 있다. 어렸을 때 생긴 “거의 미친 우울증”을 고백하는 괴로운 영혼인 키르케고르는 일기에서 자신의 끝없는 실존적이고 도덕적인 딜레마의 분출구를 하나 발견한다. 그리고 거기서 온정 없이 자기 자신을 반성한다. “가장 하찮은 하루살이부터 화신化身의 신비까지 존재 전체가 나를 불안으로 채운다. 나에게 존재는, 특히 나 자신은 온통 불가해하다. 나로서는 존재 전체가, 특히 나 자신이 타락했다……. **천상**의 **신**이 아니고는 아무도 존재를 모르는데, 신은 나를 위로하려 하시지 않는다. **천상**의 **신**이 아니고는 아무도 그것을 할 수 없는데, 그는 긍휼히 여기려 하시지 않는다.” 그런 곡절로, 그는 일기에다가 글쓰기에 대한 소명을 내던지고 사제가 되려는 욕망을, 그리고 나중에는 이 길에 대한 포기를 고백한다. 그러나 일기는 이 진귀한 자성自省을 넘어 자기 사상을 치밀하게 구상할 기회를 제공한다—그 영향은 특히 20세기에 하이데거에서 보르헤스를 거쳐 사르트르에게까지 극히 중요해진다. 또한 그의 일시적 약혼의 추억이 스쳐 가는 어둡고 충격적이며 재기 넘치는 철학 소설 『유혹자의 일기』에 일기 형식을 부여한다.

[날짜 없음]

[…] 이제 내 생각은 사제가 되기 위한 훈련을 받는 것이다. 몇 달 전부터 나는 신께 더 많이 도와 달라고 부탁했는데, 내가 더 이상 절대적으로 되고자 하는 혹은 전혀 되고 싶지 않은 작가가 되어서는 안 되리라는 게 분명해졌기 때문이다. […] 아직 아이일 때, 하루는 유틀란트반도에서 양을 지키는 일에 매여 신을 저주하려고 언덕에 서 있던 남자의 무시무시한 이야기를 [진정 말하고 싶다]. 그 남자는 여든두 살까지 그 일을 잊어버릴 수 없었다. […]

"우리는 실수로 우리 자신을 위로한다"

마리 르네뤼 Marie Lenéru, 1875~1918

감금에서 벗어나기, 그것이 홍역을 앓은 뒤 열두 살에 청각과 시각을 완전히 상실한 마리 르네뤼가 쓴 일기의 목표 중 하나였다. 청각 장애는 여전했고, 시각 장애는 돋보기로 겨우 글을 읽고 쓸 정도로 완화되었다. 선원 가문 출신의 브레스트 여성은 파리에서 문학적 명성을 쌓았다. 그녀의 몇몇 연극 작품은 카튈 망데스나 연출가 앙투안의 찬사를 받았다. 그녀가 1893년에서 1918년 사이에 쓰고 스페인독감으로 사망한 4년 후에 출판된 일기는 그녀의 성공을 사후까지 연장했다. 독자들은 그 안에서 자기 운명에 대한 심한 낙담과 갑작스러운 믿음의 순간(그녀가 종교적 믿음에서 멀어지는 데 반해)이 교차하는 가운데 꿋꿋하게 시련에 대항하는 한 여성을 발견한다. 음악에 대한 향수가 뇌리에서 떠나지 않지만, 그녀는 책 속에서 은신처를 발견했다. 불평하기에는 지나치게 자존심이 강한 그녀는 동료들과 자신 사이에 여전히 거리가 있다고 의식했다. 펜으로 메울 수 없는 거리였다. 1903년 11월 10일에 그녀는 다음과 같이 썼다. "우리는 글을 쓰기 시작하면 너무나 침묵한다. 잘못된 일이다. 정신은 글 쓰는 테이블 위가 아닌 자신과 함께 지니고 있어야 한다."

[1899년 3월 19일 일요일]

[…] 내 희로애락의 감정은 내가 매우 과단성 있는 사람이라는 사실에서 온다고 생각한다. 나는 **운명**이 다가오는 것을 보았고, 달리 어쩔 도리가 없어 그것을 받아들였다. 나는 우리가 피할 수 없는 것에 빚진 것이 무엇인지 알고 있다. 나와 관련 없는 일처럼 나와는 상관없다고 대략 말할 수 있다.

그런데 우리가 받아들인 것이 얼마나 빨리 과거 어떤 일의 국면을 띠는지를 보는 것은 신기한 일이다.

나의 내면에는 무시무시한 항의가 있다. 나는 번민하는 데 아주 능하고 그것과 함께 많은 기이한 것을 즐긴다. 만일 내가 절벽에서 떨어진다면 신이 나를 용서해 주리라 생각한다! 나는 공간을 가로질러 낙하하는 기막힌 센세이션을 맛볼 것 아닌가.

[1899년] 3월 23일 목요일

무엇보다 잠에서 깨어나는 것이 힘들다. 나는 오랫동안 눈을 감은 채로 있고, 삶, 진정한 삶, 14년도 살지 않았으나 다른 것보다 더 많은 추억을 남겨 놓은 삶을 기억한다. 나는 마침내 그곳에서 잠을 깨고, 시암* 거리의 아주 잘 알려진 소음, 포함砲艦의 기적 소리, 일련의 축포, 방청소부 여자의 목소리를 곧 듣게 되리라 생각한다.

나는 오직 저녁만을 좋아한다.

* Siam. 태국의 옛 이름

Vendredi 14 avril
J'aime la vie j'aime
prodigieusement la vie.
Tout me grise en elle, je
sens croître la fièvre qu'
elle me donne. Je me
meus dans cette vie avec
une allégresse qui me
déborde, il m'est impossible
de réfréner la vivacité de
mes mouvements, l'énergie
de mes paroles, la provocation
du regard, tout ce qui affirme
mon triomphe d'exister.
Si je me rencontre dans
une glace, je crois m'apporter
une nouvelle mystérieuse
et enivrante. J'ouvre
devant moi les portes toutes
grandes, je vais et viens

dans un mouvement rythmé comme une valse. Désormais, je le sens, la vie aura pour moi jusqu'à la fin, les enchantements et les surprises d'une convalescence.
Quelle que soit ma vie je le déclare, je mourrai réconciliée avec elle.

Samedi 18 avril
Pour juger les gens avec indulgence "se mettre à leur place". Précisément ce qu'il ne faut pas faire. Il n'y a aucune raison d'exiger des autres ce que nous avons l'habitude d'attendre de nous. On suppose que cela rend plus accommodant, en effet si j'étais Parménion !

[1899년] 4월 14일 금요일

나는 삶을 사랑한다. 엄청나게 사랑한다. 삶 속의 모든 것이 나를 열광시킨다. 삶이 주는 열기가 커지는 것을 느낀다. 나는 나를 압도하는 희열과 함께 이 삶을 살아간다. 내 동작의 민첩성, 내 말의 에너지, 내 시선의 도발, 내 존재의 승리를 단언해 주는 모든 것을 억제하는 것은 불가능하다. 만일 거울 속에서 나를 마주하면, 신비롭고 나를 도취하는 소식을 가져다준다고 믿는다. 나는 내 앞에 아주 커다란 문들을 열어젖히고 왈츠처럼 리드미컬한 움직임 속에서 오간다. 이후로 나는 내 삶이 나를 위해 끝까지 회복기의 환희와 놀라움을 가질 것이라고 느낀다. 나는 내 삶이 어떤 것이든 간에 그 사실을 선언하고 내 삶과 화해한 채 죽을 것이다.

[1899년] 4월 18일 토요일

사람을 너그럽게 판단하기 위해 "그들의 위치가 되어 보기". 바로 내가 하지 말아야 할 것이다. 우리는 우리 자신에게서 기대하는 습관을 타인들에게 요구할 어떤 이유도 없다. 사람들은 그렇게 하는 것이 일을 더 쉽게 만든다고 추정한다. 정말이지, 내가 만일 파르메니옹[알렉산더 대왕의 장군]이었다면!

[1900년] 8월 12일 일요일

우리는 아무것에도 길들지 않고, 습관은 우리에게 아무 도움도 되지 않으며, 시간은 되돌릴 수 없다. 모든 악의 영향은 무한하고 우리의 상실은 절대적이다. 다만 우리는 주의가 산만하고 어리석으며 원숭이들처럼 덤벙거리고, 그래야만 할 만큼 고통스러워하기에는 너무 무례하다. 우리는 실수로 우리 자신을 위로한다. 우리는 유쾌함에 그토록 깊이 젖어 있어서 자신이 흔들리지 않는다고 믿을 수도 있지만, 슬픔은 서서히 번진다. 나는 나아지고 있으나 빛의 귀환이 나를 기쁘게 하지 않는다. 작년보다, 5년 전보다, 대참사의 큰 놀라움 속에 있었던 10년 전보다 더 슬프다. 이따금 나는 "결국 내게 무엇이 필요하지?"라고 물으며 몸을 뒤흔든다. 나는 자발적이고 더 이상 비극을 만들지 않을 것만을 요청하며, 어떤 경우에도 행복한 저 사람들의 삶을 절대로 원하지 않는다. 나는 왜 즐겁지 않은가?

이것 또는 저것이 없고, 행복이 없고, 사랑이 없고, 삶이 있기 때문이다. 그리고 그 삶은 나였다. 절대 그렇게 가까이에서 동요되지 말 것. 오, 매우 축복받은 즐거움이여, 당신은 단지 소리와 빛 그리고 움직임일 뿐입니다!

"빈곤이 진저리 난다"

제앙 릭튀스 Jehan-Rictus, 1867~1933

어조語調의 자유는 제앙 릭튀스(가브리엘 랑동Gabriel Randon의 필명)의 재치 있는 일기에서 규칙이라 할 수 있다. 1898년 9월 21일 서른한 살이 되는 날 그는 죽을 때까지 계속할 일에 착수했다. 여러 비극적 사실을 유머로 상쇄하는 그의 일기는 자기 삶을 돌아보는 데에서 시작된다(첫 번째 발췌문). 아버지로부터 버림받은 제앙 릭튀스는 어머니에게도 학대당하고 열여섯 살경에 집을 나와 파리에서 의지할 사람 없이 거리 생활을 했다. 그는 집시들과 교제하고 글을 쓰기 시작했다. 조제 마리아 드 에레디아를 포함한 몇몇 친구의 지원에도 불구하고 불안정성은 거의 영속적이었다(두 번째 발췌문). 그는 몽마르트르의 카바레에서 자신의 시를 알리고자 샹소니에•가 되었는데, 그중 〈가난뱅이의 혼잣말〉은 서민의 은어를 재현한 것이다. 그의 일기에는 일상 언어의 생동감과 맛이 담겨 있다. 그는 당시의 파리만국박람회 건설 현장이나 지하철에 관해 이야기했다. 드레퓌스 사건(214쪽 참조)에 대해 의문을 가지며("소름 끼치는 난투, 증오와 고함의 돌발적 대참사, 그로부터 내전이 일어날 수도 있다") 이 무정부주의자는 결정적 생각을 얻기 위해 애썼다. 그러나 무엇보다 "글을 쓰고 말하는 인간적 재능을 지녔을지 모르는 목신牧神이나 사티로스 혹은 비비狒狒처럼 모든 것을 진솔하게 고백"하고자 했다. 특히 쾌락과 사랑의 추구를. 릭튀스는 자신이 부끄러워하는 환상부터 필시 자기 불운과 비슷한 불운에 놓였다고 보는 매춘부들과 어울리는 것을 꺼리는 것까지 모든 것을 썼다(두 번째 발췌문). 애정의 결여는 연애 관계에서도 그를 괴롭혔다. 유년기의 상처는 지속되고, 우울증은 고집스럽게 불청객으로 나타났다. "나는 아무것에도 집착하지 않고 삶을 경멸한다. 내 마음 아주 깊은 곳을 들여다보면 크게 상처받은 자존심, 움츠러든 어린 시절, 보잘것없는 청소년기, 가난하므로 불가능한 행복, 불의에 의해 능욕당한 최초의 순수함과 온화함, 거짓말과 기만, 끊임없이 진흙탕물과 초라함이 튀긴 영광에 대한 사랑, 게다가 고통에 대한 기막힌 도취, 완전한 환멸, 돌이킬 수 없는 우울, 일반적 통한, 그리고 결국에는 고통과 죽음에 대한 갈망이 보인다."

• chansonnier. 풍자가요 작가

1898년 9월 21일

시작하자. 몽포르라모리
먼저 나의 삶, 성격, 정신, 몸, 마음 등등에 관한
몇 권의 노트.

나는 1867년 9월 21일 불로뉴쉬르메르(파드칼레)에서 태어났다. 그러므로 오늘은 꽉 찬 서른한 살이다. 이 출생지는 나를 고대 이집트 연구가 마리에트 베, 스크루 발명가 프레데리크 소바주, 유명한 배우인 두 명의 코클랭, 프랑스의 **인터뷰**를 순화시킨 기자 쥘 위레, 그의 유년기 친구인 타르디외, 멍청하고 하찮은 양복 상인 조르주 도쿠아, 내가 이야기하지 않을 사기꾼들의 왕 에드몽 마니에 그리고 필시 내가 모르고 [일기장 여백에] 내팽개쳐 두는 수많은 다른 놈, 또한 고드프루아 드 부이용의 동향인으로 만든다!! 난 신경 안 쓴다! 내 고향은 나를 모르고 나는 한 번도 고향에 돌아간 적이 없다. […]

11/3

21 Septembre 1898 – Commençons –
Montfort-l'Amaury –

Quelques Notes d'abord sur ma Vie, mon Caractère, mon Esprit, mon Corps, mon Coeur, etc etc –

de Godefroid de Bouillon aussi !!
#

Je suis né le 21 Septembre 1867 à Boulogne sur Mer (Pas de Calais) J'ai donc aujourd'hui trente un ans accomplis – Ce lieu de naissance me fait compatriote de Mariette-Bey l'égyptologue, de Frédéric Sauvage l'inventeur de l'hélice, des 2 Coquelin les acteurs célèbres de Jules Huret journaliste qui a acclimaté l'Interview en France, de Tardieu son ex-ami d'enfance, de Georges Docquois un imbécile médiocre marchand de couplets et de points et virgules, d'Edmond Magnier prince des Escrocs dont je ne narrerai pas l'histoire et sans doute d'une quantité d'autres illustres bougres que j'ignore ou délaisse – Je m'en fous ! Ma ville ne me connait pas et je ne suis jamais retourné dans ma ville natale – Je la reverrais cepen

1898년 9월 27일

[게다가 사랑의 환상이 단지 순간적일 뿐이라도 나는 여자 한 명을 찾고 있다. 안 그러면] 매음굴이나 비싸지 않은 화류계 여자의 도움을 청할 것이다. 그러나 비싸든 비싸지 않든 유녀遊女는 당신의 피를 영원히 썩게 할 위험이 있고—나는 건강에 집착한다. 매음굴에 대해 말하자면 나로서는 어쩔 수 없지만, 그곳에서 5분도 머물 수 없다. 그곳은 **추함**, **비참함**, 혐오스러움, 너무 자주 소유된 육체의 역한 냄새 그리고 기진맥진한 위장에서 올라오는 입내의 악취가 기승을 떤다. 나는 두렵고, 이런 소굴에 있을 때면 내 나이에도 가슴이 조이고 울고 싶다. 결국 나는 도망친다. 나는 무서워서 달달 떠는 이 여자들 중 한 명과 단 한 번도 잔 적이 없다—결코 단 한 번도. 어쩌면 그런 일이 일어날지도 모르고, 나이 들면 덜 소심하고 불쾌감을 덜 느낄지도 모를 일이다. 나로서는 불행한 일이 될 것이나 그것은 내가 늙었다는 것을 증명할 것이니, 그게 전부다—그리고 그 결과 관능과 긍지를 잃어버릴 거라는 것을 입증하게 될 것이다.

[여백의 글] 여기서 저녁 식사 한 번, 저기서 파티 한 번, 꽃다발 하나, 자동차 한 대, 장갑 등—아무튼 그리고 매번, 언제나 잃어버린 시간—그것은 평균적으로 20에서 21프랑이다. 게다가 나는 여자에게 무자비하고 이기적일수록 더 사랑받는다는 것을 알아챘다.

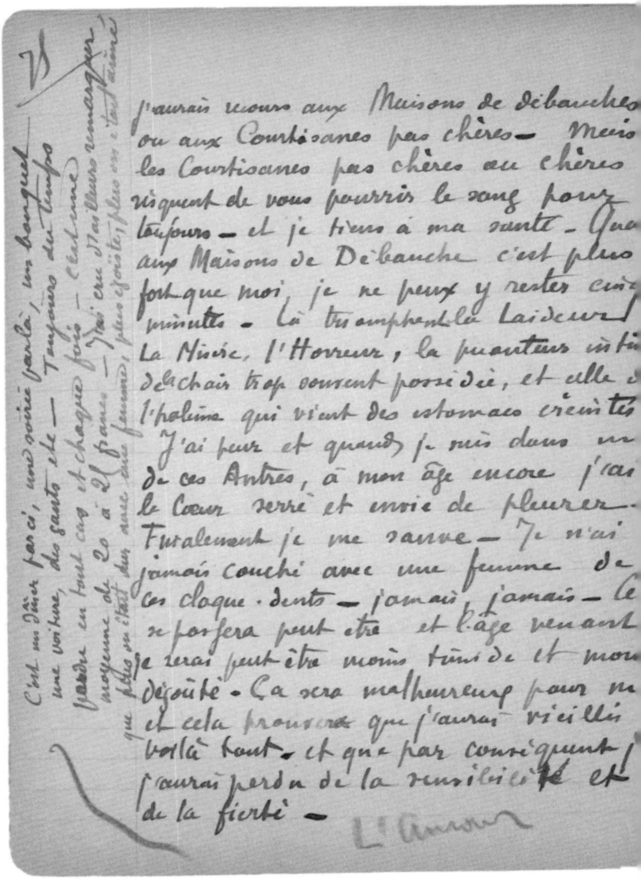
j'aurais recours aux Maisons de débauche
ou aux Courtisanes pas chères — Mais
les Courtisanes pas chères ou chères
risquent de vous pourrir le sang pour
toujours — et je tiens à ma santé — Qua[nt]
aux Maisons de Débauche c'est plus
fort que moi, je ne peux y rester cinq
minutes — La triomphante Laideur,
La Misère, l'Horreur, la puanteur
de la chair trop souvent possédée, et celle de
l'haleine qui vient des estomacs creusés
J'ai peur et quand je suis dans un
de ces Antres, à mon âge encore j'ai
le Cœur serré et envie de pleurer —
Finalement je me sauve — Je n'ai
jamais couché avec une femme de
ces claque-dents — jamais, jamais — Ce
se fera peut être et l'âge venant
je serai peut être moins timide et moins
dégoûté — Ça sera malheureux pour moi
et cela prouvera que j'aurai vieilli
voilà tout — et que par conséquent j'
aurai perdu de la sensibilité et
de la fierté —
L'Amour

C'est un dîner par ci, une soirée par là, un bouquet
une voiture, des gants etc — Toujours du temps
perdu en tout cas et chaque fois — c'est en
moyenne de 20 à 21 francs — J'ai cru d'ailleurs remarquer
que plus on était dur avec une femme, plus égoïste, plus on était aimé

→
1898년 10월 3일

빈곤이 진저리 난다.

빈곤에 놓일 때 우리는 아무것도 할 수 없고, 나와 함께라면 그 빈곤은 즉시 극한에 이른다. 내 뒤에는 아무도 없고, 나는 겨우 내가 먹을 빵이나 벌어들인다고 말해도 과언이 아니기 때문이다. 만일 언젠가 내가 지위를 가진다면, 내가 바라는 것을 성취한다면, 나는 사귀기 쉽지 않을 것이고 적어도 내가 그렇게 생각한다고 고백한다. 어쩌면 결국은 내가 현실적으로 그런 것보다 더 잔인하게

118 59

J'ai horreur de la dèche — On ne peut
rien faire quand on est dans la dèche
et avec moi la Dèche atteint tout
de suite son point extrême, car je n'ai
personne derrière moi et autant dire
que je gagne juste mon pain et encore —
J'avoue que si jamais un jour je
suis en situation, si j'arrive à ce que
j'espère, je ne serai pas commode, du
moins, je le pense, car, après tout je
me fais peut-être plus féroce que je ne
le suis en réalité — Voilà ce que c'est
que d'avoir eu une enfance pitoyable
et une adolescence médiocre et misé-
rable — j'espère rebondir — J'ai été
comprimé, comprimé — Je me dilate
et je me dilaterai davantage — Gare à
l'explosion — J'ai d'ailleurs des
ennemis terribles, jaloux et puissants
et cette seule constatation suffit à
justifier à mes yeux mes résolutions
féroces — Je ne me laisserai pas dévorer
Je n'ai jamais oublié ni un bienfait, ni
une offense — Il me faut simplement en ce
moment user d'adresse — Eh bien j'en
userai —

될지 모르기 때문이다. 자, 이것이 가련한 유년기와 보잘것없고 비참한 청소년기를 보냈다는 게 무엇인지를 보여 주는 것이다. 나는 새로운 국면을 맞기를 희망한다. 나는 억압되고 억제되었었다. 나는 팽창하고 있고, 더 많이 팽창할 것이다. 폭발을 조심하라. 게다가 나는 무시무시하고 질투하는 힘센 적들이 있는데, 이에 관해 확인하는 것은 내가 보기에 내 가혹한 결의를 정당화하기에 충분하다. 나는 나를 잡아먹히게 하지 않을 것이다. 나는 호의 하나도 모욕 하나도 절대 잊어버리지 않았다. 지금 내게는 교활함을 사용하는 게 필요하다. 그러니 그것을 사용할 것이다.

"나의 바깥귀에서 나뭇잎의 풋풋함, 꺼칠꺼칠함, 냉기, 수액이 느껴진다"

프란츠 카프카 Franz Kafka, 1883~1924

"아무것도, 아무것도, 아무것도 없다. 약함, 자기 파괴, 마룻바닥을 꿰뚫는 지옥 불의 끝." 카프카는 낙담한 어느 날 이렇게 썼다. 그의 일기(방수포 커버가 달린 옥타보 노트 열두 권. 현재 옥스퍼드대학교에 보관되어 있다)는 좋은 날이나 궂은날이나 한결같은 동반자였다. 그는 항상 자기 느낌을 날짜별로 기록하지 않고 모든 것을 뒤죽박죽 적었다. 그는 여기에서 보는 것처럼 다소 엄격하게 자신을 성찰한다. 그리고 자신을 감동시킨 광경(풍경이나 소녀들)에 주목한다. 그는 자신의 만남을 약간 사유하면서 이야기한다. 그는 독서를 기록한다. 그러나 존재와 글쓰기의 어려움도 기록한다. 그래서 1917년 11월 10일 구상 중인 작품을 의식한 그는 다음과 같이 염려했다. "지금까지 나는 아직 결정적인 것을 쓰지 않았고, 여전히 두 개의 물 사이에서 떠다니고 있다. 기다리고 있는 작업은 방대하다." 카프카는 때때로 수수께끼 같은 경구, 비뚤어진 정신, 예기치 않은 것을 배양했다. 요컨대 수첩 일지에 이야기의 단편들을 털어놓았다. 따라서 우리는 그의 일기를 통해 그와 함께 일상을 걸으면서 그의 글쓰기 아틀리에에 빠져들 수 있다. 카프카의 후대 사람들은 솔직하지 못했고, 일기 역시 예외가 아니었다. 이어지는 두 통의 편지(이 중 한 통만 보내졌다)에서 카프카는 친구 막스 브로트에게 자신의 원고 전부 혹은 일부를 없애라고 당부했다. 브로트는 이를 무시했다. 배신인가? 그다지 확실하지 않은데, 그만큼 『변신』의 작가의 정신 상태가 불안정했고, 그로 인해 자기 작품에 대한 시선도 불안정했다. "만일 카프카가 진정으로 자기 저술이 사라지기를 원했다면, 1917년부터 그에게 '가장 위대한 독일어 작가'라고 말한 그의 가장 친한 친구에게 이런 역할을 위임하지 않고 다르게 행동했을 것"이라고 그의 번역자 피에르 데위스(『막스 브로트에게 보낸 편지*Lettres à Max Brod*』, 리바주, 2011)는 변론했다. 따라서 유언 집행자가 된 막스 브로트는 자기 방식대로 원고를 편집해 출판했다.

일기의 경우에 그는 첫 출간 때 몇 개의 문단, 특히 외설적이라 판단된 단락을 배제했다. 시대의 문제다. 이를테면 "나는 마치 사랑하는 사람의 집인 것처럼 매음굴 근처를 지나갔다"라는 문장이 사라졌다.

게다가 프랑스에서는 독일학 연구자 로베르트 칸 덕택에 2020년이 되어서야 첫 완역본이 출판되었다.

[날짜 없음]

나의 바깥귀에서 나뭇잎의 풋풋함, 꺼칠꺼칠함, 냉기, 수액이 느껴진다. 나는 내 몸과 이 몸을 지닌 미래가 내게 일으키는 절망 때문에 아주 확실하게 쓴다. 절망이 그처럼 강하게 확정되고 그 대상에 연결되며 마치 후퇴를 엄호했기 때문에, 자신을 몹시 혹평하도록 내버려 두는 한 병사처럼 뒤로 밀쳐졌을 때는 진정한 절망의 문제가 아니다. 진정한 절망은 항상 그 목표를 즉각적으로 추월했다. (이 쉼표를 찍으면서 첫 문장만이 정확했다는 게 명백해진다.)

Ich schreibe dies ganz bestimmt aus Verzweiflung über meinen
örper und über die Zukunft mit diesem Körper.
Wenn sich die Verzweiflung so bestimmt gibt
o an ihren Gegenstand gebunden ist, so zurückgehalten
ie von einem Soldaten, der den Rückzug deckt und sich
afür zerreißen läßt, dann ist es nicht die richtige
erzweiflung. Die richtige Verzweiflung hat ihr
iel gleich und immer überholt, (Bei diesem Beistrich
eigte es sich, daß nur der erste Satz richtig war)

“나는 삶을 사랑한다. 삶은 성스럽고 선하므로”

호세 도밍고 고메스 로하스 José Domingo Gómez Rojas, 1896~1920

시인의 운명인가? 호세 도밍고 고메스 로하스는 허구적 전쟁의 유일한 희생자였다. 사실 1920년 칠레 대통령 후안 루이스 산푸엔테스는 페루와 볼리비아의 가상 전쟁에 대응하기 위해 계엄령을 선포했다. 그것은 순전히 나라를 뒤흔든 정치적 항의를 종식하기 위한 구실에 불과했다. 당시 임명된 내무부 장관 라디슬라오 에라수리스가 협력해 실행된 이런 막후공작은 ‘돈 라디슬라오 전쟁’이라는 이름으로 역사에 새겨졌다. 다양한 반체제 층에서, 특히 대학과 노동계에서 체포 물결이 이어졌다. 이런 고압적 정치 상황에서 법학도이자 아나키스트였던 호세 도밍고 고메스 로하스도 체포되어 구금되었다. 고문당하고 독방에 갇힌 그는 이성이 명멸했고, 그 후 정신병원에 수용되었다. 그는 거기서 겨우 스물네 살에 진단되지 않은 뇌수막염으로 사망했다.

그와 함께 칠레 문학은 큰 희망 중 한 명을 잃었다. 그는 짧은 생애 동안에 1913년 단 한 권의 시집 『서정적인 반란군*Rebeldaís líricas*』을 출간했다. 오늘날 칠레국립도서관에 보존되어 있는 그의 일기에는 개인적 고백과 미완성 텍스트가 혼합되어 있다. 그중 비극적인 죽음을 맞기 4년 전인 이십 대 초반에 한 여인에게 보내는 비의적 어조의 서정 단시短詩인 삶에 대한 사랑의 노래가 있다.

1916년 1월 1일

봉헌.

나는 그녀•에게 아무것도, 정신과 신의 장엄함에 걸맞은 아무것도 줄 수 없고, 자기 심장의 피로 시詩의 비단을 짜는 가엾은 아이다.

나는 삶을 사랑한다, 삶은 성스럽고 선하므로, 이 삶에서 태양 빛을 바라볼 수 있으므로, 그리고 그녀의 두 손의 기적을 보았고 그 두 손은 신으로부터 온 경이이므로. 나는 삶을 사랑한다, 구슬픈 오후에 바람의 조화, 그리고 떠도는 혼들의 노래, 그리고 샘물의 리듬, 그리고 그녀의 목소리에서 요동치는 살아 있는 음악을 듣기 때문에. 나는 삶을 사랑한다, 삶이 그 우아함과 아름다움으로 대단히 그리스적 실루엣을 내 가정에 드리우면서 그 슬픔을 만회하기 때문에. 나는 삶을 사랑한다, 내가 이처럼 삶을 볼 수 있었으므로. 언젠가 나는 이 땅 위에 나의 고통으로 그려 놓는 그늘에서 멀어져, 신이 서 계시는 신화적 정원에서 멀리 있는 별들의 화려한 빛에 비추어 삶을 볼 것이다. 그리고 거기, 삶과 죽음으로부터 멀리 떨어져 있는 정원에서 그 우정의 지혜로운 매력을 향유하고, 이 세상으로부터 먼 곳에서 영원을 위한 그 행복한 꿈이 나간 뒤에 문을 닫고 꿈꾸기를 멈춘다.

나의 시는 단순하고 내 영혼 전체를 말하며, 나의 겸허한 정동情動으로 만들어졌다. […] 나는 태양 광선으로 그것을 정화하고 싶다. […]

• ‘삶’을 의인화했다.

1º-I-1916

Ofrenda.

Yo nada puedo darle, nada digno que pueda
tener magnificencias de espíritu ~~i~~ de Dios,
yo soy un pobre niño que entreteje la seda
de sus versos con sangre del propio corazón.
Yo amo la vida i la amo porque es santa i es buena,
porque en la vida pude mirar la luz del sol
i porque vi el milagro divino de sus manos
i porque son sus manos un prodijio de Dios.
Yo amo la vida, porque por las tardes dolientes
escuché la armonía del viento, i la canción
~~que desgranan las~~
de las aves errantes, i el ritmo de las fuentes
i la música viva que palpita en su voz.
Yo amo la vida porque consoló mi tristeza
poniendo en mi sendero la dulce aparición
de su perfil tan lleno de gracia i de belleza.
Yo amo la vida porque la pude así ver yo.
Quisiera que en un día, lejano de las huellas
que trazo en esta tierra con todo mi dolor -
verla en la luz magnífica de lejanas estrellas
en un jardín de fábula donde estuviera Dios.
Y en el jardín lejano de la vida i la muerte
gozar con los encantos sabios de su amistad
i lejos de este mundo deslizar nuestra suerte
en un feliz ensueño por una eternidad.

Envío:

Mis versos son sencillos i tienen mi alma entera
i son hechos con rosas de mi humilde emoción
~~i al dárselos obsequio~~
i al querer que sus manos los reciban, quisiera
atarlos con las hebras luminosas del sol.
Nada valen mis versos, nada valen mis prosas,
i para que ~~valiesen más de lo que~~ tuviesen a sus ojos valor
quisiera que mi sangre se cuajara de rosas
i que fuera hecha estrofa mi propio corazón. 1º-I-16

i que manara versos desde mi corazón.

"이건 끔찍한 모험이다"

잔 상들리옹 Jeanne Sandelion, 1899~1976

소설 속 인물이 되는 것보다 더 끔찍한 운명이 있을까? 1936년 앙리 드 몽테를랑의 소설 『젊은 처녀들*Les Jeunes Filles*』이 출간되었을 때, 잔 상들리옹은 뛰어나지만 매력 없고, 사랑을 바치지만 그에 대해 어찌할 바를 모르는 주인공인 작가 코스탈과 서신 교환에 열중하는 앙드레 아크보에게서 자신을 보았다고 믿었다. 잔 상들리옹은 몽테를랑과 1926년부터 편지를 긴밀하게 주고받았고, 자신에 대해 많이 토로했다. 게다가 작가는 그녀가 여러 텍스트를 출판하도록 도왔다. 잔 상들리옹은 앙드레 아크보처럼 지역에 살고 교류할 사람이 없는 환경에서 학식이 있었으며 "노처녀"로 생을 마치는 것을 두려워했다. 몽테를랑의 여자 주인공처럼 그녀의 흠모는 결코 같은 감정으로 보답받지 못하는 사랑과 몹시 유사했다…….

150권에 달하는 그녀의 일기는 소설 출간 당시 그녀가 배신감을 느꼈음을 드러낸다(첫 번째 발췌문). 문인이면서 몽테를랑의 서신 교환자인 다른 두 여성 알리스 푸아리에와 마틸드 포메도 똑같이 소설 속 인물들에서 자신을 알아봤다.

잔은 일기에서 종종 그 사건에 대해 이야기했다. 1938년 6월에는 다음과 같이 썼다. "나는 3년 동안 사과의 말이나 적어도 나에 대한 무례함, 배신 행위 그리고 비열한 짓에 어떤 심리적 이유를 찾았지만, 결국 자신을 토로하는 그의 편지 한 통에서 그가 미쳤거나 가학적이라는 사실을 알아차렸다." 그녀는 여러 번의 불화에도 불구하고 1963년까지 그와 편지를 주고받았고, 심지어 자신이 그보다 먼저 죽는다면 그에게 자신의 일기를 물려주기를 원했다. 그녀는 그의 도움이 있든 없든 문학 활동을 이어 나갔다.

그녀는 여러 권의 시집과 소설 몇 권을 남겼다.

일기의 또 하나의 대업은 그녀의 뇌리에서 평생 떠나지 않은 고독이란 악마였다. 1915년 열여섯 살(두 번째 발췌문)에 이미 그녀는 또래 남성들이 전선에 나가서, 같은 세대의 소녀들이 사랑을 찾을 기회가 줄어들까 봐 불안해했다. 그녀는 특히 지적 수준에서 자기와 어울리는 남자와 결혼하기를 원했다. "열렬하고 확실한 사랑으로 결혼하기—아니면 전혀 결혼하지 않기." 그녀는 그런 남자를 만나지 못했다.

[1936년] 8월 11일 화요일

오늘 별로 유쾌하지 못함. 그리고 그 역겨운 몽테[를랑] 이야기. 그런 설문 조사, 그런 논평들로 인해 더럽혀짐. 나는 여전히 끝났다고 믿는데, 추문은 더 큰 비중을 차지하고 인쇄물은 증가하며 사람들은 의문을 품는다. 결국 그것을 잊어버릴 것. 아무것도 말하지 않고 침묵하기를 맹세. […] 지나친 침묵도 수상쩍을 수 있다. 비열한 놈! 동기가 무엇인지를 알 것. 다만 문학가로서 자기 일 하기? 혹은 증오? 아니면 오로지 나에게 더러운 수를 쓰는 잔인한 기쁨? 왜냐하면 내가 반응하지 않을 수 없다는 것을 그가 잘 알고 있기 때문이다. […]

여기서 죽은 체하고 모른 척하기, 내가 읽지 않았다고 말하기. 엄마 때문에 골치 아프다. 더구나 아무도 그 끔찍한 캐리커처에서 나를 알아볼 수 없다. 그러나 여기서 사람들은 대조해 본다(창문 아래 있는 호텔을 문제 삼는 편지 한 통이 있다—오! 사실인 것처럼 하기 위해 이런 세부적인 것을 내버려 두었다고 나는 생각한다). 다행히 그가 이런 비방을 받고 있다! 그러나 사람들은 그의 여자 주인공을 혹평하면서 그를 혹평한다고 믿고, 그가 그녀를 어찌나 추하고 기괴하게, 본래보다 열 배나 더 파렴치하게 만들었는지 그것이 나를 타격한다. 그것은 무시무시한 모험이다. 그러나 […] 말하듯 "너무 심각하게 생각하지 말자." 세상에는 아름다운 것들이 수없이 많다! 적어도 천둥 비바람이 우리의 사기를 무너뜨리기 위해 밤낮으로 큰 피해를 주지 않기만 한다면…….

자, 8월 11일이다. 다음 달에 나는 움직인다, 무슨 일이 있어도!

42

pellera, je pense, cette classe de gamins comme
mon petit cousin René, Jo Constantin, Paul Garçon,
tous des gosses de dix-sept ans, je pardonne à tous.
tous ces enfants qui ont fait la même année
que moi leur première communion... René
qui portait encore aux vacances des culottes courtes!
Et Jojo — oh! pardon! — Joseph, un diable de cette espèce
Mon Dieu! qu'allons-nous devenir? — Que voulez
vous qu'une jeune fille de seize ans attende
de la vie, dans ces conditions! Tous nos futurs
maris — si maris il y a! — sont au feu! Tous
les jeunes hommes de vingt à 25 ans...
ceux qui sont en rapport d'âge avec nous...
Alors, quand les gamins de la 18 qui ne
pourront raisonnablement jamais être des préten-
dants pour nous seront partis, que nous reste-
ra-t-il? Nous ne fonderons point de foyers...
C'est triste! Nous serons des vieilles filles... Bah!
Qu'importe? Je sais que pour ma part, si je ne
suis pas obligée de gagner la vie, je saurai
me faire une vie exquise, avec mon intérieur
mon home, mes livres, ma poésie et ma plume.
Rien qu'avec cela, oui... Vie froide, vie d'égoïste?...
Mais non! Chacun prend son plaisir où il le trouve
Et puis, quand on a le cœur bon, on sait bien
mettre un intérêt dans sa vie — et on sait y
mettre la charité!...

[1915년 11월]

[…] 나의 어린 사촌 르네 같은 그런 개구쟁이의 반班. […] 열일곱 살 먹은 모든 아이. […] 나와 같은 해에 첫 영성체를 한 모든 아이……. 휴가 때에도 여전히 짧은 반바지를 입었던 르네! […] 맙소사, 우리는 어떻게 될까? 그런 조건에서 열여섯 살 소녀가 삶에서 뭘 기대하라는 말인가! 우리의 모든 장래의 남편이—남편이 있기나 할는지!—불구덩이에 들어가 있다니! 스무 살에서 스물[아홉] 살까지 모든 젊은 남자……. 나이가 우리와 정비례하는 남자들……. […] 우리에게 무엇이 남게 될까? 우리는 가정을 꾸릴 수 없을 거야. 슬픈 일이다! 우리는 노처녀가 되리라……. 설마! 상관없어! 나로서는 내가 밥벌이를 하지 않아도 된다면 나의 가정, 나의 **집**, 나의 책들, 나의 시 그리고 나의 펜과 함께 그윽한 인생을 만들 수 있으리라는 것을 안다. 오직 그것만으로, 그렇다……. 냉정한 삶, 이기주의자의 삶? 절대 아니다! 각자 기쁨을 발견하는 곳에서 자기 기쁨을 얻는다. […] 그리고 사람들은 우리의 고립된 삶을 비난하지 않을 텐데, 왜냐하면 우리가 이를 자유로이 선택한 것이 아니기 때문이다. 그래서 우리는 거기서 아무것도 잃지 않을 것이다.

남자들은 아주 어리석고—아주 가벼우며, 아주 경박하고—아주 이기주의적이다! 오! 모두가 그렇진 않다……. 매력적이고 아주 선한 남자들도 있고, 기개 있는 남자들도 있고, 인정 많은 남자들도 있다. 그러나 그런 부류는 드물어지고 있다. 그런 모든 남자는 지금 위험에 뛰어들어 죽는 영웅적이고 무모한 무척 멋진 남자들이다. 그러므로 이 소름 끼치는 전쟁 끝에 남자들이 거의 남아 있지 않게 될 것이다. 만일 남는다면 그들을 만나기 위해 우리가 어떻게 할 것인가? 이상적인 남편을 찾아낸다고 믿으면서 우리는 어쩌면 아주 형편없는 사람들 중 한 명을 만나게 될지도 모른다! 그것은 매일 일어나는 일이고—결국 필요한 일이다. 만일 악한 남자나 난봉꾼 아니면 심지어 단지 무능한 사람과 결혼한다고 생각한다면, 우리 여자들 가운데 누가 결혼할 것인가? 아! 아니, 나는 무능한 사람과는 절대 결혼하지 않을 것이다……. 나는 지성과 교육에서 나보다 열등한 남자와 사는 게 괴로울 것이다……. 아니! 나는 꿈에 그리던 이상의 남자를 절대 만나지 못할 것이라 생각한다……. 내가 많이 변하지 않는 한. 왜냐하면 현재 나는 나의 시, 독서, 소논문 쓰기, 나의 분석과 함께 대단히 소중한 지적 생활을 이루었기 때문이다. 오! 자기 생각을 조화로운 리듬 속에서 떨리게 만드는 이 부드럽고 순수한 기쁨을 일찍이 누가 알까? 자기 정신과 재능을 자기 영감에 굴종시키기? 내게는 그렇게 하는 것이 언제나 행복할 것이다. […] 그렇기 때문에 나는 불우한 사람이 아니다. 어쨌든 결혼은 여자의 진정한 소명이다. 그러나 남자들은 나이 어린 내게 이미 여러 번 그들을 알 기회를 주었다. 내가 언젠가 그들 중 한 명을 사랑하기에는 그들을 너무 잘 알고 있다고 생각한다. 그들이 나를 속였다!

[1915년] 11월 30일

나는 거의 아무렇게나 쓰고 있다. 전기가 방금 나갔다, 바보같이 — 그래서 조잡한 촛불에 의지하는 신세가 되었다. 게다가 무엇을 쓰기 위해? 아무런 흥미 없는 것을. 비가 내리는 극도로 슬픈 하루 […] 이제는 흐린 하늘을 보는 것을 막았던 장밋빛 꿈을 더 이상 꿀 수 없다.

"나는 폭풍우보다 더 격렬하고, 달빛 아래 고양이보다 더 관능적이며, 사탄보다 더 사악하고 뜨겁다"

미레유 아베 Mireille Havet, 1898~1932

"어쩌면 내가 내 영혼을 아주 단숨에 마셔 버린 건가? 어쩌면 내게는 그 추억들 외에 그리고 그 안에서 살아남는다는 아쉬움 외에 더 이상 아무것도 남아 있지 않은 건가?" 미레유 아베의 화려한 일기는 한 비범한 젊은 여성이 나락으로 치닫는 것을 이야기한다. 그녀가 열여섯 살밖에 안 되었을 때 기욤 아폴리네르가 그녀의 시를 출판해 주었고, 콜레트는 그녀의 첫 단편집에 서문을 써 주었으며, 나탈리 바니와 장 콕토는 그녀의 조숙한 재능을 격려해 주었다. 하지만 그녀는 귀족 여성 마들렌 드 리뮈르에 대한 사랑을 담은 단 한 편의 소설 『사육제*Carnaval*』를 발표했다. 1918년 미레유는 스무 살이었다. 그러므로 의미 없는 분쟁에 총받이로 사용된 세대였다. 그녀는 "이렇게 아름다운 휴전의 날"에 어찌 홀로 거리에 있을 수 있냐고 묻는 지나가는 사람에게 이렇게 대답했다. "어쩌란 말인가요, 나의 모든 친구가 죽었는데." 삶과 즐거움을 갈망하는 그녀는 짧은 연애 사건을 되풀이했다. 유머가 멋과 절망과 겨루는 일기장에서 그녀는 모든 것을 적나라하게 고백했다. 예를 들어, 오직 여자들만을 욕망하는 그녀가 경험 삼아 한 남자와 처녀성을 잃는 약속을 지켰다고 믿는 얼음같이 차가운 그런 밤을. 그러나 그녀가 돌이킬 수 없이 의존하고 그로 인해 목숨을 잃는 아편과 코카인의 인공적인 파라다이스도. 1932년 사망한 당시에 예전의 그 아름다웠던 젊은 여성은 파인 윤곽에 해쓱한 얼굴, 그녀 자신의 그림자에 지나지 않았다. 그녀가 아마도 쓰리라 약속한 걸작들 가운데 특히 타오르는 듯 빛을 발산하는 비극적인 일기가 남아 있다.

[1920년] 5월 25일

이 날씨가 나를 참을 수 없게 만든다.

욕망이 내 안에서 생겨났다가 가장 최고의 실망 속에서 즉시 고갈된다.

나는 폭풍우보다 더 격렬하고, 달빛 아래 고양이보다 더 관능적이며, 사탄보다 더 사악하고 뜨겁다.

나는 무료하고 빈둥거린다. 관능이 나를 괴롭히고 슬프게 한다. 코카인이 나를 진정시켜 주지 않는다. 내 여자 친구의 살과 애무가 나를 성마르게 하고 도덕적으로 만든다.

끓는 기름 같은 날씨다.

바다, 저 우스꽝스러운 호수가 거울처럼 무지갯빛으로 펼쳐진다.

하얀 하늘이 그 창백한 수평선과 뒤섞이고 나는 내가 기다리는 것이 무엇인지 모른다.

le 25 mai.

Le Temps me rend infernale
Des désirs naissent en moi et s'épuisent immédiatement
dans la plus souveraine déception —
Temps plus orageux que l'orage... —
plus sensuel qu'un chat lunaire
plus méchante et brûlante que Satan —.
Je m'ennuie et m'amuse des mêmes choses
la volupté me tourmente et m'attriste
la cocaïne ne me soûle pas
la chair et les caresses de mon amie
me rend hargneuse et morale —
Il fait un temps d'huile bouillante
la mer. ce lac ridicule
s'étend. usé comme un miroir
le ciel blanc se confond à son horizon pâle
et j'ignore ce que j'attends —.

mes mauvais désirs me reprennent - je voudrais
faire la noce - m'encanailler avec des inconnus
ou paradoxer avec madeleine - marcelle
est trop simple et m'aime trop .. je voudrais
ardemment - elle me fasse souffrir comme
je le mérite. et je ne reconnais plus le bonheur
dans lequel mes fautes - je lui en veux de
tout et de moi même et je l'adore mortellement
- sachant me donner tout .. et sans le savoir ou ne sa
en moi un abîme incendiaire .. où je sens fuir
mon pauvre cerveau déjà bien entamé
par les drogues .. et l'amour sans issu qui nous
torture - . Elle pleure souvent de ne pouvoir
me donner du plaisir et s'applique et s'essouffle
sous mes jambes que j'écarte pour mieux tendre
sa bouche et saisir .. au moment et après de la
jouissance ... toutes les nuances .. et les oscillations
du baiser défendu .
morne .. ici ne fait que croître -
de sensuellement je m'effraie de mes exigences —

[1920년 5월 25일]

나의 못된 욕망이 나를 다시 덮친다.

나는 방탕한 생활을 하거나 정체불명의 불량한 사람들과 어울리거나 마들렌[마들렌 드 리뮈르]과 상식 밖의 일을 하고 싶다. 마르셀[마르셀 가로스, 비행사 롤랑 가로스와 사별한 부인]은 너무 단순하고 나를 지나치게 사랑한다.

그럴 자격이 있는 것처럼 나는 그녀가 나를 고통스럽게 만들기를 열렬히 원하고, 내 능력들이 정체되어 버리는 행복을 더 이상 인정하지 못하며, 모든 것과 나 자신에 관해 그녀를 원망하고 그녀를 죽도록 욕망한다. 그녀의 살이 나에게 갈증을 일으키고…… 그녀의 키스가 내 안에서 뇌쇄적 심연을 열어젖힌다. 그곳에서 나는 마약으로 이미 잘 열려 있는 내 가련한 뇌와 우리를 고문하는 출구 없는 사랑이 달아나는 것을 느낀다.

그녀는 나에게 쾌감을 줄 수 없는 데 대해 종종 눈물을 흘리고 온 힘을 다하며 주이상스의 고조된 순간에 내가 그녀의 입을 더 잘 느끼고 모든 뉘앙스와 금지된 키스의 진폭을 더 잘 포착하기 위해 벌리는 내 양다리 안에서 헐떡거린다. 내 악행은…… 여기서 증대되기만 하고, 관능적으로 나는 내 욕구에 겁을 집어먹는다.

1922년 12월 2일

그리고 삶이 다시 다시 시작되었다, 천천히 그리고 너무도 생생하게. 코카인 빛 하얀 하늘의 아름다운 파리 겨울. 은빛의 루브르박물관이 가을의 마지막 메달들이 익사하고 있는 센강을 번잡하게 만든다. 금발의 젊은 여인은 행복하기에 충분하지 않다. 하지만 그녀의 침대 속에서 한 줄기 햇빛보다 더 파리한 금빛 석양 속에서 내가 그녀를 떠나 튀일리 공원을 가로질러 돌아오던 그날, 삶의 영광이 내 가슴 속에 있었고, 그 옆에는 시가 있었다. 나는 행복했고, 파리가 나를 떠받치고 있었다. 사람들이 가장 아름다운 여인들의 벗은 살 위에 그리고 부호가 빠져들고 집착하는 정부情婦의 목에 걸려 있는 것을 상상하는 커다란 에메랄드와 긴 분홍빛 진주 목걸이가 반짝이고 있던 상점들 위로 음산한 밤이 오고 있었다. 평화의 거리! 신상품들이 카르티에 브랜드의 커다란 진열창에서 판매되는 겨울의 첫 저녁들에, 비취로 만든 세공품, 호박, 담배 케이스, 귀걸이, 반짝이는 보석 장식의 가방 그리고 아주 작은 손목시계가 곳곳에서 교체되고, 그 광채 위에서 아름다운 얼굴의 여인들이 입은 모피로 무거워진 실루엣들이 몸을 숙인다. 수많은 외국 여성, 사람들은 그녀들을 위해 반지 하나를 고르면서 그녀들에게 미소 짓는다. 친애하는 파리여.

"나는 스스로 실패자라고 생각하기 시작한다"

버지니아 울프 Virginia Woolf, 1882~1941

"나는 어떤 일기를 쓰고 싶은가? 코는 성기게 짜였으나 소홀함 없는 어떤 것. 뇌리에 떠오르는 중대하거나 가볍거나 아름다운 모든 것을 아우르기 위해 충분히 유연한 어떤 것. 검토하지 않은 채 수많은 것을 아무렇게나 던져둘 수 있는 낡고 바닥이 깊숙한 사무용 책상이나 드넓은 벽장을 닮았으면 좋겠다." 기념비적인 장르인 버지니아 울프의 일기—총 26권—는 『댈러웨이 부인』이나 『파도』 혹은 『자기만의 방』을 집필한 실험실만큼이나 세속적 일상으로 우리를 초대한다. 영국의 여성 소설가는 예리하고 때로는 가차 없는 시선으로 동시대인을 바라본다. 당시 지적이고 예술적인 삶의 한복판에서 버지니아 울프는 남편 레너드 울프와 호가스 출판사를 차렸다. 그녀는 이 서클을 맴도는 사람들, 특히 제1차 세계 대전이 일어나기 전 10년 동안 영국 문화생활에 결정적 영향을 미친 지적 소모임인 블룸즈버리그룹의 친구들을 묘사한다.

그녀는 커다란 사건들, 특히 양차 대전에 관해 보고한다. 그러나 가장 감동적인 부분은 그녀가 어린 시절부터 주기적으로 견뎌 온, 참기 어려운 심한 불안의 발작을 상기하는 대목일 것이다. 그녀는 1894년 어머니의 죽음(그녀 가족의 말에 따르면, 이로 인해 버지니아 울프는 광기의 발작을 일으켰다), 그리고 이복 언니와 아버지의 죽음을 몇 년간 차례로 겪었다. 1904년 마지막 충격을 겪은 후에는 짧게 입원할 정도로 무너져 내렸다.

1906년에는 오빠 토비를 잃었다. 일부 사후 주석가들이 추정하는 것처럼 조울증이었을까, 아니면 우울증이었을까? 아무튼 계속 찾아오는 슬픔을 그녀는 그와 같이 부르지 않고 표현력 있고 시적이지만 무시무시한 "은빛 안개"라고 묘사했다. 옆의 발췌문은 서섹스주 로드멜에 있는 그녀의 별장 몽크 하우스(레너드와 버지니아가 런던에 있지 않을 때 사용한 거처)에서 쓰였다. 그곳에서 그녀는 가족의 고통을 동반하고 자신의 일에 대해 절망하게 하는 대단히 파괴적인 회의감뿐만 아니라 불안이 이제나저제나 사라져 버릴 방법도 이야기했다. 그녀는 그에 대해 나중에 다시 언급했다. 1926년 9월 15일에는 병의 공격을 다음과 같이 가슴 아프도록 정확하게 묘사했다. "오! 여기 그것이 다가오기 시작한다……. 그 공포…… 신체적 효과는 심장 부위에 고통스러운 파도가 미치는 영향이다. 그것이 나를 이리저리 뒤흔들었다. […] 죽었으면 좋겠다! 살날이 몇 년밖에 없기를 바란다! 나는 이 공포에 더 이상 맞설 수 없다!(그것은 나를 덮치는 파도다)." 불평한다는 것은 그녀와 거리가 먼 이야기다. 버지니아 울프는 타인보다 자신에게 더 관대하지 않았다. "나는 왜 그리도 자제력이 없는가? 그것은 나의 공포에서 기인하는 것이 아니고 호의적이지도 않다. 그것은 내 삶에서 많은 혼란과 고통의 원인이다"라고 그녀는 평가했다. 수십 년 동안 병마에 맞서 용감하게 싸운 뒤에 버지니아 울프는 주머니에 돌을 가득 집어넣은 채 몽크 하우스 근처에 있는 우즈강에 가라앉아 자살했다. 그리고 레너드에게 다음과 같은 편지를 남겼다. "누군가 나를 구할 수 있었다면, 그것은 당신이었을 거예요."

Saturday August 2nd

Here we are at Rodmell, & I with 20 minutes to fill in before dinner. A feeling of depression is on me, as if we were old & near the end of all things. It must be the change from London & incessant occupation. Then, being at a low ebb with my book—the death of Septimus,—I begin to count myself a failure. Now the point of the Press is that it entirely prevents brooding; & ~~flatt~~ gives me something solid to fall back on. Anyhow, if I can't write, I can make other people write: I can build up a business. The country is like a convent. The soul swims to the top. Julian has just been—gone, a tall young man, who, intellectually ~~love of facts~~ & believing myself to be young as I do, seems to me like a younger brother: anyhow we sit & chatter, as easily as can be. It's all so much the same—his school continues Thoby's school. He tells me about boys & masters as Thoby used to. It interests me just in the same way. He's a sensitive, very quick witted rather combative boy: full of Wells, & discoveries, & the future of the world. And, being my own blood, easily understood—going to be very tall, & go to the Bar, I daresay. Nevertheless, in spite of the fun grumbling with which this began, honestly I don't feel old; & it's a question of getting up my steam again in writing. If only I could get into my vein & work it thoroughly deeply easily, instead of hacking at this miserable 200 words a day. And then, as the manuscript grows. I have the old fear of it. I shall read it & find it pale. I shall prove the truth of Murry's saying, that there's no way of going on after Jacob's Room. Yet if this book proves anything, it proves that I can only write along those lines, & shall never desert them, but explore further & further, & shall, heaven be praised, never bore myself an instant. But

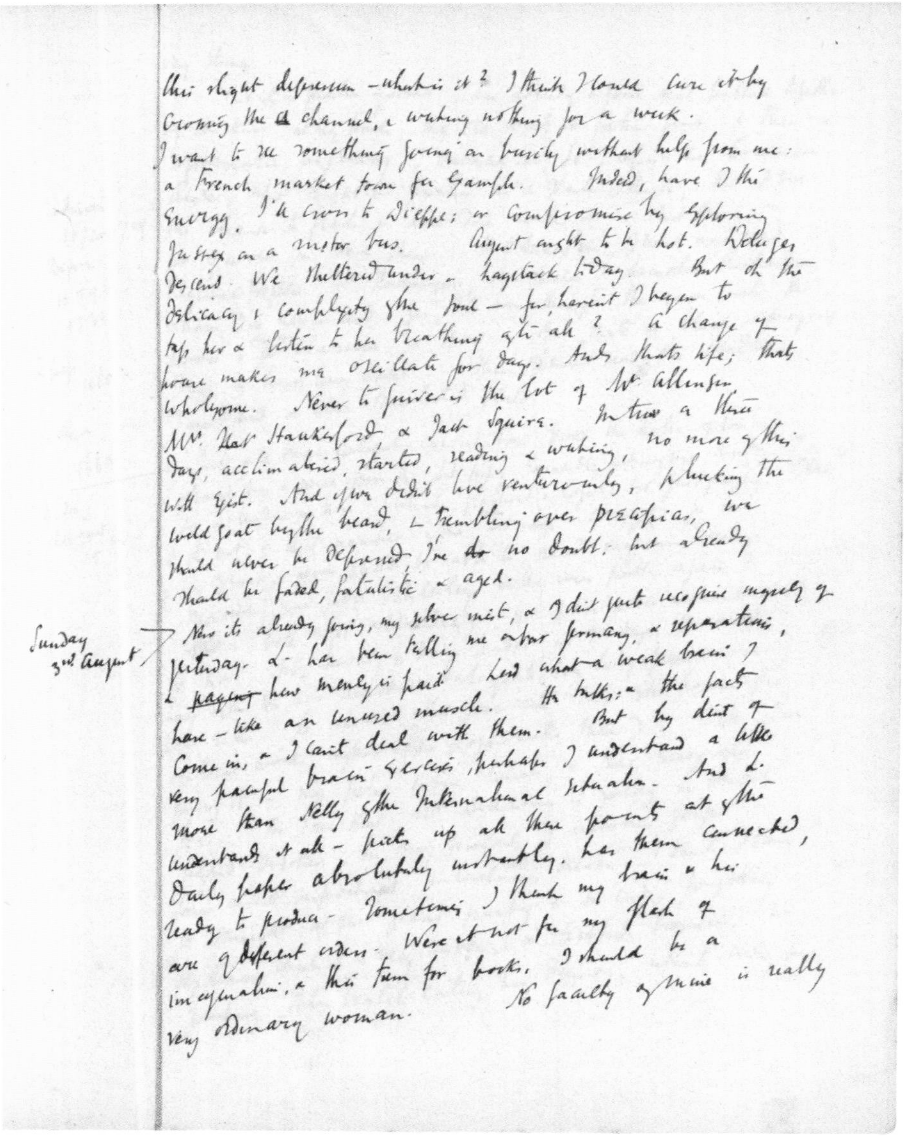

←

[1924년] 8월 2일

우리는 로드멜에 와 있다. 저녁 식사 전까지 20분이 남았다. 그러나 일종의 낙담이 나를 짓눌렀다. 우리는 늙었고 모든 것의 끝이 임박했다는 느낌이다. 그것은 필시 내가 끊임없이 바쁘게 사는 런던과 대비되어서 그런 것임이 틀림없다. 그리고 내 책(셉티머스[『댈러웨이 부인』의 등장인물]의 죽음)에 대한 일이 저조하다. 그러나 출판사가 좋은 점은 모든 되새김질을 막아 주고 나에게 퇴거라는 확실한 위치를 부여한다는 것이다. 어쨌든 내가 글을 쓸 수 없다면, 다른 사람들에게 글을 쓰게 할 수 있다. […]

시골은 마치 수도원 같다. 영혼이 부상浮上한다. […] 글을 쓰면서 단지 약간의 허무감을 놓아 버리고 싶었다. 매일 가까스로 200단어를 쓰느라 애쓰는 대신에…… 맥脈을 되찾아, 노력 없이도 그것을 철저히 채굴할 수만 있다면! 그런데 원고가 쌓이면서 오래된 두려움이 나를 다시 사로잡는다. 즉, 그것을 읽고는 내가 고유의 색깔이 없다고 생각할 것이다. 이것이 『제이콥의 방』 이후 내가 더 이상 아무것도 할 수 없다고 머리Murry가 선언했을 때, 그가 사실을 말한다는 증거일 것이다. 그러나 만일 이 책이 뭔가를 증명한다면, 바로 내가 그 방향으로 쓸 수밖에 없고 그것에서 절대 벗어나지 않을 것이나 천만다행으로, 단 한 순간도 절대 권태로워하지 않고 언제나 더 깊이 개발할 것이다. 그러나 이 가벼운 낙담은 대체 무엇인가? 도버해협을 건너가 일주일 내내 아무것도 쓰지 않으면 나아질 거라고 믿는다. 나와 아무 상관없는 활동이 펼쳐지는 것을 볼 필요가 있다. 이를테면 시장이 서는 프랑스의 한 도시를 보는 것 말이다. 정말이지 내게 그럴 용기가 있다면, 디에프행 배를 타고 아니면 장거리 버스로 서섹스를 답사하는 것으로 만족할 것이다.
8월에는 틀림없이 더울 것이지만 폭우가 쏟아진다. 우리는 오늘 건초 더미 아래로 몸을 피해야 했다. 그러나 오, 영혼의 미묘함과 복잡함이라니! 결국 내가 영혼에다 청진기를 대고 그 숨소리를 듣기로 했다. 거처를 옮긴 것이 며칠 동안 나를 뒤흔들고 있다. 그런데 그것이 삶이고 건강한 일이다. 절대 떨지 않는 것은 앨리슨 씨, 혹스퍼드 부인, 잭 스콰이어의 몫이다. 2, 3일 후 새 환경에 익숙해지고 다시 활동하게 되면 나는 읽고 쓸 수 있을 것이고, 그 모든 것으로부터 아무것도 남아 있지 않을 것이다. 그런데 우리가 절대 무모한 도전을 하려 하지 않고 벼랑 끝에 서서 떨지 않고 아주 안전하게 산다면 전혀 우울해지지 않으리라 확신한다. 그러나 우리는 이미 시들고 체념하고 늙어 있을 것이다.

←

[1924년] 8월 3일 일요일

자, 벌써 피어오르는 나의 은빛 안개, 나는 어제의 나를 더 이상 알아보지 못한다. L.이 독일, 배급, 돈이 어떻게 지급되는지를 설명해 주었다. 주여! 내 두뇌는 얼마나 허약한가!—활동하지 않는 근육과 같다. 그러나 무척 힘들게 두뇌를 훈련한 나머지 어쩌면 내가 아무튼 넬리보다 국제적 상황을 좀 더 잘 파악하는지도 모르겠다. L.로 말하자면, 그는 모든 것을 이해했다—그는 당일 신문에서 개진될 준비가 된 모든 요소를 즉시 발견해 내고 취합한다. 때때로 나는 내 두뇌와 그의 두뇌가 격이 다르다고 나 자신에게 말하곤 한다. 상상력의 번득임과 책에 대한 취미가 아니었다면 나는 매우 평범한 여자였을 것이다. 내 능력의 어떤 것도 진정 특출하지 않다. […]

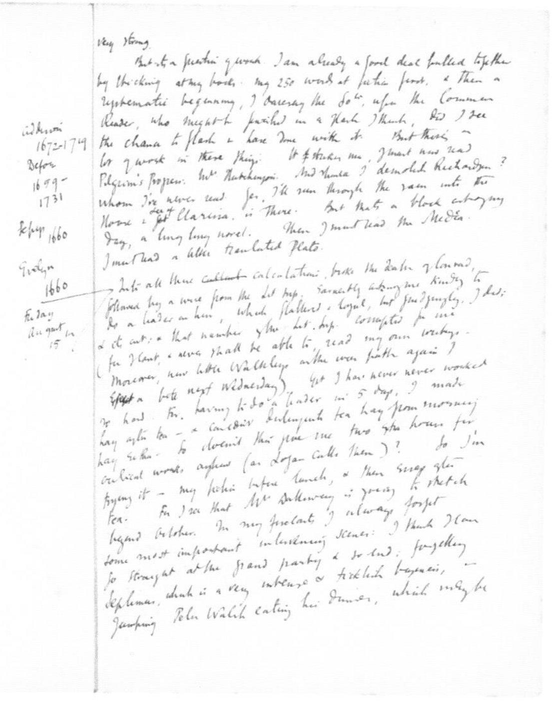

“당신의 정부情婦는 언제든 전화하거나 전화받을 태세로 당신을 맞이한다”

폴 레오토 Paul Léautaud, 1872~1956

1893년부터 1956년까지 쓰인 폴 레오토의 『문학 일기*Journal littéraire*』는 단연 작가의 가장 잘 알려진 완전한 작품이다. 작가는 여기에서 본인 책이나 읽은 책을 해부하거나 앞으로 나올 작품의 실험실로 삼지 않고, 오히려 모방할 수 없는 문체로 일상의 인상을 적었다. 그리고 당대 문학적 삶의 많은 일화와 인물의 이례적 갤러리 하나를 제공했다. 출판사이자 잡지인 『메르퀴르 드 프랑스*Mercure de France*』에서 레오토의 위치는 1907년부터 아폴리네르, 구르몽과 자리, 그리고 특히 지드(181쪽 참조)와 발레리와 어깨를 맞대게 해 주었다. 사람들은 종종 레오토에 대해, 사람보다는 개와 고양이와 함께 있는 것을 더 좋아하는 염세주의적이고 자기중심적이며 고독한 사람이라는 희화戲畫적 이미지를 가지고 있었다. 물론 작가는 사람들이 그를 가둬 놓는 상투적 표현보다 더 복합적이긴 하지만, 이런 표현이 근거 없는 것은 아니었다. 일기에서 레오토는 사람들이 상상하는 것과 같은 모습이었다. 즉, 회고적 취미에 젖어 있었고, 심술궂으며 원색적이거나 성미가 까다로웠다. 문체는 솔직하고 시선은 날카롭다. “이제 나를 귀찮게 하지들 말라!”는 문장은 그의 마지막 말이었다. 그렇다, 레오토는 고양이를 선호하고 사람들을 좋아하지 않으며 고독을 매우 사랑하고 그 모든 것을 큰 소리로 말한다. 그는 먹는 것을 좋아하지 않고 옷을 차려입는 것도 좋아하지 않으며 안락함도 좋아하지 않는다. 그는 돈을 필요로 하지 않고—그렇기는 하나……—우리가 읽을 발췌문에서 보는 것처럼 동시대인이 전화하며 시간 보내는 것을 개탄하면서 근대성을 고약한 것으로 생각한다! 레오토, 그는 우리가 시간을 함께하거나 어쨌든 그의 책을 읽고 싶어 하는 꽤 까다로운 사람이다. 흥을 깨는 사람이다. “나는 그것을 내 정신, 내가 생각하고 판단하는 방식으로 이해한다. 반反 교육자이자 반 포퓰리스트다. 정신의 무정부주의자라는 단어가 어쩌면 더 적합할지도 모른다.” 그러면 그 모든 것에 사랑은 있는가? “내 사랑들? 나는 아름다움, 가벼움, 우아함, 모험을 사랑하고 싶었다. 그런데 내게는 일종의 비합법적 살림꾼만 있을 뿐이다.” 우리는 『특별한 일기*Journal particulier*』—『문학 일기』와는 별개이지만 분리될 수 없는—에서 ‘자크 두세 도서관’ 관장인 마리 도르무아(그녀는 이 도서관에 『문학 일기』의 육필 원고를 들여오려고 싸웠다)와 그의 관계에 대한 놀라운 이야기를 읽는다. 레오토는 마리의 민첩한 두뇌뿐만 아니라 점잔을 떨지 않는 점도 마음에 들었다. 1936년 3월 8일 그는 “9시에 도착. 매력적, 즉시 나체가 되어 침대에 들어오다”라고 썼다. 당시 그는 예순다섯 살, 그녀는 쉰 살이었다. 그보다 몇 년 전에는 “그녀를 이런저런 방식으로 애무하는 동안 45분간 발기한 채” 그녀와 함께 있었다고 여과 없이 덧붙이기도 했다. 그는 그녀를 사랑하고 그 사실을 말했다. 그러나 고질적으로 자기 연인을 신랄하게 비판하기도 했다. 그는 그녀가 “얼굴이 전혀 예쁘지 않고 […] 허리도, 골반도, 엉덩이도 […] 없다”라며 “굵은 순대 하나”(1933년 6월 5일)라고 썼다. 구제 불능의 레오토? “모든 것에서 나를 항상 구해 주는 두 가지가 있는데 […] 바로 고독에 대한 사랑과 글 쓰는 기쁨이다. 그것보다 더 나은 것은 아무것도 없다, 쾌락도 고통도.”

227

Je m'amuse quelquefois à regarder ce qui aura été manqué. Mon enfance? Tout ce qui devait être la suite, en plus petit. Ma littérature? Une suite de visions considérables sur moi-même. Tout, j'ai toujours manqué d'illusions, d'ambitions, d'idéal quelconque.

Mes amours? J'aurais aimé la beauté, la légèreté, l'élégance, l'aventure: je n'ai eu qu'une suite de petites [illegible]. L'argent? J'ai toujours dû travailler. Je travaille encore pour gagner ma vie, passant mes journées entières entre les quatre murs d'un bureau. Les plaisirs de la table, les bons plats, les bons vins, avec des gens connus, tout ce qui est ce qui plaisait si bien tout l'été? Je bois de l'eau, je mange je ne sais quelles choses sur un coin de table, comme une corvée à accomplir. Les amis? Je ne sais trop... J'en ai, et si moi-même j'en suis un pour quelqu'un si ce n'est pour R... un drôle de corps comme moi. Le vrai est plutôt que le monde entier pourrait disparaître sans que j'en sois affecté. Ce que j'aime, ce qui me plaît, ce que j'aurais désiré, ce que je regrette, ce que j'envie, ce qui me passionne, je crois bien que je peux à tout cela répondre: néant.

Mon intérieur? Je suis chez moi dans une pièce plus grande [illegible] comme une tombe [illegible]

27 octobre 1930

Je vois [illegible] celui-ci celui-là. Mais je ne les verrai pas ce serait aussi bien.

←

1930년 10월 27일 [월요일]

나는 때때로 내 삶이 어땠는지 되돌아보는 것을 즐긴다. 내 어린 시절? 그 후에 되어야만 했던 모든 것…… 내 문학? 나에 대한 괄목할 만한 승리의 연속, 그만큼 나는 언제나 나 자신에 관해 환상도 야망도 그 어떤 이상도 없었다.

나의 내면? 나는 아침에 이제 막 이사 온 남자처럼 집이 거의 비어 있는 방에 있다.

내 사랑들? 나는 아름다움, 가벼움, 우아함, 모험을 사랑하고 싶었다. 그런데 일종의 비합법적 살림꾼만 있을 뿐이다.

돈? 나는 항상 일해야만 했다. 아직도 사무실에 갇혀 온종일 시간을 보내면서 밥벌이하기 위해 일한다. 유쾌한 초대객들과 함께하는 식탁의 기쁨, 맛있는 음식, 맛있는 포도주, 사람들이 모든 사람을 활짝 피어나게 한다고 말하는 모든 것? 나는 물을 마시고 식탁 한 귀퉁이에서 완수해야 할 고역처럼 뭔지도 모르는 것을 먹는다. 친구들? 내게 친구가 있기나 한지, 나처럼 우스꽝스러운 몸의 루베르가 아니라면 나 자신이 누군가에게 친구이기나 한지 잘 모르겠다. 세상 전체가 사라질 수 있다는 것은, 내가 그 사실에 타격을 받지 않으면 비교적 진실이다. 이 사람 저 사람을 즐겁게 만나지만 안 만나기도 할 텐데, 그 또한 좋을 것이다. 좋아하는 것, 내 맘에 드는 것, 욕망하고 싶은 것, 애석하게 여기는 것, 탐내는 것, 나를 열광하게 하는 것, 나는 그 모든 것에 답할 수 있다고 믿는다, 무가치하다고.

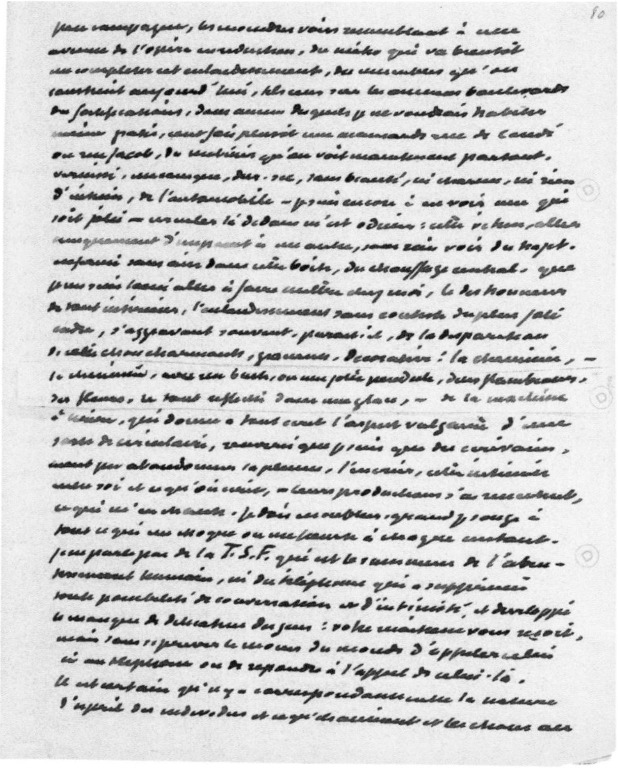

1936년 2월 22일 토요일

[또 한 번 반감을 표시하고 싶은데, 내가 사는 이 시대에 대해 말하기에는 그 단어가 약하기조차 하다. 그렇게 되었고 점점 더 그렇게 되어 가는 파리를 나는 혐오한다. 간판, 네온사인, 밤에 불이 켜지는 기념물, 시멘트나 콘크리트 구조물, 페레와 일당의 건축물, '니콜라 지점'식의 상점과 가게들 정면의 새로운 양식, 조금은 시골 같은 측면을 모두 제거하면서 퐁트네 오 로즈까지 좇아와 나를 상처 입힌 공공 전기 조명], 오페라 대로의 축소판과 같은 아주 작은 길들, 조만간 그런 추함을 보충할 지하철, 성벽의 흔적이 있는 옛날 대로들 위에 있는 것과 동일한 오늘날 건설되는 아파트 단지, 공짜로 준다고 해도 거기서 살고 싶지 않고, 콩데가나

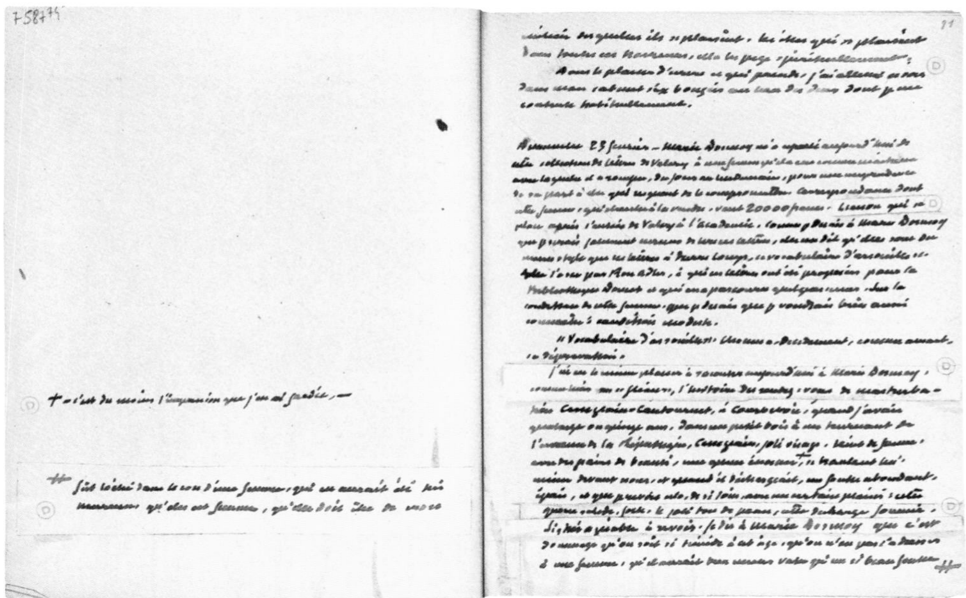

자콥가의 지붕 밑 방이 그것보다는 100배 더 낫다. 지금 어디서나 볼 수 있고 니스를 칠한 것처럼 반짝이며 기계식의 딱딱하고 건조하며 아름다움도 매력도 아무런 친근함도 없는 자동차—그것을 타고 돌아다니는 것은 불쾌감을 준다. 그 속도와 경로에 있는 아무것도 보지 못하고 상자 안에 불편하게 갇혀 오로지 한 지점에서 다른 지점으로 가 버리기—내 집에 설치하도록 내버려 두었던 중앙난방, 모든 내부 전체에 대한 모욕, 가장 예쁜 환경이 확실히 추해짐. 매력적이고 우아하며 장식적인 벽난로의 사라짐으로 종종 악화되는 것 같다—흉상이나 예쁜 벽시계, 두 개의 촛대와 꽃이 있는 벽난로, 거울에 반영된 그 모든 것—타자기, 모든 저술에 일종의 회람장 같은 저열한 면을 부여하는데도 작가들이 펜과 잉크, 자기 자신과 자기가 쓰는 것 간의 친근함을 포기할 수 있다는 것에 어리둥절하다—그들의 작품은 그런 것들의 영향을 느끼게 하며, 이것이 나를 기쁘게 하는 것이다. 나를 화나게 하거나 매 순간 내 감정을 거스르는 모든 것을 생각할 때 나는 그것을 잊어버려야 한다. 인간 우둔화의 정점인 T.S.F.• 도 대화와 친교의 모든 가능성을 없애 버리고 사람들의 섬세함의 결여를 발전시킨 전화에 대해 말하는 것이 아니다. 당신의 정부는 언제든 전화하거나 전화받을 태세로 당신을 맞이한다. 개인들 정신의 성격과 그들이 좋아하는 것 그리고 그들이 그 한가운데 있는 것을 좋아하는 것 간에는 서로 교감이 있음이 분명하다. 그 모든 혐오스러운 것 속에 있기를 좋아하는 사람들은 그것들을 정신적으로 판단한다. 앞엣것들을 쓰는 재미에 오늘 저녁에는 서재에다 평소 흡족해하는 두 개의 촛불 대신 여섯 개의 촛불을 켜 놓았다.

• Télégraphie Sans Fil. 무선 라디오(방송)

“가장 비밀스럽게 두려워하는 일은 예외 없이 일어난다”

체사레 파베세 Cesare Pavese, 1908~1950

“너의 특별한 불행—모든 시인의 공통점—은 직업상 한 명의 독자를 얻는 대신에 이상과 취향이 같은 사람들을 찾는다는 사실에 있다”라고 파베세는 『삶이라는 직업*Il mestiere di vivere*』의 독서를 그토록 비통하게 만드는 절박하고 절망적인 문구 중 하나로 썼다. 이 작품은 알레한드라 피사르니크와 문학적 일기의 절대적 걸작 중 하나인 버지니아 울프(112쪽 참조)의 일기와 어깨를 나란히 한다. 작가는 이를 모르지 않았고, 자신의 일기가 출판되는 데 집착했다. 그는 일기에 제목을 달고 개요를 작성했으며, 친구 몇 명에게 여러 단락을 보여 주었고, 비서에게 타이핑한 복사본을 준비하라고 요청했다. 이 책에 담긴 『삶이라는 직업』의 맨 마지막 부분은 파베세가 토리노의 한 호텔에서 자살한 당시 남긴 종이들 중 하나였다. 그 가까이에는 손으로 쓴 다음과 같은 메시지가 있었다. “나는 모든 사람을 용서하고 모든 사람에게 용서를 바란다. 괜찮은가? 너무 많은 비방은 마시라.” 시집 한 권도 남겨 놓았다. 『죽음이 와서 네 눈을 빼앗아 갈 것이다*Verrà la morte e avrà i tuoi occhi*』. 이 작품은 사랑의 오랜 집착 대상인 미국 여배우 콘스턴스 다울링을 위해 쓰였다. 우리는 우울증을 사랑의 슬픔으로 요약하지 않는데, 그는 일기에다 미리 알렸다. “우리는 한 여자에 대한 사랑으로 자살하지 않는다. 사랑은, 어떤 사랑이라 할지라도, 우리의 알몸 속에서, 우리의 비참함 속에서, 우리의 무력한 존재 속에서, 우리의 허무 속에서 우리를 드러내기 때문에 자살하는 것이다.” 자살의 유혹은 종종 밀려나지만 편재하고 있다. 1935년 파시스트 정권에 의해 칼라브리아로 유형流刑 선고를 받은

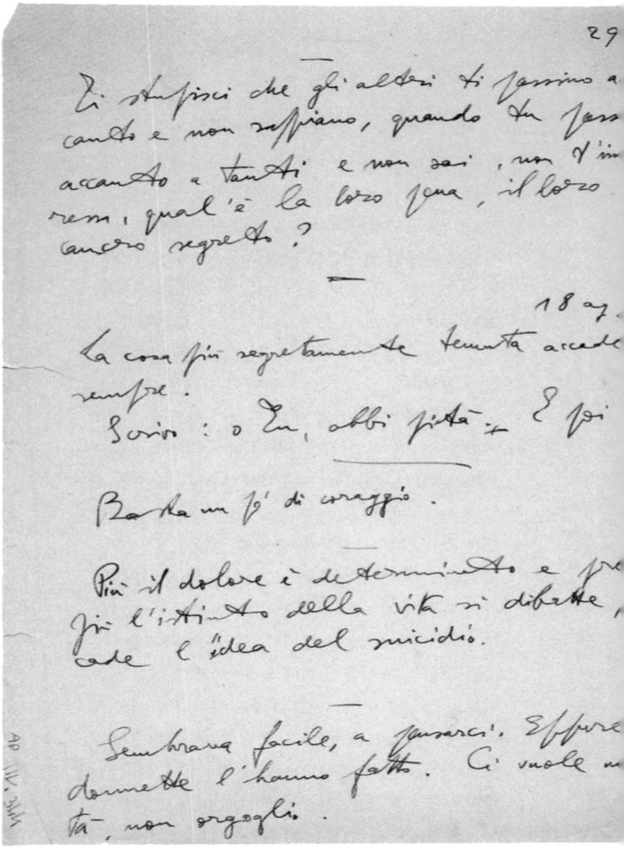

29

Ti stupisci che gli altri ti passino a
canto e non sappiano, quando tu pass
accanto a tanti e non sai, non t'in
ressi, qual è la loro pena, il loro
cancro segreto?

18 ag.

La cosa più segretamente temuta accade
sempre.
Scrivo: o Tu, abbi pietà. E poi

Basta un po' di coraggio.

Più il dolore è determinato e pre
più l'istinto della vita si dibatte,
cade l'idea del suicidio.

Sembrava facile, a pensarci. Eppure
donnette l'hanno fatto. Ci vuole u
tà, non orgoglio.

『아름다운 여름』의 탁월한 작가는 자신의 독서와 창작에 관한 성찰도 남겼다.

여성들과의 어려운 관계도 그의 일기에서 커다란 자리를 차지한다. 수치심과 절망 사이에서 그는 성 불능이었을 것이고, 그래서 다음과 같은 글을 썼다. “너무 빨리 사정하는 남자는 차라리 태어나지 않았다면 좋았을 것이다. 자살을 정당화하는 결함이다.” 그러나 그의 고뇌와 애정에 대한 추구는 일반적이다. 절대 이루어지지 않았기 때문에 애절한 그 꿈에서처럼. “네가 약함을 보여 줄 수 있고 상대가 자기 힘을 입증하기 위해 너의 약점을 이용하지 않는 날, 너는 사랑받을 것이다.”

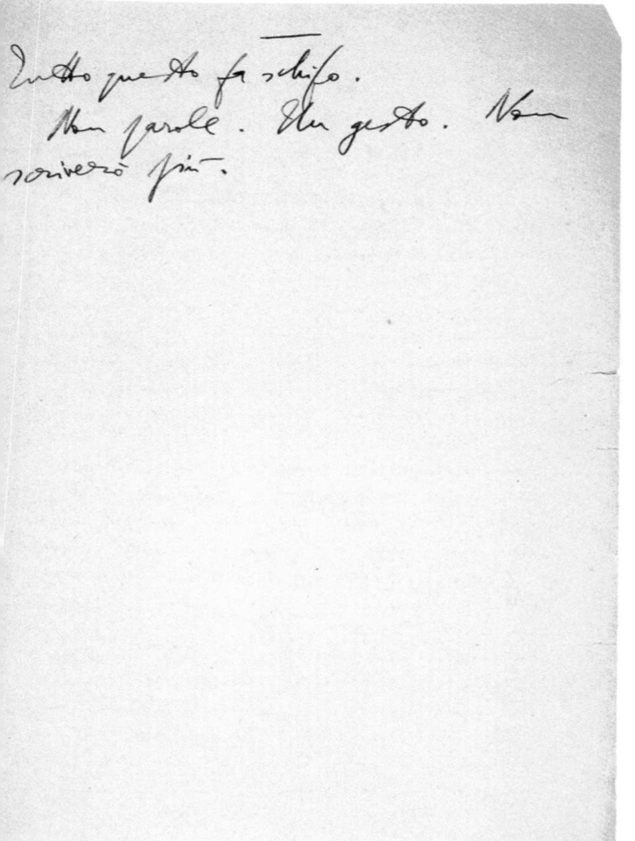

Tutto questo fa schifo.
Non parole. Un gesto. Non
scriverò più.

[1950년 8월 18일]

네가 그들의 고통, 그들의 감춰진 병폐가 무엇인지를—너는 그것에 관심이 없다— 알지 못하고 많은 사람 옆을 지나갈 때, 너는 다른 사람들이 네 옆을 지나가고 알지 못하는 것에 놀란다.

가장 비밀스럽게 두려워하는 일은 예외 없이 일어난다.
나는 “오 너, 자비를 베풀라”라고 쓴다.
그래서?

약간의 용기면 충분하다.

고통이 결연하고 명확할수록 삶의 본능은 더욱더 몸부림치며 자살에 대한 생각도 사라진다.

생각해 보니 그것은 쉬워 보였다.
그렇지만 가련하고 보잘것없는 여자들이 그것을 해냈다. 교만이 아니라 겸손이 필요하다.

그 모든 것이 나에게 혐오감을 준다.
말이 아니라 하나의 행동.
나는 더 이상 쓰지 않을 것이다.

"신이시여, 당신이 제 안에서 꺼지지 않도록 돕겠습니다"

에티 힐레숨 Etty Hillesum, 1914~1943

에티 힐레숨의 일기에 대해 샤를 쥘리에(134쪽 참조)는 "이 일기는 비극적 경험을 상세히 담고 있지만, 우리에게 에너지를 전하고 우리가 인간을 신뢰하도록 도와주며 우리 안에 있는 가장 좋은 것을 북돋는다"라고 단언한다. "그것은 우리 안에 머물고 우리에게 엄격하게 살 것을 명하는 저작들 가운데 하나다." 네덜란드인이자 유대인인 에티(에스터의 애칭) 힐레숨은 아우슈비츠에 강제 수용되어 1943년 11월에 목숨을 잃었기 때문에, 일기의 내용은 확실히 비극적이고 용납할 수 없기까지 하다. 1941년 3월부터 1942년 10월까지 쓴 열한 권의 일기에서 그녀는 자신이 사는 암스테르담에서 자신의 공동체에 대한 박해가 점점 심해지고 있다고 이야기한다. 그러면 그 일기장에서 발산되는 생명력을 어떻게 설명할 수 있을까? 일기에서 빛을 발하는 정신적 여정으로 설명될 수 있다. 이 수첩 일지를 쓰기 시작할 때 에티는 명석하고 유머로 가득 차고 발랄하며 자유로우나 자신의 길을 확신하지 못하는 젊은 여성이었다. 일기가 진행되면서 형이상학적이고 종교적인 탐색이 윤곽을 보이며 전개된다. 에티 힐레숨은 점점 더 신에게 호소하지만, 그렇다고 하여 하늘의 영기로 가득 찬 신의 피조물이 되지는 않는다. "모든 고난과 시련의 한가운데서 어쩌면 나는 아직도 너무나 삶을 누리려고 갈망하는지도 모르겠다"라고 고백한다. 그녀는 모든 인간 형제를 사랑하고 그들로 인해 고통스러워하며 증오를 거부한다. "나는

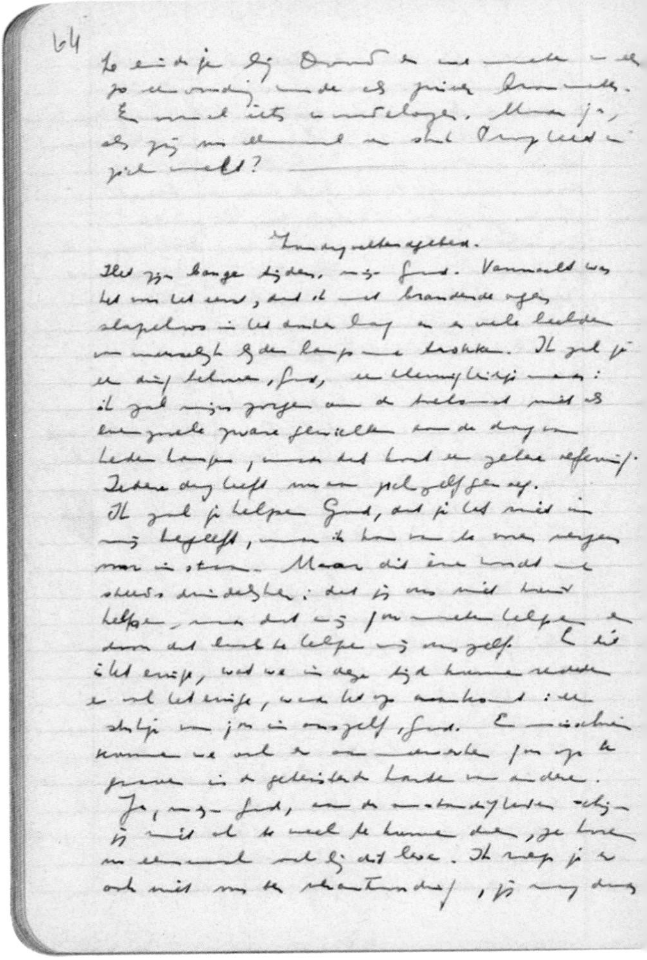

행복한 여자이고 이 삶을 찬양하며, 아 그렇다, 서력기원에, 은총의 1942년이라고 말하는데 전쟁 몇 년째인가?" 박해의 한복판에서 그녀는 내면의 자유와 심지어 이 "삶의 강렬한 기쁨, 이 사랑과 불꽃처럼 타오르는 이 힘"을 당연한 권리로서 끊임없이 주장한다. 그녀의 행복은 영웅적 행위와 현 상황 너머에 있는 세계에 대한 지고한 동의에서 기인한다. "운명이 당신을 처하게 한 곳에 당신은 온 마음으로 현전해야 한다"라고 그녀는 공언한다. 시대의 끔찍함은 그녀가 이를 포기하지 못하게 하는데, 신앙은 말할 것도 없고 심지어 여기 소개된 발췌문에서 보듯이 의혹의 시간조차도 포기하지 못하게 한다. 1942년 7월 11일 그녀는 "나중에 우리 시대에도 신이 살아 계셨다는 것을 증언하기 위해 누군가는 남아 있어야 할 것이다"라고 썼다. 그녀는 자신이 강제 수용되기 전에 이 일기들을 친구에게 맡겼다. 만약 자신이 돌아오지 못한다면, 이 일기들이 출판되기를 원해서였다. 일기는 1981년에서야 출간되어 수많은 독자에게 깊은 감동을 주었다.

[1942년 7월 12일]

일요일 아침의 기도

신이시여, 공포의 시대입니다. 인간의 고통의 이미지들이 쉼 없이 제 앞에서 열 지어 지나가니, 오늘 밤 처음으로 저는 타오르는 두 눈으로 어둠 속에서 깨어 있습니다.

당신에게 한 가지 약속하겠습니다, 신이시여, 오, 하찮은 것입니다. 저는 미래가 불러일으키는 극도의 불안들을 그만큼의 무게로 현재에 매다는 것을 경계하겠습니다. 하지만 이는 어느 정도의 훈련이 필요합니다. […]

신이시여, 당신이 제 안에서 꺼지지 않도록 돕겠습니다. 그러나 저는 어떤 것도 미리 보장할 수 없습니다. 그렇지만 점점 더 분명히 보이는 것은 우리를 도울 수 있는 사람은 당신이 아닌, 우리가 당신을 도울 수 있고—그렇게 함으로써 우리는 스스로를 돕는 것입니다. 그것이 이 시기에 우리가 구원할 수 있는 모든 것이고 또한 유일하게 중요한 것입니다. 우리 안에 약간의 당신이신 거지요, 신이시여. 어쩌면 우리가 타인의 박해받은 마음속에 당신의 말씀을 설파하는 데 이바지할 수 있을지도 모릅니다.

그렇습니다, 신이시여, 당신은 결국 이 삶과 분리할 수 없는 상황을 거의 바꿀 수 없는 것 같습니다. 저는 당신에게 그 책임을 묻는 것이 아닙니다. 언젠가 해명하라고 우리를 부르셔야 하는 것은 오히려 당신입니다. 당신은 우리를 도울 수 없으나, 당신을 돕고 우리 안에 당신을 보호하는 거처를 끝까지 지키는 것은 우리가 해야 할 일이라는 것이 거의 매번 심장박동마다 점점 더 분명해졌습니다. 마지막 순간에 당신, 신이시여, 당신을 보호하는 대신에 청소기, 은 포크와 은수저를 확실한 장소에 놓으려고 애쓰는 사람들이 있습니다—사람들이 그 사실을 믿을까요? […]

“내일 저녁 식사에는 포도주가 있으면 좋겠거든요”

아니타 피토니 Anita Pittoni, 1901~1982

이 일기는 자칫 유령처럼 사라질 수도 있었다. 2010년 가을, 서적상 시모네 볼파토가 한 골동품 상점에서 작가 자니 스투파리크에게 바치는 친필 헌사로 장식된 타이핑된 텍스트를 발견했다. 그는 자신이 트리에스테 생활의 매혹적인 인물인 아니타 피토니(스투파리크의 동반자)에 관한 귀중한 자료를 가지고 있다는 것을 재빨리 이해했다. 이후 몇 년 동안 시모네 볼파토는 그녀가 사망한 후에 마구 흩어져 버려 학자들이 사라졌다고 믿은 이 창작자의 사료들을 찾는 데 매달렸다.

아니타 피토니는 먼저 장식미술과 특히 대담한 시도로 눈길을 끈 의상의 유행과 창조에 몰두했다. 이런 이유로 그녀는 정기적으로 베네치아 비엔날레에 초대받았다. 1949년에는 트리에스테 문학을 전문으로 하는 ‘로 치발도네’ 출판사를 설립하여, 특히 친구들인 로베르토 바츨렌과 움베르토 살바의 책을 출간했다. 또한 신중한 유머가 가미된 눈부시고 신비로운 산문 시집 『사계*Le stagioni*』를 포함하여 자신의 텍스트들도 출간했다. 그녀의 일기도 이와 같은 매력적 재능과 영감을 지니고 있었다. 피토니는 1944년 4월부터 1945년 7월까지 전쟁 중에도 일기를 썼다. 트리에스테는 포화 속에 있었다.

그러나 피토니는 삶이 이러한 공포 속에서 축소되는 것을 거부했다. “우리는 종말을 기다리는 정신 상태에서 있어서는 안 된다. 그러면 너무 심한 불안 속에서 살게 될 것이고, 그것은 전쟁 그 자체보다 우리를 더 파괴할 것이다. 나는 그러한 불안 속에서 3년도 더 살았다. 이제는 지긋지긋하다. 삶은 너무 빠르게 지나가니 우리는 아무것도 뒤로 미루지 말고 계속해야 한다. 우리의 삶이 그 미세한 흐름과 연결되어 있음을 의식하기 때문에 그리고 언제든지 죽을 수 있으므로 우리는 살고 일해야 한다. 또한 잃어버릴 시간이 없고, 매 순간 그 어느 때보다 우주에 우리를 연결하는 문제를 가장 직접적 방법으로, 즉, 우주와 나라는 방법으로 해결해야 한다.” 그러므로 그녀의 일기에서는 사적인 것이 우선한다.

독립적 여성인 그녀는 때로 우울증에 쉽게 빠지지만 자잘한 즐거움을 이야기하는 데도 뛰어나다. 자신만을 위해 리소토 요리하기, 포도주나 그라파• 마시기, 자니와 왈츠 추기 등. 때때로 일상이 창작의 기쁨을 가로막는다고 할지라도 그녀는 그것을 시적 감흥으로 이야기한다.

되찾은 보물이다.

• grappa. 포도주 찌꺼기로 만든 북부 이탈리아산 브랜디

Le
i mie
ramoscell
son, guardata non scrivo stassera una pagina lirica.
vo proprio bene nel cerchio del momento, un cerchio dal breve
pelli. C'e'un riccio vive la mia piccola vista, stassera la gran-
te, un riccio pesante, l'opero la mia piccola vista stassera.
piacerebbe. casa e'tranquilla ora e tutta ordinata.

13 gennaio 1945

Ho mangiato della pasta asciutta e ho bevuto del vino. Di quel vino che mi son procurata con astuzia per berlo assieme domani, perche'domani a cena dobbiamo avere del vino.

Ho qui, accanto a me, il tuo guanto che ho iniziato e il piccolo uncino brilla sotto la luce della lampada; perche'almeno due punti li voglio fare stassera e cio'mi dara'una letizia così intima prima di coricarmi. E mi corichero'proprio nella letizia intima, accanto a te.

Pensavo, riordinando la casa, che tu mi insegni molte cose, e'come se tu fossi nel giusto momento per donarmele ed io per capirle e tutto e'molto bello, tanto bello.
Le fogliette verdi con la piccola bacca rossa stanno ancora tra i miei capelli, mentre scrivo e anche a letto andro'con queste ramoscello tra i capelli. Mi son vista allo specchio, anzi mi son guardata allo specchio quando tutti se ne sono andati e stavo proprio bene con questo verde lucido delle foglie tra i capelli. C'e'un riccio voltato a esse sulla fronte e l'ho lasciato, un riccio pesante, l'ho lasciato perche'ho saputo quanto ti piacerebbe.

Spero di udire la tua voce ancora stassera, ma sono gia'le dieci e tre quarti e allora ti chiamo io. Mi sembra proprio strano di dover far questo per udire la tua voce, poiche'tu sei qui, proprio vicino a me e veramente odo la tua voce e sento i tuoi occhi su di me e la tua mano lieve sulla spalla e'come se volesse trattenermi anche da questa distrazione.

Ora faccio i due piccoli punti sul guanto e vado a nanna proprio conte dentro alle lenzuola fresche di bucato.
Non so come, ma certo dormiro'sotto il sole splendente e caldo.
Sono tutta così calda e le guancie sono come in fiore.
Buona notte, Giani.

1945년 1월 13일

알겠지만 자니, 나는 오늘 저녁 서정적인 글을 쓰지 않을 거예요. 나는 이 순간의 원, 반경이 짧은 원의 내부 깊숙한 곳에서 내 짧은 시야가 미치는 한계까지 머물러 있어요. 오늘 저녁 먼 곳을 바라보는 내 시선은 쉬고 있고, 오늘 저녁에는 나의 짧은 시선이 음미하고 있어요.

집은 조용하고 정결하지요. 토마토소스 파스타를 먹었고 포도주를 마셨어요.

이 포도주, 우리가 내일 함께 마실 수 있도록, 작은 간계 덕분에 어렵게 손에 넣었어요. 왜냐하면 내일 저녁 식사에는 포도주가 있으면 좋겠거든요.

여기 내 옆에는 당신을 위해 시작한 장갑 한 짝이 있고, 작은 뜨개바늘이 램프의 빛 아래서 빛나고 있어요. 오늘 저녁에는 적어도 두 코를 뜨고 싶기에, 이는 잠자리에 들기 전에 아주 내밀한 기쁨이 될 거예요. 나는 이 내밀한 기쁨 속에서 당신 옆에 깊이 잠들 거예요.

집을 다시 정리하는 동안 당신이 내게 많은 것을 가르쳐 주었다고 생각했어요. 당신이 내게 선물하기 위해 때마침 도착한 것 같고, 나는 그것들을 이해할 준비가 되어 있었던 것 같아서 그 모든 것이 무척 아름답고 너무나 아름다워요. 당신에게 글을 쓰는 동안 빨간 열매가 달린 작은 녹색 잎이 내 머리에 꽂혀 있어요. 잠자리에 들 때도 나는 이 작은 가지를 내 머리에 꽂고 있을 거예요. 거울 속의 내 모습, 아니 그보다는 모두가 떠난 후에 거울 속의 내 모습을 보니, 머리에 꽂힌 나뭇잎의 연한 초록색이 내게 아주 잘 어울렸어요. […] 이마에는 머리를 둘러싼 아주 커다란 버클이 있어요. 이를 당신이 얼마나 좋아할지 알고 있어서 그냥 내버려 두었지요.

오늘 저녁에는 당신 목소리를 듣기를 바라요. 그러나 벌써 11시 15분 전이어서 내가 당신을 부를 거예요. 당신은 여기, 나와 아주 가까이 있는데, 당신 목소리를 듣기 위해 그 같은 일을 해야 한다는 것이 정말이지 이상하게 느껴져요. 분명히 당신 목소리가 들리고, 당신의 눈길을 내 위에서 느끼고, 내 어깨에 놓인 당신의 가벼운 손이 이런 심심풀이에 넘어가는 나를 붙들어 두고 싶어 한다고 느끼게 해요.

자, 당신의 장갑 끝에 작은 두 코를 떴으니, 이제 막 시친 침대보 사이로 당신과 함께 자러 가겠어요. 어떻게 될지는 모르겠으나 나는 눈부시게 빛나는 따뜻한 태양 아래서 잘 거라는 느낌이 들어요.

벌써 아주 따뜻하게 느껴지고, 두 뺨에는 꽃이 핀 것 같아요.

잘 자요, 자니.

70 

25 febbraio 1945

Sono dentro a un'atmosfera così speciale, così esaltata e mi duole proprio il cuore a doverne uscire. E devo uscire, ma quale dolorosa fatica, a momenti mi sembra che lo sforzo sia al di sopra delle mie forze, mi si vuota la testa e mi pare di svanire. Così fuggirei a queste necessità. Quali sono queste necessita'? Me le voglio chiaramente scrivere: manca un quarto alle otto e mio fratello viene a cena alle otto e un quarto e devo cuocere la pasta e fare la salsa e preparare la tavola e con lui dovro'parlare e ascoltare cose molto diverse, oggi proprio sento che tutto quello che devo fare mi toglie dai miei piu'bei movimenti, c'e'un sacco grande pieno di roba da rammendare, non c'e'quasi piu'nulla nell'armadio, gli stracci, le tovaglie, le calze, tutto nel sacco da rammendare, la donna di servizio comincia ad osservare. E'veramente triste, e la cartella delle tasse, la mette in posti sempre piu'in vista per ricordarmi di pagare e poi faccio di tutto per non vederla, e devo fare tante tante cose, queste piccole cose come diventano crudeli, tutte contro di me a chiedere, a gridare, a urgere. Il tempo passa, ho la testa confusa ~~xxxfuxx~~ nello sforzo, stavo proprio raccontandomi di Caterina, della sua delicatezza nei miei riguardi. Ah, io proprio non posso vivere così in questi assilli, ho solo brevi brevissimi respiri, che devo tagliare, e poi, anche forzandomi nel diverso, concludo poco o nulla, sono proprio malandata, come pensare ora alla salsa, che stanchezza, vorrei vivere in un ospedale molto malata, o chiusa in un convento. Meglio all'ospedale, malata, nel letto, nessuno verrebbe niente da me, io so che mi ammalero; io so che presto mi chiuderanno in un ospedale, penso al parco interno all'ospedale di San Giovanni.

Come scriverei stassera. Potrei scrivere Risveglio. Il Risveglio e'tutto dentro ~~xxxx~~ di me che vibra. Lo perdero' lo perdero'lo perdero. Dovrei essere terribilmente sola.

Caterina ha una grande delicata discrezione. Non mi parla mai dei suoi libri, ne'mi legge quello che va scrivendo. Caterina sente che io sono gia'nata così vicina a lei, piu'che vicina come fatte dalla stessa sostanza, e allora non mi parla dei suoi libri, sa che e'bene per me ch'io non li legga, essi mi impedirebbero in qualche modo il mio slancio, ~~xxxxxxxxxxxxx~~

71 98

turberebbero la mia anima dandomi il senso di uno sdoppiamento. Giani mi fa intravvedere ogni tanto qualche pagina del suo diario e delle sue lettere, una grande gioia s'impossessa di me, m ma non posso avere, per il mio bene, che dei contatti fugaci. E^un caso il nostro molto commovente e singolare. Penso a quella poesia di un poeta negro dedicata a Keats. Ma .....

1945년 2월 25일

나는 너무나 특별하고 너무나 흥분된 분위기에 있어서, 떠나야만 하는 게 문자 그대로 가슴이 에이는 듯하다. 하지만 그것을 포기해야 하니 얼마나 고통스러운 노력을 해야 할까! 이따금 내 힘을 넘어서는 것 같은 노력, 그래서 현기증이 나고 기절할 것만 같다. 나는 이런 식으로 그런 필요성을 피할 것이다. 그 필요성이란 어떤 것인가? 그것을 분명하게 쓰고 싶다. 8시 15분 전인데, 남동생이 8시 15분에 도착할 거다. 파스타를 익히고 소스를 준비하고 식탁을 차려야 하며, 그와 함께 많은 것에 관해 이야기하고 그의 말을 들어야 할 것이다. 오늘 정말이지 내가 해야 할 모든 것이 나의 가장 아름다운 동기 부여에서 멀어지고 있다고 느낀다.

커다란 가방 안에 수선해야 할 물건이 가득 차 있고, 장롱은 거의 비어 있으며, 헌 옷, 수건, 양말, 모든 것이 가방 안에 있는데, 이를 가정부가 알아채기 시작했다. 정말이지 슬픈 일이다. 세금 고지서, 세금 내는 것을 기억하기 위해 가장 잘 보이는 장소에 이를 놓아두고 보지 않으려고 가능한 모든 것을 한다. 아주 많은 일을 해야 하는데, 이런 자잘한 일들이 나에게 소리치고 요구하고 들볶느라 얼마나 잔인해지고 전부가 어쩜 그토록 반항적인지. 시간이 흐르고, 내 머리는 너무 애써서 흐리멍덩해지고, 마침 캐서린[맨스필드]과 그녀의 섬세함을 생각하는 중이었다. […] 아, 정말이지 이런 식으로 그런 강박관념 속에서 살 수 없다. 아주 짧은 휴식 시간만 있고, 그마저도 줄여야 한다. 나에게 여러 의무를 과하면서 나는 거의 아무것도 끝마치지 못하는데, 건강이 정말 좋지 않은 상태이고, 지금은 예를 들어 준비해야 할 소스를 생각해야만 한다. 얼마나 피곤한지! 병원에서 살고 싶고 거기서 몹시 아프거나 아니면 수도원에서 은거해 살고 싶다. 아니, 그보다는 병원에서, 아파서, 침대에서 살고 싶다. 아무도 나를 볼 수 없을 것이다. 나는 병에 걸릴 거라는 것을, 조만간 한 병원에 나를 가둘 거라는 것을 안다. 산 조반니 병원 근처의 공원을 생각한다. 오늘 저녁에는 얼마나 글을 쓰고 싶은지! '깨어남Reveil'을 쓸 수 있을 것이다. 이 글은 이미 전부 내 안에 들어와 진동하고 있다.

나는 곧 그것을 잃을 것이다. 잃을 것이다. 잃을 것이다. 나는 정말 지독하게 혼자여야만 한다. […]

“내 안에서 좋은 것이라고는 아무것도 찾아볼 수 없다.
나는 이런 비참한 나를 이용해야 한다”

장 엘리옹 Jean Hélion, 1904~1987

“매번 그림을 완성할 때마다 창밖으로 내던져 버리고 싶다. 내가 무언가를 완성할 수 있을 만큼 충분히 오래 살 수 있을까?” 장 엘리옹이 1929년부터 1984년까지 쓴 208권의 일기 노트는 작업 중인 한 예술가의 내면으로, 자만과 의혹 사이를 늘 오가는 그의 우유부단함 속으로 우리를 안내한다. 이를 통해 우리는 행로가 독특한 한 화가의 내적 여정을 이해할 수 있다. 장 엘리옹은 시대를 역행하면서, 1930년대 초 급진적인 추상화에서 제2차 세계 대전 이후 구상화로 옮겨 갔다. 다음 일기에서는 추상화가 승승장구하던 1960년대에 풍경화, 누드화, 인물화 등 구상화를 확고하게 실행한 그를 만날 수 있다. 시대착오적인가? 그는 상대적 고독 속에서 자기 일을 끈기 있게 계속해 나갔다. 몰이해와 오해를 지적하고, 자코메티나 칼더의 거부와 몬드리안의 격려, 갤러리 소유주 피에르 뢰브의 오락가락하는 태도를 기록한다. 하지만 그는 같은 1960년대에 에두아르도 아로요나 질 아이요 같은 내러티브 구상화의 대표주자들에게 영향을 미쳤다. “이 그림들에 수많은 생각을 집어넣었지만, 이 그림들은 너무 제한적어서, 만약 내가 지금 죽는다면 내 노력의 모든 의미가 모호하게 남아 재빨리 사라질 것이 두렵다.” 그러나 보상은 거기, 창조하는 행위 자체에 있다. “내가 얼마나 많은 기쁨을 느끼는지, 공간 속에 나를 처박고, 그것을 더 깊이 파고, 그것의 형상을 만들고, 그것을 대비시키는 것이 얼마나 즐거운지 모르겠다.”

시인 르네 샤르, 앙드레 뒤 부셰, 이브 본푸아, 프랑시스 퐁주의 친구인 장 엘리옹은 글쓰기 취미를 갖고 있었다. 생기 가득한 그의 일기가 이를 증명한다.

Têtes - têtes, têtes ! Un mois de têtes.
Dans la glace, la mienne épiée et consultée.
Jacqueline. Bine. Nelson. Bruguière.
J.-P. Burgart.
Têtes. ou plutôt visages - dont je me suis saoulé, tourmenté jusqu'à tout d'un coup, hier, 3 mars, en avoir assez.
Assez de rouges de mars, et d'ombres brûlées, assez de touches heurtées comme des flots pour creuser les espaces d'un visage. Assez de rythmes noués pour en définir le mouvement.
Une vingtaine de têtes de 5 ou 6. Il faudrait les voir à côté de celles de Rembrandt, de Van Gogh, de Cézanne.
Ai-je avancé d'un pas ?
"Ai-je tenu le pas gagné ?"
À présent j'ai envie de peindre de la salade. Je me remets au vert, aux fruitiers, aux légumiers.

—

Au lieu de salade, c'est sur une voiture de fleurs que je suis tombé, rue de Buci. Et puis le froid ayant chassé ce motif de plein vent, je me suis rabattu sur un éventaire de fleurs

[1964년 3월 4일]

머리, 머리, 머리! 한 달 동안의 머리, 거울 속의 나를 보고 내 머리통을 들여다봤다. 자클린. 빈. 넬슨. 브뤼기에르. J.-P. 뷔르가르.

진저리 날 때까지 심하게 취해 머리—아니 정확히 얼굴—를 고민하다가 3월 3일 어제 갑자기 완전히 지쳤다. 신물 나는 3월의 빨강과 타 버린 그늘, 얼굴 하나의 공간들을 움푹하게 하려고 파도처럼 부딪친 진저리 나는 화필의 터치, 얼굴의 움직임을 규정하기 위해 공들여 짠 신물 나는 리듬. 20여 개의 5호 혹은 6호의 캔버스. 그것들을 렘브란트, 반 고흐, 세잔의 캔버스 옆에 놓고 보아야 할 것이다.

내가 앞으로 한 발짝 나아갔나?

“내디딘 한 발짝을 유지하고 있나?”

이제 샐러드를 그리고 싶다. 다시 초록, 과일가게, 채소가게를 시작한다.

샐러드 대신에 뷔시가街에서 우연히 꽃을 파는 마차를 만났다. 그리고 한파가 이 노천의 소재를 몰아냈기 때문에 나는 보도 위에 펼쳐놓은 꽃 진열대와 같은 거리에 있는 한 건물의 입구로 옮겨 갔다.

문제는 상당히 유사하다. 두 개의 빛, 바깥의 것과 피신처의 것(마차의 지붕, 입구의 그늘) 아래서 거리를 영광스럽게 하는 꽃들. 주위에 빛을 재분배하기 위해 끊임없이 빛을 받으면서 빛에 리듬을 주는 꽃다발.

[1963년 8월 27일]

배나무 습작들.

푸생의 아름다운 나무들의 담채화를 생각하면서 나는 그의 방식을 사용하고 싶지 않고, 사용할 수도 없다. 그 방식은 세잔 이후로 우리에게 소중한 다면체를 이루는 사물의 모습도, 큐비스트가 확장한 그대로의 공간도 포착하지 못한다. 하지만 나는 그처럼, 그리고 세잔과 큐비스트와는 반대로 동시에 자연적 충만함과 움직임을 찾고 있다.

[1963년] 9월 10일

그 희한하고 아주 평범한 배나무에 진력한 지 여러 날이 되었다. 그리고 그것을 포착하지 못한 지도 여러 날이 되었다. 그 때문에 밤에 자지도 못한다. 아니, 더 정확히 말해 그 배나무가 습관적 불면증의 나를 괴롭힌다. 하지만 나는 그것을 퍽 적절하게 공격한다. 내 친구들의 마음에 드는 그림을 그려 낸다. 스탠리 가이스트가 가장 최근의 그림 두 점을 구매했다. 그러나 이게 얼마나 실패작인지는 나만 아는 것인가?

나는 비조네트의 이 아름다운 집과 내가 작업하는 이 드넓은 아틀리에에서 어떤 기쁨도 끌어내지 못할 정도로 절망하고 있다. 삶의 감미로움을 더 이상 알지 못한다. 그러다가 슬픔의 절정에서 조금 더 나은 화판, 어제 성공한 아주 작은 3F가 생겨나, 내 안에서 행복한 파도가 다시 올라와 최근의 혼란으로 인해 무거워진 내 머리를 씻어 버린다. 내 안 구석구석에서 꽃이 핀다. 나는 다시 이해하기 시작하는 느낌이 든다. 우선 이 배나무의 풍성함은 단순하지만 교차한 각도로 구성되어 있으며, 그 통일성은 느껴지지만 소재 속 복잡성만 보이는 내적 운동으로 인해 동요된다.

오늘 아침에 이에 접근하는 방식을 발견했다. 나는 이에 달라붙는다. 그 쟁기에 착 붙어 떨어지지 않는다.

나는 그 사다리에 기어 올라간다.

시각적 문장들.

나는 사물의 "문장들", 인간의 문장들(문장 하나의 의미처럼 유일한 동작 속에 모아 놓은)을 만든다.

하나의 같은 동작 속에서 결합하는 문장들을 구상하는 단계까지 이르렀다. 하늘, 나무 한 그루, 벽 하나, 여러 개의 비스듬한 제방, 둑 하나, 바다와 배들.

그 모든 것이 그럴 수 있다면 일관성 있고 연속적이고 명백하고 단순하다.

내가 무엇인지는 중요하지 않다. 가련한 자, 모든 사람과 마찬가지로. 하지만 나는 내가 보증할 수 있는 유일한 현실인 나 자신으로부터 내 작품을 구축해야 한다.

[1963년] 7월 13일

잘 준비되고, 여러 개의 데생으로 뒷받침되고 꿈꾸어진 다음에 어느 시원한 날 시도된 그림은 아주 잘되어 갔고, 모든 사람이 그 그림을 훌륭하다고 생각했다……. 그러나 이미지가 떠다니는 기억 속에서 색조의 혼합물만 있게 하려면, 어쨌든 그 그림을 서투르게 칠하고 가차 없는 붓질로 모든 것을 뒤섞어 버리는 게 필요했다.

그래서 굳건한 절망 속에서도 정확하고 광범위한 특징들로 다시 시작하기……. 마침내 더 이상 아무것도 속이지 않는 진정한 작품이 탄생하고, 정신의 가장 높은 지점에서 모든 것이 나타난다.

녹초가 된 것처럼 느끼지만 만족스럽다.

“나는 나의 가장 독특한 것에 다다라야만 했다”

샤를 쥘리에 Charles Juliet, 1934~

2020년 가을에 출간된 열 권의 풍부하고 흥미진진한 『일기*Journal*』는 샤를 쥘리에를 우리 시대의 주요 일기 작가 중 한 명으로 만들었다. 그는 평정으로 향하는 빛나는 길을 제시하며, 2017년 출간된 이 책의 제목인 『감사*Gratitude*』에서도 자기 인생이 걸어온 길에 대한 작가의 심정을 요약했다. 하지만 모든 것이 가장 좋은 전조 아래 시작된 것은 아니었다. 1934년 앵에서 태어난 농부의 아들 샤를 쥘리에는 생후 1개월에, 산후우울증과 자살 시도 후 보호시설에 수용된 어머니에게서 떨어졌다. 그녀는 전시戰時에 그곳에서 아사한다. 열두 살에 어린 병사로 몹시 혹독한 군 경험을 한 그는 거기서 자신을 구원할 독서를 취미로 갖는다. 그리고 진즉에 자신의 길은 글쓰기라는 것을 이해하고, 시대의 변두리에서 오로지 글쓰기에만 전념했다. 이 분류할 수 없는 자기 내면의 진실 탐구자는 1957년부터 일기를 쓰기 시작하며 자신의 “심연”이라 명명한 뿌리 깊은 슬픔을 오랫동안 기록했다. 그리고 1994년에야 P.O.L.을 창립한 출판인 폴 오차코프스키로랑스의 명철하고 대담한 시도 덕택에 첫 권을 출간하게 된다.

금욕주의에 가까운 이 고독자의 삶은 특히 사무엘 베케트와 화가 브람 판 펠더와의 대화로 직조되어 있으며, 그는 이들에게 두 권의 눈부신 책(『사뮈엘 베케트와의 만남*Rencontres avec Samuel Beckett*』, 『브람 판 펠더와의 만남*Rencontres avec Bram van Velde*』)을 바쳤다. 또한 우리는 그에게 다수의 시작품을 빚지고 있다. 이 모든 것은 침묵과 명상으로 짜인 그의 일기에서 찾을 수 있다. 파베세(120쪽 참조)와 에티 힐레숨(122쪽 참조)의 형제와 같은 독자인 샤를 쥘리에에게 자기 인식은 지혜다. 그의 일기는 모든 나르시시즘과 거리가 멀고, 온화함을 공유하는 정신적 훈련과 닮았다. 여기서 관건은 과거를 부정하지 않으면서 과거로부터 자신을 정리하고, 내적 삶의 충만함을 맞이하기 위해 자신을 성찰하는 것이다. “자아의 권위를 박탈한다는 것은 더 이상 자아에 의존하지 않는다는 뜻이고, 더 개방되고 더 광활한 공간에서 살 수 있다는 뜻이며, 자아가 강요하는 삶과 아주 다른 삶에 대한 개념을 갖는다는 뜻이다.”

2010년 [10월 8일]

사람들은 때때로 작가의 기능이 무엇이냐고 물었다. 우리는 작가에게 무엇을 기대하는가? 작가는 타인에게 무엇을 가져다줄 수 있는가? 독자로서의 경험에 근거해, 나는 그들이 글에서 자신이 누구인지에 관해 그리고 자신이 체험하는 것에 관해 때로는 마음속으로 어두운 생각을 되새기는

2010

그들 자신의 가장 비밀스러운 곳까지 도달해야 한다고 말하고 싶다. 그들의 중심, 그들의 근원에서 단절되어 정신적 죽음의 상태에 있는 수많은 존재는 고독의 포로다.

작가는 "그들을 안정시키고 그들이 그들 자신과 다시 연결되고 자신을 존중하고 사랑하도록 도울 수 있는" 말을 찾아내는 것이 중요하다.

본능적으로 나는 현 시류의 문학에 영향을 미치는 여러 다양한 유행, 사조, 경향을 멀리했다.

과도기적인 것은 내가 밝히려고 전념한 것에 개입할 게 없었다.

나는 나의 가장 독특한 것, 모두에게 속한 것을 만날 가능성이 있는 곳, 시간을 초월한 영원성에 도달할 가능성이 있는 그곳에 도달해야만 했다.

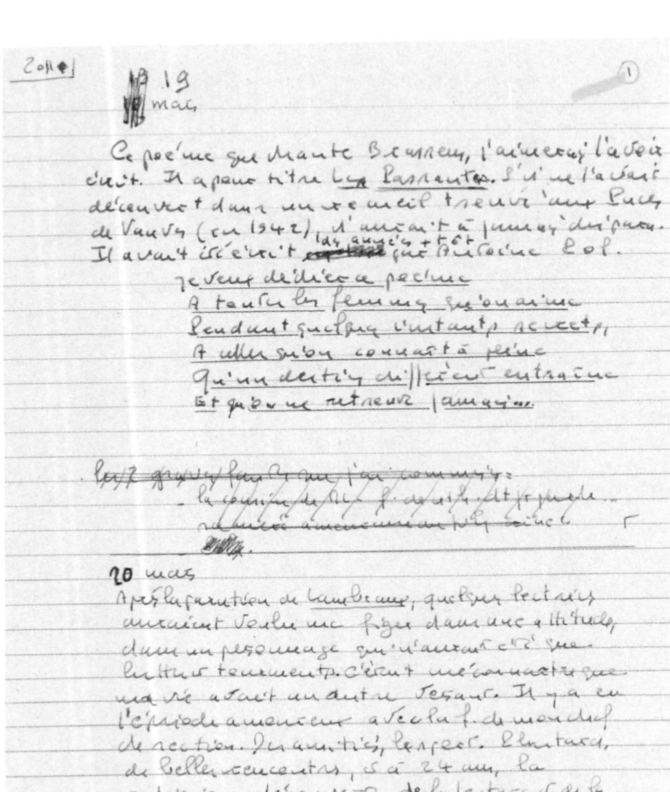

19 mars

Ce poème que chante Brassens, j'aimerais l'avoir écrit. Il a pour titre Les Passantes. S'il ne l'avait découvert dans un recueil trouvé aux Puces de Vanves (en 1942), il aurait à jamais disparu. Il avait été écrit des années plus tôt par Antoine Pol.

Je veux dédier ce poème
À toutes les femmes qu'on aime
Pendant quelques instants secrets,
À celles qu'on connaît à peine
Qu'un destin différent entraîne
Et qu'on ne retrouve jamais...

20 mars

Après la parution de Lambeaux, quelques lectrices auraient voulu me figer dans une attitude, dans un personnage qui n'aurait été que luttes et tourments. C'était méconnaître que ma vie avait un autre versant. Il y a eu l'épisode amoureux avec la f. de mon chef de section. Des amitiés, le sport. Plus tard, de belles rencontres, et à 24 ans, la prodigieuse découverte de la lecture et de la littérature. Et aussi des plaisirs, des joies, des enthousiasmes, des passions...

2011년 3월 19일

브라상이 노래하는 그 시, 내가 썼으면 싶었다. 제목이 「지나가는 여인들Les Passantes」이다. 그가 방브의 벼룩시장에서 찾아낸 시집에서 이를 발견하지 않았더라면, 그 시는 영영 사라졌을 것이다. 그 시는 여러 해 전에 앙투안 폴이 썼다.

이 시를
우리가 잠시 은밀하게 사랑하는
모든 여인에게 바치고 싶다.
거의 알지 못하고
다른 운명으로 이끄는
결코 다시 만나지 못하는 여인들에게…….

2011년 3월 20일

『누더기*Lambeaux*』가 출간된 이후 몇몇 여성 독자는 나를 어떤 태도 안에, 단지 투쟁과 고통에 불과했을 인물에 고착시키려 했다. 내 삶에 또 다른 측면이 있다는 사실을 인식하지 못한 것이다. 소대장 부인과의 로맨스 에피소드가 있었다. 여러 우정과 스포츠도 있었다. 나중에는 여러 번의 아름다운 만남이 있었고, 스물네 살에 독서와 문학의 놀라운 발견이 있었다. 그리고 쾌락, 기쁨, 환회, 열정도…….

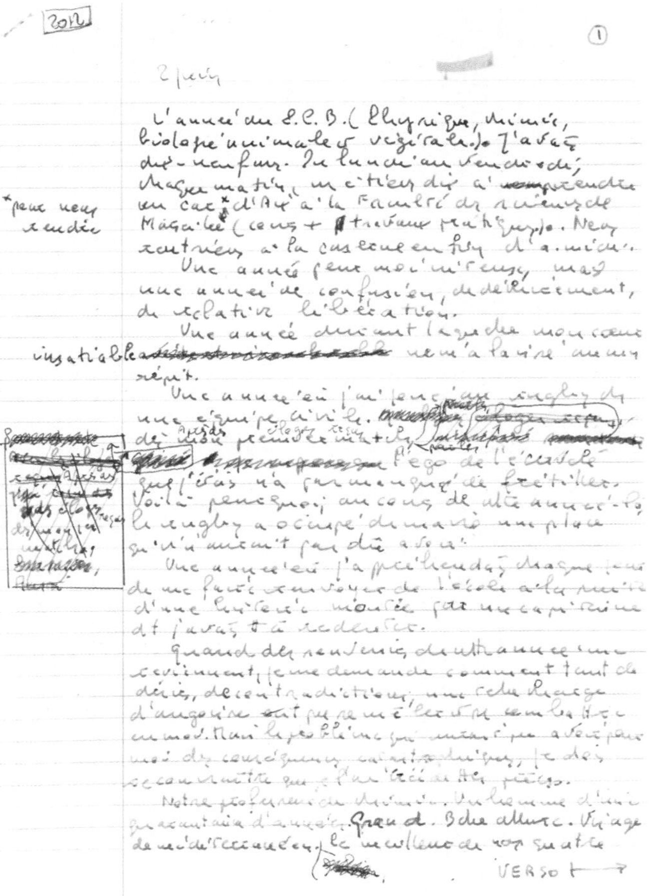

2012년 6월 2일

PCB(물리 화학, 생물학)의 해. 열아홉 살 때였다. 월요일부터 금요일까지 매일 아침 우리 열 명은 엑스에서 마르세유의 과학대학(강의와 실습)에 가기 위해 장거리 버스를 탔다. 우리는 오후가 끝날 무렵 병영에 돌아오곤 했다.

나에게 강렬한 한 해였으나, 다른 한 해는 혼돈과 고통, 상대적 해방의 해였다.

그 한 해 동안 채워지지 않던 내 마음은 나에게 어떤 휴식도 남겨 놓지 않았다.

어떤 해에는 한 민간인 팀에서 럭비 경기를 했다. 첫 경기에서부터 칭찬을 받자 경솔해진 내 자아는 놓치지 않고 들떠 있었다. 자, 그래서 럭비가 그 한 해 동안 내 삶에서 차지해서는 안 될 자리를 차지했다.

또 한 해는 내가 무서워할 충분한 이유가 있는 중대장이 꾸며 낸 이야기의 결과로, 학교에서 쫓겨날까 봐 매일 두려워했다.

그 해의 여러 가지 기억이 되돌아오면, 어떻게 그 많은 욕망, 모순, 그와 같은 불안의 짐이 내 안에서 서로 뒤섞여 싸웠는지 자문한다. 그러나 나에게 치명적 결과를 초래할 수 있었던 문제, 그것은 내가 날조했다는 것을 인정해야만 한다.

우리 화학 교수. 사십 대 남자. 키가 크다. 아름다운 외모. 지중해 연안 사람의 얼굴. […]

세계를 향해 열린 창인 일기는 사소한 것부터 웅장한 것까지 모든 것을 포획하도록 허용한다. 사람들은 일일 노동의 후예로 한 주의 일과를 기록하고 일상을 포착하며, 거기서 다소 호의적으로 동시대인의 초상을 끌어낸다. 그리고 역사적 사건이 터졌을 때 일기장에 그 격변이 고스란히 담긴다.

2부

시선

1. 일상 예찬

“암탉의 노래, 떨어지는 나뭇가지, 날벌레의 윙윙거리는 소리, 무엇이 되었든 흥미롭다”

외제니 드 게랭 Eugénie de Guérin, 1805~1848

내면 일기는 사소한 것들을 우아하게 포착하는 예술이 될 수 있다. 모리스 드 게랭(87쪽 참조)의 누나인 외제니 드 게랭보다 파란 많은 삶을 산 사람은 없다. 남동생처럼 카일라(타른주州)에 있는 가족의 성에서 태어난 그녀는 알비, 툴루즈, 파리를 잠시 여행한 것 말고는 일생을 그곳에서 보냈다. 그녀의 시계視界는 여성, 게다가 독신이라는 사회적 신분 때문에 제한되었는데, 이 일기는 그에 관한 강렬한 관점을 제공한다. 소식을 거의 주지 않는 남동생의 소식을 기다리는 것이 그녀의 한결같은 관심사 중 하나였다.

하지만 그녀의 일기는 매혹적이다. 이는 신앙심이 깊고 자비심이 많으며 고독했던 외제니가 어쩌면 겉으로는 조용한 일상 속에서 기쁨을 찾아낼 줄 알았기 때문인지도 모른다. 이 충동에는 나긋나긋한 것보다는 세상에 대한 온유하나 열렬한 관심이 들어 있다. 눈 속에 새겨진 새의 발자국, 벽난로 속 잉걸불빛의 유희, 라일락 꽃다발 하나, 새끼 양의 탄생 등 온갖 환희가 있다. 시냇물에서 빨래한 이야기를 할 때조차 그녀는 당시 전형적으로 여성적이고 하찮게 여긴 이 활동에 품격과 시를 부여한다. “빨래를 너느라 보낸 하루는 말할 게 별로 없다. 하지만 풀밭 위에 하얀 세탁물을 펼쳐 놓거나 줄 위에서 그것이 펄럭이는 것을 보는 건 참으로 산뜻하다. 우리는 글쎄, 호메로스에 나오는 나우시카이거나 남자 형제들의 속옷을 빨았던 성경 속 공주들 가운데 한 명일지도 모른다.”

일기에는 종종 서글픔이 들어 있다. 이는 그녀가 포기한 것들을 알려 준다.

그러나 슬픔으로 말을 자주 잃은 그녀가 펜을 잡게 된 것은 경이로움 때문이었다. “눈물을 흘릴 때 글을 쓰지 않고 기도만 드린다”라고 고백한 그녀는 어느 정도의 신중함 때문인지는 모르겠으나 첫 독자인 모리스를 위해 이 일기장을 마련했을 것이다. “이처럼 나의 영혼 깊숙한 곳까지 보는 게 너에게 좋은 걸까? 이런 생각이 몇 달 동안 나를 붙잡고 아무 말도 못하게 막는다.” 하지만 그녀는 글쓰기를 계속했고, 심지어 사랑한 남동생이 일찍 세상을 떠난 후에도 그에게 계속 말을 건넸다. 모리스와 외제니에게는 마리Marie, 1806~1876라는 여동생이 있었다. 그녀는 언니에 대한 기억의 담지자였고, 언니의 일기를 출간했다. 그녀가 보관 중인 공개되지 않은 일기는 펜을 쥐고 서로를 바라본 자매의 초상화를 완성하기 위해서라도 발굴해야 한다.

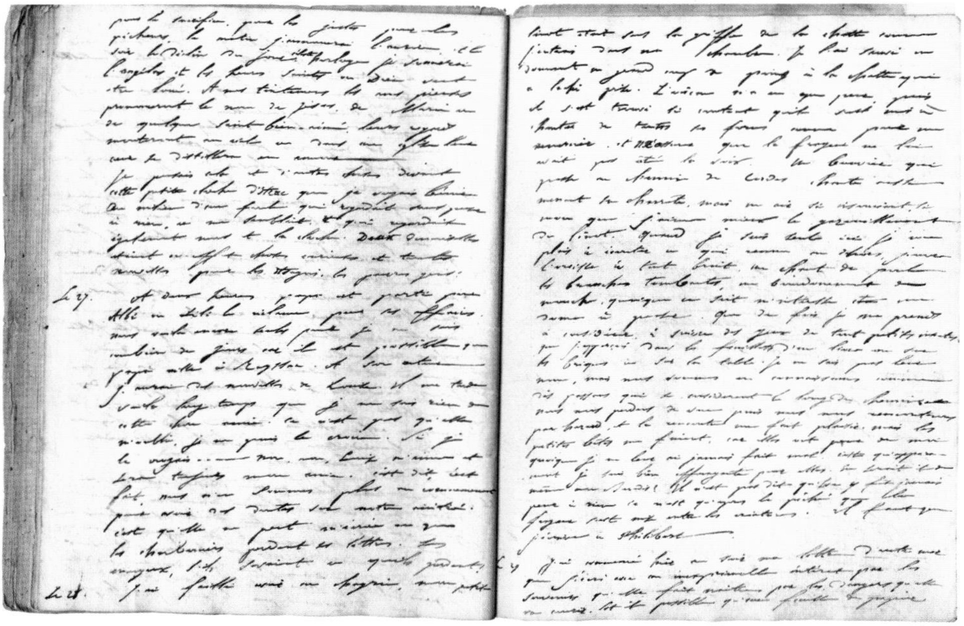

[1935년 3월] 28일

하마터면 상심할 뻔했다. 내가 방에 들어섰을 때 내 귀여운 홍방울새가 암고양이의 발톱 아래에 있었다. 나는 주먹을 크게 날려 고양이가 새를 놓아주도록 함으로써 새를 구할 수 있었다. 겁에 질렸던 새는 너무 기뻐서 마치 나에게 감사 인사를 하듯이 그리고 두려움에 목소리를 잃지 않았다고 나를 안심시키려는 듯이 온 힘을 다해 노래하기 시작했다. 코르드 길을 지나가는 목동도 수레를 끌면서 노래하지만, 어찌나 태평하고 나른한지 홍방울새의 지저귐이 더 좋다. 나는 여기 혼자 있을 때 밖에서 움직이는 소리를 듣는 것을 좋아하고 어떤 소리에도 귀를 연다. 암탉의 노래, 떨어지는 나뭇가지, 작은 날벌레의 윙윙거리는 소리, 무엇이 되었든 흥미롭고, 내게 생각할 거리를 준다.

책갈피나 벽돌 혹은 테이블 위에 보이는 작은 곤충들을 모두 눈으로 관찰하면서 생각에 잠긴 경우가 얼마나 많았던가! 이름은 모르지만, 우리는 길을 따라 걷다가 만나는 행인처럼 서로를 알고 있다. 우리는 서로 멀어졌다가 우연히 다시 만나는데, 그 만남이 나를 기쁘게 한다. 그러나 작은 동물들은 내가 한 번도 고통을 준 적이 없지만 무서워서 나를 피한다. 필시 내가 그것들에게 공포감을 주기 때문일 것이다. 천국에서도 마찬가지일까? 그곳에서 이브가 어느 것도 무섭게 하지 않았다고 말하지 않는다. 원죄를 짓고 난 후에 두려움이 피조물 사이를 헤치고 들어온 것이다. […]

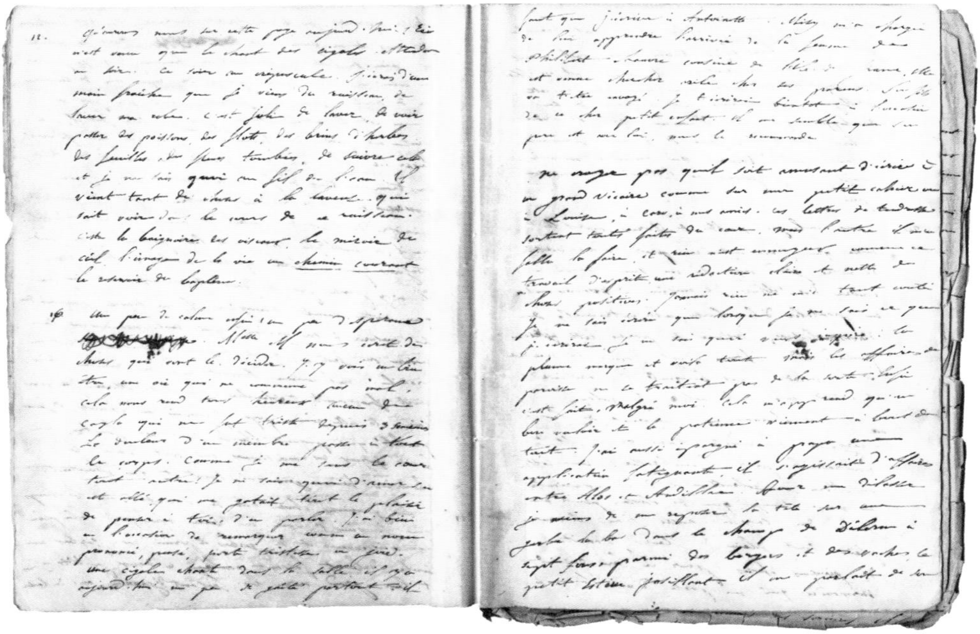

[1938년 7월] 12일

오늘은 이 일기장에 무엇을 다루게 될까? 매미의 노랫소리 외에는 아무것도 오지 않았다. 저녁을 기대하자. 시냇물에서 드레스를 빨고 돌아온 나는 오늘 저녁 석양 무렵에 차가운 손으로 글을 쓴다. 빨래를 하고, 물고기, 물결, 지푸라기, 나뭇잎, 떨어진 꽃잎들이 지나가는 것을 보고, 그것과 물결을 따라 무엇인지 모르는 것을 뒤따라가는 것은 어여쁜 일이다. 시냇물의 흐름을 볼 줄 아는 빨래하는 여자에게는 많은 것이 온다! 새들의 욕조, 하늘의 거울, 삶의 영상, 흘러가는 길, 세례용 성수 저장소.

[1938년 7월] 16일

마침내 약간의 평온! [네 결혼]에 관한 약간의 희망 […] 마음이 얼마나 다르게 느껴지는지 모른다! 너를 생각하고 너에 대해 이야기하는 내 모든 기쁨을 망쳤던 무언지 모를 씁쓸함이 사라졌다. 언급되고 생각된 이름 하나가 슬픔 또는 기쁨을 얼마나 담고 있는지를 알아차릴 기회가 있었다. 매미 한 마리가 실내에서 노래하니 오늘은 사방에 약간의 쾌활함이 있다. […]

“털 한 올 한 올이 가장 강렬한 빛깔을 반사하고 있었다”

외젠 들라크루아 Eugène Delacroix, 1798~1863

작고 기다란 수첩들에 1822년부터 1863년까지 쓴 들라크루아의 일기에는 눈길을 끄는 게 아무것도 없지만, 매력이 작동한다. 화가는 젊은 시절부터 연습을 시작했고, 그 천재성을 인정받으며 작업하는 중에도 연습을 중단하다가 다시 시작했다.

그러나 그는 영광에 이르는 길보다 자신의 문제 제기와 기쁨의 씨실로 짜인 날들을 더 많이 이야기한다. 확실히 정신적 씨실이다. 들라크루아는 자신의 작업을 되돌아보고 이런저런 화가들에 대한 자기 생각을 털어놓는다. 예술에 대한 그의 생각은 이따금 까칠하다. “책의 장황함이야말로 중대한 결점이다. 월터 스콧, 모든 근대 작가 등등이 그렇다. 필요 이상으로 많은 공간과 인물이 등장하는 그림에 대하여 당신은 무어라 말할 것인가?” 더 사소한 것이지만, 화가는 아주 결정적 기쁨인 찰나의 순간에 포착한 감동들, 즉 빛줄기 하나 혹은 우아한 수련 몇 송이를 따기 위해 진창 속을 걸어 다녀야 하는 산책을 찬양한다.

그는 거미줄의 아름다움을 경탄하거나 “나는 정확히 표범처럼 반점이 있는 민달팽이 하나를 만난다”라고 적는다. 화가의 시선은 결코 멀리 있지 않다. 우리는 일화적인 것이 걸작과 나란히 있는—인간의 진실은 이 창의적 융합에서 불쑥 나타나므로—작업실을 거닐 듯이 들라크루아의 일기 속에서 천천히 나아간다.

[1857년] 11월 4일

어느 날 아침 나의 회랑에서 햇빛을 받고 있었는데, 회색 상의 모직물에 있는 수많은 작은 털이 프리즘 효과를 내는 것을 발견했다. 모든 무지갯빛이 크리스털이나 다이아몬드처럼 빛나고 있었다. 반들반들한 털 한 올 한 올이 가장 강렬한 빛깔을 반사하며 내가 움직일 때마다 변하고 있었다. 해가 없을 때는 이런 효과를 알아챌 수 없다. 그러나 […]

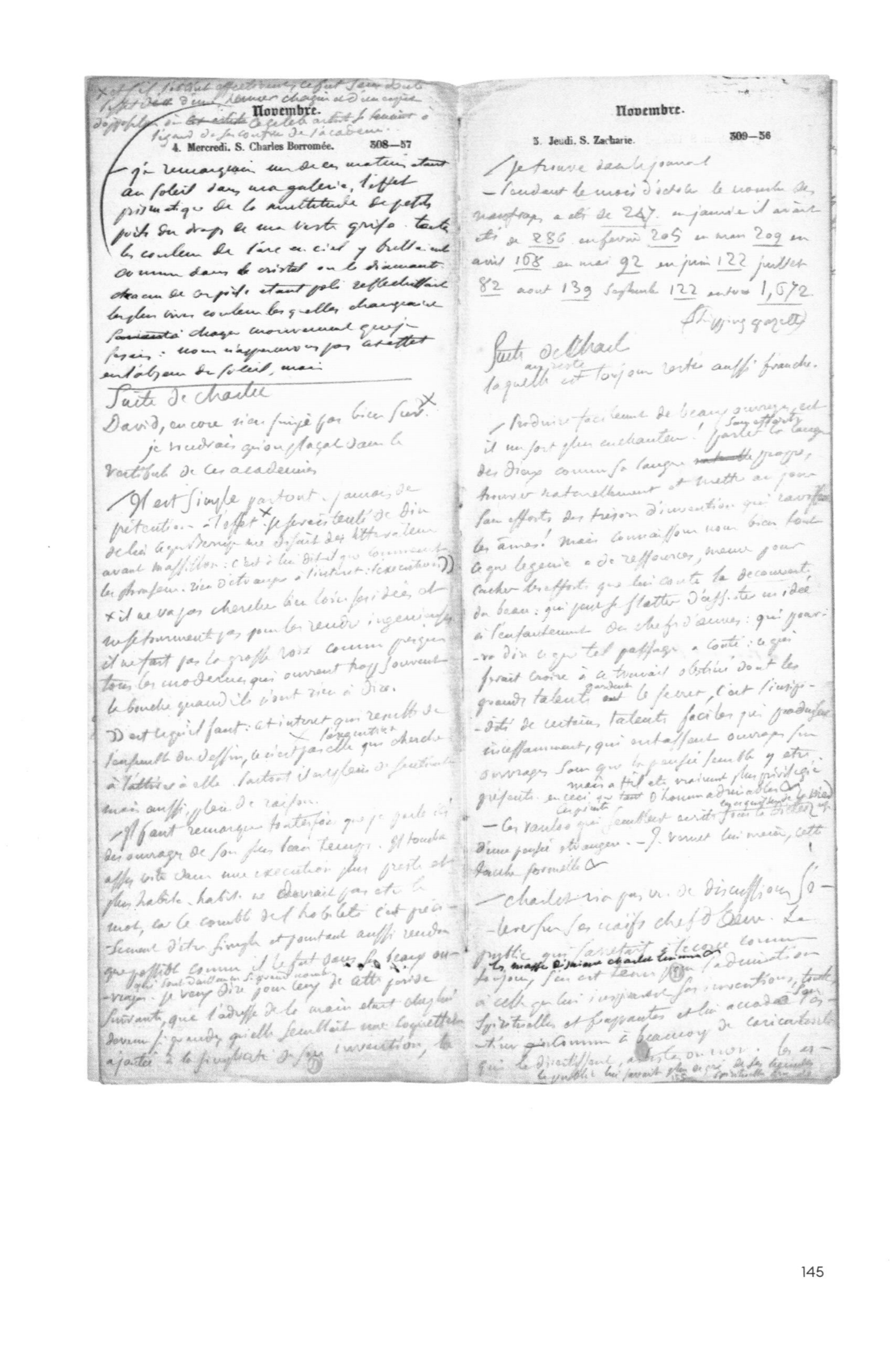

Novembre.

4. Mercredi. S. Charles Borromée. 308—57

Novembre.

5. Jeudi. S. Zacharie. 309—56

"아이들에게 『땅속 나라의 앨리스』를 들려준 것이 그때였다"

루이스 캐럴 Lewis Carroll, 1832~1898

1862년 7월 4일 일기를 쓸 때, 루이스 캐럴은 그날의 중대한 사건을 인식하지 못한 것 같다. 그는 이상한 나라의 유례없는 여주인공인 영국식 **넌센스**의 여왕 앨리스를 막 창조한 참이었다. 얼마 후에야 이 날짜에 메모를 추가하여 세 명의 어린 소녀를 위해 이 동화를 창조했다고 명시했으며, 그중 한 명은 앨리스라고 불렀다. 이것이 연속적인 나날들에서 핵심적인 것은 종종 시간이 지난 뒤에야 드러난다는 증거다…….

루이스 캐럴(수학 교수 찰스 럿위지 도지슨의 필명)은 일기에서 마치 당시 런던 시민의 삶을 개괄적으로 살펴보듯이 매일의 소소한 사건을 펼치는 데 중점을 두었다. 우리는 그가 연극과 사교 생활에 열정적이고 사진 촬영 활동을 좋아했다는 것을 알 수 있다. 그 유명한 앨리스는 웨스트민스터 전 교장이었던 헨리 조지 리들의 세 딸 중 한 명이고, 루이스 캐럴은 항상 아이들 곁에 있으려 했다. 수상쩍은 집착인가? 후세 사람들이 루이스 캐럴 신화를 받아들일 때는 의혹이 떠돌았지만, 오늘날까지 이를 뒷받침할 어떤 증거도 없다. 사실상 일기를 통해 작가의 내면성을 깊이 이해하고자 하는 사람은 일기의 수수께끼 같은 성격에 그 의욕이 꺾인다. 한 가지 확실한 것은 1862년 7월 4일에 신화 하나가 탄생했다는 것이다.

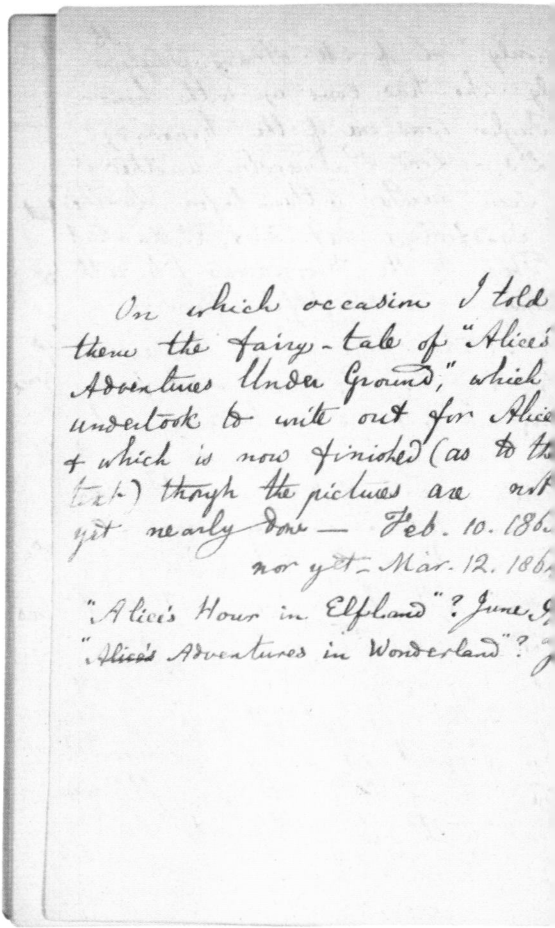
On which occasion I told
them the fairy-tale of "Alice's
Adventures Under Ground," which
undertook to write out for Alic
+ which is now finished (as to th
text) though the pictures are no
yet nearly done — Feb. 10. 186
nor yet — Mar. 12. 186
"Alice's Hour in Elfland"? June
"Alice's Adventures in Wonderland"?

15 16

ly 4 (F) Atkinson brought over to
y rooms some friends of his, a Mrs
Miss Peters, of whom I took photographs,
who afterwards looked over my albums
staid to lunch. They then went off
the Museum, & Duckworth & I
ade an expedition up the river to
dstow with the 3 Liddells: we
d tea on the bank there, & did
t reach Ch. Ch. again till 1/4
st 8, when we took them on to
rooms to see my collection of
cro-photographs, & restored them to
Deanery just before 9

---

ly 5 (Sat.) Left, with Atkinson,
London at 9.2, meeting at the
tion the Liddells, who went by the
me train. We reached 4. Alfred
ace about 11, & found Aunt L.F.J.,
L. there, & took the 2 last to see
arochetti's studio. After luncheon
tkinson left, & we visited the Inter
ational Bazaar.

[1862년] 7월 4일 금요일

앳킨슨이 그의 친구인 피터스 부인과 피터스 양을 나의 집에 데려왔다. 나는 그녀들을 사진 찍었고, 그녀들은 나의 집에 머물면서 내 앨범을 보고 점심을 먹은 다음에 미술관에 가기 위해 우리를 떠났다. 나는 더크워스와 세 명의 어린 리들과 강 상류로 원정을 떠나 갓스토까지 가서 제방 위에서 차를 마셨다. 8시 15분 전까지 크라이스트 처치로 돌아가지 않았고, 나의 초소형 사진 컬렉션을 보여 주기 위해 어린 소녀들을 내 집으로 데려왔다.

우리는 9시가 되기 직전에 그 아이들을 승원장에게 돌려보냈다.

[1863년 2월 10일, 왼쪽에 첨가]

아이들에게 『땅속 나라의 앨리스*Alice's Adventures Underground*』를 들려주고, 앨리스를 위해 쓰기 시작한 것이 그때였는데, 삽화가 그려지려면 멀었지만 (글과 관련해서는) 이제 마무리되었다. 1863년 2월 10일.

아직 아니다. 1864년 3월 12일.

'요정의 나라의 앨리스의 시간' 1964년 6월 9일.

'이상한 나라의 앨리스'? 6월 28일.

“허기진 우리는 샘 근처에서 점심을 먹고 웃고 샴페인을 마신다”

조르주 상드 George Sand, 1804~1876

상상을 초월하는 허기증 환자 조르주 상드(본명은 오로르 뒤팽Aurore Dupin). 그녀에게 어떤 재능이 있었던가? 경이적인 소설가, 대담성으로 가득한 데생 화가, 페미니스트, 저널리스트, 연극에 미친 여자, 식물학자, 박식한 사람, 불같은 연인, 다정한 할머니. 그녀의 삶은 마치 멋진 소설과 같다. 그녀는 뮈세와의 떠들썩한 결별 이후 잘 알려진 일기를 썼다. 덜 극적이지만 매우 감동적인 그녀의 비망록을 통해 그녀의 하루하루를 뒤따라갈 수 있다. 우리는 “아무것도 안 하는” 또는 “백일몽을 꾸는 것은 아무런 해가 되지 않는다”라고 말하는 “무척 공허한 하루”에 대한 그녀의 언급에 놀랐다. 그녀는 일상적 구전의 매력을 지닌 언어로 범용한 일들과 주요 사건을 혼합했다. 파리에서 산책하고 다양한 일에 열중하지만, 공적 인물이 된 그녀는 지금처럼 학생들의 호기심을 자극했다. 우리는 노앙에 있는 베리 왕국에서 차기 연극의 의상들을 바느질하느라 부산스럽거나 혹은 손녀 오로르(그녀가 인생에서 가장 큰 애정을 가졌던)에 경탄하는 그녀의 모습을 볼 수 있다. 혹은 연극배우 탈마를 포함한 몇몇 친구와 툴롱 근처로 소풍을 떠났다가(샴페인을 가지고!) 돌아오는 길에 또 다른 손녀 가브리엘의 탄생을 접하는 그녀를 만날 수 있다…….

[1866년] 2월 15일 목요일

파리
나쁘지 않은 날씨, 한순간 약간의 비. 잠깐 허물없이 잡담하러 랑베르네 집에 걸어간다. 마찬가지로 걸어서 돌아온다. 발드그라스 거리의 아파트들을 본다. 집에 돌아온다. 라팽, 마콩, 낭시, 뒤페 씨, 빌로 그리고 샤를로. 마니네 집에 저녁 먹으러 걸어간다. 자질구레한 실내 장식품을 사기 위해 제지 가게에 들어간다. 보도에서 나를 엿보는 열두어 명의 학생은 내가 나오는 것을 보면서 모자를 공중에 들어 올려 보였다. 걸어서 돌아오다가 제빵사를 만난다. 8시에 돌아온다. 정리하고 편지 여러 통을 쓰고, 정산한다. 오늘 아침 모리스에게서 좋은 편지를 받았다. 그들은 드디어 자기들 운명에 상당히 만족해한다. 오로르는 잘 지낸다.

[1866년] 2월 16일 금요일

파리
비가 온다. 외출하지 않는다. 쓸 것이 없다. 부질없이 공상하는데, 그것이 해를 끼치는 것은 아니다. 담배를 피우고 나니 더 이상 기운이 없다. 안나의 집에서 저녁을 먹는다. 저녁에 랑베르 부부, 보리 부부, 라로슈, 드부아쟁 부부, 아! 자크, 플로쉬. 두 명 더 있으면 너무 많을 것이다. 거실에는 열두 명이 앉을 수 있다. 우리는 차와 맥주를 마신다.

나는 자크를 무척 좋아한다.

Paris

Février

15. JEUDI. — S. Faustin. (N.-L.) 46—319

Temps passable. Un peu de pluie pendant
un instant. Je vais à pied chez Lambert
faire un bout de causette. Je reviens
de même. Je vois des appartements rue du
Val de Grâce. Je rentre. Rafin, Macon
Nancy, Mr Dufaÿ. Buloz et Charlot.
Je vais dîner à pied chez Magny. J'entre
chez un papetier pour acheter un bibelot
Je trouve une douzaine d'étudiants qui
trépignent, sur le trottoir mais qui lèvent
leurs chapeaux en l'air en me voyant
sortir. Je reviens à pied ~~[illegible]~~ et, fais la
connaissance d'un [illegible] – Je rentre
à 8 h. Je range, j'écris des lettres, je
fais mes comptes. – J'ai reçu ce
matin une bonne lettre de Maurice
Ils sont enfin assez contents. Tout
l'[illegible] va bien –

Paris

3

Février

16. VENDREDI. — Sᵉ Julienne. 47—318

Il pleut. Je ne sors pas. Je ne
vois pas à écrire. Je tousse
ça ne fait pas de mal. Je fais
des cigarettes. ça occupe les pattes.
Je dîne chez Anna. – Le soir
les Lambert, les Borie, Laroche,
les [illegible], Mr Jacques, Planchut.
Deux de plus et ça serait trop. Le
salon peut asseoir douze. On prend
du thé et de la bière. –
J'aime beaucoup Jacques.

Toulon 22

MARS

9. Lundi. S^e Françoise. 69—298

près S^te anne

On déjeune avec Valma et on s'embarque à midi sur le canot du capitaine Lages, pour visiter la Valeureuse, g^de frégate cuirassée. Mme Lages est au salon, bien ~~magnifi~~ magnifiée. Au retour on monte dans deux voitures et on va aux gorges d'Ollioules jusqu'auprès S^te anne. Juliette est ravie et trouve ce fantastique. Toto ne regarde rien et ne fait que jouer. Elle est artiste mais cabote et pas rêveuse. Pas de fleurs à S^te anne, mais c'est toujours touffu et propre, et l'abri délicieux. Il fait très chaud. On fait le projet d'y venir déjeuner demain. Planchut hésite et puis cède. On rentre à Toulon, Valma dîne avec nous—

10. Mardi. S. Blanchard. 70—297

Tamaris — Toulon

On a changé d'idée. Juliette veut voir Tamaris. On y porte le déjeuner. On y surprend Mme Lucy. Il a plu toute la nuit. Il fait beau à midi mais un peu frais. On installe les vivres dans la salle à manger. La bonne Lucy nous choie, nous comble. Ces messieurs boivent du champagne et s'épatent. Poncy est parfaitement gris et on rit aux larmes. Planchut se tord. Juliette active, gaie, est enthousiaste de Tamaris. Je trouve mon cher banc et mes fleurs. On repart dans 3 voitures. Histoire de la bonne de Poncy et retour bruyant à Toulon. Adam fatigué repart pour Cannes et nous [illegible] Juliette. On projette le voyage de Montrieux et on joue comme hier.

Toulon

MARS

(Naissance de la petite!)

11. Mercredi. S. Euloge. 71—296

Montrieux — froid

Temps superbe, nous partons à 9 h. dans 2 voitures, Poncy, Solange Poncy, Valma, les dames Lambert, Boucoiran, Planchut. À partir de Belgentier on monte, les yeux [illegible] le paysage est plein d'imprévu. On entre dans la montagne et dans la forêt. Toujours enchantement. Mille variétés d'arbres de tous les climats, des [illegible] de rochers fantastiques, des mouvements de terrain ravissants, des buissons de clématite, des herbes, pas de fleurs encore, une lauréole et des crocus — On est affamé. On déjeune au bord de la source, on rit, on crie, on boit du champagne. Boucoiran, le grave Boucoiran se grise à ma santé. Valma ne s'émeut pas. Planchut raconte son naufrage. Je raconte François et Rodrigue. On part pour la vieille chartreuse habitée par la veuve de l'entomologiste Sérizy. La course est longue. Habitation mystérieuse, l'endroit joli. Marça ne veut pas rentrer dans la forêt. Nous venons prendre les voitures, nous repassons par [illegible] et nous dînons à 8 h. Après on joue aux petits jeux jusqu'à 11. — (Et pendant ce temps, Gabrielle venait au monde !)

12. Jeudi. S. Pol, év. 72—295

En route pour Paris. Partis de Toulon à 9 1/2. Il pleut et il vente. Juliette, Toto, et les Poncy nous emballent dans un compart^t seuls. Maurice, Planchut, Boucoiran et moi. À Marseille nous achetons un déjeuner et nous avons un coupé non sans peine; nous y sommes enfin, jusqu'à Paris et nous déjeunons gaiement. À Tarascon Boucoiran nous quitte. Dans la Crau l'orage redouble, c'est à tout casser. À Valence nous trouvons la chaîne du Dauphiné couverte de neige. — Nous achetons notre dîner à Lyon et nous le mangeons à 8 h. Planchut et Maurice ne font que rire, manger, boire de la bière. Il fait un temps superbe, clair de lune. Nous dormons, eux un peu, moi pas mal.

[1868년] 3월 9일 월요일

툴롱, 생트안 사암砂巖.
우리는 탈마와 점심을 먹고 정오에 커다란 장갑함인 '발뢰뢰즈'를 둘러보기 위해 라제르 함장의 보트에 승선한다. 라제르 부인은 화장을 잘하고서 살롱에 있다. 돌아오는 길에 우리는 두 대의 승용차에 타고 올리울 협곡에서 생트안 사암까지 간다. 쥘리에트는 환상적인 것에 대해 몹시 기뻐하고 놀란다. 토토는 아무것도 바라보지 않고 놀기만 한다. 그녀는 예술가이지만 허세 부리는 사람이지 몽상가는 아니다. 생트안은 꽃이 없으나 풀이 항상 무성하고 깨끗하며 매력적인 피신처다. 날씨가 덥다.
 우리는 내일 아침 이곳으로 점심 먹으러 올 계획이다. 플로쉬는 망설이다가 양보한다. 우리는 툴롱으로 돌아가고 탈마는 우리와 함께 저녁을 먹는다.

[1868년] 3월 10일 화요일

타마리, 툴롱.
우리는 생각을 바꿨고, 쥘리에트는 타마리를 보고 싶어 한다. 우리는 그곳에서 점심 식사를 하고 트뤼시 부인을 놀라게 한다. 밤새도록 비가 왔다. 한낮에는 날씨가 좋았으나 약간 쌀쌀했다. 식당에 음식을 갖다 놓는다. 하녀 트뤼시는 우리를 애지중지하고 만족시켜 준다. 그 신사들은 샴페인을 마시고 흥분한다. 퐁시가 완전히 취해서 우리는 눈물 나도록 웃는다. 플로쉬는 포복절도한다. 쥘리에트는 활동적이고 유쾌하며 타마리에 대해 감탄한다. 나는 내 소중한 긴 의자와 꽃들을 다시 본다. 우리는 세 대의 마차로 다시 떠난다. 퐁시의 하녀에 관한 이야기와 시끌벅적한 귀환. 툴롱에서 피곤해진 아당은 칸으로 다시 떠나며 우리에게 쥘리에트를 남겨 놓는다. 우리는 몽리외 여행을 계획하고 어제처럼 게임을 한다.

[1868년] 3월 11일 수요일

툴롱, 몽리외.
화창하나 추운 날씨. 우리는 9시에 떠난다. 마차 두 대에 퐁시, 솔랑주 퐁시, 탈마, 랑베르 부인들, 부쿠아랑, 플로쉬가 타고, 벨장티에부터 눈을 크게 뜬다. 가포 계곡은 공기가 맑다. 우리는 산과 숲으로 들어간다. 놀라움, 환희, 수많은 개울, 온갖 풍토의 나무, 환상적인 뾰족한 산봉우리들, 지형의 매혹적인 움직임, 클레마티스• 덤불, 잡초. 아직 꽃은 없고 랑세올•• 하나와 크로커스가 있다. 허기진 우리는 샘 근처에서 점심을 먹고 웃고 샴페인을 마신다. 근엄한 부쿠아랑은 나의 건강 상태에 열광한다. 탈마는 마음이 동요되지 않는다. 플로쉬는 자신이 겪은 난파 사고를 이야기한다. 나는 프랑시스와 로드리그 이야기를 한다. 우리는 곤충학자 세리지와 사별한 부인이 사는 오래된 작은 별장으로 떠난다. 가는 길은 멀고, 거처는 신비롭고, 장소는 예쁘지만, 숲속으로 들어갈 가치는 없다. 우리는 마차를 타러 돌아왔고, 32킬로미터를 다시 가서 8시에 저녁 식사를 한다. 그리고 11시까지 작은 게임을 한다. [나중에 덧붙임] (그동안에 가브리엘이 태어났다!)

[1868년] 3월 12일 목요일

파리로 출발. 툴롱에서 9시 30분에 출발. 비 오고 바람이 분다. 쥘리에트, 토토 그리고 퐁시 부부가 우리를 객실 하나에 태워 보낸다. 모리스, 플로쉬, 부쿠아랑 그리고 나는 마르세유에서 점심거리를 사고, 어렵게 구한 승합마차의 객석에 앉아 마침내 파리까지 간다. 우리는 유쾌하게 점심을 먹는다. 타라스콩에서 부쿠아랑이 떠난다. 크로에서 뇌우가 점점 심해져 모든 것을 부술 정도다. 발랑스에서 눈 덮인 도피네 산줄기를 발견한다. 리옹에서 저녁밥을 사서 8시에 먹는다. 플로쉬와 모리스는 오로지 웃고 먹고 맥주를 마시기만 한다. 날씨가 아주 좋고 달빛이 밝다.
 잠을 자는데 그들은 조금, 나는 꽤 많이 잔다.

• clematis. 미나리아재빗과의 식물
•• lancéole. 창끝 모양의 식물 기관

“어쩌면 이 온화함이 가을의 특징 아닐까?”

앙리프레데리크 아미엘 Henri-Frédéric Amiel, 1821~1881

스위스 철학자 앙리프레데리크 아미엘이 후세에 남긴 놀라운 일기는 173권의 노트에 걸쳐 1만 7천 쪽에 달한다. 보기 드물고, 기념비적인 만큼 흥미진진하다. 제네바대학교 철학과 교수인 이 사람은 쉰아홉 살로 사망할 때까지 18년간 일기를 썼다. 그것은 오랜 세월에 걸친 한 영혼의 감동적인 초상이다. 아미엘은 자기 성찰과 산책을 기록하고 우정을 회상하거나 자신이 결혼해야만 하는지를 자문하는데, 다음 일기에서는 그가 결혼할 젊은 여자를 찾는 모습을 볼 수 있다. 그는 노트에 열두어 명 정도의 가능한 신부 후보 리스트를 나열했으나, 그는 결국 독신으로 남았다. “아미엘의 위대함은 인간에게서 죽음 문제까지 탐구하려는 그 정신적 삶의 속삭임을 일기에서 끝없이 분명히 말하고 표현하는 집요함에 있다”라고 조르주 풀레는 라주돔 출판사에서 펴낸 전집 서문에서 논평했다. 일기를 쓰느라 소비된 시간이 아미엘이 집필할 수 있었을 다른 책들로 가는 길을 가로막았을까? 아무튼 일기를 치열하게 쓰는 이 사람은 자기 실천에 관해 끊임없이 자문했다. 그는 자성의 준準치료적 힘을 찬양했다. “일기는 정신의 약국이고, 여기에는 안정제와 강장제 그리고 흥분제가 함께 함유되어 있다.”

그러나 그것을 경계하기도 했다. “우리가 자신 외에는 누구와도 거의 대화하지 않을 때, 대화의 장황함이 다가온다. 그래서 내면 일기는 홀로 살면서 말하기 능력을 유지하기 위해 결국 가구와 고양이에게 이야기하는 노부인과 비슷해진다.” 혹은 다른 곳에서는 “나의 내면 일기는 때로 방부 처리되어 보존된 그날의 미라이지만, 결국 건조해지고 뻣뻣해지고 찌푸려진 얼굴로 죽어 있는 관이다”라고 적었다.

하지만 그 덕분에 스위스 산속의 가을날이 시간을 초월하여 얼마나 생생하고 강력한 힘으로 우리에게 다다르고 있는가…….

[18]69년 9월 12일 일요일

샤르넥스.

(오전 10시) 햇볕, 소나기, 안개가 꿈처럼 아름답게 이어짐. 오페라의 뇌우 같기도 하고 농담하는 아버지의 노여움 같기도 하다. 당장은 그 효과가 보기에는 훌륭하다. 이 순간, 프랑스 남부 지역의 뾰족한 산봉우리는 목가적 연무 속에서 꿈꾸고 있고, 동쪽 하늘은 푸르지만, 서쪽 공간을 가득 채운 어두운 구름의 무리가 쥐라산맥에서 다가와 호수 전체를 희뿌연 비로 덮는다. 이번에는 더 이상 웃을 수 없는데, 나무들이 바람 속에서 뒤흔들리고 두려움으로 일어서고 있다. 폭풍우의 국면, 기다림과 불안의 모습이 있다. 그러나 그 광경은 매우 아름답다.

(5분 후) 완전한 침입, 단 한 구석만 환하게 남아 있는데 발레의 입구다……. 이제 그마저도 빛이 꺼졌다. 하늘과 땅의 경계가 사라졌다. 나는 보주산맥의 산속에 있는 것처럼 생각할 수 있다. 하지만 비는 온화하고 가늘다. 위협은 공격보다 더 무시무시했다. 뇌우조차 일종의 음악적 감미로움과 아버지의 인자함을 간직하고 있다. 사자가 발톱을 감추는 것이다. 어쩌면 이 온화함이 가을의 특징 아닐까? 9월은 더 이상 7월의 격렬함을 알지 못한다. 나이는 다른 계절의 격정을 완화하고 진정시키며 부드럽게 한다. 개체들도 더 자유로워지고 야생의 광채를 제거하는 것처럼 보인다.

9325

ci formait l'auditoire ? Mr Tall., fils et fille, Mme Mag. et son séminariste anglais, Mlles Ogd et leur frère, Mlle Camp., Mr Williams, Mr Aiod. — Proportion renforcée arrivée aux Anglais ; maintenant, ils font plus de la moitié de la table. Mais les deux sociétés se regardent de loin et ne se mélangent pas ; on dirait l'huile et le vin.

Nous apprenons la rixe sanglante des Vaudois et des Genevois au camp de Bière. Cela fait un mauvais effet à la veille de la Fête nationale.

Beau couchant. Je le contemple depuis le pavillon ardu. Effets d'émeraude et de saphir ; nuages de toutes les couleurs ; franges d'or à ceux du Jura. Sérénité magnifique.

[Dim. 12 Sept. 69] Charnex.

(10 h. m.) Succession féerique de coups de soleil, d'ondées, de brouillards. On dirait des orages d'opéra, et des colères de père qui badine. En attendant, pour le regard les effets sont superbes. A cette minute, tandis que la Dent du Midi rêve dans des vapeurs idylliques, et que l'Orient est bleu, une armée sombre de nuages qui remplit tout l'espace occidental arrive du Jura, pressant tout le lac d'une nappe de pluie blanchâtre. Cette fois ce n'est plus pour rire, les arbres frissonnent sous le vent, et se cabrent de terreur. Il y a un appel de tempête, un air d'attente et d'angoisse. Mais le spectacle est magnifique.

(5 minutes plus tard). Envahissement complet. Un seul coin reste clair, l'entrée du Valais. ..... Le voilà éteint. Les limites du ciel et de la terre ont disparu. Je puis me croire en ballon. Pourtant la pluie est douce et fine. La menace était plus terrible que le coup. Même l'orage conserve une sorte de suavité musicale et de bénignité paternelle. Le lion fait patte de velours. Peut-être cette douceur est-elle le caractère de l'automne ? Septembre ne connaît plus les fureurs de juillet. L'âge atteint, tempère, amollit les emportements d'une autre saison. Les éléments semblent devenir aussi plus maîtres d'eux-mêmes et suppriment leurs sauvages éclats.

(오전 10시 30분) 호수에는 하얗게 포말이 일고, 하얀 거품의 무리는 끊임없이 물속에 잠기면서 시용의 우중충한 탑들로 달려간다. 수백 개의 기슭에서 우리를 굽어보고 여행객들 중 상류층이 방문하는 여섯 곳의 글리옹 호텔이 있는 초록의 고원 주위를 먹구름이 휘감고 있다. 서쪽은 계속해서 물기 많은 보물을 아낌없이 내주는데, 그것이 내뿜는 거대한 김은 공격을 감행하는 군대 대대처럼 쉼 없이 돌진한다. 충직한 사람들이 어쩌면 그들의 신뢰와 용기를 후회하게 될까? 절대 그렇지 않다. 왜냐하면 모든 걸 따져 보면 결국 이런 폭우의 외양을 가지고는 비가 거의 내리지 않기 때문이다. 그 모든 것은 단지 미학적 유희, 화약 전쟁, 로시니의 서곡에 불과하다. 하늘은 정말이지 시적 기질이 있고 예술을 위한 예술을 한다.

(11시 15분) 평정. 쪽빛 호수는 가장자리 전체가 노란색으로 장식되었는데, 성난 파도의 결과다. 그러나 잠깐의 소강상태가 다시 시작된다. 론강의 여러 구간이 다시 푸르러진 초원에서 빛나고 있다. 에메랄드빛 오아시스가 보랏빛 도는 수면을 점철한다. 셰르뷜리에가 이제 막 이름을 드높인 투르 롱드까지 시야가 걷힌다. 나무들이 다시 휴식에 들어간다. 아다지오는 음을 약화해 평온한 몽상의 모티프를 다시 시작하고, 첫 번째 붉은빛을 띤 잎사귀 위에서 가을의 영향을 알아차리도록 한다.

아아! 이런 유희 중에
시간은 달아나 흘러가 버리고/
그 흐름 속에서 가차 없다./
시간은 미소를 지을 때조차
작용해 우리의 밤과 낮을
죽음을 향해 밀고 간다./
묘혈을 파는 이 거친 인부는
가혹한 성실함을 장착한 채 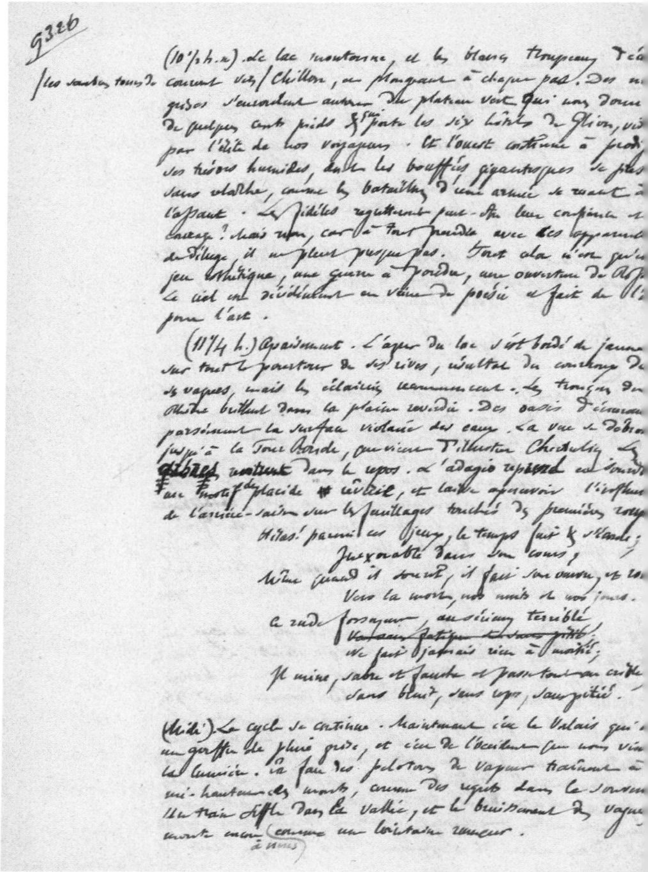
절대 아무것도 중도에서 멈추지 않는다./
그는 서서히 파고 들어가 넘어뜨리고 모든 것을 채로 거른다,
소리 없이, 휴식 없이, 무자비하게.

(정오) 순환 현상은 계속된다. 지금은 발레가 우중충한 비의 깊은 소용돌이고 빛이 서쪽에서 다가오고 있다. 둥근 수증기 덩어리 맞은편에 산들이 추억 속의 회한처럼 중간 높이로 흩어져 있다. 계곡에서 기차 한 대가 기적을 울리고, 살랑대는 파도 소리가 먼 곳의 소음처럼 다시 올라온다.

(저녁 10시 30분) […]
I.에게 편지.
정식 상복 차림의 사별한 게드 부인과 두 딸이 슬픔에 잠겨 도착. 세 명의 Plld.와 세 명의 Ggd. 그리고 두 명의 Maq.와 산책. 나는 저녁에 다시 한 바퀴 돌기, 운동 등을 하면서 분위기 메이커가 되어야 한다. 사람들이 알아맞혀야 할 글자 수수께끼를 엄청나게 주었는데, 열 개나 열두 개의 철자다. 나는 격식 차리지 않고 그 모든 유치한 행동을 할 준비가 되어 있다. 왜냐하면 그 모든 것이 소질과 재능을 계발시키기 때문이고, 게다가 우리는 개똥지빠귀가 없어서 티티새를 먹는다. 그것은 남녀 이웃들 사이에 사교성과 친숙함이 들어오게 한다. 결국 그것은 사람들의 성격을 연구하도록 해 준다.

지금 여기에 세 명의 결혼시킬 아가씨가 있다. 한 명은 예쁘고 젊고 장밋빛에 우아하나, 정신이 나태하고 지적 능력이 없다. 또 한 명(영국 여자)은 생각이 깊고 성격 좋고 부드러우나, 어쩌면 시대에 뒤떨어졌다. 세 번째 여자는 단호하고 명확한 정신, 독립심이 많으나, 아마도 약간의 냉담함과 신랄함까지 갖추었을지 모른다. 가장 많이 헌신할 것처럼 보이는 여자는 두 번째이고, 가장 매력적인 사람은 첫 번째이며, 가장 정신적인 사람은 세 번째다. 적어도 나는 1번에 대해서만 조금 명확한 생각이 있다. 내 회식자들에 대해 규정하는 것을 즐겨야만 할까? 그래, 몇 가지 관찰과 약간의 대화를 한 후에 시도해 보자.

“대체 무슨 특별한 일이 있나, 오늘 하루는?”

캐서린 맨스필드 Katherine Mansfield, 1888~1923

1904년 캐서린 맨스필드가 일기를 쓰기 시작했을 때의 나이가 열여섯이었다. 그녀는 런던에서 공부하기 위해 고향인 뉴질랜드를 막 떠났다.

그녀는 겨우 20년 후에 결핵으로 사망한다. 당시 단 세 권의 단편 소설만 출간했을 뿐이다. 작가가 남긴 일련의 미발표된 텍스트를 되살리려는 시도에서 그녀의 남편 존 미들턴 머리가 1927년 그녀의 일기를 재빨리 출간했다(더 완전한 판본이 뒤를 따랐다). 그러나 맨스필드는 일기 노트에 종종 해독 불가능한 글씨체로 일상적인 메모와 앞으로 쓸 작품 초안을 뒤섞어 적었기 때문에 이는 힘든 과업이었다. 장르의 걸작인 그녀의 일기를 읽는다는 것은 일로 끓어넘치는 그녀의 정신에 잠수하는 것이었다. 맨스필드는 삶과 글쓰기에서 열심이었고, 일상적 장면과 매일 매일의 성찰을 즉석에서 포착하는 것을 즐겼다. 그녀는 마치 타인을 바라보듯 자기 자신을 탐색했다. 명명할 수 없는 우아함과 서글픔의 색조를 띤 유머로. 그녀는 자기 자신의 상처를 비웃고, 지나가는 사람들을 똑같이 가볍고 우울한 우아함으로 스케치한다. 그녀는 엉뚱함과 일상에 존재하는 비범함을 포착하는 재능이 있다. 그녀의 시선은 강렬하고 시적이며 종종 냉소적이다. 여전히 소중하다. 버지니아 울프(112쪽 참조)가 맨스필드가 죽은 다음 날 일기에 다음과 같이 썼을 정도로, 그녀의 시선은 단편에 감칠맛을 더한다. “나 자신에게 고백하고 싶지 않았으나, 나는 그녀의 문체에 질투했다, 내가 일찍이 질투했던 유일한 문체. 그 문체에는 감동이 있었다.”

1918년 5월 21일

[루, 콘월주.]
근대적이고 고약스러운 [내가 느끼는 방식 때문에] 나의 지성과 접촉할 수 없을 것 같다. 숨이 가빠서 불쾌감을 주는 전화박스 안에 서 있는데, 통화가 되지 않는다.

“ – 미안합니다. 전화를 받지 않습니다”라고 작고 가냘픈 목소리가 들렸다.

“ – 다시 호출하시겠습니까? 오래 기다리셔야 합니다. 누군가와 통화하고 있는 게 틀림없습니다.

– 응답하지 않네요. 그러니까 집에 아무도 없다고 생각합니다.”

아니, 아무도 없다. 늙은 멍청이 관리인조차 없다. 아니, 모든 것이 어둡고, 비어 있고 말이 없다……. 그런데 무엇보다…… 비어 있다.

노트 : 이상한 것, 나는 그것을 항상 본다, 나의 아버지의 창고였던 대로의 그 비어 있는 집을.

나는 거기서 같은 냄새를 맡는다. 상품을 싣는 조잡한 화물용 목제 승강기가 통과하는 공간과 타르 칠을 한 늘어진 줄을 본다.

[1918년 5월] 22일

여기 바다는 진짜 바다다.

바닷물은 올라갔다가 마치 가르랑거리듯 길고 감미로운 구르는 소리에 이어 떠들썩한 소리와 함께 다시 떨어진다. 때때로 하늘로 반쯤 기어오르는 것 같고, 날아다니는 지품천사智品天使처럼 구름 위 높은 곳에 올려 있는 작은 배들을 본다.

어머나! 저기 연인이 있다. 그녀는 허리를 띠로 꽉 조였다. 뒤집어 놓은 찻잔 받침과 유사한 모자 하나, 그는 조악한 파나마모자, 모자를 잡아매기 위한 작은 끈, 지팡이 하나를 보란 듯이 내세우고 있다. 그는 팔로 여자 친구를 감싸고 있다. 그들은 바다와 하늘 사이를 걸어간다. 그의 목소리가 내게도 들린다.

21. v. 18

Absolutely feel, in my hideous modern way, that I can't get into touch with my mind. I am standing gasping in one of those disgusting telephone boxes and I can't 'get through'.

"Sorry. There's no reply" trickles out the little voice. "Will you ring them again—exchange? A good long ring. There must be somebody there."

"I can't get any answer."

Then I suppose there is nobody in the building—nobody at all. Not even an old fool of a watchman. No, it's dark and empty & quiet... above all—empty.

Note: Again the thing is that I keep seeing it—this empty building—as my father's office. I smell it & the [illegible] the entrance of the chimney, wooden goods lift & the tarred ropes hanging.

22.

The sea here is real sea. It rises and falls with a loud noise, has a long sickly roll on it as though it is [illegible], seems sometimes to climb half up into the sky and you see the sail boats perched upon clouds—like flying cherubs.

Hallo: here come two lovers. She has a pinched-in waist, a hat like a saucer turned upside down—he a panama, [illegible], cane etc. His arm embracing. [illegible] all the sea and sky. His voice floats up to me: "Of course occasional tinned meat does not matter but a perpetual diet of tinned meat is bound to produce..." I am sure that the Lord looks upon them and that they and their seed will prosper & multiply for ever and ever..

Are you really, only happy when I am not there? Can you conceive of yourself buying crimson roses & smiling at the fruit woman if I were within 50 miles of you? Isn't it true that then, even if you are a prisoner—your time is your own. When you are tired you are not being 'thrown distractedly'—Do you remember how you said you wanted your handkerchief to your lips & turned away from me. In that instant you were

21. VI. 18.

What is the matter with today? It is thin, white, [illegible] lace curtains are white, full of ugly noise (e.g. people opening the drawers of a cheap chest and trying to shut them again.) The food seems stodgy and indigestible – no drink is hot enough. The [illegible] [illegible] in the glass – hard as an egg. My feet swollen – and all my clothes are tight. The tongue is dusty – gritty – the cigarette ash crumbles and falls – the marigolds spite their petals over the dressing table – In the house nearby someone is trying to tune a cheap cheap piano.

If I had a 'home' and could pull the curtains together lock the door – turn something sweet, fast, walk round my own perfect room, soundlessly, watching the lights and the shadows – it would be bearable – But living as I do in a public house – it's very difficult.

A few bits encountered.

1. I ordered to faire les ongles de mes pieds avant une petite déjeuner – and did not – from idleness.
2. The coffee was not hot: the bacon salt and the plate showed that it had been fried in a dirty pan.
3. I cannot think of any small task for the morning, [illegible] Heard silence & [illegible] – being with a very faint [illegible]
4. Jones's letter telling of all his immense difficulties – all the impossible things he must do before he could start his holiday left me a little warm. What a flat taste – and I feel called to read it and [illegible] apart. not united.
5. A vague stomache in my teeth.
6. Nobody to read & too rainy to go out.
7. Anne came – & did not ring. I feel she had ended our friendship for the present.
8. Very bad lunch. A purple tongue [illegible] was [illegible] the [illegible] & [illegible] gossiping [illegible] terribly English cooking.
9. Went for a walk & was caught in the wind & rain terribly cold and wretched.
10. The tea was not hot. I meant not to eat too much but I ate it. Over smoked.

"물론 이따금 통조림 고기를 먹는 것은 위험하지 않지만 오래 끄는 다이어트는 불가피하게 ……을 야기하지."

나는 주님이 그들을 소중히 여기고, 그들과 그들의 후세가 대대로 번영하고 번성할 것이라고 확신한다.

1918년 6월 21일

대체 무슨 특별한 일이 있나, 오늘 하루는?
보잘것없고 하얀데 고약한 소리(이를테면 사람들이 싸구려 가구의 서랍을 열었다가 다시 닫으려 하면서 내는 소리)로 가득한 레이스 장식 커튼의 흰빛이다. 우리가 먹는 모든 것은 가죽처럼 질기고 소화하기 어려우며—어떤 음료도 충분히 따뜻하지 않다. 거울 속에서 우리는 흉하고 끔찍하고…… 달걀처럼 대머리 같아 보인다. 우리는 부어오른 것처럼 느껴지고 모든 옷이 지나치게 꼭 낀다. 그리고 모든 게 먼지투성이에다 모래가 흩뿌려져 있다. 담뱃재가 떨어져 나와 아래로 떨어진다. 미나리아재비 꽃잎이 탁자 위로 우수수 떨어진다. 이웃집에서 누군가가 비참하고 비참한 피아노를 조율하려 애쓰고 있다.

내가 만일 '내 집'이 있다면, 내가 만일 커튼을 치고, 문을 열쇠로 잠그고, 향내 나는 무언가를 재빨리 피우고, 나의 것인 내 방, 완벽한 내 방 주위를 돌아다닐 수 있다면, 빛과 그림자를 바라보면서 소리 없이 걸을 수 있다면—삶은 용인될 것이다. 그러나 나처럼 선술집에서 산다면—그것은 **트레 디피실très difficile**[아주 힘들 것이다, 프랑스어로 씀].

몇 가지 불운 목록
① **아침 식사 전에 발톱을 다듬기로** 했다—게으름 때문에 하지 않았다.
② 커피는 따뜻하지 않았고, 베이컨은 지나치게 짰으며, 접시에 남은 자국으로 더러운 프라이팬에 튀겨졌음을 알 수 있었다.
③ 정신을 딴 데 팔고 있는 듯하고 아무 말도 하지 않는 허니 부인에게도 이야기해 줄 것을 아무것도 발견하지 못했다. 그녀의 램프에는 불 켜진 아주 작은 심지 하나만 있었다…….
④ 극복할 수 없는 모든 어려움과 휴가를 생각하기 전에 해야만 하는 불가능한 모든 일에 관해 이야기하는 존의 편지. 나는 그것에 관심이 없었다. 이유는 모르겠으나, 이 편지는 조금 거짓 같은 인상을 주었고, 나는 위화감을 느꼈으며, 마치 그와 결부시키는 것이 아무것도 없는 듯이 읽었다.
⑤ 목욕하는 동안 위장에 막연하고 불쾌한 감각.
⑥ 읽을 게 아무것도 없다. 외출하기에는 날씨가 너무 습하고 비가 많이 온다.
⑦ 앤이 왔는데, 나를 만나러 들르지 않았다. 나는 그녀가 현재로서는 우리의 우정을 조금 지겨워한다고 느꼈다…….
⑧ 고약한 점심 식사. 속이 꽉 들어차 소화되지 않는 작은 고기만두 하나, 과도하게 수분이 많은 구스베리 열매. 영국 음식에 대해 깊은 경멸감을 느낀다.
⑨ 산책하러 나갔는데, 비바람 때문에 놀랐다. 몸이 얼어붙고 불행했다.
⑩ 차가 따듯하지 않았다. 작은 빵은 먹지 않을 의향이었는데, 어쨌든 그것을 먹었다.
담배를 지나치게 너무 피움.

“양배추를 두 이랑 심었다”

조지 오웰 George Orwell, 1903~1950

“자신의 정원을 가꿔야 한다.” 오웰은 볼테르의 소설에 나오는 캉디드의 격언을 따랐을 수 있다. 왜냐하면 전보문電報文처럼 문체가 간결한 그의 『가정 일기』에는 애정으로 장미 화단을 손질하고 암탉들을 돌보며 구스베리와 브로콜리를 가꾸는 모습이 담겨 있기 때문이다. 파란만장한 삶을 살아온 작가는 발췌문에서 정체불명의 곤충 한 마리와 맞닥뜨린 것을 마치 커다란 모험처럼 이야기한다. 그는 계절의 변화를 관찰하고 느린 발아와 참을성 있게 계획된 개화의 증인이 되는 것에 강렬한 기쁨을 느낀다. “자신의 정원을 가꿔야 한다.” 하지만 작가이자 시대의 불의에 열정적으로 맞선 반파시스트 기자인 조지 오웰에게는 캉디드가 권유하는 것처럼 세계에 무관심한 것은 있을 수 없는 일이었다. 특권층에서 태어난 그는 자기 시대의 위대한 관찰자(그리고 잠재적 상태의 일탈자)들 중 한 명이 되기 위해 특권층의 편견을 자기 것으로 인정하지 않았다. 그의 정원—몹시 영국적인—은 소음과 분노로 가득 찬 세계 한복판에서 그리고 특별히 1939년 날짜가 기록된 이 일기장 (1940년부터 1942년까지 담긴 『전쟁 일기』는 영국이란 나라의 일상 즉, 공습이나 처칠의 연설이 적혀 있다)에서 오히려 하나의 일탈이었다. 일기장의 이 부분은 『1984』와 『동물 농장』의 예언자적인 작가의 내면을 향해 열린 예상치 못한 기분 좋은 창문이었다. 오웰은 평생 많은 일기를 썼다. 우리에게 당도한 열한 권의 일기장은 그의 편력을 따라가고 그의 작품이 전개되는 것을 지켜보도록 해 준다. 그래서 그가 영국과 프랑스에서 부랑자들 곁에서 살 때 그의 일기는 『파리와 런던의 따라지 인생』이 된다. 스페인 내전—이 경험은 그가 『카탈로니아 찬가』를 집필하는 데 영감을 주었다—을 겪고 쓴 그의 일기는 경찰에 의해 압수되었다. 이 일기들은 이후 모스크바 NKVD•의 기록 보관소에 있는 것으로 추정된다. 오웰 퍼즐에서 모자란 한 조각일까?

• Naródny Komissariát Vnùtrennikn Del. 내무 인민 위원부, 옛 소련의 비밀경찰(1934~1946)

[19]39년 10월 6일

밤새 더 많은 비 그리고 오늘 아침에도 약간의 비. 몇 번 해가 남, 추위 없음. 취미로 하는 정원 일을 마쳤다. 양배추를 두 이랑(모종 36모) 심었다. 구스베리를 옮겨 심을 장소 청소(옮기기에는 너무 이르다). 실험적으로 석탄 가루와 점토로 벽돌 모양의 연료를 만듦. 성공할 경우 규모를 더욱 키우기 위해 주형鑄型 한 개와 여과기 한 개를 만들 것이다. 필시 고운 가루만을 사용하는 것이 중요하고, 혼합하기 위해 금속 집수조集水槽가 있어야 한다.

the ground is still very dry a few inches under the surface. Dug over all the flower garden except the small beds. After the earth has settled the new flowers can go in.

6 eggs.

6.10.39. Some more rain in the night & a little this morning. Some sunny periods, & not cold. Finished the flower garden. Planted 2 rows cabbage (36 plants). Cleared the place where the gooseberries are to go (it is too early to move them yet). Made experimentally a few briquettes of coal dust & clay. If successful will make a mould & sieve for making them on a larger scale. Evidently it is important to use only fine dust, also we must have a large metal receptacle for mixing in.

Tonight found a kind of phosphorescent worm or millipede, a thing I have never seen or heard of before. Going out on the lawn I noticed some phosphorescence, & noticed that this

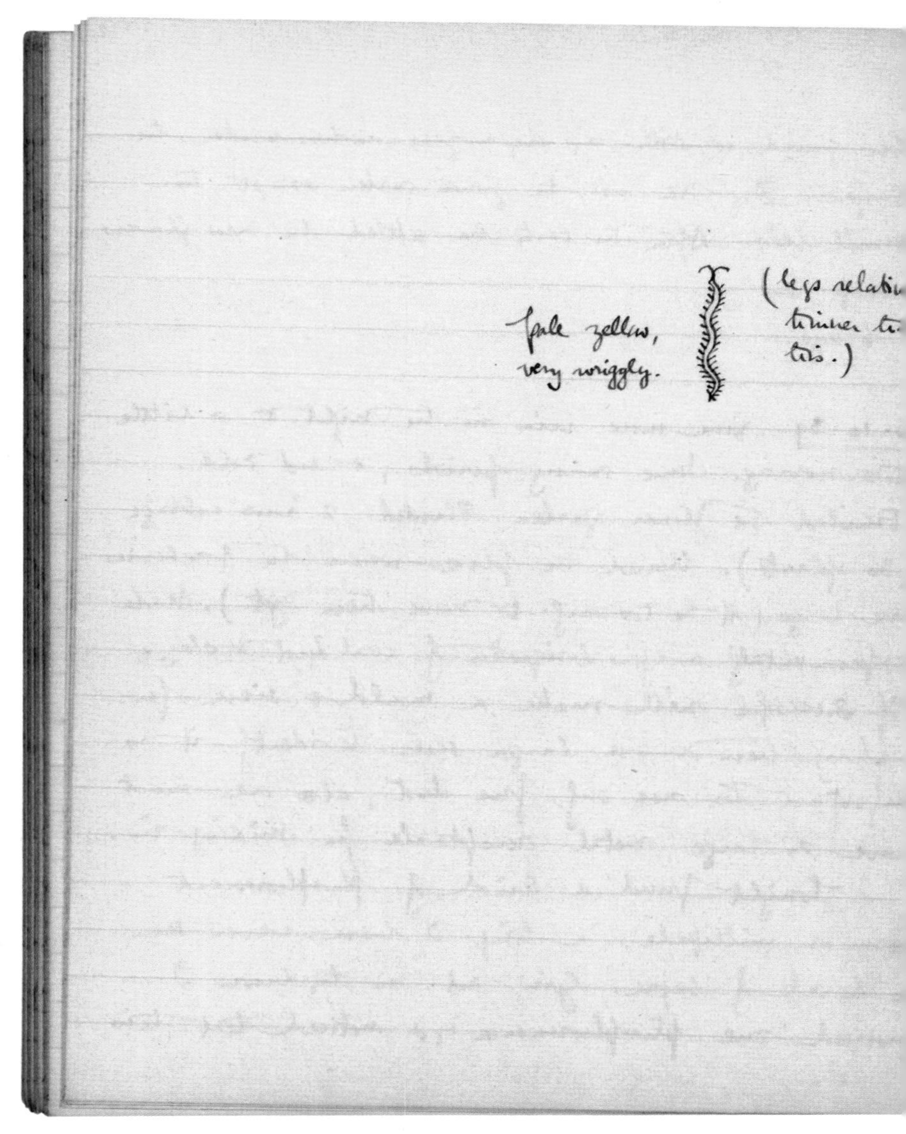

오늘 저녁 일종의 발광성 유충 혹은 돈벌레를 발견했다. 풀 위를 거닐면서 인광燐光 하나를 알아보았고, 그것이 부단히 커지는 자취를 만드는 것을 확인했다. 자기 뒤에 인광을 남겨놓는 반짝이는 유충을 내가 한 번도 보지 못한 것을 제외하고는 그것이 반짝거리는 유충임이 틀림없다고 생각했다. 전기 램프를 가지고 찾아다녔는데, 그것은 양쪽에 무수히 많은 작은 다리와 머리에 두 종류의 더듬이를 가진 아주 길고 가는 유충 종류였다. 통틀어 대략 3센티미터 정도였다. 그것을 잡아 시험관에 넣어 가지고 왔으나, 인광은 재빨리 자취를 감췄다. 알 다섯 개.

63

make a streak which constantly grew larger. I thought it must be a glowworm, except that I had never seen a glowworm which left its phosphorescence behind. After searching with an electric torch found it was a long very slender wormlike creature with many thin legs down each side & two sets of antennae on the head. The whole length abt $1\frac{1}{4}$". Managed to catch him in a test-tube & bring him in, but his phosphorescence soon faded.

5 eggs.

7.10.39. Misty & still. A very few drops of rain. Beech-nuts now ripe. Skinned & took the pith out of a largish marrow (abt 18" long), & note that after doing this there is only abt $2\frac{1}{2}$ lb. of flesh. Bought Adco, 2/3 for 7 lb, which is said to be enough to make 7 cwt. of compost. It appears however that you must not put woody material among the rubbish, nor very large roots. Began digging shallow pit for compost. The briquettes burn fairly well when

[19]39년 10월 7일

안개와 정적. 얼마간의 드문 빗방울. 지금 너도밤나무들의 열매가 익었다. 꽤 큰 둥근 호박(지름이 약 45센티미터 정도)의 껍질을 벗겼고, 그 속을 빼내니 살이 겨우 1킬로그램 조금 넘는다는 것을 알았다. […] 퇴비를 만들려면 쓰레기에 나무도, 커다란 뿌리도 첨가하면 안 될 것 같다. 퇴비를 위해 별로 깊지 않은 구덩이를 파기 시작했다. 연료는 정말 잘 탄다. […]

“체스터 치즈 먹으며 보드카 한 병을 비운 다음 스파게티”

조르주 페렉 Georges Perec, 1936~1982

“모든 것을 기록하지 않으면 달아나는 삶의 무엇도 붙잡을 수 없을 것처럼 잊는다는 것에 대해 두려워지기 시작했다. 매일 저녁 나는 편집광적인 의무감으로 일종의 일기를 세밀하게 쓰기 시작했다. 그것은 내면적 일기와는 정반대되는 것이었다. 거기에다 내게 일어난 ‘객관적인 것’만을 기록했다”라고 조르주 페렉은 『생각하기/분류하기』에 썼다. 이 ‘편집증’의 결과는 관행처럼 여러 가지 약속을 적는 것이 아니라 흘러간 날들을 상세하게 기술하기 위해 사용한 어젠다였다. 그는 자살 시도 이후에 작가 장 베르트랑 퐁탈리스와 함께한 정신분석학적 치료요법으로 일기 쓰기를 시작했고, 그로 인해 필연적으로 자신의 과거로 돌아가게 되었으며, 이는 망각에 대한 공황 상태의 두려움을 유발했다. 게다가 치료는 이어졌지만, 저항이 없는 것은 아니었다. 그는 치료 한 회를 마친 후 일기에 “재미없다”라고 썼다. 『나는 기억한다*Je me souviens*』의 작가, 통상적이지 않은 것, 작은 세부 사항, 하찮은 기억의 작가가 자신의 삶에 이러한 것들을 고정하는 것을 발견할 때는 감동적이었다. 그는 자료 관리원으로 일하는 실험실로 나갔다. 그리고 퍼즐에 대한 열정을 키웠다. 미식가인 그는 종종 푸짐하고 술이 곁들여진 식사, 그중에서도 시인 자크 루보와 함께하는 저녁 식사를 위한 “소금에 절인 신선한 청어, 끈에 매달아 낀 소고기, 달걀흰자로 만든 눈 과자, 마콩, 보졸레, 모르공, 미라벨 브랜디”를 이야기한다. “내가 먹은 음식을 적었는데, 그 결과가 기괴한 동시에 완전히 신기했다. 완전히 강박적인 과정이었다! 잊어버리는 데 대한 두려움!”이라고 그는 나중에 『나는 태어났다』에서 이야기했다. 같은 정신분석 시기에 쓴 책들 가운데 한 권인 1975년에 출간된 『W 또는 유년의 기억』에서도 강박적인 과정과 싸웠다. 퐁탈리스에게 헌정한 책에서 페렉은 다음과 같은 말을 남겼다. “J.-B. 퐁탈리스를 위해, 지금 여기를 넘어 되찾을 수 있도록 그가 도와준 이 흔적들.”

그러나 그가 동일한 중립성으로 기록한 주요 사건들도 진행되었다. 1975년 6월 그는 마지막 반려자가 된 영화감독이자 편집자인 카트린 비네와 연애를 시작했다(“C.와 보낸 하루. 처음으로 우리가 온종일 함께 있다).” 그럼에도 불구하고 그의 첫 부인, 폴레트(“P.”)는 그의 삶에서 중요한 존재로 남아 있었다. 『W』 이후에 면밀히 계획한 소설 『인생사용법』을 집필해 1978년에 출간했다. 이 아주 특별한 일기의 부제로도 사용할 수 있는 문구다…….

1975년 1월 24일 금요일

수리업체의 불필요한 방문(네트워크에서 발생한 오류)
장을 크게 보다.
『인생사용법』에 따라 빈틈없이 서재 정리
P와 함께 저녁 식사 준비
뒤비뇨 부부와 함께 저녁 식사. 양미리(사실상 바다빙어의 일종) 튀김, 다진 고기를 채워 넣은 닭고기, 신선한 국수, 녹색과 빨간색 샐러드, 치즈, 쿠글로프,* 사과 조림
너무 많이 마시지 않음
〈돈 주앙〉 들음 […]
1시경 잠듦

1975년 1월 25일 토요일

정오경 기상
『인생사용법』을 위한 계획 세움
내 집에서 B와 (어제 남은 것으로) 저녁 먹음
B가 토라짐
11시경 취침

* kuglof. 알자스 지역의 케이크

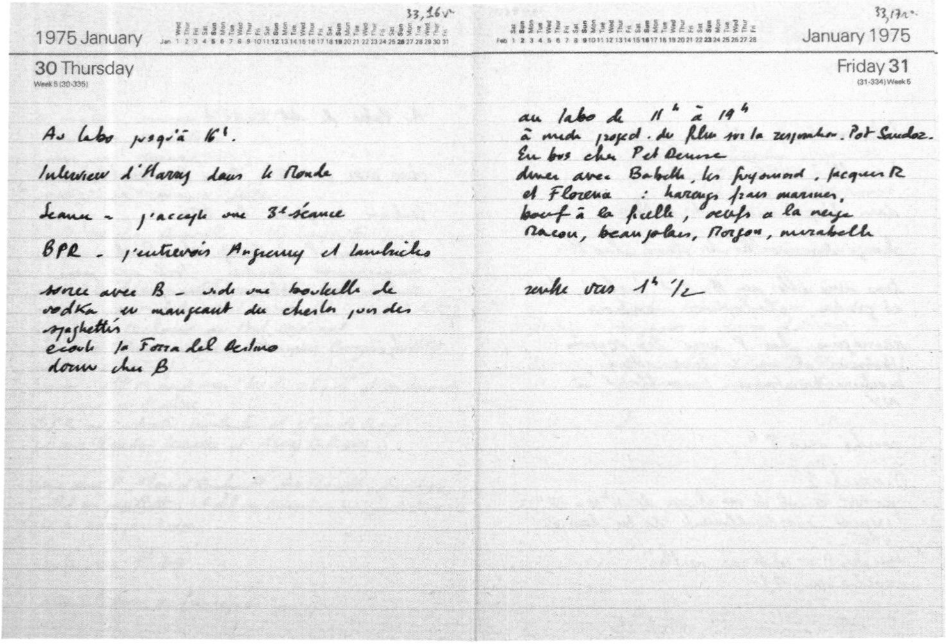

1975년 1월 30일 목요일

16시까지 실험실에 있음
『르몽드』에 해리[매슈스]의 인터뷰
치료 받기. 3회 차 치료를 받아들임
BPR [퐁루와얄 바]
[조르주] 람브리히를 언뜻 보다
B와 저녁 시간을 보냄. 체스터 치즈 먹으며 보드카
한 병 비운 다음 스파게티
〈라 포르차 델 데스티노〉 들음
B의 집에서 잠

1975년 1월 31일 금요일

11시부터 19시까지 실험실
정오에 호흡에 관한 필름 상영. 샌도즈 칵테일파티
버스로 P[피에르]와 드니즈[제츨러]의 집
바베트, 기요마르 부부, 자크 R(루보), 플로랑스와
저녁 식사. 소금에 절인 신선한 청어, 끈에 매달아
낀 소고기, 달걀흰자로 만든 눈 과자, 마콩, 보졸레,
모르공, 미라벨 브랜디
1시 30분경 집에 돌아옴

1975 February

1 Saturday

Week 5 (32-333)

Pratiquement pas sorti
travaillé à VME
dans l'après midi visite de Noor
change les meubles de place chez P
dîne avec elle au Bu Ard. celeri, foie et gratin, clafoutis, cahors
armagnac chez P avec les voisins italiens et un de leurs amis, biochimiste italien travaillant à NY
couché vers 2h.

Dimanche 2
pas levé le cul de ma chaise de 11h30 à 20h = progresse considérablement dans les plans de VME.
dîner chez P = rôti de porc, nouilles
couché vers 11h

February 1975

(33-332) Week 6

SEXAGESIMA

Lundi 3
levé vers 10h.
Séance à 11h45. Pas folichon
Été ensuite en métro Av. Junot
Marché un peu ensuite (rue Caulaincourt, Custine, Bd Barbès
Pris le 85
de 2h à 5 à la BN où j'ai vu Pierre Getzler
Cherché des choses sur les puzzles et l'aquarelle
à 18h chez les Bruckhof. Anne me donne de très belles photos de Harry et de moi
dîner chez les Lamblin (coquilles St Jacques).
Vu une photo de mon père en civil
rentré tôt

1975년 2월 1일 토요일

거의 외출 안함
VME• 작업을 함. 일을 많이 하지 않음
오후에 누르의 방문
P의 집에서 가구 자리를 바꿈
그녀와 함께 뷔바르에서 저녁 식사. 셀러리, 간과 그라탱, 과자, 카오르산産 레드와인
P의 집에서 이탈리아인 이웃들과 그들의 친구 중 한 명인 NY에서 일하는 이탈리아인 생화학자와 아르마냐크산産 와인 브랜디
2시경 취침

[1975년 2월] 2일 일요일

11시 반부터 20시까지 의자에서 엉덩이를 들지 않음. VME의 계획들 속에 엄청나게 진전을 봄
P의 집에서 저녁 식사. 구운 돼지고기와 국수
11시경 취침

1975년 2월 3일 월요일

10시경 기상
11시 45분 치료. 재미없음
그다음 지하철로 쥐노가에 갔고
그다음 조금 걸음(콜랭쿠르가, 퀴스틴가, 바르베스 대로)
85번 버스를 탐
2시부터 5시까지 BN, 그곳에서 피에르 제츨러[화가이자 사진가, 페렉의 친구]를 만남
퍼즐과 수채화 위에서 여러 가지 것을 찾음
18시에 브뤼노프 부부의 집에 감. 안이 내게 해리와 나의 아주 아름다운 사진을 줌
랑블랭 부부 집에서 저녁 식사(가리비)
민간인 복장을 한 아버지 사진을 봄
일찍 돌아옴

• 『인생사용법(*La Vie, Mode d'emploi*)』의 머리글자

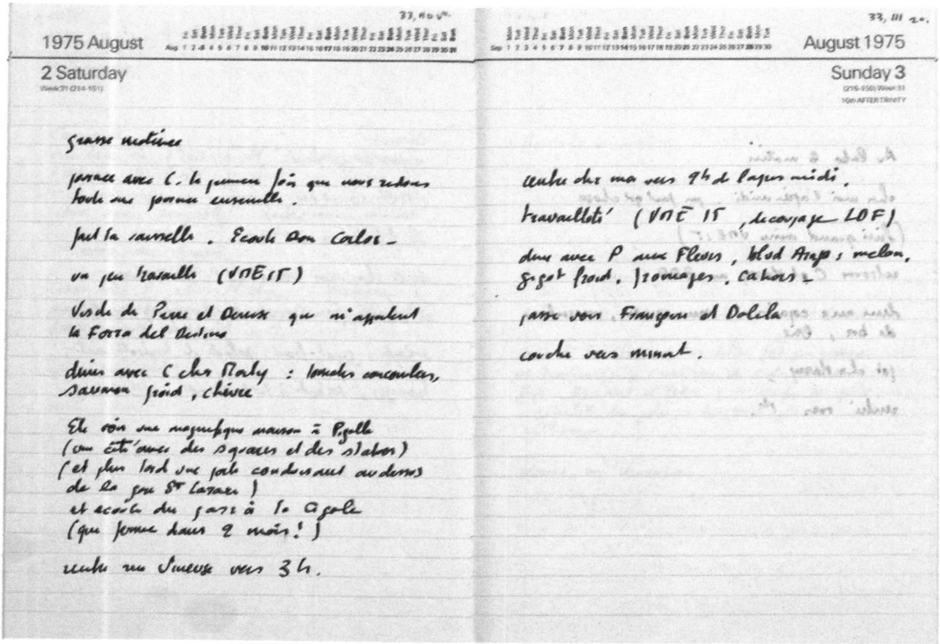

1975년 8월 2일 토요일

늦잠
C와 보낸 하루. 처음으로 우리가 온종일 함께 있다
설거지함. 〈돈 카를로스〉 들음
조금 일함(VME 15)
〈라 포르차 델 데스티노〉를 가져온 피에르와
드니즈의 방문
마를리의 집에서 C와 저녁 식사. 토마토, 오이,
찬 연어, 염소 고기
피갈(여러 곳의 작은 공원과 동상들이 있는
주택 단지)에 매우 아름다운 집(그리고 나중에
생라자르역 위로 이어지는 문)을 보러 감
그리고 '라 시갈'(두 달 후에 문을 닫는다!)에서 재즈
들음
3시경에 비뇌즈가로 돌아옴

1975년 8월 3일 일요일

오후 9시경에 집에 돌아옴[원문대로]
쉬엄쉬엄 일함(VME 15, LDF• 오려 내기)
P와 아라고 대로에 있는 플뢰르에서 저녁 식사. 멜론,
차가운 넓적다리 고기, 치즈, 카오르산 레드와인
프랑수아즈와 달릴라를 만나기 위해 들름
자정 무렵 취침

• Log Data File. 시나리오의 각 장면

"아침에는 절대로 장 보지 말 것"

크리스티안 로슈포르 Christiane Rochefort, 1917~1998

"에크르비스."• 그녀는 이 단어를 에크리뱅••이라는 단어보다 선호한다고 말하곤 했다. 당시 사람들은 여성형이 없는 (프랑스어) 명사의 성을 여성화하는 습관이 없었다. 크리스티안 로슈포르는 1960년대와 1970년대 문단에서 자유롭고 예리한 지성으로 두각을 나타냈다. 기성 질서·이념에 비판적인 그녀는 페미니스트였고(그녀는 개선문 아래 무명용사의 아내에게 화환을 바치는 등 여러 상징적인 행동을 했다), 아동 권리의 맹렬한 수호자였다(그녀 자신이 근친상간의 희생자였다). 무엇보다 독보적인 소설가이자 대담하고 창조적인 문장가였다.

1986년 일기를 쓰기 시작할 때 크리스티안 로슈포르는 『병사의 휴식』(로제 바딤 감독이 영화로 각색, 브리지트 바르도 주연), 『소피에게 보내는 스탕스*Les Stances à Sophie*』•••, 『주차장에서의 봄*Printemps au parking*』을 포함하여 이미 몇 가지 성공을 거두었다. 또한 자기 작업에 관한 성찰적인 글도 꽤 썼는데, 다섯 개의 폴더에 정리된 낱장의 종이에 1993년까지 간헐적으로 쓴 일기가 부분적으로 그것과 유사하다.

그녀는 신경 써서 유머러스한 제목들을 선택했다. "우연적이고 간헐적으로 쓰인 일기", "사후적인 혹은 버려질 간헐적인 휴대용 일기", "검토해야 할 일기 편린", "하찮은 것들". 파리 13구 그녀의 아파트와 프라데(바르도주州)에 있는 그녀의 집에서 쓴 일기들은 확실히 뛰어난 다양성을 보인다. 그녀는 글쓰기에 관해, 특히 1986년에서 1988년 사이에 창작되어 메디치상을 받은 소설 『뒷문*La Porte du fond*』의 글쓰기에 관해 자문하는데, 이는 근친상간을 다룬 작품이기에 어쩌면 더욱 격렬하게 고민한 지도 모른다. 170쪽에서 보듯 그녀는 하루 계획을 작업하기 좋게 세웠다. 왜냐하면 "글 쓰지 않는 날, 쓰려고 시도조차 하지 않는 날이면 내가 **지상**에서 무용하게 느껴진다"는 것을 알기 때문이었다.

그녀는 작업의 진척과 작업에서 영감을 얻는 의혹 외에 눈과 마음을 사로잡는 예쁘고 "사소한 것들"에 주목했다. 명매기와 제비들, 정원에 있는 녹나무의 미묘한 광휘를 관찰하는 기쁨 등. 그녀는 시적인 번득임을 가벼운 주석註釋처럼 늘려 갔다.

슬픔도 기록했다. 15년 전부터 사랑한 고양이 마샤의 죽음, "그 작고 고집스러운 유령"이 그녀를 따라다닌다거나 그녀를 불안하게 한다는 의료 진단. 여기서 그녀의 살아 있는 시적 언어의 풍미와 명철한 성찰을 다시 발견할 수 있다, 쟁취한 자유에 대한 유쾌한 표현 양식과 함께. "나의 커다란 이기주의의 발작, 그것은 곧 기쁨이다. 타인에 개의치 말 것, 나를 염려할 것, 내 욕망을 우선할 것, 이 나이에 마침내 이런 행복에 이르니, 얼마나 건전한 일인가!"

• écrevisse. 여성 작가를 뜻한다.

•• écrivain. 작가. 프랑스어에서 '작가'는 남성 명사다.

••• 동형의 시절(詩節)로 이루어진 종교적·윤리적·비극적 서정시

X: acquis Nouveau NOUVEAU PROGRAMME après re. corrections parfaits. 30 déc. 1986

matin assimilé

Ⓐ PARIS

- — Tenter de me réveiller pas tard. Temps de réflexion permis. Rêves et ce qui vient (pas trop traîner)
- X — NE PAS plonger ds un bouquin. Résistance 100%. PAS SERRER LES DENTS / PENSER À RESPIRER - À ÉPAULES / NE PAS GROUILLER EN TOUS SENS / X PAS [illegible] - HÉSITATION.
- — Lever - plein couverture → PRENDRE CONSCIENCE ([illegible])
- X — Tout droit salle de bains, toilette mini. (douche p.m.)
- — ouvrir chats si froid (si [illegible] radiateur, bref) ✱ cigarettes du jour – une partie des mouvements !
- — Regard rapide cahier si urgences ✱ reporter téléphone p.m. sauf urgent – Radio?
- — PAS VAISSELLE (évacuée la veille) – 12.30 infos (13h!) PAS VÉRIFIER OÙ CHATS
- X — Mini déj (prêt la veille) – croquettes chats vite – Pas vaisselle : sous l'eau.
- X — bref repos cigarettes et chien si prête – revue journée – infos si c'est l'heure par hasard
- — PAS DE TÂCHES MÉNAGE NI RANGEMENTS
- X — PAS DE COURSES LE MATIN ABSOLU. (Exception : Epernay) ✱ PAS COURRIER : p.m.
- X — PAS DE RENDEZ-VOUS (tout p.m. post. 4h)
- X — Contrôle table : téléphone cigarettes lunettes...
- X — À la table, inspirée ou pas. TEMPS ILLIMITÉ.
- — en cas mal : aspirine. Pas hésiter.
- — Été soleil : si tentation forte, bref repos aux plantes

p.m. (ce qui est en vote) : LIBRE.

- — Tâcher de prendre ce 2e petit déj. (quitte à retravailler après ✱ et repos) ça c'est pas au point.
- — chats, pas trop au point.
- — Courses : tâches [illegible] 3 jours.
- — Marcher 10' × 2
- — mouvements avec respirations.

PRINCIPES

- • Fragmenter les tâches. Pas finir. Rien forcer
- • Apprendre à arrêter en plan.
- • m'habituer à regarder montre pour fauteuil
- • Y aller dès que mal. Souvent en rentrer dès que mieux, et courts séjours
- • Jamais rester en position pas parfaite.
- • et RESPIRER. CONTRÔLER MOUVEMENTS

RAPPORT D'ACTIVITÉ PREMIERS RÉSULTATS, au 10 février 87 au 5 mais

1 — Je me suis remise à écrire, continué tous les jours. arrivée p. 100. (Autrement dit, c'est fait, pour ce qui est de l'OBJECTIF)

2 — Je n'ai RIEN fait d'autre. (Bon. disons ça c'est commun à chaque plongée dans livre. Mais, aggravé) Juste vu quelques amis parfois (commun à chaque plongée). Ni courrier ni démarches. Toutes mes "affaires" sont à vau l'eau.

3 — Seuls les points marqués croix bleue sont acquis (+ ou −)

4 — Après 5 mois, relâchement insidieux par les marges où la décision n'était pas rigide. Il faut donc rigidifier où ça flanche.

Soir

- — Évier vidé net
- X — oeuf et café prêts
- — Effort réel pour ne pas dormir trop tard. TOUT LE BORDEL C'EST RÉVEIL TROP TARD. (ça c'est complètement loupé)

1986년 12월 30일 파리에서

여러 가지 사실로 인해 재수정한 후 새롭고 **새로운 계획**

(X = 이미 한 일)

오전 또는 습득한 것

- 너무 늦지 않게 잠에서 깨는 시도. 허용된 성찰의 시간. 꿈과 뒤이어 오는 것(너무 질질 끌지 말 것)

X – 책 속에 뛰어들지 **말 것.** 100%의 저항

일어나기—이불 개기—**각성하기**(즉시)

X – 곧장 욕실행, 최소한 세수(샤워 오후)

이를 악물지 말 것

호흡하기를 생각할 것

동분서주하지 말 것

X **망설임 금지**

- 추우면 고양이들을 안으로 들일 것(요컨대 다정한 라디에이터) * 오늘의 담배—운동의 일부?
- 긴급한 일이 있는지 재빨리 노트 보기 * 긴급한 일 아니면 오후에 전화 보고할 것—라디오?
- 설거지 **없음**(전날 해치움)
- 12시 30분 뉴스(13시?)

고양이가 어디 있는지 확인 말 것

X – 간단한 점심 식사(전날 준비)—고양이 사료 빨리—설거지 없음: 물속에

X – 짧은 휴식 담배 그리고 준비되면 똥 누기—하루 검토—우연히 뉴스 시간이면 시청

– **집안일도 정리 말 것**

X – **아침에는 절대로 장 보지 말 것**(예외: 에페르네)

X – **우편 금지:** 오후에

X – **약속 안 잡기**(모두 오후에, 우체국 4시)

X – 테이블 점검. 전화 담배 안경……

X – 테이블 앞에 앉기, 영감을 받든 안 받든. **무제한의 시간.**

- 아플 경우: 아스피린. 망설이지 말 것.
- 여름 태양 = 유혹이 강하면 화초 잠깐 바라보기 […]

“이 기념일을 어디서 축하할까?”

앙리 칼레 Henri Calet, 1904~1956

앙리 칼레의 파란만장한 생애는 그가 늘 지니고 다닌 작은 수첩들, 시간의 흐름을 기록한 메모장에서 읽을 수 있다. 파리, 서민 계층에서 태어난 레몽테오도르 바르텔메Raymond-Théodore Barthelmess(본명)는 1925년 전선電線 회사에서 회계 보조원이 되기 전에 몇 개의 직업을 가졌었다. 그는 여기서 5년을 일한 후에 횡령으로 삶이 완전히 결딴나고 몇 년간 추적당했다. 즉, 1930년 8월 23일 경마에 대한 열정으로 인해 파산에 몰리자 회사 금고에서 거액을 훔쳐 도망자 신세가 되었고, 이후 아르헨티나, 브라질, 그다음 우루과이 등 남아메리카로 향하는 배에 탔다. 그는 몬테비데오에서 앙리 칼레라는 이름으로 위조 여권을 만들었고, 1931년에야 불법적으로 유럽에 돌아올 수 있었다. 그리고 베를린, 그다음 파리에 정착해 강력한 문학 측량사가 되었다. 그는 도주한 지 2년 후인 1932년 8월 23일에 다음과 같이 적었다. “이 기념일을 어디서 축하할까?” 5년의 징역형을 선고받은 1934년의 재판에 출석하지 않은 그는 같은 해 8월에 갈리마르 출판사에서 사회적 부활을 알리는 『오랫동안*La Belle Lurette*』을 출간했다. 앙드레 지드(181쪽 참조), 발레리 라르보(76쪽 참조), 막스 자코브 혹은 외젠 다비(194쪽 참조)가 경탄한 이 자전적 소설은 조소와 향수, 우수에 찬 애정과 익살스러움 사이에서 앙투안 블롱댕이 나중에 그를 규정하는 것처럼 “주의 깊고 재미나는 시인”인 칼레의 모방 불가능한 문체를 드러낸다. 1940년 범죄 시효가 끝나면서 그는 다시 백일하에 살 수 있게 되었고—같은 해에 징집되었다. 6월 15일 포로로 잡힌 그는 이 일을 수첩에 꾸밈없이 적었다. 다음 페이지에는 공중 전투와 이에 대한 논의, 탈출 횟수가 적혀 있다(9월 23일. 다섯 번의 탈주). 12월 31일 드디어 그가 돌아온다. 사람들은 전쟁 직후 기자가 된 그가 파리의 지식인 사회에 드나드는 것을 보았다. 1940년 3월 3일 그는 마흔네 번째 생일을 축하하고 N.R.F.사의 칵테일파티에 참석하고 루이 암스트롱을 만난다. 곧 친구가 될 프랑시스 퐁주와 1947년 그의 초상화를 그릴 베르나르 뒤뷔페와도 어깨를 나란히 했다. 그러나 그는 항상 돈 걱정에 시달렸다……. “한 푼도 없다”(1951년 4월 19일), “공영전당포”(1951년 4월 23일). 이 장황한 일기를 그는 심장마비로 죽기 몇 달 전에 작업한 자전적 책 『곰 가죽*Peau d'ours*』에서 사용했다. 그가 죽기 이틀 전에 쓴 마지막 말은 초안 형태로 『곰 가죽』의 끝에 실렸고, 그의 캐릭터에 걸맞은 본의 아닌 작별 인사가 되었다. “사람들은 내 심장의 표피에서 주름을 발견할 것이오. 나는 이미 조금 떠났고 부재하오. 내가 여기 없는 것처럼 하시오. 내 목소리는 더 이상 멀리 미치지 못하오. 죽음이 무엇인지 모르고 삶도 알지 못한 채 죽다니. 벌써 서로 헤어져야 하는가? 나를 흔들지 마시오. 눈물이 가득하오.”

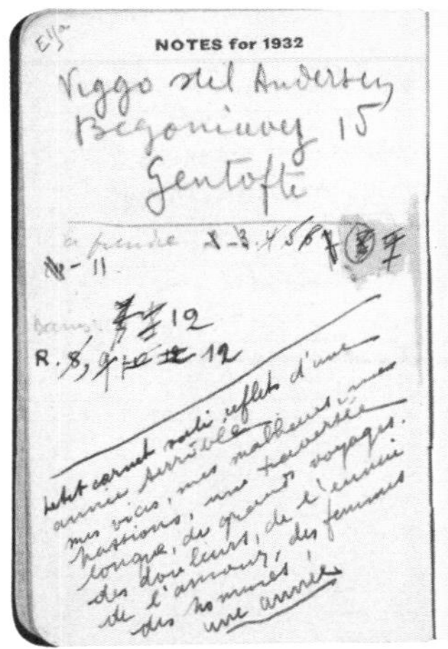

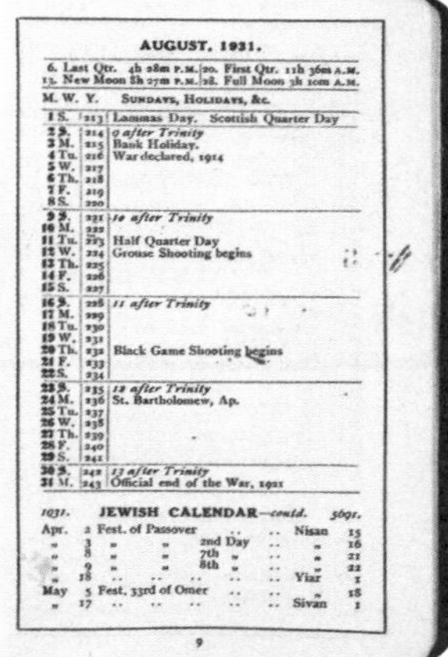

AUGUST, 1931.

6. Last Qtr. 4h 28m P.M. | 20. First Qtr. 11h 36m A.M.
13. New Moon 8h 27m P.M. | 28. Full Moon 3h 10m A.M.

M.	W. Y.	SUNDAYS, HOLIDAYS, &c.
1 S.	213	Lammas Day. Scottish Quarter Day
2 S.	214	*9 after Trinity*
3 M.	215	Bank Holiday.
4 Tu.	216	War declared, 1914
5 W.	217	
6 Th.	218	
7 F.	219	
8 S.	220	
9 S.	221	*10 after Trinity*
10 M.	222	
11 Tu.	223	Half Quarter Day
12 W.	224	Grouse Shooting begins
13 Th.	225	
14 F.	226	
15 S.	227	
16 S.	228	*11 after Trinity*
17 M.	229	
18 Tu.	230	
19 W.	231	
20 Th.	232	Black Game Shooting begins
21 F.	233	
22 S.	234	
23 S.	235	*12 after Trinity*
24 M.	236	St. Bartholomew, Ap.
25 Tu.	237	
26 W.	238	
27 Th.	239	
28 F.	240	
29 S.	241	
30 S.	242	*13 after Trinity*
31 M.	243	Official end of the War, 1921

1931. **JEWISH CALENDAR**—*contd.* *5691.*

Apr.	2	Fest. of Passover	Nisan	15
„	3	„ „ 2nd Day ..	„	16
„	8	„ „ 7th „ ..	„	21
„	9	„ „ 8th „ ..	„	22
„	18	.. ..	Yiar	1
May	5	Fest. 33rd of Omer	„	18
„	17	.. ..	Sivan	1

9

[1932년을 위한 메모]

더러워진 작은 수첩, 끔찍한 한 해의
반영.
나의 악행, 나의 불행, 나의 열정, 오랜
횡단, 긴 여행들, 고통, 권태, 사랑,
여자들, 남자들. 한 해.

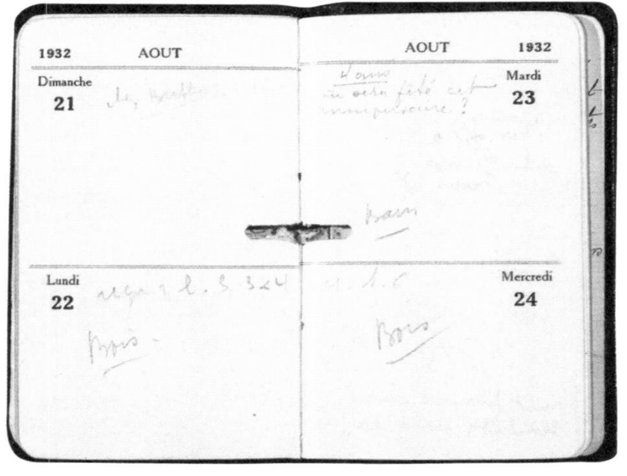

1932년 8월 23일 화요일

이 기념일을 어디서 축하할까?
피토에서, 혼자!

[1947년] 7월 15일 화요일

집세.
[…]

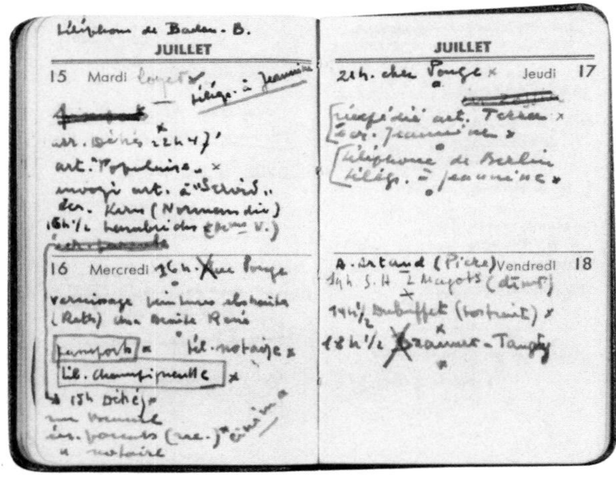

[1947년] 7월 16일 수요일

드니즈 르네[라 보에티 거리에 있는
갤러리 소유주]에서 추상화(레트)
전시 시작
[…]

[1947년] 7월 17일 목요일

21시 퐁주의 집
[…]

[1947년] 7월 18일 금요일

[…]
14시: […] 되마고 카페(저녁 식사)
14시 30분 뒤뷔페(초상화)
18시 30분 브라우네르—탕기

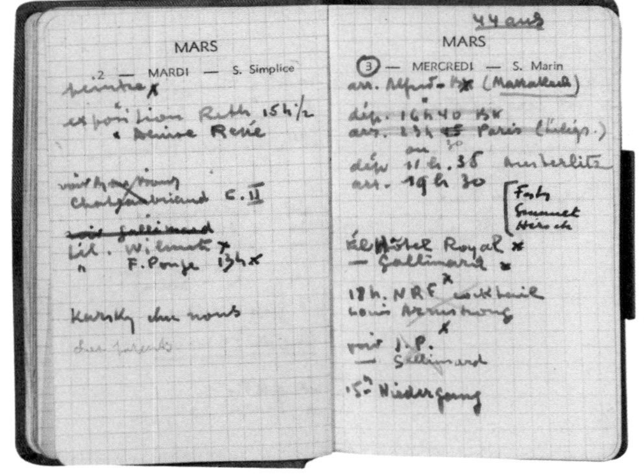

[1948년] 3월 3일 수요일

44세
[…]
갈리마르
18시: N.R.F.사의 칵테일파티
루이 암스트롱
[…]

“장기간의 봉쇄에서 어떤 폭력이 발생할까?”

다니엘 아르상 Daniel Arsand, 1950~

가장 먼저 눈에 띄는 것은 사물의 아름다움이다. 종이가 두꺼운 커다란 노트에 작가 다니엘 아르상이 쓴 각각의 일기에는 많은 색깔의 잉크로 뒤덮이고 사진, 우편엽서, 영화 티켓 등 무수히 많은 예시가 들어 있다. 그는 때때로 시각적이고 음악적인 율독처럼 사용된 단어의 양피지를 직조했다. 특히 순수한 언어적 기쁨인 이해할 수 없는 리스트들을 흩뿌리는 것을 즐길 때 그러했다, 그가 일기 한쪽에 설명하는 것처럼. “기원. 기도의 흔적들. 무엇에 관해선지 모른다. 샤머니즘적인 어떤 것 […] 어떤 말들은 내 안에서 울리고 하나의 이야기가 있고, 한 페이지의 글을 쓰고 몽상을 부른다. 또 다른 말들은 그 울림과 그것들이 표상하는 이미지 하나, 별로 대단하지 않은 것을 위해 그냥 다가온다. 나는 그 말들을 의무적으로 듣지는 않는다.”

2000년대부터 그는 이런 독특한 일기를 써 왔다. 이는 『아들의 취기*Ivresses du fils*』(스토크, 2004)나 『알베르토*Alberto*』(슈맹 드 페르, 2008)를 포함하여 그의 작품의 자전적 측면에 대한 실험장이었다. 우리는 그가 출판인에서 은퇴한 후에 쓴 일기에서 작품이 진행되는 과정을 볼 수 있다. “이렇게 글을 많이 쓴 적이 없다. 끊임없이 글을 쓴다. 더 이상 일 때문에 주의가 산만하지 않다. 진술하고 가필하고 되새기고 삭제하고, 패배했고 무력해졌고 싫증 났다고 인정하고, 승리하고 싶고 무관심해지고 대충 수선하고 뜯어내고, 다른 것으로 넘어가고, 잠자코 있고, 말을 안 하는 것에 죄의식을 느끼고, 기를 써서 공부하고, 용서하고, 나 자신을 용서하지 않고, 감동하고, 별로 느끼지 않고, 탐색하고, 인터넷을 검색하고, 가고, 다시 오고, 그곳으로 돌아갈 것이고, 그곳으로 돌아가지 않을 것이고, 그 모든 것이 내 머릿속에 들어 있는데 […] 나는 글을 쓴다.” 이 미로 같은 일기 글에서 아르상은 우호적이거나 감정적이거나 관능적인 만남뿐만 아니라 우울하거나 기민한 사유의 끊임없는 움직임을 모두 포획한다. 좋아하는 작가, 특히 조르주 상드(148쪽 참조)나 클라우스 만(252쪽 참조) 같은 형제 같고 수호적인 인물들에 관한 성찰과 인용문도 넘쳐흐른다. 유머와 엄숙함 사이에서 삶의 흐름 그 자체가 솟아오른다, 그 모순들에서까지도. “나는 맹렬하게, 전반적으로 아주 단순하게 살고 있다. 나는 살아가는 데 운이 좋다. […] 세상, 군중, 낭떠러지, 혼돈, 정신의 편협함에 직면해 절망하고 있을 시간이 없다. 나는 저항하고, 상상하고, 투쟁하는 쪽으로 시선을 향한다. 경직되는 것은 아무것도 위로하지 못한다.” 아르상은 자신을 탐색하는 것에서 만족하지 않고 세상의 소란을 그대로 기록했다. 일기장에는 존경받는 사자死者부터 사회적 운동(“게이 퍼레이드. 투쟁적 기쁨 이상의 적극적으로 나서는 에너지. 사람들은 올랜도[Orlando, 2016년 6월 미국의 한 게이바에서 발생한 테러]를 잊지 않았다. 기쁨은 폭발적이고 주의를 게을리하지 않은 채 머물러야 한다, 2016년 7월 2일”) 심지어 다음 페이지에서 보이는 2020년 3월의 봉쇄까지 당대의 관심사로 점철되어 있다. 이 글쓰기 경험의 매력은 완전한 자유에 있다.

2015년 1월 5일

케 탈•

짙은 안개. 기름을 함유한 습기. 니엡스 거리 너머로는 보이지 않는다. […]

B.가 전화한다. 그가 울고 있다. 기혼남들은 쉽게 운다. 그는 내일 아침 일찍 이곳에 올 것이다, 겨우 내일 아침에나. 타인은 기분 좋은 환상이지만, 울고 있던 B.를 생각하고 그가 수요일에 가봉으로 떠나기 때문에 내 몸은 나와 별개로 처신한다. 나는 몸속에 그의 눈을 지니고 있다. 부드러움으로 마음을 뒤흔드는 시선. 그는 한 남자가 고프다. 그는 나를 그리워하지만 어쩌면 성관계 후에 누구라도 그리워할 것이다. 샤워하고 줄줄 흐르는 물 아래서 사랑을 다시 하기. 나는 그것을 좋아한다. 그 힘세고 제공된 몸. 밤에 책상 앞에 앉아 열렬히 글쓰기. 갑작스레 절망에 사로잡힌 것은 얼마 안 된 일이다. 나는 동성애로 유형流刑에 처한 사람들을 생각한다.

한껏 터트리기 시작하는 증오가 나를 아프게 한다. 그에 대해 놀라지 않는 것은 내가 절망하는 것을 막지 못한다. 그러나 나는 어둠 속에 있다고 느끼지 않는다. 분노는 빛으로 가득 찼다. 빛이 나를 인도하고 끊임없이 나의 글로 이끈다[『나는 살아 있는데 너는 내 말을 듣지 못한다*Je suis en vie et tu ne m'entends pas*』, 악트 쉬드, 주인공이 동성애로 유형에 처한 소설]. 건설적 분노. 세네카가 그에 관해 무엇을 생각했든지 간에 분노는 그럴 수 있다. 안개가 도시를 떠나지 않았다. '투르 몽파르나스'의 앵글 하나가 초록색 네온사인으로 가장자리를 두른 모습을 드러낸다. 나는 상드와 그녀의 아이들에 관한 책을 읽는데, 피상적이고, 잘못 쓰였고, 대략적이다. 나는 B.를 원한다. 내 곁에. 나와 함께 있는 것을.

2014년 1월 6일[원문대로]

케 탈

어제보다 많지 않고 더 옅어진 안개. 참기 힘든 습기 […] UMP••의 전국 사무처장이자 동성애자 권리 옹호 운동(게이리브Gaylib)의 공동 창시자가 FN•••에 합류. 왜 스스로에게 꿈만 같다고 말하는가? 인간은 호모이자 국민주의자이고 반동적일 수 있다. 부유한 호모들은—그리고 그들뿐만 아니라—과거 부시에게 투표했다. 저 세바스티앵 슈뉘는 불쾌하고 성가신 사람이며, 눈에 자기도취가 가득한 슬픔이 들어 있다. 혐오스럽다.

상드와 그 자녀들 간의 관계에 관한 크리스틴 샹바즈베르트랑의 책을 읽음. 솔랑주가 책 대부분을 차지한다. 사랑받지 못하고, 잔인하고, 예측할 수 없고, 절망적이고, 종종 자기 안에서 가슴이 뛰는 것을 찾지만, 모처에서, 멀리서 그러다가 돌연 더 가까운 곳에서 가슴이 뛰는 것을 느끼는, 산들이 서로 치고받게 만드는 의지로 인도되고, 어머니의 천재성 때문에 치이고, 그 천재성을 인정하면서도 강압적이고, 어머니한테 사랑받기를 추구하면서 어머니가 자기 기분을 상하게 하도록 하고, 자기의 무용함에 진력이 나고, 묘하게 아름답고, 딸의 죽음에 영원히 의욕을 잃은, 복잡하고 도무지 종잡을 수 없는 상식 밖의 인물이다. 그녀의 편지들은 당신을 종종 붙잡아 두고, 당신의 가슴을 조이고—그런데 편지를 주고받는 서한문의 재능은 또 어떠한가! 나는 그녀의 서신의 발랄함을 아주 좋아하고—결국 그녀에게 호감이 간다. […]

• Que tal. 스페인어로 '어떻게 지내니?'라는 의미다.

•• Union pour un Mouvement Populaire. 대중운동연합. 중도우파의 성격을 지닌 프랑스 정당. 2002년에 창당되어, 2007년 대선에서는 니콜라 사르코지를 후보로 내세워 당선되었다. 2015년 공화당으로 재창당되었다.

••• Front National. 국민전선. 1972년 장 마리 르펜이 설립한 프랑스의 극우 정당. 2018년 3월 11일 당수 마린 르펜이 당명을 '국민연합(Rassemblement National, 약칭 RN)'으로 바꾸자고 제안하였고, 2018년 6월 1일 전당대회에서 80.81퍼센트를 득표함으로써 그리 변경되었다.

[2020년 4월 1일]

장기간의 봉쇄에서 [어떤 폭력]이 발생할까? 타인이 아프다는 의심이 널리 퍼진다. 그것은 쓰리고 위협적인 것을 만들어 낼 것이다. […]/ 나흘마다 장보기. 나를 보고서 안심하는 상인들. 마음이 따듯해진다. 꽃집 여자는 개개인에게 종이 상자에 넣은 꽃다발을 발송한다. 하지만 닫혀 있는 상점. 지나는 길에 유리창을 살짝 두드린다. 들여보내 준다, 지금, 아름다움, 그리고 아름답다—진한 장밋빛의 미나리아재비. 지하철—닫힌 철문! […]

[2020년 4월] 2일

[…] 전날에 나온 국내 뉴스 대부분은 오늘 확인 및 의문 심지어 판단과 반론 대기 중이다. 사람들은 오늘 저녁, 내일, 모레 그리고 그다음 어떻게 될지 모른다. 더 이상 아무것도 확정적이지 않다. 우리는 친근한 것—물건들, 축소 혹은 확장된 확실한 습관과 함께 하나의 장소—안에 갇혀 있다. "확실성"이라는 말은 끊임없이 흔들린다. 이 모든 혼란에서 무슨 일이 일어나 퍼져 나갈 것인가? […] 뉴스에서는 프랑스와 미국에 관한 관심사가 가득하고 이탈리아와 스페인에 관해서는 더 이상 아무것도 없거나 라디오에서 구보驅步로 소식을 전한다. 그러면 포르투갈은? 마누 디방구•, 86세, 코로나19 바이러스로 3월 24일 사망.

• Ma nu Dibango(Emmanuel N'Djoké Dibango), 1933~2020. 카메룬 태생의 색소폰연주자

[2020년 4월] 5일

[…] 대부분 가면을 쓴 거의 모든 얼굴에 혐의가 짙다. (어디에서 찾을 수 있는가?) 타인은 위험하다. […]/ 우리는 “전쟁”이라는 말에 익숙해지고 세계는 남성화된다./ 엘렌의 목소리 외에 인간의 목소리는 점점 더 나를 참을 수 없게 만든다. 누가 전화한다. 고마운 일이고 시간을 때우게 해 준다. 서로 주고받은 상투적인 말이 나를 불안하게 한다./ 엘리너 마르크스 에이블링, 칼 마르크스의 딸, 그녀는 플로베르가 사망한 지 6년 후인 1886년에 『마담 보바리』를 영어로 처음 번역했다. 그녀는 엠마와 같은 방식으로 자살했다. 헬레네—한 이웃 여성이 그녀를 위해 장을 봤다. 그것이 [그녀에게 너무 많은 스트레스를 가져다주었다.]

2. 묘사와 비방

“아드리엔은 이 책에서 드러나고 내 본성임이 틀림없는 냉담함과 타고난 냉혹함에 대해 꽤 오랫동안 웅변조로 이야기했다”

앙드레 지드 André Gide, 1869~1951

앙드레 지드가 1887년부터 1950년까지 쓴 『일기』에는 당시 상징주의자였고, 피에르 루이스•와 가까웠고, 오스카 와일드와 교제한 작가의 젊은 시절부터 1947년 노벨 문학상을 수상한 성숙기까지 상당한 기간이 담겨 있다. 작가이자 저널리스트인 앙드레 루베이르의 말을 빌리자면, 이 기간은 “극히 중요한 동시대인”으로 앙드레 지드가 오래전부터 찬양받던 시기다. 1939년부터 플레이아드판으로 출간된 일기는 있는 그대로의 작품과는 거리가 멀었다. 작가는 첫 판본에서 본래의 텍스트를 잘라 내면서—아니 그보다는 검열하면서—자기 내면의 글에 따라 구성했다. 일기의 미발표된 부분은 갈리마르 출판사가 1996년부터 출간하여 현재 두 권의 플레이아드판으로 복원되었다. 여기에는 외설적이거나 개인적 혹은 지엽적이라고 판단된 대목이 포함되어 있다. 그것은 에드몽 드 공쿠르가 아주 다른 기록에서 자신의 일기를 위해 채택한 것(190쪽 참조)과 동일한 출간 도식—자기 검열이라 부를 수 있다—이다. 두 작가는 동시대인에 의해 평가되고 후대에 읽힐 것이라는 점을 너무나 잘 알고 있었다. 지드의 『일기』의 진정성에 대한 논쟁은 출판 초기부터 왕왕 있었다. 1951년 발표된 프랑수아 레몽(필명은 프랑수아 드레)의 저서 『지드의 일기의 이면*L'Envers du journal de Gide*』은 이런 논쟁을 전적으로 대표한다. 청년기에 지드의 “사랑의 기도”를 피한 저자는 그가 사실을 개작했다고 비난했다. 실제로 작가가 일기에서 자신의 섹슈얼리티에 대해 비교적 자유롭게 언급한다고 해도, 이는 진실의 문제가 아니다. 지드는 독자에게 털어놓고 싶은 것을 털어놓았다. 하지만 이런 진정성의 문제는 때때로 그를 성가시게 했다. 1932년에 그는 다음과 같이 썼다. “오래전부터 이 수첩은 원래 그래야만 하는, 다시 말해 속내 이야기를 할 수 있는 친구가 되지를 못했다”(1932년 3월 30일). 1936년에는 이렇게 썼다. “최근 『N.R.F.』에 일기의 많은 부분을 발표하느라 생긴 화나는 습관은 […] 고백하자마자 떠벌려서 아무런 속내 이야기를 할 수 없는 입이 가벼운 친구에게 그러듯이 일기에서 나를 서서히 떼어 놓았다. 만일 그것이 사후에도 남을 수 있다면, 내 속내는 얼마나 풍요로울 것인가”(1936년 5월 16일). 이는 작가가 알고 있는 내면 글쓰기의 완전한 모순이다. 앙드레 지드의 『일기』는 이처럼 그의 삶을 있는 그대로 이야기하는 소명도, 그의 시대의 연대기가 되는 소명도 갖고 있지 않다. 우리는 인간이자 작가로서 그의 기대가 반영된 그의 여정과 질문의 일상적 거울에 접근할 수 있다. 그리고 거기서 그의 사회적·정치적 관심사뿐만 아니라 고독에 대한 취향도 발견하고, 그가 읽은 책의 내용과 인상도 뒤따를 수 있다. 요컨대 지드는 『일기』에서 자신의 작품과 작가로서의 입장을 끊임없이 질문하고, 이 세계에서 자신의 존재에 대해 의문을 제기한다.

• Pierre Louÿs, 1870~1925. 프랑스의 시인이자 소설가

si exquis que soit le motif et il est peu de ces pièces dont je ne lâcherais volontiers la moitié. Les meilleures sont le plus souvent les plus courtes.

Joie de savoir encore complètement par cœur toutes les variations symphoniques — (du moins je les retrouve complètement après deux heures d'étude). Moins le milieu du finale que j'abandonne.

16 Oct.

Paris de nouveau. Tumulte. Je me sens devenir insociable. Plus aucun désir de causer. Et d'une façon plus absolue : pas de désirs. ~~J'avais~~ Conversation avec Adrienne Monnier,
D qui n'aime pas les Faux Monnayeurs. En général il se passe pour ce dernier livre ce qui s'est déjà passé tant de fois avec les précédents. Le ~~dernier~~ plus récent n'est aimé que par ceux qui n'avaient pas encore aimé les autres et tous les lecteurs que les précédents livres m'avaient acquis déclarent aimer "beaucoup moins celui-là." — J'y

[1926년] 10월 16일

다시 파리. 소란스러움. 나는 내가 비사교적으로 되는 것을 느낀다. 더 이상 담소를 나누고 싶은 마음이 없다. 더욱 단호하게 말하면, 욕망이 없다. 아드리엔 모니에와 대화, 그녀는 『위폐범들』을 좋아하지 않는다. 일반적으로 앞서 나온 책들과 이미 수없이 많이 일어난 일이 이 책에서도 일어나고 있다. 가장 최근의 책은 다른 책들을 아직 좋아하지 않는 사람들에게만 사랑받고 있고, 앞서 나온 내 책들의 모든 독자는 "이번 것을 훨씬 덜" 좋아한다고 밝힌다. [나는 그런 것에 익숙해져 있고, 기다리는 것으로 충분하다는 것을 잘 알고 있다. 아드리엔은 이 책에서 드러나고 내 본성임이 틀림없는 냉담함과 타고난 냉혹함에 대해 꽤 오래 웅변조로 이야기했다. 나는 무엇을 말하고 무엇을 생각해야 할지 모르겠다. 내게 건네지는 몇몇 비판을 언제나 받아들인다. 스탕달도 그의 무감각함과 냉담함에 대해 오랫동안 비난받아 왔다고 생각한다…….]

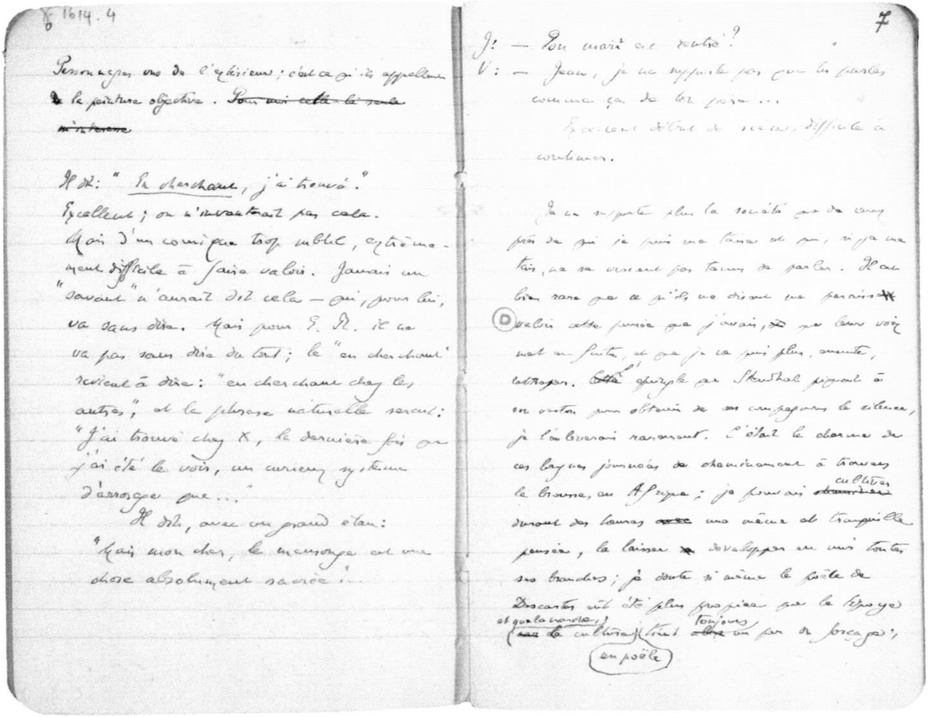

[1927년 8월 9일]

[…] 이제 나는 침묵할 수 있고, 내가 침묵하면 자신이 말할 의무가 있다고 생각하지 않는 사람들의 모임만을 견딜 수 있다. 그들이 말하는 것과 그들의 목소리는 내가 가졌던 생각을 쫓아 버리고 더 이상 따라잡을 수 없도록 해서, 그 생각이 가치 있는 것처럼 보이는 경우는 아주 드물다. 스탕달이 그의 일행으로부터 침묵을 얻기 위해 자기 상의에 꽂은 그 핀을 나는 거의 떼어 내지 않았다. 그것이 아프리카 오지를 가로질러 앞으로 나아간 긴 날들의 매력이었다. 나는 몇 시간 동안이나 고요한 생각에 전념할 수 있었고, 내 안에서 그 생각이 온갖 가지를 쳐 나가게 할 수 있었다. 나는 데카르트의 난로•조차도 **티푸아••**로 걷는 것보다 더 유용했을까 하고 의심한다. 나는 결코 외부 세계와 현실에 대한 느낌을 잃지 않았고, 사는 것을 운명이라 받아들이고 싶다.

대로에서 드리외 라 로셸과 마주쳤다. 그가 닷새 후에 결혼할 거라고 알려서, 그를 데리고 포르토 한잔하러 바에 가는 것이 예의라고 생각했다.

–"좋소, 해 보고 싶은 경험이오. 내가 버틸 수 있을지 알고 싶소. 나는 지금껏 우정이나 사랑을 절대 6개월 이상 밀고 나갈 수 없었소[…]"라고 그가 말했다.

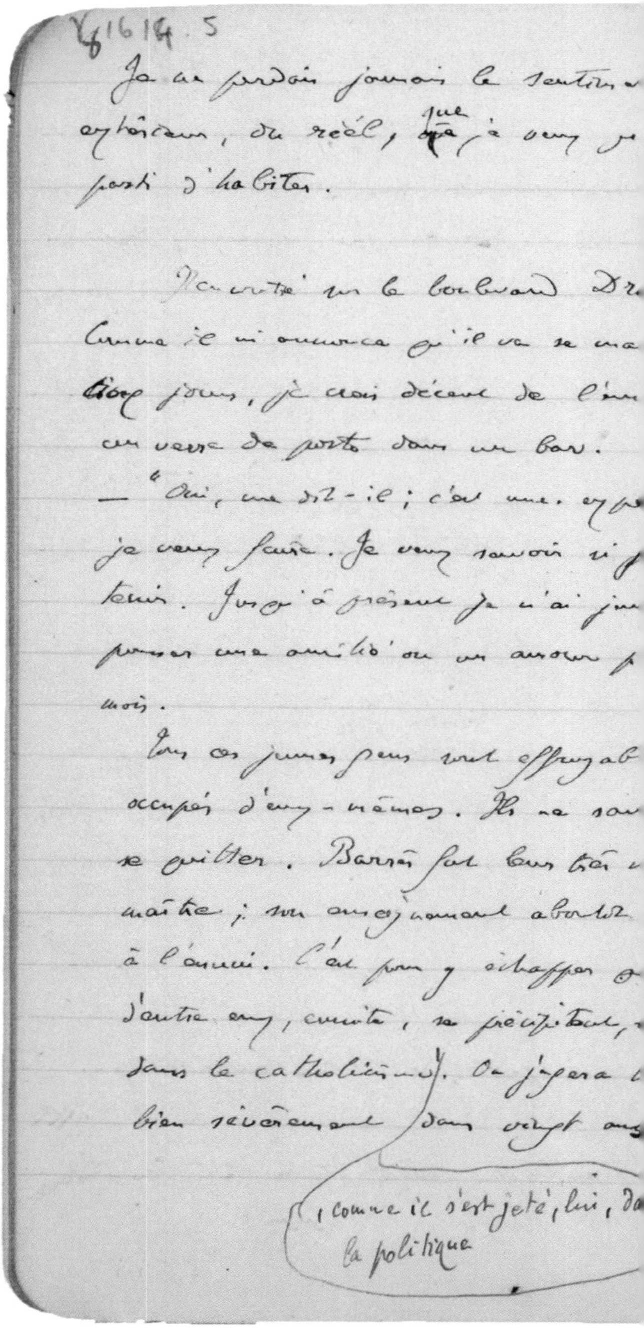

• 철학자 데카르트는 추운 겨울이면 온종일 난롯가에서 명상하며 사색에 잠겼다고 한다.

•• tipoye. 두 명 혹은 네 명의 짐꾼이 어깨에 메거나 들고 다닌 운송 수단. 보통 의자나 침대 형태였다.

9

1er Oct.

Rentré hier de Cuverville, où assez bon travail, mais état nerveux détestable. Je ne parviens plus à dormir sans sonéryl, dont je ne consens à prendre que tous les deux jours. Est-ce à cet état nerveux que sont dues ces constrictions de la gorge, (de l'œsophage je crois) qui, ces derniers temps sont devenues toujours plus pénibles. Dues à quoi ? Je ne sais, mais dans la crainte du pire, je me décide à consulter. Me dira-t-il peut-être, le docteur Antoine que je ne connais pas encore, "Pourquoi diable avez-vous attendu si longtemps !", car voici plus de deux ans que cela dure. Je crois même avoir ressenti les premiers symptômes de… cela, bien avant mon départ pour le Congo.

Maurois parle de Wilde avec élégance ; les mots de lui qu'il cite sont bien choisis ; ~~Il~~ semble mais cette petite étude, très "conscience

“지금까지 내가 한 모든 것이 형편없는 장난질에 불과했구나!”

마리 바시키르체프 Marie Bashkirtseff, 1858~1884

“나는 언제나 무명으로 남아 있을 거예요. […] 그러나 내가 매력적이라는 것을 알립니다”라고 마리 바시키르체프는 모파상에게 존경심을 표현하기 위해 보낸 편지에서 용기 내어 이렇게 썼다. 서신은 이어졌지만, 모파상의 요청에도 불구하고 만남은 절대 이루어지지 않았다. 1858년 우크라이나에서 러시아 귀족인 아버지와 프랑스인 어머니 사이에서 태어난 마리는 오만하고 정신적이며 사나우리만치 환상적이고 공상적인 사람이었다. 프랑스어로 일기를 쓰기 시작할 때 그녀는 불과 열두 살이었다. 그녀는 아주 일찍부터 자신의 일기가 사후에 유명세를 가져다줄 것이라 확신했다. 그녀의 커다란 계획은 1874년 7월부터(당시 그녀는 열여섯 살이었다!) 있었다. “이 일기는 과거, 현재, 미래에 있을 모든 글보다 더 유용하고 더 교육적이다. 그녀는 모든 생각과 희망, 사유, 실망, 비열함, 아름다움, 비애, 기쁨을 지닌 여인이다. 아직 온전한 여성은 아니지만, 앞으로 그렇게 될 것이다. 사람들은 그녀를 유년기부터 죽을 때까지 따를 수 있다. 한 사람의 삶, 어떤 가장假裝도 거짓도 없는 한 인생 전체는 항상 위대하고 흥미롭기 때문이다.” 이듬해에는 이렇게 썼다. “이처럼 여성의 전 존재를 걸고 모든 것, 모든 것에 대해 표현할 수 있는 사진은 아직 없다고 생각한다. 궁금할 것이다.” 멋쟁이에다 삶에 대한 무한한 욕망과 보기 드문 지성으로 활기 넘쳤던 그녀는 엄청나게 흥미진진한 일기 작가였다. 우리는 아주 어린 소녀인 그녀가 잇따라 오는 격정의 흐름을 따라서 호시탐탐 사랑을 노리고, 첫 키스를 어설프게 양보한 것에 대해 원통해하는 것을 볼 수 있다. 그리고 무엇보다 자신에게 영광을 가져다줄 길을 선택하는 데 탐욕스러운 그녀를. 목소리를 잃은 그녀는 성악가가 되는 것을 포기한 후에 화가가 되기 위해 아카데미 쥘리앙Académie Julian에 등록한다. 1868년 화가 로돌프 쥘리앵(여기서 “쥘리앵Jullien”으로 불림)이 파리에 세운 이 학교는 당시 여성을 받아주는 유일한 곳이었다. 그녀는 최근 여성 누드모델이 허용된 이곳 환경을 생생하게 묘사하면서 다음과 같이 항의했다. “우리는 에콜 데 보자르•를 보고 있었다. 목청 높여 소리쳐야 할 것이다. 왜 나는 그곳에서 공부할 수 없는가?!”(『일기*Journal*』, 1878년 10월 20일) 또한 그녀는 페미니스트 신문 『라 시투아이엔*La Citoyenne*』에 글을 썼다. 그리고 그림 공부를 너무 늦게 시작했다고 불평했지만, 금세 그림으로도 어느 정도 명성을 얻었다.

어쩌면 마리 바시키르체프는 남은 시간이 많지 않아서 전속력으로 살았는지 모른다. 그녀는 스물다섯 살에 결핵으로 사망했다. 1887년 그녀의 일기는 획기적으로 두 권에 요약되어 첫 출간되었다. 그리고 많은 숭배자가 그녀의 뒤를 따랐는데, 마리나 츠베타예바는 자신의 첫 시집을 그녀의 “빛나는 유덕遺德”에 헌정했다.

• École des Beaux-Arts. 프랑스의 영향력 있는 미술 학교들을 가리킨다. 가장 유명한 곳은 에콜 나시오날 쉬페리외르 데 보자르(École Nationale Supérieure des Beaux-Arts, 국립 고등미술 학교)로 현재 파리의 센강 좌안에 위치해 있으며 350년 이상의 역사를 지녔다. 유럽의 많은 위대한 예술가가 이곳을 거쳐 갔다.

29

Mardi 2 Octobre 1877—

C'est aujourd'hui que nous déménageons au 71 des Champs Elysées. Malgré tout ce remue-ménage j'ai eu le temps d'aller à l'atelier Jullien le seul sérieux pour les femmes. On y travaille tous les jours de 8 à 12 h. et de 1 h. à 5 h. Un homme nu posait, lorsque M. Jullien m'a conduite dans la salle.

Nous avons rencontré 10 fois Torlonia ~~[illegible]~~ sur le perron et auprès de la caisse! Ce garçon si bien élevé est devenu plus aimable. C'est l'air de Paris. S'il avait été ainsi à Rome je me serais imaginée qu'il est amoureux de moi. Tous les hommes du monde sont plus ou moins distingués, polis, empressés, mais ce magnifique Torgnole a une distinction et une politesse à lui; je ne sais si je

1877년 10월 2일 화요일

오늘 우리는 샹젤리제가 71번지로 이사한다. 그 모든 소란스러운 이동에도 불구하고 나는 여성을 위한 유일하고 진지한 아틀리에 쥘리앵[원문대로]에 갈 시간이 있었다. 사람들은 그곳에서 매일 8시부터 12시까지 그리고 1시에서 5시까지 작업한다. 쥘리앵 씨가 실내로 안내했을 때 남성 누드모델이 포즈를 취하고 있었다. 우리는 T[…]를 현관 앞 계단과 회계 창구 옆에서 마주쳤다. 잘 자란 이 소년은 더 친절해졌다. 그것이 파리의 분위기다. 만일 로마에서 그와 같았다면 나는 그가 나에게 반했다고 상상했을 것이다. 세상의 모든 남자는 다소간 품위 있고 예의 바르고 사려 깊으나, 이 훌륭한 T.[…]는 그만의 품위와 공손함이 있다. […]

[1877년 10월 3일 수요일]

[그런데 무엇을 욕망해야 할까? 나는 많은 것을 욕망한다. 백만장자가 되기? 내 목소리를 되찾는 것? 남자 이름으로 나서서 로마상을 받는 것? 나폴레옹 4세와 결혼하는 것, 큰물에서 놀기……?] 나는 빨리 성공하는 일을 고른다. 하지만 로마상은 내가 말할 수 있는 그 어떤 것 이상으로 나를 유혹한다……. 그러나 첫 번째 일이 일어나면 우리는 다시 시작할 수 있을 것이다. 아니 나는 목소리를 빨리 되찾는 것을 욕망하고 그것을 생각뿐만 아니라 글로 썼기에 더는 바꾸지 말아야 한다.

아멘.

38

perdues! De colère on est
tenté de tout envoyer au
diable ... mais ce serait encore
pis. Allons fille misérable
et abominable sois contente
d'être enfin arrivée à commencer.
À mon âge! 19 ans dans
un mois! À 13 ans j'aurais
pu commencer! 5 ans!
J'aurais fait des tableaux
d'histoire si j'avais commencé
il y a cinq ans. Ce que je sais
ne fait que me nuire. C'est à
refaire.
J'ai été obligée de recommen-
cer la tête de face avant de satisfaire.
Quant à l'académie cela se fit
de soi même et M. Jullien n'a
pas corrigé une ligne. Il n'était
pas là quand j'arrivai
et une des élèves qui me dit
comment commencer, je n'avais
jamais vu d'académie.
Tout ce que je faisais jusqu'à
présent n'était qu'une mauvaise
blague!
Le portugais au nom long a

1877년 10월 4일 목요일

8시부터 정오까지 그리고 1시부터 5시까지 그림을 그리면 하루가 빨리 지나간다. 도착하는 데만 거의 한 시간 반을 잡아먹고 조금 지각해서 겨우 여섯 시간 작업했다.

지난 세월을 생각하면, 내가 잃어버린 세월을 생각하면! 화가 치밀어 모든 것을 걷어치우고 싶지만…… 그것이 더욱더 나쁜 일이 될 것이다—자, 가련하고 밉살스러운 계집애, 마침내 시작한 것에 만족하거라……. 이 나이에 말이야! 한 달 후면 열아홉 살! 열세 살에 시작할 수도 있었을 것이다! 5년! 내가 만일 5년 전에 시작했더라면 역사적인 그림들을 그렸을 것이다. 내가 아는 것은 나를 해치기만 한다. 다시 해야만 한다. 만족하기 전에 정면 두상을 두 번이나 다시 시작해야만 한다. 아카데미로 말하자면 꽤 자연스럽게 만들어졌고, 쥘리앵 씨는 단 하나도 수정하지 않았다.

내가 도착했을 때 그는 없었고, 한 여학생이 어떻게 시작해야 하는지를 말해 주었다. 나는 한 번도 아카데미를 본 적이 없었다.

지금까지 내가 한 모든 것이 형편없는 장난질에 불과했구나! […]

"오늘은 도데, 졸라, 샤르팡티에와 함께 크루아세에 있는 플로베르의 집에서 저녁 먹고 자러 가기 위해 떠난다"

에드몽 드 공쿠르 Edmond de Goncourt, 1822~1896
쥘 드 공쿠르 Jules de Goncourt, 1830~1870

공쿠르 형제가—1851년부터 1896년까지—쓴 일기는 19세기 하반기의 문학적 삶만큼이나 방대하다. 1870년—쥘이 사망한 해—까지는 둘이 함께 작품을 썼다. 이후 에드몽은 자기 시대의 중대한 증인으로서 홀로 계획을 이어 갔다. 이 일기에서 우리는 공쿠르 형제의 내밀한 이야기뿐만 아니라 19세기 문학적 사회성의 이면 즉, 편집과 음모, 우정과 질투, 담합과 인맥을 만날 수 있다. 또한 모든 종류의 성찰과 묘사도 발견할 수 있다. 많은 일화에는 문학과 예술 창작에 대한 성찰, 정치적 메모, 내적 성찰과 지각, 유명한 애서가였던 형제의 수집품에 관한 주석이 번갈아 가며 뒤를 잇는다. 그들 일기의 출판 이야기는 복잡하다. 형제는 1866년 동시대인에게 '아뮈즈부슈'•에 불과한 그들의 책 『사상과 감각*Idées et Sensations*』에서 첫 번째 발췌문을 발표했다. 에드몽은 1887년에 『문학적 삶의 회고록*Mémoires de la vie littéraire*』이란 제목으로 실제 출판을 시작했지만, 당시 일기의 텍스트는 의도적으로 광범위하게 잘려 나가고 어조도 희석되었다.

『공쿠르 형제의 일기*Journal des Goncourt*』의 매혹적인 점은 집필을 시작할 때부터 형제들이 이른바 이 '사적인' 일기장이 언젠가 읽히리란 사실을 완벽하게 알고 있었다는 것이다. 그러므로 공쿠르 형제와 동시대를 살아간 사람들은 그들이 자리 하나를 차지하리라는 것을 일찍 눈치채고, 거기서 자신을 발견하기를 기원—혹은 두려워—했다! 육필 원고로 엄밀하게 회귀하는 것의 매력은 동시대인의 적나라한 초상화를 발견한다는 데 있다. 그러므로 원본을 읽으면 플로베르, 도데, 졸라 그리고 모파상과 허물없이 마주하게—크루아세에 있는 플로베르의 집에서의 저녁 식사—되는데, 그 사소한 세부 사항은 보통 『공쿠르 형제의 일기』 총서에서는 삭제되었다.

• amuse-bouche. 아페리티프와 함께 먹는 비스킷이나 샌드위치 따위를 가리키며, 하찮은 것, 쓸데없는 것을 비유할 때 쓴다.

[1880년] 3월 28일 부활절 일요일

오늘은 도데, 졸라, 샤르팡티에와 함께 크루아세에 있는 플로베르의 집에서 저녁을 먹고 자러 가기 위해 떠난다. 졸라는 물품 명세서를 작성하려는 경매인의 서기처럼 쾌활하다. 도데는 집에서 도망 나와 술집들을 누비고 다닐 채비를 하는 사람 같다. 샤르팡티에는 한 세트의 맥주잔을 힐끗 보며 아무에게나 말을 거는 학생 같다. 그리고 나, 나는 플로베르를 얼싸안는 게 무척 행복하다. 졸라의 행복은 큰 걱정거리 즉, 빨리 달리는 기차를 타고 가다가 푸아시, 망트, 베르농에서 오줌을 눌 수 있을지에 대한 마음고생으로 깨져 버렸다. 『나나*Nana*』의 작가가 오줌을 누거나 적어도 오줌을 누려 시도하는 횟수는 상상을 초월한다. 점심 식사 때 조금 마신 영국산 흑맥주가 머리에 오른 도데는 나다르에게서 물려받은 미쳐 날뛰고 정신이 이상해진 그 암컷과의 사랑에 관해 이야기하기 시작했다. 압생트 술내 나는 땀에 흠뻑 젖어 있는 그가 보여 주는 한쪽 손 위의 자상刺傷 자국으로 이따금 극화된 미친 사랑에 관해서 말이다. 떨어져 나올 용기는 없고 사라진 그녀의 아름다움과 보리 설탕을 먹다가 부러뜨린 그녀의 앞니 한 개에 약간의 연민으로 묶여 있는 그 여인과의 서글픈 사랑을 그는 비꼬면서 묘사했다. 그녀와 결혼했을 때와 결별해야 했을 때는 그녀가 집 안에서, 사람이 사는 장소에서 격노하는 게 두려워, 시골에서 저녁 먹자는 핑계로 뫼동 숲 한가운데로 그녀를 데려갔다고 말했다. 거기서, 나뭇잎이 모두 진 나무들 한가운데서 그녀에게 끝났다고 말하자 그 여자는 [“더는 악하게 굴지 않을 거야, 당신 하녀가 될게……”라는 말과 뒤섞인 어린 황소의 노호하는 소리]를 지르며 진흙과 눈 속 그의 발치에서 뒹굴었다.

“인내심, 인내심 외에 다른 건 필요하지 않아”

하리 케슬러 Harry Kessler, 1868~1937

하리 케슬러 백작의 일기를 읽는 것은 20세기 전반 유럽 예술가들의 작업실 문을 여는 것과 같다. 탐미주의자이고 수집가이며 에드바르 뭉크가 초상화를 그린 이 귀족은 근대 예술의 승인을 위해 헌신적으로 노력했다. 은행가인 아버지에 의해 게르만 문화를, 어머니에 의해 영국 문화를 배경으로 파리에서 태어난 그는 국제적인 인텔리겐치아의 산물이다. 프랑스에서는 로댕, 폴 시냐크, 피에르 보나르, 모리스 드니, 에두아르 뷔야르 혹은 인상주의자들의 전설적인 화상인 앙브루아즈 볼라르의 측근이 되었고, 독일에서는 미술관 관장이 되어 고갱의 작품을 처음으로 전시했지만, 로댕의 작품을 전시하면서 경악을 불러일으키기도 했다. 그의 일기를 구성하는 빨간색이나 갈색 가죽으로 제본된 50여 권의 수첩(1880년에서 1937년 사이에 쓰인 1만 3백 쪽!)에는 이러한 만남들이 회상되어 있다. 그는 예술가들과의 대화를 기록하고 그들의 생생한 목소리를 복원했다. 다음 일기에는 조각가 아리스티드 마욜과 함께한 그리스 여행이 담겨 있다. 그는 마욜의 중요한 후원자였다. 육필 원고를 델포이 유적에 앉아 있는 예술가의 사진으로 장식해 흥미를 끌기도 했다. 우리는 그가 독일 아방가르드의 특색 있는 분위기에서 게오르게 그로스나 오토 딕스와 함께 있는 것을 보았다…….

제1차 세계 대전은 필연적으로 프랑스 문화에 매혹된 이 독일인의 삶에 전환점이 되었고, 특히 베르됭 전투는 더욱 큰 타격을 주었다. 그는 독일 예술 프로파간다를 지휘하기 위해 스위스로 보내졌다. 그러나 갈등을 겪은 뒤에 정치에 전념하고 사회 진보와 평화를 위한 운동을 벌여 “붉은 백작”이라는 별명을 얻었다. 그는 재정적 어려움 때문에 수집품 일부를 포기해야 했고, 이 수집품도 1933년 정치적 혼란으로 그가 독일을 떠나면서 완전히 흩어져 버렸다.

1908년 3월 14일 델포이

오늘 아침 일찍 마욜과 마지막으로 박물관에 갔다. 나는 그가 크니도스 원기둥의 프리즈에 있는 아이올로스 그룹에 주목하도록 했는데, 아이올로스 의상에 대한 믿을 수 없을 만큼 세밀한 작업에 대해 “섬세한fin”이라는 형용사를 사용했다. 마욜은 말한다. “섬세한 그림이네. 이 윤곽선(아이올로스의 실루엣)은 예술가가 자기 기교를 보인 것이지. 그러나 이를 위해서는 인내심만 있으면 돼. 인내심 외에 다른 건 필요하지 않아.”

337

Er wird sofort schlechter Laune, wenn man von Brie oder von Andern redet. – Wir sprachen Abends beim Spaziergehen von französischer Malerei. Er meinte, die Romantiker seien ~~[illegible]~~ nicht ehrlich gewesen. Rousseau sei „du language. Ils mettaient du bitume, et puis ils frottaient un ton dessus, et ça devenait
(? Rousseau Zeichnung! Rousseau warf [illegible] Maillol vor)
tout de suite un arbre. C'est Courbet avec sa belle sincérité qui a nettoyé tout ça. Courbet qui ne mettait jamais un ton qui n'était pas une forme. Courbet, c'est le seul peintre que j'ai compris en arrivant à Paris. Les autres, je ne les comprenais pas; mais Courbet je l'ai compris tout de suite." (Hierbei spielt mit, dass der Bauer den Bauern verstand.) Er sagt, die Zeit sei in meiner Abwesenheit hier doch etwas lang geworden: die Touristen seien zu abschreckend gewesen: „des étrangers, des Anglais, des Allemands, des Français d'une laideur! ..... chaque jour il en partait, et chaque jour il en revenait qui étaient plus laids encore, des fournées: hier, il est arrivé des femmes à faire frémir les montagnes."

Maillol im Apollotempel, Delphi.
13. V. 08. Abends.

Delphi

14 Mai 1908.

Früh zum letzten Mal mit Maillol im Museum. Ich machte ihn auf die Äolusgruppe im Knidierfries aufmerksam und gebrauchte dabei den Ausdruck „fin" von der unglaublich sorgfältigen Arbeit am Hemd des Äolus. Maillol: „Ce n'est pas ça qui est fin, c'est le dessin (le contour) (die Silhouette des Äolus); c'est là que l'artiste a montré sa finesse. Mais ceci, il n'y faut que de la patience, rien d'autre, de la patience." Ich: Eh bien, alors il n'a pas perdu

"수많은 추억. 감자튀김 냄새, 오케스트라, 말 타기, 술집들"

외젠 다비 Eugène Dabit, 1898~1936

외젠 다비는 문학에서 거의 듣지 못하는 사람들, 즉 자신의 출신 계층인 서민들의 목소리를 들려주고 그들의 초상화를 그리는 것을 좋아했다. 마르셀 카르네가 영화로 각색하고, 한때 부모가 운영한 호텔과 때때로 그가 야간 경비원으로 일한 곳인 파리의 '젬마프 둑'•에서 영감을 받은 소설 『북 호텔』(1929)은 이렇게 태어났다. 그는 흥취 있고 정겨우며 비가시적인 세계를 현장에서 포착하고 싶어 했고, 1928년부터 1936년까지 간헐적으로 쓴 일기와 양면성을 지닌 관계를 유지했다. "물론 나는 '일기'를 규칙적으로 쓸 것이라 생각하지 않는다. 내가 보고 듣는 것을 바로 옮기는 것에 별 관심이 없다. 게으름? 아니, 혐오감이다. 작품을 준비하기 위해 자기 삶을 이용하고 자료를 쌓아 올리는 그런 방식에 대한 혐오감 말이다. 웬 선견지명인가! 내 삶을 어제보다 오늘 더 많이 설명하고 싶다는 욕구를 못 느끼며 견디는 것만으로도 충분하다"라고 그는 1932년에 고백했다. 그러나 그는 탐닉했다. "조금 전에 옛 노트를 다시 읽었다"라고 몇 달 뒤에 적었다. "여기저기 추억 이상의 것이 남아 있었다. 내 삶이었던 것을 재발견하고 그 떨림을 여전히 느낄 수 있는 것이 얼마나 행복했는지 모른다. 그리고 이제 더 이상 놓지 않는다는 것을 확인하는 기쁨이 얼마나 큰가." 그는 분명 노트에 내밀한 것을 기록했다. 사랑과 환멸, 옛 친구와의 재회, 여행, 불확실한 행로에 직면했을 때의 낙담 등. 또한 동시대인들을 소설의 준準 참고자료가 되는 감성으로 묘사했다. 오랫동안 그림에 마음이 끌렸던 외젠 다비는 모든 것을 탐욕스럽게 기웃거렸다. 그 덕택에 사라진 파리가 다시 떠올랐다. 그리하여 생명력 넘치는 벼룩시장이나 매우 혼잡한 메닐몽탕 거리가 되살아났다. 모든 것이 그의 관심을 끌었다. 아름다운 거리와 샹젤리제 거리의 "사치스러운 잡화류"와 마찬가지로 반 공터에 있는 수도 파리의 "오래된" 진정한 기억이 머무는 포르트 드 바뇰레••도. 한 세계에서 또 다른 세계로의 이동…….

• quai de Jemmapes. 파리 10구에 있는 생마르탱 운하를 따라 뻗어 있는 센 강변의 둑

•• Porte de bagnolet. 파리 20구에 위치한 지역으로, 파리 북구 외곽에서 파리 안으로 들어올 때 통과하는 지역 중 한 곳

[1935년 5월 22일]

[…]

P.G.의 집에서 저녁 식사. 나는 이 세계가 내 것이 아니라고 느낀다. 그와 함께 시간을 보내면서 어떤 즐거움을 느낀다면 그것은 대체로 호기심 때문이다. 내 정신은 깨어 있고 추억하기를 멈추지 않는다. 각각의 세계에 한 발을 들여놓으면 유용하다. 그러나 내 마음, 나는 그것이 어디에 있는지를 안다. 그런데 그 모든 것이 단순하지 않다.

[1935년] 5월 26일

흐리고 추운 날들이 지나간다. 조만간 여름이 되고, 나의 출발과 베라의 귀환을 생각한다. 행사와 만남이 나를 압박하는 것 같다. 어제는 얼마나 피곤한 하루였는지 모른다. 파랭, 샤갈, 샹송, 프리드만. 얼마나 많은 말이 오고 갔는지! 새벽 1시에 귀가.

soir, en rentrant de Sceaux où j'avais passé une bonne journée chez Blanzat, que j'ai trouvé ce titre. Auquel je me tiendrai.

Dîner chez P. G. Je sens bien que ce monde n'est pas le mien. Si je ressens certain plaisir à le fréquenter, c'est beaucoup par curiosité. Mon esprit ne cesse pas d'être en éveil, de se souvenir. Utile, d'avoir un pied dans chaque monde. Mais mon cœur, je sais où il est. Tout cela n'est pas simple au reste.

26 mai.

Les jours passent, gris, froids. Bientôt l'été, je songe à mon départ, au retour de Véra. Il me semble que les événements, les rencontres, me pressent. Hier, quelle journée épuisante : Parain, Chagall, Chamson, Friedmann. Que de paroles ! Retour à 1 heure du matin. Combien j'étais las. Il me paraît que je ne viendrai jamais à bout de mon travail : mon roman à terminer, des livres à lire. Quitter mes parents, dans un mois, c'est là ma seule vraie tristesse. Mettre de l'ordre dans mon esprit, et

정말 지쳐 있었다. 일을 절대 끝마치지 못할 것 같다. 끝마쳐야 할 소설, 읽어야 할 책들. 한 달 후 부모님을 떠나는 것, 나의 유일하고 진정한 슬픔이 거기에 있다. 생각을 정리하고, 때가 되면 출발 준비가 될 것이다. 내가 떠나지 못하도록 할 어떤 가공할 사건이 일어나지 않을까? 전쟁? 내 안에서 증오와 혐오의 감정을 느끼지 않고서는 가련하고 우스꽝스럽게 변장한 병사 한 명을 마주치지 않을 수 없다. 꼭두각시 노릇을 할 나이는 지났다. 잃어버릴 시간이 없다.

일요일, 포르트 데 릴라에 와 있다. 안타깝게도 흐린 하늘에 바람이 분다. 햇빛이 나는 일요일이 더 아름다울 것이다. 천천히 그 작은 벼룩시장 한가운데서 산책했다. 그에 관해 내가 말해야 할 모든 것이란! 나로서는 주제가 항상 새로운데……. 삶처럼 새롭다. 그리고 여기서 삶이란…….

P.G.가 삶을 느끼러 와야만 할 곳이 바로 여기다. 그러나 사실상 불가능한 일이다. 나, 나는 이 세계가 아닌 다른 곳에서는 행복할 수 없을 것이다. 마음이 편하다. 수많은 추억. 감자튀김 냄새, 오케스트라, 말 타기, 술집들. 그 모든 잔해, 사람들이나 사물들, 아! 삶이란 마멸일 뿐이다. 수없이 많은 삶의 불가피성, 수많은 구속. 나는 그것들을 느끼고, 그것들을 본다. 그래서 그것의 포로가 되고 싶지 않다. 어떤 값을 치르더라도, 절대로. 모든 일에는 그 대가가 있게 마련이라는 것을 알고 있다. 돈. 조금 가지고 있다. 그래서 나는 자유롭다. 돈을 벌고 싶지 않다. 생활하고, 몇 명을 돕는 데 필요한 정도면 된다. 나, 나의 진정한 행복과 부는 자유롭고 한가하게 있는 것이다. 특별히 하는 일 없이 시간을 보내고 내 삶을 "느끼는 것이다".

나는 벼룩시장에 관해…… 삶에 관해 이야기하고자 했다. 자, 그런데 여기 또 한 번 다른 길 위에 서 있다!

한 여성이 테라스에서 내 옆에 앉아 있다. 1935년 파리의 인형 스타일. 짧게 자른 속눈썹, 푸르스름한 눈꺼풀, 색칠한 속눈썹, 두 뺨 위에 황갈색 분칠, 정말 웬 화장인지. 머리 탈색은 말할 나위도 없다. 젠체하는 몸동작, 이 사람(서른 살은 넘었다)은 자신이 아름답다고 생각한다. 벗은 몸은 별것 아닐 테고 사랑을 나누기엔 좋을 것 같지 않다(당신의 머리털 웨이브를 망가뜨리고 화장도 엉망이 된다). 그녀는 『파리수아르*Paris-Soir*』를 경건하게 읽는다. 분을 바른다, 한 겹 더! 테이블 위에는 핸드백, 장갑이 놓여 있다. 그 머릿속에는 무엇이 들어 있을까? 자만과 어리석음. 그거다, 파리지앵이란. "스타"의 이미지대로. 민중의 딸, 여성 노동자 만세. 삶, "가짜 부르주아들"에게는 삶이 존재하지 않는다.

Je serai prêt au départ, le moment venu. N'y aura-t-il pas quelque évènement redoutable pour me l'interdire? La guerre! Je ne peux rencontrer un soldat, pitoyable, ridiculement déguisé, sans sentir en moi haine et dégoût. J'ai passé l'âge de faire le pantin; pas de temps à perdre.

C'est dimanche, à la porte des Lilas. Ciel gris, hélas, et vent. Plus beau serait le dimanche avec le soleil. Me suis promené lentement au milieu de cette petite foire-aux-puces. Tout ce que j'aurais à en dire! Pour moi, le sujet est toujours neuf... neuf comme la vie. Et ici, la vie... C'est bien là que P.G devrait venir la sentir; mais ce lui est, au fond, impossible. Moi, je ne saurais être heureux ailleurs que dans ce monde. Je suis à l'aise. Tant de souvenirs. d'odeurs de frites; orchestres; un manège; guinguettes. Toutes ces épaves, êtres ou choses, ah! la vie n'est qu'usure. Les mille nécessités, les mille servitudes de la vie. Je les sens, je les vois. C'est bien pour ça que je ne veux en être prisonnier. À aucun prix. Pas par sagesse. Je sais que tout se paie. L'argent. J'en ai, un peu; c'est pourquoi je suis libre. Je ne veux en

9

gagner. Juste ce qu'il me faut pour vivre, aider quelques uns. Moi, mon vrai bonheur, ma vraie richesse, c'est de demeurer libre, disponible; perdre mon temps; "sentir" ma vie.

Je me proposais de parler de la foire-aux-puces... de la vie. Me voici sur d'autres chemins — une fois encore!

Une femme s'est assise à côté de moi, à la terrasse. Style poupée parisienne, 1935. Cils rasés; paupières bleuâtres, cils peints, fard ocre sur les joues, quel maquillage. Les cheveux décolorés, ça va de soi. Gestes précieux, elle se croit belle, cette personne (elle a dépassé la trentaine) Mais ça ne doit pas être grand chose; et pas bien bon à faire l'amour (ça abîme vos ondulations, votre maquillage tout le temps) Elle lit son Paris-Soir, religieusement. Elle se poudre, une couche de plus! Sur la table, le sac, les gants. Qu'est-ce qu'il y a dans cette cervelle? la prétention, la sottise. C'est ça, la parisienne. A l'image des "Stars". Vive la fille du peuple, l'ouvrière. La vie, ça ne se trouve pas chez les "faux-bourgeois".

29 mai.

"삶의 연극이 매일 내 앞에서 공연된다"

셜리 골드파브 Shirley Goldfarb, 1925~1980

셜리 골드파브는 일찍이 "나는 누구보다 스타일리시한데 아무것도 하지 않는다. 모두가 내가 가진 특별한 재능에 동의하는 듯하다"라고 자조적으로 썼다. 다른 곳에서는 스스로를 "전문적인 아마추어"로 규정한다……. 추상표현주의 대표 주자인 이 미국 여성 화가는 1954년부터 자신이 선택한 도시 파리에서 생제르맹데프레의 여러 카페에 앉아 동시대인들을 관찰하는 데 대부분의 시간을 보낸다. 그리고 "내 행복은 크로키 수첩과 나의 개 그리고 립 카페의 커피 한 잔(un café chez Lipp, 일기에 프랑스어로 씀)이다"라고 요약한다. "나는 파리 거리에 속해 있다. 리앙쿠르가에서 가상디가까지, 두 개의 공동묘지 사이에서(entre les deux cimetières, 일기에 프랑스어로 씀), 렌가에서 라스파이 대로 쪽으로 걸을 때 내 플랫폼 슈즈가 서로 부딪히는 소리가 나면 나는 부활한다." 관찰에 탐욕스러운 그녀는 몽파르나스의 아주 작은 화실에 갇혀 작업하는 것을 힘들어했다. "어째서 나는 왜 매일 적어도 여덟 시간 동안 그림을 그리지 않는가. 그렇게 오랫동안 혼자 남아 있는 것을 견디지 못하기 때문이다. 나는 사람들이 필요하고 그들 사이에서 나 자신을 보이는 게 필요하다. 창조하는 것만큼이나 그것이 필요하다." 그녀는 플로르나 되마고 카페테라스에 앉아 광경을 바라보았다. 그리고 노트에 여러 사람의 실루엣을 크로키하거나 동시대인에 관한 짓궂은 관찰과 빈정대는 격언을 적었다. "행복은 재능이다. 당신은 그것을 가졌거나 갖고 있지 않다"라고 1976년 2월 15일 새벽 4시에

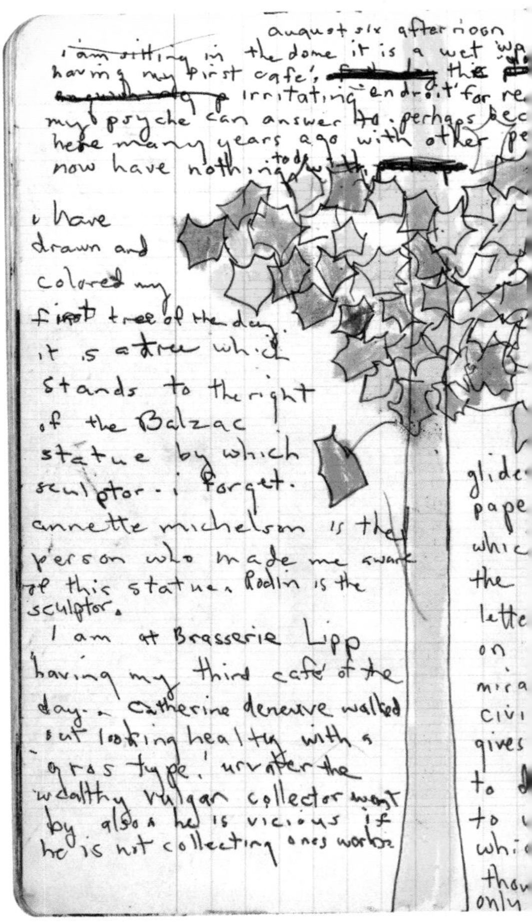

딱 잘라 말했다. 1971년에서 1980년 사이에 쓴 일기는 1970년대 몽파르나스 문학·예술 공동체의 스냅 사진이다. 그녀는 친구 데이비드 호크니를 위해 포즈를 취하고, 롤랑 토포르와 술 한 잔하고, 롤랑 바르트에게 미소 짓고(80쪽 참조), 사르트르를 관찰했다(그녀는 사르트르가

사망했을 때 “나는 그를 절대 믿지 않았으나 그가 유명한 것은 마음에 들었다”라고 썼다). 그녀는 무례함(?)을 과장하여 자신의 캐릭터를 꾸며 냈다. 그럼에도 불구하고 그녀가 예술가적 회의와 고립(“외로운 것이 아니라 혼자인”), 그리고 국외 이주자의 향수(“나는 왜 아직도 여기에 있는가? 프랑스인들 가운데서 늙어 가는 한 노처녀”)를 이 조롱하는 노트에 기록하는 것을 막지 못했다. 그리고 거의 소리 없이 미끄러지는 목소리로 말했다. “결국 삶이란 고달픈 직무 아닌가?”

gregory just left he gave me a gentle kiss on my cheek the kind i love. i hate being kissed on the mouth. it makes me sick. i hope i can write my words undisturbed. if not i shall go to another café. there are moments when i really enjoy living in Paris however most of the time it is a bore and a drag. time for a lipp sketch.
because i am out most of the afternoon why not use what i see as subjects of my oeuvre. i will take images use them for my own artistic-emotional needs. it is pressing people - the act of sketching them. a hyper sensitive individual could feel robbed and violated by such an act as i am commiting. he would be justified. if someone told me to stop i would. so far nobody has.

←
[1971년] 8월 6일 오후

[돔 카페에 앉아 있다. 습하고 더운 날이며 첫 번째 커피를 마신다. 돔은 오직 나의 프시케만 밝힐 수 있는 이유 때문에 나를 화나게 한다. 어쩌면 오늘날에는 더 이상 아무 의미도 없는 사람들과 수년 전에 여기에 앉아 있었기 때문인지도 모른다.] 오늘은 첫 번째 나무를 그리고 색칠했다. 문제의 나무는 발자크 조각상의 오른편에 있다. 조각가의 이름을 잊어버렸다. 아넷 마이컬슨이 그 이름을 알려 주었다. 조각가 로댕이다.

[카트린 드뇌브가 방금 들어왔는데, 원기 왕성해 보이고 **뚱뚱한 남자**와 함께 왔다.] […] 나는 내 만년필이 종이 위에서 미끄러지듯 움직여 읽을 수 있는 단어를 형성하는 것을 좋아한다. 편지를 쓰고 종이에 단어를 적을 수 있는 것은 우리 문명의 기적이다. 단어들을 그리고 나를 위해서만 의미 있는 생각을 표현하는 문장들을 쓰는 것은 감동케 한다. 그레고리가 이제 막 떠났다. 그가 내 뺨에 내가 좋아하는 방식으로 부드러운 키스를 했다. 나는 입에 키스하는 것을 아주 싫어한다. 그것은 나를 병나게 한다. [방해받지 않고 글을 쓸 수 있기를 바란다. 그렇지 않으면 다른 카페로 갈 것이다.] 때때로 파리에서 사는 게 기쁘다. 하지만 대개는 지루하고 답답하다. 럽 카페에서 크로키할 시간이다. 오후의 대부분은 밖에 있기 때문에, 내가 보는 것을 작품의 주제로 삼지 않을 이유가 없지 않은가? 나는 나 자신의 예술적-감정적 필요를 위해 이미지를 취할 것이다. 그것은 사람들을 그린다기보다는 소유하는 하나의 방식이다. 과민한 사람은 내가 하는 일 때문에 약탈당하고 강간당한 것처럼 느낄 수 있을 것이다. 그것은 정당한 것일 수 있다. 만일 누군가가 멈추라고 요구한다면 멈출 것이다. 지금까지는 아무도 요구하지 않았다.

↑
사르디와 함께 가상디가에서 공동묘지 가는 길인 에밀-라샤르 **거리** 방향으로 정오 산책 중이었다. 우리는 **보도** 위에 누워 있는 아주 작은 새 한 마리 앞을 지나갔다. 필시 상처 입은 새였다. 나의 첫 반응은 화실로 데려가기 위해 새를 손에 쥐는 것이었다. […] 그러나 이 비탄에 빠진 사랑스러운 피조물을 구하지 않았기 때문에 범죄자가 된

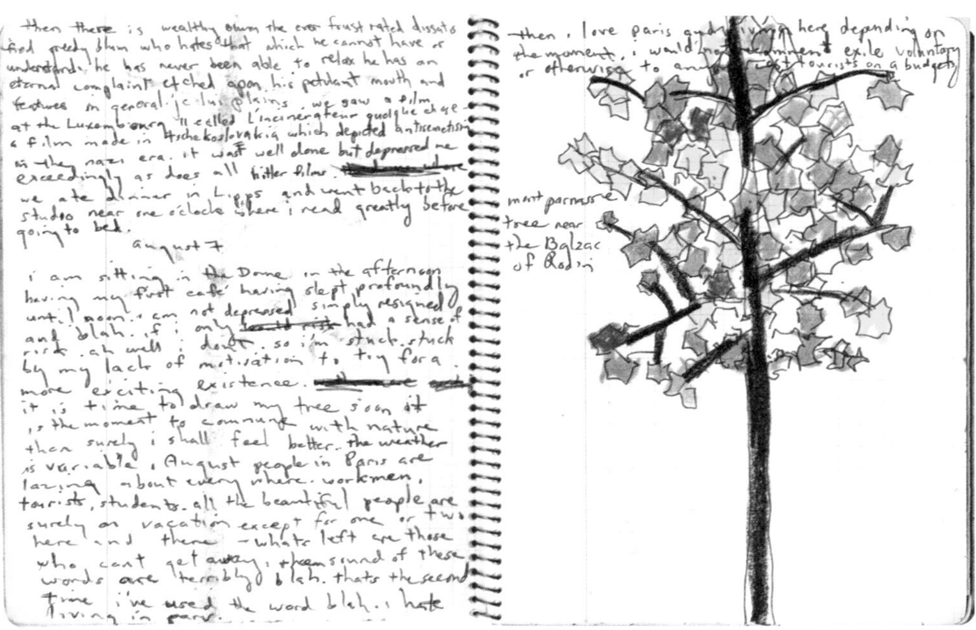

느낌으로 길을 계속 갔다. […] 나는 무언가를 할 수 있었을 것이나 아무것도 하지 않는 것을 택했다. 그 **새**를 구하는 것은 쉽지 않았을 것이다. 이는 우리 대다수가 하루에도 몇 번씩 범하는 범죄 행위다. 내가 왜 그에 관해 글을 쓰고 있나? 내 행위에 대해 숙고하고 그것을 이해하기 위해 차근차근 글로 써야 한다. 타인의 결함과 마찬가지로 나 자신의 결함에 대해서도. [원룸의 고독을 벗하기 위해 『보그』와 『에스콰이어』 그리고 다른 것들을 구매한 후에 지금은 플로르 카페에 와 있다.]

내 앞에 있는 사람들을 관찰하면서 매일 배운다. 그들의 몸동작, 말, 신체 외관, 그들 간에 그리고 나와 갖는 관계, 내 안의 어딘가 바닥없는 우물 속에 간직하고 있는 정보의 보고寶庫.

부러움, 야망, 잔인성, 조롱, 인종주의, 굴종, 사랑, 증오, 멸시. 삶의 연극이 매일 내 앞에서 공연되고, 나는 맨 앞에 자리 하나를 확보한다.

↑
[1971년] 8월 7일

[정오까지 깊이 잔 후 오후에 돔 카페에 앉아 첫 커피를 마시고 있다. 우울하지 않고 단지 체념할 뿐이다. 그리고 공허한 미사여구. 다만 내가 위험에 대한 감각을 지녔다면. 그러나 자, 나는 그것이 없다. 그러므로 나는 궁지에, 더 신나는 삶을 살려고 시도할 결의가 부족하므로 궁지에 몰렸다. 내 나무를 그릴 시간, 자연과 교감할 시간인데 분명 그다음에는 기분이 더 좋아질 것이다.] […] 아름답고 부유한 사람들은 여기저기 한두 사람만 제외하고 필시 휴가를 떠났을 것이다. 떠날 수 없는 사람들. 이 말은 공허하다! 웬 객설인가. 이 말을 사용하는 게 두 번째다. 파리에 사는 게 아주 싫은데, 나는 파리를 사랑하고 거기에 살며 모든 것이 때에 따라 다르다. 나는 자발적이든 아니든 유배를 권하지 않을 것이다. […] 몽파르나스, 로댕의 **발자크**[조각상] 부근에 있는 나무.

3. 역사적 사건

“새벽 2시경, 검둥이 여자애에게 쿰”

토머스 티슬우드 Thomas Thistlewood, 1721~1786

토머스 티슬우드는 노예를 소유한 대농장주이자 강간범이었지만, 평범한 남자가 되기 위한 모든 것을 갖추고 있었다. 링컨셔 지주의 둘째 아들인 그는 아버지의 전철을 밟았을 수도 있었으나, 부자가 되려고 1750년에 자메이카로 떠났다. 당시 영국 식민지의 경제는 설탕 수출과 열대 지역의 플랜테이션에 기반하고 있었다. 처음에는 다른 대농장주의 감독관이었던 티슬우드는 노예들을 점차적으로 확보하고, 1767년에 브레드너트섬에 자신의 플랜테이션을 열었다. 예일대학교의 바이네케 고문서 도서관에는 그가 1750년에서 1786년 사이 그날그날 쓴 서른세 권의 일기가 보관되어 있다. 18세기 자메이카의 역사와 대농장의 생활에 대한 일급 사료다. 토니 모리슨은 『타인의 기원』에서 이 사료를 전체적으로 살펴봤다. 티슬우드의 일기를 세밀하고 체계적 측면에서 새뮤얼 피프스의 일기(206쪽 참조)와 비교한 것이다. 사실상 티슬우드는 특별한 거리두기나 문제 제기 없이 매일 일어난 만남, 흥정, 커다란 사건—허리케인, 반란—등을 기록했다. 물론 언젠가 출간하고자 하는 어떤 의지도 없었다. 교양인이고 독서가이며 때때로 의사이자 식물학에 열정적인 티슬우드였지만, 노예 제도에 대해 의문을 제기할 능력은 없었다. 모든 죄책감에서 거리가 먼 그는 자신이 옹호하는 현상 유지 시스템을 순수하고 단순하게 받아들였다. 신체적 체벌을 내리고 도망가려는 노예들을 추적하며 끊임없이 무자비함을 드러냈다. 이는 1760년 이후 그리고 노예들이 대영제국의 군사력에 대항하고 식민주의 체제를 의문시하고 백인들을 죽이고 플랜테이션들을 방화한 타키 봉기Tacky's Revolt 이후에 한층 더 심해졌다.

티슬우드의 일기에서 소름 끼치는 것은 자기 노예들과 가진 성관계를 체계적으로 적는 방식이었다. 그의 수첩에는 100여 명 이상의 여성을 수천 번 강간한 내용이 세밀하게 기술되어 있다. 그는 시간, 장소, 횟수, 만족도를 냉정하게 기록했다. 이를테면 라틴어 코드인 “수페르 테람Super terram”은 “땅 위에서”를 의미했다. 토니 모리슨은 다음과 같이 주목했다. “오늘날 우리는 그에 대해 강간이라고 말하지만, 당시에는 ‘영주의 권리droit du seigneur’(일기에 프랑스어로 씀)라고 칭했다.”

[1751년 5월 15일]

내가 사는 집은 대략 다음의 규모다.

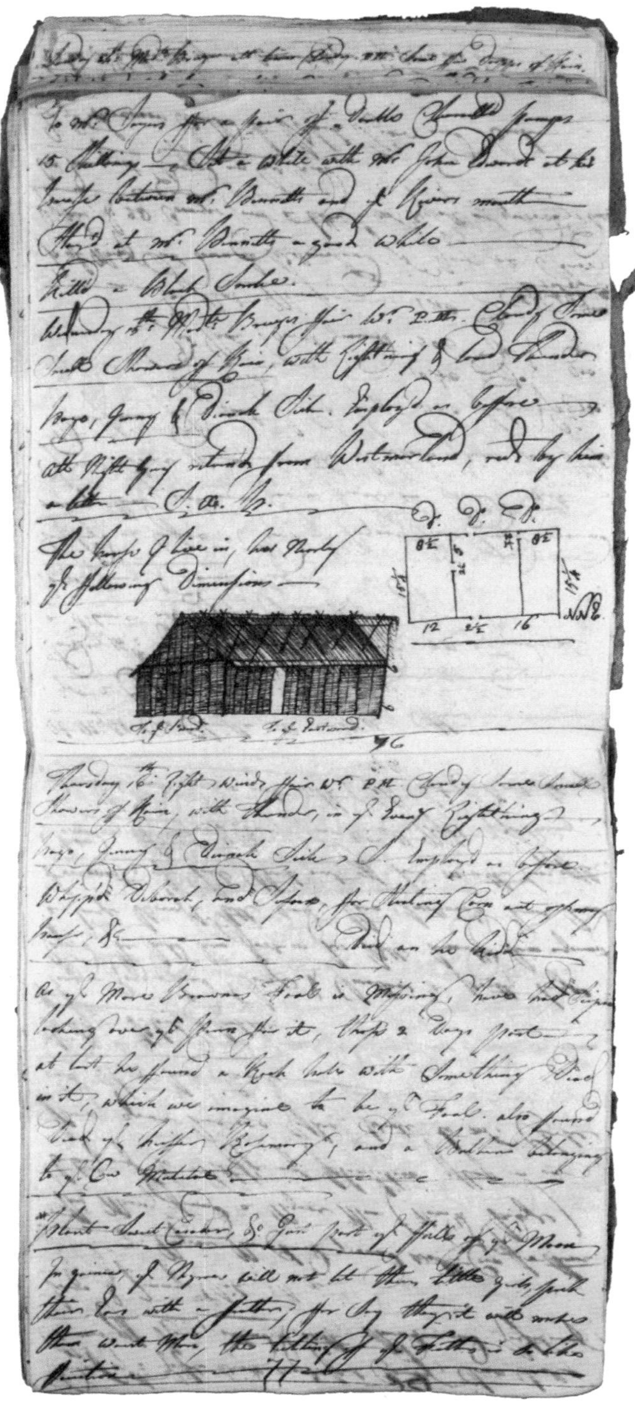

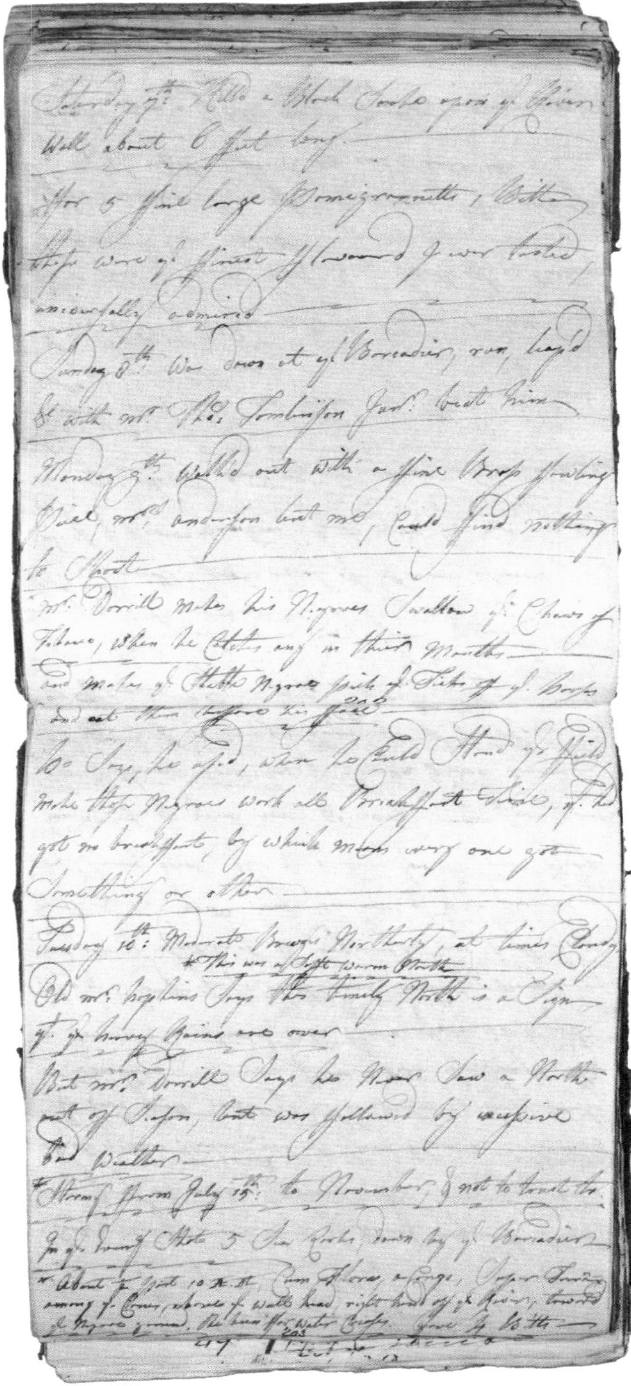
Saturday 7th: Killd a Black Snake upon ye River Wall about 6 feet long.
Ate 5 fine large Pomegranates, & these were ye finest flavoured I ever tasted, wonderfully admired
Sunday 8th: [illegible]
[illegible] with Mr. Thos. Tomlinson Junr. [illegible]
Monday 9th: Walk'd out with a fine Brass fowling Piece, Mr. Anderson lent me, Could find nothing to Shoot
Mr. Dorrill makes his Negroes Swallow ye Chaws of Tobacco, when he Catches any in their Mouths and makes ye [illegible] Negroes spit [illegible] and eat them before his face
So Says he used, when he Could Stand ye field make those Negroes work all Breakfast while, ye had got no breakfast, by which means every one got Something or other
Tuesday 10th: Moderate Breeze Northerly, at times Cloudy
*This was a Soft warm North
Old Mr. Hopkins Says this timely North is a Sign ye ye heavy Rains are over
But Mr. Dorrill Says he Never Saw a North out of Season, but was followed by excessive bad Weather
*Storms from July 15th to November, I not to trust the [illegible]
[illegible]

[1751년 9월 10일]

새벽 2시경, 검둥이 여자애에게 쿰•. 땅바닥 수페르••. 북쪽 침대 발치에서, 동쪽 거실에서. 모르는 여자애.

15시부터 일몰까지 북서쪽에서부터 비를 동반한 허리케인이 불었다. 그것은 마구간과 보일러의 지붕, 대장간과 헛간의 지붕에 얹은 이엉 전체를 날려 버렸다. 튼튼한 창살로 고정된 대저택의 창문들이 산산조각 났다. 악천후에 대한 보호판과 대저택의 용마루 기와지붕도 날려 버려서 모든 방에 물이 가득 찼다. 무덤 근처의 자스민은 파손되었고, 많은 오렌지 나무가 저택 가까이에서 뽑혀 나갔다. 정원의 모든 석류는 바람에 날아갔고, 모든 것이 거의 무너져 내렸다. 플랜테이션의 나무들은 모두 넘어졌다.

일몰 때 모든 백인, 즉 도릴 씨, 리비에르 드 라 브뤼스 대위, 피터 푹스 씨, 사뮈엘 모르드네르와 나는 허리케인을 피해 대저택에서 대피소로 피신했다. 23시경에 대저택으로 돌아와 잠자리에 들었다. […]

• cum. 사정(射精)

•• super. 위에서

“가엾은 비둘기들은 날개가 그을린 채로 떨어질 때까지 날았다”

새뮤얼 피프스 Samuel Pepys, 1633~1703

그는 무엇을 감추려 했나? 새뮤얼 피프스는 세심한 주의를 기울여 암호화된 언어로 일기를 썼다. 1660년부터 사용한 그의 언어는 그보다 20년 전에 발명된 일종의 속기술인 타이코그래피tychographie에서 영감을 받았다. 그러나 그는 거기에다 여러 외국어를 도입하고 단어들을 고안함으로써 이를 한층 더 복잡하게 만들었다. 피프스가 사망한 지 100년이 지난 후에야 그 열쇠를 제공하는 작은 파편 하나—진귀한 기록의 로제타석—덕분에 이를 해독할 수 있었는데, 여기에는 존 스미스 목사의 집요함이 필요했다.

피프스가 그렇게 많은 주의를 기울인 데는 이유가 있었다. 만일 그의 글이 읽혔다면, 그가 구축해 놓은 공적 인물이 끝장날 수 있었다. 사실상 동시대인에게 새뮤얼 피프스는, 크롬웰 사후 1649년 참수된 찰스 1세 왕의 아들인 찰스 2세와 함께 군주제가 복귀된 불안정한 왕정복고 시대의 영국에서 위엄과 존엄성의 이미지였다. 재단사와 내의류 제조업자의 아들인 그는 해군 사령부의 고위 관료 그리고 1685년 의회의 일원까지 되면서 당대 상류층 사회에 한 자리를 쟁취할 줄 알았던, 요컨대 명예로 뒤덮인 거물이었다. 그날그날 종이에 파렴치한 언행과 다소 가벼운 다른 죄를 적어 넣는 것을 제외하고 말이다. 그리고 매혹적인 솔직함으로(필시 아무도 자기 글을 읽지 않으리라는 확신 때문이었을 것이다) 매일의 세세한 사건을 이야기하고 언제나 영광스럽지 않지만 다채로운 자화상을 작성했다. 그는 여자들(자기 여자를 포함해), 와인, 미식美食을 좋아하고, 덧없는 연애나 술을 너무 많이 마신 연회를 절대 빠트리지 않고 묘사했다. 그의 활기찬 필치와 세부 묘사에 대한 감각 덕분에 한 시대가 되살아났다.

흑사병이나 궁정을 묘사하든 혹은 1666년 런던을 초토화한 대화재를 묘사하든 간에 그는 당대 영국에 대한 비길 데 없는 탁월한 증언을 남겼다. 그러나 불행하게도 조기 실명으로 1669년에는 일기를 포기해야 했다. 이에 대한 비애감이 없는 것은 아니었다. 당시 그는 이렇게 썼다. “이제 나는 내 일기를 가족에게 평이한 언어로 쓰게 하고, 그들과 모든 사람에게 알릴 수 없는 것은 어느 것도 쓰지 않기로 결심해야 할 것이다. 그래서 나는 여기서 멈춘다. 마치 조금은 무덤으로 내려가는 나를 보는 것 같다.” 가슴 아픈 일이었다. 왜냐하면 이 일기는 피프스에게 사회적 가면을 쓰지 않고 그 자체로 존재할 기회였기 때문이다. 이 놀라운 기록에 매료된 로버트 루이스 스티븐슨은 “『새뮤얼 피프스의 일기*Journal de Samuel Pepys*』와 같은 책이 존재한다는 것 자체가 비교할 수 없을 만큼 기이하다”라고 썼다. 그런데 바로 그것이 이 책의 멋이다.

[1666년] 9월 2일(주 예수의 날)

[…] 새벽 3시에 제인이 와서, 시티City에서 대화재가 났다고 알렸다. 나는 창문으로 가려고 일어났다. 여기서 까마득히 먼 마크 레인에서 불이 났고, 그렇다면 위험하지 않다고 판단되어 다시 누워 잠들었다. […] 곧이어 제인이 와서, 지난밤에 3백 채 이상의 집이 불탔고, 런던 다리 근처에서는 여전히 화재가 계속된다고 말했다. 나는 채비를 하고 탑으로 갔다. 높은 곳에서 다리 건너편의

집들이 화마에 휩싸이고 그 너머까지 거대한 불이 퍼지는 것을 보았다. 심한 충격을 받고 다시 내려왔다. […] 제방으로 내려와 작은 배를 타고 다리 밑으로 지나갔다. 거기서 비통한 장면들을 목격했다. 사람들은 재산을 구하려고 그것들을 제방 위로 던지거나 작은 배에 쌓아 올렸다. 가련한 비둘기들은 둥지를 차마 떠나지 못해 날개가 그을린 채로 떨어질 때까지 창문과 발코니 주위를 파닥이며 날았다. 한 시간 후 불이 사방으로 맹위를 떨치는 모습이 보였고, 아무도 불을 끄려고 애쓰지 않았다. 사람들은 물건들을 안전한 곳에 옮긴 다음에 집이 불타도록 내버려 두는 것만 생각했다. 아주 강한 바람이 불을 시티 쪽으로 밀어냈다. 오랜 가뭄 끝이라 모든 것이 불타기 쉬웠다. 심지어 교회의 돌까지도. 그래서 나는 화이트홀에 있는 왕의 서재로 갔다. 사람들이 내 주위로 급히 몰려들었고, 내가 하는 이야기에 저마다 깜짝 놀라고 비탄에 잠겼다. 그 소식이 왕에게 전달되었다. […]

"포부르 쪽에서는 일종의 복수심에 찬 기쁨과……"

쥘리에트 드루에 Juliette Drouet, 1806~1883

프랑스 공화국 최초의 대통령인 루이 나폴레옹 보나파르트는 1851년 12월 2일의 쿠데타로 제2공화국 헌법을 폐기했다. 그는 권력 이양을 거부하고 새로운 헌법을 준비했으며, 국민에게 국민투표를 실시하도록 요청했다. 빅토르 위고(312쪽 참조)가 중심인물이었던 공화주의 야당은 빠르게 진압되었고, 『파리의 노트르담』을 쓴 작가는 추방되었다. 1년 후에 보나파르트는 나폴레옹 3세가 되었다.

쥘리에트 드루에는 멀리 브뤼셀에서 1851년 12월 말부터 1852년 3월 20일까지 쿠데타 일기를 썼다. 사건이 일어난 직후 주변에서 일어난 일들을 관찰하여 일기에 담았다. 어떻게 보면 파리 거리의 동향을 포착한 것이다. 노동자들은 나폴레옹 3세를 지지할 것인가? 공화주의자들은 자신의 목소리를 낼 수 있을 것인가? 그다음 며칠간 그녀는 연인 빅토르 위고—죽음의 위협을 받은—와 어디든 함께했다. 그녀는 그를 보호하고 숨겨 주고 부양했다. 당시 작가는 저항 세력을 조직하려 했으나 이는 불가능한 것으로 판명되었다. 12월 11일, 그는 식자공으로 변장하고 프랑스에서 벨기에로 도피해야만 했다. 쥘리에트가 여권을 구해 주었다. 그녀는 다음 날 향후 작업의 기초가 될 작가의 "원고가 든 트렁크"를 가지고서 브뤼셀에서 그와 합류했다. 작가는 이후 저지섬과 건지섬으로 망명하는데, 그가 영원히 "소인배 나폴레옹"이라 명명한 사람이 추락하는 1870년에야 프랑스로 돌아올 수 있었다. 빅토르 위고는 "만일 내가 붙잡혔더라면 나를 총살하라는 명령이 1851년 12월에 내려졌을 것이다. 내가 붙잡히지 않고 그 결과 총살되지 않고 지금 살아 있다면, 자신의 자유와 목숨을 걸고 모든 함정에서 나를 지켜 준 쥘리에트 드루에 부인 덕분"이라고 적었다. 그리고 쥘리에트의 일기 서두에 "[12월] 2일. 그녀. 그녀의 원고. 매우 귀중한 것"이라고 덧붙였다.

[1851년 12월]

[…]
포부르-푸아소니에르부터 라피트 거리까지 시위대의 모습은 언어만큼이나 의복에서도 두드러졌다. 포부르 쪽에서는 대통령이 의회를 해산한 것을 본다는 생각에 즐거워하는 일종의 복수심에 찬 기쁨과, 저항을 통해 전복된 대통령을 본다는 희망이 공존했다. 그런데 찬반 표시는 안 하기로 하고, 적어도 태도로 심판하겠다고 결정한 모습이다. 반대로 상류 지역은 분노와 울분이 극에 달했다. 자, 이것이 화요일 저녁에 만난 노동자들의 일반적인 모습이다. 가장 폭력적이고 가장 치욕스러운 수식어가 보나파르트의 이름과 함께 사용되었다. 모두가 격한 힘으로 쿠데타와 맞서 싸우기로 결심한 것처럼 보였다. X * […]

X * 빅토르가 나를 다시 만나러 집으로 오고, 노트르담 드 로레트에서 만날 약속을 한다. 그 시각에 교회는 일상의 모습을 하고 있다. 몇 분 뒤에 빅토르가 나를 데리러 오고, 거기에서 우리는 ( )[쥘리에트 드루에가 남겨 놓은 빈 칸] 거리의 어떤 이발소로 간다.

이웃인 한 신사가 코멘트 없이 쿠데타를 기록하기 위해 두 번째 판을 인쇄한 출판물을 가져온다. 빅토르는 옷을 입으면서 분개하고 그 보나파르트가 어떤 자인지 그리고 국민이 그처럼 터무니없고 가증스러운 범죄를 벌하기 위해 무엇을 해야 하는지를 들으려는 사람에게 말한다.

quatre chaises. plus le portrait de barbès accroché au mur, le buste de béranger en plâtre et la lithographie de [illegible]. la portière m'apprit que m. [illegible] président de la république de Venise logeait [avec ses deux enfants] dans la maison. qu'il était un monsieur bien bon, bien doux bien agréable à servir. que c'était bien malheureux qu'il eut à voir la pauvre jeune fille si malade. pendant qu'elle me parlait [illegible] elle me pria [de l'air le plus cordial et un mot] de monter chez elle ce à quoi je ne voulus pas consentir. ce que voyant elle me dit: ah [illegible] jusqu'à la [illegible]

Victor vient me rejoindre à la maison et me donne rendez-vous à notre dame de Lorette. l'église a son aspect ordinaire à cette heure là. au bout de quelques minutes Victor vient me prendre et de là nous allons chez un barbier de la rue de [illegible]

un monsieur du voisinage apporte la presse qui a tiré une seconde édition pour enregistrer le coup d'état sans commentaire. victor tout en s'habillant s'indigne et dit à qui veut l'entendre ce qu'est ce Bonaparte et ce que le peuple doit faire pour châtier un crime si inouï et si odieux

l'aspect des groupes était aussi tranché par les vêtements que par le langage; du côté des faubourgs une sorte de joie vengeresse qui se réjouissait de la [illegible] disputée par le président et les [illegible] présidents [illegible] par la résistance de cette [illegible] s'abstenir pour ou contre [illegible] à en juger par l'attitude. dans le haut quartier au contraire la colère et l'exaspération étaient au comble. les épithètes les plus violentes et les plus flétrissantes accompagnaient le nom de Bonaparte tout paraissait décidé à lutter de vive force avec le coup d'état. à six heures et demie les omnibus circulaient librement sur les boulevards dans l'[illegible] monsieur disait que la banque avait refusé de payer dans la journée ce qui mit en fureur un réactionnaire [illegible] lequel apostropha

"관과 영구차는 장엄했다"

에밀리 프랜시스 데이비스 Emilie Frances Davis, 1838~1899

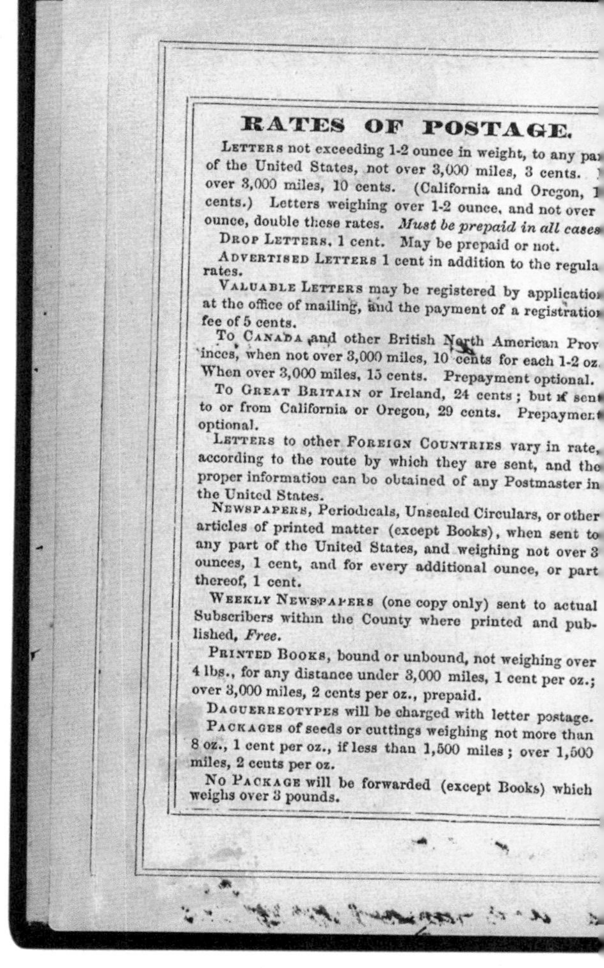

RATES OF POSTAGE.

LETTERS not exceeding 1-2 ounce in weight, to any pa of the United States, not over 3,000 miles, 3 cents. over 3,000 miles, 10 cents. (California and Oregon, 1 cents.) Letters weighing over 1-2 ounce, and not over ounce, double these rates. *Must be prepaid in all cases*

DROP LETTERS, 1 cent. May be prepaid or not.

ADVERTISED LETTERS 1 cent in addition to the regula rates.

VALUABLE LETTERS may be registered by applicatio at the office of mailing, and the payment of a registratio fee of 5 cents.

TO CANADA and other British North American Prov inces, when not over 3,000 miles, 10 cents for each 1-2 oz. When over 3,000 miles, 15 cents. Prepayment optional.

TO GREAT BRITAIN or Ireland, 24 cents; but if sen to or from California or Oregon, 29 cents. Prepaymen optional.

LETTERS to other FOREIGN COUNTRIES vary in rate, according to the route by which they are sent, and the proper information can be obtained of any Postmaster in the United States.

NEWSPAPERS, Periodicals, Unsealed Circulars, or other articles of printed matter (except Books), when sent to any part of the United States, and weighing not over 3 ounces, 1 cent, and for every additional ounce, or part thereof, 1 cent.

WEEKLY NEWSPAPERS (one copy only) sent to actual Subscribers within the County where printed and published, *Free*.

PRINTED BOOKS, bound or unbound, not weighing over 4 lbs., for any distance under 3,000 miles, 1 cent per oz.; over 3,000 miles, 2 cents per oz., prepaid.

DAGUERREOTYPES will be charged with letter postage.

PACKAGES of seeds or cuttings weighing not more than 8 oz., 1 cent per oz., if less than 1,500 miles; over 1,500 miles, 2 cents per oz.

NO PACKAGE will be forwarded (except Books) which weighs over 3 pounds.

필라델피아 출신 아프리카계 젊은 자유 미국인 에밀리 프랜시스 데이비스는 남북전쟁이 한창인 1863년부터 1865년까지 내밀한 일기를 썼다. 일기는 상징적으로 모든 노예는 1863년 1월 1일부터 자유롭다는 에이브러햄 링컨의 1862년 9월 22일 법령인 노예해방선언문이 시행되는 날에 시작된다. 이 기념비적인 사건을 미국 내 모든 아프리카계 공동체에서 기념했고, 에밀리 프랜시스 데이비스도 일기에 이를 언급했다. 작은 포켓형 일기장에 꾸밈없는 문체로 매일 작성된 일기는 역사적 대사건에 관한 평범한 증언이며, '필라델피아 유색인종 청소년 연구소'에서만 교육받은 아프리카계 노동계급의 미국 여성이 살아가는 일상적 삶을 정확히 제공한다. 에밀리는 자신의 일이나 여가, 여러 소문 등 소소한 일상은 물론 남부 연합파가 패배한 게티즈버그 전투나 1865년 4월 14일 에이브러햄 링컨 대통령이 암살된 이후의 충격과 같은 역사적 사실에 대해서도 떠올렸다. 지난 23일 그녀는 대중에게 전시된 그의 주검을 보러 가려 했다. 메모는 짧고 사실에 근거했다. 에밀리 데이비스는 아프리카계 미국인 대의의 투사는 아니었지만, 일상적이고 장기적인 투쟁에 통상적 지지를 보냈다. 그리고 일상에서 인종 차별과 관련된 고통을 증언하고, 프레더릭 더글러스—유명한 노예 제도 폐지론자이자 해방된 노예—와 프랜시스 엘런 왓킨스 하퍼—아프리카계 미국 시인, 여성 참정권론자이자 전미유색인여성클럽협회 공동 창시자—의 강연 같은 정치적 색채가 뚜렷한 강연에 정기적으로 참석했다.

1863년 1월 1일 목요일

오늘은 기념할 만한 날이었고, 그것을 본 것에 대해 하느님께 감사드렸다. 행사는 종교적으로 치러져 모든 교회가 개방되었고, 우리는 아름다운 축하연을 가졌다. 저녁에는 존스의 홈파티에서 아주 즐겁게 지냈다. […]

[1863년 4월 21일 화요일

매우 기분 좋은 아침. 아버지가 내일 집에 돌아가는 것에 대해 이야기하신다. 나는 그를 얼마나 그리워할까. 7번가에서의 모임 […] 내가 높이 평가하지 않았다는 것을 말하는 게 부끄럽다…….]

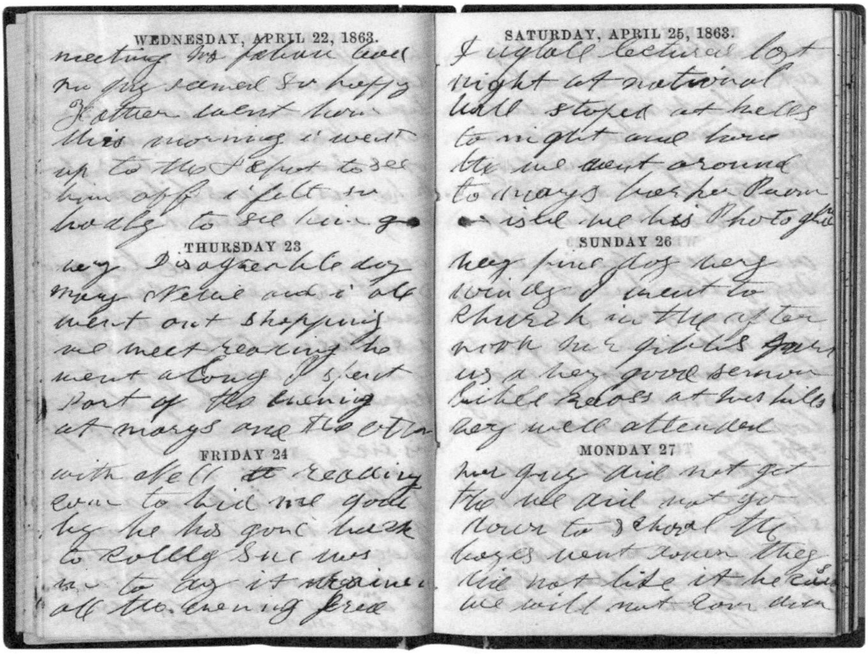

1863년 4월 22일 수요일

……그 만남. 파보 씨와 기 씨는 아주 행복해 보였다. 아버지는 오늘 아침 우리 집에 돌아오셨고, 나는 그를 배웅하기 위해 차고로 갔다. 그가 떠나는 것을 보는 게 아주 불편했다.

1863년 4월 23일 목요일

아주 불쾌한 하루다. 메리와 넬리 그리고 나는 쇼핑하러 갔다. 우리는 책을 읽기 위해 모였다. 그는 혼자 왔다. 나는 메리의 집에서 저녁 시간 일부를 보냈다.

1863년 4월 24일 금요일

넬리와 함께 독서. 그가 작별 인사를 하러 왔다. 그는 대학교로 돌아갔다. 수가 오늘 여기 있었다. 저녁 내내 비가 왔다.

1863년 4월 25일 토요일

[프레더릭] 더글러스가 어제저녁 내셔널홀에서 강연했는데, 한밤중까지 계속되었다. […] 그가 나에게 자기 사진을 주겠다고 약속했다.

1863년 4월 26일 일요일

아주 아름다운 하루, 바람이 무척 많이 불었다. 오후에 교회에 갔다. 깁스 씨가 훌륭한 설교를 했다. 힐스 부인의 교리 강의는 매우 인기 있었다.

1863년 4월 27일 월요일

무척 흐린 날씨. 나는 이해하지 못했다. 우리는 학교에 가지 않았다. 사내애들이 내려왔다. 그들은 학교를 좋아하지 않았다. 그는 우리가 그곳으로 돌아가지 못할 거라고 맹세했다.

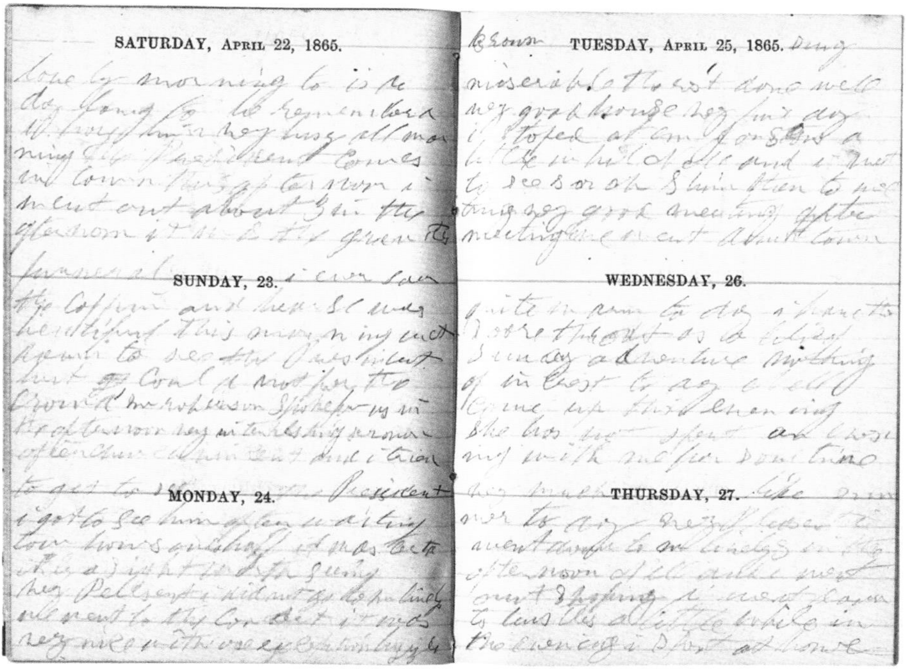
SATURDAY, April 22, 1865.

SUNDAY, 23.

MONDAY, 24.

TUESDAY, April 25, 1865.

WEDNESDAY, 26.

THURSDAY, 27.

1865년 4월 22일 토요일

오늘은 아름다운 아침, 기억해야 할 하루다. 오전 내내 아주 바빴다. [링컨] 대통령[의 시신]이 오늘 오후 시내에 안치되어 오후 3시경에 외출했다. 이제까지 보지 못한 가장 엄숙한 장례식이었다.

1865년 4월 23일 일요일

오늘 아침, 관과 영구차는 장엄했다.

나는 대통령을 보러 내려갔으나 군중 때문에 그렇게 할 수 없었다. 로빈슨 씨가 오후에 우리를 위해 연설했다. 그의 설교는 매우 흥미로웠다. 교회 이후에 빈센트와 나는 다시 대통령을 보려고 했다.

1865년 4월 24일 월요일

두 시간 반을 기다려서야 그를 볼 수 있었는데, 분명 볼 가치가 있었던 광경이었다. […] [그런 다음에는] 음악회에 갔는데, 한 가지를 제외하고는 아주 좋았다. 리지 브라운이 노래했다. […]

"내게는 살아갈 용기가 있었다!"

알프레드 드레퓌스 Alfred Dreyfus, 1859~1935

파멸하지 않기 위해 글쓰기, 이는 끔찍한 오심에 의해 국가반역죄로 유죄 판결을 받은 알프레드 드레퓌스가 쓴 일기의 소명이다. 명예를 중시한 그는 군대에서 출셋길이 활짝 열려 있었지만, 증거 없이 유죄 선고를 받았을 뿐만 아니라 사법 기구가 그를 악착스럽게 뒤쫓았다. 법은 유형 조건을 강화하기 위해 오로지 사법 기구의 뜻에 따라 공표되었다. 그는 이내 족쇄가 채워지고 가족과의 접촉 가능성 없이 기아나의 '악마의 섬'에 갇혀, 그를 끊임없이 괴롭히는 바닷소리와 함께 1895년 4월 14일부터 1896년 9월 10일까지 일기를 썼다. 반유대주의가 맹위를 떨치고 그의 지지자들과 적들이 대립하며 그의 아내 뤼시가 정의를 쟁취하기 위해 활발히 움직이는 파리에서 그는 멀리 떨어져 있었다. 펜을 들었을 때 두 어린 자식의 어머니인 그녀를 생각했다. 그가 봉사하기로 맹세한 군대에 의해, 그가 믿었던 국민에 의해, 그가 틀림없이 승리하리라 상상했던 정의로 인해 삶이 뿌리째 뽑혔을 때 자살하지 않은 것도 그녀 덕택이었다. 그의 세계관 전체가 산산조각이 났으니, 그것이 그의 증언을 그토록 비장하게 만들었다. 분노한 그는 애초에 뤼시를 위해 마련한 이 일기를 공화국 대통령에게 전달해 달라고 요청했다. 그의 일기는 이성이 승리한다는 그의 집요한 희망을 증언했다. "오, 나는 복권되는 날까지 살 수 있기를 얼마나 원하는지, 단지 깊은 상처를 입은 내 불쌍한 마음의 부기를 빼고 내 모든 고통을 외칠 수 있도록. 내가 그때까지 갈 수 있을까? 종종 의구심을 갖는 만큼 내 마음은 상처 입었고, 그만큼 건강이 쇠약해져 있다." 그는 복권되려면 (뤼시처럼) 12년을 끝없이 기다려야만 했다.

1895년 4월 14일 일요일

오늘, 슬프고 끔찍한 내 인생의 일기를 시작한다. 사실 겨우 오늘부터 종이를 마음대로 사용할 수 있게 되었는데, 주의가 산만해지지 않도록 번호를 매기고 게다가 간략히 서명한 종이 […] 그것으로 무엇을 할 것인가? 그것이 나에게 무슨 소용이 있겠는가? 그것을 누구에게 줄 것인가? 종이에 고백할 무슨 비밀이 있기나 한가? 그만큼 질문이 많고, 그만큼 수수께끼다! 지금까지 나는 이성을 몹시 중하게 여겼고, 상황과 사건의 논리적 필연을 믿었고, 요컨대 인간의 정의를 믿었다! 이상하고 터무니없는 모든 것은 손쉽게 내 머릿속에 들어올 수 없다. 아! 나의 모든 믿음과 건강한 이성이 어떻게 무너져 내렸나. 내가 이제껏 몇 개월을 슬프게 보냈는데, 아직도 얼마나 많은 슬픈 달이 나를 기다리고 있는가? 나는 그들의 불공정한 유죄 판결을 받고 자살할 작정이었다. 내 필체를 모방하거나 그와 닮은 의심스러운 문서 한 장에 근거해 인간이 저지를 수 있는 가장 비열한 범죄를 저질렀다고 유죄 선고를 받는 것, 거기에는 분명 결코 단 한 번도 신의를 저버리지 않은 한 인간을 절망케 하는 것이 있었다. 그렇게 헌신적이고 용기 있는 나의 사랑하는 아내는, 결백한 내가 그녀를 저버릴 권리도, 내 직책을 버리고 떠날 권리도 없다는 것을 깨닫게 했다. 나는 그녀가 얼마나 옳은지 잘 느꼈지만, 다른 한편 내가 견뎌야 할 끔찍한 도의적 고통이 두려웠다—그렇다, 두려움이다. 나는 육체적으로 강하다고 느꼈고, 맑고 순수한 나의 의식은 초인적 힘을 주었다. 그러나 도덕적·육체적 고문은 내가 예상한 것보다 더 심했고, 오늘 나는 몸과 영혼이 부서졌다. 하지만 사랑하는 아내의 간곡함에 굴복했고, 내게는 살아갈 용기가 있었다! […]

Dimanche 14 Avril 1895 — 2

Je commence aujourd'hui le journal de ma triste et épouvantable vie. C'est en effet, à partir d'aujourd'hui seulement que j'ai du papier à ma disposition, papier numéroté et paraphé d'ailleurs, afin que je ne puisse en distraire. Je suis responsable de leur emploi! Qu'en ferais-je d'ailleurs?— A quoi pourrait-il me servir?— A qui le donnerais-je?— Qu'ai-je de secret à confier au papier?— Autant de questions, autant d'énigmes!

J'avais jusqu'à présent le culte de la raison, je croyais à la logique des choses et des événements, je croyais enfin à la justice humaine! Tout ce qui était bizarre, extravagant, avait de la peine à entrer dans ma cervelle. Hélas! quel effondrement de toutes mes croyances, de toute ma saine raison.

Quels tristes mois je viens de passer et combien de tristes mois m'attendent encore?— J'étais décidé à me tuer après mon inique condamnation. Etre condamné pour le crime le plus infâme qu'un homme puisse commettre sur la foi d'un papier suspect dont l'écriture était imitée ou ressemblait à la mienne, il y avait certes de quoi désespérer un homme dont l'honneur n'avait jamais failli. Ma chère femme, si dévouée, si courageuse m'a fait comprendre qu'innocent, je n'avais pas le droit de l'abandonner, de déserter mon poste. J'ai bien senti combien elle avait raison, mais d'autre part j'avais peur — oui, peur — des horribles souffrances morales que j'allais avoir à endurer. Physiquement, je me sentais fort, ma conscience nette et pure me donnait des forces surhumaines. Mais mes tortures morales et physiques ont été pires que ce que j'attendais même et aujourd'hui je suis brisé de corps et d'âme.—

J'ai cependant cédé aux instances de ma chère femme, j'ai eu le courage de vivre! J'ai subi d'abord le plus effroyable supplice

"더는 사치도, 산책도, 화장실도 없다. 위대한 파리에 전반적으로 슬픔이 가득 차 있는 것 같다"

마리 뒤몽 Marie Dumont, 1855?~?

파리 포위전(1870년 9월~1871년 3월)은 1870년 프랑스-프로이센 전쟁의 마지막 전투였다. 이는 나폴레옹 3세가 스당에서 패하고 퇴각한 후에 벌어졌다. 파리는 프로이센 군대에 의해 포위되고 폭격당했으며 정치적 혼란이 계속되었다. 파리지앵은 봉쇄로 인해 굶주림에 시달렸고, 쥐와 저 유명한 "까만 빵"을 먹어야 했다. 빅토르 위고는 1870년 12월 30일 『보이는 것들*Choses vues*』에 이렇게 적었다. "프로이센인은 사흘 전부터 1만 2천 개도 더 되는 포탄을 쏟아부었다. 어제는 쥐를 먹었다." 이렇게도 썼다. "우리가 먹는 것은 더 이상 말고기가 아니다. 아마도 개고기일까? 어쩌면 쥐고기? 위장이 아프기 시작한다. 우리는 뭔지 모르는 것을 먹고 있다!" 그러나 역사적 대사건에는 평범한 증언자들도 있다. 파리에 사는 나이 어린 가톨릭 신자이자 선주船主의 딸인 마리 뒤몽은 순진하지만 결연한 문체로 점령 일기를 썼다. 겨우 열여섯 살이었으나 정보를 잘 아는 그녀는 그 출처를 신문 기사와 주위 사람들과의 논의에서 찾아냈다. 마리는 애국심으로 어머니와 파리에 남아 있기를 선택했다. 그녀의 투쟁은 상징적이었는데, 충실한 동반자인 그녀의 일기가 매우 길게 느껴지는 이 시련을 그녀가 통과하도록 도왔다. 그녀는 그 안에서 매일을 셈하고 "112일째"(1월 7일) 식량 배급표, 통행증, 전단, 기사 오린 것을 일기에 끼워 넣었다. 이는 이 내밀한 기록을 "살아 있는 것"으로 만들고, 그 시대의 문화적 역사를 위해 주목할 만한 근거를 만드는 많은 역사적 흔적이었다. 젊은 여성은 당국의 준비 부족을 한탄하고 봉쇄의 가혹함에 대해 오랫동안 이야기했다. 파리는 포위당했다. 그녀는 식료품 배급과 "큰 피해를 주는 우역牛疫"을 상기하고 퍼져 가는 빈곤화를 증언했다. 그녀의 일기에는 파리지앵들의 환멸이 반영되었다. "파리는 지금 자발적으로 삶을 유보했다……. 모든 것이 소비되었고, 그들이 파리를 점령했으며, 어리지만 나는 이미 많은 것을 보았다. 그래서 더 많은 슬픔을 보지 않기를 신께 빌지만, 미래는 어둡다."

뒤이어 들어선 정부는 이 비참한 상황에 대해 책임져야 했고, 파리 포위전이 끝난 지 한 달 반 후에 시작된 코뮌은 그 직접적 결과로 수도를 되찾으려는 민중의 시도라고 볼 수 있다. 하지만 안타깝게도 유혈 사태로 그 막을 내렸다.

[1870년] 10월 7일 금요일

20일째
정육점 고기 100그램 배급
정부는 우리가 박탈당하는 데 익숙해지도록 할당량을 제한하여 배급하는 게 필요하다고 판단했다. 그래서 각 구의 사람들은 구청의 소인이 찍힌 카드를 갖고 있는데, 각각 할당분이 거기에 찍혀 있고, 사흘마다 떼는 쿠폰이 몇 장 있다. 우리는 여섯 사람 몫의 권리가 있고, 이 카드에는 서명이 있다.

Vingtième jour

ndredi 7 Octobre

Rationnement de la viande de boucherie 100 grammes

Le gouvernement a jugé nécessaire de nous rationner pour nous habituer à nous priv plus s'il le faut, alors dans chaque arrondissement on a une carte avec le timbre de la mairie, les parts de chaque personne y sont marquées, puis des coupons que l'on ote tous les trois jou nous avons droit a 6 parts ou portions puis cette carte est signée.

Carte Jaune N° 13
Boucherie, N° 8
Nom : Dumont
Domicile :
Signature :

A. CHAIX ET Cie. — 15500-0.

N° D'ORDRE · 15
VIANDE
PORTIONS. . 6

N° D'ORDRE : 14
VIANDE
PORTIONS. . 6

Soixante et unième jour.

jeudi 17 Novembre.

Dijon pris par les Prussiens

après un combat de 8 heures les Prussiens encore vainqueurs, se sont rendus maîtres de Dijon, hier nous espérions, aujourd'hui nous sommes découragés, comme la pauvre nature de l'homme a des alternatives, et comme il faut peu de chose pour l'abattre.

Notre malheureuse armée, mal commandée, a roulé sur elle même, mais il ne faut pas lui imputer la responsabilité de nos malheurs, elle a combattu, sans commandement sans avoir l'exemple du courage donné par les chefs.

"Ce sont des lions conduits par des ânes!"

Outre cela, les Prussiens nous ont fait un grand nombre de prisonniers : en voici le compte

soldats 323.000
officiers 10.000
généraux 140
maréchaux 3

Soixante-deuxième jour.

vendredi 18 Novembre.

Contraste de Paris.

Pour la première fois depuis longtemps j'étais à la nuit dans les rues de Paris, j'ai été frappé du contraste de cette ville. Les rues ont un aspect triste, les boutiques se ferment de bonne heure et les quelques magasins restés ouverts sont dégarnis, les passants sont rares et le brouillard épais qui commençait à tomber faisait hâter le pas aux personnes attardées. Les pauvres vous arrêtent à chaque pas, des femmes séchées par la souffrance, ont, entre

[1870년] 11월 18일 금요일

파리의 대조對照
오랜만에 밤에 파리 거리를 걸었는데, 이 도시의 대조적인 모습에 충격을 받았다. 거리는 슬퍼 보였고, 부티크들은 일찍 문을 닫았고, 문을 연 몇몇 상점도 비어 있었으며, 통행인은 드물었고, 짙은 안개가 끼기 시작해 남아 있던 사람들의 발걸음을 서두르게 했다. 불쌍한 사람들이 매번 걸음을 멈추게 했고, 고통으로 초췌해진 여인들은 양팔에 추위와 기아로 죽어 가는 아이들을 안고 있었다. 그들의 떨리는 손과 얼빠진 눈은 자신을 동정하고 고통을 덜어 달라고 애원한다! 그들의 모든 것이 생존에 필요한 것을 나타내는데, 이 거리는 몹시 가슴 아프게 한다. 대로들! 믿을 수 없는 일인데, 다섯 개의 가로등 중 두 개만 켜져 있고, 중앙시장에서처럼 사람들이 배추, 당근, 토끼(고기)를 파는 진짜 시장이 되었다. 옛날처럼 더 이상 산책하는 곳이 아니라 커다란 쇼핑가가 되었다. 마차는 드물고, 더 이상 화려하지도 않고,

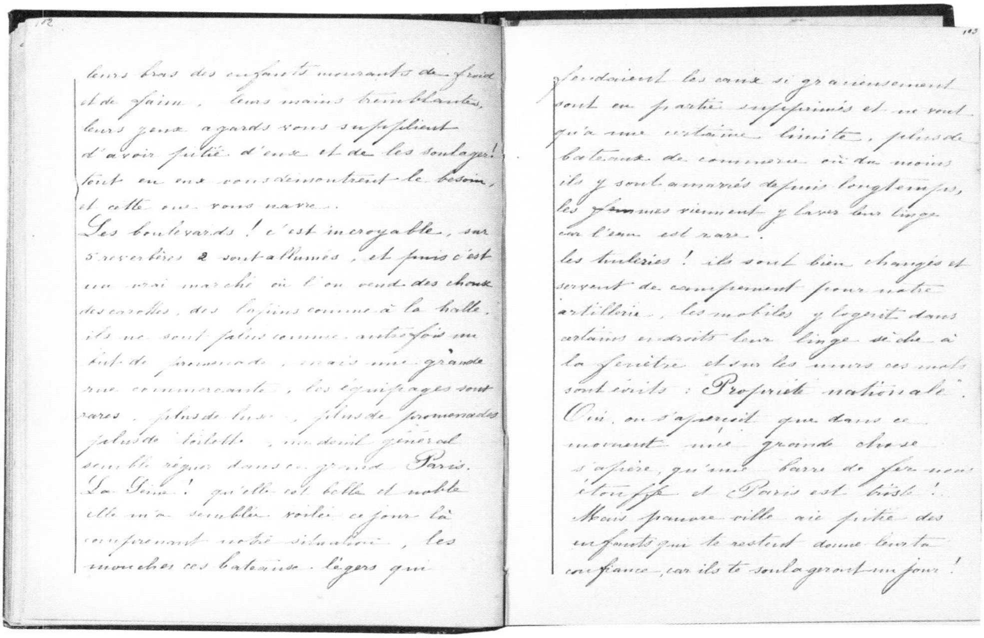

152

leurs bras des enfants mourants de froid
et de faim, leurs mains tremblantes,
leurs yeux hagards vous supplient
d'avoir pitié d'eux et de les soulager!
tout en eux vous démontrent le besoin,
et cette vue vous navre.
Les boulevards! c'est incroyable, sur
5 reverbères 2 sont allumés, et puis c'est
un vrai marché où l'on vend des choux
des carottes, des lapins comme à la halle.
ils ne sont plus comme autrefois un
but de promenade, mais une grande
rue commerçante, les équipages sont
rares, plus de luxe, plus de promenades
plus de toilette, un deuil général
semble régner dans ce grand Paris.
La Seine! qu'elle est belle et noble
elle m'a semblée voilée ce jour là
comprenant notre situation, les
mouches ces bateaux légers qui

153

fendaient les eaux si gracieusement
sont en partie supprimés et ne vont
qu'à une certaine limite, plus de
bateaux de commerce ou du moins
ils y sont amarrés depuis longtemps,
les femmes viennent y laver leur linge
car l'eau est rare.
les tuileries! ils sont bien changés et
servent de campement pour notre
artillerie, les mobiles y logent dans
certains endroits leur linge sèche à
la fenêtre et sur les murs ces mots
sont écrits: Propriété nationale.
Oui, on s'aperçoit que dans ce
moment une grande chose
s'opère, qu'une barre de fer nous
étouffe et Paris est triste!
Mais pauvre ville aie pitié des
enfants qui te restent donne leur ta
confiance, car ils te soulageront un jour!

산책할 곳도 화장실도 없다. 전반적 슬픔이 이 커다란 파리를 지배하는 것처럼 보인다. 센강! 이 강은 얼마나 아름답고 고귀한지, 그날 센강은 베일에 싸인 것처럼 흐렸다. 우리 상황을 이해하는 유람선들, 강을 아주 우아하게 가르며 나아가던 가벼운 그 배들은 부분적으로 폐지되었고 일정한 경계까지만 운행되었으며, 상선은 더 이상 없거나 오래전부터 이곳에 정박해 있는데, 물이 귀했기 때문에 여자들은 거기서 빨래를 했다. 튀일리 공원! 아주 많이 변했는데, 포병대를 위한 야영지로 사용되고, 기동대가 그곳에서 묵고 있었다. 몇몇 곳에서는 그들의 빨래가 창문에서 마르고, 벽에는 이런 말이 쓰여 있었다. "국가 소유물". 그렇다, 사람들은 현재 커다란 일이 일어나고 있다는 것과 쇠막대기가 우리를 숨 막히게 한다는 것을 깨닫는다. 파리는 슬프다! 그러나 가엾은 도시여, 네게 남아 있는 아이들에게 동정을 베풀고 너의 믿음을 주어라, 그들이 언젠가는 너의 고통을 덜어 줄 테니!

“내가 돌아올 때, 만일 돌아온다면, 그때는 가을이리라”

피에르 로티 Pierre Loti, 1850~1923

1914년 제1차 세계 대전이 발발했을 때 피에르 로티(루이마리쥘리앵 비오Louis-Marie-Julien Viaud의 필명)는 예순네 살이었다. 그는 나이 때문에 동원에서 제외되었으나 참전하기 위해 분투했다. 사실 그에게는 군인과 모험가로서 내세울 만한 확고한 과거가 있었다. 해군학교를 졸업한 그는 1869년 남아메리카를 항해했고, 이듬해에는 프랑스-프로이센 전쟁에 중형 군함으로 참전했다. 이어서 아프리카와 폴리네시아(포마레 여왕이 그에게 꽃 이름인 “로티”라는 별칭을 붙여 주었다)도 여행했다. 1940년 은퇴했을 때는 그가 42년을 대형 선박에서 복무한 이후였다……. 해군 장교로서의 경력이 있는 그는 작가이기도 했다. 여행으로 풍요로진 그의 책에는 이국적 취향과 특이한 것에 대한 감각이 많은 부분을 차지했다(『아지야데*Aziyadé*』, 『국화 부인*Madame Chrysanthème*』, 『아이슬란드의 어부*Pêcheur d'Islande*』……). 이 책들은 그에게 영광과 아카데미 회원 자리를 가져다주었다. 로티의 전투 의지에 맞서 페탱은 “베르됭을 방어하는 데 선원은 필요하지 않다, 그가 아카데미 회원이라 할지라도”라고 항의했다. 작가는 당국에 간청한 나머지 육지에서 대령 계급으로 동원되어, 동부와 북부 전선에서 여러 장군과 장교들 곁에서 연락 임무를 맡았다. 이 기간에 그가 쓴 일기는 한 시대를 재현한다. 애국자인 육십 대의 노인은 당시 선전 활동을 믿으며 전시의 여러 언론 기사에 서명하면서 참여했다. 전쟁의 불합리에 대한 의식 없이 그는 전선 건너편에서 오직 적군인 “보슈”•만을 볼 뿐이었다. 여기 소개된 발췌문은 로슈포르에서 휴가를 보내는 동안 작성된 것으로, 그가 전선에 있는 외아들 사뮈엘을 떠올릴 때마다 피하지 못한 우울함, 심지어 고뇌까지 표현되어 있다. 그렇다고 하여 그가 그리도 자랑스러워한 해군 장교의 흰색 제복을 다시 입고 걷는 것을 막지는 못했다. 그는 1918년 5월 31일 건강상 이유로 확실히 동원 해제되었다.

• boche. 독일인을 경멸적으로 칭하는 용어

[1915년] 8월 22일 일요일

로슈포르, 내 짧은 휴가의 마지막 날. 오스망이 정오에 돌아왔고 우리는 파리에서 고역苦役을 재개하기 위해 오늘 저녁 다시 떠난다.

리무아즈 숲에서 오후를 보내려 한다.

내가 돌아올 때, 만약 돌아온다면, 그때는 가을이리라. 내 삶의 그렇게 중요한 마지막 여름 중 하나가 내가 알아차리지 못한 채 심연으로 떨어져 버릴 것이고, 그 시간에 열대 지역의 잡동사니로 가득한 작은 정원에서는 나무 잎사귀가 노랗게 변해 있을 것이다. 저녁에 달빛을 받으며 긴 의자 위에 앉아 있을 때, 그리고 파리의 어린 회색 암고양이가 아주 천천히 내 무릎 위에 자리 잡으러 올 때 독말풀은 향내를 풍긴다.

스공은 내가 온 이후로 야간 경비원이었다. 오늘 어린 앙드레 수코아르네크 군인으로서 학살

Dimanche 22 Août. Rochefort, le

ernier jour de ma courte permission. Samuel

st rentré à midi, et nous repartons ce soir, pour

eprendre à Paris le collier de misère.

Je vais passer l'après midi dans les bois de la

imoise.

Quand je reviendrai, si je reviens, ce sera

'automne; un des derniers étés, si comptés, de

na vie, sera tombé à l'abîme, sans que j'en aie

nême eu conscience, et les feuilles seront jaunies

ans le petit jardin qui est, à cette heure, en plein

uillis tropical. Le soir, les daturas embaument quand

e m'attarde sur le banc au clair de lune et que la

etite chatte grise de Paris vient tout doucement s'installer

ur mes genoux.

C'est Adrien Legrand qui est gardien de nuit depuis mon

rrivée. Aujourd'hui le petit André Devatmer, en soldat

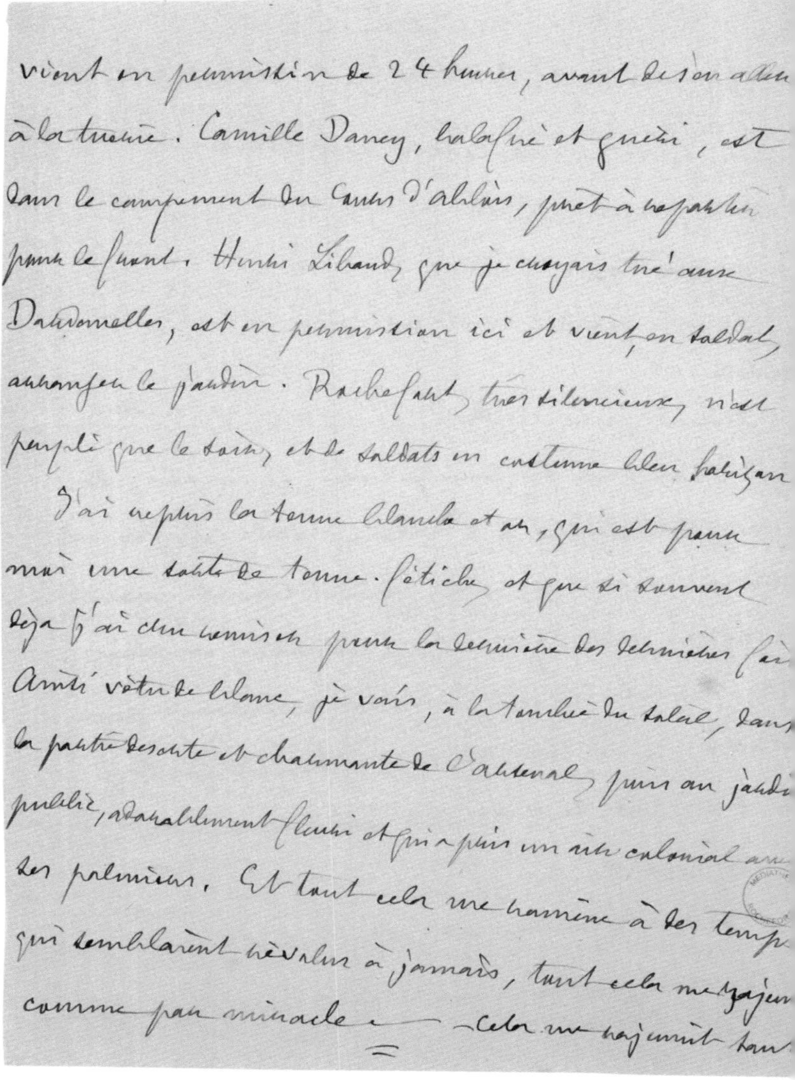

vient en permission de 24 heures, avant de s'en aller à la tuerie. Camille Dancy, balafré et guéri, est dans le campement du Camp d'Ablois, prêt à repartir pour le front. Henri Libaud que je croyais tué aux Dardanelles, est en permission ici et vient, en soldat, arranger le jardin. Rochefort, très silencieux, n'est peuplé que le soir, et de soldats en costume bleu fatigué

J'ai repris la tenue blanche et or, qui est pour moi une sorte de tenue-fétiche et que si souvent déjà j'ai cru remiser pour la dernière des dernières fois. Ainsi vêtu de blanc, je vais, à la tombée du soleil, dans la partie déserte et charmante de l'Arsenal, puis au jardin public, adorablement fleuri et qui a pris un air colonial avec ses palmiers. Et tout cela me ramène à des temps qui semblaient révolus à jamais, tout cela me rajeunit comme par miracle — Cela me rajeunit tant

현장으로 떠나기 전에 24시간 휴가를 온다. 얼굴에 상처 입었다가 회복한 카미유 다네는 전선으로 재출발할 준비가 되어 아블루아 캠프에 있다. 다르다넬에서 죽었다고 믿은 앙리 리보는 여기서 휴가 중이고, 병사로서 정원을 꾸미러 온다. 무척 조용한 로슈포르는 저녁에나 사람들이 가득하고, 청회색 제복의 병사들이…….

…… 나는 흰색과 금색의 제복을 다시 입었는데, 이것은 나에게 일종의 페티시고, 마지막으로, 정말이지 마지막으로 치워 버린다고 벌써부터 아주 자주 생각했다. 그래서 흰색 옷을 입고 일몰할 때 해군조선소의 인적 없는 매력적인 곳에 그리고 꽃이 사랑스럽게 피고 종려나무와 함께 식민주의의 분위기를 띤 공원에 간다. 그런데 그 모든 게 영원히 지나가 버린 것으로 보인 시절로 나를 다시 데려가

ne, lorsque je rentre à la maison dans cette tenue
lanche des étés d'autrefois, je m'étonne presque de ne
s trouver dans la cour maman et tante Clarisse.
D'ailleurs, physiquement aussi, je me sens rajeuni,
les gens me le disent. Mais tout à coup il y a
tte angoisse qui revient : je suis seul dans la
naison vide, et Samuel est au front, où il pleut
s alors ——

나를 기적처럼 젊어지게 한다. 그것은 내가 예전에 여름마다 하얀 제복을 입고 집에 돌아왔을 때 마당에서 엄마와 클라리스 아주머니를 발견하지 못하는 데 대해 놀라곤 했던 때만큼 나를 젊어지게 한다. 게다가 신체적으로도 젊어진 느낌이 드는데 사람들도 그렇게 말한다. 그러나 갑자기 불안감이 다시 찾아온다. 나는 빈집에 혼자 있고, 사뮈엘은 포탄이 쏟아지는 전선에 있다…….

"밖에서는 아무 소식도 없다"

니콜라이 2세 Николай II, 1868~1918

러시아 마지막 차르로서의 일기는 매우 놀라운 기록이다. 1916년 10월부터 암살당한 1918년 7월까지 500일 동안 니콜라이 2세는 검정 모로코가죽으로 장정한 51권의 노트에 거의 하루도 빠짐없이 일기를 가득 썼는데, 이는 현재 크렘린 박물관에 보관되어 있다. 그의 일기는 급격한 와해의 이야기다. 1613년부터 집권한 로마노프 왕조의 후계자이자 세계에서 매우 강력한 제국 중 하나를 지배하는 독재자가 권좌에서 쫓겨났다. 니콜라이 알렉산드로비치 로마노프는 포로가 된다—세상으로부터 점점 더 단절되고 점점 더 위협을 당한다. 하지만 그것은 함축적인 이야기다. 이 노트들이 적의 수중에 떨어질 수 있다는 생각에 신중을 기한 것인가? 어조는 사실적이고 신중하며, 개인적 심정을 드러내는 경향—아무튼 그는 기질적으로 그런 성향이 거의 없다—은 전혀 없다. 니콜라이 2세는 날씨, 읽은 책, 친지의 건강에 대한 사소한 걱정만을 기록했다. 그는 나라에서 무슨 일이 일어나고 있는지 완전히 알아보기는 하나? 사람들은 때때로 그에 대해 의심할 수 있고, 루이 14세가 1789년 7월 14일에 적은 저 유명한 "아무 일도 없음"을 생각했다. 하지만 마지막 몇 달은 점점 더 숨 막히는 감금의 연대기였다. 그는 1917년 3월 제1차 혁명 직후에 양위하고 이를 더할 수 없이 간결하게 알려 준다. "나의 퇴위는 러시아를 구하는 데 필요하다." 이후 전체 러시아의 전前 차르를 어떻게 해야 할까, 임시 정부는 난처했다. 니콜라이 2세는 가족과 함께 황실의 영지인 차르스코예 셀로로 가서 감시하에 살았다. 그는 산책하고, 노를 젓고, 역사적 전기와 톨스토이와 모리스 르블랑 그리고 코넌 도일(282쪽 참조)의 소설도 읽었다. 포로들은 우랄 지역의 예카테린부르크에 있는 이파티예프 집에 가기 전에 1917년 8월부터 시베리아의 도시 토볼스크에서 감시당했다. 간수들의 학대와 모욕이 커졌다. 신비주의자에다 운명론자이기까지 한 독실한 니콜라이 2세는 필연적으로 커지는 불안도 분노도 지나치게 드러내지 않으며 사건들을 계속 적어 나갔다—비록 그가 여기 발췌문에서 자신들 물건의 절도에 대해 역정을 내긴 해도. 1918년 7월 16일에서 17일 밤, 차르는 이파티예프 집의 지하실에서 몇 분 만에 알렉산드라 차린(황후)과 그들의 다섯 아이 그리고 가족의 주치의와 세 명의 하인과 함께 볼셰비키에 의해 처형되었다. 로마노프 왕조도 그들과 함께 사라졌다.

[1918년] 6월 25일 월요일

유롭스키와 함께한 우리 삶은 아무것도 변한 게 없다. 그는 귀중한 물건이 들어 있는 상자의 봉인을 확인하러 침실에 들어가 열린 창문을 힐끗 본다. 사람들이 아침나절 내내 그리고 오후 4시까지 전기 시설을 확인하고 수리했다. 집 안에는 새로운 라트비아인 보초들이 있으나, 밖에는 여전히 같은 사람들, 반은 병사들이고 반은 노동자들이다! 아브데예프 부하 중 몇 명이 수감 중인 것으로 전해졌다. 사람들이 우리의 짐이 있는 헛간의 문을 봉인했다. 한 달 일찍 했더라면! 지난밤에 비바람이 몰아쳤고 날씨가 다시 시원해졌다.

удерживаютъ себѣ большую часть
изъ приносимыхъ припасовъ изъ Жен-
скаго монастыря. Только теперь
послѣ новой перемѣны мы узнали
объ этомъ, пот. что все количество
провизіи стало попадать на кухню.

Всѣ эти дни, по обыкновенію
много читалъ; сегодня началъ VIII томъ
Салтыкова. Очень нравятся мнѣ его
повѣсти, разсказы и статьи.
День былъ дождливый, погуляли полтора
часа и воротились домой сухими.

25-го Іюня. Понедѣльникъ.

Наша жизнь нисколько не измѣни-
лась при Ю. Онъ приходитъ въ спаль-
ню провѣрять цѣлость печати на коро-
бкѣ и заглядываетъ въ открытое окно.
Сегодня все утро и до 4 час. провѣряли

и исправляли электр. освѣщеніе.
Внутри дома на часахъ стоятъ н
латыши, а снаружи остались тѣ
частью солдаты частью рабочіе!
По слухамъ нѣкоторые изъ авдѣевцевъ
сидятъ уже подъ арестомъ!
Дверь въ сарай съ нашимъ багажемъ
запечатана. Еслибы это было сдѣлано
мѣсяцъ тому назадъ!
Ночью была гроза и стало еще прохладнѣе.
28-го Іюня. Четвергъ.
Утромъ около 10½ час. къ открыто-
му окну подошло трое рабочихъ,
подняли тяжелую рѣшетку и прикрѣ-
пили ее снаружи рамы — безъ пре-
дупрежденія со стороны Ю. Этотъ
типъ намъ нравится все меньше!
Началъ читать VIII томъ Салтыкова.

[1918년] 6월 28일 목요일

오늘 아침 10시 30분경 세 명의 노동자가 우리 창문 아래에 자리를 잡았다. 그들은 육중한 철책을 설치하고, 우리의 십자형 유리창 앞에 그것을 밖에서 고정했다. 이 모든 것은 유롭스키가 우리에게 알리지 않은 채 이루어졌다. 정말이지 이 인간은 점점 더 맘에 들지 않는다.

살티코프의 제8권을 읽기 시작함.

30го Іюня. Суббота.

Алексѣй принялъ первую ванну послѣ Тобольска; колѣно его поправляется, но совершенно разогнуть его онъ не можетъ. Погода теплая и пріятная. Вѣстей извнѣ никакихъ не имѣемъ.

[1918년] 6월 30일 토요일

토볼스크 이후 알렉세이가 처음으로 목욕했다. 아이의 무릎은 나아졌으나 아직 무릎을 완전히 굽힐 수 없다. 날씨는 온화하고 쾌적하다. 밖에서는 아무 소식도 없다.

“다른 삶을 더는 절대 알 수 없으리란 생각에 익숙해질 수 없다”

알리아 라흐마노바 Alia Rachmanova, 1898~1991

그녀는 글쓰기를 꿈꿨다. 그러나 운명에 의해 요동친 알리아 라흐마노바(갈리나 니콜라예브나 듀랴기나Галина Николаевна Дюрягина의 필명)는 가족의 생계를 위해 빈에서 간이식당을 운영해야 했다. 우랄 지역의 유복한 집안에서 태어난 그녀는 대학에서 역사, 문헌학, 심리학을 공부했다. 이후 대학에서 자리 하나를 얻고 오스트리아 전쟁 포로 아르눌프 폰 호이어(일기에서는 ‘오트마어’라는 별명으로 불림)와 결혼했다. 그 역시 대학 교원이었다. 그러나 1920년 초 익명의 고발로 인해 부부는 혁명이 일어난 러시아를 황급히 떠나야만 했다. 1926년 그들은 아들을 데리고 빈으로 도피했고, 갈리나는 노동자계급 동네에서 상인이 되었고 아르눌프는 일자리 하나를 지칠 줄 모르고 찾았다. 그녀는 초기에 경계하던 고객층이 있었음에도 불구하고 확고히 자리를 잡았고, 부진한 상업을 다시 일으킬 정도로 불굴의 자신감과 에너지로 시련에 맞섰다. 동시에 손님이 들어오면 계산대 아래 종이를 감추며 이 새로운 삶의 어려움과 놀라움을 그날그날 썼다. 그녀의 글은 생동감 넘치고 때로는 익살맞았지만 폐부를 찌르는 듯했다. 키릴 문자 타자기가 없어서 라틴 문자 자판기를 이용하고 표음의 러시아어를 사용했다. 아르눌프가 교원직을 찾아내자, 그녀는 1927년 빈을 떠나 잘츠부르크로 향했다. 1945년 4월에 외아들이 전장에서 죽는 한편 적군이 오스트리아로 진격했다. 부부는 스위스 쪽으로 도피했다. 마침내 글쓰기에 전념하는 새로운 삶을 향해 나아갔지만, 삶은 아들을 잃은 슬픔과 망명의 돌이킬 수 없는 무게로 얼룩졌다.

1926년 10월 22일

날씨가 춥다. 우리는 난로도 그것을 살 돈도 없으므로 가게에서 몸이 얼어붙는 듯하다. 아침 일찍 시장에 나갈 때면 잎이 다 떨어진 나무들과 바닥에 잔뜩 널려 발밑에서 사각거리는 노래진 잎사귀들이 나를 슬프게 한다. 여름이 끝났는데, 우리는 여름이 지나가는 것을 보지 못했다. 우리는 창백하고 말랐다……. 지금 우리를 기다리는 것은 추위와 비, 어두운 저녁나절 그리고 혹독하고 사정없는 바람의 겨울이다…….

—우리 삶은 망가졌다! 오트마어가 말하고, 나는 그의 말을 반박하느라 전력을 다한다. 나는 다른 삶을 더는 절대 알 수 없으리란 생각에 익숙해질 수 없다.

출구 없는 상황은 존재하지 않는다. 오직 기적만이 우리를 구할 수 있으리라고 나의 이성이 말한다고 할지라도, 나는 그 기적을 믿고 싶다. 현실은 끔찍하다. 가게에서 벌어들이는 수입이 너무 적어서 겨우 생존할 뿐이다. 우리가 원하는 모든 것을 판매할 허가도 받지 못했고, 오트마어가 영업세 영수증이 없으므로 허가증을 구할 수도 없다. 그는 교습도 할 수 없는데, 왜냐하면 온종일 대학교에서 시간을 보내고 시험을 준비해야 하기 때문이다. 출판하기? 그러나 무엇을, 어디에서?

우리는 몇 편의 논문을 서로 다른 세 곳에 보냈는데, 여전히 회신을 못 받았다. “꿀벌들은 눈물로 범벅이 된 얼굴에 물을 주는 것을 좋아한다.”[내가 오래전에 읽은 격언이다.]

22.IO. 26

Nastupili holodnije dni. Mi merznem w swojem magazine, tak kak u nas net p nikakoi pecki i kupit ne na cto. Kogda ja hozu rannimi utrami na rinok, to mne delajetsja grustno ot obnazennih derew, jew, i ot zeltih opawsih list,jew, šursassih pod nogami.

Proslo leto, a mi ego i ne widali. Mi wse pobledneli i pohudeli.i ustali... A wperedi zima s ee holodom, dozdjami, tem nimi wecerami i holodnim bezzalostnim wetrom....

2 " Nasa zizn slomana" gowerit Ottmar, a ja uporno otweca ju- "net!". Ja ne mogu primirit,sja s misl,ju, cto dlja nas ne bud det drugoi zizni. Net takogo polozenija iz kotorago bi ne bilo wih - hoda. I hotja i moi razum gowerit mne, cto cut ne cudo dolzno spas ti nas, ja hocu werit w eto cudo. Deistwitel,nost nasa uzasna. Magazin dajet nam tak malo, cto mi edwa suscestwujem, tak kak mi ne imeem razresenija prodawat wse towari, a polucit ego Ottmar ne mozet, tak kak on ne gelertnii Kaufman. Dawat uroki Ottmar ne mo zet, tak kak on dolzen bit kazdii den w uniwersitete i gotowit,sj k ekzamenam. Pecatat? no cto i gde?

W tri mesta poslali mi stat,i i poka ni otkuda net otweta .

"Pčeli ljubjat zalit lico, oblitoje slezami."

"뮌헨에서 새롭게 일어난 살인과 수치스러운 이야기가 전해졌다"

토마스 만 Thomas Mann, 1875~1955

위대한 **역사**가 기습적으로 그를 붙잡았다. 『마의 산』, 『베네치아에서의 죽음』, 『부덴브로크가의 사람들』의 작가는 1929년에 노벨 문학상을 수상하고 1933년 영광의 정점에 있었다. 2월 11일에는 일련의 해외 강연을 위해 부인 카티아("K.")와 독일을 떠났다. 그러나 그로부터 1949년까지 고국에 돌아올 수 없었다. 이 여행은 "이전의 다른 많은 여행처럼 어떤 예감도 없이 가벼운 가방을 들고 떠난" 것이었다. 그러나 나치 집권은 이 인문주의자의 모든 것을 바꾸어 놓았다. 가족 일부와 정착한 취리히 근처의 퀴스나흐트에서 그는 독일에서 오는 소식을 초조하게 기다렸다. 고국이 몰락하고 있다고 확신한 후에는 귀국하지 않겠다고 결심했고, 그로 인해 1936년 독일 국적을 박탈당했다. 그는 자신의 재산과 부의 대부분을 그냥 남겨 두어야 했다. 여러 면에서 토마스 만의 일기는 아들 클라우스 만(252쪽 참조)이나 빅토어 클렘페러(248쪽 참조) 같은 직접적 증인들의 일기보다 덜 비극적이다. 망명 초기에는 때때로 휴양을 온 듯했고, 그의 위상은 적어도 국제 사회에 경고하기 위한 모든 것을 할 수 있게 했다. 이후 그는 프린스턴대학교에서 가르치는 일을 했다. 하지만 멀리서 지켜본 재앙에 대한 불안은 끈질기게 얼씬거렸고, 작가의 내부에서는 신경 발작으로 나타났다. 독일을 떠난 지 거의 15년 만에 처음으로 독일에 돌아왔을 때 그는 이렇게 연설했다. "독일은 정신이 마비된 듯 전혀 고귀하게 보이지 않았다. 하루아침에 야만적이고 흉해진 독일은 나에게 더 이상 땅도, 숨 쉴 공기도 내주지 않았다. 나는 해외로 이주한 것이 아니라 여행을 떠났을 뿐이었다. 그런데 돌연 이주민 상태에 놓였다."

1933년 3월 15일 수요일

아로사

[…] 오늘 아침에는, 여느 때의 아침처럼, 열흘 전부터 몇 시간 동안 나를 사로잡은 병적인 공포에서 벗어났다. 신경이 극도로 예민하고 피곤하다. 이는 많은 이별 경험을 통해 어느 정도 친숙해진 두려움에 의해 강화된 일종의 우울증이다. 최근 밤에 K.의 집으로 대피해 있었던 나를 격렬한 발작으로 이끈 이 흥분의 성격은 오래전부터 익숙해져 있던 상태와 결별해야 한다는 괴로움과 삶의 한 시기가 끝났으므로 이제 내 삶을 새로운 토대 위에 재구축해야 한다는 자각이 관건이라는 것을 증명한다. 즉, 내 나이 쉰여덟이라는 경직성에도 불구하고 정신적 차원에서 그 필요성을 인정하고 박수를 보낸다. 또한 그로부터 이번 기회에…….
……사회적 친절에 의해서든, "의무"에 의해서든, "허영심"에 의해서든 아니면 그것을 무엇으로 부르든, 내가 오랜 세월에 걸쳐 매달리도록 놔두었던 모든 공식적 표상의 표시에서 내 삶을

1

Arosa ~~Vorkommnisse~~ den 15. März 33

[illegible]

끌어내어 단번에 나를 "세상의 함정"에서 해방하고 앞으로는 나 자신과 완전한 일체가 되어 살겠다는, 의기소침하기보다는 더 살아 있겠다는 계획이 생기는데—내가 어제 오후 K.에게 '방위협회'의 회장직 사퇴 발표를 시사하면서 실행하기 시작한 새 출발의 결정이었다.

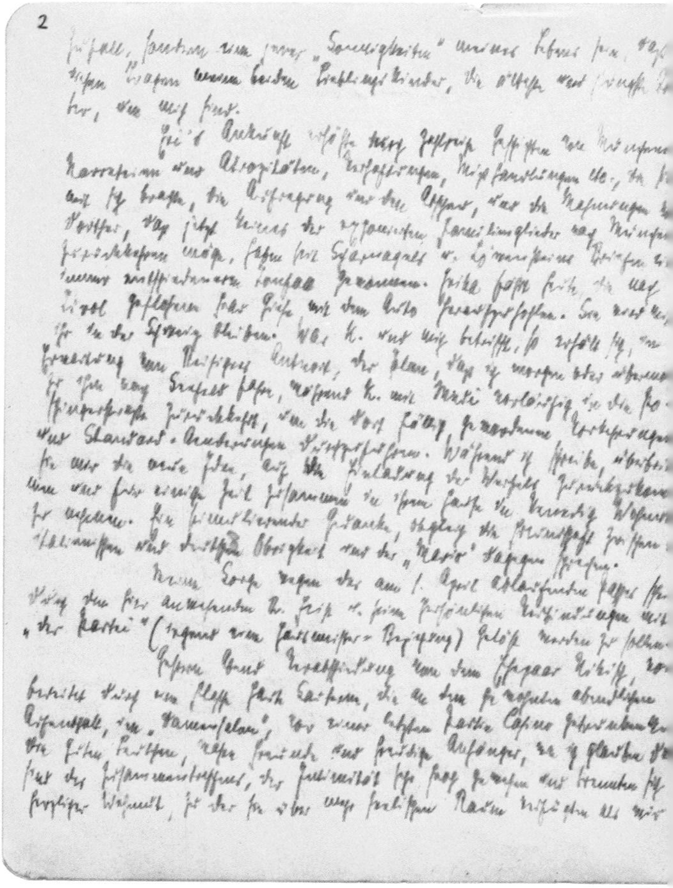

그제 저녁부터 에리카가 우리와 함께 있는데, 그것은 우연이 아니라 요즘 내가 총애하는 두 자식인 맏딸과 막내딸을 곁에 두는 내 삶의 "빛나는" 모습 중 하나다. 에리카의 도착은 그 애가 나에게 가져온, 뮌헨에서 일어난 어리석고 끔찍한 행위, 체포와 가학 등등 많은 이야기 때문에 내 마음의 동요와 혐오를 증대시켰고, 위협받은 가족 구성원 중 누구도 뮌헨에 돌아오면 안 된다고 말하는 그곳에서 당도한 경고는 샤르나겔과 뢰벤슈타인의 편지 이후로 점점 더 단호한 어조를 띠었다. 에리카는 오늘 티롤로 도피한 기제 부인을 승용차로 맞이하러 떠난다. 그 애는 그녀와 함께 스위스에 남아 있을 것이다. 라이지거의 회신을 기다리면서 나는 내일이나 모레 제펠트에 있는 그의 집으로 갈 계획이고, K.는 조처를 취하고 필요한 변화를 시도하고자 메디와 함께 잠정적으로 포싱게르슈트라세로 돌아갈 것이다. 내가 글을 쓰는 동안 그녀는 베르펠 부부의 초대를 활용해 베네치아에 있는 그들 집에서 당분간 함께 살자는 새로운 생각을 이야기한다. 이탈리아와 독일 당국 사이의 우정과 "마리오"가 그 생각에 반하는 논거들이긴 하지만, 그것은 고무적인 생각이다. 4월 1일 시효가 끝나는 내 여권에 대한 걱정은 여기 있는 파이스트 씨와 "그 정당"과 그의 개인적 친분(도시 소구역의 한 수장과의 어떤 관계)을 통해 해결될 것으로 보인다.

엊저녁에는 카지노의 마지막 파티 전에 우리가 저녁에 늘 머물렀던 부인들의 살롱에서 오트 소테른 와인 한 병을 마시며 니키슈 부부와 작별 인사를 했다. 용감한 사람들과 진정한 친구들 그리고 유쾌한 동지들은 우리의 만남과 친분에 매우 행복해했고, 정중한 우울함으로 헤어졌다. 그들의 영혼에는 근심이 많은 우리보다 우울함이 더 많은 자리를 차지하고 있었다.

여기 높은 지대에서는 햇빛 좋은 날들이 계속된다. 오늘 아침에도 푄 현상에 기인한 기상 변화를 알리면서 날씨가 음산하긴 했어도 맑은 날씨가 되돌아왔다.

[…]

에리카는 괴테에 관한 내 강연과 함께 『코로나*Corona*』를 비롯해 주해가 있는 『조제프*Joseph*』(제3권)의 원고까지 많은 읽을거리를

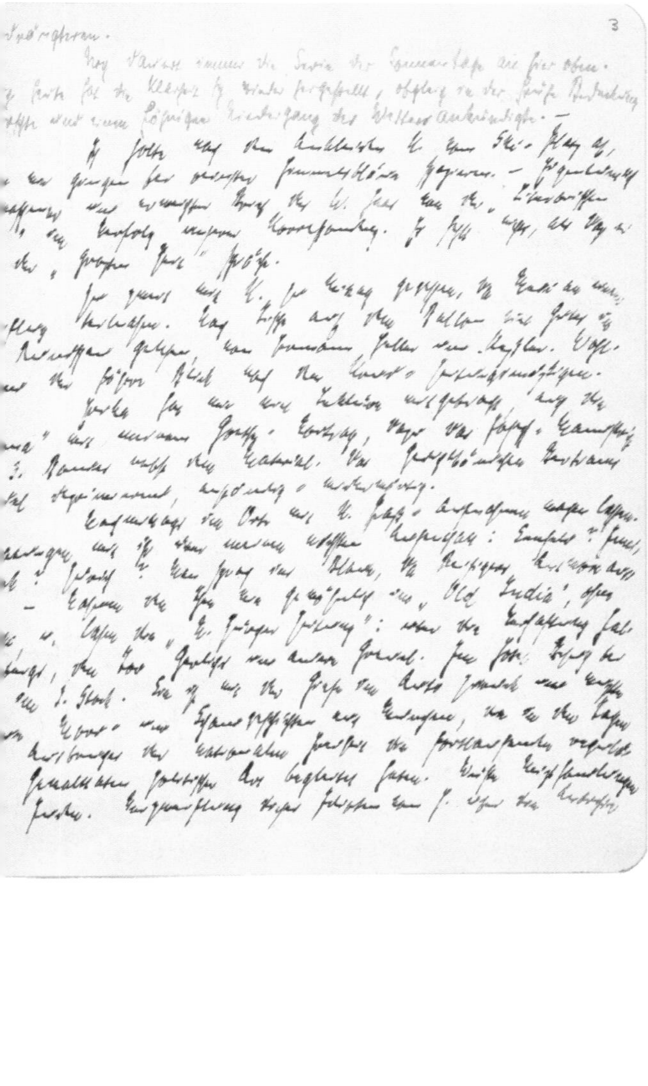

가져왔다. 베르트람의 시집—고상하게 참담하고 선량하지만 혐오스럽다.

오후에 K.와 증명사진을 찍으러 마을에 갔다. 나의 다음 체류지에 관한 회의를 열었다. 제펠트? 인스부르크? 취리히? 아직 라이지거의 회신이 없어서 우리는 공허하게 이야기했다. 메디 없이 여느 때처럼 '올드 인디아Old India'에서 차를 마셨고 『노이에 취르허 차이퉁』에서 팔켄베르크의 체포, 게를리히의 죽음과 다른 끔찍한 것들에 관해 읽었다. 호텔에서 4층에 있는 에리를 방문. 그녀는 자동차로 기제 부인과 돌아왔는데, 국민의 자유가 터져 나온 날들에 정치적으로 합법적이고 지속적인 폭력 행위를 동반한, 뮌헨에서 새롭게 일어난 살인과 수치스러운 이야기들을 알고 있었다. 유대인에 대한 끔찍한 학대. 무정부 상태와 그것의 금지 효과의 부재에 관한 저 멍청이 H.의 절망. H.를 살해하고자 했던 아르코의 고백. 다뉴브 연방에 부합되는 빈과 뮌헨 대주교들의 음모. 기제 부인은 뮌헨의 폭력 사태가 감소했다는 소문이 거짓이라고 반박한다. K.가 포싱게르슈트라세에 있는 것이 여러 이유로 필요할 터인데, 그녀의 귀환 합당성이 재검토된다. 이 점에 관해서 그리고 가구류 이사에 관해서도 그녀와 대화. 가구류 이사는 서둘러서는 안 되고 자동차 매각과 해약과 관련해서도 서두르면 안 된다. 다시 신경과민, 불안과 근심.

"누군가 탈주하더라도 찾으러 가지 않을 것이다"

이반 치스탸코프 Иван Чистяков, 1900?~1941

소련 강제 노동 수용소에서 한 간수의 일상. 여기 이반 치스탸코프가 1935년 10월부터 1년 동안 쓴 강렬한 일기가 있다. 사람들에게 별로 알려진 바 없는 이 남자는 필시 교원이나 기술자였을 것이다. 그는 그림 그리기와 모스크바의 극장에 가는 것을 좋아했다. 스탈린의 대계획이 실행될 때 동원된 그는 바이칼-아무르Baïkal-Amour(BAM) 철도 작업장의 이동 수용소에 배치되었다. 아마도 당시 삼십 대였던 것 같다. 그는 소련의 폭정 기계를 작동시킨 사람 중 한 명일지 모르지만, 일기에는 자신의 처지에 대한 혐오, 게다가 수용소 해체 시기인 1938년에 오로지 철도 건설만을 위해 20만 명에 달한 강제 노역 수감자들에 대한 연민만 드러내고 있다. 일기장에는 그를 끈질기게 괴롭히는 공허하고 불합리한 감정이 끊임없이 되돌아온다. 이반 치스탸코프의 이념적 입장은 파악하기 힘들다. 가학자인 동시에 희생자인 그는 다른 곳에 있고(이를테면 수도 모스크바의 즐거움을 되찾고) 싶은 욕망을 기록하면서 확실한 위험을 감수한다. "사람들은 권력 쪽으로의 명백한 참여나 스탈린 정치에 대한 노골적인 부정을 헛되이 찾을 것이다"라고 일기의 번역자인 루바 유르겐존은 적는다. 일기 장르에서 드문 이런 증언은 전체주의 체제에서 작동하는 인간 메커니즘의 내부를 알려 준다.

⇉

1935년 11월 27일

[…] BAM을 건설하는 데 몇 년을 바쳤기 때문에 나는 완전히 따돌림당할 위험이 있다. 사람들은 내가 무용하고 부적합하다는 이유로 내팽개칠 것이다. 그런데 내가 왜 다른 많은 사람처럼 희생자가 되어야 하는가?

나는 멍청해지고 원시 상태로 돌아가 짐승이 될 것이다. 나는 지휘관으로서도 인간으로서도 발전하지 못하고 있다. 그처럼 사는 게 필요하다.

1935년 11월 28일

안팎으로 춥다. 내 영혼도 춥고 우중충하다. 어떤 의욕도 어떤 흥미도 느끼지 못하는 이 업무는 대체 무엇인가? […]

두 손이 동상에 걸렸다. 이른바 지휘관들이 득을 보는 "배려"란 어디 있는가? 화려한 약속들은 어디 있는가? […] 그들, 그자들은 개인 비행기가 있고 우리, 우리는 최소한의 것조차 없다. 아무렴 그렇고말고. 단 한 가지 위안되는 것은 전선에서는 사정이 한층 더 나쁘다는 것이다. 감사하군. 잠을 자기 위해 담요 두 개, 가죽 외투 하나와 털로 안을 댄 장교용 저고리 하나로 몸을 감싼다. BAM 조직에서 내 자리를 찾을 수 없고, 이 자리는 존재하지 않는다고 나 자신에게 말한다. 농부에게 그것은 다른 것이다. 그는 거기서 교훈을 끌어내고 깨우치고 배울 수 있다. 나 역시 복지부동을 배우고, 활동하지 않는 가운데 발전하고 있다. 그리고 또 빼앗기면 안 된다는 것을 이해했다.

Общая
тетрадь.

1935년 11월 29일

공허함이란 그것이다. 적을 게 아무것도 없고, 주목할 게 아무것도 없다. 나 자신이 공허하게 느껴진다. 어떻게 되든 내게는 마찬가지고, 누군가 탈주하더라도 찾으러 가지 않을 것이니, 그가 사라져 버리길! 자갈을 하역하는 여성 조組의 효율적인 노동에 대해서는 철저히 관심이 없다. 커브를 돌 때 기차의 질주와 기차 차량 위에 피어오르는 연기의 소용돌이도 마찬가지다. 지나가는 여우조차 나의 사냥꾼 본능을 깨우지 않는다. 나는 완벽한 무관심으로 내 귀에 불쾌감을 주는 발랄라이카 연주자의 틀린 음을 듣는다. 결국 나와 무슨 상관이 있나?

1935년 11월 30일

남쪽 바람이 온난화를 가져왔고, 이제 기온은 영하 16도밖에 안 된다. 우리는 정책 교관과 함께 사냥하러 간다. 가장 가까운 산은 손에 닿을 듯하나 거기에 도착하는 시간에 우리는 땀에 흠뻑 젖었다. 대략 5킬로미터다. 온종일 이 산에서 저 산으로, 이 구덩이에서 저 구덩이로. 나선형의 모티프를 형성하는 염소들의 발자국. 고리 모양의 것, 갈지자 그리고 삼각형, 모든 것이 서로 엉키고 휘감기고 […]

우리는 녹초가 되었다. […] 감독관이 우리에게 좋은 소식을 주러 왔다. 우리가 목욕할 수 있다는 것이다. 그것은 축제이고 기쁨이다.

1935년 11월 31일

[…] 나는 다시 사냥하러 간다. 다시 또 성급하고 불분명하게 말한다. 단 한 방의 총성도 없다. 날씨는 춥고, 영하 29도, 바람이 얼굴과 양손을 얼얼하게 한다. 서리가 덮인 나무들은 아름답다. 전선이 모두 얼어붙었는데 햇빛을 받아 빛을 발하는 밧줄 같다. 단 하나의 생각도 없다. 언젠가 모스크바에 갈 것이다!라는 생각 하나를 제외하고는. 적어도 내게는 희망이 남아 있으니 좋은 것이다!

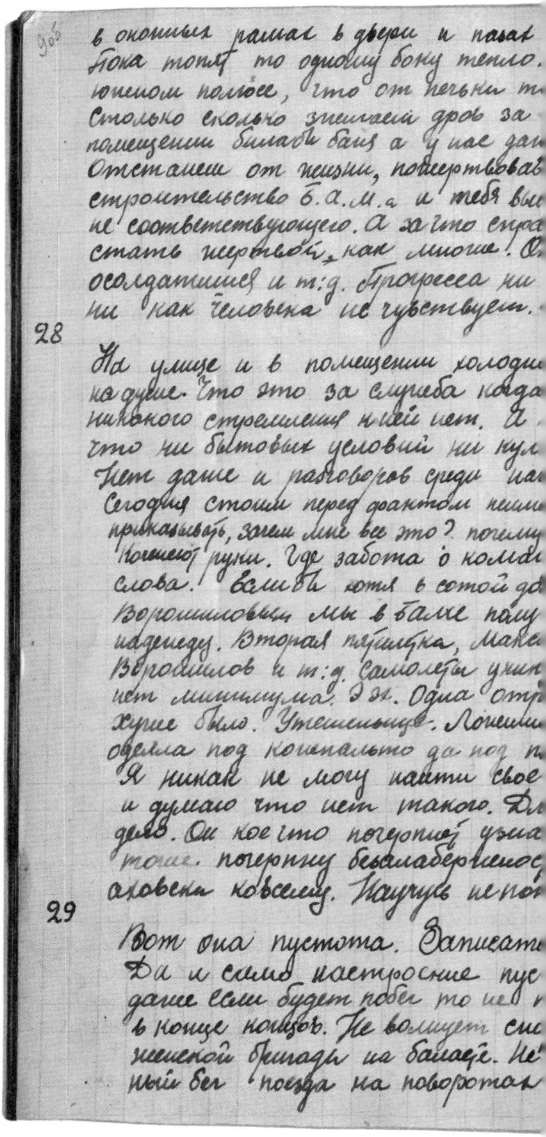

дыма. Не волнует даже лиса, не возбуждая охотничьего 10
азарта. Равнодушен к режущим ухо неверным нотам
игры на балалайке. Что это в конце концов.

30.

Южный ветер принес тепло, всего 16°. На небе облака.
Идем с политруком на охоту. До ближайшей сопки
кажется рукой подать но пока идешь нагреешься, килом.
5. И так целый день. С сопки на сопку, из пади в
падь, заманчиво. Следы коз вытканы узоры на снегу
тут ~~и~~ петли, ~~тут и~~ зигзаги тут и треугольники
все переплелось перепуталось иногда образуя какой-то
восточный орнамент, иногда как-бы подробную надпись
эфиопского царя. Ходим часа три, то поднимаемся на
кручи сопок то пробираясь по мелко-лесью то
спускаясь в пади. Иногда попадет место величиной
с решето с растоптанным снегом, это лежала коза
Но самих коз нет. Хотя-бы в насмешку одна пробежала
Как-то сразу из-за выступа сопки появилась землянка
а за ней и избушка на курьих ножках. Кругом штук
100 ульев, пасека. Подходим. На двери не только нет замка
а даже ничем не завязано. Часть имущества
лежит под навесом. Тут столярный инструмент, крышки
ульев, бидоны, хозпосуда и т.д. В избе тепло. Штук
50 бидонов с медом, весы, домашняя утварь продукты
Заходи и ешь. ~~Вот они сибирские~~ обычаи и честность.
А кругом тайга. Дуб. Сломанные бурей, спиленные
упавшие от старости, полусгнившие, вросшие в землю.
Приволье и простор. Еще 4-х часовое хождение безрезультатно.
Устали. Политрук едва дошел. Обед и отдых.
Приходит завхоз и радует „можно в баню." Это у нас
праздник, это радость.

31.

Сегодня выходной. Иду снова на охоту. И снова пустой.
Даже стрельнуть не во что. Холодно 29°, ветер обжигает
лицо и руки. Красивы березы в инее. Телеграфные
провода обледенели и на солнце кажутся огненными
нитями. Никаких дум. Правда промелькнула одна,
когда нибудь и я поеду „в Москву"
Да хотя надежда остается хорош

"프랑스를 위한 죽음이라! 아니다. 프랑스에 의해 죽고, 프랑스 자본가들에 의해 살해당했다"

르네 에티앙블 René Étiemble, 1909~2002

오랜 시간에 걸쳐 쓰인 일기는 한 개인의 변화를 보여 주고, 한 시대의 맥을 짚을 수 있도록 한다. 주로 1930년대와 1940년대에 쓰인 에티앙블의 일기(미발표되었으나 그는 사후에 출간되기를 바랐다)가 그러하다. 이 시기는 그에게 개인사의 산물인 정치적 학습의 시간이었다.

세 살에 아버지를 여의고 마옌에서 노동자 어머니 밑에서 자란 그는 1929년에 고등사범학교의 모범생이자 장학생이었다. 한미한 집안 출신이라는 사실은 그를 모든 불의에 민감하게 만들었고, 공산당에 맹렬하게 가담토록 했다. 그는 반파시스트 창작자들의 결합을 목표로 하는 '혁명적 예술가와 작가 협회'에 가입했다. 이 책에 실린 1934년 일기의 한 부분은 그의 생각의 특별한 순간을 보여 준다. 당시 새로운 갈등의 공포가 유럽을 덮치고 있었다. 1918년 11월 11일 종전 기념의 영향력 아래에 있던 그는 자신이 동원될 수도 죽을 수도 있다고 생각했다. 애국심이 아닌 오직 사회주의 인터내셔널만이 그와 관련되어 있다는 것을 더욱 잘 명시하기 위해서 말이다. 그의 관점은 당시 평화주의자 집단을 지배한 의식에 관한 흥미로운 증언을 내비친다. 같은 해에 그는 학생과 교사 대표단의 일원으로 소련을 여행했다. 당시 일기에는 어느 정도 신중함이 드러나지만, 모스크바에서는 다음과 같이 적었다. "영묘靈廟. 나는 영광스럽게도 [레닌의] 머리와 발치에서 나날을 보내는 '적군' 병사 중 한 명이고 싶다." 그러나 여러 사건이 결정적으로 그의 열정을 눌러 버렸다. 모스크바의 재판은 스탈린 독재의 현실을 드러냈고, 그는 1936년에 공산당을 떠났다.

소설가이자 매우 박식한 교수이며 뛰어난 중국 전문가인 그는 여러 곳에서 특히 미국, 이집트, 파리, 소르본대학교에서 가르쳤다. 그리고 아랍이나 페르시아 혹은 아시아 문학의 걸작을 더욱 잘 알리기 위해 갈리마르 출판사에서 '오리엔트(동양)의 이해' 총서를 만들면서 비교문학의 열정적이고 전위적인 공포자, 지칠 줄 모르는 전달자가 되었다. 여전히 젊은 시절의 격정으로 활기 넘치는 가공할 논객이라는 사실을 망각하지 않은 채 말이다.

1934년 11월 11일

정부는 유해의 대리석판 앞에 커다란 국화 꽃병을 갖다 놓았다. 조만간—만일 우리가 방어하지 못한다면—새 이름들이 금색 목록에 기록될 것이다. 나는 특별히 운이 좋다. 마옌시, 라발고등학교, 루이르 그랑 고등학교, 고등사범학교, 재단은 다투어 내 이름을 새기는 영광을 열망한다. 프랑스를 위한 죽음이라! 아니다. 프랑스에 의해 죽고, 프랑스

où le faut la condamnation des 2 ou 3 % (18
d'hommes qui s'opposent à cet immense
amour !

11 novembre 1934.

L'administration a déposé devant la
salle des macchabées un gros vase de
chrysanthèmes. – Bientôt, – si nous ne
nous défendons, – ~~mon~~ de nouveaux noms
s'inscriront sur la ~~liv~~ liste d'or.
Je suis particulièrement chanceux : voilà
~~à~~ du Mayenne, ~~au~~ le lycée de Laval, ~~au~~ le
lycée Louis le Grand, ~~à~~ l'École normale
supérieure, ~~à~~ la Fondation, ~~on pou~~
brigueront à l'envi l'honneur de graver
mon nom.

Mort pour la France !

~~Mort~~ Tué par la France, assassiné

par les capitalistes français, par le beau frère de Von Papen.

Je défends à qui que ce soit de prétendre et d'écrire que je suis mort pour la France. Cette France là, ce n'est pas la mienne. J'ignore si je partirai; en tous cas, si, malgré mon dégoût (sans cesse accru) du sang — cruor, le sang qui coule. — je me décide à partir, j'obéirai à l'ordre de Lénine: "J'obéirai pour, dans la mesure de mon pouvoir, transformer la guerre en révolution socialiste.

Que personne, par conséquent, ne se leurre. Ma patrie, c'est la France des français

자본가들, 폰 파펜[Franz von Papen, 프랑스의 빌루아 사업가 집안과 결혼으로 맺어진 히틀러의 부총통]의 처남에 의해 살해당했다.

누구든지 내가 프랑스를 위해 죽었다고 주장하고 쓰는 것을 금한다. 그런 프랑스, 그것은 나의 프랑스가 아니다. 내가 떠날지는 모르겠다. 아무튼, 피—cruor[라틴어, 흘린 피], 흘러나오는 피—에 대한 (계속 증가하는) 혐오에도 불구하고 나는 떠나기로 하고 레닌의 명령에 복종할 것이다. 할 수 있는 한 나는 전쟁을 사회주의 혁명으로 변화시키기 위해 복종할 것이다. 따라서 아무도 착각하지 않기를 바란다. 나의 조국, 그것은 프랑스인들의 프랑스이지 프랑스인들을 죽이는 자들의 프랑스가 아니다. 내 조국—혹여 내가 그런 생각을 받아들인다면—

그것은 프랑스 사회주의 소비에트 공화국이 될 것이다.

포탄 하나가 나를 죽일 수도 있다. 나는 "프랑스를 위해" 죽지 않을 것이다.

오늘 점심 식사는 볼로방•, 자고새 고기, 생테밀리옹 와인이다. 그들은 마시고, 그들은 1918년 11월 11일 종전 이전에 짓이겨진 사람들의 피를 마신다. 그러나 우리는 종전만을 축하하는 것이지 8월 2일을 축하하는 게 아니다[1914년 8월 2일, 전체 동원]. 독일인은 11월 11일을 축하하지 않는다. 우리는 [18]70년 이후에 종전일을 축하했다.

• vol-au-vent. 파이 껍질 속에 고기 및 생선 따위를 넣은 요리

"나는 나를 죽은 사람처럼 말하는데, 그것은 너무 이르다"

보리스 빌데 Boris Vildé, 1908~1942

1941년 3월 26일 체포 당시 민족학자 보리스 빌데는 서른두 살이었고, 이미 가장 소설적인 과거를 가지고 있었다. 러시아인인 그는 상트페테르부르크에서 태어났지만, 1917년 혁명으로 가족이 추방당했다. 라트비아에서 성장했고, 1930년 독일로 떠난 후 파리에 정착했다. 그리고 곧 프랑스 여성인 이렌과 결혼해 1936년에 귀화했다. 그는 지식에 대한 폭식증이 있었다. 러시아어, 프랑스어 그리고 독일어에 능통한 것에 만족하지 않고, 무엇보다 핀란드어와 일본어 등등을 연구했다. 또한 민족학 교육을 받았고, '인간사 박물관'의 북극 문명부서를 통솔했다. 전시에 동원된 그는 포로로 잡혔다가 무릎 부상에도 불구하고 300킬로미터를 주파해 탈출했다. 1940년 8월부터 동료 폴 오에와 함께 후대에 '인간사 박물관 조직'이란 이름으로 통하는 레지스탕스 활동을 이끌었다. 1941년 3월에 몇몇 대원과 함께 체포된 그는 1942년 2월 23일에 몽발레리앵 한가운데서 총살당했다. 프렌의 감옥에 갇혀 있는 동안 쓴 일기장에서 그는 임박한 죽음의 위협에 직면해 자기 자신을 반성하고 삶을 뒤돌아보았다. 그러나 배움에 대한 갈망은 고갈되지 않았다. 감옥에서 독서를 하고 그리스어와 산스크리트어 등을 배우기 시작했다. 그리고 최악에 대비했다. 즉 일기장을 없애려다가 아내 이렌에게 남기기로 결정했다. "이것은 잔인한 선물이고 몇몇 쪽은 당신을 고통스럽게 할 거라는 것을 잘 알고 있소. 그러나 그 잔인함은 당신과 당신의 사랑, 우리의 사랑에 대한 나의 절대적 신뢰의 표시라오." 그는 원고에 첨부된 편지에서 이렇게 설명했다. "그러나 당신이 이 일기의 내용을 아는 것이 좋소. 당신이 나에 대한 거짓 이미지를 간직하지 않았으면 좋겠다오. 내 편지들에서 나 자신의 가장 나은 것을 당신에게 주었는데, 당신이 내 약함과 비참함도 아는 것이 당연하다오."

Des souvenirs, oui, j'en ai de quoi remplir toute une vie, mais suis-je vraiment si vieux pour vivre du passé ? Est que vraiment j'ai-perdu tout avenir ? Trente-trois ans, c'est trop et trop peu. Il me reste encore tant de choses à découvrir et <u>tant</u> de choses à rejeter.

<u>4.9)</u> Un rêve "compensateur" : des choses très simples, de la vie quotidienne : enfiler le pardessus, saluer les connaissances, échanger qqs paroles avec des amis, prendre un bocq — tout cela n'est qu'un calque de la réalité banale. Mais c'est elle <u>qui</u> me fait défaut ici.

Lu un roman policier (au fait la tante Agathe est morte) humoristique — c'est bête mais fort calmant.

<u>5.9)</u> Ecrit des poésies ! : ds le silence de ma cellule..."

<u>6.9)</u> Commencé à apprendre le grec.

<u>9.9.)</u> Terminé hier la 2. lecture (3.) de Sparkenbroke. Morgan possède une puissance évocatrice (p.ex. la description de la nature ou de Lucques) qui me flanque le cafard... même en traduction. Son procédé d'employer le futur est très fort : en effet une représentation future est souvent plus affective qu'un souvenir. Sa philosophie est quant à fonds platonicienne, bien que la terminologie accuse la lecture de Bergson. Il a réalisé qq chose de nouveau ds la litterature — un pas en avant. Mais ce n'est pas de la nourriture pour les masses, seule élite peut s'approcher de lui. Et encore. En résumé : tout est en profondeur et par cela même un peu etroit. (Pour être <u>large</u> et <u>profond</u> à la fois (Tolstoï) il faut être plus qu'un <u>génie</u> déterminé).

Je goûte la paix d'esprit. Ni l'ataraxie, ni résignation : c'est plutôt une sorte d'acceptation. Et pas d'impatience.

<u>10.9)</u> Évolution du langage (?) : il y a plus de 2000 ans les grecs possédaient un langage qui ne cédait en rien au français moderne. Et il ne faut pas oublier que le français est une langue très privilegiée qui au cours de son évolution gardait toujours comme ultima ratio la possibilité de puiser dans sa source première. De bonne heure également le classicisme et les grammairiens se mirent à son service. Il ne faut pas oublier, non plus, qu'elle possédait l'écriture avant son naissance... (les conditions politiques expliquent sa supériorité aux l'italien et l'espagnol). Et néanmoins... Est-ce l'influence des langues classiques, est-ce les tendances communes aux langues i.-e. —? En tout cas on ne peut nier que d'autres formes d'évolution soient possibles, p.ex. celle qui a été prise par le japonais (voir les conditions particulières de son développement) et qui trouve son expression dernière dans les haï-ka : le mot tend à s'individualiser, à devenir vivant (concrète, "einmalig"). etc...

[1941년 9월 1일]

여러 가지 추억, 그래, 일생을 채울 만큼의 추억이 있지만, 과거 속에 살 정도로 내가 진정 그렇게 늙었나? 진정 모든 미래를 잃어버렸는가? 서른세 살, 너무 많기도 하고 너무 적기도 하다. 나에겐 아직 발견해야 할 많은 것과 물리쳐야 할 많은 것이 있다.

[1941년] 9월 4일

"보상해 주는" 꿈 하나: 일상적 삶의 매우 단순한 것들, 외투 걸치기, 지인들에게 인사하기, 친구들과 몇 마디 주고받기, 맥주 한 잔 마시기, 그 모든 것이 진부한 현실의 투사일 뿐이다. 그러나 여기에는 그것이 없다. 해학적인 탐정소설(그런데 애거사 아주머니는 사망했다)을 읽음—어리석지만, 마음을 무척 진정시켜 준다.

[1941년] 9월 5일

몇 편의 시를 씀! "내 독방의 침묵 속에서……."
[…]

[1941년] 9월 9일

어제 『스파켄브로크*Sparkenbroke*』•의 두 번째 읽기를 마쳤다. 모건은 생생하게 상기시키는 필력(이를테면 자연이나 루카••에 대한 묘사)이 있어서 번역일지라도 나를 우울하게 만든다. 미래를 사용하는 그의 기법은 매우 강렬하다. 사실 미래의 재현은 종종 추억 하나보다 더욱 감정적이다. 문체를 보면 그가 베르그송을 읽었다는 것을 느낄 수 있지만, 그의 철학의 근저에는 플라톤 철학이 자리 잡고 있다. 그는 문학에서 새로운 어떤 것을 실현했다—앞으로 한 걸음 나아갔다. 그러나 그것은 대중을 위한 양식이 아니다. 오직 엘리트만이 다가갈 수 있다. 글쎄 어떨지. 요약하면 모든 것이 깊이가 있어서 표면에 나타나지 않는데, 바로 그 때문에 조금 협소하다. 넓은 동시에 깊이가 있으려면(톨스토이), 결연한 천재 그 이상이 되어야 한다.

나는 정신의 평화를 음미한다. 아타락시아•••도 아니고 인종忍從도 아니다. 그것은 오히려 일종의 수락이다. 그리고 조바심도 아니다.

[1941년] 9월 10일

언어의 진화(?): 2천여 년 전에 그리스인은 현대 프랑스어와 견주어 전혀 손색없는 언어를 소유했다. 프랑스어는 그 진화 과정 중에 울티마 라티오••••로서 언제나 최초의 기원에서 끌어올 가능성을 간직한 아주 특권적인 말이라는 것을 잊어서는 안 된다. 또한 일찍이 고전주의와 문법학자들이 그 언어에 봉사했다.

→

[1941년] 10월 24일

이렌이 오지 않았다. 불안, 비탄. 오는 것을 방해하는 게 무엇인지 상상할 수 없다. 매주 화요일과 월요일 그녀가 보내는 소포 꾸러미에 너무도 익숙해져 있다—하지만 매번 나 자신에게 이렇게 말한다. 그녀가 오지 않는 이유는 수없이 많고, 그녀가 오는 것은 매번 기적 같은 일이지만, 이런 기적의 규칙성이 나를 망쳐 놓았다.

간수가 소포를 가져왔을 때 나는 막 문장 쓰기를 끝마쳤다! 아버지의 책 한 권과 '소화제'다. 방금 돌아온 특무 상사(키가 큰 흑인)가 식량 일부분을 돌려보낸 듯하다. 그 사실은 별로 중요하지 않으나 그 의도는 중요하다.

지난밤 죽음에 관한 성찰. 그것은 둘 다 진정성 있는 두 명의 "나" 사이에 전개되는 일종의 내적 대화다. 그 둘을 정확히 규정하는 것이 거북해서 아주 단순하게 "나 1" "나 2"로 지명했다.

• 영국 소설가 겸 극작가인 찰스 모건의 작품
•• 이탈리아 토스카나주의 지명
••• ataraxia. 스토아철학에서 정신의 평정(平靜)
•••• ultima ratio. 최후의 수단

(34) 42

24.10 | Irène n'est pas venue : inquiétude, détresse. Je m'imagine mal la cause qui l'empêche de venir. Je suis tellement habitué à ses colis tous les mardis et les vendredis — et pourtant chaque fois je me dis : il y a tant de raisons pour qu'elle ne vienne pas, chaque fois c'est une sorte de miracle qu'elle vienne, mais la régularité de ces miracles m'a gâté.
— Je venais juste de terminer la phrase lorsque le gardien m'a apporté le colis. Avec un livre de papa et l'"après-dessert". Il paraît que l'adjudant (le grand noir) qui vient de rentrer ait renvoyé une partie de nourriture. Le fait n'a pas grande importance mais l'intention.

Cette nuit : réflexions sur la mort. C'est une espèce de dialogue intérieur se déroulant entre les deux moi, authentiques l'un et l'autre. Il est malaisé de les définir avec précision aussi les désigne-je tout simplement par moi 1 et moi 2.

1 — Alors, cher ami, il faudrait envisager sérieusement l'éventualité d'une condamnation à mort.

2 — Non, non, je ne veux pas. Tout mon corps proteste, il veut vivre. Défendons-nous, défendons-nous, tentons une évasion, mais pas la mort.

1 — Voyons, tu ne parles pas sérieusement. Est-ce vraiment que tu attaches un tel prix à la vie ?

2 — Et toi ? Sincèrement ?...

1 — L'instinct est fort mais je suis raisonneur et j'impose ma volonté à ma nature animale.

2. Nature animale ! Depuis quand donc traites-tu cette nature avec un tel mépris ? Dis, cela ne te fait pas plaisir un bon dîner par exemple ? Penses-y un peu : pour commencer une douzaine de marennes avec un pouilly bien glacé, admirablement sec et âpre, un vin de précision si je peux m'exprimer ainsi. Ensuite une truite au bleu au chair tellement tendre qu'on est obligé malgré soi de penser à la loi de détournement des mineurs. Où veux-tu un beau merlan doré comme un rayon de soleil touché dans

45 36

30.10) Froid. Sombre. Un bon vent d'automne souffle dehors — un de ces vents que j'ai tant aimé (pourquoi aimé? — que j'aime toujours: je parle de moi comme d'un mort — c'est prématuré). Quelque part — je crois que c'est au dessous de moi — quelqu'un sanglote longuement, désespérément. Quelqu'un de très jeune d'après la voix (mais je ne l'entends que sourdement). La prison est une chose terrible (pas pour moi mais néanmoins je comprends). Sans justification.

Achevé aujourd'hui les deux livres du grec (grammaire et exercices). Quelle belle langue! Mon vocabulaire est encore bien pauvre mais je crois avoir saisi l'esprit de la langue et pouvoir — avec un dictionnaire — venir au bout de n'importe quel texte. J'y ai mis exactement huit semaines en travaillant en moyenne 2½ — 3 heures par jour. Et j'en éprouve une satisfaction de mon amour-propre. Vanité. La même vanité qui me pousse à résoudre des problèmes d'échecs et de bridge dans la "Zeite" (mais j'échoue le plus souvent avec les mots-croisés) pour m'assurer que les cellules grises travaillent toujours bien. L'esprit géométrique...

(suite) 1. — Tu as 33 ans. C'est un bel âge pour mourir: Jésus est mort à cet âge et Alexandre le grand, Pouchkine fut tué à 36. Jessenine se suicida à 30. Ce n'est point que je veuille te comparer à ces personnes mais pour te faire voir que d'autres ~~ont~~ avaient accompli leur vie à ton âge achevé leur mission. Tu n'a pas eu de mission mais tu avais, toi aussi, à accomplir ta vie à en réaliser le sens. Et je prétends que tu l'as fait et qu'il ne te reste rien à ajouter à ta vie. Sais-tu le sens de ta vie? Fais une retrospection de ton devenir et tu verras que cela était ton humanisation.

Cela t'étonne? Je vais te rappeler alors un peu ton passé.

1: — 그래서 친애하는 친구, 사형 선고의 가능성을 심각하게 고려해야만 할걸세.
2: — 아니, 아니, 나는 그러고 싶지 않아. 내 온몸이 저항하며 살고 싶어 하네. 서두르세, 방어하고 탈주해 보자, 그러나 죽음은 아니야.
1: — 이보게, 자네는 진지하게 말하지 않아, 진정 자네는 삶에 그만한 가치를 두는가?
2: — 그럼 자네는? 진심인가?
1: — 본능은 강하지만 나는 추론할 줄 알고 내 의지를 내 동물적 본능에 받아들이게 하네.
2: — 동물적 본능이라! 대체 언제부터 그 본능을 그토록 경멸했는가? 이봐, 예를 들면 맛있는 저녁 식사가 자네를 기쁘게 하지 않나? 그것을 좀 생각해 보게. 우선 아주 차가운, 놀랄 만큼 달지 않고 떫은맛의 푸이• 한 병과 열두어 개의 마렌산 양식 굴부터 시작해서 […]

(속편) 1: — 너는 서른세 살이다. 죽기에 좋은 나이다. 예수도 그 나이에 죽었고 알렉산드로스 대왕도 그랬다. 푸시킨은 서른여섯에 결투로 죽었다. 예세닌은 서른 살에 자살했다. 내가 너를 이 사람들과 비교하려는 것은 아니다. 다만 다른 사람들이 네 나이에 삶을 마쳤고 사명을 마무리했다는 것을 네게 보여 주기 위해서다. 너는 사명이 없었지만 너 역시 네 삶을 완수하고 그 의미를 실현할 것이 있었다. 그리고 나는 네가 그것을 했고, 네 삶에 덧붙일 것이 아무것도 남아 있지 않다고 감히 주장한다. […]

←
[1941년] 10월 30일

춥다. 우중충하다. 밖에는 기분 좋은 가을바람이 분다—내가 그리도 좋아했던 바람 중 하나(왜 "내가 좋아했던"인가……?—내가 여전히 좋아하는. 나는 나를 죽은 사람처럼 말하는데, 그것은 너무 이르다). 어딘가에서—내 밑에서라고 생각된다—누군가가 오랫동안 절망적으로 흐느껴 운다. 아주 젊은 누군가가, 목소리에 의하면(그러나 그 목소리는 둔탁하게만 들릴 뿐이다) 감옥은 끔찍한 것이다(나에게는 그렇지 않지만 어쨌든 그렇게 생각한다). 정당화할 여지없이.

오늘 두 권의 그리스어 책(문법과 연습 문제) 마무리. 얼마나 아름다운 언어인가! 내 어휘는 아직 많이 부족하나 언어의 정신을 파악했고, 무슨 텍스트라도 끝장낼 수 있다(사전을 갖고서)고 생각한다. 하루 평균 두 시간 반 내지 세 시간을 공부하면서 정확히 8주의 시간을 들였다. 그리고 그에 대해 자존심의 만족을 느낀다. 허영심. 회색 감방이 언제나 잘 돌아간다고 나를 안심시키기 위해 『꽃다발*La Gerbe*』의 체스와 브리지 게임의 문제들을 해결하도록(그러나 글자 맞추기는 대개 실패한다) 나를 떠미는 것 같은 허영심. 기하학적 정신…….

• Pouilly. 니에브르(Nièvre)와 손네루아르(Saône-et-Loire) 산의 단맛이 없는 화이트와인

“우리가 이미 지옥에 발을 들여놓았다고 속단하지 않으려 한다”

빅토어 클렘페러 Victor Klemperer, 1881~1960

이 일기장은 얼어붙게 하는 동시에 눈부신 지성으로 반짝인다. 열여섯 살부터 일기를 쓴 문헌학자 빅토어 클렘페러는 1933년부터 1945년까지 나치 독일의 덫에 걸린 자신의 삶을 기록했다. 개신교로 개종한 랍비의 아들로 태어난 그는 1930년대 초 드레스덴에서 로망어 문헌학 교수로 재직했다. 유대인이어서 1934년부터 직위를 박탈당한 그는 독재 정권의 등장을 목격했다. 그는 날마다 그 톱니바퀴의 주요한 일부분을 보여 줬다. 그리고 목숨을 걸고 증언하고자 했다. 위험을 무릅쓰고 나치 독재의 실상과 유대인 박해를 기록했다. “중요한 것은 대단한 것들이 아니라 사람들이 망각할 그날그날의 폭정이다. 천 번 모기에 물리는 것은 머리에 가하는 한 번의 일격보다 더 위험하다. 나는 모기에 물리는 것을 바라보고 기록한다.”

따라서 그는 여러 가지 치욕을 문제 삼았다. 도서관에서 책을 빌리거나 타자기를 소유하지 못하게 하는 등 늘어나는 금지 사항들, 집과 자동차를 몰수하는 것, 대중 앞에서 그와 함께 있는 것을 지나치게 두려워하는 이웃……. “내 생각에 (19)38년 11월의 유대인 박해는 크리스마스에 초콜릿이 줄어든 것보다 국민을 덜 놀라게 한다”라고 그는 적었다. 고초와 절망이 만연하고 아내 에바의 허약한 건강에 대한 불안감도 마찬가지로 커졌지만, 클렘페러는 결코 생각을 실천하는 것을 포기하지 않았다. 그는 일기를 썼을 뿐 아니라 타이핑한 원고를 친구에게 넘겨 그녀가 그것을 숨기도록 했고, 나치에 의한 언어의 남용에 관한 책(『LTI, 나치 독일의 언어*LTI, la langue du IIIe Reich*』)이 될 것을 집필했다. 그리고 이에 관한 성찰을 일기에 담았다. “내가 살아남지 못한다면 적어도 내 시간을 적절하게 마치고 내 방식으로 용기 있게 갈 것이다.” 또한 다른 곳에서는 “마지막까지 증언하고 싶다”라고 썼다. 빅토어 클렘페러는 도시 폭격과 계획된 마지막 유대인 174명(1933년에는 4,675명이었다)의 강제 수용 직전인 1945년 2월에 드레스덴에서 도피하면서 최악을 모면했다. 종전 직후 교수직에 복권된 그는 독일에 뼈를 묻었다.

1938년 생실베스트르•, 토요일

어제 1938년 일기를 재빨리 다시 읽었다. 1937년도의 요약 내용에서는 비탄과 끔찍함이 극치에 도달했다고 한다. 하지만 현 상황과 비교하면 지난해에는 여전히 무척 많은 좋은 일과 아주 많은(모든 것이 상대적이다!) 자유가 있었다.

12월 초까지는 아직 도서관을 이용할 수 있었고, 그때까지 『열여덟 번째 것*Dix-huitième*』은 100쪽을 썼고, 그중 10여 쪽이 좋다. 대략 12월까지 승용차를 소유할 수 있어서 이동할 수 있었다. […] 거기다 일련의 소소한 외출을 하고 자동차를 이용해 수월하게 장을 볼 수 있었다. 또한 이따금 영화관에 가고 외식도 할 수 있었다. 어쨌든 약간의 자유가 있었고 사는 게 좋았다—비록 그것이 꽤 딱한 일이었고, 우리가 당연히 갇혀 지내는 느낌이었다 할지라도.

그해 처음부터 끝까지 모든 게 점점 더 나빠졌다. 우선 오스트리아에서의 승리 […] 이후 9월 해방전쟁에 대한 어긋난 희망 […] 그러나 나는 우리가 이미 지옥에 발을 들여놓았다고 속단하지 않으려 한다. 가령 불확실성이 최악의

• Saint-Sylvestre. 새해 전야

Sylvester 38, Sonnabend.

Ich las gestern flüchtig das Tagebuch 1938 durch. Das Résumé von 37 behauptet,
der Gipfel der Trostlosigkeit und des Unerträglichen sei erreicht. Und doch
enthält das Jahr mit dem heutigen Zustand verglichen, noch soviel Gutes, soviel
(Freiheit, (alles ist relativ!)

Bis Anfang Dezember hatte ich die Bibliotheksbenutzung, und bis zu dieser
Zeit habe ich Hundert und ein Dutzend guter Seiten am Dixhuitième geschrieben
(vom Retour à l'antique bis zu Rétif). Und bis zum Dezember etwa hatte ich noc
den Wagen zur Verfügung, und wir konnten uns bewegen. Piskowitz, Leipzig, der
Schwartenberg, Rochlitz, Augustusburg, Bautzen, Hinterhermsdorf, Strausberg und
Frankfurt a.O. im April, Das schöne Breslau am 16. Mai, noch einmal Strausberg
am 6. Okt. zu Gretes 70. Geburtstag, die Berliner Fahrt mit der Krankheit und dem
Unfall, noch einmal Leipzig. Und so viele kleine Fahrten und die Freiheit der
Besorgungen.--Und dann von Zeit zu Zeit das Kino, das Auswärtsessen. Es war doc
ein Stückchen Freiheit und Leben--mag es auch jämmerlich gewesen sein und un
mit Recht schon als Gefangenschaft gegolten haben.
Gewiss ging es im Lauf des Jahres ijmer deutlicher abwärts. Erst der oesterrei
chische Triumph. Dann vom Ende Mai ab das Fortbleiben der Lehmann. (Für uns per
sönlich empfindlicher als der Grossdeutschlandrummel.) Dann im September die
gescheiterte Hoffnung auf den erlösenden Krieg. Und dann eben der entscheidend
Schlag. Seit der Grünspanaffaire das Inferno.
Aber ich will nicht voreilig behaupten, dass wir bereits im letzten Höllenkrei
angelangt sind. Sofern nicht die Ungewissheit das Schlimmste ist. Und sie ist e
wohl nicht, denn in ihr ist immer noch Hoffnung. Auch haben wir ja noch Pension
und Haus. Aber schon sind die Pensionen angetastet (keine „Sonderabmachungen"
mehr, d.h. Streichung der zugesagten, nur mir nie gezahlten Vollgehälter), und
schon habe ich dem Amt „zur Abwicklung der jüdischen Vermögen" alle Angaben ü=
ber das Haus machen müssen. Die relative Ruhe der letzten Wochen darf nicht tä
schen: in ein paar Monaten sind wir hier zuende--oder die andern. In der letzte
Zeit habe ich nun wirklich alles Menschenmögliche versucht, um hier herauszuko
men: das Verzeichnis meiner Schriften und meine SOS-Rufe sind überallhin gegan=
gen: nach Lima, nach Jerusalem, nach Sidney, an die Quäkerin Livingstone. Das von
Georgs Jüngstem überschickte Affidavit gab ich an das Berliner USA-Consulat,
stellte telephonisch fest, dass der von Georg genannte Mr. Geist noch im Amt u.
nach Neujahr erreichbar ist, und bat schriftlich um persönliche Audienz. Aber,
dass irgendetwas von alledem irgendetwas helfen wird, ist mehr als zweifelhaft

Am Donnerstag Nachm. war Moral wieder bei uns: Freundschaftsge
fühl und Einsamkeit und gleiches Schwanken. Er denkt und zögert wie wir. Heraus
ins absolute Nichts? Die Pension aufgeben, die man noch hat? aber eben: Noch! Und
wenn es nachher zu spät ist? Aber wohin jetzt? Usw. Usw. in infinitum. Moral ist
Amtsgerichtsrat, er ist 61 und sieht aus, benimmt sich auch ein wenig, als wäre
er 71--es ist also für ihn noch schwerer als für mich. Er hält es für möglich,
dass Krieg und Zusammenbruch vor der Thüre stehen. Der „Bartholomaeusnacht"-sie
würde als Pogrom sicher den Anfang des Endes machen, es würde, argumentiert er,
nur eine Blutnacht sein, denn dann würde das Heer für Ordnung sorgen, der Blut=
nacht also möchte er entgehen, indem er in Berlin in einer neutralen und aris
schen Pension untertauche. Er habe in dieser Hinsicht schon vorgesorgt.

Die News Review London vom 8. Dez. die ich von Frau Mayer habe, behaup
tet, es hätte vor kurzem ein Militäranschlag auf Hitlers Berghof u. sein Leben
bestanden, Himmler habe die Verschwörung aufgedeckt, es seien Erschiessungen vo
genommen worden. Gerücht? Wahrheit? Wenn man dies Blatt liest, so müsste hier das
Ende nahe sein. Aber hier lesen wir ebensolche Nachrichten über Moskau. Und Sta
-lin hält sich, und Hitler hält sich.

Soweit ich seit der Katastrophe überhaupt gearbeitet habe, war es ei
regelloses Werben um das Englische. Bald Grammatik, bald Vokabeln, bald einen
kleinen Text übersetzt; seit dem 15. XII zwei-dreimal wöchentlich je anderthalb
Stunden (mit Diktat) bei Missis Mayer. Vielleicht habe ich eine Winzigkeit hinzu
gelernt, mindestens was Lesen und Gesprochenes verstehen anlangt; aber am Spre=
chenkönnen fehlt es nach wie vor durchaus, und vor der Syntax stehe ich mit im
mer wachsender Befremdung, ja mit hilflosem Entsetzen.

143 Und auf die Dauer vermag ich dies bloße Herumtappen, diesen völligen Mangel an produktiver
Arbeit nicht zu ertragen. Vergeht der Januar ohne die Sicherheit der Emigration zu bringen, dann concen-
triere ich mich auf die Vita, von der ich neulich die ersten Papierzettel-Zeilen niederschrieb.

사태가 아니라고 한다면. 그리고 사실을 말하자면 불확실성이 최악은 아닌데, 왜냐하면 그 안에 아직은 약간의 희망이 남아 있기 때문이다. 그리고 우리는 아직 퇴직연금과 집이 있다. 그러나 이미 퇴직연금에 손대기 시작한다(**더 이상 '특별 계약'은 없다.** 게다가 내가 받지도 못한 임금 전액이 폐지되었다). 그리고 나는 이미 '유대인 재산 청산' 부서에 집과 관련한 모든 정보를 제공해야만 했다. 최근 몇 주간의 상대적 고요가 우리를 속여서는 안 된다. 몇 달 후면 우리의 종말 아니면 그들의 종말이 될 것이다.

최근에 여기서 나가기 위해 정말이지 인간적으로 가능한 모든 것을 했다. 전 세계 곳곳 리마, 예루살렘, 시드니, 리빙스턴의 퀘이커교도에게 내 출판물

목록과 S.O.S를 보냈다. […] 그러나 그 모든 교섭이 어느 정도의 유용성이 있는지는 무척 의심스럽다. 목요일 오후, 우리 집으로 모랄이 돌아왔다. 우정의 감정과 고독 그리고 망설임까지도. 그도 우리처럼 생각하고 주저한다. 절대적 무속에 뛰어들기? 아직 있는 퇴직연금을 포기하기? 그러나 얼마 동안이나! 만일 나중에 너무 늦어 버린다면? 그러나 지금 어디로 갈 수 있겠나? 기타 등등. **인 인피니툼•** […] 메이예 부인이 준 12월 8일 자 『뉴스 리뷰 런던』에서는 최근 히틀러와 그의 레지던스 베르크호프에 반역하는 군대의 모의가 히틀러에 의해 좌절되었고 약식 처형이 있었을 거라고 주장한다. 소문들? 진실? 이 신문을 읽으면 종말이 가까운 것 같다. 그러나 여기서 우리는 모스크바에 관해서 같은 종류의 것들을 읽을 수 있다. 그런데 스탈린은 여전하고 히틀러도 여전하다. 가령 대재앙이 시작된 이래 하나의 일에 관하여 이야기할 수 있다면, 내가 영어 공부를 시작하기 위해서 한 무질서한 노력만 볼 뿐이다. […] 그리고 결국에는 안갯속에서의 이 단순한 암중모색, 생산적인 일의 완전한 부재를 더는 견딜 수 없다. 만일 이주를 보장하지 않은 채 1월이 지나간다면, 최근 최초의 몇 줄을 쓴 『비타*Vita*』의 '종이 병사들'에 집중할 것이다.

[1942년] 2월 8일 일요일

여전히 같은 부침浮沈. 내가 쓰는 모든 글이 나를 강제 수용소로 이끌지 않을까 하는 두려움. 글을 써야만 한다는 느낌, 내 삶의 의무, 내 직업, 내 소명. **바니타스 바니타툼••**의 느낌, 내 졸작들의 무의미함의 느낌. 그런데 결국 계속 글을 쓰고 내 일기와 내 『커리큘럼*Curriculum*』도 계속한다. 어제부터 특히나 우울함. 오전에 추위와 눈과 빙판 속에서 장을 본 까닭에 기진맥진한 에바. 그래서 나는 노이만 부부의 집에 혼자 갔다. 우리는 시종 그들 집(다른 사람들의 집과 마찬가지로)에 대한 언어도단의 가택 수색에 관하여 이야기했다. 남자 여덟 명의 '이동 작업반'.

"저기, 언약의 궤 위에 앉으시오"(궤 하나), 최악의 모욕, 떼 밀기, 구타, 노이만 부인은 뺨을 다섯 대 맞았다. 모든 것이 뒤죽박죽 놓였고 분별없이 마구 약탈당했다. 초, 비누, 우화寓話적인 라디에이터, 금고 하나, 여러 권의 책, 반 파운드의 마가린(티켓을 가지고 합법적으로 구매한), 필기 종이, 온갖 종류의 담배, 우산 하나, 무공 훈장들("어쨌거나 그것들은 더 이상 아무 쓸모없어")—"당신 어디서 세탁을 해?" "집에서." "외부에서 세탁한다는 것을 알리지 마!"—"당신들은 모두 어째서 그렇게 늙도록 사는 거요? 자, 목매러 가시오, 가스를 여시오."—불행하게도 편지, 주소, 문서 들도 털렸다—그리고 우리는 그 모든 것을 독일 적십자사에 자발적으로 제공했다고 쓰인 서류에 서명하고 만다—체포당하려면 단 한 명의 아리아인과의 관계가 확인되는 것으로 충분하다—칠십 대의 한 부인이 체포당했다. 가장 작은 희망의 미광은 어느 곳에도 없다. 영국인들은 다시 키레나이카 토후국 전체를 잃었다. 롬멜은 튀니스로부터 페탱-다를랑 정부의 물질적 지원을 얻어 낸 것 같다. 일본군의 전진, 러시아군의 진군은 없다. 어쨌든 독일이 패전했다는 것은 의심의 여지가 없다. 그러나 언제인가? 누가 그 끝을 볼 것인가? 러시아 시온주의자의 말 […] 유대인 박해 시대에 신에게 건네진 한마디가 끊임없이 다시 생각난다. "당신, 당신은 기다릴 수 있습니다. 당신에게, 천년은 하루 같습니다—그러나 우리, 우리는 기다릴 수 없습니다." […]

[1942년] 2월 9일 월요일

여전히 가택 수색, 온갖 종류의 절도와 가혹 행위에 대한 새로운 소문들……. 내 원고들을 어떻게 해야 하나라는 질문이 끊임없이 나를 괴롭힌다. 모든 것이 안전 상태에 있을 수 없다. […] 『커리큘럼』을 쓰는 데 집중하기가 어렵다. 하루 대부분을 집안일을 하는 데 보낸다. 또 최근 새벽에 큰 소리로 독서. 나는 에바가 침대에서 잠이 깬 채로 있을 때 자기 생각에 빠져 있도록 하는 것을 좋아하지 않는다 […] 케트헨이 강제 수용에 처한 사람들에게 배부된 서류를 내게 읽게 했다. 그들의 재산은 몰수당했고, 그들은 신고서에 그 목록을 작성해야 한다. 이 신고서에는 가장 하찮은 세부적인 것까지 들어간다. 즉, "넥타이…… 셔츠…… 파자마…… 코르셋……." […]

• in infinitum. 무한히

•• vanitas vanitatum. 허무 허무

8. II Sonntag.

Immer das gleiche Auf u. Ab. Die Angst, meine Schreiberei könnte mich ins Konzentrationslager bringen. Das Gefühl der Pflicht zu schreiben, es ist meine Lebensaufgabe, mein Beruf. Das Gefühl der vanitas vanitatum, des Unwertes meiner Schreiberei. Zum Schluß schreibe ich doch weiter, am Tagebuch, am Cur. —

Seit gestern besonders deprimiert. Ganz erschöpft vom Vormittagsweg in Kot, Schnee u. Glätte, da ich allein bei Neumanns. Die ganze Zeit wird von der [illegible] Haussuchung bei ihnen (schon bei andern) gesprochen. „Rollkommando" von acht Mann. „Da setzt euch auf die Kinderlade" (mein Tische), Gemeinste Beschimpfungen, Stöße, Schläge, Frau N. erhielt 5 Ohrfeigen. Alles durchwühlt, schamloser Raub: Lichte, Seife, eine Heizsonne, ein Koffer, Bücher, ½ Pfd Margarine (legitim auf Marken gekauft) Schreibpapier, alle Art Tabak, Schirme, die Wolldecken („Du kannst sie ja doch nicht mehr brauchen"). — „Schließt den ‚aufhängt'" — „ich [illegible]" — „Daß du dich nicht umbringst, dann hilft es [illegible]" — „Schließt zu Kaffee!" F — Leider auch Briefe, Verträge, Schriftstücke überhaupt mitgenommen. — Zum Schluß [illegible] alles [illegible] dem jüdischen Roten Kreuz zur Verfügung gestellt zu haben. — Zur Verhaftung genügt, daß Verfügung zu [illegible] festgestellt wird. — [illegible] Simon in der [illegible] verhaftet. —

— Nirgends ein Lichtblick. Die Engländer verlieren wieder die ganze Cyrenaika. Darlan soll aus Furcht vor der Pétain-Darlan-Regierung Materialunterstützung erhalten haben. Fortschritte der Japaner, kein Vorwärtskommen der Russen. Der Krieg geht sicher im [illegible] verloren, aber wann? und wer erlebt es? Mir geht immer der Satz eines [illegible] Zionisten in den Memoiren Lewins durch den Kopf, er soll gerufen [illegible] der [illegible]: „Du kannst warten, bei Dir sind 1000 Jahre wie ein Tag — aber wir können nicht warten."

F. „Warum werdet Ihr alle so alt!" — Hängt Euch doch auf, macht doch den Gashahn auf!

9. II 42 Montag

Immer neue Nachrichten über Haussuchungen, über Diebstahl jeder Art, Mißhandlungen. Ich komme aus der Sorge um meine Mss. nicht mehr heraus. Alles kann ich nicht fortschaffen. [illegible] [illegible] von einem Besuch bei Verwandten durch Nachricht: ein gewisser [illegible], etwa 60 Jahr, vor etlichen Wochen verhaftet, weil bei Haussuchung ein Hirtenbrief gefunden war. PPD — dann KZ — jetzt Urne zurückgekommen. — Es folgt nicht [illegible] die Sammlung zum frühen [illegible]. Ich mag es nicht, wenn E. nachts ihren Gedanken überlassen [illegible] [illegible] [illegible] Schriftstücke zu lesen, die der jüdische Transport [illegible] [illegible] werden. Ihr Vermögen ist beschlagnahmt, sie haben auf Vordrucken Aufstellungen darüber zu machen. Diese Vordrucke gehen bis ins genaueste Einzelne: „Krawatten", „Hemden", „Schlafanzüge", „Blusen".

10. II 42

Unter dem Druck drohender Haussuchung fährt E. wieder nach P. — Ms Cur. fort. — Wahrscheinlich völlige Unterbrechung.

"악이 도래하고 있다, 불타오르는 입김과 함께"

클라우스 만 Klaus Mann, 1906~1949

"나는 재차 자살을 생각한다." 1942년 10월 22일 클라우스 만은 극도로 비참한 저녁에 썼다. 그리고 좀 더 가서는 이렇게 썼다. "그러나 그렇게 쓰면서도 나는 내가 그리하지 않으리라는 것을 느낀다. 오늘 밤은 아니다." 그의 일기는 암울하고 개인적이지만, 또한 집단의 힘과 맞서 싸우는 한 영혼의 절친한 친구이기도 하다. 압도적인 아버지였던 작가 토마스 만(230쪽 참조)의 아들 클라우스 만은 일기에 삶의 파란을 기록했고, 거기서 열정에 찬 자전적 이야기 『전환점*The Turning Point*』을 끌어내 뮌헨의 카바레의 열기, 바이마르 공화국의 침몰 그리고 히틀러 정권의 탄생을 환기했다. 그는 즉각 망명을 선택하고 1938년 미국으로 갔다. 총통에 저항하는 이 반체제 인물은 명석하고 절망적인 관찰자다. 인문주의자 지식인이며 열렬한 유럽인에다 동성애자인 클라우스 만은 나치 독일이 증오하는 모든 것을 지니고 있었다. "그래서 어제 독일의 모든 도시에서 내 책들을 공개적으로 불태웠다"라고 1933년 5월 11일에 썼다. "야만이 유치한 짓에 몰입하고 있다. 그러나 나는 영광스럽게 느낀다." 뛰어나고 냉소적이며 상처받기 쉽고 비극적인 클라우스 만은 (독일어로 쓰고, 그다음엔 영어로 쓴) 일기에 자신의 일상적 활동에 대한 간략한 보고서 형식의 일화와 당시 연대기를 혼합했다. "나는 감히 새로운 노트를 시작할 엄두가 나지 않는다—무엇보다 그처럼 흉한 것 하나를—노트를 끝마치기 전 이곳에 소름 끼치는 일이 없을까?—살인적인 시대—화산이 불을 뿜어 댄다." 그는 프리츠 랑과 카슨 매컬러스를 거쳐 앙드레 지드부터 르네 크르벨까지, 관계와 만남의 소용돌이에도 불구하고 고독이 절실해졌다. "그는 언제나 많은 사람과 함께했지만 동시에 결코 누구와도 함께 있지 않았다"라고 엘리아스 카네티가 분석했다. 1949년 5월 21일 클라우스 만은 그리도 사랑했던 프랑스 땅인 칸에서 자살했다.

1940년 6월 5일 뉴욕

단지 모든 것을 잊지 않기 위해서다……. 게다가 이 어리석은 노트들도 분실될 것이다. 끔찍한 커다란 불이 준비되고 있다. 악이 도래하고 있다, 불타오르는 입김과 함께……. 파리 상공에 폭탄, 죽은 아이들, 플랑드르 지역에 큰 재앙, 처칠의 엄숙한 진지함과 그의 운명을 예고하는 억양, 반대파의 악마적 에너지—오, 우리 유희의 비루함. 무엇이 사라질 것인가? 무엇이 부과될 것인가? 오, 우리의 조촐한 힘이여…….

1940년 6월 12일

아직도 산다는 것, 고생한다는 것, 꿈과 소망과 생각이 있다는 것은 너무나 놀라운 일이다……. 화염에 휩싸인 파리, 우리의 예언적 미사여구에서처럼, 우리의 악몽에서 본 것처럼. 이탈리아의 비열함은 전례가 없다. 악의 힘의 호언장담은 토하고 싶게 한다. 유럽에서 사람들은 불의 심연에서처럼 사라지고 있다. […]

New York, 5. VI. 1940

Es ist nur, damit ich nicht alles vergesse....
Übrigens werden auch diese dummen Hefte verloren gehen. Viel Feuer ist in gräßlicher Vorbereitung. Das Böse, mit feurigem Atem....
Die Bomben über Paris; die toten Kinder; der grosse Jammer von Flandern; Mr. Churchill's feierlicher Ernst — schicksalhafte Töne —; die diabolischen Energien der Widersacher.
— Oh, unsere kleinen Spiele. Was wird alles zerfallen? Was behauptet sich? — Oh, unsere geringe Kraft.....

12. VI. 40.

Es ist so sehr erstaunlich, dass man noch lebt, sich anstrengt, Träume, Wünsche und Gedanken hat....
Die Flammen in Paris, die wir rhetorisch prophezeit — in Alpträumen wohl auch schon gesehen haben.
Die Italienische Infamie. Ohne Beispiel. Brechreiz-erregende Prahlerei des Bösen. —
..... Das Verschwinden von Menschen in Europa, wie in einem feurigen Schlund — Friedrich. (Aber ach, er war durch seine unkameradschaftliche Depression ohnedies schon so weit abgeglitten....) — Landauer. — Golo, in einer französischen Ambulanz .... u.s.w.

14. VI.

Die Nazis in Paris. Das Unvorstellbare. [Boulevard St. Germain .... Place de la Concorde ....: die Tritte der Mörder. Cauchemar.] .... Reynaud's Hilfeschrei an die U.S. Atemberaubende Situation.

......

Gestern, die ziemlich quälende Sitzung der German American Writers. (Viertel, Tillich, Bruckner, Schönstedt, Gumpert u.s.w. — bei Riess.) Viel geredet. Viel Unsinn. Auflösung beschlossen.
.... Beratungen mit Mino, wegen der Zeitschrift. .... Arbeit. (Martinsman.)
Lektüre: Werfels Roman, „Der veruntreute Himmel." (Schlechter Titel!) Eindrucksvolle Szenen. (Der Empfang beim kranken Papst. Der lügnerische Neffe in Prag.) Als Komposition nicht glücklich. Sprachlich manieriert. Literatur-Dunst.
Sehr berührt von einem Gedicht der Edna St. Vincent-Millay, in der „Times":
„There are no islands, any more."
Von grosser Einfachheit und Wahrheit. Deshalb auch schön. Gefüllt, getragen vom enormen Ernst der Situation.
Gefühl des Schicksals. Grosser Ernst.

17. VI. Princeton.

Die dunkelsten Tage. Der französische Zusammenbruch. (Reynaud's Rücktritt. Der alte Pétain — Hitler gegenüber in der Hindenburg-Rolle.... Das Problem der Flotte. Vieles noch ungewiss;

[1940년] 6월 14일

파리에 나치라니, 상상할 수 없다. **(생제르맹 대로…… 콩코르드 광장……)** 살인자들의 발걸음. 악몽이다…….

레노•가 USA를 향해 구조 신호를 보냈다. 요동치는 상황…….

어제 독일-미국 작가들의 꽤 답답한 회의가 열렸다. […] 우리는 많이 이야기하고 어리석은 말을 많이 하고 해산을 투표에 부쳤다. […] 나는 『타임스』에 실린 에드나 세인트 빈센트 밀레이의 시 「거기에는 더 이상 섬이 없다There are no islands, any more」에 매우 감동했다. 커다란 단순함과 커다란 진실의 시. 그 이유 자체로 하여 아름답다. 상황의 엄청난 심각성을 장전하고 그것으로 인해 마음이 끌린 시. 운명의 의미로 인해 […]

[1940년] 6월 17일 프린스턴

요즘은 가장 불길한 날들이다. 프랑스가 무너지고 있기 때문이다. (레노의 사임. 늙은 페탱이 히틀러 앞에서 힌덴부르크와 같은 역할을 한다……. 해군력 문제. 많은 것이 아직 불분명하다. [그러나 가장 끔찍한 것이 여전히 가장 사실적인 것으로 남아 있다.)]

• Paul Reynaud, 1878~1966. 프랑스의 정치인이자 변호사. 1940년 3월 21일부터 6월 16일까지 프랑스 제3공화국의 총리를 지냈으며, 중도 우파 민주공화동맹(Alliance républicaine démocratique)의 부총재였다.

“그 누구도 알지 못한다. 즐거운 척, 명랑한 척하면서 두 시간을 남아 있었다. 정말이지 소설 같았다”

이렌 에프뤼시 Irène Ephrussi, 1924~2016

이렌 에프뤼시는 1941년 나이 열여섯에 미국에 상륙했을 때 불안과 희망이 가득한 소녀였다. 볼셰비키혁명 이후 프랑스에 도착한 러시아 출신의 그녀는 근대 유전학의 아버지 중 한 명인 보리스 에프뤼시의 딸이다. 에프뤼시 가족은 반유대주의 박해를 피해 파리를 떠났다. 이렌은 자신의 지표와 친구들을 잃었다. 뉴욕은 볼티모어 이전에 그녀가 선택한 새로운 도시이고, 그녀의 아버지는 그곳에 있는 존스홉킨스대학교에서 가르치는 일을 했다.

그녀의 첫 일기는 그녀가 미국에 도착한 지 얼마 안 된 1941년 7월 17일에 시작되었다. 이렌은 일기 쓰는 것이 늦어진 데 대해 거의 사죄하듯이 썼다. “특별히 아무 흥미로운 일도 일어나지 않은 날짜에 이 일기를 쓰기 시작하는 것은 조금 어리석다. 가령 파리를 출발했을 때나 미국에 도착한 날에 시작했어야 했다.” 일기는 망명 생활의 동반자였고 프랑스에서 멀리 떨어져 있는 그녀에게 지지대였을 뿐 아니라 자신의 마음 상태, 기분, 희망, 욕망과 망설임을 내려놓는 장소였다. 이렌은 “사물을 보는 자기만의 방식”을 부여하는 것 외에 다른 아무것도 주장하지 않았다. 첫 번째 스프링 노트는 1942년 5월 20일에 끝났고, 다른 노트들이 1948년까지 뒤따랐다. 친구 엘렌 및 아델과 멀리 떨어져 있던 이렌은 새로운 만남과 망명 중인 에프뤼시 가족을 뒤따라온 가족들—생화학자 루이 라프킨 가족 같은—과의 관계를 회상했다. 그녀는 자신의 감정과 소소한 행복, 그녀가 “울적함”이라고 부른 것을 때로는 형이상학적 질문과 혼합하여 이야기했다. “진정한 울적함. 내가 죽으면 세상은 존재하기를 멈출 것 같다. 그러나 그럴 리 없다……. 이 문제에 답할 수 있는 종교를 찾고 싶다.” 이렌은 학업을 계속해 나가고, 컬럼비아대학교나 예일대학교의 진학을 고려하고, 테니스나 모노폴리•를 했다. 그녀는 분쟁 소식을 기다리며 T.S.F.••에 붙어살았다. 그리고 최초의 감동들, 남자아이들 그리고 특히 어느 베르Ber를 떠올렸다. “얼마나 만나기를 희망하는지,” “오, 베르와 춤추고 싶다”(1941년 8월 7일). 그녀는 그에게 접근하면 “끔찍한 불안”을 느꼈고, “춤출 상대가 없어 옆에서 구경만 하는” 데 대한 두려움을 가졌다. 주말이면 존스 비치(롱아일랜드)에서 시간을 보냈고 친구들의 아이들을 돌봤다. 1941년 12월, 진주만 공격으로 미국에 전쟁의 충격이 닥쳤다. 그녀는 분쟁에 직면한 미국인들의 반응을 초조하게 기다렸고, 이를 프랑스에서 어떻게 생각하는지 자문했다. 그녀는 큰일을 하고 싶어 했다. “영국으로 떠나고 싶다—부분적으로는 영웅주의의 취향이라는 것을 고백해야 한다. 프랑스로 돌아가면 내가 훈장을 받는 광경—또한 모든 것을 걷어차고 싶은 욕구. 또한 위대한 R.의 재건에 참여하고 싶은 욕구. 또한 다른 감정도 있다. 여기 미국에서 유대감이 생기는 데 대해 무시무시한 공포를 느낀다.” 결국 이렌은 1945년 파리로 돌아와 학업을 계속하고, 유네스코 최초의 통역사 중 한 명이 되었다. 그리고 1953년 화가 장 바뤼에를 만나 결혼한다.

• Monopoly. 보드게임

•• Télégraphie Sans Fil. 무선 라디오

MOI

le 17 juillet 1941. C'est un peu bête de commencer ce journal à une date où rien de spécialement intéressant ne s'est passé. Il aurait fallu le commencer par exemple à mon départ de Paris ou à l'arrivée en Amérique. Tant pis - Un jour où j'en aurai le courage je raconterai tout le voyage depuis Paris jusqu'à New-York. Ceci n'est que pour plus tard pour Hélène ou pour Adile à qui je n'ai jamais rien caché. Aujourd'hui il a plu toute la journée ; j'ai travaillé puis "par charité chrétienne" je suis allée jouer au Monopoly avec Phoebe Anderson. une petite fille de 12 ans. paralysée. Reva Mirsky était avec moi aussi. Au bout d'une heure nous étions tellement impatientes de terminer enfin l'ennuyeuse partie que nous n'avons pas fini et sommes parties. La mère de Reba est aussi venue chez les Anderson pour quelques minutes et elle a fait une observation que je trouve

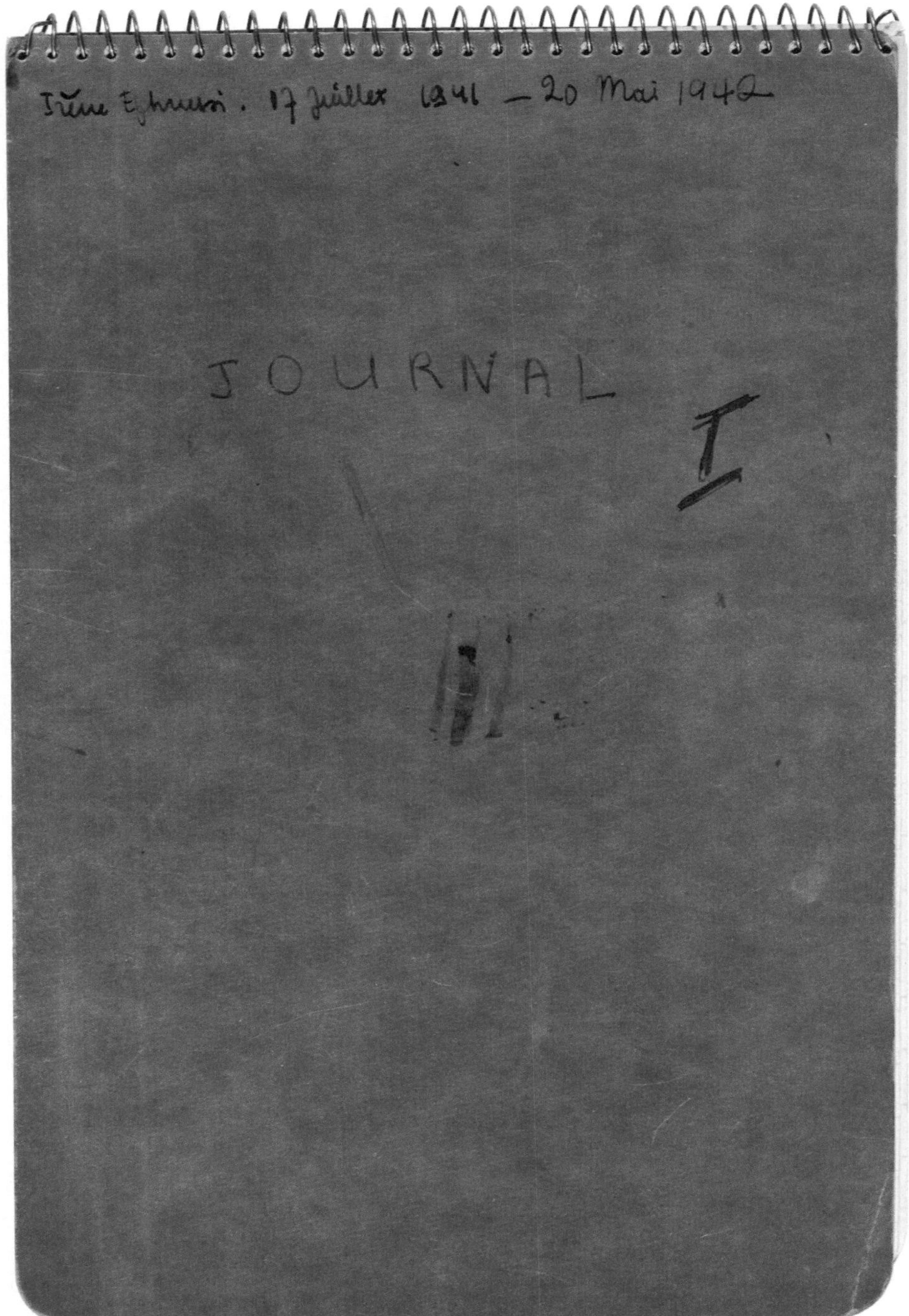
17 Juillet 1941 — 20 Mai 1942
JOURNAL
I

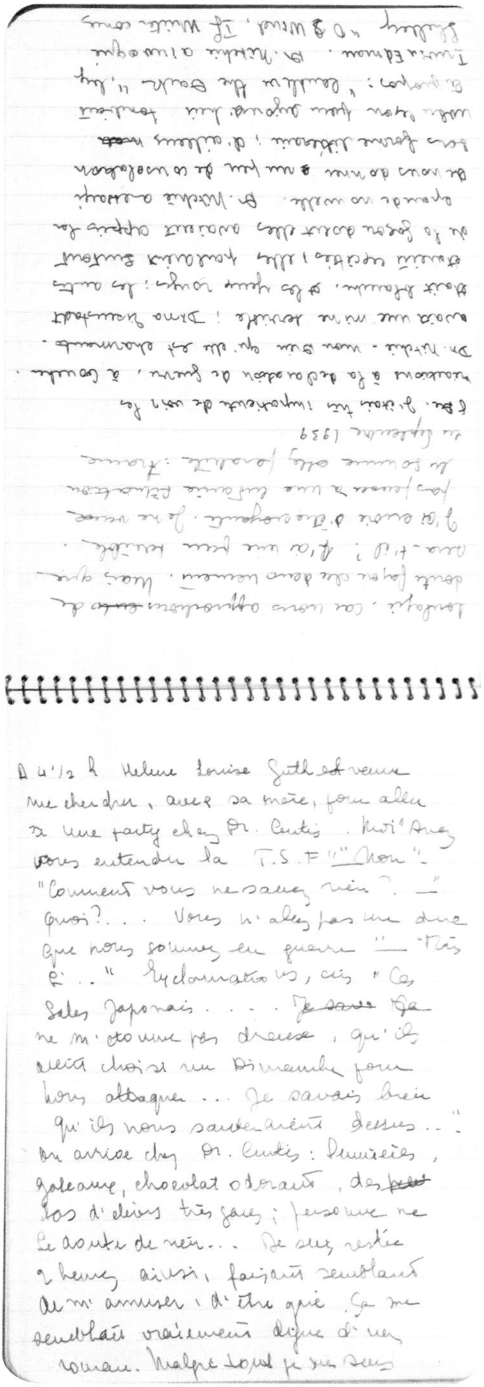
A 4 1/2 h Helene Louise Guth est venue
me chercher, avec sa mère, pour aller
à une party chez Dr. Curtis. Moi: Avez
vous entendu la T.S.F ? — "Non". —
"Comment vous ne savez rien ? —
Quoi ? . . . Vous n'allez pas me dire
que nous sommes en guerre ?" — "Très
si . ." Exclamations, cris "Ces
sales Japonais . . . Ça
ne m'étonne pas d'eux, qu'ils
aient choisi un Dimanche pour
nous attaquer... Je savais bien
qu'ils nous sauteraient dessus..."
On arrive chez Dr. Curtis: lumières,
gâteaux, chocolat odorant, des
tas d'élèves très gaies; personne ne
se doute de rien... Je suis restée
2 heures ainsi, faisant semblant
de m'amuser, d'être gaie. Ça me
semblait vraiment digne d'un
roman. Malgré tout je me sens

⇇

1941년 7월 17일

나

특별히 아무 흥미로운 일도 일어나지 않은 날짜에 이 일기를 시작하는 것은 조금 어리석다. 가령 파리를 출발했을 때나 미국에 도착한 날에 시작했어야 했다. 할 수 없다. 언젠가 그럴 용기가 나면 파리에서 뉴욕까지의 여행 전체를 이야기할 것이다. 이것은 후에 내가 아무것도 숨기지 않을 엘렌이나 아델을 위해서일 뿐이다. 오늘 온종일 비가 내렸다. 공부한 다음에 "기독교적 자선으로" 피비 앤더슨과 모노폴리 게임을 하러 갔다. 몸이 마비된 열두 살의 어린 소녀. 리바 밀스키도 함께 있었다. 우리는 한 시간 후에 지루한 한판을 견디지 못하고 너무나 조바심이 난 나머지 떠나 버렸다. 리바의 어머니도 앤더슨 가족의 집에 몇 분 동안 계셨고, 내가 [매우 정확하다고] 생각하는 지적을 하셨다. [즉, 사람들의 집 내부는 거기에 사는 사람들의 기색을 나타낸다. 그것은 사실이다. 롱아일랜드의 내 방에는 어쨌든—분위기에서—파리에 있는 내 방의 무언가가 있다.]

←

[1941년 10월 7일]

4시 30분에 엘렌 루이즈 귀트가 그녀의 어머니와 함께 커티스 교수의 홈파티에 가기 위해 나를 데리러 왔다. 나: "T.S.F.를 들어보셨나요?"—"아니."—"어떻게, 아무것도 모르시나요?"—"뭐라고……? 우리가 전쟁 중이라고 말하려는 건 아니지?"—"그러는 거예요……." 탄식과 외마디. "그 망할 일본 놈들……. 그놈들은 놀랍지 않아. 세상에나 우리를 공격하기 위해 일요일을 택하다니……. 그놈들이 달려들 거라는 걸 진즉 알고 있었어……." 우리는 커티스 교수 집에 도착한다. 조명, 향내 나는 케이크, 매우 유쾌한 여학생들, 그 누구도 알지 못한다. 즐거운 척, 명랑한 척하면서 두 시간을 남아 있었다. 정말이지 소설 같았다. 어쨌든 나는 안도한다. 왜냐하면 우리가 아무튼 결말에 다가가고 있기 때문이다. 하지만 어떻게 될까? 무시무시한 공포를 느낀다. 신앙을 갖고 싶다. 요컨대 1939년 9월의 프랑스와 퍽 유사한 어떤 상황을 생각하고 싶지 않다. […]

어떤 일기는 모험의 동반자가 될 수 있다. 선원들이나 탐험가들은 일기에 항해 일지처럼 그들이 발견한 것들의 세부 사항을 내면의 프리즘을 거쳐 이야기한다. 그들은 그 자신과 그 팀을 위해 그리고 자신들이 돌아오지 못할 수 있기에 특별히 후대를 위해 여정, 만남, 전진을 기록한다. 그러나 여행의 감동을 적기 위해 목숨을 걸 필요는 없다. 낭만적인 산책자와 여행 작가들은 이를 잘 알고 있다.

3부

여행

1. 탐험

“매일 나의 친구인 새들과 대화한 뒤……”

존 뮤어 John Muir, 1838~1914

“존 뮤어, 지구 행성, 우주.” 존 뮤어의 수첩 앞부분에 쓰인 이 단어들은 자유로운 정신, 멋진 방랑자 그리고 과학 모험가의 독특함을 요약한다. 그는 1867년 여름에 인디애나폴리스에서 켄터키를 거쳐 멕시코만까지 1천5백 킬로미터를 도보 여행하면서 이 일기를 썼다. 스코틀랜드에서 태어나 위스콘신의 한 농장에서 성장한 이 젊은이는 당시 위험을 겨우 모면한 적이 있다. 1807년 봄, 인디애나폴리스의 한 공장에서 일하던 중 한쪽 눈을 잃을 번했다. 세상의 아름다움을 보지 못할 번했다는 생각에 몹시 충격을 받은 그는, 공학과 수학에 재능이 있는 자신에게 깊은 인상을 받은 고용주가 동업하자고 한 약속을 뒤로한 채 길을 떠났다. 이제 그는 19세기 초 미국 탐험의 신기원을 이룬 독일 탐험가 훔볼트처럼 되기를 꿈꾼다. 그리고 둥그스름하고 커다란 빵 몇 개, 교체용 양복 한 벌과 시인 로버트 번스의 책 한 권을 가지고 식물학 여행에 투신한다. 무대는? 바로 2년 전에 끝난 남북전쟁 직후의 황량한 미국이다. 그는 노상에서 발견한 나무들을 묘사하고 그렸다. 주머니에 돈 한 푼 없어 배고픔에 시달렸고 숙박하는 데 어려움을 겪었다. 여정은 불확실했고, 아름다운 별빛 아래서 밤을 보내는 것이 일상이었다. 캘리포니아의 보나벤처에서는 267쪽처럼 한 묘지에서 며칠간 은신처를 찾아냈다. 이 첫 번째 여행이 끝나자 그의 운명은 봉인되어 버리는데, 왜냐하면 이후로는 자연과의 접촉 이외에 다른 곳에서 자신의 삶을 생각한다는 것이 불가능했기 때문이다. 이듬해 시에라네바다 산맥에 머물면서 그는 새롭게 발견한 것을 완성했다. 요세미티 계곡에 매료된 존 뮤어는 다른 노트(100여 권이 보존되어 있다)에 “다시 태어났다!”라고 기록했다. 그가 지질학자이자 식물학자로서 연구할 뿐만 아니라 보존하는 데 도움을 준 아름다움, 그것은 바로 그의 적극적인 행동주의 덕분에 연방정부에서 계곡을 매입하여 국립공원들이 조성되었다는 것이다. 심지어 그는 자신과 함께 나흘간 야영하러 온 시어도어 루스벨트 대통령으로부터 세쿼이아 나무들을 보호하는 정책 약속을 받아 냈다. 이는 자신의 경탄을 바로 타인들과 공유하는 정신의 관대함이라 할 수 있다. 알렉시 제니가 그에게 바친 책 『나는 백만장자가 될 수 있었을 것이나 방랑자가 되는 것을 선택했다*J'aurais pu être millionnaire, j'ai choisi d'être vagabond*』(폴센, 2020)에서 다음과 같이 쓰듯이. “신화적 인물들의 만신전萬神殿에서 [존 뮤어는] 호기심 많은 어린이의 신, 풀밭에서 깡충깡충 뛰어다니고 나무에 기어오르는 행복한 어린이들의 신, 세상 속으로 달려가는 기쁨의 성스러운 수호자일 것이다.”

[1867년 7월]

평생 엄청난 노력을 안 해도 되리라 생각할 정도로 행복한 영혼을 품을 만큼 운 좋은 신체는 거의 없다. 바다와 강에는 일반적이고 특별한 홍수와 흐름이 있다. 감지할 수 없는 움직임의 고요함부터 무시무시한 지진까지 지구 자체가 요동치고 박동한다.

따라서 인간사뿐만 아니라 삶의 가장 원초적인 것들에도 똑같이 밀물과 썰물이 있다. 어떤 사람들에게는 이 흐름이 가벼워서 따르거나 거스르기가 쉽지만, 또 다른 사람들은 모든 장애물을 물리치고 그 흐름이 요구하는 바를 온전히 발휘할 수 있을 때까지 끊임없이 성장한다. 여러 해 동안 나는 남부 지역에서 주님이 창조하신 열대성 정원의 부름을 감내했다.

Few bodies are inhabited by so satisfied a soul as to be allowed exemption from extraordinary exertion through a whole life. The ocean - the rivers - unceasing sea of air have their ebbs & flows ordinary & extraordinary, & the earth itself throbs & pulses from the tranquility of un decernable motion to the terrible displays of earthquake activity -

So also there is a tide not only in the affairs of men but in the primal thing of life itself, which in some is slight & easily obeyed or overcome but in others is constant & cumulative in action untill in power it is sufficent to overmaster all impediments & accomplish the full measure of its demands.

For many a year I have been impelled towards the Lords tropic gardens of the South. Many influence

……내가 잘 숨어 있었기 때문에 나의 인간 형제들에 비해 안전하다고 느낄 수 있었다. 사실 나는 중심이 되는 길 위에 남겨 놓았던 표지를 신뢰하면서만 겨우 은신처를 되찾을 수 있었다. 매일 덜 항의하고 더 많이 노래해 줄 만큼 나를 알기 시작한 나의 친구인 새들과 대화한 뒤 동생에게 보내 달라고 부탁한 우편환 때문에 애덤스 조합 사무실에 가곤 했다. 내가 도착한 직후에 우체국에서 받은 편지로 동생이 보냈다는 것을 알고 있었다. 그러나 그곳에서는 날마다 돈이 없다고 답변하므로 나는 어째서 우편환이 편지 한 통보다 그렇게 늦게 도착하는지를 자문했다. 잔액이 정말 밑바닥이었으므로, 내 아름다운 열정도 나를 보호해 주지 못하여 굶어 죽을 위험이 다가오고 있음을 보았다. 기계에 대한 지식에 의지하면서 일자리를 찾기 위해 서배너의 모든 방앗간을 찾는 것으로 셋째 날을 보냈으나 성과가 없었다. 그다음 최악의 경우에는 인접한 시골에 매복하러 갈 것이고, 돈이 도착할 때까지 생존하기 위해 옥수수나 쌀을 훔치겠다고 나 자신에게 말한다. 그사이에 지출을 하루 300 또는 400으로 줄였다. 그러나 나는 허약해지고 현기증이 나기 시작했다. […]

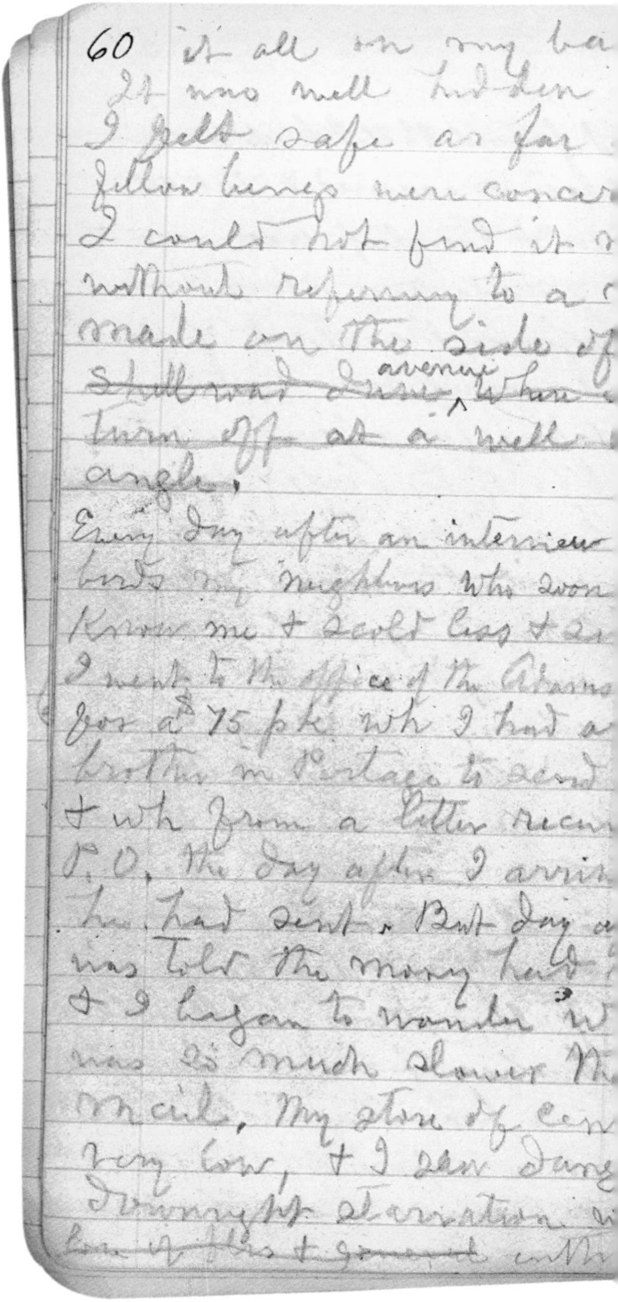

[삽화 설명] 보나벤처의 오래된 무덤에서 부엉이, 귀뚜라미, 빈대, 모기 들과 함께 보낸 첫날 밤.

could prevent. So I relying on my knowledge of machinery I spent the 3d day visiting every mill in Savannah looking for work but could find none. Then I thought if worst came to worst I would strike out into the surrounding country & steal corn or rice enough for a living while waiting for that money. In the mean time I cut down my expenses to 3 or 4 cents a day. But I began to grow 67

feeble & giddy & the streams on the road side seemed to be running up hill

{First night in Bonaventure} on an old grave with owls crickets bunch bugs & mosquitoes

[…] 직원이 마침내 말했다. "네, 돈이 도착했지만, 당신이 존 뮤어라는 사실을 제가 어떻게 알 수 있겠어요?" 내가 대답했다. "여기서 내 신원을 알려 줄 수 있는 사람은 아무도 없습니다. 하지만 그 편지를 보면, 누가 누구에게 돈을 얼마나 보냈는지 알려 줄 거요." 그가 답했다. "네, 맞는 말이에요. 그러나 당신이 이 편지를 존 뮤어에게서 훔치지 않았다는 것을 제가 어떻게 확신할 수 있지요?" 내가 말했다. "글쎄요, 당신은 교육을 받았고, 식물학에 대한 지식도 어느 정도 갖고 있다고 짐작됩니다. 그 편지를 쓴 사람은 식물학에 대한 큰 기쁨과 새로운 많은 식물의 발견을 기원하고 있습니다. 제가 존 뮤어의 편지를 훔칠 수 있지만, 그의 식물학 지식은 훔칠 수 없을 겁니다. 저를 시험해 보십시오."

[삽화 설명] 가느다란 금 막대와 왜소한 사발[왜소한 종려나무], 플로리다. 나는 사발과 버드나무 막대 등등을 남부 조지아와 플로리다에서 보았다. 이 사발은 플로리다의 적당히 건조한 모든 장소, 특히 "소나무 툰드라"에서 많이 자생한다. […] 그 잎사귀들은 완벽한 종려나무다. […]

Goldenrods & dwarf palmettos. Florida. 77

Saw Palmettoe & wand Solidago etc
Southern Georgia & Florida - ab.

This palmlet is very abundant in every moderately dry & open place in Florida preferring the "Pine barrens". Sandy & shelly coraly places. The leaves are perfect fans in

"나는 암탉만큼 커다란 박쥐 한 마리를 잡았다"

마르셰 기사(레노 데 마르셰) Reynaud des Marchais, 1683~1728

동인도회사의 노예선 '렉스페디시옹'의 지휘관이었던 마르셰 기사•는 1724년부터 1726년까지 항해 일지를 썼다. 내밀한 이야기, 항해 기록, 일상적 관찰, 과학적 해석이 뒤섞인 일지에서 그는 차례차례 자연주의자, 민족학자, 지리학자의 면모를 보였고, 많은 그림이나 크로키, 약화略畵로 글을 흥미롭게 장식했다. 그의 호기심은 특히 다양한 어류학적 관찰—그를 열광시키는 주제—과 그가 만나는 사람들의 풍속과 관습에 관한 메모에서도 똑같이 드러났다. '렉스페디시옹'은 노예무역의 통상적인 진로를 따라갔다. 즉, 1724년 8월에 르아브르에서 출발해 노예를 사기 위해 1725년 5월까지 아프리카 서부 해안에 몇 번 기항한 다음 노예를 팔기 위해 카옌을 향해 대서양을 횡단했다. 여기서 마르셰 기사에게서 노예 제도에 대한 비판을 기대하는 것은 아니다. 학식이 깊고 호기심이 많으며 바다에서나 육지에서나 자신을 둘러싼 세계를 관찰하고 묘사하는 데 열정적이었던 이 남자는 당대 한 사람으로서 아프리카인의 타자성을 극복하지 못했다. 당시 흑인이란 "착한 미개인"—기원의 유토피아!—이거나 "야만인" 혹은 아주 간단히 다른 것과 마찬가지로 상품일 뿐이었다.

마르셰 기사가 수송한 노예 중 반 이상은 카옌을 향해 가는 힘든 여정 동안 죽었다. 그는 어떤 연민도 보이지 않았고, 무엇보다 자신의 "상품" 손실을 걱정했고, "자신의" 흑인들을 구하지 못하는 선박의 외과 의사들에게 끊임없이 욕설을 퍼부었다. 1725년 7월 30일에 그는 이렇게 적었다. "내 외과의들의 무지가 검둥이들을 쓰러뜨린다." 그리고 8월 5일에는 "내 검둥이들이 줄어들고 있다. […] 좋은 외과의들은 어디에 있는지, 그들에게 값을 잘 치르도록 하겠다." 8월 26일 카옌에 하선했을 때는 다음과 같이 썼다. "138명의 흑인 중 총 66명의 목숨을 데리고 돌아왔는데, 승무원들과 나는 건강하다. […] 미숙한 외과의를 배에 태운다는 게 가능한 일인가. 사망자가 72명이라니, 얼마나 큰 손실인가. […] 나는 총독에게 이 수상한 자들의 뻔뻔스러움에 대해 하소연했다."

• chevalier. 구체제 귀족 신분 체계의 기사(남작 아래의 작위)

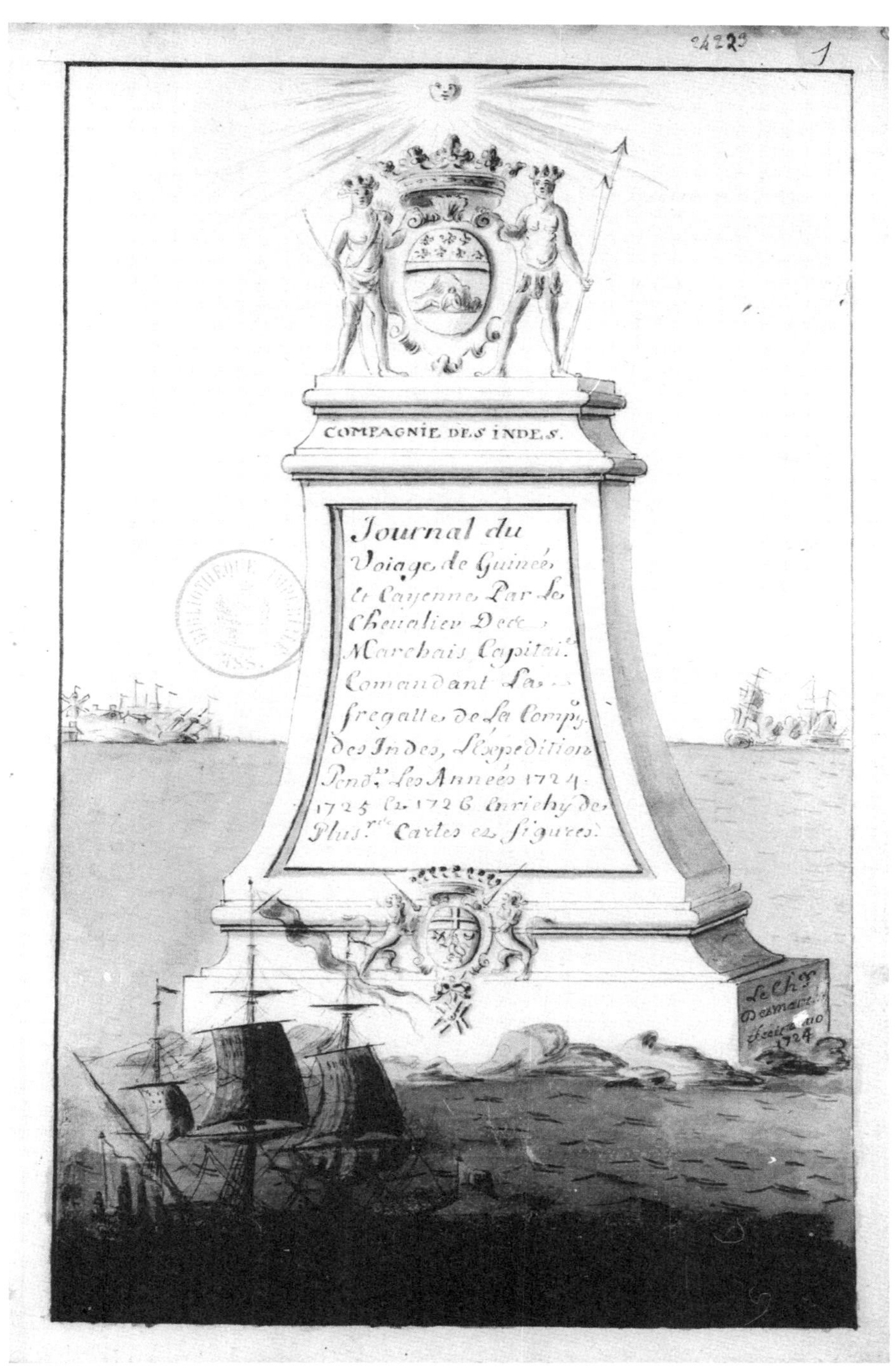
COMPAGNIE DES INDES.
Journal du
Voiage de Guinée
et Cayenne Par le
Chevalier Des
Marchais Capitaine
Comandant La
fregatte de La Compagnie
des Indes, L'expedition
Pendant les Années 1724.
1725 et 1726 Enrichy de
Plusieurs Cartes et figures.
Le Ch.r
Desmarchais
fecit anno
1724

1724년 10월 26일

[…]
어제 회전 금속 고리로 잡은 괴물 같은 물고기의 모습은 이렇다. 어찌나 무거운지 배에 올리려면 도르레가 필요했다. 얌전해서 그것을 배에 올리기 전에 물가에 죽도록 놔두었고, 그림으로 그린 다음에 바다에 내던졌다. 머리부터 꼬리까지 길이가 8피트였고, 살이 아주 많았다. 내 하인 중 누구도 그것을 먹기 위해 보존하고 싶어 하지 않았다. 껍질은 상어껍질 같고 이빨은 대형견의 이빨만큼 커다랬다. 아가리부터 하부 지느러미까지 오려 내거나 압박받은 다섯 개의 자국이 있었다. 아가리의 가장자리는 선명한 피부 색깔이었고, 루비 같은 빨간색 눈은 몹시 반짝거렸다. 그보다 두 길 떨어진 상어 한 마리(그 뒤를 쫓아오던)를 꼬리로 쳐서 내던졌다. 그것을 배에 싣기 전에 정신을 잃게 하려고 작살로 몇 번 찔렀는데, 그 이유는 만일 산 채로 배에 실었다가는 난장판이 될 것이기 때문이다. 바다에 나간 지 30년 만에 처음 본 것인데 이름은 전혀 모르겠고, 확실한 것은 엄청난 육식성이라는 것이다. 같은 날 암탉만큼 커다란 박쥐 한 마리를 잡았고 제비 몇 마리를 보았다.

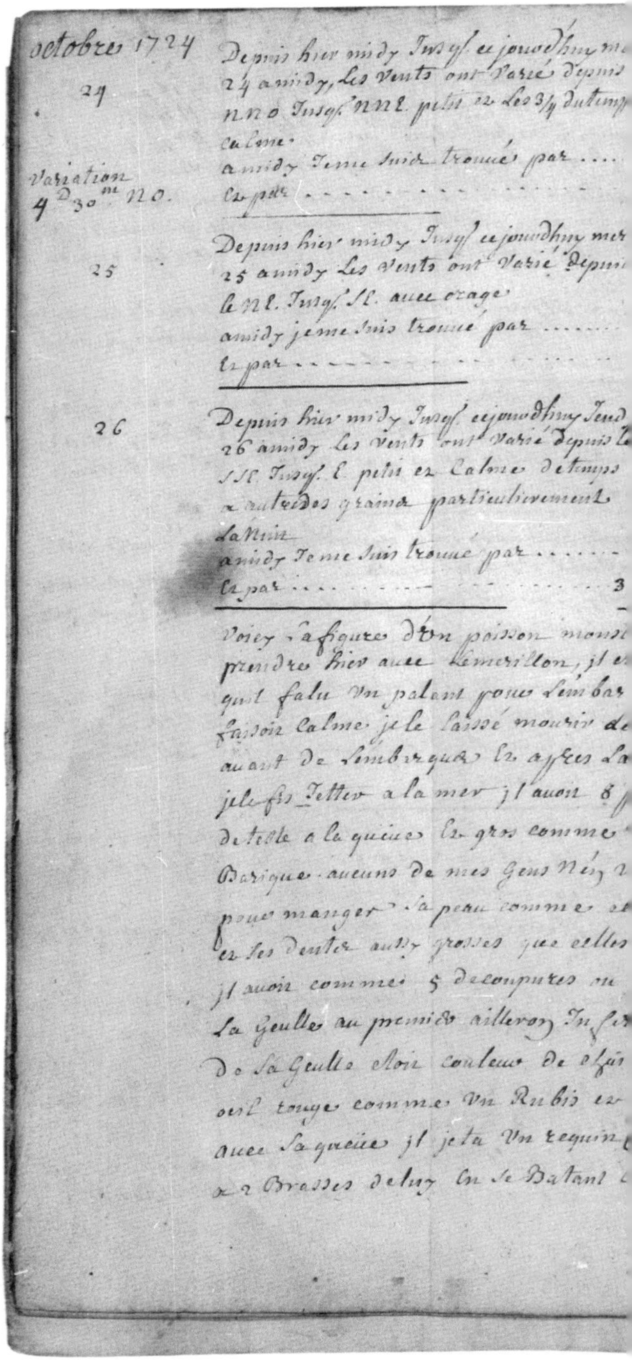

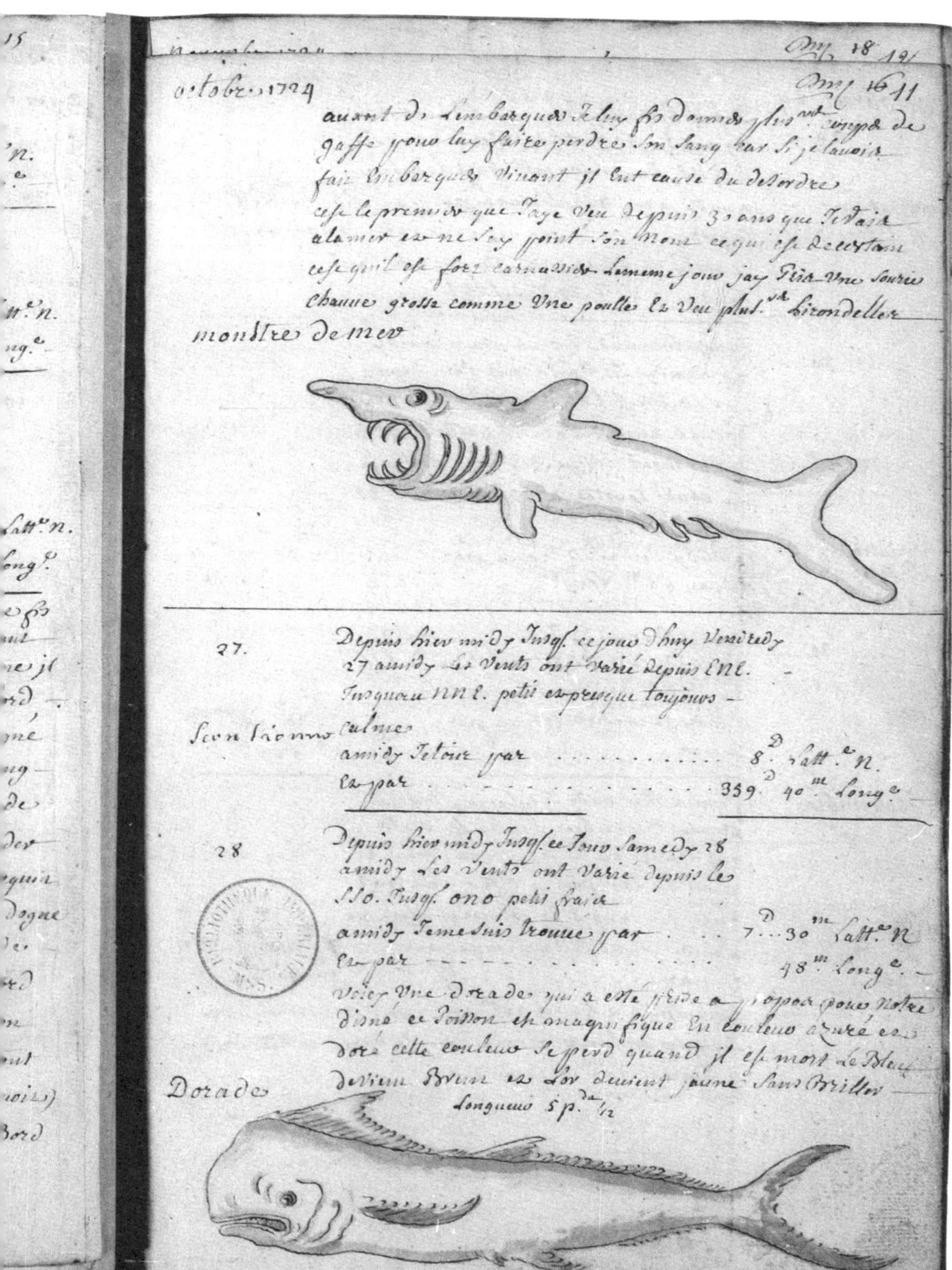

octobre 1724 — Dm 16 11

avant de l'embarquer je luy fis donner plus.rs coups de gaffe pour luy faire perdre son sang car si je l'avois fait embarquer vivant il eut causé du desordre c'est le premier que j'aye veu depuis 30 ans que je vais a la mer et ne scay point son nom ce qui est de certain c'est qu'il est fort carnassier le meme jour jay tiré une souris chauve grosse comme une poulle et veu plus.rs hirondelles

monstre de mer

27. Depuis hier midy jusq.s ce jour d'huy vendredy 27 a midy les vents ont varié depuis l'NE. jusqu'au NNE. petit et presque toujours calme

Scon lionne

a midy je tois par .... 8.D latt.e N.
et par .... 359.D 40.m long.e

28 Depuis hier midy jusq.s ce jour samedy 28 a midy les vents ont varié depuis le SSO. jusq.s ONO petit fraix

a midy je me suis trouvé par .... 7.D 30.m latt.e N
et par .... 48.m long.e

voicy une dorade qui a esté prise a propos pour notre disné ce poisson est magnifique en couleur azuré et doré cette couleur se perd quand il est mort le bleu devient brun et l'or devient jaune sans briller

Dorade

longueur 5 p.ds 1/2

“카딕스가 우리 눈앞에 있었다”

장프랑수아 드 갈로, 라페루즈 백작 Jean-François de Galaup, comte de La Pérouse, 1741~1788

항해가 장프랑수아 드 라페루즈는 데스탱 백작의 함대 일부와 함께 서배너 포위 공격에서 돌아와 1779년 10월 31일부터 1780년 4월 18일까지 ‘라마존’호를 항해하면서 일지를 썼다. 미국 독립전쟁의 중요한 이 삽화적 사건에서 프랑스와 미국 군대는 패주했다.

일반적으로 항해 일지에는 18세기 선박이 이동하는 항로의 정확성, 선박의 지리적 위치(위도, 경도), 기상학과 바람의 세부 사항이 표시된다. 이런 기술적 정보는 대개 그날그날 작성자의 내심, 그의 개인적 판단, 그의 “자아”에 따라 가변적 여지를 남기는 다소 사실적 관찰이 뒤따른다. 라페루즈는 항해 일지라는 장르를 위반하지 않았다. 자신의 군사적 위업을 이야기하는 것과는 별도로 미국 해안에서 출발해 카딕스까지 횡단하고, 그다음 브레스트까지 항해한 내용을 상세히 기술했다. 그는 서배나 공략 후 육지로의 힘든 귀환을 낭만주의적 요소 없이 환기했다. 몇 대의 선박이 파손되고 많은 사람이 부상을 입거나 괴혈병에 걸려 고통당했다. 그래서 카딕스에 도착했을 때는 3백 개 병상의 병원을 세우는 것이 필요했다. 하지만 우리는 라페루즈가 재차 싸우기 위해 미국으로 속히 다시 떠나고 명령을 기다리지 않은 채 홀로 결정하고 싶어 한다는 것을 감지할 수 있다. 그렇지만 그는 명령을 전적으로 존중했다. 그의 인내심은 1780년 4월에 보상받았다. 당시 그는 선장에 임명되어 특히 허드슨만 탐험에 참여하기 위해 미국으로 다시 출발했다. 독립전쟁 중에 크게 얻은 군인으로서의 뛰어난 평판 덕분에 항해가는 세계 탐험 원정대를 지휘하기 위해 루이 16세의 해군 장관인 카스트리 남작에 의해 1785년 ‘라 부솔 에 라스트로라브’호의 선봉에 위촉되었다. 라페루즈의 운명은 그가 따른 쿡 선장의 운명과 마찬가지로 비극적이었다. 마도로스와 그의 선박들은 1788년 산호해에서 사라졌다. 1827년 바니코로섬에서 피터 딜런이 ‘라스트로라브’호의 잔해를 발견할 때까지 그들의 실종은 수수께끼로 남아 있었다.

[1779년 12월] 12일에서 13일까지

카딕스가 우리 눈앞에 있었다. 바람이 북동쪽에서 지나갔는데, 아주 작고 차가운 바람이어서 가까스로 배를 조종했고, 4시에는 바다가 잔잔해졌으나 5시가 지나자 남서쪽에서 매우 작은 차가운 바람이 다시 일었다. 일몰에 48도 동쪽에서 카딕스를 그리고 나침반의 동쪽에서 로타를 측정했다. ‘사지테르’호가 내 뒤에서 약 12킬로미터 떨어져 있었는데, 나는 동쪽에서 1/4 남동으로 배를 몰아 수심 20길•에 닻을 내리러 가기로 했다. 카딕스와 로타 사이에서, 해협에서 오는 것처럼 보이고 카딕스를 통해 항로를 잡은 것 같은 세 개의 돛대를 단 대형선박 하나를 보았다. 아침에는 밤새도록 항해한 우리 선박 세 대의 위치를 알았고, 우리 모두는 함께 11시경에 만灣에 닻을 내렸다. ‘사지테르’호, ‘렉스페리망’호, 그리고 ‘티그르’호는 선박의 고지까지 가라앉아 버렸다.

• 1길은 약 1.62~1.83미터

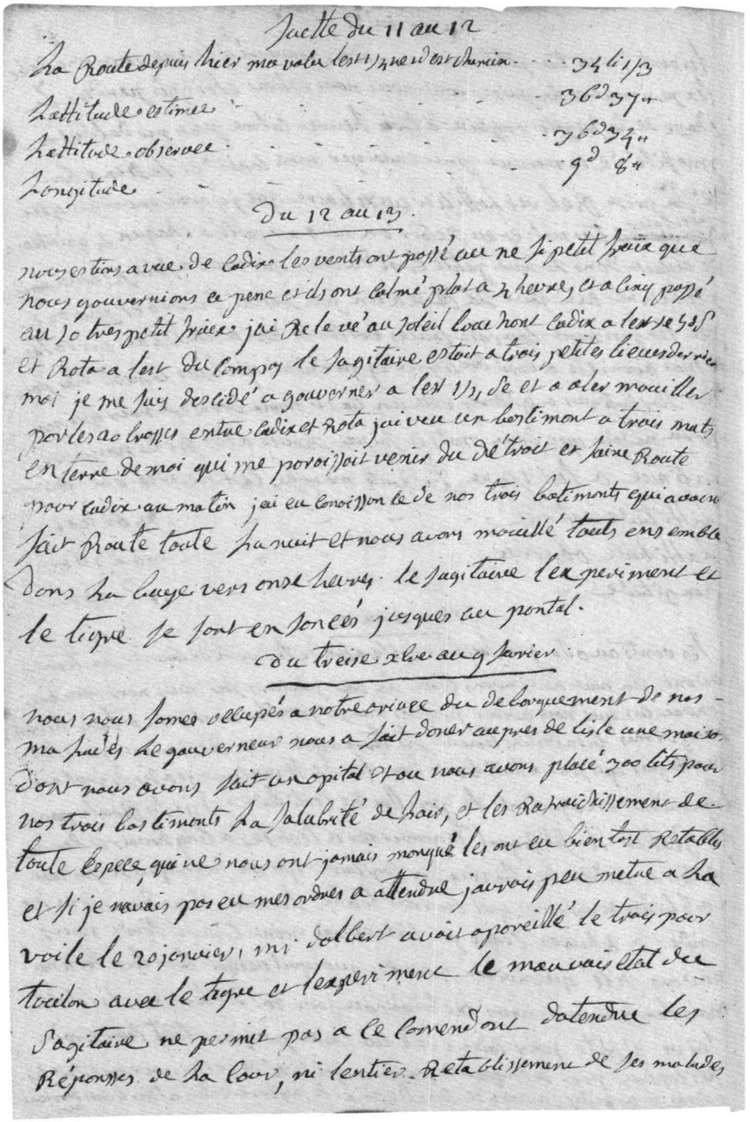
Suitte du 11 au 12
La Route depuis hier ma valu l'est 1/4 nord'est demi ... 34 li 1/3
Lattitude estimee ... 36d 37m
Lattitude observee ... 36d 34m
Longitude ... 9d 8m
Du 12 au 13.
nous estions a vue de Cadix les vents ont passé au ne si petit frais que
nous gouvernions a peine et ils ont calmé plat a 2 heures, et a cinq passé
au so tres petit frais; jai Relevé au soleil couchant Cadix a l'est se 5d S
et Rota a l'est du compas le sagitaire estoit a trois petites lieues derriere
moi je me suis descidé a gouverner a l'est 1/4 se et a aler mouiller
par les 20 brasses entre Cadix et Rota jai veu un batiment a trois mats
en terre de moi qui me paroissoit venir du détroit et faire Route
pour Cadix au matin jai eu connoissance de nos trois batiments qui avoient
fait Route toute la nuit et nous avons mouillé touts ensemble
dans la baye vers onze heures. le sagitaire l'experiment et
le tigre se sont enfoncés jusques au pontal.
du treise xbre au 9 fevrier
nous nous somes occupés a notre arivee du debarquement de nos
malades le gouverneur nous a fait doner auprès de l'isle une maison
dont nous avons fait un opital et ou nous avons placé 300 lits pour
nos trois batiments la salubrité de l'air, et les Rafraichissemens de
toute espece, qui ne nous ont jamais manqué les ont eu bientost Retablis
et si je navais pas eu mes ordres a attendre jaurois peu metre a la
voile le 20 janvier; mr dalbert avoit apareillé le trois pour
toulon avec le tigre et l'experiment le mauvais etat du
sagitaire ne permet pas a ce comendant d'atendre les
Réponses de la cour, ni l'entier Retablissement de ses malades,

[1779년] 12월 13일에서 [1780년] 2월 9일까지

상륙했을 때 우리는 환자들을 보살폈다. 총독은 섬에 있는 집을 우리에게 주었다. 우리는 그 집을 병원으로 만들고 세 건물에 3백 개의 침대를 배치했다. 우리에게 절대 부족하지 않았던 건강에 이로운 공기와 온갖 종류의 시원한 음료가 환자들을 곧 회복시켰는데, 내가 만일 기다려야 할 명령이 없었다면 1월 20일 출항 준비를 할 수 있었을 것이다. [리옴의] 달베르 씨는 3일에 '티그르'호와 '사지테르'호와 함께 툴롱으로 출항했다. '사지테르'호의 열악한 상태 때문에 이 지휘관은 왕실의 회신도, 그의 환자들의 완전한 회복도 기다릴 수 없었다.

“달은 나의 도주를 보호해 주려는 것 같았다”

로즈 드 프레이시네 Rose de Freycinet, 1794~1832

로즈 드 프레이시네의 일기는 모험 소설의 모든 것을 갖추고 있다. 이 젊은 여성은 1817년 12월 16일 툴롱항에서 남장을 하고 세계 일주를 떠나려는 중형 군함 ‘우라니아’호에 몰래 승선했다. 당시 여성이 왕실의 배를 타는 건 허용되지 않았다. 하지만 ‘우라니아’호의 선장인 루이 클로드 드 솔스 드 프레이시네는 그러한 작업을 기획했다. 그럴 수밖에 없는 것이 로즈는 그의 아내다. 그녀는 되돌아가기엔 너무 늦었을 때쯤에야 남편의 선실에서 나왔다. 그들이 이런 중대한 위법을 감행할 수 있었던 것은 당시 서른일곱 살인 장교 남편이 루이 18세의 신임을 받았으며, 특히 남극 대륙의 여행 덕분에 확고한 명성을 누렸기 때문이다. 남극 대륙에서 그의 과학적 임무의 주요 목표는 지구의 형태를 명확히 알아내는 동시에 프랑스 부르봉 왕조의 왕정복고 시대의 명성을 보장하는 것이었다.

로즈는 원양항해선 탐험가와 항해가의 많은 아내에게 공통된 운명인 기다리고 근심에 떨고 지루해하는 삶을 거부하기로 결심했다. 그녀를 움직인 것은 모험에 대한 갈증보다 남편과 함께 있다는 확신 때문인 것 같았다. “나는 나의 애정 그리고 세상의 많은 사람으로부터 인정받지 못할 것이라는 확신을 가지고 용감히 맞서야 했던 편견 사이에서 선택했다. 남편과 내게 가장 행복해 보이는 해결책을 선택했다.” 로즈가 세계 일주 항해를 한 첫 번째 여성은 아니다. 그녀보다 앞서 1766년에서 1769년 사이에 부갱빌의 남자로 변장해 승무원들 속에 섞여 있던 잔 바레가 있었다. 그러나 로즈가 사촌에게 보낸 일기장처럼 그 누구도 자신의 수훈을 기록하지 않았다. 항해 일주—3년 2개월—는 특히 지브롤터해협, 테네리프섬, 리오, 프랑스섬, 희망봉, 부르봉섬, 티모르섬, 마리안제도(괌), 샌드위치섬(하와이), 뉴사우스웨일스, 몬테비데오, 리오를 포함하고 있었다. 로즈는 “골격이 튼튼한 사람들 가운데서 허약한 몸집”이었다고, 당시 같은 배에 탑승했고 그 여행에 대해 자기 나름의 버전(『세계 일주 산책*Promenade autour du monde*』, 1822)을 출간한 데생 화가 자크 아라고가 나중에 이야기했다. 그러나 그녀는 제 자리를 찾아냈다. 대범한 행동에도 불구하고 그녀는 예의범절에 마음을 쓰면서 기항지에서 선장 부인의 자리를 지켰다. 시간을 보내기 위한 심심풀이로 여성의 일이라고 여겨지는 일을 하고 수를 놓고 바느질을 하고 기타 연습도 했다. 1840년 포클랜드제도 해협에서 난파되어 배를 갈아탄 후에는 다음과 같이 썼다. “드레스를 거의 모두 분실하여, 한두 벌 변통하기 위해서는 할 일이 많다. […] 다행히 내게 퍼케일•과 모슬린 천 조각이 있었다. […]” 프랑스로 돌아온 로즈는 사람들의 호기심으로 여러 살롱에서 환영받았고, 1832년에 사망했다. 그녀의 일기가 후손 중 한 명 덕분에 1927년에 출판되기까지는 거의 100년이 걸렸다.

• percale. 올이 곱고 촘촘한 면직물

N° 1. Journal particulier de Rose pour Caroline.

[1817년 12월 16일]

[나는] 내가 취할 다소 무모한 절차에 대해 생각하면서 몹시 불안한 밤을 보냈다. […] 다음 날 작별 편지 쓰는 데 온종일을 보냈고, 저녁 11시 반쯤에 남자 옷으로 갈아입었다. 루이와 그의 친구 중 한 명과 함께 승선하기 위해 항구에 갔다. 달은 나의 도주를 보호해 주려는 것 같았다. 왜냐하면 자취를 감췄기 때문이다. […] 하지만 항구에서 나올 때는 행동 지침을 위해 멈춰 서야 했다. 그리고 사람들이 조명을 가져왔기 때문에 어디로 숨어야 할지 몰랐다. 마침내 몸을 덜덜 떨면서 뱃전에 도착해 가능한 한 가장 빠르게 배에 올랐다. 갑판 위에 있던 모든 장교의 한가운데를 지나가야만 했는데, 몇 명이 내게 누구냐고 물었고, 나와 동행한 친구가 자기 아들이라고 단언했다. 사실 그의 아들은 체격이 대략 나와 비슷했다.

나는 여전히 밤새도록 매우 불안했다. 내가 들킨 것 같았고, 사실을 안 함대의 제독이 나를 육지로 되돌려 보내라는 지시를 내릴 것 같았다. 가장 하찮은 소리도 겁나게 했고, 항구의 정박지 밖으로 나갈 때까지 계속해서 두려움에 떨었다.

[1817년 9월 17일]

9월 17일 오전 7시에 우리는 커다란 정박지에서 출항 준비를 했다. […] 저녁에 산들바람이 일었고, 조국이 시야에서 사라졌다. 거의 밤이 되었지만, 최대한 육지에 시선을 고정했고, 더 이상 하늘과 물밖에 보이지 않았을 때 친구들과 두 번째로 헤어지는 것 같은 마음이 들었다. […]

“그들의 아내는 지극히 아름답다. 그녀들의 눈, 치아, 미소가 얼마나 아름다운지!”

윌리엄 H. 마이어스 William H. Meyers, 1815~1850 이후

1815년 필라델피아에서 태어난 상선 장교 윌리엄 H. 마이어스는 1838년과 1839년 쿠바와 카리브해 여행 내내 그림을 곁들인 항해 일지를 썼다. 당시 쿠바는 노예무역을 기반으로 한 대농장주들의 엘도라도였으며, 커피와 설탕 플랜테이션에 거의 25만 명의 노예가 고용되었다. 마이어스는 1838년 10월 17일 필라델피아를 떠나 볼티모어로 향한 뒤, 스쿠너* ‘아약스’호를 타고 쿠바로 출항한다. 그다음 쿠바의 산티아고에서 나소(바하마)까지 ‘루시’호의 선두에 섰고, 뉴욕과 필라델피아를 향해서는 범선 ‘빅트레스’호로 다시 출발했는데, 일기는 1839년 3월 4일에 끝난다. 경험이 풍부한 선원이지만 마이어스는 카리브제도에서 마주치고 발견하는 것들에 끊임없이 경탄했다. 쿠바에서는 플랜테이션 방문, 음식, 럼주, 축제, 가까이 지내는—미국 영사 같은—식민지 상류사회뿐만 아니라 흑인 노예들의 춤이나 생동감 있는 거리의 정경들에서도 깊은 인상을 받았다. 그러나 무엇보다도 그를 매료시킨 것은 섬의 여인들이었는데, 그가 시내에서 산책하거나 당구장에서 나올 때 또는 스페인 선박의 선장이 주최한 무도회에서 그녀들을 마주치면 감탄하곤 했다. 그는 여인들이 시가를 피운다고 해도 그녀들의 아름다움에 대한 단 하나의 기억만으로도, “그 기막히게 아름다운 피조물 가운데 한 명이 나와 함께한다면, 내 삶을 포기하기에 충분하다”라고 썼다. 일기의 글은 많은 수채화로 설명되어 있다. 천진난만하고 대조가 강한 구성은 민중미술과 프리미티비즘에 가깝다. 식물을 주제로 한 분위기는 심지어 무명 시절의 두아니에 루소**의 어떤 것을 지닌다. 세부적인 동시에 단순하고, 자연발생적인 동시에 채색된 이 뱃사람의 그림들은 시적인 방식으로 그의 글과 대화하고 이야기를 완성한다. 여행을 계속하려는 욕망에 사로잡힌 마이어스는 1841년부터 미국 해군에 포병으로 참가했고, 이후 몇 년은 삽화를 그려 넣은 다른 여행 신문들을 만들었는데, 특히 캘리포니아, 멕시코, 하와이 그리고 샌드위치제도를 상기하는 글을 실었다.

• schooner. 두 개 이상의 마스트에 세로돛을 단 서양식 범선

•• Douanier Rousseau. 세관원 루소. 앙리 루소의 별칭. 세관에 근무하며 그림을 독학한 연유로 그렇게 불렸다.

[1838년 11월]

쿠바로 향하는 여행. 시바르[리오 히바라] 횡단하기

[…] 9시 30분경에 음악과 유사한 무언가를 들었다. 그 환희의 장면을 더 가까이에서 보고 싶어서 노예들의 오두막집으로 이끌려 들어갔다. 그들이 자신의 음악에 맞추어 아프리카 춤을 추는 것을 보았다. 자신들이 무엇을 이야기하는지 모르는 사람들에게 그토록 중상모략을 당해 힘든 처치에 놓였던 사람들이 우리와 마찬가지로 즐겁고 행복할 수 있다는 사실을 보니 유쾌했다. 아무튼 그들은 필라델피아에서 사는 상당수의 자유로운 흑인들보다 훨씬 더 행복했다.

[이 섬에서는 어떤 성격의 것이든 총독의 허가 없이는 무기를 휴대하는 것이 금지되어 있다. 그러나

Travelling in Cuba, crossing the ...

with syrup which rendered it extremely
gratifying to the palate. at about half past
9 o'clock we heard something like music
and upon expressing a desire to be near
the scene of conviviality we were conducted
to the outhouses and had a view of the
slaves dancing their African dances accompanied
by their own music it was gratifying to
behold these people about whose depressed
situation so much has been said by
persons who never saw one, enjoying them
selves and as happy as we ever were
and considerably more so than half our
free black [illegible] in Philadelphia

개개의 스페인 사람이나 노예 혹은 아동은 아라곤 지역의 에페•와 유사한 길이 약 80센티미터의 크고 기다란 농경·전투용 칼을 차고 있다. 용의주도한 칼잡이인 그들은 모두 그것을 사용할 줄 안다. 그 고귀한 사람들은 관대하고 융숭하고, 그들의 대표자들은 무례하고 비열한 모든 것을 절대로 참지 못한다. 그들은 서로 간에, 또한 이방인에게도 예절이 남다르다. 그들의 아내는 지극히 아름답다. 그녀들의 눈, 치아, 미소가 얼마나 아름다운지! 지구상 다른 어느 곳 사람들에게서도 비교할 만한 게 아무것도 없다. 그녀들이 담배를 피우는 것은 사실이다. 우리나라에서 그것은 극단적으로 저속한 일이다. 그러나 스페인 세뇨리타의 더할 나위 없는 매력을 환기하기 위한 단어는 없다. 그녀의 향내 뒤에서 그녀가 내뿜는 각각의 담배 연기는 그녀가 내쉬는 숨결과 뒤섞인다. 아라비아의 향신료를 풍기는 강렬한 바람, 감각을 도취시키는 희열감, 황홀경이다. 그러나 나는 그와 같이 눈부신 한 장면의 기억에 너무 오랫동안 지체하면 안 된다. 그 기막히게 아름다운 피조물 가운데 한 명이 나와 함께한다면 그 기억 하나만으로도 내 삶을 포기하기에 충분하다.]

• épée. 검

“무척 아름다운 오렌지 나무들이 심어진 안뜰이 있다”

프랑수아 도를레앙, 주앵빌 왕자 François d’Orléans, prince de Joinville, 1818~1900

스포츠와 도박을 좋아한 모험가 프랑수아 도를레앙은 타오르는 불꽃같은 왕자였다. 루이 필리프 왕의 아들인 그는 해군사관학교에서 교육받고 일찍부터 세계를 여행했다. 열일곱 살에 해군 중위가 되었고, 아프리카 서부 해안 그다음 브라질 그리고 마침내 미국으로 떠나기 전 동쪽 바다를 휩쓸었다. 스무 살에는 거의 전 세계를 돌아볼 정도였다. 스물다섯 살에는 브라질 황제의 딸 도나 프랑수아즈 드 브라강스 공주와 결혼했다. 그리고 곧 알제리의 아브델카데르 수장에게 보내는 왕국의 지원을 방해하기 위한 모로코 원정 때인 1844년에 프랑스가 보낸 함대를 지휘했다. 지식욕이 왕성한 왕자는 증기선 개발을 지원하고 학문 활동에 전념했다. 데생과 수채화에도 재능이 있었고, 낭만주의 화가인 아리 셰페르와 오리엔탈리즘의 화가들에게서 영감을 받아 뛰어난 데생과 수채화로 여행 일기를 장식하기도 했다. 왕자는 종종 독창적인 레이아웃을 택했다. 삽화들은 글과 단순히 대면하는 것이 아니라 그 내용의 일부를 이루며 평행하게 펼쳐진다. 다시 말해 왕자의 이야기와 동반하는 게 아니라 그의 서술에 필수적이다. 왕자의 내면 일기는 그의 모든 모험에 함께하고—해군 박물관에서는 1835년부터 1857년까지 쓴 그의 일기를 보존하고 있다—1894년에 출판된 작품 『오래된 추억*Vieux Souvenirs*』의 집필 원천이었다.

[1854년 3월 20일 코르도바]

무어인의 시대에 그것은 가장 종교적인 건조물이었음이 틀림없었다. [Z……]의 예배당은 매혹적인 보석이다. 나는 수장고를 돌아보면서 […] 공작公爵에게서 벗어난 아주 멋진 성체현시대聖體顯示臺를 보았다. 잘 보존되고 문자로 가득 찬 여러 개의 문 이외에 입구는 주목할 만한 것이 아무것도 없었다. 건물의 정면 앞에 무척 아름다운 오렌지 나무들이 심어진 안뜰이 있다.

encore un grand caractère

Du temps des Maures, cela devait être l'édifice le plus religieux. La chapelle de Zancaron est un bijou délicieux. J'ai vu en visitant le trésor où on me montrait un magnifique ostensoir échappé à M. le duc de Dalmatie. L'extérieur n'a rien de remarquable que des portes bien conservées et pleines de caractère. Un patio d'orangers magnifiques se trouve devant une des façades

“이제 내게는 북극에 아주 알맞은 서재가 생겼다”

아서 코넌 도일 Arthur Conan Doyle, 1859~1930

1880년 2월 28일. 스무 살의 아서 코넌 도일은 북극해로 떠나는 포경선 ‘호프’호에 몸을 실었다. 그가 나중에 고백했듯이, “생애 첫 번째 특별하고 진정한 모험”을 체험하려고 별 생각 없이 학업을 중단한 그는 에든버러대학교에서 학업을 끝마치지 못했음에도 불구하고 선박 의사가 되었다. 항해한 지 일주일도 안 되어 선원들은 빙하 한가운데에 갇혔다. 바다표범과 고래 사냥 원정 5개월 동안 코넌 도일은 수많은 그림과 함께 자신이 받은 인상을 기록했다. 이 가혹한 삶과 여러 난관, 매일 마주하는 경이로운 일들, 그리고 서서히 참여하는 것을 배우는 피비린내 나는 낚시를 때때로 유머러스하게 이야기했다. 그는 두 번이나 얼음장 같은 바닷물에 추락해 생명의 위협을 느꼈다. 코넌 도일이 선원으로서 역량을 발휘한 까닭에 선장은 그에게 이듬해 원정에 다시 참여할 것을—그가 고사한 제안을—내놓았다. 그러나 그는 변신한 모습으로 돌아왔다. 스코틀랜드로 돌아간 지 몇 달 후에 북극권을 배경 삼은 첫 번째 중편 소설을 발표했다. 그리고 그는 절대 잊지 않았다. 몇 년 후에 셜록 홈스의 창조자는 그 경험을 이렇게 요약했다. “당신은 미지의 가장자리에 서 있고, 당신이 잡아끄는 모든 오리의 모래주머니에는 지도에 존재하지 않는 땅에서 온 자갈이 들어 있다. 그것은 내 삶에서 기이하고 매혹적인 한 장章이었다.”

[1880년] 6월 22일 화요일

아무런 사건도 없는 하루. 우리는 여전히 물구멍에 갇혀 있다. 저녁나절에 희귀하고 설명되지 않는 해파리 한 마리를 포획했다. 불운과 비탄.

[1880년] 6월 23일 수요일

가장 아름답고 섬세한 증기 조작으로 감옥에서 빠져 나왔다. 가장 작은 얼음 조각도 우리의 선박을 달걀껍데기처럼 으스러뜨릴 수 있었고, 우리는 몹시 두꺼운 얼음 속에서 약 60마일을 전진했다. 배의 양 측면이 얼음에 부딪혀 삐거덕거리는 소리를 내는 동안 우리는 몇 번이나 유빙 사이를 교묘히 미끄러져 나갔다. 남동과 동쪽에서 증기가 올라왔다. ‘이클립스’호가 물고기 한 마리를 뒤쫓아 갔으나 전혀 운이 없었다. 기압계가 급속히 떨어진다.

[1880년] 6월 24일 목요일

선장과 나는 오전 6시에 선실 안으로 야수의 머리통을 집어넣고 “물고기 한 마리예요, 선장님” 하고 노래한 다음에 가로등을 켜는 사람처럼 선실 계단으로 사라지는 조수 때문에 놀랐다. 우리가 갑판에 도착했을 때, 피터와 항해사의 보트는 이미 물고기를 본 장소에 와 있었다.

Tuesday June 22nd

An utterly uneventful day. We are still cooped up in this hole of water. Caught a rare & indeed un-discribed medusa in the evening (Medusa Doilea Octostripata). Misery and Desolation

Wednesday June 23d

Made our way out of our prison, by a most delicate and beautiful bit of manoeuvring under steam. We came out about 60 miles among very heavy ice, the smallest piece of which could have crushed our ships like eggshells. Often we squeezed through between floes where the ships sides were grinding against the ice on each side. Steamed S and E. Eclipse went after a fish but never got a start. Glass falling rapidly

Thursday June 24

Captain and I were knocked up at 6 AM by the mate's thrusting his tawny head into the Cabin, singing out 'A Fish, sir', and disappearing up the Cabin stairs like a Lamplighter. When we got on deck the mate's and Peter's boats

[1880년] 8월 6일 금요일

고약한 일을 끝냈다. 뱃머리를 셰틀랜드를 향해 동-남-동쪽으로 돌렸다. 짙은 안개와 바람이 거의 없는 비. 완전히 끔찍한 날씨다. 우리 모두 아주 적은 양의 화물을 가지고 돌아가야 한다는 사실에 억장이 무너졌으나 무엇을 할 수 있단 말인가? 우리는 그 고장을 습격해 취할 수 있는 모든 것을 탈취했지만, 그린란드의 얼음을 멀리 동쪽으로 밀어내고 뚫고 들어갈 수 없는 장벽 내부에 물고기들의 먹이 영역을 가둬 버린 지난겨울의 혹독함 때문에 예외적으로 불리한 해였다. 내 계산에 따른, 시즌 전체에 사냥한 목록이 여기 있다.

그린란드 참고래 2마리
어린 바다표범 2,400마리
성년 바다표범 1,200마리
북극곰 5마리
일각一角돌고래 2마리
모자가 달린 바다표범 12마리
고리무늬물범 3마리
큰 매 1마리
수염 난 바다표범 2마리
왕 오리 2마리
일반 큰 오리 2마리
기생하는 갈매기 1마리
왜소한 바다 까치 7마리
바다 까마귀 23마리
시장 갈매기 1마리
상아 갈매기 8마리
삼지三指 갈매기 3마리

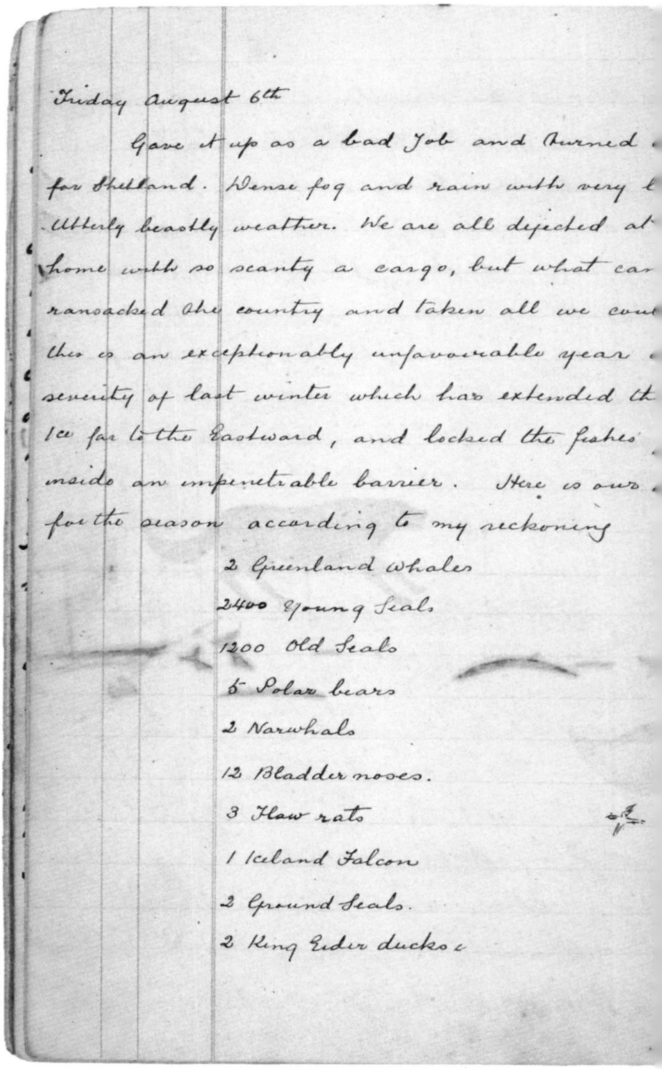
Friday August 6th
Gave it up as a bad Job and turned
for Shetland. Dense fog and rain with very
Utterly beastly weather. We are all dejected at
home with so scanty a cargo, but what ca
ransacked the country and taken all we cou
this is an exceptionably unfavourable year
severity of last winter which has extended th
Ice far to the Eastward, and locked the fishes
inside an impenetrable barrier. Here is our
for the season according to my reckoning
2 Greenland Whales
2400 Young Seals
1200 Old Seals
5 Polar bears
2 Narwhals
12 Bladder noses.
3 Flaw rats
1 Iceland Falcon
2 Ground Seals.
2 King Eider ducks

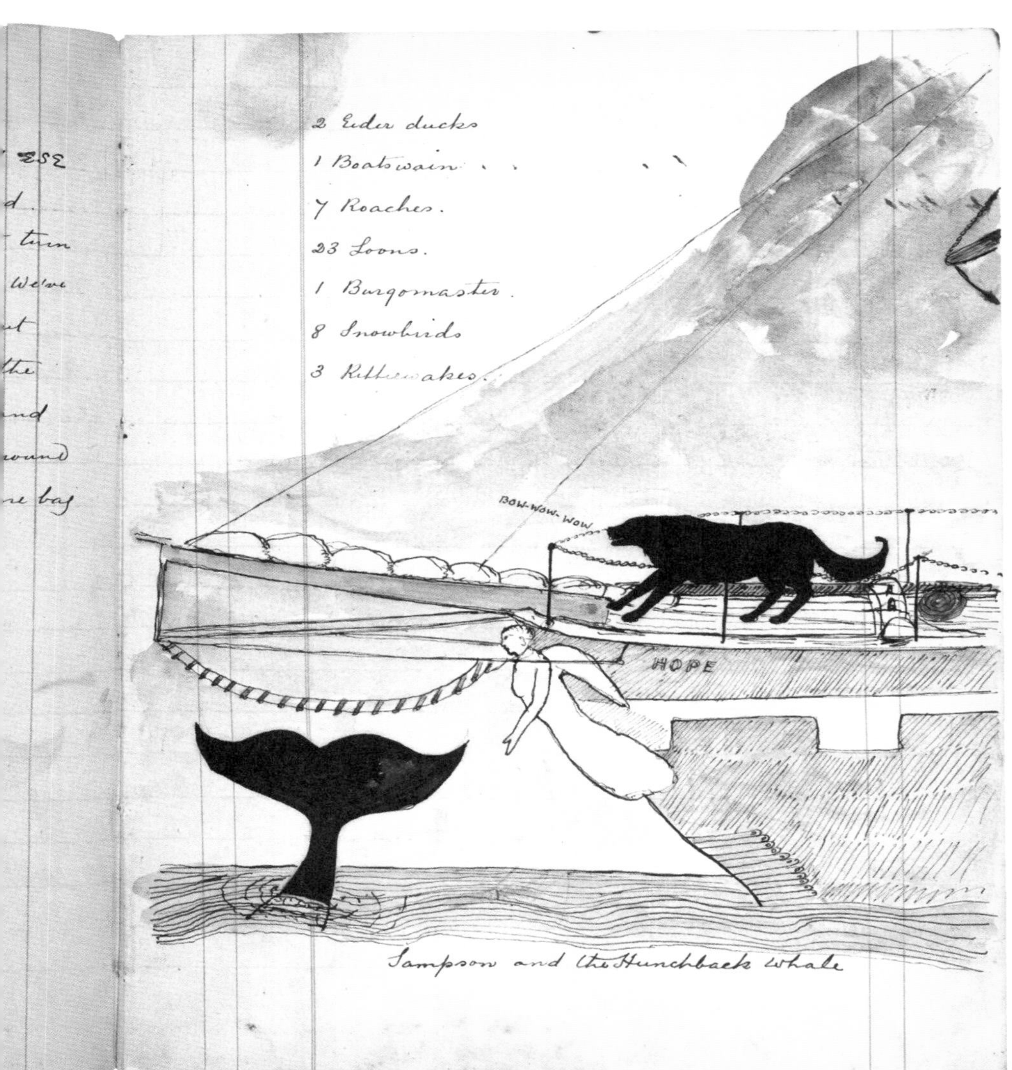

Sampson and the Hunchback Whale

“우리는 마지막까지 삶에 매달릴 것이다”

로버트 팰컨 스콧 Robert Falcon Scott, 1868~1912

1900년대는 극지 탐험의 황금기였다. 극지를 향한 진정한 경쟁이 이 시기에 시작되었다. 로버트 팰컨 스콧은 영국을 대표하는 주동자 중 한 사람이었다. 비극적 운명을 지닌 영웅인 그는 리빙스턴—나일강의 수원을 찾아 떠났다가 사망—이나 그의 뒤를 따른 스탠리 혹은 브라질에서 사라진 도시 국가를 찾다가 실종된 퍼시 포셋과 같이 왕립지리학회 회원인 영국의 위대한 탐험가들의 전통을 따랐다. 스콧 선장은 처음으로 영국 최초의 남극 탐사인 ‘디스커버리’ 탐험대를 지휘했고(1901~1904), 그곳에서 영광에 싸여 돌아왔다. 6년 후 그의 꿈은 ‘테라 노바’ 탐험대와 함께 세계 최초로 자남극磁南極에 도달하는 것이었다. 1910년 7월에 스콧은 60여 명의 대원과 함께 웨일스를 떠났다. 10월에는 노르웨이인 로알 아문센이라는 경쟁자가 있다는 것을 알았다. 경주가 시작되었다! 스콧 선장은 1911년 초 남극의 관문인 로스섬에 도달했다. 몇 번의 좌절 끝에 베이스캠프를 설치하고, 11월 초에 썰매 끄는 개 한 마리 없이 단지 네 명의 동료와 함께 극지를 향해 들어섰다—그때부터 일기를 쓰기 시작했다. 1월 중순에 극지에 도착한 그들은 놀랍게도 로알 아문센이 그들보다 몇 주 앞서 도착했다는 사실을 발견했다. 노르웨이 국기를 보고 낙담한 것은 끔찍스러웠다. “최악의 일이 일어났다 혹은 거의 최악의 일”이라고 스콧은 1월 16일에 썼다. “우리의 모든 꿈이 날아갔다. 견디기 힘든 귀환이 될 것이다.” 사실상 최악 중의 최악이 줄곧 다가오고 있었다. 1천4백 킬로미터도 더 되는 귀환 여정은 끔찍했고 날씨는 고약스러웠으며 사람들은 지쳤다. 에드거 에번스가 2월 중순에 첫 번째로 쓰러졌다. 3월 중순 심신이 쇠약해진 로런스 오트는 동료들이 길을 계속 가도록 자신을 희생했다. 마지막 캠프가 3월 19일에 세워졌다. 폭풍우가 세 명의 생존자 주위에서 휘몰아쳤다. 그들은 며칠 내 추위로 죽을 것이다. 스콧의 일지 세 권은 그가 사망한 지 8개월 후인 1912년 11월 12일 그를 수색하기 위해 출동한 구호팀에 의해 시신과 함께 발견되었다. 선장이 제일 나중에 사망했다. 체념한 그는 차가운 바람에 외투를 열고 일기가 있는 작은 케이스를 어깨 너머로 미끄러트렸다. 그에게는 마지막 생각을 적어 일종의 공적 유언장을 작성할 시간이 있었다.

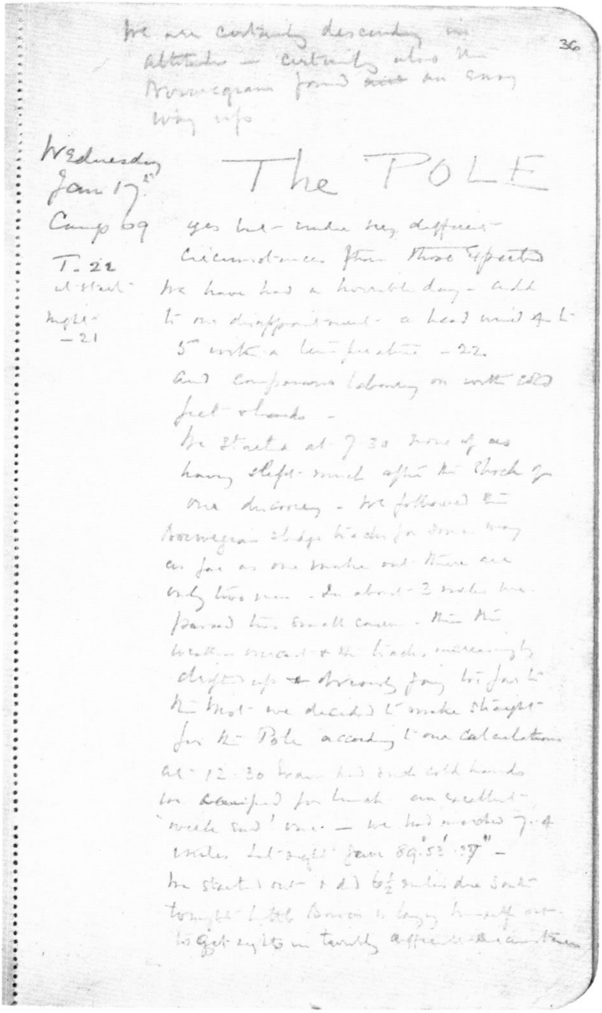

1912년 1월 17일 수요일

극지. 그렇다, 그러나 안타깝게도 예측한 것과는 매우 다른 국면이다. 우리는 무시무시한 하루를 보냈다—동상에 걸린 손발에도 불구하고 썰매를 밀지 않으면 안 된다는 실망에다 영하 22도 날씨에 네다섯 번의 맞바람을 첨가해 보시오. 우리가 발견한 것에 충격을 받고서 그 누구도 잠을 많이 자지 못하고 7시 30분에 하루를 시작했다. 한동안 노르웨이의 썰매 자국을 뒤따라갔다. 그런데 우리가 아는 한 그들은 두 명에 불과했다. 대략 3마일 이내에 두 개의 작은 돌무덤을 지나쳤다. 그다음 날씨가 흐려졌다. 썰매 자국이 점점 더 진로를 벗어나 지나치게 서쪽으로 가기 때문에, 우리는 우리의 계산에 따라 극지를 향해 직진하기로 했다. 12시 30분에 에번스의 손이 너무 얼어붙어 점심 식사—게다가 아주 훌륭한 "주일의" 점심 식사였다—를 하려고 멈춰서 야영해야 했다. 우리는 7.4마일을 주파했다. 위도는 89도 53부 37이었다. 다시 출발했고 정남 쪽으로 6.5마일 주파했다. 오늘 저녁, 몹시 힘든 상황에서 꼬마 보어스가 위치를 측정할 준비를 하고 있다.

국민에게 보내는 메시지

그런 참담한 결과는 우리 편의 비능률적인 조직 때문이 아니라 우리가 벌여야만 했던 모든 위험천만한 기도가 운이 없었던 탓이다.

1. 1911년 3월 조랑말 여러 마리의 손실로 인해 계획보다 일을 늦게 시작해야 했고, 수송 장비도 제한하게 되었다.
2. 여정 내내 날씨, 특히 남쪽 83도에서의 긴 돌풍이 우리를 멈춰 세웠다.
3. 빙하 아랫부분의 분설이 우리의 리듬을 다시 단축시켰다. 우리는 그 불행한 사태를 이겨 내려는 의지로 맞섰다. 그러나 식량 비축품에 결정타를 가져왔다. 하지만 모든 상세한 사항—식량, 의복, 생존 대피소—에 대해서는 극지까지 얼어붙은 700마일의 면적과 귀환 길을 위해서도 완벽하게 고려되었다. 선두 그룹은 건강한 몸으로 그리고 쓰러지리라고 예상치 못한 사람의 뜻밖의 실신 없이, 심지어 여분의 식량을 가지고 빙하로 돌아와야만 했을 것이다. 우리는 에드거 에번스를 그룹의 가장 건장한 사람으로 간주했다. 비어드모어 빙하는 날씨가 좋으면 "힘들지" 않으나, 우리가 귀환할 때 단 하루도 날씨가 좋지 않았다. 동료 한 명이 아프면서 우리의 두려움은 더욱 커졌다. 내가 다른 곳에서 말했듯이, 우리는 무시무시하게 거친 빙하에 부딪혔고 에드거 에번스가 뇌진탕을 일으켰다—그는 자연사했고, 우리 그룹은 악천후 시즌이 이미 너무 진행된 상황이라서 약해졌다. 그러나 앞서 언급한 모든 사실은 로스 장벽에서 우리를 기다리던

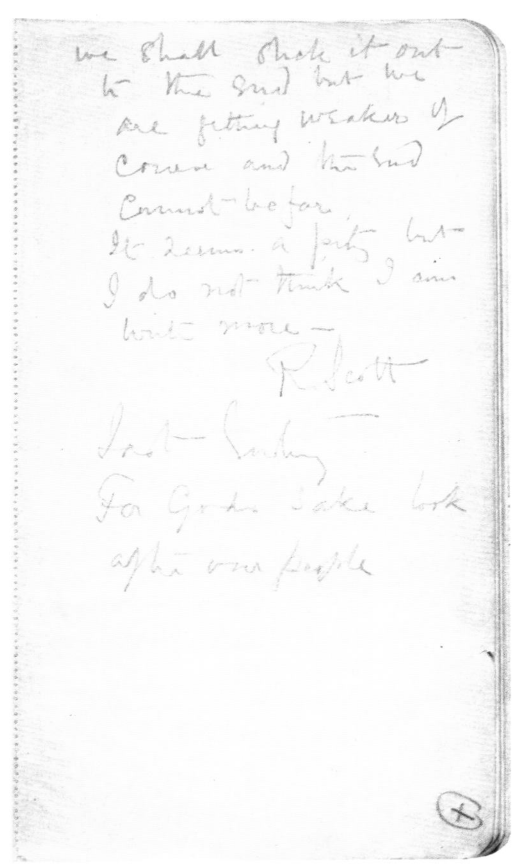
We shall stick it out
to the end but we
are getting weaker of
course and the end
cannot be far.
It seems a pity but
I do not think I can
write more —
R. Scott
Last entry
For God's sake look
after our people

놀라움과는 아무런 공통점이 없다. 나는 우리의 귀환을 위해 취한 조처가 전적으로 적절했고, 세상 그 누구도 연중 이 시기에 맞닥뜨려야 했던 기온과 지표면의 조건을 예상치 못했을 거라고 단언한다. 빙하 위에서(위도 85도 86도) 기온은 영하 20도, 영하 30도였다. 위도 82도 장벽 1만 피트 더 아래서 낮에 우리가 걷는 동안 계속되는 맞바람과 함께 상당히 규칙적으로 낮에는 영하 30도, 밤에는 영하 47도였다. 이런 조건은 예측 불가능하다는 게 확실하다. 우리의 난파는 분명 갑작스러운 악천후 때문인데, 이는 객관적 원인이 없는 것으로 보인다. 우리와 같은 한 달을 겪은 사람은 절대 없으리라 생각한다. 하지만 날씨, 두 번째 동료인 오츠 선장의 질병 그리고 나에게 책임이 있다고 볼 수 없는 생존 대피소의 석유 부족, 결국 우리가 마지막 보급품을 확보하려고 했던 대피소에서 11마일도 안 되는 곳에서 불어닥친 돌풍이 없었다면, 우리는 궁지에서 탈출할 수 있었을 것이다.

[1912년 3월 29일 수요일]

우리는 마지막까지 삶에 매달릴 것이다. 그러나 물론 점점 더 약해지고 있다. 끝이 멀지 않을 수 있다. 안타깝지만 더 이상 오래 쓸 수 없을 것 같다.
[서명]

마지막 몇 마디.
신이시여 부디 우리 국민을 굽어살피소서.

“자갈밭과 모래 속에서 아홉 시간의 작업”

테오도르 모노 Théodore Monod, 1902~2000

테오도르 모노에게 사막의 글쓰기는 거의 언제나 내면의 글쓰기이기도 했다. 그가 사하라 사막을 순례하는 초기부터 쓴 『형성 일지*Carnets de Formation*』나 『낙타 여행』 같은 고전 작품을 떠올려도 상관없다. 그의 초반 글 가운데 『사막의 막상스*Maxence au désert*』도 진정한 내면 일기를 구성하지만, 모노는 그 형식을—겸허함으로 인해—일종의 이중 허구로 간주한다.

테오도르 모노의 사막에 관한 질문과 시적 명상의 아름다움은 여행 일지나 항해 일지도 그에게는 형이상학적 성찰을 넘어 과학적 도구였다는 것을 거의 잊게 만들었다. 그는 거기에 자신의 발견이나 관찰을 기록했다. 이처럼 1934년 3월부터 1935년 5월까지 선사 시대의 증거와 유적을 찾아 서부 사하라 사막을 주파할 때, 모노는 과학적 발견과 개인적 느낌을 결합한 몇 권의 『성과 일지*Carnets de récoltes*』를 썼다. 글에는 특히 동굴 벽화나 암석 기호 스케치가 첨부되어 그에 대한 증거를 유럽에 보고할 수 있었다. 통북투에서는 지질학자로서 퇴적층을 연구하고 중세 도시의 잔해를 발굴하고, 사피옛 엘라테르에서는 신비로운 “흔적의 포석鋪石” 같은 신석기 시대의 유적들을 발견했다. 『성과 일지』는 사막에서의 과학 보고서가 사막에서의 연구의 내면성만큼 형이상학적 내면성에서도 잘 이루어진다는 것을 파악하게 해 준다. “여기서 우리는 최소한의 발언권도 없이 평온한 무심함으로 도외시되거나 혹은 일시적으로 용인된 손님일 따름이다. 여기서는 우리가 주빈으로 모셔지지 않으며, 우리는 세계의 중심이 아니다. 때때로 야생의 때 묻지 않고 거짓말하지 않는 자연의 어느 한구석에서 스스로 그것을 반복해 말하는 것을 듣는 것은 좋다”(『낙타 여행』).

[1934년] 9월 11일

오전 해안의 급사면에서 두 번의 벌목, 오후에는 한 번, 주로 지형 측량의 벌목. 자갈밭과 모래 속에서 햇빛을 받으며 몹시 과중한 약 아홉 시간의 작업.

지그Zig의 사암은 당연히 다르Dhar의 사암인데, 상층 부분은 주로 무른 사암과 모래 사암 그리고 진정한 역암으로 이루어져 있다. 후자는 특히 석영 자갈(때로는 너새의 알 한 개의 용적에 이르는), 때로는 사암 혹은 “편마암”(?)의 자갈을 함유하고 있다. 아무튼 이국적인 암석들을 지니고 있다.

고원의 정상(그 지역에 매우 환상적인 크로키를 남긴 라포르그가 말했듯이 거기에는 “봉우리”가 없다)에서 우리는 사암이 모래 너머로 솟아오르면서 모든 방향에서 나타나는 것을 확인한다. […]

프로카비아스[바위너구리]가 많으며 […] 그것들은 당신이 지나가는 것을 바라보려고 바위 가장자리로 오는데, 정면에서 보면 쫑긋 세워진 작고 둥근 귀와 함께 어린아이들의 곰 인형(혹은 『세상의 살아 있는 동물들*Animaux vivant du monde*』에 나오는 코알라)을 엄청 닮았다.

[삽화 설명] 리비아 베르베르족 지그 동굴의 그림

83

16 septembre

Deux courses dans la falaise le matin, une l'après-midi, principalement topographique : ces tout environ 9 heures de travail dans les cailloux et le sable, au soleil, et lourdement chargé.

Les grès de Zig sont, bien entendu ceux du Dhar, partie supérieure, principalement des grès tendres, des grès sableux et de véritables conglomérats : ceux-ci contiennent surtout des galets de quartz (atteignant parfois le volume d'un oeuf d'outarde), parfois des galets de grès, ou de "gneiss" (?), en tous les cas ils renferment des roches exotiques.

Du sommet du plateau (il n'y a pas de "piton" comme le dit, et le figure Laforgue qui a donné des croquis remarquablement fantaisistes de la région) on constate que les grès affleurent dans toutes les directions, pointant à travers les sables.

Quelques grès à billes dans la falaise N.

La surface du plateau est constituée par des masses énormes diaclasées (ca NE-SW et SE-NW) : simples fentes, tunnels où l'on peut circuler à l'ombre sur des centaines de mètres, et, lorsque l'érosion est plus poussée, rues et corridors (cf. schéma à recopier). Ce sont de magnifiques grès à corridors, et certainement équivalents à ceux du Dhar de Chinguetti, sans doute même pas tout à fait aussi hauts. Le "corridor" peut donc apparaître partout où la masse gréseuse se présente avec une compacité suffisante.

Procavia abondants : très foncés, gris-noir avec une tache jaune clair sur le dos ; ils viennent au bord des roches nous regarder passer, et de face, avec leurs petites oreilles rondes dressées, ils ressemblent extraordinairement aux "ours" en peluche des enfants (ou au Koala des "Animaux vivants du monde").

Dans les ravins : atil, teichott, ikik, hardha – un peu de

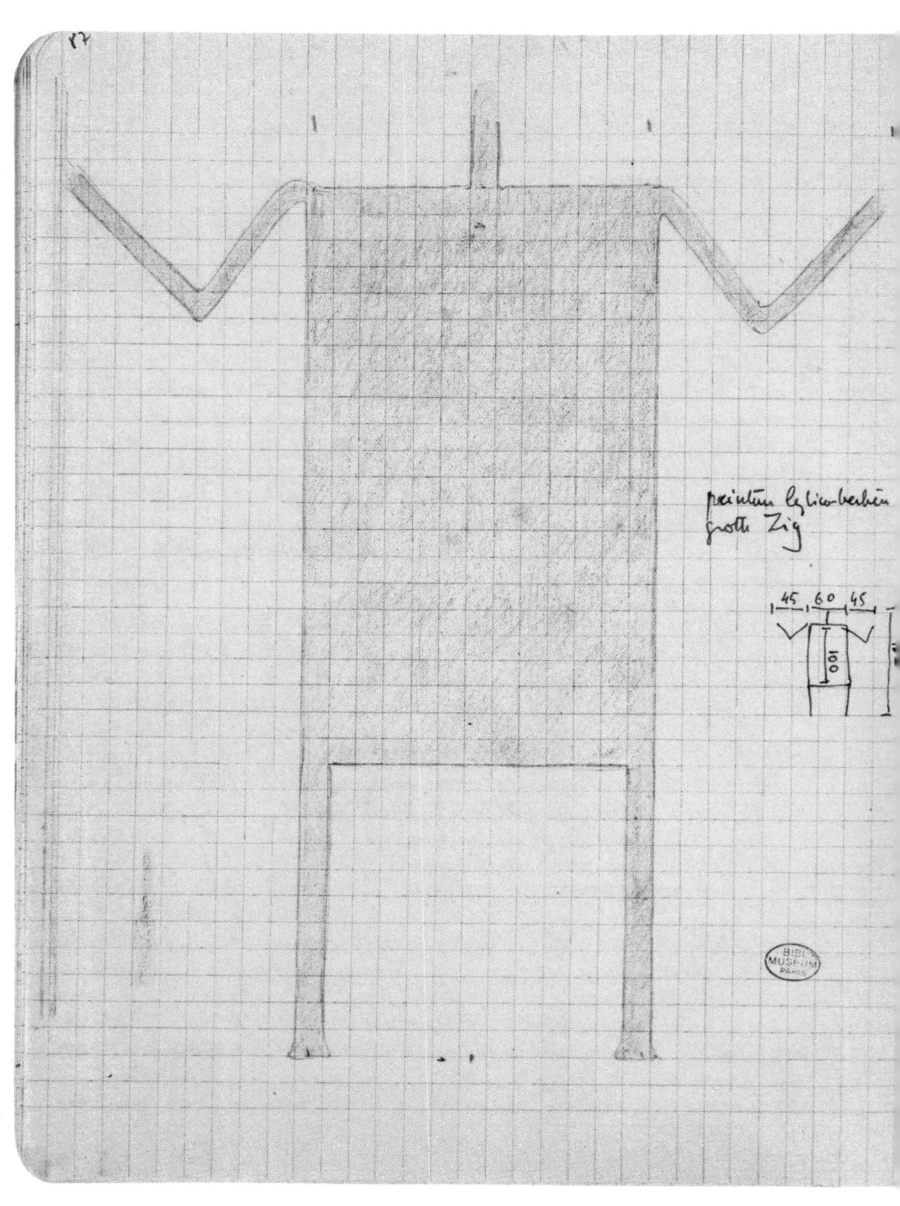
87
peinture lybico-berbère
grotte Zig
45
60
45
100

[…]
웅장한 사암 표면이 있는 피신처의 내벽에는 그림과 벽화가 전혀 없다. 왜일까? […]의 "신석기 시대 사람들"은 우아란Ouaran 사람들과 다를까? 두 경우 모두 곡식알 유충이 있지만, 여기에는 물론 다듬어진 돌이 없다.

2. 여행 일지

"나일강은 서두름 없이 같은 풍경을 반복적으로 보여 준다"

에두아르 글리상 Édouard Glissant, 1928~2011

이집트 여행은 동방에 대한 매혹과 고고학 발전에 힘입어 낭만주의적 향수의 잔향 속에서 19세기의 많은 예술가에게 통과의례처럼 보였다. 샤토브리앙, 라마르틴, 막심 뒤 캉, 테오필 고티에, 귀스타브 플로베르(316쪽 참조), 알렉상드르 뒤마 그리고 또 화가 들라크루아(144쪽 참조)와 에밀 베르나르(330쪽 참조)는 모두 나일강을 따라 꿈을 꾸러 떠났다. 1988년 앤틸리스제도 출신의 시인인 에두아르 글리상은 아내 실비 글리상, 예술가 장자크 르벨, 출판인 잉게 펠트리넬리, 화가 로베르토 마타와 그의 아내 제르마나와 함께 펠러커•를 타고 자기 나름대로 이런 전통을 갱신했다. 그는 빨간색으로 제본된 검은색 노트에 모험을 기록하고 기회가 닿는 대로 그림을 그렸다. 카이로, 아스완, 왕들의 계곡……. 이 작은 그룹은 신화적 땅을 재방문해 놀라고 감탄했다. 때때로 글리상은 카이로의 박물관에서 그랬듯이 즐거워했다. "마치 사정을 잘 알고 거닌 시장에서 그런 것처럼 뒤죽박죽 진열해 놓은 듯한 투탕카멘의 보물!" 여행은 시인에게 풍성한 명상을 할 수 있는 기회이기도 했다. "왜 그림을 그리는가?"라고 마타와 함께 자문했다. 그러나 "전체 세계tout-monde"라는 개념을 빚지고 있는 작가("서로 주고받으면서 변하고 오래 지속되는 그대로의 우리 우주", 『전체 세계에 대한 개론*Traité du Tout-Monde*』)는 국민 간 그리고 문화 간의 관계에 관해 늘 그렇듯이 의문을 품었다. 그는 문화적 이종교배와 세계의 "크레올어화化"의 주창자였다. "나는 세계-지구의 실현된 총체 속에서 문화 간의 만남, 간섭, 충격, 화합, 부조화를 크레올어화라고 부른다"(같은 책). 아프리카의 신화적이고 복합적인 관문인 이집트는 그를 성찰로 인도할 수밖에 없었다. 그의 피부색이 주목을 받았던 아스완에서 그는 다음과 같이 썼다. "도시 곳곳에서 사람들이 '누비엔!'••이라며 나를 불러 세운다. 이런 신문은 사람들 존재의 구체성으로 들어가게 한다. 나는 더 이상 무심한 관광객이 아니라 남북 관계를 구축하는 데 득의만만하다." 이런 진전은 고대 이집트의 신들과 전설에 매료되어 정신이 풍요로워진 그가 수첩에 적는 시들에도 영감을 줬다.

• felucca. 지중해에서 사용되는 단일 돛을 가진 전통적인 목조 범선

•• 누비아(Nubia) 주민을 이른다. 누비아는 이집트 남부의 나일강 유역과 수단 북부에 있는 지역이다. 누비아 지역 대부분은 수단 영토이며, 4분의 1 정도만 이집트에 속한다. 고대에 누비아는 독립 왕국이었다.

1988년 1월 1일

카이로
이 먼지는 모래 같아 보이지 않는다. 우글거리는 사람들 속에서 지나가는 이들은 자신이 그 일부를 이룬다는 의식이 없고 그 사실을 알지 못한다. 그 우글거림은 외부에서 관찰하고 구분 짓는—하찮은 관찰, 서생의 구분—사람들만 어안이 벙벙하게 한다. 하여간 오늘 여행 일기를 쓰는 것은 무익하고 불가능하다. 완성되기도 전에 점유되어서 파손되고 퇴락하는 그런 빌딩들처럼 각각의 기호 체계는 즉각 덧없어진다. 우리는 그 빌딩들을 따라서 반만 구현된 다양한 유령의 열병식 앞을 지나간다.

마치 강제된 역사가 우리를 밀어내는 것 같은 환상이 그곳에 결집해 있었던 것처럼 도시의 엄청난 압박은 다른 모든 나라에서와 같다. 들끓는 동시에 침착한 군중을 불러일으키는 예감 중 하나는 우리가 보려는 경이로운 것들에 수백만 명의 남자와 여자의 고통과 죽음이 필요했다는 덧없는 생각이다. 부질없는 허약함처럼 사람들이 경계하는 판에 박힌

감정. 기념물이 이를 날려 보낸다. 그러나 제3세계의 모든 도시처럼 카이로는 그 자체의 과도한 논리적 필연이 있다. 분명 한계도 이치도 모르는 이 도시의 영역을 어떻게 살아야 할까? 자, 여기 초라한 주거 밀집 지역으로 떠밀린, 파리처럼 서구 역사를 힘들게 만들어 낸 기념비적 대도시들이 있다. 다른 도시들이 거대한 슬럼이 될 운명에 놓여 있는 것처럼 그 도시들은 틀림없이 거대한 박물관이 되기 마련이다. 도시의 광란 행위는 사람이 살 도시들을 죽음으로 이끈다.

카이로를 통과하는 고속도로들은, 널따란 먼지층이 더해져 카라카스를 누비는 도로들과 닮아 있다. […] 끈덕진 교통 체증에 붙잡힌 당신은 당신 아래에 길게 뻗어 있는 도로와 집들에 무관심하면서 위를 날아갈 수 있다. 이는 그런 도시들을 잘 다니는 또 하나의 방식이다. 즉, 한 층에서는 당신이 지나가고 그 아래에서는 삶이 아등바등하고 있다.

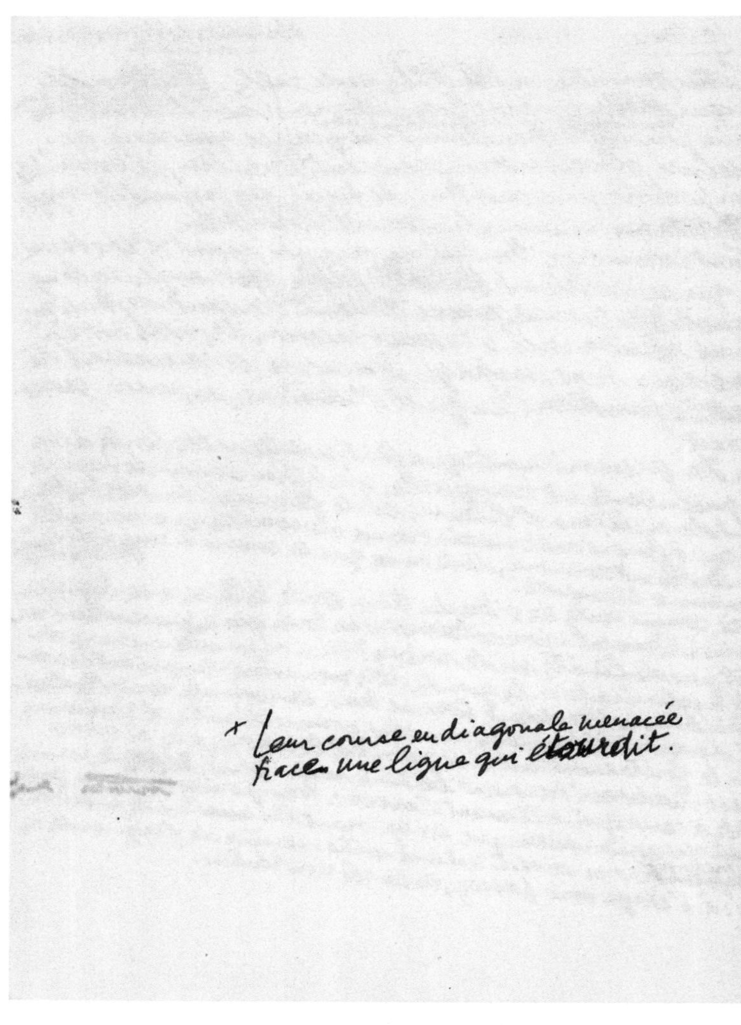

+ Leur course en diagonale menacée
trace une ligne qui étourdit.

1988년 1월 3일

아스완. 귀족들의 무덤. 나뭇가지 위의 하얀 새들—이비스•—은 베네수엘라 근처의 마르가리타섬에 있는 라레스팅가 연못 기슭을 정해진 시간에 덮치곤 했던 큰 구름을 떠올리게 한다. 추억으로 풍부해지고 추억을 되살아나게 하는 그 같은 관계를 세우는 것, 그것은 당신이 당신 자신 안에 결정짓는 자기중심적인 획일성에 세상의 모든 것을 되돌아오게 하는 것이 아니다. 그보다는 엄청난 등가의 다양성을 함양하는 것이며, 이는 다양성을 더 잘 이해하게 한다.

탐험가 귀족들의 아주 케케묵은 무덤들, 세상 끝의 고장들을 향해 원정을 떠난 이 사막의 해적들. 사람들이 이집트 예술에의 모든 입문을 그것들로 시작하는 것은 행운이라고 말한다. 고대 제국 말부터 중세 초기까지 그리고 그 중간 기간 내내 그 해적들이 주파한 길을 요약한다. 즉, 경쾌하고 밝은 자연주의적 특징부터 룩소르에서 우리를 기다리는 장면에 완벽하게 포함되는 성화聖畫의 전통적

Assouan. 3.1.88. Tombeaux des Princes

6

Les oiseaux blancs — des ibis — sur les branches des arbres
rappellent ces nuées qui s'abattaient à heure fixe
r les bords de l'étang la Restinga, dans l'île de Margarita
du Vénézuela. Établir de tels rapports, nourris par le
venir et qui le ravivent, ce n'est pas ramener toutes choses
monde à l'égocentrique uniformité que vous décidez en
s. C'est plutôt nourrir la diversité d'une équivoca-
nce, qui permet de la mieux comprendre.
Les tombes très archaïques des princes explorateurs, ces cor-
s du désert, en expédition vers le pays du bout du monde
me dit que c'est une chance de commencer par elles toute
tiation à l'art égyptien. De la fin de l'ancien Empire aux
buts du Moyen, et pendant la période intermédiaire,
o résument le chemin parcouru : du trait naturaliste, vivace
oné, aux hiératismes qui nous attendent à Louxor.
Comment ne pas penser aussi que ces "pays du bout du
de", c'est le commencement de l'Afrique et que ces
nces, gouverneurs de frontières, gardiens des prophètes de
um, ont projeté ici la relation fondamentale. Je pense aux
ses de Cheikh Anta Diop. Les felouques à voiles faussement trian-
aire dérivent dans le crépuscule. Le haut des mâts dépasse
un rocher comme une surprise lassée. L'accumulation
tourisme — bateaux, tours d'hôtels, va et vient des guides —
distrait pas de la présence accomplie.
L'amie qui nous fournit explications et ouverture au laps
siècles pour nous détaille la fonction de ces ... conviés à l'éternité. ... sont
mage de ceux qui étaient conviés à l'éternité, la frontière entre la vie et la mort.
t des seuils d'éternité, la frontière qu'on ne fait pas deux fois.
y en avait douze sur ce chemin qu'on ne fait pas deux fois ... en un apparent désordre
s images stylisées sont taillées en un apparent désordre. Ceux-ci affichent leur
la face antérieure des tombeaux. Ceux-ci affichent leur
véritable fonction, qui est d'itinéraire.

경직성까지. 또한 그 "세상 끝의 고장들", 그것이 아프리카의 시작이고 국경의 통치자들과 크눔 예언자들의 수호자인 그 귀족들이 그곳에서 근본적 관계를 계획했다는 것을 어찌 생각하지 않겠는가? 나는 셰이크 안타 디옵의 주장을 생각한다. 인조 삼각형 돛의 펠러커는 석양 속에서 표류하고 있다. 돛대의 꼭대기가 지친 놀라움처럼 바위 하나에서 나온다[원문대로]. 관광 사업의 축적된 것—배, 호텔의 […] 고층 건물, 여행 안내자들의 왕래—은 완료된 존재의 주의를 산만하게 하지 않는다. […]

• ibis. 열대 아메리카, 아프리카산의 따오기과 새

“당신이 읽은 것을 전하지 마세요”

스탕달 Stendhal, 1783~1842

스탕달의 헤아릴 수 없이 많은 일기와 수첩—오늘날 주로 그르노블 시립도서관에 보관된—은 그의 작품의 진정한 도가니였다. 그 안에 묘사된 여행들은 그의 내심을 세상 쪽으로 돌리는 기회였다. 『나의 세 번째 파리 여행 일기*Journal de mon troisième voyage à Paris*』(1804~1805)에서 젊은 스탕달은 라스티냐크보다 몇 년 일찍 수도 정복을 꿈꿨고, 파리의 연애와 사교계 코드를 익혔다. 그는 일기에다 독서와 관람한 공연을 기록했다. 그리고 그의 미학적 삶은 세상과 자신과의 관계를 규정하면서 그의 내면적 자아의 확장임을 드러냈다. 작가는 순간과 그 순간의 생각 그리고 세부적인 것에 몰두했다. 그리고 자기 경험, 성공, 실망을 되새기고 전략을 치밀하게 구상했다. 스탕달은 자기 분신인 『앙리 브륄라르의 생애』에서 삶의 그 시기로 돌아갔다. “나는 여성을 유혹하는 사람, 즉 오늘날 돈 후안(모차르트의 오페라에 의하면)이라고 부르는 사람이 되겠다는 확고한 계획을 가지고 파리에 도착했다.” 실제로 일기를 읽어 보면, 『적과 흑』의 작가가 눈코 뜰 새 없이 바쁘고 많은 젊은 여성, 여배우, 여가수 들에게 전율하는 것을 볼 수 있다. 특히 루소의 착실한 독자로서 그가 엘로이즈라 명명한 빅토린 무니에 때문에 그러했다. 그녀를 정복하기 위해 그는 일기에 “작전 계획서”—302~303쪽에서 볼 수 있는—를 그리기까지 했다. 그리고 다음과 같이 고백했다. “나는 기억력이 없다, 지금까지 쓴 **내 삶의** 일기장을 신중하게 들여다보면 1, 2년이 지난 후에는 더 이상 아무것도 이해하지 못할 정도로”(1813년 2월 4일). 스탕달은 역설적인 사람이었다. 즉, 자신이 훗날 읽힐 거라는 사실을 일기 속에서 상상했지만, 신중함과 공개 사이에서 쉼 없이 주저했다. 자기 마음을 솔직하게 털어놓은 다음에 어떤 대목에서는 외국어로 “암호화하기”까지 하면서 숨어들었다. 심지어 때때로 가명으로 서명했다. 1813년 일기장 한 부분의 표제에서는 “대대장 코스트”라는 가면을 쓰고 미래의 독자에게 신중할 것을 호소했다. “당신이 읽은 것을 전하지 마세요.” 하지만 거기에 모든 역설이 있는데, 그는 “만일 당신이 신중하다면 읽지 마세요”라는 말을 덧붙였다. 세상에 드러나지 않는 것은 최악일 것이다! 하지만 아무것도 시급하지 않다. “나는 오직 내 맘에 드는 작품만을 만들 수 있고, 그것은 2000년도에 아름답다고 인정될 것이다”라고 그는 1804년 12월 31일 일기장에서 단언했다. 하지만 **행복한 소수**는 그의 작품을 읽으려고 그때까지 기다리지 않았다.

[1813년 2월 4일]

만일 당신이 신중하다면 읽지 마세요.
당신이 신중하지는 않지만 어쨌든 핵심적인
것들에는 정직하다면, 읽고 글쓴이를 비웃되 당신이
읽은 것을 전하지 마세요.
대대장
코스트

3

Journal.

Si vous êtes discret, ne
lisez pas. Si vous n'êtes
pas discret, mais cependant
honnête homme dans les
choses essentielles, lisez
et moquez vous de
l'auteur, mais ne répétez
pas ce que vous aurez lu.

Coste

Chef de Bataillon

[1804년 12월 9일 일요일]

[…] 나는 신체적으로 볼 수 있는 내 얼굴이 허락하는 한 괜찮아 보였다. 가슴 장식, 넥타이, 조끼가 좋았다. 기막히게 잘 정돈된 머리카락, 왜냐하면 점심때 이발했으므로. 전반적으로 나는 에두아르가 말한 파리지앵의 우아함에 대한 인상을 그녀에게 줘야만 했다.

그러나 정열적인 사람들이 보여 주는 온갖 특징이 얼마나 기만적인지를 나 자신을 통해 느끼고 있다. 그 이야기는 정당한 이유로 만들어지긴 했어도 진실과는 아주 거리가 멀다. 진실은 턱 밑에 리본으로 묶인, 내 생각으로는 파란색인 독일식 밀짚모자 안에 들어 있다. 목하 나는 그녀를 다시

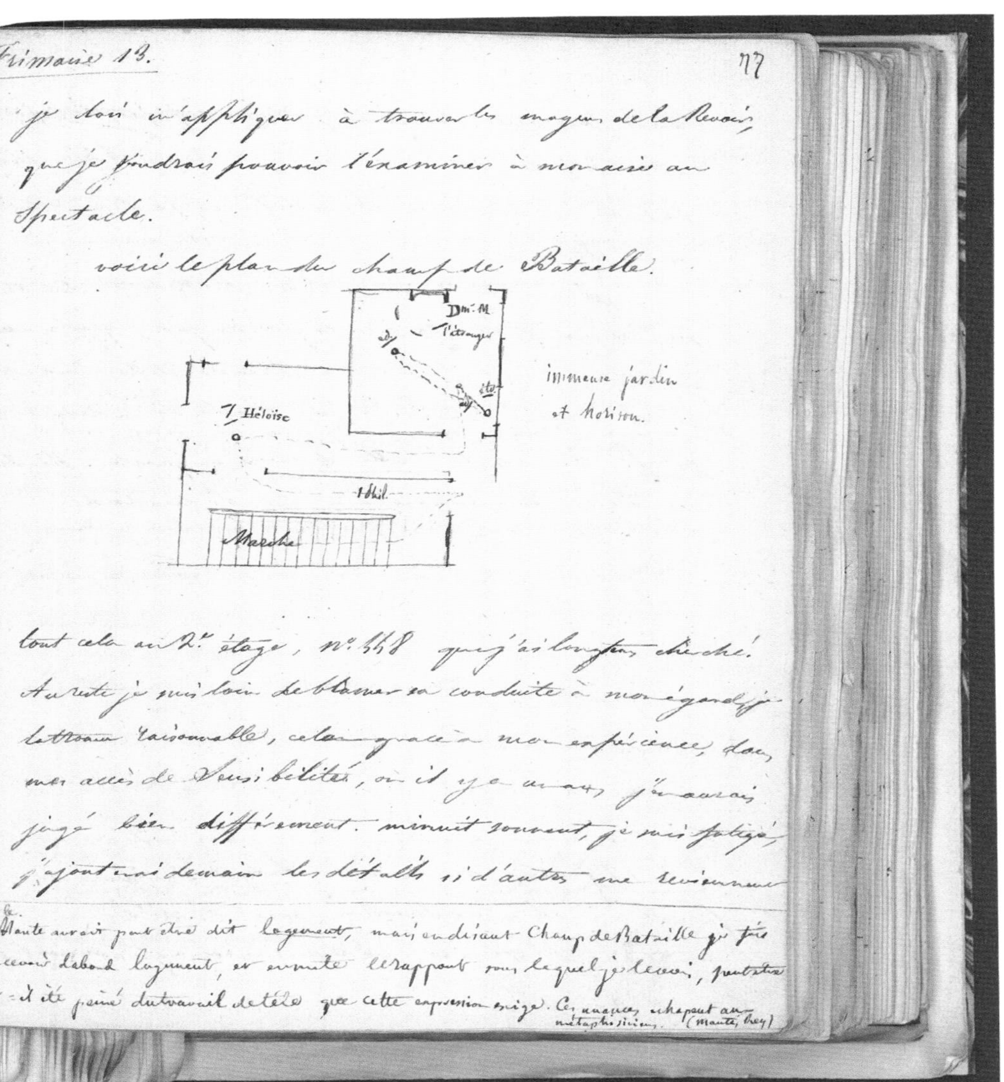

만날 방법을 발견하는 데 전념해야 한다. 공연장에서 그녀를 편안하게 살펴볼 수 있으면 얼마나 좋을까! 자, 여기 전쟁터의 도면이 있는데, 그 모든 것이 내가 오랫동안 찾은 2층의 558번 좌석이다. 나에 대한 그녀의 행동을 비난하는 것은 당치도 않고, 1년 전이라면 매우 다르게 판단했겠으나 내 감수성이 예민해진 경험 덕분에 그녀가 합리적이라고 생각한다. 자정이 울리고 피곤해서 만일 다른 것들이 머리에 떠오른다면 세부적인 것들을 내일 첨가하겠다. [따라서 이번 주에는 교황과 보나파르트가 즉위하는 모습, 나의 삼촌을 파리에서 보았다……]

“곤돌라 한 대를 월 단위로 빌리고 있다”

마리 다구 Marie d’Agoult, 1805~1876

사람들은 마리 다구를—그녀가 흥이 나면 즐겨 증오한—조르주 상드와 견줬다. 아무튼 두 여성은 남성 필명을 사용했다. 프란츠 리스트의 연인이었던 여성은 다니엘 스테른이라는 필명을 사용했다. 문학사에서 ‘소낭만주의petits romantiques’ 범주에 분류되었다고 해도 마리 다구의 작품에는 틀림없이 저평가된 풍요로움이 있었다—특히 그녀가 1848년 혁명과 자유의 관념에 열광할 때 그렇다. 하지만 그녀의 ‘숨은’ 걸작은 확실히 일기인데, 여기에는 피아니스트이자 작곡가인 프란츠 리스트와의 여행 이야기가 포함되어 있다. 마리 다구는 1833년에 리스트를 만났다. 당시 그녀는 다구 백작의 아내였는데, 남편에게 지루해하고 있었다. 음악가는 평민일 따름이었고, 그들의 관계에는 추문이 떠돌았다. 마리는 곧 남편을 떠나 리스트와 함께 1835년부터 1839년까지 유럽을 횡단하는 4년간의 ‘대일주Grand Tour’를 시작한다.

젊은 귀족 자제들을 대상으로 한 교육적이고 전통적인 여행은 점차 이탈리아를 중심으로 낭만주의 시대의 지식인들을 위한 진정한 입문 여행으로 자리 잡았다. 두 사람은 스위스를 편력한 뒤 밀라노, 피렌체, 베네치아 심지어 로마까지 갔다. 그동안 세 아이가 태어났는데, 그중 코지마는 훗날 리하르트 바그너의 아내가 된다. 그들은 이탈리아에서 문화와 예술, 자유와 사랑, 정신성과 풍경 그리고 당연히 문학과 음악에 취했다.

마리 다구의 일기는 무척 낭만적인 우수에 찬 메모와 격렬한 열정의 고뇌로 낙인찍힌 그런 들끓는 몇 해를 반영하는 거울이다. 마리의 일기는 프란츠 리스트가 여행에서 영감을 받아 작곡한 피아노를 위한 세 편의 여행 인상 모음곡 〈순례의 해Anneés de pèlerinage〉와 조화를 이뤘다. 작곡가가 〈제네바의 종Les Cloches de Genève〉 첫머리에 인용한 바이런의 문구는 마리 다구의 사적인 일기의 정신을 완벽하게 집약한다. “나는 나 자신 안에 사는 것이 아니라 나를 둘러싸고 있는 것의 일부가 된다.”

[1838년 3월 17~19일]

밀라노에서 베네치아까지의 여정은 피곤했다. 나는 기억 속에서 서로 혼돈되고 확실치 않은 인상을 남기는 무한한 것들을 이리저리 뛰어다니면서 보는 것을 전혀 좋아하지 않는다. ‘캄포 산토 디 브레시아Campo Santo di Brescia’는 근대 건축의 걸작이다. 프란츠는 나의 경탄을 완전히 공유하지 않았다. 그는 무덤이 모여 있는 회랑을 전혀 좋아하지 않고 꽃으로 둘러싸인 단독 무덤을 더 좋아한다. 하지만 그 역시 중앙의 둥근 천장 아래 있는 제단 위 부활의 천사와 그 둥근 천장으로 인도하는 층계 아래에 있는 물항아리 위의 울고 있는 두 여인을 좋아한다. 고대의 가장 아름다운 청동 조각상으로 여겨지는 ‘승리Victoire’ 상은 감동을 주지 않았다. 내가 감동하기에는 조각을 충분히 알지 못한다. […]

Le trajet de Milan à Venise m'a fatiguée. je n'avais 49
point à voir en courant une infinité de choses qui
se confondent dans la mémoire et ne laissent qu'une
impression confuse. le campo santo de Brescia
est un chef d'œuvre de l'architecture moderne
Franz n'a pas entièrement partagé mon admiration. il n'aime
point les galeries de tombeaux et préfère les tombes
isolées entourées de fleurs. pourtant il aime aussi
l'ange de la résurrection qui est sur l'autel de la
chapelle [illegible] et les deux figures pleurant
sur des urnes au bas des marches qui conduisent
à cette même chapelle. La statue de la Victoire
qui passe pour la plus belle statue de bronze antique
ne m'a pas frappée. je ne me connais pas assez en
sculpture pour cela. Un Christ attribué à Raphael
nous a paru trop gras et trop fade. nous avons
préféré une petite tête couronnée d'épines d'Albert Durer bien
plus expressive. Les arènes de Vérone sont plus petites que celles de
Nîmes (elles n'ont que deux rangs d'arcades) [illegible] on a établi au milieu
des baraques de Polichinelle. c'est un symbole de ce que
nous sommes auprès des romains! les âmes sensibles vont
voir dans un méchant hangard une espèce d'auge en pierre qui
s'appelle la tombe de Juliette. Le cicerone vous raconte
son histoire lamentable… la figlia è morta dunque non c'è più
„matrimonio. &c. une promenade de Raphaël et casa Persico dans

[1838년 3월 25일 일요일]

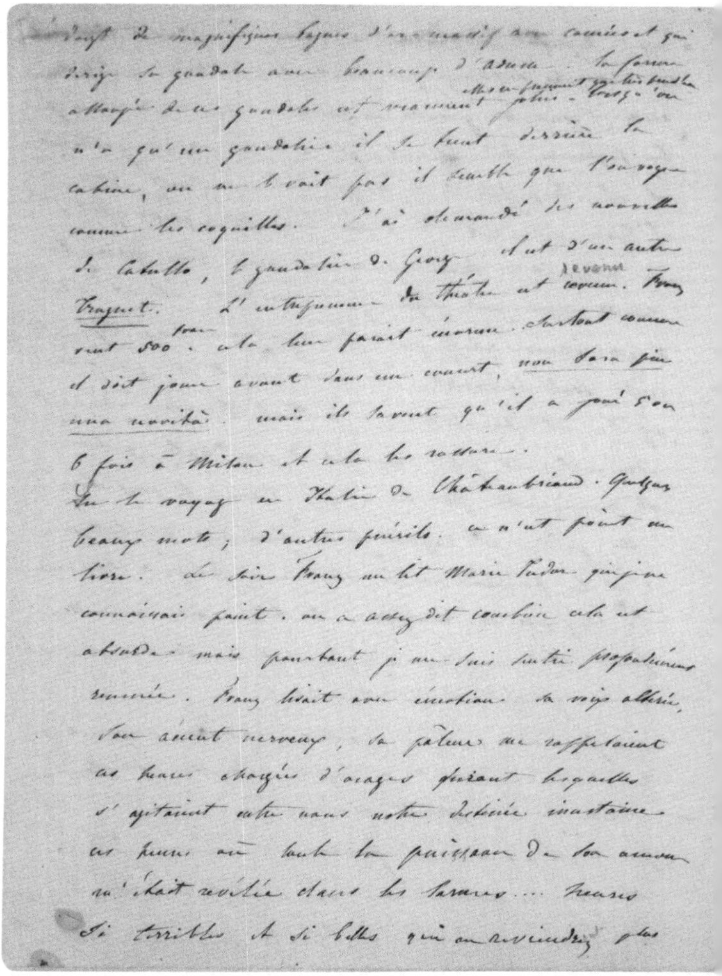

[곤돌라 한 대를 월 단위로 빌리고 있다. 코르넬리오는 정직한 남자인데, 〈타소Tasso〉, 〈페르케 논 에 리테라-토perchè non è littera-to〉를 부를 줄 모르지만, 손가락에] 묵직한 카메오 금반지를 끼고 곤돌라를 대단히 솜씨 좋게 저어나간다. 긴 형태의 곤돌라들은 정말 예쁘고 물이 거의 들어오지 않는다. 곤돌라 뱃사공이 한 명밖에 없을 때는 그가 선실 뒤에 서 있어서 그를 보지 못해 마치 조가비처럼 표류하는 것만 같다. […] 극장 기획자가 다시 왔다. 프란츠는 5백 프랑을 원한다. 그들에게는 그 돈이 엄청난 액수로 보이는데, 특히 그가 이전에 한 콘서트에서 〈논 사라 피우 우나 노비타Non sarà più una novità〉를 공연해야 하기 때문이다. 그러나 그들은 밀라노에서 그가 대여섯 번 연주한 것을 알고 있기에 안심하고 있다.

샤토브리앙의 『이탈리아 여행*Voyage en Italie*』 독서. 몇 개의 아름다운 말, 다른 것들은 유치하다.

그것은 책이 전혀 아니다. 저녁에 프란츠가 내가 전혀 모르는 『마리 튀도르*Marie Tudor*』를 읽어 주었다. 사람들은 그 책이 얼마나 터무니없는지를 많이 말했지만, 나는 깊이 감동했다. 프란츠는 흥분해서 읽었다. 그의 변질된 목소리, 그의 신경질적인 억양과 창백함이 우리 사이에 불확실한 운명이 요동친, 격동으로 가득했던 시간을 떠올리게 했다. 그의 사랑의 모든 힘이 나의 눈물 속에서 드러났던 시간……. 더 이상 다시는 오지 않을 너무나도 끔찍하고 아름다운 시간이어서 그리워할 수 없지만, 그 신성한 고통은 세상의 공허한 메아리에 영원히 내 영혼을 무감각하게 만들었다……. 오! 나는 그와 같은 사랑에 얼마나 걸맞지 않았던가! 그가 마음을 완전히 열어젖힐 때면 내 마음은 얼마나 가난하고 메말라 보였던가! 조금 전 나는 솟구쳐 오르는 물을 발견하려는 희망으로 깊이 파인 아르투아의 샘솟는 우물과 나 자신을 비교했는데, 사람들은 거기서 순수하고 아름다운 물을 만나지만, 땅보다 높지 않은 우물에서 물은 전혀 솟구쳐 오르지 않는다.

[1838년 3월] 26일 월요일

[…] 프란츠의 재단사가 로마에서 1년 있었는데, 아름다운 것을 아무것도 보지 못했다. "베네치아는 더 형편없었어요. 반 야만인입니다. 그들은 자신들이 예술계에 동조한다고 주장하지요! 그렇습니다, 대단히! 그들은 모든 유행에서 2년 뒤처져 있어요. 그 고장에서는 5프랑짜리 동전을 절대 보지 못합니다. 츠반치히*만 있을 뿐이에요. [그리고 하찮은 몇 푼! 그 고상한 사람들, 그들은 완전히 낡아빠진 자기들 집과 마찬가지예요!" 베네치아인의 철야 하는 습관. 카페는 밤에 문을 닫지 않는다. 사람들은 공연이 끝난 후 11시에 모인다. 유희는 고상한 사람들의 열정이다. 작은 곤돌라를 24츠반치히에 구입.]

* zwanzigs. 19세기 오스트리아의 은 동전

“다음번 혁명에서는 학살이 끔찍할 것이다”

플로라 트리스탕 Flora Tristan, 1803~1844

“플로라 트리스탕을 통해 우리는 여행이 레저에서 선교적 탐험으로 변화하는 것을 목격한다”라고 『낭만주의 시대에 프랑스 여행하기*Voyager en France au temps du romantisme*』(UGA)에서 세실 메나르는 분석했다. 페미니즘 및 사회주의의 선봉에 선 플로라 트리스탕이 1843년 프랑스 일주를 기도했을 때, 그녀는 세상을 바꾸고자 하는 맹렬한 혈기를 지녔었다. 그녀의 신념은 다채로운 여정을 통해 결실을 맺었다. 그녀는 1803년 파리에서 페루의 한 장군의 딸로 태어났다. 아버지는 플로라가 열일곱 살 때 돌아가셨다. 부모의 종교적 결혼은 프랑스에서 합법적인 것으로 간주되지 않았기 때문에 그녀는 유산을 상속받지 못하고 한 조판 작업장에서 노동자로 생계를 이어 나가야 했다. 그리고 그곳에서 판화가를 만나 결혼했다. 그러나 그는 폭력적인 모습을 드러냈고, 플로라는 둘 사이에서 태어난 아들을 데리고 피신했다. 그녀는 자기 상속분을 주장하기 위해 페루로 떠났다. 물론 목적은 이루지 못했지만, 여행은 1838년 출간된 『한 파리아• 여자의 편력*Pérégrinations d'une paria*』을 쓰도록 영감을 주었다. 그녀는 이 책에서 “여성의 개인적 해방에 반대하여 모든 것과 결탁한 사회에서 독립적 여성”의 투쟁을 보여 주었다. 그녀의 남편은 딸(미래의 고갱의 어머니, 324쪽 참조)을 납치하고 플로라에게 총을 쏘고 20년의 징역형에 처해진다. 영국 여행 후에 플로라는 영국 산업사회에 대해 분개한 기술서 『런던 산책*Promenade dans Londres*』을 발간했다. 샤를 푸리에의 사상에 가깝고 사회주의를 자처하는 여러 경향의 반목을 확인한 플로라 트리스탕은 예약 신청으로 재정 지원된 책에서 노동자의 단합 사상을 옹호했다. 그녀에 의하면, 노동자들은 감수성의 차이를 넘어 무엇보다 노동권—그녀의 위대한 사상—을 주장하기 위해 재집결해야 한다. 그녀는 그들을 만나고 설득하기 위해 프랑스 전역을 돈다. 파리를 시작으로 리옹, 마르세유, 툴루즈 등 대도시를 거쳐 낭트에 도착할 예정이었다. 그날그날을 메모한 그녀의 글에는 1848년 혁명 직전 당시 프랑스의 노동계급에 대한 생생한 통찰이 들어 있다. 그러나 그녀의 시선이 항상 선입견에서 자유로운 것은 아니었다. 어떤 도시에서 좋지 않은 평가를 받으면 그녀는 모든 주민에게 욕설을 퍼붓는—종이 위에서—경향이 있었다. 다음 일기 발췌문에서 보듯이, 그녀는 이미 자기 자신의 위대한 운명을 상상했다. 어려움이 축적되는 만큼—돈 문제 그리고 무엇보다 그녀가 계획을 포기하도록 만류하지 못한 채 끊임없이 약해지는 건강—그녀의 열정은 우리를 감동시킨다. 그녀는 장티푸스에 걸려 미완성 일기(한 권의 책으로 만들어졌을 것임이 분명한)와 위대한 꿈을 남겨놓은 채 보르도에서 사망했다. 플로라 트리스탕은 1848년 임시정부에서 루이 블랑이 노동권을 그의 원칙 가운데 하나로 만든 것을 알지 못할 것이다.

• paria. 사회, 집단에서 배척받는 사람

[1844년] 25일 일요일 저녁에

몸이 나를 절망케 한다! 어제 아침부터 더는 조그만 창고가 없어서 내 문서들이 길에 버려져 분실될 수 있다고 알리는 편지를 받았다(나는 내 침대나 낡은 의자 세 개 때문에 걱정하진 않는다)! 이 소식을 받은 뒤부터 몸이 아프다—만일 10년 후에 살아 있어서 이 일기를 다시 읽는다면, 나는 1844년 8월 25일의 이 황량함을 보면서 연민으로 미소 지을 것이다—나는 다른 많은 황량함을 겪을 것이다! 10년 전에는 같은 시기에 대양 한가운데서 길을 잃은 채 홀로 헤매고 있었다. 몸이 아프고, 매 순간 무서운 죽음에 노출되고, 그 빌어먹을 미치광이 안토니오라는 존재 때문에 화가 나고 불안했고, 상스러운 선원들의

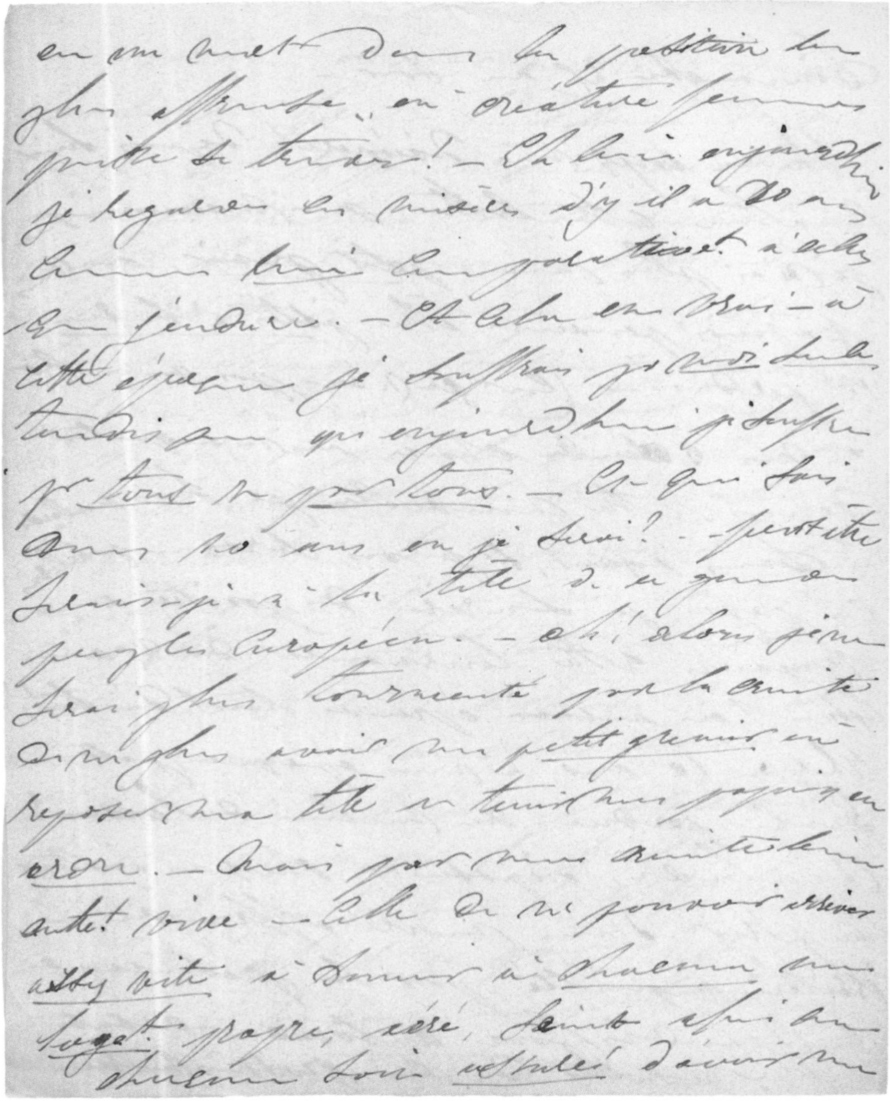

욕설 대상이 되어, 한마디로 피조물 여자가 당할 수 있는 가장 끔찍한 상황에 부닥쳐 있었다!—웬걸! 오늘은 지금 견디는 것에 비해 10년 전의 고통을 아무것도 아닌 것처럼 바라보고 있다—그런데 그것은 사실이다—그 시기에 나는 나 혼자로 인해 고통스러워했는데, 오늘은 모두를 위해 그리고 모두 때문에 고통스럽다—그리고 10년 후에 내가 어디에 있을지 누가 알겠는가? 어쩌면 나는 이 위대한 유럽 민중의 선봉에 서게 될지도 모른다—오! 그래서 나는 이제 내 몸을 누이고 내 문서들을 정리 보존할 작은 창고가 없다는 두려움에 더 이상 괴로워하지 않을 것이다—그러나 훨씬 더 심각한 두려움—모든 사람에게 깨끗하고 환기가 잘되고 건강한 주거지를 꽤 신속히 마련해 몸을 누일 침대와 각자에게 속한

것, 각자가 좋아하는 것을 기호대로 정리 보관할 수 있는 자신만의 방 하나를 갖도록 보장할 수 없게 되는 두려움 때문에 괴로울 것이다—오! 혹시라도 내가 사업의 선두에 있다면 그리고 내 형제 중 단 한 명이라도 안식처가 없다는 것을 안다면! 얼마나 끔찍한 고통에 시달리겠는가!

감히 그것을 생각할 엄두가 안 난다.

"나는 오래된 도시와 마찬가지로 오래된 여인숙을 좋아한다"

빅토르 위고 Victor Hugo, 1802~1885

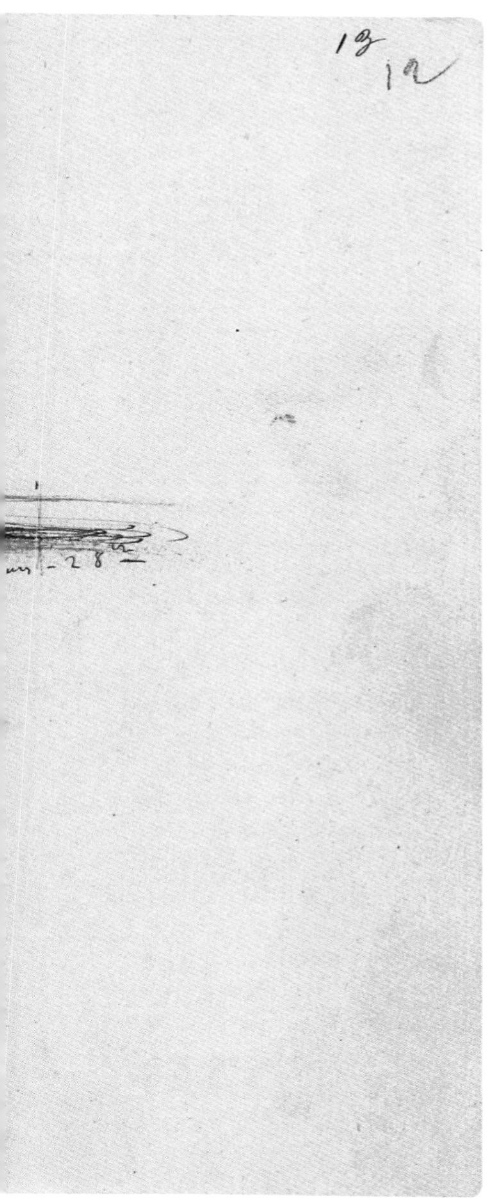

빅토르 위고의 일기는 **하나로** 존재하지 않으며, 1887년부터 많은 사적인 글과 개인적 회상을 모아 『목격담*Choses vues*』으로 사후에 출간되었다. 프랑스 국립도서관은 40여 권이나 되는 그의 수첩 일지와 몇 권의 앨범을 보존하고 있다. 무엇보다 앙리 기유맹이 자신의 발간물—『위고와 섹슈얼리티*Hugo et la sexualité*』 같은—을 위해 사용한 이 수첩에는 빅토르 위고의 일상이 드러나 있는데, 때때로 다소 비속한 모습도 보인다. 이로 인해 쥘리앵 그라크는 "책을 치워 내자 [빅토르 위고는] 인색한 사람에다 하녀와 동침하는 파리의 부르주아지 모습으로 남아 있고, 예언자처럼 말하며 귀신에게 이야기하는 한 명의 부르주아지다"라고 말했다. 딸 레오폴딘이 사망하고 1년이 조금 지난 1844년 10월에 느무르와 몽타르지를 여행하는 동안 빅토르 위고는 엄격히 말해 매일매일 펜화와 담채화—매우 특징적인 그의 화법—로 일기를 장식했다. 그는 자연과 돌을 서정적으로 바라보며 그 도시들의 건축에 대해 거의 형이상적으로 한담했다. 그리고 특히 몽타르지의 성과 교회(조금 더 후에 비올레르뒤크•가 파리의 노트르담 성당처럼 개조할 예정)의 지난날의 광휘를 그리워했다. 건축에 관한 실망감과 낭만적 공상은 그가 여인숙에 돌아와 다른 사람들과 마찬가지로 저녁 식사를 하는 것을 막지 못했지만, 여행 일지에서 종종 진부해 보이는 것은—골자만 말하면, "먹을 시간이다" 같은—물론 구시대의 여인숙에 관한 향수와 냉소적 능변이 혼합된 철학적이고 역사적인 성찰로 승화되었다.

• Eugène Viollet-le-Duc, 1814~1879. 프랑스의 건축가이자 저술가

[1844년 10월]

[이 글을 쓰기 시작한 후 다시 본 그 성은 생각한 것보다 조금 덜 목가적이다. 그 성은 여러 농부에게 임대하는 시市에 속해 있고, 시는 최대한 그 성을 이용한다. 사람들은] 지하 저장고를 감옥으로, 1층을 무도회장 그리고 2층을 극장으로 만들었다. 이렇게 탈바꿈했다고 하여 암탉과 비둘기들을 막지는 못한다. 불쌍한 죄수들은 맨 아래에서 신음하고 있고, 작은 바이올린 소리는 중이층에서 웅얼거리고, 경가극 배우들은 탑 형태의 비둘기장 옆에서 달콤한 말을 속삭인다. 게다가 양털 건조장이 다락방을 차지하고 있다. 시의회를 장악하고 있는, 이처럼 아주 오래된 역사적인 작은 성을 뭔지 모를 잡다한 건조물로 만드는 실익에 대한 어리석은 편집증에는 심히 슬픈 뭔가가 있지 않은가? 도시의 관문에는 12세기의 우아한 화살 하나가 우뚝 서 있다. 그것은 생피에르레느무르다. 지평선을 온통 수놓고 있는 사암 갓돌과 작은 소나무 숲으로 장식된 언덕들은 고딕 형태인데, 플랑드르 그림의 옛 배경을 연상시킨다. 사암은 얀 판 에이크*와 오토 판 페인**이 그린 거짓말 같은 온갖 형태의 바위를 설명하고 증명해 보인다. 나는 오래된 도시와 마찬가지로 오래된 주막과 여인숙을 좋아한다, 우리 선조들이 말하곤 했듯이. 사람들은 주인장이 미소 지으면서 그들을 맞이한 길로 나 있는 문 앞 마차에서 내리곤 했다. 그들이 처음 들어서는 방은 부엌이었다. 높은 벽난로에서 불이 타오르고 있었다. 잉걸불이 화덕을 붉게 물들였다. 아름다운 토기, 푸른색 도자기, 커다란 일본 접시 들이 연기로 검게 그을린 어두컴컴한 벽 여기저기에서 반짝거렸다. 거대한 꼬치 회전기가 불 앞에서 삐걱거렸다.

고기가 꽂혀 있는 꼬치는 기름을 받는 기다란 그릇 위에서 천천히 돌아가고 있었고, 우리에게 차례차례 사슴·멧돼지 따위의 큰 짐승 고기, 날짐승 고기, 사냥한 고기를 보여 주며 "고르시오"라고 말하는 것 같았다. 사실상 사람들은 선택했고, 그 아름답고 유쾌한 나뭇단과 포도덩굴 불길은 저녁 음식을 익히는 동시에 여행객의 몸을 데워 주었다—지금 우리는 '호텔에' 유숙한다. 그러니 제기랄 주막! 우리는 안뜰로 들어간다. 종업원인 한 남자가 가난한 객은 경멸하는 태도로, 부유한 객은 냉소적 태도로 맞아들인다. [그가 현관 앞 낮은 층계, 그다음 청동으로 장식된 계단을 오르게 하면 당신은 이제 빨간색 옥양목 커튼과 마호가니 색의 책상이 있는 방에 있게 된다. 당신이 불을 요청하고, 종업원은 격식을 갖춰 연기 나는 벽난로에서 불붙지 않은 물에 젖은 초록색 나무 한 조각을 가져다준다. 5분 뒤에 당신은 장작불을 끄고 창문을 연다. 당신은 불 값으로 40푼을 지급해야 할 것이다. 저녁 식사를 청한다. 종업원 남자는 기우뚱거리는 다리 하나 달린 조그만 원탁 위에 이미 내왔던 닭고기 한 마리와 프리캉도 한 토막을 가져온다. 이 프리캉도•••와 닭고기, 이 조그만 원탁과 종업원 남자의 가격에 4프랑이 들 것이다—그것이 바로 호텔이다.

나는 주막을 선호한다.]

• Jan van Eyck, 1395?~1441. 네덜란드 화가이며, 유럽 북부 르네상스 미술의 선구자로 불린다.

•• Otto Van Veen, 1556~1629. 네덜란드 레이던 출신으로 16세기 후반부터 17세기 전반까지 브뤼셀, 안트베르펜에서 활동한 플랑드르의 화가이자 도안가

••• fricandeau. 용철갑 상어, 참치 따위를 자른 토막

“막심은 우선 그녀와 즐기자고 요청하고 내려간다—그다음은 내가”

귀스타브 플로베르 Gustave Flaubert, 1821~1880

플로베르는 은도금한 금속 잠금쇠가 있고 검은색 양가죽으로 장정한 작고 기다란 매력적인 수첩 여러 권에 친구 막심 뒤 캉과 오랫동안 함께한 동양 여행을 그날그날 메모했다.

『마담 보바리』의 작가 귀스타브 플로베르는 1849년 10월 22일에 크루아세에서 떠났다. 11월 중순에는 이집트에 도착해 피라미드를 구경하고 카이로와 알렉산드리아에서 체류했다. 1850년 7월에는 이집트를 떠나 레바논, 팔레스타인, 터키 그리고 마침내 그리스의 여러 곳을 돌아본 후 1851년 2월에는 이탈리아로 향했다. 하지만 플로베르는 오늘날 우리가 『동방 여행*Voyage en Orient*』이라 알고 있는 작품의 출간을 절대 바라지 않았다. 루이 코나르 출판사에 의해 1910년 처음으로 출간된 이 책은 사실 저자의 조카인 카롤린 프랑클랭그루에 의해 문학적 재구성이 이루어졌다. 후자가 수첩들을 검열했는데, 특히 섹슈얼리티 영역이나 신성을 모독하는 언사에 속하는 모든 것을 삭제해 버렸다. 그런데 동양의 유곽과 다른 사창가—그리고 또 다른 곳의—는 플로베르의 일지에서 대단한 ‘미학적’ 중요성을 지닌다. 더구나 작가는 매춘부에 대한 취향을 자기 정부인 루이즈 콜레에게도 전혀 숨기지 않았다. 일기에서 그는 매춘에 대한 애착을 숨기지 않았는데, 매춘 행위에 대한 ‘시적’인 표현을 엿볼 수 있다. “어쩌면 사악한 취향일지도 모르겠으나 나는 매춘을 좋아하는데, 그 뒤에 숨겨진 것과는 별개로 그것 자체 때문에 좋아하지”라고 그녀에게 다음과 같이 덧붙이면서 썼다. “매춘에 대한 이런 생각에는 아주 복잡한 하나의 교차점, 음욕, 쓰라린 감정, 인간관계의 허무함, 근육의 열중 그리고 그것을 깊이 바라보노라면 현기증 나는 돈이 있는데, 거기서 사람들은 많은 것을 배운다!”

무용수 쿠축 하넴은 플로베르에게 동양 창녀의 신화를 구현하고 그것의 ‘시학’을 완벽하게 표현했다. 작가는 일지 일부에서 그녀를 관조하는 데 보낸 밤에 대해 할애했다. 그는 친구 루이 부이예에게 보낸 1850년 3월 13일의 편지에 같은 추억을 상기했다. “나는 끝없이 몽상적인 강렬함 속에서 그 밤을 보냈네. 그래서 남아 있었지. 내 팔을 베고 코를 골던 그 아름다운 피조물이 잠자는 모습을 관조하면서 파리의 매음굴에서 보낸 밤, 오래된 수없이 많은 추억…… 그리고 그녀, 그녀의 춤, 의미도 없고 구별할 수도 없는 말들을 노래 부르던 그녀의 목소리를 생각하고 있었네. 그처럼 밤새도록 지속되었어. 새벽 3시에 나는 길에 오줌 누러 가기 위해 일어났는데 별들이 빛나고 있었어.”

[1850년 3월 6일 수요일]

[…] 쿠축 하넴, 대단한 피조물, 아랍 여인보다 피부가 더 하얀데, 다만 조금 고자질하는 성미, 탄탄하고 질긴 살. 그녀가 옆으로 비스듬히 앉으면 옆구리에 무심하게 늘어지는 살덩어리—커다란 눈, 검은 눈썹, 머리띠를 한 곱슬곱슬한 까만 머리(브러시에 복종하지 않는). 머리 한복판에서 가운데 가르마로 나뉘어 목덜미에 매여 있는 작게 땋은 머리. 머리 꼭대기에는 한쪽 귀에서 다른 쪽 귀로 가는 작은 (흰색의) 인조 꽃가지가 있고, 터키모자의 부채꼴로 펼쳐 놓은 술이 그녀의 양어깨 위로 내려온다. 한가운데 볼록 튀어나온 금으로

qu'à Keneh, d'un costume moins
brillant et d'un aspect moins féroce -
l'almée de ce matin Bambeh nous
précède accompagnée du mouton - elle pousse
une porte et nous entrons dans une maison
qui a une petite cour et un escalier en
face - sur l'escalier, de face vers nous
la lumière l'entourant, une femme debout
en pantalons, n'ayant autour du torse qu'une
gaze d'un violet foncé. elle venait de sortir
du bain - nous sommes montés au premier
dans une pièce carrée blanchie à la chaux -
2 divans, deux fenêtres, une du côté des
montagnes, une sur la ville d'où Joseph nous
montre la gde maison de la fameuse Sophiah

Kuchuk-Hânem, créature royale, plus
blanche qu'une arabe, la peau un peu café
seulement, viande ferme, dure; quand elle s'asseoit
de côté des bourrelets de bronze sur les flancs.
gds yeux, sourcils noirs - cheveux noirs frisants
rebelles à (la brosse) séparés par une raie sur
le milieu. Sur le sommet de la tête une petite
branche de fleurs factices (blanches) allant d'une
oreille à l'autre. tarbouch dont le
gland étalé en éventail lui descend sur
les épaules. au milieu un disque bombé en
or et au milieu une petite pierre verte
imitant l'émeraude. bracelets; deux tringles
tordues et tournées l'une autour de l'autre

된 원반과 한가운데 에메랄드를 모방한 작은 녹색 돌 한 개가 있는 팔찌들은 두 개의 작은 봉이 함께 꼬이고 한 개가 다른 한 개를 휘감고 있다. […]

두세 바퀴 돌려 목에 건 속이 빈 커다란 금 알갱이 목걸이. 귀걸이와 약간 불룩하고 둘레에는 속이 빈 작은 알갱이들이 있는 금으로 된 원반. 그녀가 작고 시끌벅적한 잔치를 원하냐고 묻는다. 막심은 우선 그녀와 즐기자고 요청하고 내려간다—그다음은 내가. 집의 도면. C. 2층의 방—E. 두 벽 사이의 계단—B. 관리인의 방—F. 침실—P. 문—R. 부엌. 1층의 방 하나에 긴 의자 하나와 침대 하나가 있다.

춤—음악인들이 도착한다. 어린이 한 명과 해진 헝겊으로 왼쪽 눈을 덮은 늙은 사람 한 명, 그들은 둘 다 말총으로 된 두 개의 줄과 쇠가지로 마무리된 일종의 바이올린 같은 레바베rebbabeh를 거칠게 뜯는다—사람들이 그들을 멈추게 하려고 소리지를 때만 일시 중단하는 엄청 불쾌한 소리를 내는 엉터리 악기. 쿠축 하넴과 밤베가 춤을 추는데, 쿠축의 춤은 엉덩이 때리기처럼 거칠다. 그녀는 드러난 유방이 서로 밀착되고 조이는 방식으로 웃옷 안에서 목구멍을 조인다—춤추기 위해 리본에 매달린 세 개의 금술이 있고 금줄이 나 있는 갈색 숄을 허리띠로 찼다. 때로는 한 발로 때로는 다른 발로 서서 헐떡이는데, 놀라운 일이다—한 발은 땅에 붙어 있고 또 다른 발은 우리 앞을 지나서 공중에서 다리의 장딴지가 다른 쪽 다리의 정강이뼈 앞으로 지나가도록 가볍게 점프한다. 밤베는 한쪽 옆으로만 몸을 내렸다가 다시 일으키는 일직선으로 추는 춤, 율동적인 절뚝거림 같은 것을 무척 좋아한다. 그녀는 헤나 염료로 양손을 물들였고—쿠축의 헌신적인 하녀인 것 같았다. 쿠축의 오른팔에는 파란색 글씨의 문신이 새겨져 있다. 그런데 그들의 춤은 예술적 가치는 없고, 오래된 그리스 항아리들에서 보는 것(멜테Melthé가 에페스투스Ephestus를 하늘에 인도하는 모습?)과 유사한 쿠축 하넴의 발걸음을 제외하고는 하산 엘 빌베시Hassan el-Bilbesi의 춤이 단연 월등하다—쿠축이 타라북tarabouk을 잡았는데, 그것을 연주하는 방식 즉, 왼팔의 팔꿈치를 내리고 주먹은 들어 올려 손가락이 연주하는 방식[사이사이를 벌려 손가락을 타라북의 가죽에 떨어뜨리는]은 훌륭하다.

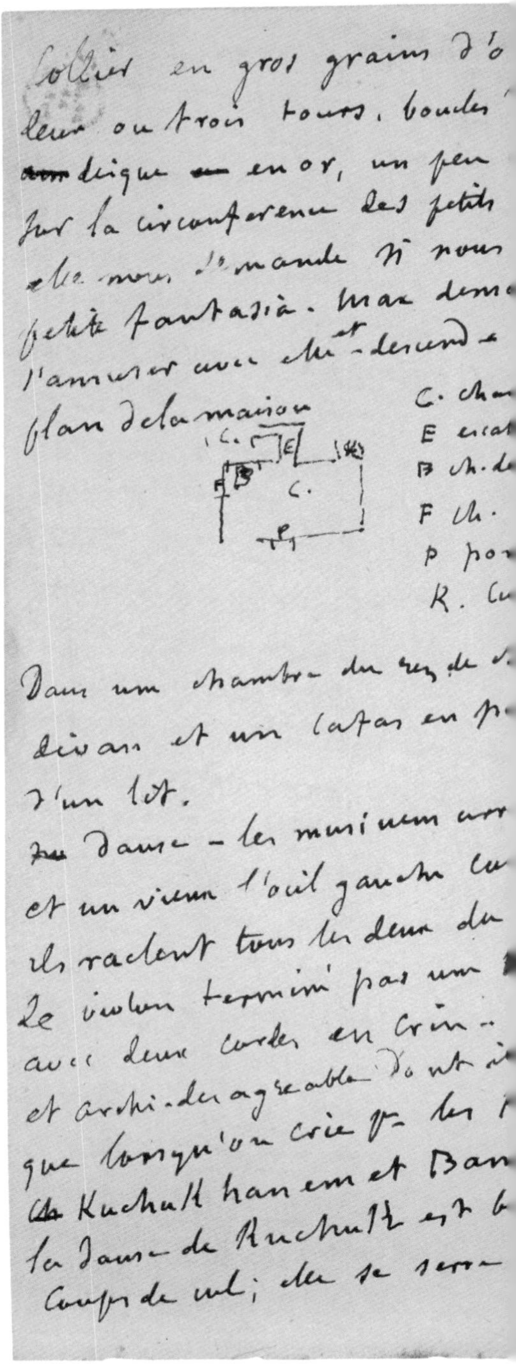
Collier en gros grains d'o
leur ou trois tours. boucles
dique en or, un peu
sur la circonférence des petits
elle nous demande si nous
petite fantasia. Max dem
s'amuser avec elle et descend
plan de la maison
C. cha
E escal
B ch. d
F ch.
P por
R. cu
Dans une chambre du rez de c
divan et un lattas en p
d'un lit.
La danse – les musiciens arr
et un vieux l'oeil gauche co
ils raclent tous les deux du
le violon terminé par un
avec deux cordes en crin
et archi-désagréable dont i
que lorsqu'on crie pr les
Kuchuk hanem et Ban
la danse de Kuchuk est b
coups de cul; elle se serra

sa veste demancée que ses deux seins
découverts sont rapprochés et serrés l'un
près de l'autre — p[our] danser elle met comme
ceinture — un châle brun à raie d'or avec bleu en cravate
trois glands d'or suspendus à des rubans —
elle s'enlève tantôt sur un pied tantôt
sur un autre, chose merveilleuse —
un pied restant à terre l'autre passant
devant nous de façon que le mollet de
la jambe en l'air passe devant le tibia
de l'autre, et cela dans un saut léger —
Bambeh affectionne la danse en ligne droite
avec un baisser et un remonter
d'un seul côté, sorte de
claudication rythmique — elle a du henné
aux mains — elle paraît être la femme de
chambre, la dévouée de Kuchuk. Kuchuk a
sur le bras droit tatouées une ligne d'écritures bleues —
Du reste comme art, leur danse ne vaut
pas et de bien loin celle d'Hassan el Belbeissi
tant le pas de Kuchuk Hanem qui ressemble
à celui que l'on voit sur les vieux vases
grecs (Melthi introduisant Ephestion dans
le ciel ?) — Kuchuk a pris un tarabouk
sa manière d'en jouer est magnifique
le bras gauche — coude baissé, le
poignet levé, et les doigts jouants

“나는 의지할 데를 찾길 원했으나 그는 예술가로서 너무 편협했다”

오귀스트 바르톨디 Auguste Bartholdi, 1834~1904

오귀스트 바르톨디는 1871년 6월부터 10월까지 미국을 여행했다. 콜마르 출신의 조각가는 당시 ‘자유의 여신상’ 계획을 준비하고 있었다. 즉, 그 기념물을 세울 만한 장소와 후원자를 물색한다는 생각이었다. 바르톨디는 자유주의자이고 미국 전문가이며 에이브러햄 링컨의 숭배자인 에두아르 르페브르 드 라불레 하원의원에게서 위임받아, 동부 해안의 네트워크를 공유했다. 당시 이 거대한 기념물은 미국 독립 100주년을 앞두고 두 나라 국민의 우정을 축하한다는 구실로 세워졌다. 그는 일기장에 사람들과의 만남과 그 인상을 기록했다. 실망도 많이 했는데, 예술적인 것과 마찬가지로 재정적 지원도 위축되었기 때문이다. 하지만 여행은 리버티섬의 부지를 찾아내고, 몇몇 후원자의 신임을 받고, 7월 18일에 뉴욕에서 그랜트 대통령을 만날 수 있게 해 주었다. 또한 미국을 발견하는 여행 일기이기도 했다. 322~323쪽에 있는 바르톨디의 삽화는 그가 미국을 횡단한 도정을 보여 준다. 워싱턴, 뉴욕, 보스턴을 오가면서 두 달을 보낸 뒤에 그는 즐거움을 위해 주로 기차와 페리를 타고 미국을 누볐다. 그중 시카고, 나이아가라폭포, 세인트루이스(미주리주), 솔트레이크시티를 방문하고 캘리포니아까지 갔다.

그는 원시 자연과 사람이 살지 않는 지역 그리고 페니모어 쿠퍼의 모험 소설들을 상기시키는 대초원을 경탄해 마지않았다. 특히 미국 소도시의 건축물과 자신이 이용한 교통수단인 교량, 마차(말 네 마리가 끄는) 혹은 “연락선에서 나오는 기차”(미주리주 오마하)를 스케치하느라 지체하기도 했다. 바르톨디는 준비 작업을 위해 그리고 1886년 10월 귀스타브 에펠이 그 구조를 실현한 자신의 조각을 마침내 제막하기 위해 미국을 여러 번 찾았다.

[1871년] 8월 1일 화요일

[보스턴]
오래전부터 플리머스록에 어마어마한 기념물을 계획하고 있는 건축가 해맷 빌링스 씨 집에 갔다. 할 게 아무것도 없고, 의지할 데를 찾길 원했다. 하지만 작품에 참여시키기에 그는 예술가로서 너무 편협했다. 아테네움• 방문. 거기서 지식의 그림표와 흥미로운 초상화 그리고 꽤 많은 하찮은 것을 찾아냈다. 스테이트[하우스]에 감, 국기들로 잘 장식된 현관. 워싱턴 조부의 묘지와 그의 무기들의 복제품, 그의 묘지는 런던에 있다. 무기들은 미국 국기의 기원을 부여한 것처럼 보였다. […]

[1871년] 8월 2일 수요일

[…] 오후에 나한트에 있는 롱펠로의 집에 갔는데, 아주 쾌적하고 매혹적인 방문이었다. 그가 내 계획에 많은 호의를 보였고, 보스턴에서 온 애플턴 씨도 마찬가지였다. 우리는 아름다운 일몰을 감상하기 위해 머물렀다. 나는 보스턴의 덴마크인 화가 피터슨(미 해병대원)과 함께 저녁에 기차로 돌아왔다.

• Athenaeum. 미국에서 아주 오래된 독립 도서관 중 한 곳. 박물관, 문화센터 등이 함께 있다.

1 Août Mardi :

Allé chez Mr Hammatt Billings architecte qui projette depuis longtemps un monument colossal à Plymouth Roc. Il n'y a rien à faire, j'espérais trouver un point d'appui ; il est trop borné comme artiste pour que je l'associe à l'œuvre. Visité l'Athenaeum ; j'y retrouve des tableaux de connaissance quelques portraits intéressants et pas mal de médiocrités. Allé à State Building vestibule bien décoré avec drapeaux. Reproduction de la tombe du grand père de Washington avec ses armes, elle est à Londres. Ces armes semblent avoir donné l'origine du drapeau américain. Plusieurs bustes Sumner Lincoln – –

Mercredi 2 août

Allé chez Mrs Rice et Sturgis (retour à midi) prendre congé, je vais l'après midi chez Longfellow à Nahant, charmante visite bien agréable il me témoigne beaucoup de sympathie pour le projet, ainsi que Mr Appleton de Boston. Je reste à dîner et ~~[illegible]~~ beau coucher de soleil. Je rentre le soir par chemin de fer avec avec Petersen peintre Danois (marine) de Boston.

J'ai été hier soir chez Mr Bancroft à Milton, couché chez lui, c'est un peintre dégoûté, il est assez français vit en campagne avec femme et enfants. Ils sont très aimables et cordiaux. Joli pays

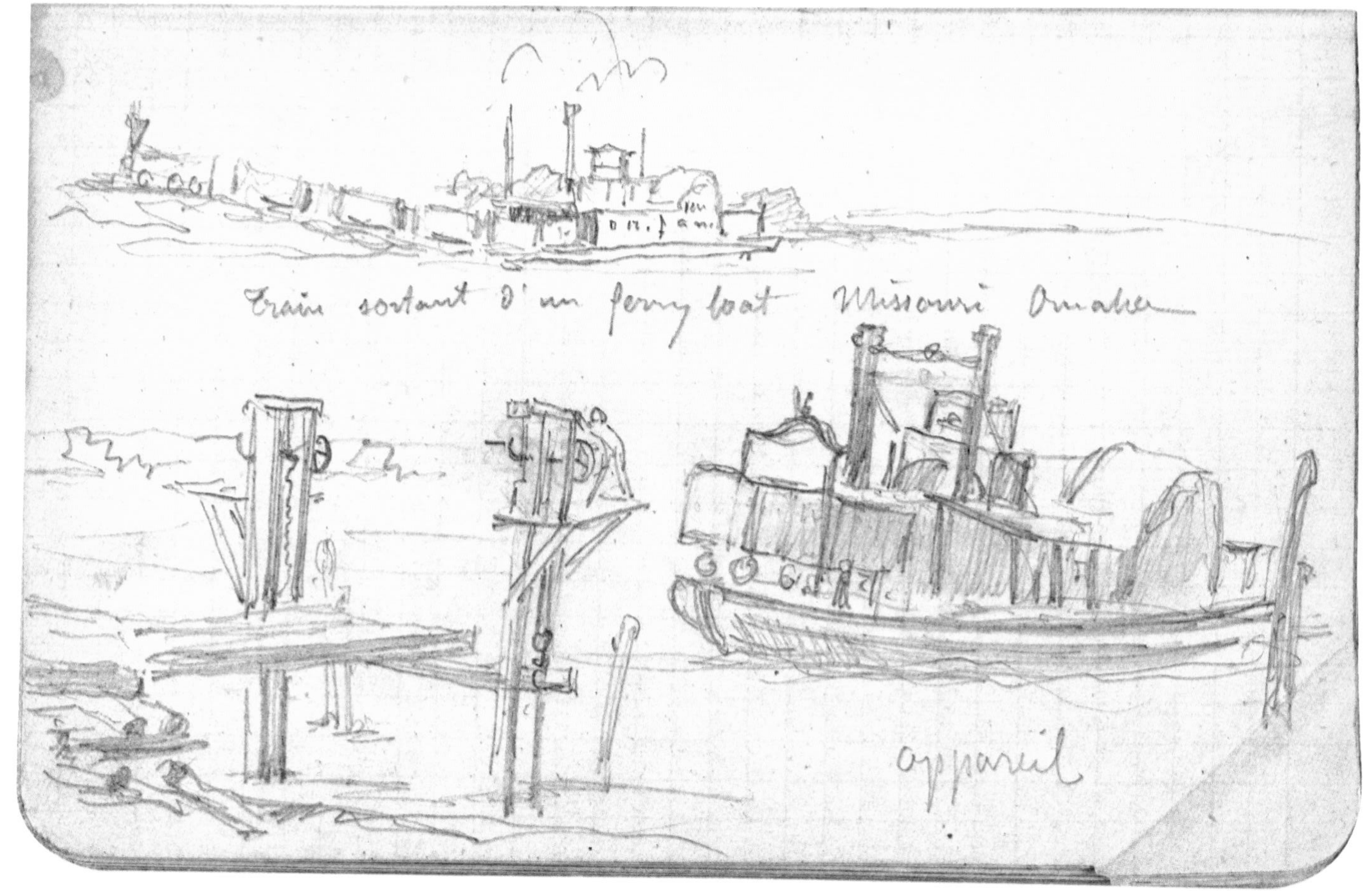
Train sortant d'un ferry boat Missouri Omaha
appareil

"현재는 의심스러웠다"

폴 고갱 Paul Gauguin, 1848~1903

고갱이 공식적으로 '정부 임무'를 수행하기 위해 처음으로 타히티섬으로 출항한 것은 마흔세 살 때였고, 이에 대해 그는 가장 먼저 놀랐다. 그의 내면 일기는 이런 문구로 시작된다. "정부가 내게 왜 이런 임무를 부여했는지 모르겠다—아마도 예술가를 보호하는 것처럼 보이기 위해서였을 것이다." "겨울이 없는 하늘"을 갈망한 고갱에게 여행은 자신과 자신의 예술을 해방하는 것이었다. 화가는 미지의 문명, 한 종족(타히티)의 매력, 다른 자연(초호•)에 빠져들었다. 그리고 공간처럼 시간 속에서도 여행하기를 꿈꿨다. 그는 다음 321쪽 일기처럼 포마레 여왕의 장례식에 뒤이은 순간들을 이야기하듯이 "태초의" 문화를 만나고 싶어 하지만, 이는 완전히 때 묻지 않은 것과는 거리가 멀었다. 마오리족의 전통은 이미 서구의 영향을 받고 있었고, 화가는 자기 자신에게 "그 모든 유럽의 저속함이 역겹다"라고 말했다. 따라서 해안에서 멀리 떨어진 곳에 틀어박히려고 파페에테를 떠났다. 그리고 섬의 남쪽 마타이에아에서 자신이 꿈꿨던 낙원인 초호가 둘러쳐진 마을 하나를 찾아냈다. 그는 이웃 마을에서 지역 풍습에 따라 나이 어린 타히티 여자 테하마나와 결혼했다. 흥미롭게도 그는 일기에 화가 이력의 가장 풍요로운 시기 중 한때의 걸작 창작과 모델들과의 관계를 거의 생방송으로 이야기했다. 또한 "한쪽과 다른 쪽의 길들이기"의 시도들도 보여 줬다. 선입견이 없지 않은, 어쨌거나 그 시대의 사람인 고갱은 인간이 저마다 타자의 야수라는 사실을 의식했다. 그가 테하마나의 자유 의지에 관해 자문한다면 그것은 자기 자신을 아주 빨리 더 잘 안심시키기 위해서였다. "대략 열세 살의 아이인 소녀가 나를 매혹하기도 하고 공포에 빠뜨리기도 한다. 그녀의 영혼 속에서는 무슨 일이 일어났었는지 그리고 그렇게 급히 서명한 그 계약서에는 늙은이가 다 된 내가 서명하기를 주저한 염치가 있었다……. 아마도 그녀의 어머니가 지시했을지도 모른다. […] 하지만 그 커다란 아이에게는 그 인종 전체로부터 독립적이라는 자부심, 칭찬할 만한 일의 평온함이 있다."

1895년 그가 타히티로 돌아갔을 때, 이번에는 마르키즈제도에서 일기를 다시 수정하고 수채화, 목판화, 모노타이프로 장식된 작품을 구성했다(328~329쪽에 있는 두 장의 삽화가 이에 속한다). 1901년에 고갱은 작가 샤를 모리스가 수정하고 광범위하게 개작한(고갱은 자신의 문체에 자신이 없었다) 일기의 판본을 『노아 노아』라는 제목으로 삽화 없이 출판했다. 『노아 노아』는 출간된 판본에서 문화적으로나 회화적으로나 중요한 책이다. 이는 마르키즈제도에서 그의 발자취를 따라간 빅토르 스갈랭(340쪽 참조) 같은 고갱의 동시대인과 마찬가지로 마리오 바르가스 요사 같은 작가들에게도 영향을 미쳤다. 바르가스 요사는 이 내면 일기에서 영감을 받아 고갱과 그의 외할머니 플로라 트리스탕에게 바치는 소설 『낙원-조금 더 멀리 있는*Le Paradis-un peu plus loin*』을 썼다.

• 礁湖. 산호초 때문에 섬 둘레에 바닷물이 얕게 괸 곳

4

l'indifférence des français donnait l'exemple et tout ce peuple
si grave depuis plusieurs jours recommençait à rire, les vahine
reprenaient le bras de leurs tane dodelinant des fesses tandis que
leurs larges pieds nus foulaient lourdement la poussière du
chemin. arrivés près de la rivière de la Fataua
éparpillement général. De place en place quelques unes
cachées entre les cailloux, s'accroupissaient dans l'eau
leurs jupes soulevées à la ceinture, ~~effaçant~~ purifiant
leurs hanches souillées par la poussière de la route, rafraichissaient
les jointures que la marche et la chaleur avaient irritées.
Ainsi en état elles reprenaient le chemin de Papeete×, avec
toute la souplesse et la grâce d'un animal bien portant
répandant autour d'elles ce mélange d'odeur animale et
de parfums de santal de tiare. Teine merahi Noa Noa
disaient elles. maintenant ~~cela sent bon~~ très odorant.

× la poitrine en avant les deux coquillages pointus qui terminent le sein pointant la mousseline de la robe

Ce fut tout. Tout rentra dans l'ordre habituel. Il y avait
un roi de moins et avec lui disparaissaient les derniers vestiges d'habitudes
maories. C'était bien fini rien que des civilisés.

J'étais triste, venir de si loin pour ....

arriverai-je à retrouver une trace de ce passé si loin
si mystérieux; et le présent ne me disait rien qui vaille.
Retrouver l'ancien foyer raviver le feu au milieu
de toutes ces cendres. Et pour cela bien seul sans
aucun appui.
Si abattu que je sois je n'ai pas l'habitude d'abandonner ~~de quit~~
la partie sans avoir tenté tout l'impossible comme
le possible. Ma ~~seule~~ détermination fut bientôt prise.
Quitter au plus vite Papeete m'éloigner du centre

[1891년 6월 12일]

[길에서 무질서하게[원문대로]] 프랑스인들의 무관심은 본보기가 되었고, 며칠 전부터 그렇게 심각하던 그 모든 사람이 다시 웃기 시작했으며, 타히티 여자들은 엉덩이를 가볍게 흔드는 타네•의 팔을 다시 잡았는데, 그러는 동안 그들의 넓적한 맨발은 길의 먼지를 무겁게 밟아 짓이겼다. 파타나강 근처에 도착해 전반적인 분산. 군데군데 바위 사이에 숨은 몇 명의 여자가 물속에 웅크리고 있었는데, 허리춤에 치마를 접어 올린 채 길의 먼지로 더럽혀진 엉덩이를 정화하며 걷기와 열기로 따끔따끔해진 뼈마디를 식히고 있었다—그리하여 몸이 양호해진 그녀들은 모슬린 드레스를 솟아오르게 하는 젖가슴을 마무리 짓는 두 개의 뾰족한 조개껍데기, 몸이 튼튼한 동물의 민첩성과 우아함으로 가슴 주위에 동물적 냄새와 티아레•• 향이 섞인 것을 퍼트리면서 가슴을 앞으로 내밀고서 파페에테의

• tané. 남편

•• tiaré. 폴리네시아의 무궁화과 식물. 코코넛 기름과 섞어서 모노이유(油)를 만들 때 씀

길을 다시 갔다. “테네 메라히 노아 노아Teine merahi Noa Noa”(이제 향내가 많이 난다)라고 그녀들이 말했다. 그게 다였다. 모든 것이 통상적인 질서 속으로 돌아왔다. 왕이 한 명 부족했고, 그와 함께 마오리족 관습의 마지막 잔해가 사라지고 있었다. 끝이 났고, 오직 문명인들뿐이었다. 나는 서글펐고, ……때문에 그렇게 멀리서 오다니.

그렇게 멀고 그렇게 신비로운 과거의 흔적 하나를 내가 되찾을 수 있을까? 그런데 현재는 의심스러웠다. 오래된 난로를 되찾아 불을 되살아나게 하기. [···]

나는 아무리 낙담해도 가능한 모든 것을 시도하지 않고 승부를 포기하는 습관을 가지고 있지 않다. 나는 곧 결심이 섰다. 될 수 있는 대로 빨리 파페에테를 떠나 [유럽적인] 중심에서 멀어질 것.

[1891년 6월]

나는 작업하기 시작했다. 모든 종류의 메모를 스케치했다. 풍경 속의 모든 것이 내 눈을 멀게 하고 내 마음을 사로잡았다. 유럽에서 온 나는 정오에서 14시까지 색깔을 찾으면서 언제나 막막했다. 하지만 화폭에 자연스레 빨간색과 파란색을 칠하는 것은 무척 단순했다. 시냇물 속 황금 형상이 나를 매혹했다. 나는 왜 햇빛의 그 모든 황금과 환희를 화폭에 흐르도록 하는 것을 망설였던가. 필시 유럽의 낡은 습관과 타락한 우리 인종의 전적인 표현의 소심함 때문이리라.

마오리족 미소의 모든 매력을 지닌 타히티인의 얼굴 특징에 잘 입문하기 위해 오래전부터 진짜 타히티 인종인 이웃 여자의 초상화를 그리기를 갈망했다. 그녀에게 이를 부탁했더니 그녀는 용기를 내어 사진으로 찍어 놓은 그림을 보러 나의 열대 지역 전통 가옥에 왔다. [숨겨진 글] 그 거절에 나는 아주 슬펐다. 한 시간 후에 그녀는 아름다운 원피스를 입고 다시 왔다. 금단 열매의 변덕스러운 욕망. 그녀는 좋은 냄새가 났고 치장을 했다.

[326쪽 덧붙여진 종이띠 위] 그녀가 많은 관심을 가지고 이탈리아 원시주의 화가들•의 종교 그림 몇 작품을 살펴보는 동안 나는 그녀의 윤곽 중 몇 개를 스케치하려고 했다. 그녀는 불쾌감을 주는 뾰로통한 표정을 지었다. 그녀가 집을 나갔다가 다시 들어왔다. 그것은 내면의 싸움인가, 아니면 변덕스러움(매우 마오리적인 특징) 혹은 저항한 후에나 겨우 투항하려는 교태의 움직임인가.

나는 화가로서의 내 탐색에 투항하라는, 영원토록 자신을 회복할 수 없고 투항하라는 암묵적 요구로서 마음속에 무엇이 들어 있는지에 대해 예리하게 수색하려는 의도가 있다는 것을 의식하고 있었다.

유럽의 통례상 결국 별로 예쁜 건 아니지만 아름다운—그녀의 모든 윤곽은 곡선들의 만남 속에서 라파엘로적인 조화를 지녔다. 언어의, 그리고 기쁨과 고통의 키스의 온갖 언어를 말하는 한 조각가에 의해 형상이 만들어진 입. 그 우수憂愁.

[1891년 7월]

[…] 때때로 밤에 섬광들이 테하마나의 금빛 피부를 비추곤 했다. 그게 전부였다. 많았다. 하루처럼 한 시간처럼 빠른 일주일이 흘렀고, 그녀는 어머니를 보러 파오레에 가겠다고 했다. 그녀는 떠났고, 무척 슬픈 나는 찻삯을 지불하고 그녀의 손수건에 몇 피아스트르를 싸서 그녀의 아버지에게 드릴 럼주와 함께 그녀를 공공 교통수단에 태웠다. 이별과도 같았다. 그녀가 돌아올까?— 며칠 후에 그녀는 돌아왔다…….
나는 작업을 계속했고 행복이 연이어 찾아왔다.

매일 해가 뜰 때 숙소 안은 빛으로 눈부셨다. 테하마나의 금빛 얼굴이 주변 전체로 넘쳐흘렀고, 낙원에 가듯이 우리 둘은 몸을 시원하게 하려고 자연스럽고 단순하게 시냇물에 가곤 했다. 매일의 삶. 테하마나는 점점 더 자신을 내주었고, 온순하고 사랑스러웠으며, 타히티의 '노아 노아'는 모든 것을 향기롭게 했다. 나는 더 이상 날과 시간, 선과 악에 대한 의식이 없다. 모든 게 아름답고, 모든 게 좋다. 본능적으로. 내가 작업하고 꿈꿀 때 테하마나는 침묵하고 나를 방해하지 않고 언제 말해야 하는지를 항상 알고 있다. 유럽에서 이루어지는 것들에 관해, 신과 신성들에 관한 대화. 나는 그녀를 가르치고 그녀는 나를 가르친다…….
언젠가 파페에트에 가야 했는데, 그날 저녁에 돌아오겠다고 약속했다 저녁에 돌아오는 자동차가 가는 길의 반 정도를 태워 주어 나머지 반은 걸어야 했다. 새벽 1시가 되어 집에 돌아왔다. 집에는 불이 거의 켜져 있지 않았는데, 내 비축품은 새것으로 바뀐 듯했고 램프는 꺼져 있었으며, 방은 어둠 속에 있었다. 나는 두려웠고 무엇보다도 의심했다. 새는 확실히 날아가 버렸다. 성냥불을 켜고 침대를 보았다(투파파우 그림에 대한 설명)[마나오 투파파우••].

• Primitifs Italiens. 14~15세기 르네상스파 직전의 화가들

•• Manao Tupapau. 타히티어로 '죽은 자의 영혼은 잠들지 않는다'라는 뜻으로, 고갱이 그린 그림 〈저승사자가 지켜보다〉의 원제

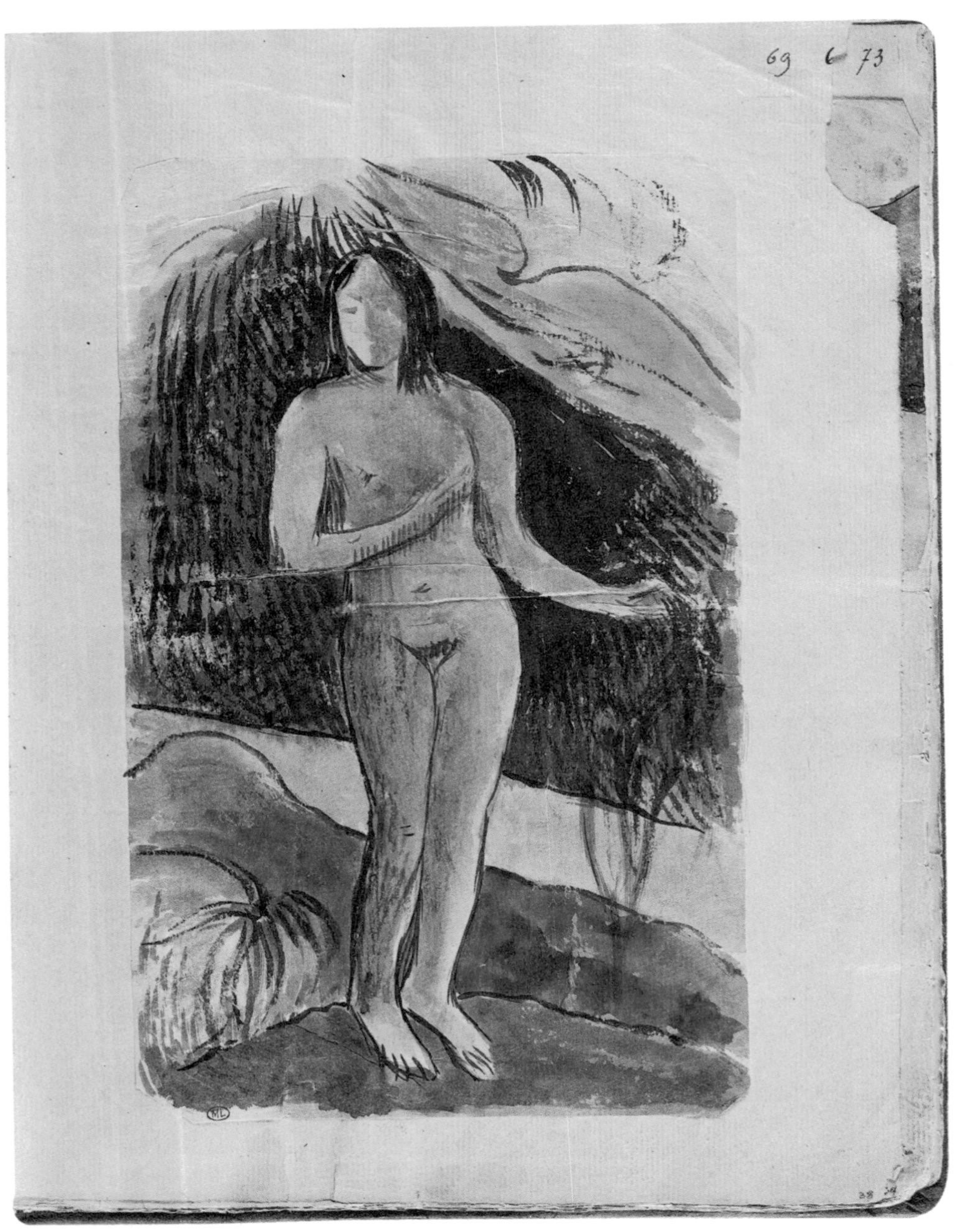

75
au monde qui
n'ait tenu ce langage. –
ce langage d'enfant:
car il faut l'être,
n'est-ce pas
pour s'imaginer qu'un
artiste soit
quelque chose d'utile...

"라파엘로가 그려 준 것 같은 자연 가운데 하나"

에밀 베르나르 Émile Bernard, 1868~1941

처음에는 퐁타벤파•와 생테티슴••에 참여한 에밀 베르나르는 겨우 스무 살이었을 때 고흐와 고갱(324쪽 참조)의 가까운 친구였다. 그러나 아방가르드에서 점차 벗어나 르네상스 거장들의 영향을 받은 특정 고전주의 쪽으로 진화했다. 에밀 베르나르는 예술가로서 삶의 커다란 두 시기 사이를 이집트에서 보냈다. 1893년 프랑스를 떠나 1904년에야 돌아왔을 때 그는 자기 예술과 일반적 예술에 관해 성찰했다. 즉, 동양은 그가 전통적 미를 탐구하고 표현 기법을 쇄신하도록 했다. 1896년 이집트인 아내 한네나, 어린 아들 오트시와 함께 이집트에서 스페인으로 떠난 여행은 복잡한 맥락을 지닌다. 부부는 카이로에서 최근에 딸 마들렌을 장티푸스로 잃었다. 그래서 화가는 열 달 걸리는 여행의 재정을 충당하기 위해 집의 가구를 팔았다. 경비가 얼마가 들어도 상관없었다. 화가는 망각과 의미 그리고 미를 찾아 이집트를 떠났다. 여행의 힘든 조건은 건축물과 경치 그리고 발견된 작품들에 의해 완화되었다. 에밀 베르나르는 자신을 둘러싼 풍경들을 화가의 눈으로 바라보았다. 자연의 아름다움을 막힘없이 응시하고, 이를테면 "종려나무들의 삽화가 들어 있는" 평원에 감탄했다. 일기는 그의 독서와 예술적 경험 그리고 추억으로 풍성해졌다. 즉, 여행은 상상력과 미학적 순수함 사이에서 또 하나의 인상에 포개질 수 있었다. 또한 그는 "예술의 기초"로 생각하는 건축물과 관련하여 많은 고찰을 했다. 그의 일기에서는 모든 것이 그림처럼 보였다. 배 안에 있는 한 소녀는 라파엘로의 그림을 연상시킬 뿐만 아니라 스스로 캔버스가 되었다. 그녀의 머리카락은 곧 "금박을 입히고 꽃술로 장식한 액자다. [⋯] 어쩌면 가장 큰 아름다움이 그녀 안에 잠들고 있을지 모른다. 라파엘로가 그린 것 같은 자연 중 하나가 말이다"라고 그는 거의 신비주의적이고 앞으로 열망할 이상주의가 섞인 새로운 고전주의를 여행 일기의 내밀함 속에서 이론화하면서 덧붙였다.

• Pont-Aven. 1886년 프랑스의 퐁타벤 마을에서 조직된 미술 단체. 인상주의에 반대하여 단순하고 강한 윤곽선과 평면적 색면을 구사했다.

•• Synthétisme. 종합주의. 회화에서 대상을 형상과 빛깔의 조화로써 단순하게 종합하여 표현하는 주의

Du
Grand
Caire d'Egypte
a la Grenade d'Andalousie

Voyage fait par moy le peintre Emile Bernard, ma femme Hanenah et mon fils Otsi (encore en bas âge) l'an 1896 du 20 Juillet au 10 Aout de la même année

Grenade 1896

Vue de l'alhambra prise de notre fenêtre à Grenade

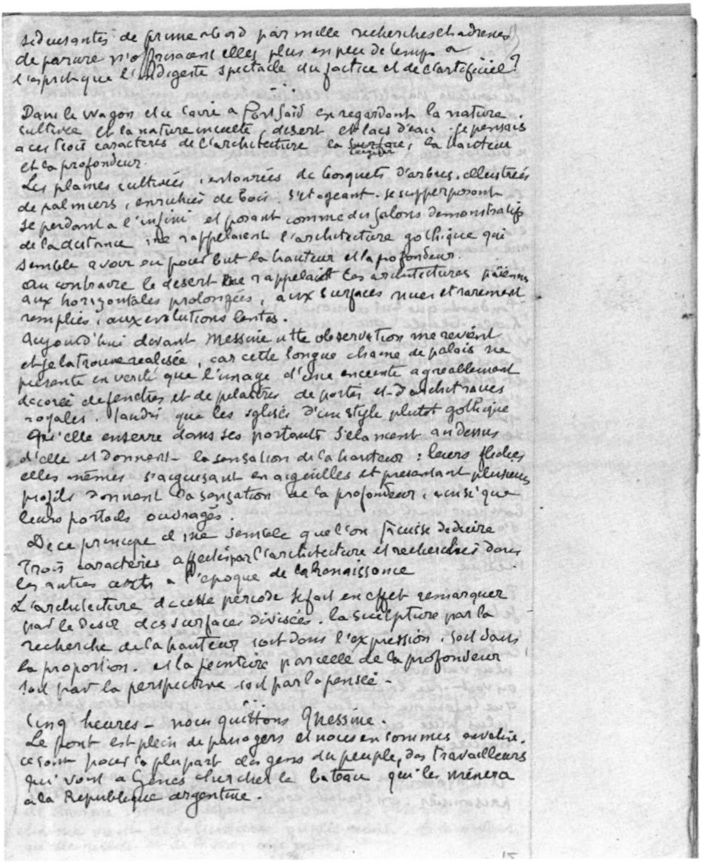

[1896년 7월 25일]

[…] 카이로에서 포트사이드에 이르는 열차에서 경작된 자연과 경작되지 않아 황폐하고 텅 빈 자연 그리고 물이 괸 곳을 바라보면서 건축물의 세 가지 특징인 너비와 높이, 깊이에 대해 생각했다. 경작된 평원은 나무숲으로 둘러싸이고 종려나무들이 장식되어 있으며, 겹겹이 서로 포개지고 무한히 사라지면서 거리를 보여 주는 지표들처럼 심어진 나무들로 풍요로워서, 높이와 깊이를 지향한 고딕 건축물을 상기시켰다. 반대로 사막은 수평 방향의 직선과 헐벗고 드물게 가득 채워진 표면에 느리게 진화하는 이교도의 건축물들을 상기시켰다. 오늘 메시나 앞에서 이런 고찰이 다시 떠오르는데, 나는 그 고찰이 실현되었다고 생각한다. 왜냐하면 이런 기다란 사슬의 궁전은 확실히 창문과 장식 기둥, 호화로운 문과 기둥머리에 얹힌 평방平枋으로 기분 좋게 장식된 성곽의 이미지만을 나타내기 때문이다. 반면에 성곽에 둘러싸인 다소 고딕 양식의 교회는 성벽 위에 솟아오른 느낌을 주고, 몇 개의 실루엣을 보이는 교회의 첨탑 자체가 바늘처럼 뾰족해 보이며, 또 정교하게 세공된 정문도 깊이 있는 느낌을 준다. […]

[1896년 7월 29일]

[…] 2시에 리보르노를 거쳐 제노바로 향하는 또 다른 기선 안에 있었다. 우리 옆에 피렌체에서 온 토스카나 가족이 있었는데, 딸 가운데 한 명이

너무 아름다워서 그녀를 바라보는 것을 멈출 수 없었다. 그녀는 라파엘로가 위풍당당한 건강한 풍채로 그려 준 것 같은 자연 가운데 하나였는데, 기묘하게 온화하고 고요한 커다란 시선, 완벽한 관능으로 가득 찬 입, 매력적이고 우아한 코와 두 뺨 그리고 자연스럽게 곱슬곱슬한 머리카락은 얼굴 주위로 날아올라 금박을 입힌 꽃술로 장식된 액자를 만들었다.

그 인간 조각상을 한동안 바라본 후에는 스페인에 관한 책을 읽기 시작했다. 세비야에 관한. 코르도바에 관한. 그라나다에 관한. 이는 온갖 새로운 도시를 보고 나서 잊기 시작한 그 지역에 도달하고 싶은 열렬한 욕망을 다시 부여하기 위한 것이다. 사실 이 여행이 장기화되고 확대되면서 내가 앞으로 나아감에 따라 스페인은 뒤로 물러나는 것처럼 보인다. 내가 그곳에서 꾸었던 꿈은 돌아오는 유럽과 남겨 둔 이집트와 함께 진정 실현될 수 없는 꿈이다. 아마도 그 나라에 빚진 휴식과 행복의 모든 것에 대한 망각의 순간에 이집트는 엄청난 그리움, 영원히 떠나온 낙원, 더는 돌아가지 못할 꿈처럼 보일지도 모른다. 하지만 나는 정착하지 않는 내 삶에 익숙해지고 있다. 심지어 여정의 불안과 선박들 위에서 보내는 견딜 수 없는 밤에도 불구하고 그런 삶을 좋아한다고 고백해야 한다. 내 안 깊숙한 곳에는 모험과 새로운 것들에 도취되고, 가능한 세계들 가운데 가장 좋은 세계에서 모든 것이 여전히 무척 잘되어 가는 것을 그리워하는 알지 못할 어떤 방랑자가 들어 있다. […]

“우리를 먼 이국땅으로 데려가야 하는……”

조제프 티스랑 Joseph Tisserand, 1879~?

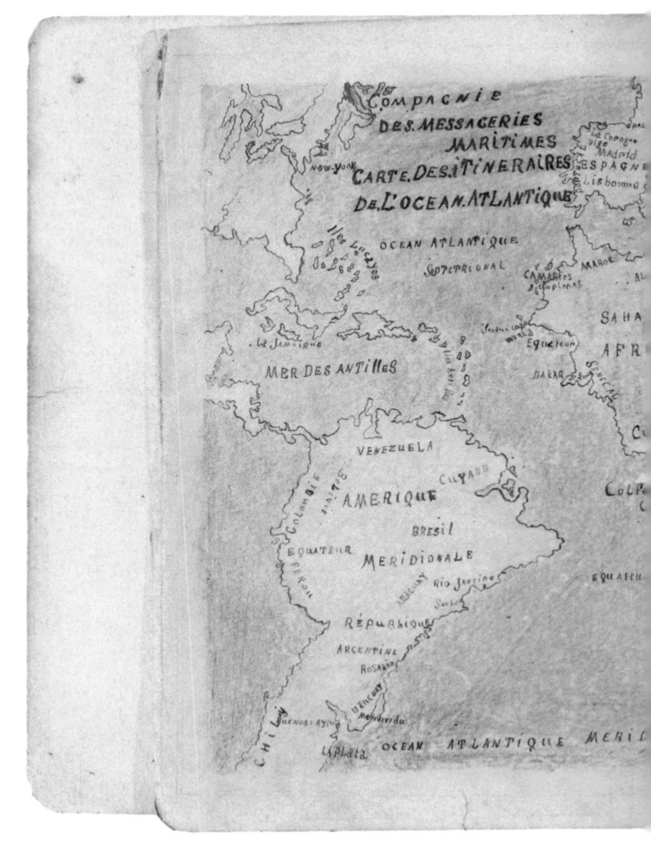

19세기 중엽부터 20세기 초까지 군인들이 식민지나 전쟁 지역으로 장거리 여행을 떠나는 것은 항해 일지나 여행 일기의 주된 원천이었다. 이런 일기에는 보통 졸병들이 특별한 모험을 떠나는 과정이 담겨 있다. 게다가 어김없이 스케치와 데생으로 장식되었다. 해병대 11연대의 공병 조제프 티스랑은 그런 졸병 중 한 명이었다.

그는 중국으로 싸우러 가기 위해 1899년 7월 1일 툴롱에서 ‘카슈미르’호에 승선했다. 그의 일기는 간결한 문체에 종종 표음 정서법으로 작성되고, 아르 브뤼트•의 경계에 있는 아름답고 나이브한 구성으로 정성스럽게 장식되었다. 중국을 향한 여정은 고전적이었다. 즉, 툴롱, 코르시카섬, 시칠리아섬, 이집트, 포트사이드, 수에즈 운하, 인도양, 인도 남부, 인도차이나로 향한 다음 중국에 도착했다.

항해는 안남과 통킹이 프랑스에 귀속되고 1887년 프랑스령 인도차이나를 창설할 수 있었던 프랑스-중국 전쟁 후 15여 년간 진행되었다. 항해 도중에 티스랑은 “바다에서의 서글픈 고독”으로 고통스러워하고 대양의 “무시무시한 광활함”에 매료되었다. 항해의 단조로움은 오직 우연히 마주친 선박들, 기항지, 그가 데생하는 니코바르제도 같은 얼핏 본 육지들에 의해서만 깨졌다.

군인은 출발 이후 사이공에서 한 달 조금 넘게 기항했다. 그는 상투어구를 퍼뜨리면서 메콩강에서 본 것에 대해 감탄했다. “안남인은 더럽기만 한 게 아니라 게으름뱅이에다 도둑이다.” 중국의 타쿠에 도착하는 것은 끔찍했다. 티스랑은 자신이 왜 싸우는지를 몰라 당혹해했다. 그는 동료들이 죽어 가는 것을 보고, 총격전이나 총검 돌격을 묘사하고, 결국 그 모든 것에 관해 재빨리 자기 일기로 넘어갔다. 이질에

départ de France pour l'Extrême Orient

Année 1899 {Livre d'or.} détail du voyage}

1

1er Juillet 1899

départ de france Emotion:

Cachemire} derniere vue de la terre Francaise
Nous sommes partit de Toulon à 12 heures 15' pour nous
Rendre au Cachemire qui doit nous embarquer pour les
terres lointaines nous avont traverser la ville de Toulon
Au Cris de vive l'armée vive la france vive
L'Infanterie de Marine. Gloire a nos brave marsouins
La foule nombrable nous aclamer de toutes leurs voix
Nous étions pour ainsi dire porter en triomphe Arrivée
Nous arrivons à déstination de lendroit ou nous devont
Embarquer Nous avont étaient la plupart tous
Emotionnée de voir en face de nous cette ville
Carcase de bateau des Messageries Maritimes}
Le Cachemire, Bateau Qui devait nous éloigner de
tous ce que nous avont de plus Chers au monde
Nos parrents nos frere et Seure nos francaise; ô
Ces chers parrents qui ce font tant de mauvais
Sang} pour leurs enfants Qui Cours au danger

Je Suis
1918

1899년 7월 1일

프랑스 출발, 마음의 동요. '카슈미르'호. 프랑스 땅의 마지막 풍경.

우리를 먼 이국땅으로 데려가야 하는 '카슈미르'호에 오르기 위해 12시 15분에 툴롱을 떠났는데, 군대 만세, 프랑스 만세, 해병대 만세라는 외침 소리를 들으며 툴롱시를 통과했다. 우리의 용감한 해병대원들에게 영광을. 헤아릴 수 있는 수의 군중이 목청껏 우리를 환호한다. 우리는 말하자면 헹가래를 받았다. […]

걸린 그는 일본 나가사키 병원으로 후송되었다. 사이공으로 다시 출발하기 전에는 간호사에게 다소 반해 버렸다. 사이공에서 티스랑이 재입원했을 때, 그의 일기는 별안간 1900년 10월 4일에 정지되었다.

• Art Brut. '가공되지 않은, 순수 그대로의 예술'이라는 뜻으로, 제도권 미술 밖에서 활동한 아마추어 작가들에 의해 일어난 미술 운동

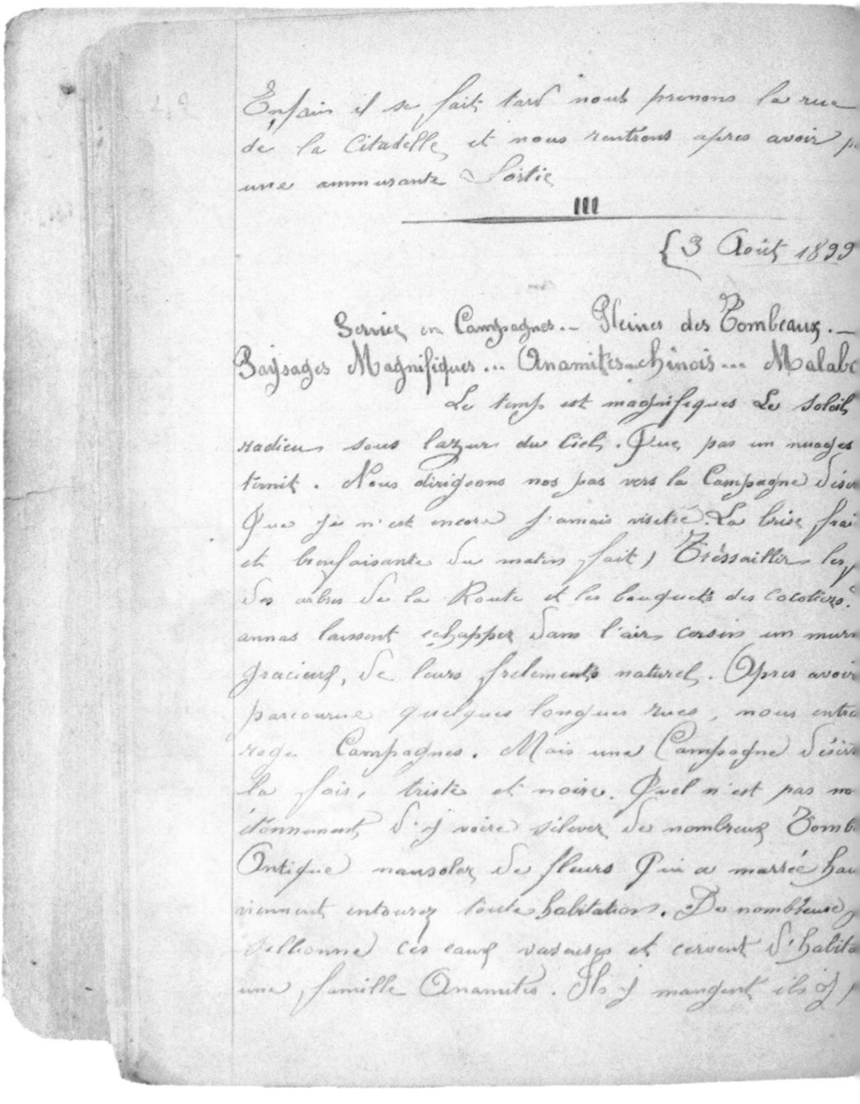
Enfin il se fait tard nous prenons la rue
de la Citadelle et nous rentrons après avoir p
une ammusante Sortie
III
{3 Août 1899
Service en Campagnes.. Plaines des Tombeaux..
Paysages Magnifiques... Anamites.Chinois... Malab
Le temps est magnifiques Le soleil
radieux sous l'azur du Ciel. Pas un nuages
ternit. Nous dirigeons nos pas vers la Campagne dése
que je n'est encore jamais visitée. La brise fraî
et bienfaisante du matin fait tressaillir les
des arbres de la Route et les bouquets des Cocotiers.
annas laissent échapper dans l'air serein un murm
gracieux, de leurs frôlements naturel. Après avoi
parcouru quelques longues rues, nous entr
dans Campagnes. Mais une Campagne déser
la fois, triste et noire. Quel n'est pas mo
étonnement, d'y voir s'élever des nombreux Tomb
Antique mausolée de fleurs qui à marée hau
viennent entourer toute habitation. De nombreuses
sillonnent ces eaux vaseuses et servent d'habita
une famille Anamites. Ils y mangent ils y

1899년 8월 3일

전투—무덤의 벌판—멋진 풍경—안남인들—중국인들—말라바르인들˙

날씨가 정말 좋다. 구름 한 점 없는 쪽빛 하늘 아래 희고 눈부신 햇살. 우리는 한 번도 가 보지 않은 인적 없는 시골 쪽으로 걸어간다. 오전의 시원하고 부드러운 산들바람이 가로수 잎사귀와 작은 야자수 숲을 떨게 한다. 파인애플들은[원문대로] 자연의 그 가벼운 스침으로 상냥한 소곤거림이 공기 중에 새어 나오게 한다. 우리는 몇 개의 기다란 길을 주파한 후에 허허벌판으로 들어간다. 슬픈 동시에 어둡고 인적 없는 시골이다. 거기서 많은 무덤, 밀물 때에 모든 거주지를 에워싸러 오는 꽃들이 있는 고대의 능들을 보는 것이 어찌 놀랍지 않겠는가. 많은 정크,

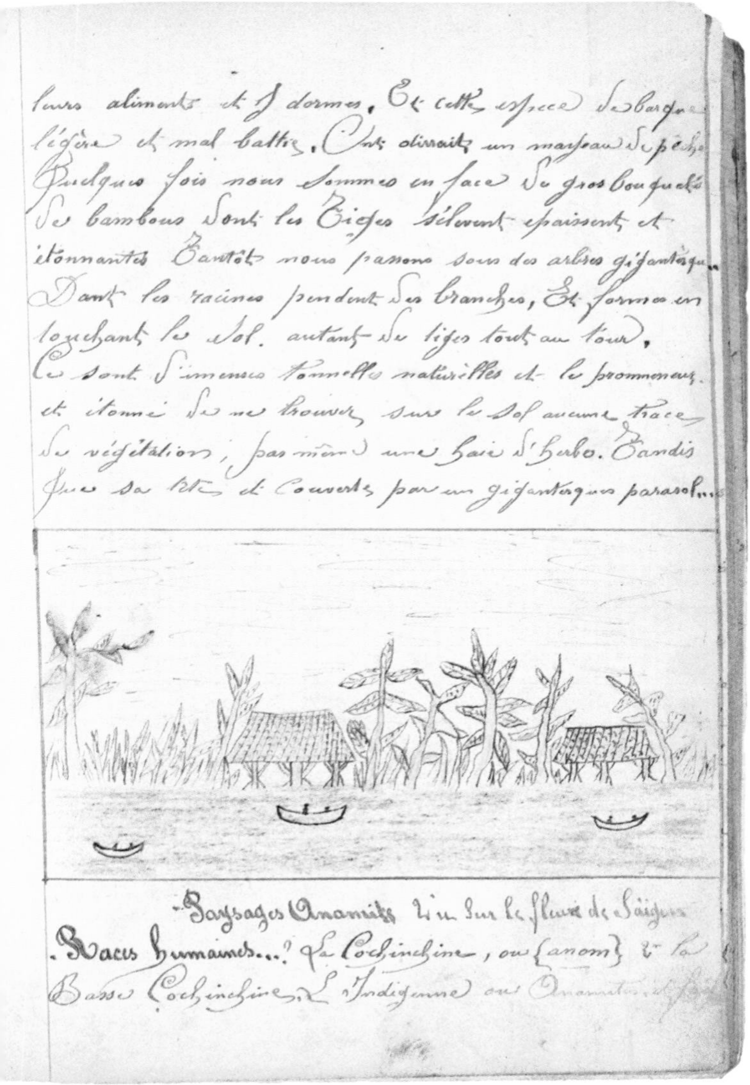
leurs aliments et y dorment. Et cette espèce de barque
légère et mal battie. On dirait un morceau de pêche
Quelques fois nous sommes en face de gros bouquets
de bambous dont les tiges s'élèvent épaisses et
étonnantes. Tantôt nous passons sous des arbres gigantesques
dont les racines pendent des branches, et forment en
touchant le sol autant de tiges tout au tour.
Ce sont d'immenses tonnelles naturelles et le promeneur
et étonné de ne trouver sur le sol aucune trace
de végétation, pas même une haie d'herbe. Tandis
que sa tête et couverte par un gigantesque parasol...

Paysages Anamites vu sur le fleuve de Saïgon
Races humaines...? La Cochinchine, ou {anom} de la
Basse Cochinchine. L'indigène ou Anamite

중국 배가 그 진흙물을 누비고 한 안남인 가정에 거처를 제공하고 있다. 그들은 그 안에서 먹고 음식을 준비하며 잠을 잔다. 일종의 그 가벼운 작은 배는 잘못 건조되었다. 마치 복숭아씨 같다. 때때로 줄기가 빽빽하고 놀랍게 서 있는 커다란 대나무 숲과 마주하는데, 간혹 우리는 뿌리가 가지에 매달려 땅에 닿으면서 주위에 그만큼의 줄기를 형성하는 거대한 나무 아래를 지나간다. 그것은 자연 그대로의 거대한 궁륭이고, 산책자는 자신의 머리가 거대한 파라솔에 덮여 있는 반면에 땅 위에서는 어떤 식물의 흔적, 심지어 잡초 울타리 하나도 발견하지 못하는 것에 놀란다.

• Malabars. 인도 남부 케랄라 지역 사람들

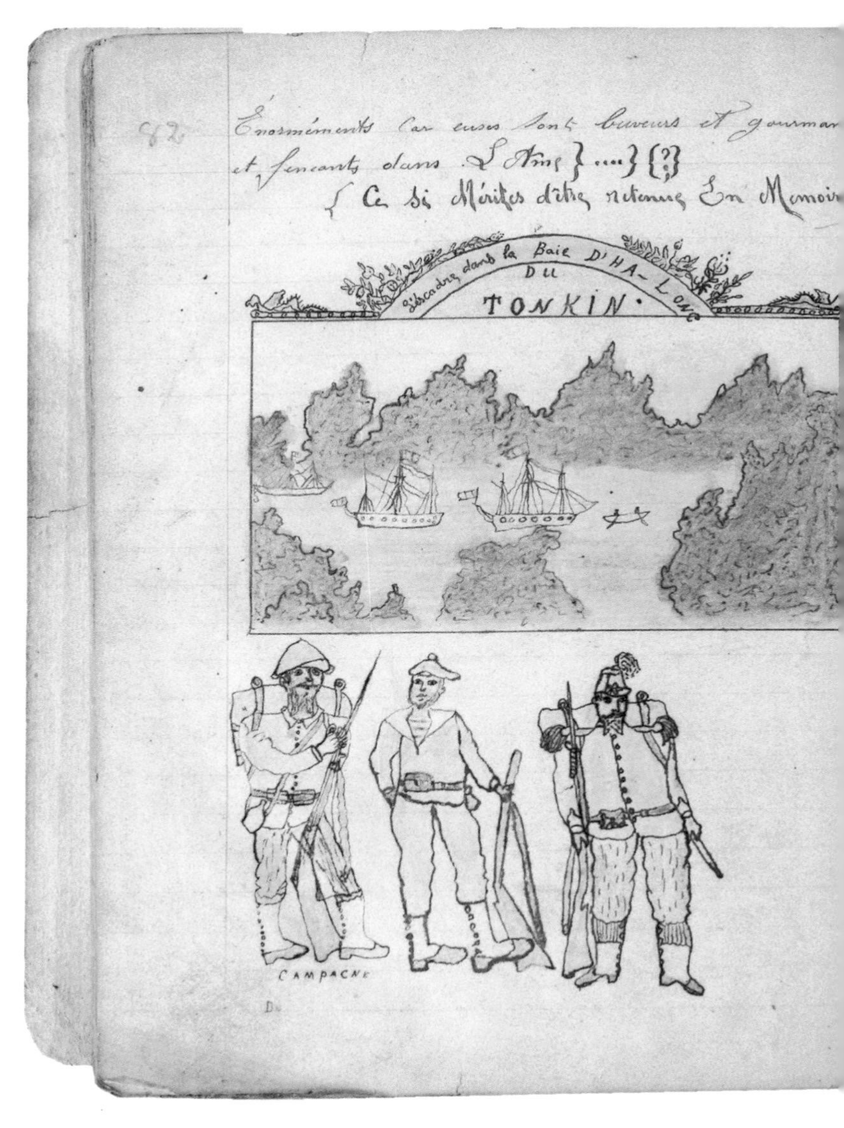

마르수앵•
애국적 독백
그렇다, 우리 군의 모든 사람이 아주 의연하다. 따라서 완전히 파란색 복장의 이 병사••는 어떤가. 얼굴은 아주 창백하고 두 눈은 이글거린다. 그는 어리지만, 인상이 준엄하다는 것을 사람들은 알아차린다. 그것은 역경으로 각인된 것이다. 이 병사가 해병대원이라는 것을 사람들은 간파한다. 그는 해병대의 엘리트 병사인데 우리 군의 모든 남자 중에서도 아주 당당하다. 터키인, 병사, 스파이•••, 전선의 병사, 포병, 주아브••••, 기갑부대 병사 또는 용기병은 명백한 위험에 처하면 “우리는 죽는다”라고 말할 줄 안다. 그러나 해군 병사는 열대의 찌는 듯한 세네갈에서 통킹의 늪까지 우리에게서 멀리 떨어져 내일을 걱정하지 않고 싸운다. 해병대원은 [18]70년에 불타는 바제유에서

Les Marsouins

{Monologue} {Patriotique}

Oui tous les hommes notre armée est bien digne
Qui il est donc ce soldats tout habillé de bleu
La figure est bien pâle et ses yeux sont en feu
On remarque qu'il est jeune mais ses traits sont sévère
C'est qu'ils ont été gravé par la misère ce troupier,
Et le marsouins on le devine, C'est le soldat d'élite,
de L'Infanterie de Marine, qui de tous le hommes
de notre armée est bien digne, Turcos, Chasseurs,
Spaïs, soldat de ligne, artilleurs, Zouaves, Cuirassiers,
ou Dragons; Au grand jour du danger savent
dire mourront. Mais c'est le troupiers de la Marine
qui ce bat loin de nous sans soucis du lendemain,
du Sénégal torride aux marais. du Tonkin Chaque
jour le Marssouins sait exposez sa vie sont
sort est glorieux chaqu'un de nous l'envie
pensont qu'en 70 dans Bazeille en feu ils ce
battaient un contre Dix la division bleu
échappa a la victoire mais en mourrant se couvrait
de gloire. Quand Bazeille fut pris par les soldats
allemands repoussant lâchement dans les flammes les
viellards, les blessés, les enfants, et les femmes

한 명이 열 명에 대항해 싸웠다는 것을 생각하므로 매일 목숨을 내놓을 줄 알고, 그의 운명은 영광스럽고, 우리는 저마다 그것을 선망한다. 육군 보병사단은 승리를 놓쳤지만 바제유가 노인, 부상자, 어린이 그리고 여자들을 불 속에 비겁하게 밀어 넣는 독일 병사들에 의해 점령당했을 때 죽음으로써 영광에 뒤덮였다.

• marsouin. 프랑스 식민지 보병대의 해병대원

•• 일기장의 그림

••• spahi. 북아프리카 프랑스군이 조직한 아프리카 원주민 기병

•••• zouave. 1830년에 창설된 알제리 원주민 보병대 병사

"다시 한번, 단어는 그 안에 담긴 것보다 더 많은 것을 시사한다"

빅토르 스갈랭 Victor Segalen, 1878~1919

프랑스 국립도서관에 보관된 『섬의 일기*Journal des îles*』—폴리네시아, 즉, 타히티섬, 마르키즈제도, 누메아섬……—두 권은 1903년 1월에 시작해 1905년 2월에 끝맺는다. 『비석*Stèles*』의 저자는 당시 전쟁 수행 선박이었던 '뒤랑스'호에서 해군의 의사였다. 그는 고갱이 세상을 떠나고 얼마 지나지 않아 마르키즈제도에 도착했다(324쪽 참조). 화가는 스갈랭의 마음을 사로잡았는데, 그의 일기는 어떻게 보면 고갱이 폴리네시아에 처음 체류하는 동안 작성하고 1901년 원본이 출간된 『노아 노아』에 대한 화답이다. "두루 돌아다니고 고갱의 크로키를 거의 다 체험하기 전에는 그 지역과 마오리족의 어떤 것도 보지 못했다고 말할 수 있다." 스갈랭은 현장에서 고갱의 팔레트와 작품 몇 점을 수집했다. 『섬의 일기』는 사진, 우편엽서, 데생 그리고 심지어 음악적 역량으로 재미를 곁들였다. 스갈랭은 거기서 민족지학자로 행동했다. 즉, 원주민과 그들의 삶의 양식을 가능한 한 가장 많은 호의를 갖고 관찰하고 유럽의 식민주의를 비판했다. 게다가 화산—귀환 도중에 그린 크라카타우 화산—, 지리학적 진기함, 자신이 발견하는 조각상이나 다른 우상들에 매료된 모습을 보였다. 누메아섬에 할애된 일기 부분은 그의 체류 경험에서 끌어낸 소설 『아득히 먼 옛날*Les Immémoriaux*』의 출처 가운데 하나다. 1907년에 출간된 이 소설은 마오리 문명의 죽음에 대한 진정으로 슬픈 예찬이다. 사실 스갈랭은 일기장에서 "문명을 전파한다는 핑계로 자행된 침략이 [마오리족에게] 타협을 강요하고 지나치게 유럽적인 요소로 그들을 더럽히고 오염시키기" 전의 황금기, 더 정확히 말해 "태초에 더 할 수 없는 행복"의 상실을 끊임없이 아쉬워했다. 시인은 언제나 자기가 만나는 민족에 가장 가까이 있고 싶어 했다. 이를테면 자바섬에 기항할 때는 자축했다. "나는 자바인을 그들의 집에서 만날 것이다." 그는 지역 문화—이를테면 섬의 연극—의 이론적 지식에 만족하는 것과는 거리가 멀었다. 요컨대 스갈랭은, 그에 따르면 피에르 로티나 심지어 폴 클로델의 이야기로 구현된 고정관념으로 가득 차고 타락한 이국적 취미에서 해방되려고 애썼다. "그들은 자신들이 본 것, 자신들이 느낀 것을 말했다……. 그들은 그 사물들과 그 사람들이 그들 자체에서 그리고 그들 자신에 대해서 생각하는 것이 무엇인지를 드러내 주었나?" 시인 여행자의 정수인 스갈랭은 전형적인 안티 관광객이었다. "관광이란 정말이지 고장의 이국적 정취를 감소시킨다. […] 그들은 최악의 속도와 최악으로 멀리 떨어져 있는 한복판에서 그들의 털양말, 저금, 안락의자, 낮잠을 다시 찾아낸다."

Mer du Corail 1er octobre 04. Une fois de plus les mots sont plus évocateurs que les choses enfermées en eux. La mer du corail, cela fait surgir une large surface irrisée, étroitement sertie d'une frange de récifs bruissants. Cela est bleu, pailleté, sonore et cristallin. En fait, c'est, depuis cinq jours (départ de Nouméa le 26 sept.) l'horizon habituel des beaux temps du Pacifique tropical. Faible brise arrière. Le soleil rouge se couche sur babord devant dans un horizon vide. Et par delà cet horizon je vois : devant nous la Papouasie, grouillante de nègres à cheveux crêpés, vrais "sauvages", contorses et rauques, et sur la côte de Guinée, les comptoirs européens leur trafiquant des étoffes. Sur la gauche, c'est la côte d'Australie, défendue par la Grande Barrière, le récif géant qui, à des centaines de milles de la côte, court sur des milliers de mille. A droite, c'est l'archi-

←
산호해 – 1904년 10월 1일

다시 한번, 단어는 그 안에 담긴 것보다 더 많은 것을 시사한다. 산호해, 그것은 암초의 살랑대는 소리를 내는 술 장식을 단단하게 끼워 넣은 무지갯빛 넓은 표면을 솟아오르게 한다. 그것은 푸르고 반짝이며 소리가 울리고 투명하다. 사실 이건 닷새 전부터(9월 26일 누메아섬 출발) 열대 지역 태평양의 아름다운 날씨에서 볼 수 있는 통상적 수평선이다. 후방에 약한 미풍. 빨간 태양이 전방 좌현에서 텅 빈 수평선으로 지고 있다. 그리고 나는 그 수평선 너머로 보고 있다. 우리 앞에 짧은 곱슬머리의 검둥이들, 진짜 '미개인들'이 우글거리는 파푸아가 있고 기니 해안에는 그들에게 직물을 암거래하는 유럽의 해외 상관이 있다. 왼편에는 해안에서 수백여 마일 떨어진 곳에 수천여 마일에 걸쳐 펼쳐져 있는 거대한 암초인 대장벽으로 방어된 오스트레일리아의 해안이 있다.

→
바타비아에 대한 나의 마지막 이미지는 밤에 몰아친 엄청난 폭풍우였다. 우리가 지나가는 길은 물웅덩이를 형성한다. 그 호수에서 동요되지 않고 침착한 잰걸음으로 나를 끌고 가는 작은 조랑말은 물이 배까지 차고, 차축이 물에 잠긴 바퀴는 그 뒤로 두 개의 커다란 흔적을 남긴다. 굶주리고 옷이 흠뻑 젖어 얼어붙은 채 역으로 돌아오면서 나는 인적 없는 밤에 진정한 신체적 공포의 감각, 피부를 에워싸고 내장을 온통 죄는 커다란 전율을 느꼈다. 몰랑블리에의 축축하고 텅 빈 도로에서, 도시 아래쪽을 향하여 느슨한 복장에 올린 빨갛고 울퉁불퉁한 1미터도 더 되는 머리통인 엄청난 가면 하나가 어둠 속에서 종종걸음을 치면서 그늘에서 나왔다. 그리고 그 무시무시한 커다란 가면의 이목구비 위에서 물속에 떠 있는 빛의 반영이 내달리고 있었다. […]

Ma dernière vision de Batavia : un monstrueux orage dans la nuit. Une rue où nous passons forme cuvette. Le petit poney qui me traîne dans ce lac de son trot imperturbable, en a jusqu'au ventre, et les roues du sado, immergées aux essieux laissent deux grands sillages derrière elles. Comme je revenais vers la station, affamé, trempé, transi, j'ai eu dans la nuit déserte, une vraie sensation de peur physique, le grand frisson cutané qui vous enveloppe puis enserre les viscères : sur la chaussée humide et vide de Molenvliet, vers la ville basse, un masque énorme, une tête rouge bosselée, de plus d'un mètre, montée sur des vêtements lâches, trottinait à petits pas dans la nuit, est sortie de l'ombre ; et les reflets des lumières dans l'eau couraient sur ses gros traits effrayants. Durant les deux secondes où nous nous sommes croi-

“몇몇 위대한 침묵의 순간들이 없다면 도시 전체가 가루 되어 사라질 것이다”

니콜라 부비에 Nicolas Bouvier, 1929~1998

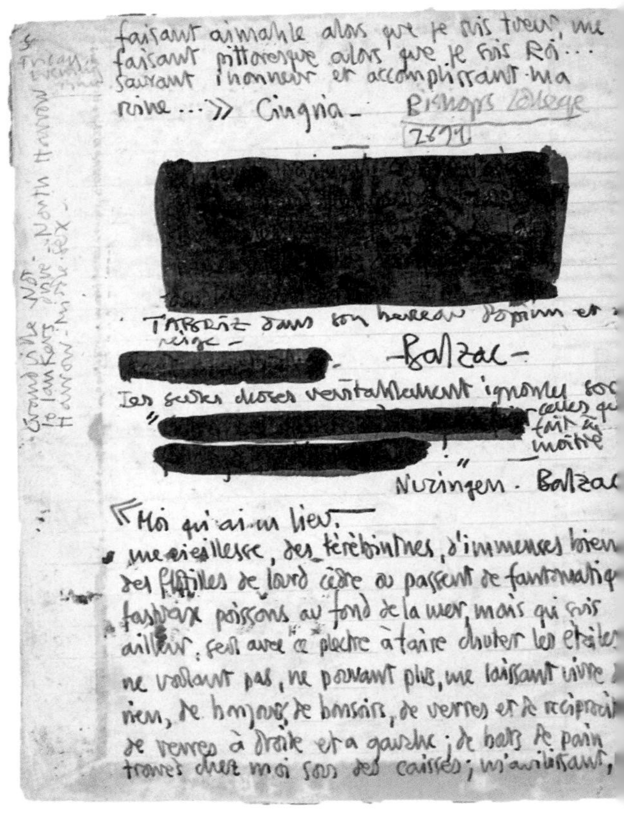
faisant aimable alors que je suis tueur, me
faisant pittoresque alors que je suis Roi…
sauvant l'honneur et accomplissant ma
ruine…» Cingria_ Bishops College
2679
TABRIZ dans son bureau
neige –
Balzac –
les seules choses véritablement ignorées sont
Nuzingen. Balzac
«Moi qui ai un lieu.
ma vieillesse, des térébinthes, d'immenses biens
fameux poissons au fond de la mer, mais qui suis
ailleurs, seul avec ce plectre à faire chuter les étoiles
ne voulant pas, ne pouvant plus, me laissant vivre
rien, de bonjours de bonsoirs, de verres et de
de verres à droite et à gauche; de bouts de pain
trouvés chez moi sous des caisses; m'avilissant,

“우리 앞에 2년이라는 기간과 4개월간 버틸 돈이 있었다. 계획은 막연했지만, 그와 같은 일에서 핵심은 떠나는 것이다.” 니콜라 부비에가 피아트 토폴리노•를 타고 동쪽으로 떠날 계획을 세우고 화가 친구인 티에리 베르네와 베오그라드에서 합류했을 때, 그는 스물네 살이었다. 이 스위스 양가의 아들은 스티븐슨부터 잭 런던까지 유년기의 독서와 “열 살과 열세 살 사이에 양탄자에 배를 깔고 모든 것을 내팽개쳐 버리고 싶게 하는 지도책을 말없이 응시한” 이래로 그를 괴롭혀 온 출발에 대한 갈증에 굴복했다. 1953년 8월에 베오그라드에서 떠난 부비에와 베르네는 유고슬라비아, 그리스, 튀르키예, 이란, 파키스탄 그리고 아프가니스탄의 길을 따라 차를 몰았다. 그들은 젊은 화가가 약혼자와 합류하고 싶어 했기에 1954년 10월에 카불에서 헤어졌다. 이 여행에서 니콜라 부비에는 나중에 장르 역사에서 중대한 만큼이나 빛을 발하는 여행 이야기 『세상의 용도』(1963)를 끌어냈다. 그러나 비록 혼자일지라도 젊은이에게 여행을 끝낸다는 것은 있을 수 없는 일이었다. 그는 인도와 스리랑카 쪽으로 계속 여행했다. 여기 발췌된 것은 1955년 7월 콜롬보에서 쓴 것이다. 벌써 오래전 그가 출발하기 전 그를 떠나 버린 애인 마농과의 추억을 소환하면서 그는 우울함이 없지 않은 몽상에 몸을 내맡겼다. 그러나 세상의 소문에 관한 관심이 지배적이었다. 니콜라 부비에는 여행 일기를 자신의 이야기를 위한 첫 자료로 사용했는데 그것들을 직접적으로 발간하지는 않았다. 하지만 시적이고 정확한 그의 시선은 이미 거기, 도시에 내리는 어둠의 아름다움에 떨리는 그 관심 속에 있었다. 게다가 우울함도 여행의 일부다. 그는 순례자들에 대해 예찬한 『구사일생*L'Echappée belle*』에서 “우리는 길이 당신을 등쳐먹고 파산시키고 고갈시키도록 떠난다”라고 썼다. “그 초연함과 투명성이 없다면

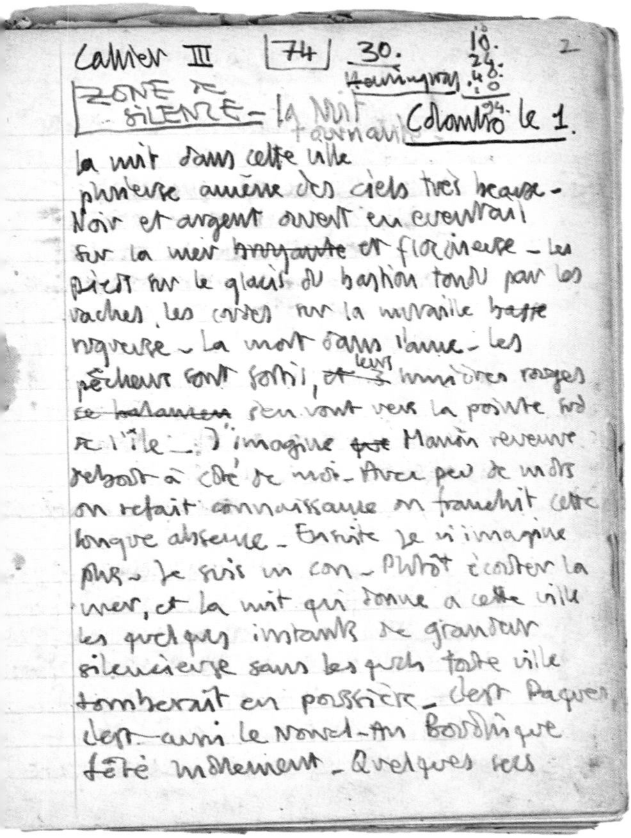
Cahier III [74] 30. 10. 24. 48. 94. Hemingway
ZONE DE SILENCE — LA NUIT tournante Colombo le 1.
la nuit dans cette ville
pluvieuse amène des ciels très beaux.
Noir et argent ouvert en éventail
sur la mer ~~bruyante~~ et floconneuse — les
pieds sur le glacis du bastion tondu par les
vaches, les corbeaux sur la muraille basse
rugueuse — La mort dans l'âme — les
pêcheurs sont sortis, ~~et~~ leurs lumières rouges
~~se balancent~~ s'en vont vers la pointe sud
de l'île. J'imagine ~~que~~ Manon revenue
debout à côté de moi. Avec peu de mots
on refait connaissance on franchit cette
longue absence. Ensuite je n'imagine
plus. Je suis un con. Plutôt écouter la
mer, et la nuit qui donne à cette ville
les quelques instants de grandeur
silencieuse sans lesquels toute ville
tomberait en poussière. C'est Pâques
c'est aussi le Nouvel An Bouddhique
fêté modestement. Quelques rues

침묵의 지역
빙글빙글 도는 밤
[1955년 7월] 1일 콜롬보

비가 많이 오는 이 도시의 밤은 무척 아름다운 하늘을 선사한다.
바다 위에 부채 모양으로 열린 검은색과 은빛의 밤.
암소들에 의해 깎인 보루 전면의 비스듬한 제방에 두 발을 올려놓고 우툴두툴한 커다란 성벽에 올라앉았다. 영혼의 죽음. 어부들은 바다로 나갔고, 그들의 빨간색 전등 빛이 섬의 남쪽 끝으로 떠나간다. 나는 마농이 돌아와 내 곁에 서 있는 것을 상상한다. 사람들은 한두 마디로 통성명을 다시 하고 그 긴 부재를 극복한다. 그다음 나는 더 이상 상상하지 않는다. 나는 멍청이다. 차라리 바닷소리와 이 도시에 몇몇 위대한 침묵의 순간을 부여하는 밤의 소리를 듣는 것이 더 낫고, 그 순간들이 없다면 도시 전체가 가루 되어 사라질 것이다. 부활절이며 조용히 맞이하는 불교의 새해이기도 하다. […]

우리가 본 것을 어떻게 보여 줄 수 있겠는가?”
여러 세대 여행자-작가의 정신적인 아버지(그를 수식하는 용어)인 니콜라 부비에는 예술 안에서 볼 것을 제공하는 권위자였다.

• Fiat Topolino. 이탈리아의 자동차 회사 피아트에서 1936년 처음 생산된 570cc 소형차

나오는 글

일기는 '평범한' 글쓰기인가?

필리프 르죈 Philippe Lejeune

개인 일기에 관한 내 연구와 '자서전을 위한 협회(APA)'의 연구의 기저에는 동일한 관찰이 보였다. 즉, 진가를 인정받지 못한 알려지지 않은 지하 글쓰기의 거대한 층이 존재한다는 것이다. 비범한 글쓰기와 인간성이 명성의 그물망을 빠져나갈 수 있지 않을까? 어쩌면 '평범한' 글쓰기보다 덜 평범한 게 전혀 없을 수 있지 않을까? 이런 사유 속에서 19세기 소녀의 일기를 조사했다. 그리하여 100여 편이 넘는 일기를 찾아냈는데, 여기서 나는 가장 인습적인 것부터 가장 대담한 실행까지 소녀들이 어떻게 교화적 목적에 부과된 관례를 바꾸면서 자유로운 표현의 길을 발견할 수 있었는지를 드러냈다(『아가씨들의 자아*Le Moi des demoiselles*』, 쇠이유, 1993). 또한 대부분 무명인 일기 쓰는 사람의 글을 신선하게 되살리면서 『개인 일기의 기원, 1750~1815년 프랑스*Aux oigines du journal personnel. France 1750-1815*』를 연구하느라 10여 년을 보냈다. 그들은 1760년대부터 서로 협의하지 않고 각자의 구석에서 기억을 구축하고 삶을 이끌어 가기 위해 일기 형식의 가능성을 탐색했다. 그것은 일상의 시작에 대한 개별 문장 작성의 시작과 종료에 날짜를 적은 필리프 드 누아르카름부터 걸어가면서 글을 쓸 수 있는 휴대용 필기대를 발명한 이야생트 아자이스까지 이어진다!

사료 연구는 **계속하고** 싶은 욕망을 불러일으킨다. 즉, 동시대의 자서전적 글쓰기 자료들, **살아 있는** 자료들을 구성하지 못할 이유가 어디 있겠냐 하는 욕망을 말이다. 하지만 어떻게 할 것인가? 이러한 생각은 1980년대 말에 떠올랐다. 그래서 이야기, 편지, 일기 등 각 가정에 보관된 19세기의 미간행 기록물의 존재 여부에 대해 언론에 요청하는 글을 실었다. 기대한 회신을 받았으나 더 놀라운 다른 것들도 받았다. 나의 취재원들은 가족의 19세기 기록물을 가지고 있지 않았음에도 불구하고 그들의 글을 읽고 보존해 줄 것을 희망하면서 내게 편지를 썼다. 아주 당혹스러웠다. 그들은 내 능력을 넘어서는 두 가지, 즉 자신들이 어떤 자서전적 글을 보내든 간에 좋아하고 칭찬할 것과, 그 텍스트를 나의 벽장에 보관하면서 그 불멸성을 보장할 것을 요청했다. 그러나 내가 아무리 호의적이라 할지라도 모든 것을 좋아할 수 없고, 또 내가 죽으면 다른 사람들과 마찬가지로 내 벽장은 비워질 것이다. 그렇다면 불가능한 임무인가? 아니다, 만일 층위와 범위를 바꾼다면 가능할 수 있다. 어떤 글이든 한 개인보다 한 그룹이 더 잘 수용할 수 있다. 따라서 해결책은 협회를 만드는 것이었다. 그리고 장기 보존을 위해 협회에는 전용 문서 보관소를 갖춘 공공장소가 설치되어야 했다. 1984년 토스카나의 한 작은 마을인 피에베 산 스테파노에 사베리오 투티노가 세운 '아르키비오 디아리스티코 나초날레'가 하나의 모델로 떠올랐다. 나는 그것이 어떻게 작동하는지를 보러 현장에 갔다. 텍스트들을 끌어모으고 민주주의적 선발 과정을 조금 복원하는 데 사용된 연례적 시상施賞을 제외하고는 확신이 들었다. 상이라는 미끼가 없다면 그처럼 잘 작동하지 못했을까?

리옹 근처의 작은 도시 앙베리외앙뷔제는 1992년 우리와 함께 그 실험에 참여하기로 하고, 처음에는 시립 미디어 도서관에, 그다음에는 시립 기록 보관소에 우리를 받아들여 주었다. 거의 30년 동안 APA는 매년 미간행된 100여 편의 자서전적 텍스트(이야기, 서신, 일기)를 위탁받아 왔다. 이것들이 도착하면 기록한 다음(기탁자가 임시적인 열람 제한을 요구하지 않는 한)에 네 개의 독서 그룹(파리에 두 개, 엑상프로방스에 한 개, 툴루즈에 한 개) 중 한 곳에 보내진다. 이 그룹의 임무는 각각의 텍스트를 "호의를 가지고 읽기"와 텍스트의 내용과 외양에 충실한 이미지를 부여하는 "독서의 반응"을 작성하는 것이다. 기탁자의 승인을 받기 위한 이러한 절차는 APA 사이트의 카탈로그 레조네인 '기억 보존Garde-mémoire'에 업로드되며, 카탈로그는 매년 주제별 색인이 포함된 종이책으로 발행된다. 이는 인문과학 연구자(역사가, 사회학자)와 삶의 이야기를 사랑하는 사람들을 안내하기 위한 것이다. 이들은 그다음 기록 보관소의 독서실에서 텍스트를 읽으러 앙베리외에 올 것이고, 우리의 특별 임무를 띤 책임자 플로리앙 갈리앵이 그들을 맞이할 것이다. APA는 기금을 중심으로 자서전 문화를 발전시키고, 잡지 『루소의 과오*La Faute à Rousseau*』를 간행하고, 글쓰기와 성찰 그룹의 창설을 독려하고, 좌담회와 주말 만남을 개최하고, 유럽 다른 나라들의 유사한 협회와 우호 관계를 유지하고 있다. 일기 자체는 보유 자료의 4분의 1 남짓, 즉 1천여 종에 이른다. 이는 19세기 혹은 20세기 전반부의 일기(골동품상에게서 구매하거나 후손들에게서 유증받은)일 수도 있지만, 요컨대 일기 쓰는 사람들이 APA에 의뢰한 20세기 후반 혹은 금세기 초의 일기가 관건일 수도 있다. 그래서 과거를 청산하고 다른 일로 넘어갔기 때문에 위탁하는 청춘의 일기나 위기의 일기, 사람들이 공유하기 좋아하는 여행 일기, 고통을 덜어 주는 질병 혹은 애도의 일기 등이 가장 흔하다. 무척 많은 일화적 일기에다 평생에 걸쳐 쓴 체계적 일기처럼 대조를 이루기도 한다. 드물지만 방대해서 때로 단독 읽기 그룹을 만들어야 할 때도 있다. 일반적으로 연도별로 형식이 정해지고, 명시적이고 신중하게 계획되어 있다. 그런 일기들은 인생의 결산을 할 때가 되었다고 느끼는 노년의 일기를 쓰는 사람이 APA에 일괄적으로 양도할 수 있고, 아니면 즐거이 음미할 다음 연도를 기대하는 호기심 많은 독서가를 위해 연간 시리즈로 배포될 수도 있다. 자신을 위해 쓴 일기는 암시적인데, 명시적 언어로 표현되지 않은 내용은 오랜 시간의 흐름 속에서만 인내심 있는 독자들에게 밝혀질 것이다. 일기를 통해 예외적으로 글쓰기와 도식적 창작의 전체 맥락이 주어지기도 한다. 열여덟 살에 사고사로 숨진 젊은 일기 작가 아리안 그림(1967~1985)의 경우가 그렇다. 그녀의 어머니는 현재 APA 컬렉션의 중심에 있는 유년기 및 청소년기 창작의 보물인 모든 작품을 수집하고 가치 있게 만들었다.

사료 연구는 **공유하고** 싶은 욕망을 불러일으킨다. 일기마다 각각 그것의 물리적 실현 매체, 레이아웃, 의식儀式, 표기법, 삽화가 있다는 것을 보여 주는 전시회를 열 수 있지 않을까 하는 욕망 말이다. 그래서 나는 카트린 보게르, APA와 함께 1997년 가을에 리옹 시립도서관에서 전시회를 열었다. 《자기만의 일기Un journal à soi》 전시에서는 가장 유명한 것들(벵자맹 콩스탕, 앙리프레데리크 아미엘, 앙드레 지드, 클로드 모리아크)부터 가장 알려지지 않은 것들(그중 아리안 그림)까지 200권이 넘는 프랑스어권의 개인 일기가 한자리에 펼쳐졌다. 전시회가 본디 덧없는 것이기에 우리는 이를 한 권의 책 『자기만의 일기, 실천의 역사*Un journal à soi, Histoire d'une pratique*』(텍스튀엘, 2003)로 만들었다.

확신을 보여 주는 두 가지 증거. 각각의 일기는 하나의 고유한 작품이고, 이를 읽는 것은 긴 여정의 모험이다.

APA 사이트 :

http://autobiographie.sitapa.org

도판 목록 및 참고문헌

1부 내밀함

1. 사랑

p. 19-23
Benjamin Constant, Journal intime, dit «abrégé». Lausanne, Bibliothèque cantonale et universitaire, fonds Benjamin Constant, CO II 34/12/2, f. 8, 31v.
📖 : Benjamin Constant, *Journaux intimes*, édition de Jean-Marie Roulin, Gallimard, Folio classique, 2017.

p. 24-25
Adèle Hugo, Journal de l'exil. New York, Pierpont Morgan Library, Dept. of Literary and Historical Manuscripts, MA 197.
© The Morgan Library and Museum.
📖 : *Le Journal d'Adèle Hugo*, vol. III, présenté et annoté par Vernor Guille, Lettres modernes Minard, 1984.

p. 26-29
Geneviève Bréton, Journal intime 1867-1914. 1er novembre 1867-29 mars 1868. Paris, Bibliothèque nationale de France, département des Manuscrits, NAF 28428 (3), f. 16v, 17v, 4v.
📖 : Geneviève Bréton, *Journal 1867-1871*, Ramsay, 1985.

p. 30-33
Xanrof, Journal intime, 1891-1892. Paris, Bibliothèque nationale de France, département des Arts du spectacle, 4-COL-116(1), f. 1r, 1v, 2r. 출판할 의도 없이 저자가 남긴 메모와 단상들. 미출간작.

p. 34-37
Alice de la Ruelle, Journal intime 1899-1901 et Journal de ma vie intérieure. Ambérieuen-Bugey, Association pour l'autobiographie et le patrimoine autobiographique, APA 776.
© photos Suzanne Nagy. Inédit.

p. 38-41
Julien Green, Journal intégral. Paris, Bibliothèque nationale de France, département des Manuscrits.
📖 : Julien Green, *Journal intégral*, édition établie par Guillaume Fau, Alexandre de Vitry et Tristan de Lafond, © Robert Laffont, Bouquins, 2019.

p. 42-46
Simone de Beauvoir, Journal, 27 septembre 1928-11 septembre 1929 (sixième cahier). Paris, Bibliothèque nationale de France, département des Manuscrits, NAF 27413, f. 90v et NAF 27414, f. 28.
📖 : Simone de Beauvoir, *Cahiers de jeunesse, 1926-1930*, texte établi par Sylvie Le Bon de Beauvoir, © Gallimard, 2008.

p. 47-51
Catherine Pozzi, Journal 1913-1929. Cahier VI, De l'ovaire à l'absolu. Cahier IX, 1923. 1er janvier-8 mai 1923. Paris, Bibliothèque nationale de France, département des Manuscrits, NAF 25746 et 25749.
📖 : Catherine Pozzi, *Journal 1913-1934*, éditions Claire Paulhan, 1997.

p. 52-55
Sylvia Plath, Journal tapuscrit, 26 février 1956. Northampton, Smith College Special Collections, Mortimer Rare Book Collection, Sylvia Plath Collection, MRBC-MS-00045. © Sylvia Plath Estate.
🕮 : Sylvia Plath, *Journaux*, traduit de l'anglais par Christine Savinel, © Gallimard, 1999, pour la traduction française.

p. 56-59
Benoîte Groult, Journal d'Irlande. Collection particulière. © photos Suzanne Nagy
🕮 : Benoîte Groult, *Journal d'Irlande – Carnets de pêche et d'amour 1977-2003*, texte établi et préfacé par Blandine de Caunes, © Grasset, 2018.

2. 애도와 삶의 위기

p. 61-65
Germaine Cornuau, Journal tenu sur des agendas du Printemps, 1913, 1915, 1916. Ambérieu-en-Bugey, Association pour l'autobiographie et le patrimoine autobiographique, APA 2624. Inédit. © photos Suzanne Nagy. Inédit.

p. 66-69
Marie Curie, Fragments du journal tenu après la mort de Pierre Curie, avril 1906-avril 1907. Paris, Bibliothèque nationale de France, département des Manuscrits, NAF 18517, f. 2r, 11v. Inédit.

p. 70-73
Grisélidis Réal, Journal d'une désespérée, 1963. Berne, Bibliothèque nationale suisse, archives littéraires suisses, fonds Grisélidis Réal, ALSRéal- A-2-1/2.
🕮 : Grisélidis Réal, *Suis-je encore vivante ?*, © Verticales, 2008.

p. 74-75
Goliarda Sapienza, Carnets. Collection particulière. © Angelo Maria Pellegrino.
🕮 : Goliarda Sapienza, *Carnets*, traduit de l'italien par Nathalie Castagné, © Le Tripode, 2019, pour la traduction française.

p. 76-79
Valery Larbaud, Begun february 1917, at Alakant... : Journal 1917, fragments – Ms. XII. © Fonds Valery-Larbaud de la médiathèque de Vichy.
🕮 : Valery Larbaud, *Journal*, texte établi, préfacé et annoté par Paule Moron, © Gallimard, 2009.

p. 80-81
Roland Barthes, Journal de deuil, 1977-1979. Paris, Bibliothèque nationale de France, département des Manuscrits, NAF 28630 (53).
🕮 : Roland Barthes, *Journal de deuil*, © éditions du Seuil, «Fiction & Cie», 2009.

p. 82-85
Jean-Pierre Guillard, Bernique, journal d'une anosmie. Collection Jean-Pierre Guillard. © photos Suzanne Nagy.
🕮 : Jean-Pierre Guillard, *Sous vide – Journal d'une anosmie*, © Les Fondeurs de Brique, 2009.

3. 고독과 자기성찰

p. 87-89
Maurice de Guérin, Le Cahier vert, 10 juillet 1832-13 octobre 1835. Manuscrit, collection château-musée du Cayla, Département du Tarn, A 67.
© photos : MP, Département du Tarn.
🕮 : Maurice de Guérin, *Le Cahier vert*, éditions Georges Crès et Cie, 1921.

p. 90-91
Søren Kierkegaard, Journalen JJ [Maj 1842 - ultimo september 1846]. Copenhague, Det Kgl. Bibliotek, Manuscripts and Rare Books, Royal Danish Library, Pap. VII 1 A 4. © Digital Resources at Royal Danish Library.
📖 : Søren Kierkegaard, *Journaux et carnets de notes*, éditions de l'Orante/Fayard, deux volumes, 2007 et 2013.

p. 92-95
Marie Lenéru, Journal autographe (1893-1918). Paris, Bibliothèque nationale de France, département des Manuscrits, NAF 12692, f. 46, 51, 61.
📖 : Marie Lenéru, *Journal*, édition complète établie par Fernande Dauriac, Grasset, 1945.

p. 96-99
Jehan-Rictus, Journal quotidien, 21 septembre-18 octobre 1898. Paris, Bibliothèque nationale de France, département des Manuscrits, NAF 16097, f. 3v, 39v, 59r.
📖 : Jehan-Rictus, *Journal quotidien, 21 septembre 1898-26 avril 1899*, édition établie par Véronique Hoffmann-Martinot, Claire Paulhan, 2015.

p. 100-101
Franz Kafka, Notebooks – Tagebücher, Reisetagebücher, 1909-1923. Oxford, Bodleian Libraries, Papers of Franz Kafka, MS. Kafka 1-14. © De Agostini Picture Library / Bridgeman Images.
📖 : Franz Kafka, *Journaux*, première traduction intégrale, traduit de l'allemand par Robert Kahn, © Nous, 2020.

p. 102-103
José Domingo Gómez Rojas, Diairio. Santiago du Chili, Biblioteca Nacional de Chile, Archivo del Escritor, AE0016752. Inédit en français.

p. 104-107
Jeanne Sandelion, Journal intime. Paris, Bibliothèque nationale de France, département des Manuscrits, NAF 28167 (30), Cahier 33, 17 juillet 1936-14 octobre 1938, f. 7r et NAF 28167 (3), Cahier 5, 31 août-10 décembre 1915, f. 42 r, 42 v, 43 r. Inédit.

p. 108-111
Mireille Havet, Journal. Montpellier, fonds Mireille Havet de la bibliothèque universitaire de Lettres et Sciences humaines de l'université Paul-Valéry Montpellier-III.
📖 : Mireille Havet, *Journal 1919-1924*, Claire Paulhan, 2005.

p. 112-115
Virginia Woolf, Journal. The New York Public Library, Berg Coll. MSS Woolf. Virginia Woolf collection of papers, 1882-1984 bulk (1912-1940).
📖 : Virginia Woolf, *Journal intégral*, 1915-1941, traduit de l'anglais par Colette-Marie Huet et Marie-Ange Dutartre, © Stock, 2008, pour la traduction française.

p. 116-119
Paul Léautaud, Journal littéraire [1905-1949]. Paris, bibliothèque littéraire Jacques-Doucet, Ms 15672. © photos Suzanne Nagy.
📖 : Paul Léautaud, *Journal littéraire*, édition établie par Maurice Guyot et Pascal Pia, © Mercure de France, nouvelle édition 1998.

p. 120-121
Cesare Pavese, Il mestiere de vivere. Turin, Centro interuniversitario Guido Gozzano – Cesare Pavese.
📖 : Cesare Pavese, *Le Métier de vivre, in Œuvres*, traduit de l'italien par Michel Arnaud, Nino Frank, Mario Fusco, Pierre Laroche,

Gilbert Moget et Gilles de Van, et révisé par Mario Fusco, Muriel Gallot, Claude Romano, Martin Rueff. Édition de Martin Rueff, © Gallimard, «Quarto», 2008, pour l'édition française.

p. 122-124
Etty Hillesum, Journaux (1941-1943).
Amsterdam, collection Jewish Historical Museum, 00005119, Cahier 10, f. 64, 65, 66, 67.
📖 : *Les Écrits d'Etty Hillesum – Journaux et lettres 1941-1943*, © éditions du Seuil, «Opus», 2008, pour la traduction française.

p. 125-129
Anita Pittoni, Diario.
Trieste, Biblioteca Civica Attilio Hortis.
📖 : Anita Pittoni, *Journal 1944-1945*, traduit de l'italien par Marie Périer et Valérie Barranger, © Éditions La Baconnière, 2021, pour l'édition française.

p. 130-133
Jean Hélion, Carnets.
Paris, Bibliothèque nationale de France, département des Estampes, IFN-8470255 et IFN-8470291. © Adagp, Paris, 2020.
📖 : Jean Hélion, *Journal d'un peintre – Carnets 1929-1984*, édition établie par Anne Moeglin-Delcroix, © Maeght, 1992.

p. 134-137
Charles Juliet, Journal. Collection Charles Juliet. © photos Suzanne Nagy.
📖 : Charles Juliet, *Le jour baisse – Journal X, 2009-2012*, © P.O.L, 2020.

2부 시선

1. 일상 예찬

p. 141-143
Eugénie de Guérin, Journal, 15 novembre 1834-août 1840.
Manuscrit, collection château-musée du Cayla, Département du Tarn, AG 296.
© photos : MP, Département du Tarn.
📖 : Eugénie de Guérin, *Journal et Fragments*, Librairie Victor Lecoffre, 1887.

p. 144-145
Eugène Delacroix, Journal, 1857.
Paris, bibliothèque de l'Institut national d'histoire de l'art, collections Jacques Doucet, NUM MS 253 (5).
📖 : Eugène Delacroix, *Journal 1862-1863*, Plon, 1980.

p. 146-147
Lewis Carroll, Lewis Carroll's diaries, vol. IV, 1863-1864. Londres, British Library, Add. 54343, f. 14v, 15r. © British Library Board. All Rights Reserved / Bridgeman Images.
📖 : Lewis Carroll, *Journaux*, traduit de l'anglais par Philippe Blanchard, © Christian Bourgois, 1984, pour la traduction française.

p. 148-151
George Sand, Papiers de George Sand. III-XXVIII Journal intime. Années 1866 et 1868. Paris, Bibliothèque nationale de France, département des Manuscrits, NAF 24828, f. 8v, 9r, et NAF 24830, f. 22v, 23r.
📖 : George Sand, *Agendas – 1862-1866*, tome III, Jean Touzot, 2000.

p. 152-155
Henri-Frédéric Amiel, Journal intime.
Bibliothèque de Genève, Ms. fr. 3008,

pp. 9325-9327.
📖 : Henri-Frédéric Amiel, *Journal intime*, douze volumes, L'Âge d'homme, 1976-1994.

p. 156-159
Katherine Mansfield, Notebook 12. Wellington, Nouvelle-Zélande, Alexander Turnbull Library, Manuscripts Collection, May 21st 1918 qMS-1260-01 ; June 21st 1918 qMS-1260-02.
📖 : Katherine Mansfield, *Journal*, traduit de l'anglais (Nouvelle-Zélande) par Marthe Duproix, Anne Marcel et André Bay, © Gallimard, 1983, pour la traduction française.

p. 160-163
George Orwell, Domestic Diary, 1939-1940. Londres, University College London, Orwell Archive F/2, f. 62, 63. Inédit en français.
📖 : George Orwell, *Diaries*, edited by Peter Davison, Harvill Secker, 2009.

p. 164-168
Georges Perec, Agenda journal, 1975. Paris, Bibliothèque nationale de France, bibliothèque de l'Arsenal, Fonds Perec, Ms-Perec-33. Inédit.

p. 169-171
Christiane Rochefort, Journal intermittent occasionnel. Saint-Germain-la-Blanche-Herbe, institut Mémoires de l'édition contemporaine, 1013RCF/56/2.
© Fonds Christiane Rochefort / IMEC.
📖 : Christiane Rochefort, *Journal pré-posthume possible*, édition établie par Ned Burgess et Catherine Viollet, © éditions iXe, 2015.

p. 172-174
Henri Calet, Agendas 1931-1955.
Paris, bibliothèque littéraire Jacques-Doucet, fonds Henri Calet, LT Ms 34257.
© photos Suzanne Nagy. Inédit.

p. 175-179
Daniel Arsand, Journal.
Collection Daniel Arsand.
© photos Suzanne Nagy. Inédit.

2. 묘사와 비방

p. 181-185
André Gide, Journal, [1891]-14 juin 1949. Paris, bibliothèque littéraire Jacques-Doucet, fonds André Gide, Gamma 1-Gamma 1655 Gamma Sup 1-Gamma Sup 10.
© photos Suzanne Nagy.
📖 : André Gide, *Journal*, © Gallimard, Bibliothèque de la Pléiade, 1996-1997 (nouvelle édition), deux volumes.

p. 186-189
Marie Bashkirtseff, Journal, 16 février 1873-20 octobre 1884. Paris, Bibliothèque nationale de France, département des Manuscrits, NAF 12357, pp. 29, 32, 33.
📖 : *Journal de Marie Bashkirtseff*, Georges Charpentier et Cie, 1890.

p. 190-191
Edmond et Jules de Goncourt, Journal de la vie littéraire, années 1880-1889. Paris, Bibliothèque nationale de France, département des Manuscrits, NAF 22446, f. 7.
📖 : *Journal des Goncourt*, nouvelle édition critique de référence, sous la direction de Jean-Louis Cabanès, éditions Honoré Champion, quatre tomes déjà parus (2005-2020).

p. 192-193
Harry Kessler, Tagebücher. Marbach am Neckar, Schiller-Nationalmuseum, Deutsches

Literaturarchiv, succession Harry Graf Kessler, BF000117667. © photo Deutsches Literaturarchiv Marbach, Nachlass Harry Graf Kessler.
📖 : Comte Harry Kessler, *Journal – Regards sur l'art et les artistes contemporains*, 1889-1937, traduit de l'allemand par Jean Torrent, © éditions de la Maison des sciences de l'homme, 2017, pour la traduction française.

p. 194-197
Eugène Dabit, Journal intime, 1928-1936. Paris, Bibliothèque nationale de France, département des Manuscrits, NAF 16563, f. 8r, 8v, 9r.
📖 : Eugène Dabit, *Journal*, Gallimard, 1989.

p. 198-201
Shirley Goldfarb, Carnet 1971. Saint-Germain-la-Blanche-Herbe, institut Mémoires de l'édition contemporaine, 244GDF/1/1.
© photos Fonds Shirley Goldfarb / IMEC.
📖 : Shirley Goldfarb, *Carnets – Montparnasse 1971-1980*, textes choisis par Gregory Masurovksy, traduit de l'américain par Frédéric Faure et Hélène Cohen, © La Table Ronde, «Petit Quai Voltaire», 2018, pour la traduction française.

3. 역사적 사건

p. 203-205
Thomas Thistlewood, Journal, 1751. New Haven, Yale University, Beneicke Rare Book and Manuscript Library, OSB MSS 176. Inédit en français.

p. 206-207
Samuel Pepys, Diary. Cambridge, Magdalene College, Pepys Library, PL 1836.
© by permission of the Pepys Library, Magdalene College, Cambridge.
📖 : *Journal de Samuel Pepys*, traduit de l'anglais par Renée Villoteau, © Mercure de France, 1985, pour la traduction française.

p. 208-209
Juliette Drouet, Journal du coup d'État. Paris, Bibliothèque nationale de France, département des Manuscrits, NAF 24799.
📖 : Juliette Drouet, *Souvenirs, 1843-1854*, Des femmes-Antoinette Fouque, 2006.

p. 210-213
Emilie Frances Davis, Journal, 1863-1865, vol. I, vol. III. Philadelphie, The Pennsylvania State University, The Historical Society of Pennsylvania, Emilie Davis diaries, Collection 3030. Inédit en français.

p. 214-215
Alfred Dreyfus, Mon journal, années 1895-1896.
Paris, Bibliothèque nationale de France, département des Manuscrits, NAF 14307, f. 2r. Inédit.

p. 216-219
Marie Dumont, Journal quotidien du siège de Paris, 1870-1871. Ambérieu-en-Bugey, Association pour l'autobiographie et le patrimoine autobiographique, APA 2768.
© photos Suzanne Nagy. Inédit.

p. 220-223
Pierre Loti, Journal. © Médiathèque de Rochefort – Agglomération Rochefort Océan.
📖 : Pierre Loti, *Soldats bleus*, La Table Ronde, 2014.

p. 224-227
Nicolas II, Journal. Archives d'État de la Fédération de Russie. F. 601. Op. 1,

D. 266, L. 132 - 134. f. 132, 133, 134.
🕮 : *Journal intime de Nicolas II*, traduit du russe par M. Bénouville et A. Kaznakov, présentation Jean-Christophe Buisson, © Perrin, 2018, pour la traduction française.

p. 228-229
Alia Rachmanova, Milchfrau in Ottakring, tapuscrit, v. 1927-v. 1950. Thurgau, Staatsarchiv, 9'43, 3.0.2/0.
🕮 : Alia Rachmanova, *Crémière à Ottakring*, traduit du russe par Chantal Le Brun Kéris, © Les éditions Noir sur Blanc, 2002, pour la traduction française.

p. 230-233
Thomas Mann, Journal. Zurich, The Thomas Mann Archive, ETH Zurich (TMA), A-I-Tb : 5, Thomas Mann's Diaries, 15 mars 1933 (p. 1-4).
🕮 : Thomas Mann, *Journal (1918-1921, 1933-1939)*, traduit de l'allemand par Robert Simon, © Gallimard, 1985, pour la traduction française.

p. 234-237
Ivan Tchistiakov, Journal.
Moscou, Archive of International Memorial, Security Guard's Diary f.2 oh.4 d. 46 pp. 906.-10.
🕮 : Ivan Tchistiakov, *Journal d'un gardien du goulag*, traduit du russe par Luba Jurgenson, © Denoël, 2012, pour la traduction française.

p. 238-241
René Étiemble, Journal.
Paris, Bibliothèque nationale de France, département des Manuscrits, NAF 28279, fonds René Étiemble, boîte 113, cahier 1, 6 août 1934-6 avril 1935, f. 18r, 18v, 19r. Inédit.

p. 242-247
Boris Vildé, Journal de Fresnes, 1938-1998.
Paris, Bibliothèque nationale de France, département des Manuscrits, NAF 28118 (1), f. 29, 42, 45.
🕮 : Boris Vildé, *Journal et Lettres de prison*, © Allia, 2018.

p. 248-251
Victor Klemperer, Journal.
Dresde, bibliothèque d'État de Saxe – bibliothèque d'État et universitaire de Dresde (SLUB) / Mscr.Dresd.App.2003, 137, 138(1).
🕮 : Victor Klemperer, *Mes soldats de papier – Journal (1933-1941) et Je veux témoigner jusqu'au bout – Journal (1942-1945)*, traduits de l'allemand par Ghislain Riccardi, Michèle Kiintz-Tailleur et Jean Tailleur, © éditions du Seuil, 2000, pour la traduction française.

p. 252-255
Klaus Mann, Tagebuch, 1931-1949.
Munich, Stadtbibliothek, KM D 70, 05.05.1940-12.11.194, S. 1 et S. 4.
© Münchner Stadtbibliothek, 2020.
🕮 : Klaus Mann, *Journal*, traduit de l'allemand par Pierre-François Kaempf et Frédéric Weinmann, deux volumes, © Grasset, 1996-1998, pour la traduction française.

p. 256-259
Irène Ephrussi, Journal. Collection particulière.
© photos Suzanne Nagy. Inédit.

3부 여행

1. 탐험

p. 263-269
John Muir, July 1867 - February 1868, The "thousand mile walk" from Kentucky to Florida and Cuba. Stockton, Californie, University of the Pacific Library, Holt-Atherton Special Collections, MuirReel23Journal01, pp. 1, 60-61, 64.
Traduction inédite.
📖 : John Muir, *Quinze cents kilomètres à pied à travers l'Amérique*, traduit de l'anglais par André Fayot, José Corti, 2017.

p. 270-273
Le chevalier des Marchais, Compagnie des Indes. Journal du voiage de Guinée et Cayenne, par le chevalier Des Marchais..., pendant les années 1724, 1725 et 1726, enrichy de plusieurs cartes et figures . Paris, Bibliothèque nationale de France, département des Manuscrits, Français 24223, p. 1, 15-16. Inédit.

p. 274-275
Jean-François de Galaup, comte de La Pérouse, Journal autographe du voyage fait par Jean-François de La Pérouse du 31 octobre 1779 au 18 avril 1780. Paris, Bibliothèque nationale de France, département des Manuscrits, Français 11344, f. 15v. Inédit.

p. 276-277
Rose de Freycinet, Journal particulier de Rose pour Caroline, September 1817-October 1820. Sydney, State Library New South Wales, SAFE/MLMSS 9158/vol. 1.
📖 : *Journal de madame Rose de Saulces de Freycinet : campagne de l'Uranie (1817-1820)*, d'après le manuscrit original, accompagné de notes par Charles Duplomb, Société d'éditions géographiques, maritimes et coloniales, 1927.

p. 278-279
William H. Meyers, Diary, 1838-1839. The New York Public Library, Manuscripts and Archives Division, MssCol 1986.
© The New York Public Library Digital Collections. Inédit en français.

p. 280-281
François d'Orléans, prince de Joinville, Journal [1835-1858]. Paris, Bibliothèque du musée national de la Marine, don Madame Lebesgue, J3305 à 3309, J3755, f. 52v.
© musée national de la Marine / P. Dantec. Inédit.

p. 282-285
Arthur Conan Doyle, Journal of sir Arthur Conan Doyle in the Artic.
Londres, British Library, 5943637 Log of the Steam Ship 'Hope', Greenland whaling & sealing, Summer 1880, Volume III.
© British Library Board. All Rights Reserved / Bridgeman Images.
📖 : *Conan Doyle au pôle Nord*, traduit de l'anglais par Charlie Buffet, © Paulsen, 2014, pour la traduction française.

p. 286-289
Robert Falcon Scott, Terra Nova Antarctic Diaries. Londres, British Library, Add MSS 51034 (volume II), f. 36r, Add MSS 51035 (volume III), f. 39 r, Inside back cover & f. 42v
© British Library Board. All Rights Reserved / Bridgeman Images. Inédit en français.

p. 290-293
Théodore Monod, Carnet de récolte n°2 : Sahara occidental, 1934. Muséum national d'histoire naturelle, Bibliothèque centrale,

fonds Théodore Monod, Ms MD CR 2.
© Muséum national d'histoire naturelle / DR. Inédit.

2. 여행 일지

p. 295-299
Édouard Glissant, Journal d'un voyage sur le Nil, 1988.
Paris, Bibliothèque nationale de France, département des Manuscrits, NAF 28894 (NIL) f. 4v-5r, 18r. Inédit.

p. 300-303
Stendhal, Journal de mon 3e voyage à Paris (1804-1805). Grenoble, bibliothèque municipale, Stendhal, R.5896 (11) Rés. f. 3r et R.5896 (22) Rés. f. 76v, 77r.
🕮 : Stendhal, *Œuvres intimes*, Gallimard, Bibliothèque de la Pléiade, 1981-1982 (nouvelle édition), deux volumes.

p. 304-307
Marie d'Agoult, Journal et notes diverses, 1837-1875. Tome I : 1837-1839. Paris, Bibliothèque nationale de France, département des Manuscrits, NAF 25676, f. 49, 51v, 52r.
🕮 : Marie d'Agoult, *Mémoires, Souvenirs et Journaux de la comtesse d'Agoult*, Mercure de France, 2007 (nouvelle édition).

p. 308-311
Flora Tristan, Le Tour de France-Journal inédit 1843-1844. Amsterdam, International Institute of Social History, Flora Tristan Papers, 4, n° 10-11 et 22-9-1843.
🕮 : Flora Tristan, *Tour de France, journal inédit 1843-1844*, Éditions Tête de feuilles, 1973.

p. 312-315
Victor Hugo, Journal d'un voyage de Nemours à Montargis en octobre 1844.
Paris, Bibliothèque nationale de France, département des Manuscrits, NAF 13344, f. 13r, 10v, 11r.
🕮 : Victor Hugo, *En voyage*, «France et Belgique», *in Œuvres complètes*, Librairie Ollendorff, 1910, tome II.

p. 316-319
Gustave Flaubert, Journal d'un voyage en Orient / Carnet n° 4 : notes prises au cours d'un voyage en Orient. Paris, Bibliothèque historique de la Ville de Paris, Rés. Ms 85, f. 63r, 63v, 64r. © Gallica.bnf.fr / Ville de Paris / Bibliothèque historique.
🕮 : Gustave Flaubert, *Voyage en Orient, in Œuvres complètes*, Gallimard, Bibliothèque de la Pléiade, 2013 (nouvelle édition), tome II.

p. 320-323
Auguste Bartholdi, Journal, 24 mai 1871-24 octobre 1871. The New York Public Library, Frédéric Auguste Bartholdi papers, Manuscripts and Archives Division, MssCol 223, f. 10v, 43v, 49v. © The New York Public Library Digital Collections. Inédit.

p. 324-327
Paul Gauguin, Noa Noa, 1893.
Los Angeles, Getty Research Institute Special Collections, 850041, p. 4, 8a, 20.
🕮 : Paul Gauguin, *Noa Noa*, André Balland, 1966.

p. 328-329
Paul Gauguin, Album Noa Noa.
Paris, musée d'Orsay, conservé au musée du Louvre, RF7259-18-recto-folio39, RF7259-78-folio42, RF7259-22-recto-folio42.
© photos RMN-Grand Palais (musée d'Orsay) / Hervé Lewandowski.

p. 330-333
Émile Bernard, Du grand Caire d'Égypte à la Grenade d'Andalousie..., 1896.
Paris, bibliothèque de l'Institut national d'histoire de l'art, collections Jacques Doucet, MS 538, page de titre, f. 15, 23.
Inédit.

p. 334-339
Joseph Tisserand, Mon séjour en Extrême-Orient, 1899-1900. Ambérieu-en-Bugey, Association pour l'autobiographie et le patrimoine autobiographique, APA 1678.
 Inédit.

p. 340-343
Victor Segalen, Journal des îles. II : Journal de voyage. Tahiti, Toulon. 1er septembre 1904-3 février 1905. Paris, Bibliothèque nationale de France, département des Manuscrits, NAF 25787, page de titre, f. 2, f. non chiffré entre f. 15 et 16, f. 13r.
📖 : Victor Segalen, *Journal des îles*, Fata Morgana, 1989.

p. 344-345
Nicolas Bouvier, Cahier rouge Ceylan-Japon : Cahier III, Zone de silence – la nuit tournante – Colombo le 1 [juillet 1955].
Bibliothèque de Genève, Arch. Bouvier 51, pièce 2, feuillet collé sur le contreplat et f. 2.
Inédit.

추가 참고문헌

인용되었으나 수록되지 않은 일기

Journaux cités et non reproduits John Cheever, *The Journals of John Cheever*, Alfred A. Knopf, 1991.

Jean Cocteau, *Le Passé défini, 1958-1959*, tome VI, texte établi par Pierre Caizergues, Francis Ramirez et Christian Rolot, Gallimard, 2011.

Bernard Delvaille, *Journal, 1949-1962*, tome I, La Table ronde, 2000.

Annie Ernaux, *Écrire la vie*, Gallimard, «Quarto», 2011.

Sándor Márai, *Journal, 1943-1948*, traduit du hongrois par Catherine Fay, postfacé par András Kányádi, Albin Michel, 2019.

Alejandra Pizarnik, *Journaux, 1959-1971*, traduit de l'espagnol par Anne Picard, José Corti, «Ibériques», 2010.

Jules Renard, *Journal, 1887-1910*, texte établi par Léon Guichard et Gilbert Sigaux, Gallimard, Bibliothèque de la Pléiade, 1960.

Mihail Sebastian, *Journal(1935-1944)*, traduit du roumain par Alain Paruit, préface d'Edgar Reichmann, Stock, «La Cosmopolite», 1996.

Henry D. Thoreau, *Journal*, sélection de Michel Granger, traduction de Brice Matthieussent, Le Mot et le Reste, 2014.

일반 참고문헌

Philippe Lejeune, *Le Moi des demoiselles – Enquête sur le journal de jeune fille*, éditions du Seuil, 1993.

Pierre Pachet, *Les Baromètres de l'âme. Naissance du journal intime*, Hachette Littératures, coll. «Pluriel», 2001.

Catherine Bogaert et Philippe Lejeune, *Un journal à soi – Histoire d'une pratique*, Textuel, 2003.

Journaux intimes – De Mme de Staël à Pierre Loti, textes choisis, présentés et annotés par Michel Braud, Gallimard, Folio, 2012.

Philippe Lejeune, *Aux origines du journal personnel. France 1750-1815*, éditions Honoré Champion, 2016.

Le Cahier rouge du journal intime, anthologie préfacée et réalisée par Arthur Chevalier, Grasset, 2018.

«Amiel & Co, diaristes suisses», introduction de Jean-François Duval, *in Les Moments littéraires*, n°43, 2020.